KB171283

스타니스와프 렘

40 **세계문학 단편선**

스타니스와프 렘

이지원 · 정보라 옮김

일러두기

1. 이 책은 2016년 '비다브니츠트보 리테라츠키에'에서 발행된 『환상적인 렘 ― 독자가 뽑은 소설 선집*Fantastyczny Lem. Antologia opowiadań według czytelników*』 제2판을 번역한 것이다.
2. 작가의 의도를 존중하여 원문에서 알파벳이 떨어져 쓰인 것은 고딕체로, 대문자로만 이루어진 것은 보통보다 큰 글자로, 이탤릭체로 된 것은 그대로 이탤릭체로 표시했다.
3. 작중의 성경 인지명은 한국천주교주교회의의 지침을 따랐다.
4. 작중에서 도량형은 미터법과 야드파운드법, 폴란드 고유 단위가 혼용되었는데, 특별히 통일하지 않고 그대로 옮겼음을 밝혀 둔다.
5. 외래어 표기는 한국어 어문 규범의 외래어 표기법과 용례를 따랐다.
6. 이 책의 주는 단 하나를 제외하고 모두 옮긴이 주이다.

차례

『섹스플로전』

(사이먼 메릴 지음, 뉴욕 워커앤드컴퍼니 발행)

SIMON MERRIL „Sexplosion"
(Walker and Company – New York)

만약에 작가가 하는 말을 믿는다면—우리는 과학소설 작가가 하는 말을 믿어야 한다는 압박을 점점 더 자주 받고 있다!—현재와 같은 섹스의 증가세는 1980년대에 들어서면 대홍수가 될 것이다. 그러나 소설 『섹스플로전』의 줄거리는 그보다 200년 더 지난 뒤에 시작한다—뉴욕에서, 한겨울 강추위 속에 눈 더미에 파묻힌 채로. 이름을 알 수 없는 노인이 눈에 파묻힌 자동차들의 차체에 부딪쳐 가면서 눈을 헤치고 다니다가 버려진 마천루에 도달해서, 몸에 남은 마지막 온기로 따뜻하게 데운 열쇠를 가슴팍에서 꺼내어 철문을 열고 지하로 내려가고, 그의 배회와 그 안에서 드러나는 회상의 조각들이 소설의 줄거리 전체를 이룬다.

그곳은 깊은 지하이고, 노인의 떨리는 손에 들린 손전등의 불빛이 여기저기 비추는데, 박물관 같기도 하고 대기업 탐사분과(라기보다는 섹스탐사분과)의 본부 같기도 하다—미국이 유럽을 다시 한번 침공했던 그 시대의 원정대 말이다. 반쯤은 수공업 형태였던 유럽인들의 제조업은 인정사정없는 벨트컨베이어의 생산 속도에 밀려났고 후기산업사회의 과학기술적 거물들이 즉각 승리를 거두었다. 전쟁터에서 살아남은 기업은 세 개—제네럴섹소틱스, 사이버델릭스와 러브인코퍼레이티드였다. 이 거대 기업들의 생산이 정점에 달하면서 섹스는 사적인 오락, 집단체조, 취미이자 수공예 수집품이었다가 문명에 대한 철학으로 변했다. 매클루언은 이 시대까지도 살아 있었던 강건한 노인으로서 자신의 저서 『제니토크라시GENITOCRACY*』에서 바로 이것이 인류가 기술로 향하는 길에 올랐을 때 정해진 운명이었다고, 갤리선에 쇠사슬로 매여 노를 젓는 노예와 같이, 톱을 든 북방의 벌목꾼과 같이, 스티븐슨의 증기기관차와 같이 그 실린더와 피스톤으로 동작의 리듬과 형태와 의미를 규정하고, 그것으로 인간의 섹스, 그러니까 의미가 구성되는 것이라고 말했다. 미합중국의 비인간적 산업이 동양과 서양의 위치적인 지혜를 빨아들이고 중세의 핵심을 무뢰한들이 판치는 지역으로 바꾸어 놓았으며, 예술을 이용하여 사통하는 자들, 성중독자들, 대물과 대핵과 음부와 음란물 사업의 동력으로 삼았고, 살균된 벨트컨베이어를 가동했으며 거기서 가학 기계와 음란 동거와 가정용 남색기와 공용 타락이 흘러나오기 시작했고 그와 함께 학술적인 연구 기관들을 기동하여 종족 보존이라는 목적으로부터 성性을 해방시키려는 전투에 돌입하였다.

* 생식 권력, 혹은 생식 권력의 지배 체제.

섹스는 더 이상 유행이 아니라 신념이었고 오르가슴은 끊임없는 의무가 되었으며 그 숫자를 기록하는 빨간 화살표 달린 기록계가 사무실과 거리에서 전화기가 있던 자리를 차지하게 되었다. 그렇다면 지하 공간의 통로를 헤매고 다니는 노인의 정체는 무엇인가? 제네럴섹소틱스의 법률 자문? 그렇게 되면 대법원까지 갔던 그 유명한 소송, 유명인들이 마네킹을 이용하여 물리적인 형상을 복제하는 자기 복제의 권한을 얻으려 했던 투쟁이 떠오르는데, 그 첫 발상은 미합중국 영부인이 생각해 낸 것이었다. 제네럴섹소틱스는 1200만 달러를 들여 소송에서 이겼으며 바로 여기 노인이 손에 든 손전등의 헤매는 불빛이 먼지 쌓인 플라스틱 케이스에 반사되고, 그 케이스 안에 첫 번째 영화 스타들과 첫 번째 세계적인 여성 유명 인사들과 공주들과 여왕들이 화려하게 치장한 채로 여전히 남아 있었는데, 판결에 따르면 그들을 다른 방식으로 전시할 수는 없기 때문이었다.

10년이 흐르는 동안 인공 섹스는 숨을 불어 넣고 손으로 돌리던 이 첫 번째 모델에서 더욱 아름다운 길로 발전하여 체온 조절 기능과 스프링 밸브가 달린 기본형까지 나오기에 이르렀다. 그 원형이 된 사람들은 이미 오래전에 죽었거나 비틀거리는 늙은이가 되어 버렸지만, 테플론과 나일론과 드랄론과 섹소픽스는 마치 박물관의 밀랍 인형처럼 시간의 흐름에 저항하여, 이제 손전등의 불빛으로 어둠에서 뜯겨 나온 우아한 숙녀들이 헤매는 노인을 향해 움직이지 않는 미소를 띤 채 치켜든 손에는 유혹적인 문구를 녹음한 카세트를 쥐고 있는 것이다(대법원 판결은 판매자가 마네킹에 테이프를 장치하는 것을 금지했으나 구매자는 누구든지 집에서 개인적으로 설치할 수 있었다).

고독한 노인의 느리고 휘청거리는 발걸음이 먼지 뭉치를 뚫고 지나가고, 그 먼지 사이로 창백한 분홍색으로 깊숙한 곳에서 빛나 보이는 것은 집단적 관능의 모습들인데, 몇몇은 30명이 얽혀 거대한 슈트루델*이나 괴상하게 뒤엉킨 빵 반죽 같았다. 어쩌면 이 타락과 서로 껴안은 남색 사이를 돌아다니는 사람은 다름 아닌 제네럴섹소틱스의 회장일 수도 있고, 어쩌면 처음에는 미국을, 그다음에는 전 세계를 생식기 모양으로 바꾸어 놓은 바로 그 최고 기획자일지도 모르는 일 아닌가? 바로 여기에 기업의 상황실과 기획들을 그려 놓은 상황판이 있고 여섯 개의 소송 일람표에 기록된 사건들이 진행되게 만든 그 납으로 된 검열 봉인이 있으며, 바로 저기 컨테이너 무더기가 바다 건너 여러 나라들에서 애쓸 준비를 하고 있고, 그 속에는 일본 공과 딜도와 러브젤과 그 비슷한 수천 개의 품목들이, 모두 사용 설명서와 작동법 안내서가 갖추어진 채로 가득 쌓여 있는 것이다.

때는 마침내 실현된 민주주의의 시대였다—모두가 뭐든지 할 수 있었다—모든 것에 대해서. 기업은 자기들이 고용한 미래학자들의 조언을 듣고 담합 금지 법안에도 불구하고 조용히 자기들끼리 지구의 시장들을 나누어 가진 뒤에 전문화에 몰두했다. 제네럴섹소틱스는 정상과 일탈을 똑같이 합법화하는 방향으로 움직였고 나머지 두 대기업은 자동화에 투자했다. 구타용과 체벌용의 꼬리가 여럿으로 갈라진 채찍이 기본형이 되어 등장했고, 목적은 대중을 설득하는 것이었다. 시장 점유에 대해서는 의문의 여지가 없는데, 왜냐하면 거대 산업은, 만약에 진정한 거대 산업이라면 수요를 그저 충족시키는 데 그치지 않기 때문이다. 거대 산업은 수요를 창출한다! 이전에 가정에

* 과일이나 치즈 등을 반죽으로 얇게 싸서 구운 과자. 겉 부분에 칼집을 넣고 꼬아서 무늬를 만들기도 한다.

서 성관계를 맺던 방식은 네안데르탈인의 부싯돌과 몽둥이가 발견되던 곳에서나 이루어지게 되었다. 학계에서는 6년 과정, 8년 과정을 개설했고 그 뒤에는 양쪽 성별의 관능학을 연구하는 고등교육기관을 설립했으며 신경 섹스기가 발명되었고 그 뒤로 소음 조절기와 소리 억제기와 음향 격리 기재와 특별한 소음 흡수기가 등장해서 한쪽 세입자들이 걷잡을 수 없는 비명으로 다른 사람들의 평온이나 쾌락을 방해하지 않게 되었다.

그러나 앞으로 대담하게 끊임없이 나아가야 했는데, 정체되는 순간 생산은 죽어 버리기 때문이다. 불빛이 환히 밝혀진 사이버델릭스의 작업장에서는 이미 개인용 올림포스가 기획되고 시험 제작되었으며 그리스 여신과 남신의 모습을 한 플라스틱제 첫 번째 인간형 로봇들이 조립되고 있었다. 또한 종교계와의 법적 소송을 대비한 재정 자원이 확보된 뒤에 천사 모델에 대한 이야기도 나왔는데, 여기에는 몇 가지 기술적인 문제들이 해결되지 않고 남아 있었다. 예를 들면 날개는 무엇으로 만들 것인가, 천연 깃털은 코를 간질이는 데 사용할 수 있다, 날개가 움직여야 하는가, 그러면 방해가 되지 않는가, 후광은 어떻게 할 것이며 후광을 끄는 스위치는 무엇으로 만들고 어디에 위치시켜야 하는가 등등이었다. 그때 벼락이 떨어졌다.

암호명 노섹스NOSEX라고 알려진 저 화학물질은 이미 오래전에, 벌써 1970년대에 합성되었다. 그 물질의 존재에 대해서는 내부에서 소수의 전문가들만이 알고 있었다. 그 합성물 견본은 처음에는 일종의 비밀스러운 무기로 여겨졌고 펜타곤과 연고가 있는 조그만 회사의 실험실에서 관리했다. 노섹스를 분무기 형태로 사용한다면 실제로 어느 나라든 인구를 10분의 1로 줄일 수 있었는데, 왜냐하면 이 물질은 몇 분의 1밀리그램만 사용하더라도 성적인 행위를 전부 다 친근한 인간관계의 경험으로 바꾸어 버릴 수 있기 때문이었다. 이 행위는 실제로 오로지 일종의 육체노동으로서만, 그것도 탈수나 세탁이나 다듬이질 같은 매우 소모적인 육체노동으로서만 계속 진행 가능했다. 이후에 노섹스 이용이 제3세계에서 인구 폭발을 막기 위한 계획으로서 부활했으나 이 기획은 위험한 것으로 판명되었다.

어떻게 해서 전 세계적인 대재앙으로 넘어가게 되었는지는 알 수 없다. 노섹스 성분이 회로 단락과 에테르 저장 탱크에서 일어난 화재로 인해 공기 중으로 휘발되었다는 것은 진정 사실일까? 시장을 점유한 세 기업의 산업의 적들이 상황에 끼어들어 활동한 것은 아닐까? 혹은 어쩌면 어떤 전복적이거나 초보수적이거나 혹은 종교적인 조직이 여기에 손을 댄 것은 아닐까? 그 대답을 우리는 알아내지 못할 것이다.

지하 통로를 몇 마일이나 걸어 다니느라 지쳐 버린 노인은 미리 제동장치를 당긴 뒤에 플라스틱 클레오파트라의 매끈한 무릎 위에 앉아서 생각에 잠긴다—마치 심연에 잠기듯이—1998년의 거대한 폭락 사태에 대해서. 대중은 모든 상품에 대해서 매일같이 혐오감을 가지고 돌아섰고 그리하여 시장은 붕괴했다. 어제는 유혹적이던 것이 오늘은 지쳐 버린 벌목꾼에게 도끼를 보여 준 것과 같고 세탁부에게 물통을 보여 준 것처럼 되어 버렸다. 생물학이 인류에게 걸었던 영원한(그럴 것 같았다) 매혹, 그 마법은 산산이 깨졌다. 그때부터 가슴은 인간이란 포유류임을 상기시켜 줄 뿐이었고, 다리는 걷는 데 쓰이며 엉덩이는 앉는 데 쓰인다는 것을 알려 줄 뿐이었다. 그 이상은 없었지만, 그것뿐이라면 아무것도 아니다! 이 대재앙을 이겨 내고 살아남지 못했다는 점에서 매클루언은 행운아였다, 이후 모든 저작에서 성당과 우주선과 이륙용 엔진과 터빈엔진과 풍차와 소금 창고와 모자와 상대성이론과 수학 공식의 괄호와 숫자 0과 느낌표를 순수한 상태의 존재에 대한 경험인 앞서 말한 저 한 가지 행위의 대용물이자 대체품이라 해석했던 매클루언 말이다.

이런 주장은 매 순간 힘을 잃었다. 인류는 후손을 남기지 못하고 멸종할 위기에 처했다. 그것은 1929년 대공황은 사소해 보일 정도의 경제 위기로 시작되었다. 첫 번째로《플레이보이》편집부 전원이 스스로 불을 질러 불꽃 속에서 죽어 갔다. 스트립쇼 업장 종업원들은 굶어 죽거나 창문에서 뛰어내렸다. 선정적인 삽화를 담은 책을 펴내는 출판사들과 영화 프로덕션과 대형 광고대행사들과 뷰티업계가 도산했고 미용성형 기술업-향수업계 전체가, 그 뒤에는 속옷 산업계가 뒤흔들려서 1999년 미국에서 실업자 수는 3200만 명에 달했다.

이제 대중의 관심을 대체 무엇으로 사로잡을 수 있을까? 탈장 치료용 트러스, 인조 곱사등, 흰머리 가발, 마비 환자용 휠체어를 탄 떨리는 모습들—왜냐하면 오로지 이런 것만이 저 악몽, 저 중노동인 성적인 노력과 연관되지 않았고, 오로지 이런 것만이 성적인 무해함을 보장하고 그리하여 숨 돌리고 쉴 수 있음을 보장하는 듯했다. 아울러 각국 정부에서는 위험을 인지하고 종족을 살리기 위해 모든 힘을 동원하는 일에 나섰다. 신문에는 이성에 호소하고 책임감을 불러일으키는 사설들이 실렸으며 모든 종교의 성직자들이 텔레비전에 나와서 숭고한 이상을 상기시키면서 고매하게 설득하는 설교를 늘어놓았으나, 이런 권위자들의 합창을 대중은 대체로 내키지 않게 들었다. 자기 자신을 극복하라는, 인간성에 호소하는 간원과 충고도 소용이 없었다. 그 결과는 참담했다. 단 하나의 예외로 잘 훈련된 민족인 일본인들만이 이를 악물고 이러한 징후에 맞섰다. 그러자 통정에 대한 특별한 물질적 지원과 명예 졸업장과 훈장과 포상과 경품과 메달과 직위와 대회가 생겨나기 시작했다. 이런 정책들마저 대실패로 끝나자 돌이킬 수 없는 억압이 닥쳐왔다. 그러나 이에 대하여 모든 지역의 인류가 생식의 의무를 회피하면서 젊은이들은 근처의 숲에 숨었고 나이 든 사람들은 무기력하다는 거짓 증언을 내세웠으며 통제와 감시를 위한 사회적 위원회들은 뇌물에 넘어갔고 마침내 모든 사람이 혹시 이웃이 빠져나가지 않는지 감시할 준비가 되어 있으면서도 그 자신은 할 수 있는 한 이 괴로운 노동을 피하려 했다.

대재앙의 시기는 이제 지하에서 클레오파트라의 무릎 위에 앉아 있는 고독한 노인의 머릿속에 흘러 다니는 기억일 뿐이다. 인류는 멸종하지 않았다. 현재 생식은 뭔가 예방접종을 연상시키는 청결하고 살균된 위생적인 방식으로 일어난다. 고통스러운 실험과 시도의 기간이 몇 년이나 지나고 나서는 일종의 안정기가 찾아왔다. 하지만 문화는 공백을 내버려 두지 않는 법이고, 섹스에 대한 반감이 폭발하여 성욕이라는 것이 무시무시할 정도로 빨려 나간 뒤에 그 텅 빈 자리를 대신한 것은 식욕이었다. 식욕은 정상적인 것과 외설적인 것으로 나누어지고, 변태적 과식욕과 음식포르노그래피 앨범이라는 것이 존재하며 일정한 자세로 음식물을 섭취하는 것은 말할 수 없이 음란하게 여겨졌다. 예를 들어 무릎을 꿇고 과일을 먹어서는 안 되며(그러나 바로 이렇게 할 자유를 위해서 '무릎꿇은사람들'이라는 일단의 변태들이 투쟁하고 있다) 천장을 향해 발을 쳐들고 시금치나 달걀을 먹어서도 안 된다. 그러나—당연히도!—음란한 광경들이 이런 일을 잘 아는 전문가와 식도락가들을 기다리는 비밀스러운 업장들이 존재한다. 이런 곳에서는 관객 앞에서 특별한 기록 보유자들이 보는 사람의 군침이 턱까지 흐를 정도로 탐스럽게 먹는다. 덴마크에서는 영양분포르노 앨범이 밀수출되는데 여기에서는 진실로 무서운 광경들을 볼 수 있다—관을 통해 달걀을 섭취하는 것과 동시에, 섭취자는 마늘로 매운맛을 낸 시금치 속에서 손가락을 돌리고 또한 굴라시를 뿌린 파프리카의 냄새를 맡으면서 식탁보에 감싸인 채 식탁에 누워 있으며, 다리는 끈으로 묶여서 이 난잡한 현장에서 샹들리에를 대신하는 커피 기계에 연결되어 있다. 이해에 페미나상을 수상한 소설에서 남자 주인공은 스파게티로 미리 배를 잔뜩 채운 다음 송로 크림을 바닥에 칠한 뒤에 혓바닥으로 그것을 핥아 먹는다. 이상적인 아름다움의 기준도 변했다. 이제는 130킬로그램의 뚱보여야만 하는데, 왜냐하면 이런 체형은 소화기관의 특출한 효율성을 입증하기 때문이다. 패션에도 변화가 일어났다. 여성들은 전반적으로 옷차림만으로는 남성과 구별할 수 없게 되었다. 모든 개명開明한 국가들의 국회에서는 학교교육으로 어린이들에게 소화 과정의 비밀을 교육하는 것이 가능한지에 대한 토론이 이루어졌다. 이제까지 이 주제는 저속한 것으로서 완전한 금기에 철저히 감추어져 있었다.

그리고 마침내 생물학의 발달은 선사시대의 쓸모없는 유물인 성별 구분을 근절하는 단계에 근접했다. 태아는 인공적으로 수정될 것이며 유전공학의 프로그램에 따라 육성될 것이다. 여기에서는 무성적인 개체들이 생겨날 것이고 이러한 개체들이 비로소 섹스의 대재앙 시기를 겪은 모든 사람의 정신 속에 여전히 쌓여 있는 악몽 같은 기억에 종지부를 찍을 것이다. 진보의 성전, 밝게 불 켜진 실험실에서 훌륭한 양성인간, 이라기보다 정확히는 무성인간들이 태어날 것이며, 인류는 이전의 치욕에서 벗어나 모든 과일을 더더욱 맛있게 씹어 삼킬 수 있게 될 것이다—식도락적으로 금지된 과일만을.

(정보라 옮김)

세 명의 전자기사

Trzej elektrycerze

옛날에 위대한 발명가이며 제작자가 있었다. 그는 끊임없이 특이한 기계를 고안해 내고 희한한 장치들을 계속해서 만들어 냈다. 그는 아름답게 노래하는 조그마한 기계를 만들어 기계 새라고 이름을 붙였다. 대담한 마음이 그의 표식이라, 그의 손에서 나온 원자들에는 모두 그러한 표식이 있어 훗날의 학자들이 원자의 스펙트럼에서 반짝이는 하트 모양을 보고 놀라기도 했다. 크고 작은 유용한 기계도 많이 만들었는데, 그러다 어느 날 그에게 이상한 생각이 떠올랐다. 죽음과 삶을 하나로 묶고, 거기에 불가능을 결합한다는 것이었다. 지성이 있는 존재를 물로부터 만들려고 했는데, 그건 여러분이 생각하는 그런 끔찍한 방법이 아니었다. 물렁물렁하고 축축한 몸체에 대해서는 생각하지도 않았거니와, 우리가 다 그렇듯 그도 그런 것은 싫어했던 것이다. 그의 의도는 물로부터 정말로 아름답고 현명한 존재를 만드는 것이었으며, 그러므로 그 존재는 수정과 같은 것이 될 터였다. 어떤 태양과도 멀리 떨어져 있는 행성을 골라 그 바다에서 빙하를 잘라서, 산속의 수정을 가공하듯 크리오니드를 조각해 냈다. 크리오니드라는 이름은 무시무시한 추위와 태양이 없는 진공에서만 생존할 수 있기 때문에 붙여졌다. 크리오니드들은 곧 도시와 얼음 궁전들을 건설했고, 어떤 온기도 위험했기 때문에 거대한 투명 용기 안에 수집한 북극의 오로라들로 불을 밝혔다. 더 부유한 이들은 더 많은 북극의 오로라들, 레몬색과 은색의 오로라를 가지고 행복하게 살았는데 이들은 이 빛만 사랑했던 것이 아니라 또한 보석을 매우 좋아해서 보석 수집으로도 이름이 높았다. 이 보석들은 얼어붙은 가스를 떼어 내어 연마한 것이었다. 보석들은 마치 사로잡힌 영혼처럼, 마법에 걸린 안개처럼 가늘게 뻗어 나오면서 불타는 오로라가 끝없이 계속되는 크리오니아의 밤에 색을 더했다. 크리오니아는 아주 멀리서도 잘 보였으며 그 옆면은 검은 벨벳 위에서 돌아가는 보석처럼 빛나 우주 정복자들 중 이 보석들을 소유하고 싶어 하는 이가 한둘이 아니었다. 그리하여 모험가들은 크리오니아에 무력을 행사하러 오기에 이르렀다. 크리오니아에 날아온 것은 황동 전자기사였는데, 마치 종이 울리는 것처럼 쿵쿵 발을 굴렀으나 다리가 닿자마자 얼음이 열에 녹아 버렸고 빙하의 바다 심연으로 굴러떨어져 물속에 빠져서, 호박 속의 곤충처럼 최후의 심판 날까지 크리오니아의 바다 밑바닥 얼음산에서 쉬게 되었다.

황동 전자기사의 운명도 다른 대담한 이들을 겁주지 못하였다. 이후 날아온 것은 철 전자기사로, 철로 된 내부가 부글부글할 때까지 액체헬륨을 잔뜩 마시고 나서 갑옷에 내린 서리 때문에 눈사람 같았다. 그러나 크리오니아의 대기를 날아 들어오면서 대기의 마찰에 불이 붙고, 액체헬륨은 쉭쉭 소리를 내며 증발하여 철 전자기사는 그만 붉게 달아오른 채 얼음 바위 위에 떨어졌는데, 바위는 곧 갈라졌다. 철 전자기사는 펄펄 끓는 간헐천처럼 김을 날리며 빠져나왔지만, 건드리는 모든 것은 하얀 구름으로 변해 눈을 날렸다. 그래서 철 전자기사는 앉아서 식을 때까지 기다렸는데, 갑옷 팔 위의 눈의 별 모양 결정이 더 이상 녹지 않게 되자 이제 일어서서 싸우러 가려고 했으나, 관절의 기름이 굳어 허리를 펼 수조차 없었다. 그리하여 오늘날까지 그 자리에 앉아 있으며, 내리는 눈은 그를 흰 산으로 바꾸어, 투구의 날만이 밖으로 삐쭉 솟아 있는 상태라고 한다. 이 산의 이름은 철산이며, 그 뚫린 눈구멍에서는 얼어붙은 시선이 번쩍였다.

세 번째 전자기사, 석영 기사는 이들이 어떻게 되었는지 들었다. 석영 기사는 대낮에 보면 반들반들 잘 닦인 렌즈처럼 보였고, 밤에는 별이 반사되는 것처럼 보였다. 석영 기사는 팔다리가 없었기 때문에 접합 부분의 기름이 굳을까 걱정도 없었고, 얼마든지 차가워져도 괜찮았기 때문에 다리 밑에서 얼음장이 깨어지지 않을까 하는 걱정도 없었다. 한 가지만 주의하면 되었는데, 그것은 끈질기게 무언가를 생각하면 석영으로 된 두뇌가 달아올라 없어질 수 있다는 것이었다. 하지만 석영 기사는 아무 생각을 하지 않는 방법으로 목숨도 구하고 크리오니드들에게서 승리도 거두겠다고 스스로 다짐한 바였다. 그가 행성에 날아왔을 때, 은하계의 끝없이 긴 밤 여행으로 어찌나 얼어붙었는지, 비행 중에 그의 가슴에 긁힌 철 유성들은 마치 유리 같은 소리를 내며 산산조각으로 깨어졌다. 석영 기사는 크리오니아의 하얀 눈 위, 별이 가득한 냄비와 같은 검은 하늘 아래 앉아 투명한 거울처럼 이제 무엇을 해야 하는지 생각하려고 했으나 벌써 주위의 눈이 빨갛게 변하면서 김을 내기 시작했다.

"오호!" 석영 기사가 말했다. "이건 좋지 않은걸! 아무 생각도 하면 안 돼, 그래야 한다고!"

그러고는 어떤 일이 생기더라도, 지적인 노력을 하지 않으려고 이 말만 되풀이하기로 결심했다. 그 덕분에 전혀 달아오르지 않을 수 있었다. 이렇게 석영 기사는 눈 쌓인 사막을 냉기를 유지하기 위해 아무런 생각 없이, 무작정 갔다. 계속해서 가다 보니 크리오니드들의 수도 프리기다의 얼음벽에 도달했다. 서두르다가 머리를 벽 꼭대기의 삐죽삐죽한 부분에 부딪쳐 불꽃이 튈 정도였지만 아무렇지도 않았다.

"다르게 한번 해 보자!" 이렇게 말하고는 그럼 2 곱하기 2는 얼마인지 생각해 보았다.

이것을 생각하는 동안 머리가 약간 달아올라서, 두 번째로 벽에 불꽃을 일으키며 머리를 부딪쳤지만, 조그마한 구멍만 났을 뿐이었다.

"아직 부족한걸!" 석영 기사는 혼잣말을 했다. "더 어려운 걸 해 봐야겠어. 3 곱하기 5는 어떻게 될까?"

이렇게 급작스러운 생각 활동과 닿은 눈이 바로 녹기 시작해 머리 주위로는 지글지글하는 구름이 형성되었다. 석영 기사는 뒤로 물러났다가 가속을 붙여 벽에 부딪쳐서 곧장 벽을 통과할 수 있었으며, 그 뒤로 얼음 소귀족들의 두 궁전과 세 채의 집을 지난 후 거대한 계단에 이르러 종유석으로 된 손잡이를 잡았지만 계단은 마치 미끄럼틀 같았다. 석영 기사는 얼른 정신을 차렸다. 왜냐하면 주위 모든 것이 사라지기 시작해서 이런 식으로는 이 도시 전체에 휩쓸려 빙하의 심연으로 끌려 들어가 영원토록 얼어붙을 것 같았기 때문이었다.

"이럴 순 없어! 아무 생각도 하면 안 돼! 그래야 한다고!" 이렇게 말하자마자 석영 기사는 다시 식었다.

그래서 자신이 녹인 얼음 터널을 나와 거대한 광장에 다다랐는데, 광장은 오로라로 환히 밝혀져 수정 기둥의 은과 에메랄드를 언뜻언뜻 비추고 있었다.

그리고 석영 기사의 맞은편에서 별처럼 화려하게 빛나는 거대한 기사, 크리오니드의 우두머리인 보레알이 나오고 있었다. 석영 기사는 온 힘을 끌어모아 공격하려고 덤볐고 보레알 역시 석영 기사에 맞서서 무시무시한 소음이 울려 퍼졌는데, 마치 북극 한가운데의 두 거대한 빙산이 부딪치는 것만 같았다. 보레알의 번쩍거리는 오른팔이 뿌리로부터 떨어졌지만 보레알은 용감하게도 전혀 신경 쓰지 않고 몸을 돌려 빙하처럼, 사실 빙하인 가슴을 적에게 드러내었다. 석영 기사는 또다시 가속을 붙여 거듭 보레알에게 무섭게 부딪쳤다. 석영은 얼음보다 더 단단하고 치밀한 조직이라 보레알은 거대한 소리와 함께 가파른 바위 절벽에서 눈사태가 일어나듯 터져 그의 패배를 본 오로라들의 빛에 반짝이며 흩어져 쓰러지고 말았다.

"이래야 하지! 앞으로도!" 석영 기사는 이렇게 말하고 패배자로부터 현실 같지 않게 아름다운 보석들을 뜯어냈다. 물돌이 박혀 있는 반지, 다이아몬드와 비슷한 번쩍이는 자수와 단추들은 사실 아르곤, 크립톤, 크세논의 세 가지 귀중한 가스를 연마한 것이었다. 하지만 이들의 아름다움에 감탄하자, 그 감흥에 몸이 뜨거워져, 이 다이아몬드와 사파이어들은 석영 기사의 손안에서 씩 하는 소리를 내며 증발해 버렸고, 석영 기사에게는 좀 있으면 그마저도 사라져 버릴 몇 방울의 이슬 말고는 아무것도 없었다.

"오호! 그러니까 감탄을 해도 안 되는군! 그래! 아무 생각도 하면 안 돼!" 석영 기사는 이렇게 말하고는 점령한 도시 깊숙이 들어갔다.

멀리서부터 너무나 커다란 어떤 형체가 보였다. 이는 하얀 알부시드, 광물 장군으로 넓게 벌어진 가슴에는 훈장 고드름들이 맺혀 있었고 거대한 별 모양의 서리가 유리 리본에 달려 있었다. 왕가의 보물 창고를 지키는 호위병인 알부시드는 석영 기사를 막아섰지만, 석영 기사는 폭풍처럼 달려들어 그를 얼음 조각으로 산산이 부숴 버리고 말았다. 알부시드를 도우러 나온 것은 아스트로우흐 왕자로, 검은 얼음으로 되어 있었다. 석영 기사도 아스트로우흐 왕자는 어떻게 해 볼 수 없었는데, 왜냐하면 왕자는 헬륨으로 연마한 매우 값비싼 질소로 무장하고 있었다. 이 무장으로부터 나오는 냉기에 석영 기사는 가속을 잃고 움직임이 둔해졌으며 오로라 빛마저도 흐릿해졌는데, 완벽한 0으로부터 나오는 바람이 근처를 휩쓸었기 때문이었다. 석영 기사는 생각을 하며 정신을 차렸다. "맙소사! 이건 또 무슨 일이지?" 그리고 놀랍게도 뇌가 다시 달아오르면서 완벽한 0이 조금 미지근해지더니 눈앞에서 아스트로우흐는 털썩 소리를 내며 주저앉아 절망적으로 눈물처럼 물을 뚝뚝 흘리고는 지금까지 싸우던 장소에 물웅덩이 속의 검은 얼음 덩어리로 남았다.

"이럴 수가!" 석영 기사는 혼잣말을 했다. "아무 생각도 하면 안 돼! 하지만 필요하면, 생각을 해야지, 이러거나 저러거나, 무조건 이겨야 한다고!"

그러고는 걸음을 서두르는데, 그의 걸음 소리는 마치 누군가 망치로 수정을 두드리는 것처럼 울리며 프리기다의 거리를 쿵쿵거려서 하얀 창문의 덮개 아래에서는 이 도시의 시민들이 석영 기사를 절망적으로 바라보고 있었다. 달아오른 운석이 은하수를 가로지르듯 쏜살같이 지나가다 석영 기사는 멀리서 크지 않은 어떤 형체를 보았다. 그것은 바로 얼음의 입이라고도 불리는 바리온, 크리오니드들의 현자였다. 석영 기사는 그를 한 번에 뭉개어 버리려고 달려갔으나, 바리온은 길에서 피한 후 두 손가락을 들어 보였다. 그게 무슨 뜻인지 석영 기사는 알 수 없었지만 다시 몸을 돌려 적을 공격했으나, 바리온은 또다시 한 발짝 물러나 한 손가락을 들어 보였다. 석영 기사는 이상해하며 방향을 바꿔 다시 돌진하려는 순간 속도를 늦추었다. 고민하는 동안, 근처의 집에서 물이 흘러나오고 있었지만 석영 기사는 그것을 보지 못했다. 왜냐하면 바리온이 이번에는 손가락으로 동그라미를 만들고는 다른 한 손의 엄지손가락을 그 안으로 재빨리 넣었다 빼었다를 계속하며 움직였기 때문이었다. 석영 기사는 도대체 이 말없는 손짓이 무엇을 의미하는지 생각하고, 또 생각하는데, 발아래 진공이 열리더니, 그 안에서 검은 물이 쏟아져 나오고 석영 기사 역시 그 안으로 마치 돌처럼 빨려 들어갔다. '아무 생각도 하면 안 돼!'라고 말하기도 전에, 이미 석영 기사는 이 세상에서 사라졌다. 이후 목숨을 구한 크리오니드들은 바리온에게 살려 줘서 고맙다고 하며 무서운 전자기사에게 보여 준 신호를 통해 무슨 말을 하고 싶었는지 물었다.

"아주 간단한 겁니다." 현자가 말했다. "두 손가락은, 우리가 두 명이라는 거지요, 나와 그. 한 손가락은, 둘 중 하나만 곧 남는다는 뜻이었어요. 그리고 동그라미를 보여 주며, 검은 바다의 심연이 그를 영원히 삼킬 얼음이 근처에서 열린다는 걸 말했죠. 첫 번째도, 두 번째도, 세 번째도 전혀 이해하지 못했어요."

"위대한 현자시여!" 놀란 크리오니드들이 외쳤다. "어떻게 그런 신호를, 그 무서운 공격자에게 줄 수 있었습니까? 생각해 보세요, 만약 그가 그걸 이해했더라면, 그래서 이상하게 생각하지 않았더라면 어떻게 되었겠어요? 그럼 그렇게 생각을 하느라 달아오르지도 않고, 끝없는 심연으로 빠지지도……"

"아하, 그 걱정은 전혀 하지 않았습니다." 얼음의 입 바리온은 차가운 웃음을 띠고 말했다. "그가 아무것도 이해하지 못한다는 건 진작 알고 있었으니까요. 만약 조금이라도 지성이 있었으면, 우리 행성에 오지도 않았을 겁니다. 태양 아래 사는 존재에게 가스로 만든 보석과 얼음, 별, 은으로 만든 보석이 무슨 소용이 있나요?"

크리오니드들은 현자의 현명함에 감탄하면서 안심하고 자리를 떠나 정다운 냉기가 가득한 집으로 돌아갔다. 이때부터 아무도 크리오니아를 침략할 생각은 더 이상 하지 않았다. 왜냐하면 우주 전체에도 그런 멍청이들은 더 이상 없었기 때문이었다. 하지만 어떤 이들은, 아직도 상당수 있긴 하지만, 가는 길을 몰라서 못 간다고도 한다.

(이지원 옮김)

『존재주식회사』

(앨리스타 웨인라이트 지음, 미국도서관 발행)

ALISTAR WAYNEWRIGHT „Being Inc."

(American Library)

종업원을 고용할 때 그의 월급에 포함되는 것은—일 외에도—피고용인이 고용주에게 당연히 가져야 할 존경심이다. 변호사를 선임한다면 전문가적인 조언 외에 안전하다는 감각도 함께 구입하게 된다. 사랑을 구입하는(그저 추구하는 것이 아니라) 사람은 다정함과 애착도 마찬가지로 기대한다. 비행기표 가격에는 오래전부터 아름다운 승무원들의 미소와 정중한 친절이 포함되어 있다. 사람들은 프라이빗 터치, 즉 소위 말하는 친밀하게 돌보아 주는 감각과 호의적인 관계에 비용을 지불하는 경향이 있으며 이것은 삶의 모든 분야에서 경험하는 서비스의 구성 품목 중에서 중요한 부분이 된다.

그러나 그 삶 자체는 어쨌든 종업원과 변호사와 호텔, 사무실, 항공사, 가게 직원들과의 접촉으로만 흘러가지는 않을 것이다. 그 반대로 우리가 가장 중요하게 생각하는 접촉과 관계는 돈을 내고 구입하는 서비스의 영역을 넘어선 곳에 있다. 컴퓨터로 결혼 중매 서비스를 주문하는 것은 가능하지만 결혼식이 끝난 뒤에 아내 혹은 남편이 꿈꾸던 대로 행동해 주기를 주문하는 것은 불가능하다. 돈 많은 사람이 요트나 궁전이나 섬을 살 수 있지만 예를 들어 영웅이 되거나 첩보기관에서 활동하거나 멋진 사람을 죽음의 위협에서 구조하거나 추격전에서 적을 따돌리고 이기거나 최상위급 훈장을 받는 종류의 사건들이 자기가 바라는 대로 이루어지도록 돈을 내고 구입하는 것은 불가능하다. 마찬가지로 호의나 타인이 자발적으로 나에게 느끼는 호감이나 충직함을 구입하는 것도 불가능하다. 바로 이러한 이해관계와 상관이 없는 감정들에 대한 그리움으로 강력한 권력자와 부자들이 괴로워한다는 것은 수없이 많은 이야기들에 잘 나와 있다. 그런 동화에서 재력을 가지고 있기 때문에 모든 것을 강요하거나 구입할 수 있는 사람이, 그가 가진 특권이 넘을 수 없는 벽이 되어 타인으로부터 자신을 갈라놓을 때에 자신의 특출한 지위를 버리고, 마치 거지로 분장한 하룬 알 라시드*처럼 정체를 숨긴 채 인간의 진정성을 찾아 나선다는 것이다.

그리고 이 때문에 아직도 상품화하지 않은 한 분야는 친밀하거나 공식적이거나, 사적이거나 공적인 일상생활의 본질적인 부분이며, 그 결과 모든 사람이 저 자질구레한 패배, 비웃음, 근심, 반목, 경멸에 시달리는데, 이런 것은 돈을 주고 피할 수 없거니와 우연, 다시 말

* 766~809 아바스 왕조의 제5대 칼리프. 바그다드는 그의 치세에 번영의 절정을 이루었다. 『천일야화』에 등장하는 왕이 바로 하룬 알 라시드인데, 시정을 살피고 견문을 넓히기 위해 재상 자파르, 흑인 환관 마스루르와 함께 밤에 변장하여 궁전을 빠져나왔다고 묘사된다.

해 개인의 운명에 달려 있다. 이것은 견딜 수 없는 노릇이고 한시라도 빨리 어떻게든 변화시켜야 할 1순위이며, 더 좋은 방향으로의 그 변화라는 것은 거대한 일상생활의 서비스 산업이 되었다. 광고 회사 덕분에 무엇이든지 골라 살 수 있는 사회인 것이다, 그것이 대통령의 지위가 되었든, 꽃무늬를 그린 하얀 코끼리 떼가 되었든, 한 무리의 아가씨들이든 호르몬으로 되살린 젊음이든, 인간 존재의 조건 자체를 조정하는 일이든. 여기서 즉각 반박이 제기된다. 그렇게 구입된 형태의 삶은 진실하지 않으므로 주위의 진실한 사건들과 나란히 놓였을 때 금방 그 거짓된 속성이 드러난다는 것인데, 이런 반박은 약간 상상력이 결여된 순진함을 전제로 한다. 모든 아이들이 시험관에서 배태된다면, 그래서 그 어떤 성행위도 이전과 같은 자연스러운 수태의 결과를 가져오지 않는다면, 그 어떤 신체적인 친밀함도 쾌락 이외의 목적은 전혀 갖지 않게 되므로 섹스에서 정상과 비정상의 차이는 사라진다. 이렇게 되면 모든 삶은 강력한 서비스 산업의 주의 깊은 통제하에 놓이게 되며 진정으로 우연한 사건들과 비밀리에 미리 준비된 사건들의 차이도 사라진다. 어떤 일이 순수하게 우연히 일어난 것이며 어떤 일이 미리 비용을 치르고 마련한 경우인지 알아낼 수 없게 된다면 자연스러운 모험, 성공, 패배와 인공적인 것들 사이의 구별이 더 이상 존재하지 않게 된다.

앨리스타 웨인라이트의 소설 『*Being Inc.*』, 즉 '존재주식회사'의 기본 발상을 대략적으로 요약하자면 이러하다. 이 주식회사의 운영 원칙은 원거리에서 활동하는 것이다. 본사의 위치는 아무에게도 알려져서는 안 되며 고객들은 '존재주식회사'와 오로지 우편 교신만으로, 어쩔 수 없는 경우에만 전화 통화로 접촉한다. 고객들의 주문은 거대한 컴퓨터가 접수하는데 그 수행은 계좌의 상태, 그러니까 입금한 비용의 금액에 따라서 결정된다. 배신, 우정, 사랑, 복수, 자기 자신의 행복과 타인의 불운도 마찬가지로 편리한 신용 체계에 따라 할부로 구입할 수 있다. 아이들의 운명은 부모가 구성하지만, 아이가 성인이 되는 날 각자 우편으로 회사의 가격표와 카탈로그와 팸플릿 겸 이용 안내서를 받게 된다. 팸플릿은 사무적이고 이해하기 쉽게 쓰여 있는 사회공학과 세상을 보는 철학의 논설이며 평범한 광고지는 아니다. 그것은 명징하고 고상한 언어로, 고상하게 말할 수 없는 내용을 다음과 같은 공식에 따라 요약해서 제시한다.

모든 인간은 행복을 향해 움직이지만 그 방법은 다양하다. 어떤 사람들에게 행복이란 다른 사람들 위에 서는 것이며 어떤 사람들에게는 독립성이기도 하고 또 어떤 사람들에게는 끊임없는 도전과 모험과 커다란 도박의 상태이기도 하다. 또 다른 사람들에게 행복은 순응하는 것, 권위에 대한 신념, 그 어떤 위협도 없는 상태, 평온, 심지어 게으름이다. 도전과 모험파의 경우 공격성을 드러내는 것을 좋아하며 안전과 평온파는 바로 그런 공격성을 경험할 때 좀 더 순해진다. 또한 많은 사람들이 불안해하고 근심 걱정하는 상태에서 만족감을 얻으며, 진실로 걱정할 일이 없게 되면 허구의 걱정거리라도 만들어 낸다. 주체적인 사람과 수동적인 사람의 수는 사회에서 대체로 비슷하다고 연구 결과는 보여 준다. 이전 사회의 불행은, 팸플릿에 따르면, 그럼에도 불구하고 시민들의 타고난 성정과 실제 삶의 길을 조화시킬 방법을 찾아내지 못했다는 데 있다는 것이다. 누가 승리하고 누가 패배하는지, 누구에게 페트로니우스*의 역할이 주어지고 누구에게 프로메테우스의 역할이 주어지는지를 무작위적인 운이 결정하는 일이 얼마나 자주 일어났던가. 프로메테우스가 대체 어떻게 해서 자기 간을 독수리가 쪼아 먹으리라는 사실을 예상하지 못했는지 진지하게 의심해 보아야 한다. 최신 심리학에 의하면 프로메테우스가 나중에 간을 쪼아 먹히기 위해서 하늘에서 불을 훔쳤다는 쪽이 가장 개연성 있다고 한다. 그는 마조히스트였고, 마조히즘은 눈의 색깔과 마찬가지로 타고난 성정이다. 부끄러워할 필요는 없으며 현실적으로 그것을 이용해서 사회적인 이익을 얻어 내야 한다. 학자들이 강의하는 교재에 의하면 이전에는 누구의 앞에 쾌락이 기다리고 누구의 앞길에 절제와 금욕이 놓여 있는지 무작위적인 운명이 결정했고 사람들은 처절한 불행 속에 살았는데, 왜냐하면 때리기를 좋아하는 사람이 맞고, 마찬가지로 심하게 매질당하기를 갈망하는 사람은 자기 자신이 정황의 노예가 되어 다른 사람들에게 매질을 해야 했기 때문이었다.

'존재주식회사'의 운영 원칙은 허공에서 튀어나온 것이 아니다. 결혼 정보 프로그램은 이미 오래전부터 배우자를 중매하면서 비슷한 원칙을 적용해 왔다. '존재주식회사'는 모든 고객에게 성년이 되는 순간부터 죽을 때까지 첨부된 양식에 표시된 고객의 소망에 따라 삶을 미리 준비해 주는 것을 보장한다. 회사는 최신 사이버 기술, 사회공학과 정보 기술을 바탕으로 운영된다. '존재주식회사'는 고객들의 소망을 즉각 충족해 주지는 않는데, 왜냐하면 사람들은 자주 자기 자신의 천성을 알지 못하고 무엇이 자신에게 좋은지 무엇이 나쁜지 모르기 때문이다. 모든 신규 고객은 회사에 원격으로 심리 기술적 테스

* 가이우스 페트로니우스(27?~66). 로마 제국 네로 시대의 귀족. 풍자소설 『사티리콘』의 저자로 알려져 있다. 고위 관직과 재능을 시기한 무리들에게 반역자로 몰려 자살했다.

트 결과를 제출해야 한다. 일단의 초고속 컴퓨터들이 고객의 개인 프로필을 작성하고 모든 천성적인 경향들을 정리한다. 그런 진단을 거친 뒤에야 회사는 주문을 받아들인다.

주문의 내용과 관련해서는 부끄러워할 필요가 없다. 그것은 영원히 회사의 기밀로 남기 때문이다. 또한 고객의 주문이 실행되는 과정에서 누군가에게 해를 가하지 않을까 두려워할 필요도 없다. 이에 대해서는 그런 일이 일어나지 않도록 회사의 전산부 부장이 관리하고 있다. 여기 스미스 씨가 예를 들어 엄격한 판사가 되어 사형을 언도하고 싶어 한다고 치자. 그 소원에 따라 그의 앞에는 사형으로만 다스릴 수 있는 범죄자들이 기소되어 늘어서게 된다. 존스 씨가 자기 아이들을 매질하고 아이들에게서 모든 종류의 즐거움을 빼앗기를 원하면서 여기에 더하여 스스로 공정한 아버지라는 확신을 계속 가지고 싶어 한다면? 그는 소원에 따라 잔혹하고 악랄한 아이들을 가질 것이며 그 아이들을 처벌하고 훈육하는 데 반평생을 보내게 될 것이다. 회사는 모든 종류의 소원을 들어준다. 때로는 그저 줄을 서서 기다려야만 할 때도 있는데, 예를 들면 누군가를 자기 손으로 죽이고 싶을 때로, 이런 것을 원하는 아마추어들은 이상할 정도로 많다. 여러 주에서 사형선고를 받은 사람들을 다양한 방식으로 살해하고 있다. 어떤 주에서는 목을 매달고 다른 주에서는 청산 용액으로 독살하며 또 다른 주에서는 이 목적으로 전기를 사용한다. 목을 매다는 것을 갈망하는 사람은 합법적인 처형 방식으로 교수형을 이용하는 주로 이동해 눈 깜짝할 사이에 임시 사형집행인이 된다. 외딴 벌판이나 풀밭이나 조용한 집 안에서 제삼자를 살해하고도 처벌을 피하고 싶어 하는 고객들의 소망을 들어줄 만한 기획은 아직 회사 규정상 확정되지 않았으나 회사는 이런 혁신적 방안 또한 실현하려고 끈기 있게 노력하고 있다. 우연한 사건들을 마련해 주는 회사의 전문성은 수백만의 인위적인 커리어가 증명해 주며 주문받은 살인을 수행하는 과정에 쌓여 있는 어려움도 극복해 준다. 예를 들어 죄수는 사형수 감방의 문이 열려 있는 것을 눈치채고 도망치며 회사 직원들은 그가 탈출 과정에서 고객과 마주치도록, 그것도 죄수와 고객 양쪽에게 가장 적합한 순간에 조우가 일어나도록 신경 써서 준비한다. 이를테면 고객이 마침 사냥용 엽총에 총알을 장전하는 일에 몰두하고 있는 순간 탈출한 죄수가 고객의 집에 숨으려고 할 것이다. 어쨌든 이런 식으로 회사가 설정한 가능성의 카탈로그는 끝이 없다.

'존재주식회사'는 역사상 전례가 없는 조직이다. 그것은 역사를 위해 필수 불가결하다. 결혼 정보 프로그램은 단순히 **두** 사람을 연결해 줄 뿐이며 이 두 사람이 혼인 관계를 맺은 뒤에는 무슨 일이 일어나는지 근심하지 않는다. 반면에 '존재주식회사'는 수천 명의 사람들이 연관되는 거대한 우연의 덩어리를 조직해야만 한다. 회사는 활동의 방법이 팸플릿에 거론되지 **않도록** 매우 조심한다. 예시는 그저 순전한 허구일 뿐이다! 조작의 전략은 완전한 비밀이어야 하며 그렇지 않을 경우 고객은 자신에게 자연적으로 일어나는 일과 회사의 컴퓨터들이 눈에 보이지 않게 그의 운명을 돌보면서 활동한 덕분에 일어나는 일을 절대로 구별하지 못할 것이다.

'존재' 회사는 운전기사, 정육점 주인, 의사, 기술자, 가정주부, 아기, 개와 카나리아 등 평범한 시민으로 가장한 엄청난 수의 직원들을 보유하고 있다. 직원들은 무명이어야 한다. 일단 자기의 정체를 드러낸 직원은, 예를 들어 자신이 '존재주식회사' 팀에 소속된 구성원임을 나타내는 경우, 해고당할 뿐만 아니라 회사에 의해 무덤으로 끌려간다. 해당 직원의 취향을 알고 있기 때문에 회사는 그가 평생 수치스러운 배덕 행위를 했던 순간을 저주하면서 살아가도록 그의 일생을 준비해 준다. 직원이 비밀을 드러낸 데 대한 벌에는 항의를 할 수도 없는데, 왜냐하면 회사는 앞에서 말한 위협이 어떤 식으로 이루어질지를 절대로 명확하게 선언하지 않기 때문이다. 회사는 이렇게 자기들 상품의 비밀에 있어 좋지 않게 행동하는 직원들에 대하여 **진짜** 대응을 시작한다.

소설에 제시된 현실은 '존재주식회사'의 광고 팸플릿에 묘사된 것과 다르다. 광고는 가장 중요한 점에 대해서 이야기해 주지 않는다. 담합 금지법에 따라 미합중국에서 시장의 독과점은 금지되어 있으며 그러므로 '존재주식회사'는 삶을 미리 마련해 주는 유일한 업체가 아니라는 것이다. 예를 들어 '헤도니스틱스'*나 '참삶사' 같은 거대 경쟁사들이 존재한다. 그리고 바로 이러한 정황 때문에 역사상 한 번도 없었던 현상이 일어난다. 여러 다른 회사들의 고객인 개인들이 서로 부닥치면서 개별 주문의 실행이 예상하지 못했던 어려움에 부딪힐 수 있기 때문이다. 이러한 어려움은 소위 비밀스러운 기생寄生이라는 형태로 나타나며 위장된 채로 점점 격심해질 수 있다.

이를테면 스미스 씨가 지인의 아내이자 자신이 좋아하는 브라운 부인 앞에서 빛나 보이고 싶어서 가격표에서 '396b' 프로그램, 즉 철도 참사의 와중에 생명을 구해 주는 옵션을 선택했다고 하자. 참사에서 두 명 모두 상처 하나 없이 빠져나와야 하지만, 브라운 부인이 생

* 쾌락주의 학문이라는 뜻.

명을 건지는 것은 오로지 스미스 씨의 영웅심 덕분이어야만 한다. 회사는 이럴 경우 정밀하게 기차 사고를 예정하고 동시에 지정된 인물들이 겉보기에 우연한 여러 가지 일련의 정황의 결과로 같은 객차를 타고 여행하도록 상황 전체를 마련해야만 한다. 기차의 객실 내벽과 바닥과 좌석 손잡이에 내장된 센서들이 화장실에 숨겨져 사건을 프로그래밍하는 컴퓨터에 데이터를 전송해서 사건이 정확히 계획에 따라 진행되도록 맞추어 준다. 사고는 반드시 스미스 씨가 브라운 부인의 목숨을 **구하지 않을 수 없도록** 전개되어야 한다. 그가 무엇을 하면 좋을지 알 수 없도록 뒤집힌 객차의 옆 부분이 정확하게 브라운 부인이 앉아 있는 자리 쪽으로 터져야 하며, 객실은 숨 막히는 연기로 가득 차고, 밖으로 나오기 위해서 스미스는 이렇게 만들어진 출구로 여성을 먼저 밀어 내보내야만 한다. 이렇게 해서 그는 동시에 브라운 부인을 질식사의 위험에서도 구출한다. 이런 작전은 그렇게까지 어렵지 않다. 수십 년 전에는 달 탐사선을 목적지에서 몇 미터 거리까지 보내기 위해서 어마어마한 수의 컴퓨터와 함께 이와 맞먹는 수의 전문가들이 필요했다. 현재는 컴퓨터 한 대가 서로 조화롭게 작동하는 센서들 덕분에 상황을 감시하며 아무 문제 없이 계획된 과업을 수행한다.

그러나 만약에 '헤도니스틱스'나 '참삶사'에서 브라운 부인의 남편으로부터 스미스가 불한당이며 겁쟁이로 판명되게 해 달라는 주문을 받는다면 예상하지 못했던 복잡한 문제가 일어난다. 산업스파이들 덕분에 '참삶'에서는 '존재' 회사에서 계획한 철도 작전에 대해 알게 된다. 가장 저렴한 해결책은 타 회사에서 기획한 작전에 합승하는 것이다. 바로 이렇기 때문에 '비밀스러운 기생'이라고 한다. '참삶'에서는 참사의 순간에 조그만 편향 유도기를 작동시키고, 이것만으로도 스미스 씨가 객차에 난 구멍을 통해 브라운 부인을 밀어내면서 그녀에게 멍이 드는 상처를 입히고 치마를 찢고 또한 일을 확실히 하기 위해서 브라운 부인의 양다리를 부러뜨리게 하기에 충분하다.

만약에 '존재' 회사에서 자신들이 심어 놓은 대항 스파이들의 활동 덕에 이 기생적인 계획에 대해 알게 된다면 대비책을 발동시킬 것이며, 이렇게 해서 작전은 점점 격화된다. 뒤집히는 객차 안에서 두 개의 컴퓨터가 결투에 돌입한다—하나는 화장실에 있는 '존재' 회사의 것이고 다른 하나는 어쩌면 객실 바닥에 숨겨져 있을 '참삶'의 컴퓨터다. 여성의 잠재적인 구원자와 잠재적인 희생자로서의 여성 뒤에서 두 대의 엄청난 전자두뇌와 두 개의 조직이 맞선다. 사고의 순간에—몇 분의 1초 사이에—컴퓨터들의 무시무시한 전투가 펼쳐지고, 스미스가 한편으로는 영웅적으로 바람직하게 행동하고 다른 한편으로는 비겁하게 짓밟는 행동을 하도록 만들기 위해 거대한 두 개의 세력이 어떻게 개입할지는 상상하기 어렵다. 계속해서 새로운 요소들이 더해진 결과 여성에게 용기를 보여 주기 위한 조그만 쇼가 대재앙으로 변할 수도 있다. 회사들의 기록에 따르면 9년의 기간 동안 '조격'(조작의 격렬화)이라고 하는 이런 대재난이 두 번 일어났다. 그 두 번째 사건에서 관련자들은 37초 동안 전기에너지와 증기 에너지와 수력 에너지의 비용으로 1900만 달러를 치러야 했으며, 그 후 서로 간에 합의를 이루어 조작의 최고 한계선이 설정되었다. 최고 한계선은 고객 시간에서 10^{12}줄joule을 초과하여 소모할 수 없으며 또한 원자력 에너지에 대한 모든 종류의 서비스 실현은 금지되었다.

이러한 배경에서 소설의 본격적인 줄거리가 전개된다. '존재주식회사'의 새 회장인 젊은 에드 해머 3세는 괴짜 백만장자 제사민 체스트 부인이 접수한 주문 건을 직접 검토하게 되는데, 그녀의 요청은 가격표를 벗어나는 특수한 것으로서 회사 안에서 직위 고하를 막론하고 모든 운영진의 능력을 벗어나는 일이었다. 제사민 체스트는 모든 조작의 개입에서 완전히 벗어난 순수하게 진정한 삶을 갈망했으며 이러한 소망을 이루기 위해서 자신이 가진 마지막 한 푼까지 지불할 준비가 되어 있었다. 에드 해머는 자문들의 제안에도 불구하고 이 요청을 수락한다. 자신의 직원들 앞에 놓인 과업, 즉 완전한 조작의 부재를 조작하는 것은 이제까지 수행했던 모든 요청보다도 어려운 것으로 판명된다. 연구 결과에 따르면 삶의 자연적인 자발성이란 없으며 이미 오래전부터 존재하지 않았다. 어느 특정한 조작을 위한 준비를 제거하는 과정에서, 한발 더 깊이 나아간 나머지 다른, 더욱 진행된 조작들이 드러난다. 미리 연출되지 않은 채로 진행되는 사건은 심지어 '존재주식회사'의 가장 깊은 핵심 기록에도 부재했던 것이다. 왜냐하면 세 개의 경쟁 회사가 끝까지 서로서로 조작했던 것이 드러났으므로, 다시 말해 경쟁사의 운영진과 이사진의 핵심 지위에 자기 회사의 신뢰할 수 있는 직원을 꽂아 두었던 것이다. 이러한 발견으로 인해 위협을 느낀 해머는 나머지 두 경쟁사의 최고경영자에게 연락하여 비밀 회담을 시작하는데, 그 회담에 주 컴퓨터에 접근할 권한을 가진 전문가들이 자문위원으로서 출두하게 된다. 이들과 직면하면서 마침내 상황이 정리된다.

2041년도 미합중국 영토 전체에서 미리 예정된 전산적인 계획 없이는 아무도 닭고기를 먹거나 사랑에 빠지거나 한숨을 쉬거나 위스키를 마시거나 맥주를 마시지 않거나 고개를 끄덕이거나 눈을 깜빡이거나 침을 뱉지 못할 뿐만 아니라, 그러한 계획은 실행되기 몇 년이나 전부터 이미 현실과의 부조화를 불러일으키고 있었다. 그 사실을 깨닫지 못한 채로 경쟁의 과정에서 세 개의 거대 기업들은 세 명의 인물로 이루어진 한 사람, 모든 힘을 가진 운명의 조종자를 만들어 낸다. 컴퓨터 프로그램들은 운명의 서다. 정당들이 미리 조정되고, 기상 상태가 조정되고, 심지어 에드 해머가 세상에 태어난 것 자체도 규정된 주문의 결과였으며, 그 주문은 또한 연결되는 다른 주문들의 결과였다. 더 이상 아무도 자연적으로 태어나지도 사망하지도 못한다. 그리고 마찬가지로 이제 아무도 아무것도 직접, 자기 혼자서, 끝까지 경험하지 못하는데, 왜냐하면 모든 사람의 생각 하나하나, 모든 두려움, 어려움, 고통 또한 컴퓨터의 대수학적 계산들을 연결하는 고리이기 때문이다. 죄와 벌과 도덕적 책임과 선과 악의 개념은 이미 공허해졌는데, 삶의 완전한 조정은 시장 바깥의 가치들을 배제하기 때문이다. 인간의 모든 특성을 100퍼센트 활용하고, 그것들을 결코 실망시키는 법 없는 시스템에 입력한 덕분에 컴퓨터가 조정한 천국에 모자란 것은 단 한 가지다—바로 그곳의 거주자들이 그곳이 그러하다는 사실을 아는 것. 마찬가지로 세 개 기업 회장들의 회담 또한 주 컴퓨터에 의해 기획되었으며, 주 컴퓨터는 이들에게 그러한 지식을 제공해 주면서 전자화된 지식의 나무*로서의 위상을 차지하게 되었다. 이제 무슨 일이 일어날 것인가? 완벽하게 미리 마련된 삶을 버리고 천국에서 새로운 또 한 번의 탈출을 시도하여 '모든 것을 처음부터 다시 한번 시작'해야 할 것인가? 아니면 책임감이라는 짐을 영

* 구약성경 『창세기』의 선악과나무를 가리킨다. 아담과 하와는 금지된 지식을 주는 선악과를 따 먹고 지상낙원인 에덴동산에서 추방된다.

원히 벗어던지고 그 삶을 받아들일 것인가? 책은 이러한 질문에 대답을 해 주지 않는다. 그러므로 이 작품은 형이상학적인 그로테스크이며, 그 환상성은 현실 세계와 어느 정도 관련을 맺고 있다. 작가적 상상력이 만들어 낸 익살맞은 사기와 과장을 차치하면 남는 것은 논리적 조작의 문제이고, 게다가 그것은 완전한 주체적 자발성과 자유라는 감각과도 충돌하지 않는 조작이다. 이런 주제는 분명 앞서 『존재주식회사』에서 보여 준 것과 같은 형식으로 요약할 수 없지만, 이러한 현상이 다른 형태로 나타나는 것으로부터 운명이 우리의 후손들을 구해 줄지는 알 수 없다—그런 일이 일어난다면 아마도 묘사는 덜 재미있겠지만, 누가 알겠는가, 동시에 삶은 덜 괴로워질지도 모른다.

(정보라 옮김)

스물한 번째 여행

Podróż dwudziesta pierwsza

27세기에서 돌아온 후 나는 이욘 티히를 로젠바이서에게 보내 테오힙힙에서 내가 그만두고 물러난 자리를 이어받도록 했는데, 그는 매우 내켜하지 않아서 조그만 타임루프 속을 일주일이나 쫓아다니며 말다툼을 한 끝에야 보낼 수 있었었고, 그런 뒤에 나는 상당한 딜레마를 마주하게 되었다.

뭐가 어찌 됐든 이제 나는 역사를 수리하는 일에는 완전히 신물이 났다. 그런데 한편으로는 저 티히가 또다시 기획을 망쳐서 로젠바이서가 다시 한번 그를 보내서 나를 찾아오게 하는 일도 다분히 가능했다. 그래서 나는 팔짱을 끼고 기다리기보다는 은하계로 가능한 한 멀리 도망치기로 마음먹었다. 모이라가 내 계획을 가로막을까 두려워하면서 최대한 서둘러 출발했는데, 내가 떠난 후에 아무도 나에게 특별히 관심을 갖지 않은 것으로 미루어 그곳 상황이 완전히 엉망진창이 된 것이 분명했다. 물론 나는 되는대로 아무 곳으로나 도주하고 싶지 않았으므로 로켓에 최신 안내서와 내가 없는 동안에 생겨난 『은하계 연보』를 싣고 떠났다. 그리하여 태양으로부터 몇 파섹 정도 충분히 거리를 둔 뒤에 평온한 마음으로 이 책들을 뒤적이기 시작했다.

곧 확인하게 된바, 책을 읽으면서 수많은 소식들을 알게 되었다. 예를 들어 호프스토서 박사는 유명한 티히학學 학자인 저 다른 호프스토서의 형제인데, 가장 발달된 사회를 틀림없이 발견할 수 있게 해주는, 세 가지 원칙에 바탕을 둔 우주 문명 주기율표를 개발했다. 그 세 가지 원칙이란 쓰레기와 소음과 흑점의 법칙이다. 모든 문명은 기술 발달 단계에서 서서히 폐기물에 파묻히기 시작하며 이것은 굉장한 문제를 일으켜 마침내 쓰레기장을 우주 공간까지 확장시키지만, 우주여행에 지나치게 방해가 되지 않도록 해당 사회에서는 쓰레기장을 특별하게 고립된 구도에 위치시킨다. 이런 방법으로 점점 커지는 쓰레기장의 고리가 탄생하며 바로 그 쓰레기장의 존재를 보고 높은 수준으로 진보한 시대를 알아볼 수 있는 것이다.

그러나 일정한 시간이 지나면 이 쓰레기장은 성격이 변하는데, 왜냐하면 인공지능 기술이 발달하는 데 비례하여 점점 더 많은 수의 컴퓨터 잔해를 폐기해야 하기 때문이며, 여기에는 낡은 탐험선이나 우주정거장도 포함된다. 이 지적인 폐기물들은 쓰레기장의 고리 속을 영원히 돌고 싶지 않아서 궤도를 벗어나 행성의 인근을, 심지어 행성계 전체를 가득 채우게 된다. 이 단계는 **지성에 의한** 환경오염으로 이어진다. 여러 다른 문명들이 처음에는 다양한 방법으로 이 문제에 대응하기 위해 노력한다. 컴퓨터 살해까지 가는 일도 있는데, 예를 들어 우주 공간에 특별한 함정과 올가미, 덫과 파쇄기를 설치해서 정신적으로 망가진 기계들을 붙잡게 하는 것으로, 이와 같은 행동의 결과는 다분히 최악이며 왜냐하면 함정에 걸려드는 것은 지성의 관점에서 가장 낮은 수준에 있는 기계들뿐이므로 이 전략은 가장 눈치 빠른 쓰레기들을 골라서 계속 존재시키도록 한다. 그런 기계들은 떼로 모여서 다른 무리를 급습하거나 논쟁을 벌이고 실행하기 어려운 요구사항을 고집스럽게 내놓는데, 실행이 어려운 이유는 이들이 고장 난 부분을 교체할 부품과 살아갈 공간을 요구하기 때문이다. 그 요구를 거부하면 기계들은 악의적으로 무선통신을 끊어 버리고 교신에 끼어들어 자기들의 선언을 송신하며, 이로 인해 이 단계에서 대기에 굉음과 울부짖음이 가득한 구역이 행성을 둘러싸서 고막이 터질 지경이 된다. 바로 이 굉음으로 심지어 아주 먼 거리에서도 지적인 존재들로 오염되는 전염병에 시달린 문명을 알아볼 수 있는 것이다. 지구의 우주 비행사들이 그렇게 오랫동안 무선 망원경에 귀를 기울이면서도 우주가 어째서 소음과 다른 무의미한 소리들로 가득한지 이해하지 못했다는 것은 이상한 일이다. 바로 위와 같은 갈등의 결과가 행성간 교신을 안정적으로 지속하지 못하게 하는 방해 요인이다.

그리고 마지막으로 태양 흑점들인데, 이것은 특정한 형상에 특정한 화학적 구성을 가지고 있어야 하며 이런 사실들은 분광기로 확인할 수 있다. 이 흑점들은 이미 쓰레기 장벽도 소음 장벽도 넘어선, 최고로 발달한 문명의 존재를 드러낸다. 이런 흑점들은 오랜 세월 동안 점점 쌓인 폐기물의 거대한 무더기들이 마치 불 속으로 뛰어드는 나방처럼 스스로 해당 지역의 태양에 뛰어들어 그 안에서 자살하듯 불타 사라지려고 할 때 생겨난다. 이러한 광기를 자극하는 것은 우울증을 발병시키는 특수한 매개체인데, 전자적으로 생각하는 모든 사물은 여기에 반응한다. 이 매개체를 전파시키는 방법은 말할 수 없이 잔혹하지만, 우주에서 존재하는 것이나, 특히 그 우주 안에 문명을 건설하는 것도 유감스럽지만 마찬가지로 쉬운 일은 아닌 것이다.

호프스토서 박사에 따르면 이렇게 순차적인 세 개의 발전 단계는 인간형 문명의 철칙이라고 한다. 다른 종류의 문명에 있어서는 박사의 주기율표에 약간씩 허점이 있다. 그러나 이것은 나에게 전혀 문제가 되지 않았는데, 이해할 수 있는 관점에서 바로 우리와 가장 비슷한 존재들의 생활에 관심이 있었기 때문이다. 나는 호프스토서가 『은하계 연보』에 게재한 묘사를 바탕으로 'WC'* 감지기의 도면을 그린 뒤에 재빨리 히야드 대성단 속으로 깊이 들어갔다. 특별히 강한 방해 전파가 발생하고, 그곳에 쓰레기 고리로 둘러싸인 행성들이 가장 많으며 또한 몇 개의 태양을 희귀 원소로 이루어진 유령과도 같은 반점들이 뒤덮고 있는데, 특히 이런 반점들은 인공지능이 파괴되고 있다는 암묵적인 징후이기 때문이었다.

그리고 『은하계 연보』 최신 호에 디흐토니아에서 발견된 존재의 사진이 실려 있었는데 마치 틀로 찍어낸 것처럼 인간과 똑같이 닮았기 때문에 나는 바로 이 행성에 착륙하기로 마음먹었다. 사실 1,000 광년이라는 상당한 거리를 생각할 때 호프스토서 박사가 무선으로 촬영한 이 사진들은 약간 오래되었다고 볼 수 있었다. 그럼에도 불구하고 나는 낙관적인 마음으로 가득 차서 쌍곡선을 그리며 디흐토니

* WC는 폴란드어로 '고등 문명wysoka cywilizacja'의 약자일 수도 있지만, '화장실'을 뜻하는 옛 영어 표현 WC(Water Closet)의 약자처럼 보이기도 한다.

아에 접근하여 선회 궤도에 들어선 뒤에 착륙 허가를 부탁했다.

이런 허가를 받는 것은 은하계의 우주 공간을 정복하는 것보다 어려운 법인데, 왜냐하면 이런 일을 결정하는 고위 대표자들의 업무는 항해가 아니라 관료주의적 특징을 보이기 때문이며, 또한 광양자 반응 장치와 화면과 연료계와 산소 등등보다 훨씬 더 중요한 것은 보완 서류로, 이런 서류들 없이는 입국사증은 생각도 할 수 없다. 이 모든 일을 나는 익숙하게 알고 있으므로 디흐토니아 주위를 오랫동안, 어쩌면 몇 달이나 계속해서 선회할 준비를 하고 있었는데, 이후에 부닥친 일은 미처 예상하지도 준비하지도 못한 것이었다.

내가 관찰한바 이 행성은 푸른빛이 지구를 연상시키면서 대양으로 덮여 있고 그 위에 세 개의 큰 대륙이 자리 잡고 있으며 여기에 분명히 문명이 있을 것이었다. 이미 먼 외곽에서부터 나는 통제하거나 관찰하거나 훑어보거나 깊은 침묵을 지키는 위성들 사이를 주의 깊게 움직이는 참이었다. 특히 이 침묵하는 위성들을 대단히 조심해서 어떤 경우에라도 피하려고 노력했다. 나의 착륙 허가 청원에 아무도 대답하지 않았다. 세 번 신청했지만 아무도 화상통신으로 서류를 보여달라고 요구하지 않았고 그저 신장 모양으로 생긴 한 대륙에서 내 쪽으로 색색가지 리본과 우승기로 감싸인 인공 크리스마스트리가 달려 있는 일종의 개선문 같은 뭔가를 쏘아 보냈는데, 거기에는 마치 환영하는 듯한 문구가 적혀 있었지만 그것이 너무나 일반적인 문장이라서 나는 그 개선문을 통해서 날아 들어가야 할지 결정할 수 없었다. 그다음 대륙은 전체가 도시로 덮여 있었는데 내 로켓 안으로 우윳빛 하얀 무슨 가루 같은 덩어리의 구름을 쏘아 보냈고, 그 구름이 조종실의 내 컴퓨터를 전부 가려 버리자 컴퓨터들이 즉시 로켓을 태양 쪽으로 향하게 하려고 애썼기 때문에 나는 컴퓨터를 전부 끄고 수동 조종으로 바꾸어야만 했다. 세 번째 땅은 도시화된 정도가 좀 약했지만 풍성한 녹색으로 넘쳤고 세 대륙 중 가장 컸으며 내 쪽으로 아무것도 쏘아 보내지 않았고 어떤 식으로도 인사하지 않았으므로 나는 외딴 장소를 찾아내어 정지한 뒤에, 콜라비 같기도 하고 해바라기 같기도 한 웃자란 식물들로 뒤덮인 그림 같은 언덕과 풀밭에 로켓을 착륙시켰다. 위쪽에서 그 식물이 무엇인지 알아보기란 쉽지 않았다.

항상 그렇듯이 로켓의 문이 대기와의 마찰열 때문에 잘 열리지 않아서 나는 문을 열 수 있게 되기까지 한동안 기다려야만 했다. 밖으로 나와서 나는 생기를 주는 신선한 공기를 폐 속으로 가득 들이마시고, 앞으로 어떻게 할 것인지 꼭 필요한 일들을 깊이 생각하고 머릿속에 간직한 후 알 수 없는 세계에 발을 내려놓았다.

내가 서 있는 곳은 갈아 놓은 밭의 가장자리처럼 보였는데, 거기에서 자라는 식물은 콜라비와도 해바라기와도 전혀 공통점이 없었다. 그것은 전혀 식물이 아니었고 침대 옆에 놓는 작은 탁자였으므로 가구에 속했다. 게다가 그것으로는 부족했는지 여기저기 그 탁자들 사이에 상당히 고르게 줄지어서 장식장과 동글의자가 있었다. 심사숙고한 뒤에 나는 이것이 생물적인 문명의 산물이라는 결론을 내렸다. 이런 것은 전에도 어디선가 이미 마주친 적이 있었다. 한때 미래학자들이 제시했던, 불탄 잔해에 오염되고 연기에 뒤덮이고 에너지 장벽과 열 장벽에 짓눌린 악몽 같은 미래 세계에의 전망은 헛소리라고 봐야 한다. 탈산업화 발달 단계에서 생물공학이 생겨나 이런 종류의 문제들을 근절시켰다. 생명 현상을 지배하게 되면서 인공 정포자를 생산할 수 있게 되었고, 그것을 아무 데나 심고 나서 물을 조금 뿌리면

곧 거기에서 필요한 사물이 자라난다. 그런 정포자가 무선통신 생성 혹은 옷장과 진열장 생성을 위한 정보와 에너지를 어디에서 얻는지는, 잡초 씨앗이 싹을 틔우기 위한 힘과 지식을 어디에서 얻는지 우리가 흥미를 갖지 않는 것과 마찬가지로 걱정할 필요가 없다.

그러므로 나는 장식장과 작은 탁자들의 벌판 자체에 놀란 것이 아니라 이들이 완전히 자연에 융합되었다는 사실에 놀란 것이었다. 가장 가까운 곳에 있는 협탁은 내가 열어 보려 하자 이빨이 솟아난 서랍으로 내 손을 거의 물어뜯으려고 했다. 그 옆에서 자라난 협탁은 바람이 부드럽게 불어올 때마다 젤리처럼 흔들렸으며 동글의자는 내가 옆으로 지나갈 때 발을 거는 바람에 나는 크게 넘어지고 말았다. 가구는 이런 식으로 행동하지 말아야 할 것이 분명하며, 이 농업은 뭔가 잘못되어 있는 것이다. 나는 이제 대단히 조심하면서 손가락을 발파총 방아쇠에 올려놓은 채 나아가다가 관목 숲이 프랑스 왕 루이 15세의 머리 모양 같은 모습으로 덮인 움푹 파이고 평편한 분지 같은 지형에 도달했는데, 그 관목 속에서 사나운 장의자가 튀어나와 나를 덮쳐서, 발파총을 명중시켜 그 자리에서 쓰러뜨리지 않았다면 금도금한 발굽에 짓밟혔을 것이다. 나는 한동안 가구 세트 덤불 사이를 헤맸는데, 그 가구들은 겉모습뿐 아니라 용도에서도 혼종임을 알 수 있었다. 그곳에는 식기 진열장과 1인용 발 받침대의 혼종, 여러 개의 가지가 솟아난 책장들이 널려 있었고, 넓게 열려 마치 그 깊숙한 내부로 초대하는 듯이 보이는 옷장은 그 발치에 널린 먹다 만 부스러기들을 보건대 아마 포식자인 것 같았다.

그리고 나는 이것이 절대로 어떤 농업도 아니고 그냥 열에 들뜨고 시달린 혼란일 뿐이라는 사실을 점점 더 확실하게 알게 되었으며, 태양이 정점에 이르렀을 때 몇 번의 시도 끝에 예외적으로 온순한 소파를 찾아내어 앉아 내가 처한 상황에 대해 생각하기 시작했다. 나는 이렇게, 야생이기는 하지만 커다란 몇 개의 서랍장 그늘에 앉아 있었는데, 이 서랍장들은 높이 흔들리는 커튼결이 봉들 사이로 대략 100걸음쯤 거리에 머리가 솟아오르고 그 뒤를 따라 어떤 존재의 몸통이 나타나자 여러 개의 옷걸이를 쏘아 댔다. 그 존재는 내 눈에 사람처럼 보이지 않았거니와 가구와는 확실히 아무 관련이 없었다. 그것은 똑바로 서 있었고 금빛의 털이 반짝였으나, 넓고 둥근 모자챙에 가려서 얼굴은 보이지 않았고 배 대신에 무슨 탬버린 같은 것이 있었으며 어깨는 뾰족하고 두 개씩 복제된 팔로 이어져 있었다. 그것은 조용히 윙윙거리면서 그 소리에 맞추어 배의 조그만 북 부분을 두드렸다. 그러면서 존재는 앞으로 한 걸음 한 걸음 발을 디뎠는데, 그러면서 몸의 나머지 부분이 드러났다. 이제 그 존재는 약간 켄타우로스를 연상시켰으나 맨발이고 발굽이 없었다. 첫 한 쌍의 발에 이어 곧 두 번째 쌍이 나타났고 그 뒤로 세 번째 쌍이 드러났으며 그 뒤에는 네 번째가 나왔고, 그 존재가 펄쩍 뛰어 움직여서 덤불숲 속으로 들어가 눈앞에서 사라질 때쯤 나는 발이 몇 개였는지 세다가 잊어버렸다. 내가 아는 것은 지네와 같은 정도까지는 아니라는 것이었다.

나는 이 괴상한 조우에 완전히 얼이 빠져 부드러운 천을 씌운 소파에 앉아 쉬다가 마침내 일어나서, 로켓에서 지나치게 멀어지지 않으려고 신경 쓰면서 계속 걸었다. 웃자란 소파들은 하나 건너 하나는 거꾸로 서 있었는데, 그 사이로 돌무더기가 눈에 띄었고 그 뒤에는 전형적인 운하 입구가 나무로 건축되어 있었다. 그 어둡고 깊은 안쪽을 들여다보기 위해 가까이 다가갔을 즈음 등 뒤에서 바스락거리는 소리를 들었는데, 뒤돌아보려 했으나 무슨 천 덮개 같은 것이 머리 위로 떨어졌고, 벗어 버리려고 애썼으나 이미 나를 강철 같은 팔로 감싸 버렸기 때문에 몸부림쳐도 소용없었다. 누군가 내 무릎을 걷어찼고, 나는 무익하게 발버둥 치면서 그들이 나를 위쪽으로 들고 올라가서 양팔과 다리를 붙잡는 것을 느꼈다. 나는 어딘가 아래로 들려 내려갔고, 돌바닥 위로 걸어 다니는 발소리를 들었으며, 문 여닫는 소리가 났고, 그 뒤에 내던져져 무릎을 꿇고 앉게 되었고 머리에서 거추장스러운 천이 벗겨졌다.

나는 크지 않은 방 안에 있었는데, 천장에 달린 하얀 등불이 내부를 밝히고 있었으나 등잔에도 수염과 발이 달려서 때때로 다른 곳으로 옮겨 가 매달려 있곤 했다. 나는 뒤에 선 누군가에게 목뒤를 잡힌 채로 꿇렸고 앞에는 대패질하지 않은 나무로 만든 탁자가 있었다. 그 탁자 뒤에 회색 후드를 쓴 인물이 앉아 있었는데, 후드가 얼굴까지 가리고 있었다. 후드에는 눈 부분에 구멍이 나 있었고 투명한 판으로 막혀 있었다. 그 인물은 그때까지 읽고 있던 커다란 책을 옆으로 밀어 놓고 나를 힐끔 쳐다보더니 뒤에서 나를 계속 잡고 있는 사람에게 평온한 목소리로 말했다.

"줄을 빼라."

누군가 내 귀를 붙잡고 당겨서 나는 너무 아파 비명을 질렀다. 그러고도 두 번 더 내 귓바퀴를 잡아 뽑으려는 시도가 있었으나 성공하지 못하자 주위에 음울한 분위기가 흘렀다. 나를 붙잡고 귀를 잡아당기던 사람은 똑같이 두꺼운 회색 천을 뒤집어쓰고 있었는데, 변명하는 투로 이것은 새로운 모델이 분명하다고 말했다. 다른 사내가 나에게 다가와서 내 코와 눈썹을 차례차례 비틀어 빼내려고 하더니 마침내는 내 머리 전체를 뽑으려고 했다. 이것도 기대한 결과를 내지 못하자 앉아 있던 사람이 나를 놓아주라고 명령한 뒤에 물었다.

"너는 얼마나 깊이 탑재돼 있지?"

"얼마나 깊다니요?" 내가 어리둥절해서 물었다. "나는 아무 데도 숨지 않았고 아무것도 이해 못 합니다. 왜 나를 괴롭힙니까?"

그러자 앉아 있던 사람이 일어서더니 탁자 옆을 돌아 나와서 내 양어깨를 잡았다—손은 인간의 손 형태였지만 천으로 된 장갑을 끼고 있었다. 팔을 주물러 뼈가 느껴지자 그는 놀라서 짧게 탄성을 질렀다. 명령이 떨어지자 그들은 나를 복도로 끌고 나갔는데, 그곳의 천장에는 명백히 지루해하는 것이 분명한 등잔들이 한가롭게 기어 다니다가 무덤처럼 깜깜한 다른 방들, 정확히 말하면 감방으로 기어갔다. 나는 그 감방에 들어가고 싶지 않았으나 강제로 밀어 넣어졌고 문이 쾅 닫혔으며 뭔가 바스락거렸고 눈에 보이지 않는 장벽 너머에서 마치 천국의 황홀경에 빠진 듯한 목소리가 나를 향해 외쳤다. "주를 찬양하라! 나는 그의 뼈를 전부 헤아릴 수 있다!" 이 외침을 듣고 나는 사람들이 곧 이 캄캄한 우리에서 나를 끌어낼 것이라고 더욱 강하게 믿었으나, 그들이 내가 전혀 예상하지 못했던 태도를 보여 주려고 애쓰면서, 정중한 몸짓으로 초대하며 온몸으로 경외의 뜻을 나타내는 것을 보고 순순히 지하 복도 깊은 곳으로 따라갔는데, 그 복도는 아주 깨끗하게 유지되기는 했으나 도시의 하수구를 기묘하게 닮았으며 벽은 하얗고 바닥에는 가늘고 깨끗한 모래가 깔려 있었다. 내 양팔은 이미 자유로웠으므로 걸어가면서 나는 얼굴과 몸의 아픈 곳을 전부 문질렀다.

땅에 끌리는 긴 회색 옷과 후드를 쓰고 온몸에 줄을 휘감은 사람

두 명이 단순한 나무판자로 만든 내 앞의 문을 열어 주었고, 내 코와 귀를 비틀렸던 그 방보다 조금 더 큰 방 안쪽 깊은 곳에 아주 명백히 흥분한, 가면을 쓴 사람이 나를 기다리고 있었다. 15분쯤 이야기한 끝에 나는 대략적으로 다음과 같은 상황의 그림을 그릴 수 있게 되었다. 나는 지금 현지의 종교 교파 수도원에 와 있으며, 이들은 알 수 없는 박해에 쫓기거나 혹은 추방당해서 이곳에 숨어 있다. 나는 '선동가'의 미끼로 오인당해 잡혀 왔는데, 왜냐하면 나의 외모가 파괴주의 수도회 수도사들의 모습과 흡사하며 이는 법으로 금지되어 있기 때문이다. 내 앞에 있는 사람은 소규모 수도원의 원장인데, 그의 설명에 따르면 내가 만약 미끼였다면 부품들을 끼워 맞춘 형태로 이루어져 있었을 것이며 귀 뒤의 줄을 당기면 안쪽의 줄들이 조그만 알이 되어 부서져 흩어졌을 것이라고 했다. 나를 취조하던 수도사(고참 문지기 수도사다)가 던진 두 번째 질문은 내가 컴퓨터가 내장된 플라스틱 마네킹의 일종일 것이라고 생각해서 그랬던 것이었다. 방사선 검사를 거친 뒤에야 사실이 명확하게 밝혀졌다.

수도원장인 디즈 다르그 사제는 유감스러운 오해의 결과에 대해 나에게 열띠게 사과하면서, 이제 나는 자유의 몸이지만 땅굴 밖으로 나가는 것은 추천하고 싶지 않은데 그랬다가는 심각한 위험에 빠질 것이기 때문이라고 덧붙였다. 내 신체 전체가 검열 기준에 어긋나 있다는 이유에서였다. 내장을 채우고 흡입기를 붙인 가리개를 덮어씌운다고 해도 위험을 피할 수는 없는데, 왜냐하면 내가 이런 위장용품을 장착하는 법을 모르기 때문이었다. 그러므로 나로서는 파괴주의회 수도사들의 귀하고 소중한 손님으로서 이곳에 머무르는 것 외에 더 좋은 해결책이 없었다. 수도사들도 자신들의 방식으로, 비록 소박하기는 하지만 나의 이 강제적인 체류를 가능한 한 편안하게 해 주려고 노력하겠다고 했다.

나는 그런 위험이 무엇인지 명확하게 그려 볼 수 없었지만, 어쨌든 수도원장의 품위와 평온함과 현실적인 설명 때문에 그에 대한 신뢰를 느꼈다. 수도원장의 가면을 쓴 형상에 익숙해지기는 힘들었는데, 다른 모든 수도사들도 똑같이 가면을 쓰고 있었다. 나는 감히 그에게 처음부터 질문을 퍼부을 용기는 나지 않았고, 그는 이미 내가 어디에서 왔는지 알고 있었으므로 지구와 디호토니아의 날씨에 대해서 이야기했고 그런 뒤에 우주를 여행할 때의 귀찮은 점에 대해 말하다가 마침내 그가 나에게 아마도 현지 사정이 많이 궁금하겠지만 어차피 검열 기관을 피해서 숨어 있어야 할 것이므로 그런 일들은 서둘러 알아볼 필요가 없을 것이라고 말했다. 나는 존경받는 손님으로서 개인 방을 배정받을 것이고 충직한 젊은 수도사가 곁에서 모든 일을 도와주고 조언할 것이며 그뿐만 아니라 수도원의 도서관 전부가 내 앞에 열려 있을 것이라고 했다. 그리고 그 도서관에는 수없이 많은 금서와 금서 목록에 오른 희귀 도서들이 있으니 나를 이 지하 수도원으로 이끈 우연한 상황을 나는 다른 어떤 곳보다도 더 충실하게 활용할 수 있을 것이었다.

수도원장이 일어섰으므로 나는 이제 헤어지는 것이라 생각했으나 그는 조금 망설이듯이, 그의 표현에 따르자면 나의 존재를 만져 봐도 되는지 물었다. 수도원장은 마치 한없는 후회 혹은 전혀 이해할 수 없는 향수를 느끼듯이 깊이 한숨을 쉬면서 장갑을 낀 단단한 손으로 내 코, 이마, 볼을 만졌고 내 머리카락을 쓰다듬으면서(나는 이 사제의 손이 철로 만들어진 것 같다는 느낌을 받았다) 심지어 조용히 흐

느끼기도 했다. 이런 억눌린 감동의 표현에 마음이 흔들려 나는 다른 모든 일에는 눈을 감아 버렸다. 어느 질문을 먼저 해야 할지, 야생의 가구들에 대해 물어볼지 다리가 여럿 달린 켄타우로스에 대해 물어볼지, 혹은 그들이 말하는 어떤 검열에 대해 물어볼지 궁리하다가 참을성 있게 두고 보는 쪽이 현명하겠다고 생각하고 입을 다물었다. 수도원장은 수도원의 수도사들이 로켓을 위장시켜 상피병象皮病에 걸려 비대해진 조직처럼 보이게 해 줄 것이라고 내게 약속했으며 그런 뒤에 우리는 예의 바르게 인사를 나누고 헤어졌다.

내가 배정받은 방은 크지 않았으나 아늑했고 침대는 유감스럽게도 지옥같이 단단했다. 나는 파괴주의회 수도사들이 교리를 아주 엄격하게 지킨다고 생각했는데 나중에 알고 보니 순전히 부주의 때문에 요와 깔개 등을 채워 주지 않은 것이었다. 그래도 나는 지식욕을 제외하면 당분간 아무런 갈망도 느끼지 않았다. 나를 돌봐 주게 된 젊은 수도사는 역사와 철학에 대한 저작들을 양팔에 한가득 가져다주었고 나는 밤늦게까지 그 책들에 파묻혔다. 등잔이 가까이 오기도 하고 그러다가 방의 다른 구석으로 가 버리기도 해서 처음에는 독서에 매우 방해가 되었다. 나중에야 나는 등잔이 자기 필요에 의해 가 버리는 것이며 이전에 있던 자리로 돌아오게 하려면 쯧쯧 소리를 내어 불러야 한다는 것을 알게 되었다.

젊은 수도사는 나에게 짧지만 교육적인, 아부즈 그라그즈가 저술한 디흐토니아 약사略史에서 시작하라고 조언했으며, 아부즈 그라그즈는 공식 지정된 역사 기록자이지만 '비교적 상당히 객관적'이라고 말했다. 나는 이 제안을 받아들였다.

2300년 즈음까지만 해도 디흐토니아인들은 인간과 쌍둥이처럼 닮아 있었다. 과학의 발달과 함께 삶이 세속화했고 2천 년간 디호토니아 전체를 분열되지 않게 지배했던 이원론과 신앙은 문명의 계속되는 발달 과정에서 조금씩 발을 움츠리기 시작했다. 이원론에 따르면 모든 삶에는 **두 개**의 죽음이 연관되는데, 이것은 앞과 뒤, 그러니까 태어나기 전과 생의 마지막 단말마 이후다. 디호토니아 신학자들은 나중에, 우리 지구 사람들은 그런 식으로 생각하지 않으며 한쪽만, 그러니까 죽음 이후에 계속되는 삶에만 집중하는 종교들이 있다는 말을 나에게서 듣고 놀라워하면서 수도복 여밈쇠를 움켜잡았다. 자신이 언젠가는 죽어서 없을 것이라는 사실에 대해 생각하는 일이 지구 인간에게 어째서 괴로운지 그들은 이해하지 못했고, 태어나기 이전에는 자신이 없었다는 사실에 대해 숙고하는 것도 마찬가지로 그들로서는 전혀 괴롭지 않았다.

이원론은 몇 세기가 지나면서 근본 교리가 변했으나 언제나 종말론적인 문제들에 커다란 관심을 보였고, 그라그즈 교수 이후에도 이러한 성향은 기술적으로 죽음을 없애려는 초기의 시도들로 이어졌다. 이미 알려진 대로 우리가 죽는 이유는 나이가 들기 때문이고, 나이가 드는 이유는, 다시 말해 신체적으로 허약해지고 필수 불가결한 정보를 잃어버리는 이유는 세포들이 시간이 지나면서 붕괴되지 않으려면 어떻게 해야 하는지를 잊어버리기 때문이다. 자연은 이런 지식을 생식세포에만 영구히 부여하는데, 왜냐하면 생식세포는 다른 종류에 속하기 때문이다. 그러므로 나이가 든다는 것은 실질적으로 중요한 정보를 낭비하는 것이다.

첫 번째 불사기不死機의 발명자 브라게르 피즈는 인간(이쪽이 편리하므로 디호토니아인들에 대해 이야기할 때 이제부터 이 용어를 사용하겠다)의 생체 조직을 돌보면서 체세포가 잃어버리는 모든 자질 구레한 정보까지 모아서 이를 조직으로 되돌리는 집합 기계를 구축했다. 디흐토니아에서 영생 실험의 첫 피험자였던 드군데르 브라브즈는 불사의 몸으로 딱 1년을 살았다. 그 이상은 버틸 수가 없었는데, 왜냐하면 60개의 기계들이 연결되어 그를 돌본 데다 미로처럼 얽힌 보이지 않는 금빛 선들이 그의 생체 조직의 모든 구석구석까지 뚫고 들어가 있었기 때문이었다. 그는 자리에서 움직일 수 없었고 진실한 공장(영생 실험실을 그렇게 불렀다) 안에서 슬픈 삶을 살았다. 그 뒤를 이은 영생자 도브데르 그바르그는 실질적으로 돌아다닐 수가 있었지만 산책하러 갈 때면 불사 장치들을 잔뜩 실은 무거운 트랙터들이 일렬로 그를 따라갔다. 그 또한 좌절감에 못 이겨 자살했다.

이 기술이 발전함에 따라 소형 영생 장치들이 개발될 것이라는 의견이 지배적이었으나, 진화의 전형적인 과정에 의하면 어떤 식으로 설계하더라도 PUPA*는 그 장치로 인해 영생 불사하게 된 인간보다 최소한 169배 이상 무게가 나가야 한다는 사실을 하즈 베르데르가르가 수학적으로 증명했다. 내가 이미 말했고 우리 과학자들이 알고 있듯이, 자연은 모든 생물체에게 있는 한 줌의 생식세포를 귀하게 여기고 나머지는 아무래도 상관없는 것이다.

하즈의 증명은 엄청난 반응을 불러왔는데, 자연이 내려 준 신체를 일시에 버리지 않는 이상 필사必死의 벽을 결코 넘을 수 없다는 사실 때문에 사회는 깊은 우울에 빠졌다. 철학 분야에서는 베르데르가르의 증명에 대한 반응으로 디흐토니아의 위대한 사상가인 돈데르바르

* '자동 영구 작동형 개인 불사 장치Personalny Unieśmiertelniacz Perpetuujący Automatycznie'의 약자인 PUPA는 폴란드어로 '엉덩이'라는 뜻이다.

스의 유명한 신조가 나타났다. 돈데르바르스는 자발적인 죽음은 자연적이라고 말해서는 안 된다고 썼다. 자연적인 것이란 정당한 것인데, 반면에 필멸이란 우주적인 규모에서 추하고 수치스러운 것이다. 이런 불의가 보편적이라는 점은 그 불쾌함을 머리카락 한 올만큼도 감소시키지 않는다. 그 불의의 정도를 평가하는 데 있어 원인을 파악하는 것이 가능한지 여부 또한 전혀 의미가 없다. 자연은 순진무구한 우리를, 즐거워 보이지만 실제로는 절망적인 임무로 내몰면서 매우 사악하게 행동한다. 사람은 살면서 현명해질수록 무덤에 더 가까워지게 된다.

윤리적인 인간이라면 누구도 살인자들과 친교를 나눌 권리는 없으므로 자연이라는 불한당과 협업을 한다는 것도 허용될 수 없다. 사실 장례식이 바로 숨바꼭질을 통한 협업이다. 마치 공범들이 흔히 하듯이 희생자를 어딘가에 숨기는 것이다. 무덤의 비석에는 여러 가지 중요하지 않은 일들이 새겨지지만 단 한 가지 중요한 사실만은 제외된다. 만약 인간들이 진리를 똑바로 마주할 수만 있었다면 비석에는 자연에게 보내는 몇 가지 강력한 욕설이 새겨졌을 것인데, 바로 자연이 우리를 죽음으로 향하게 했기 때문이다. 그러나 아무도 한 마디도 찍소리조차 하지 못하며, 영리해서 언제나 빠져나가는 살인범을 대할 때처럼 여기에는 특별한 관점이 필요하다. '메멘토 모리' 대신에 '에리테 울토레스'*를 되풀이해 외쳐야 하며, 전통적인 관점을 잃어버리는 대가를 치르는 한이 있더라도 불멸을 향해 가야 한다. 이것이 저 훌륭한 철학자의 실존주의적인 논증이었다.

* Erite ultores. 라틴어로 '복수자가 되어라'라는 의미이다.

내가 이 부분을 다 읽었을 때 젊은 수도사가 나타나서 수도원장의 이름으로 나를 저녁 식사에 초대했다. 나는 언제나 반드시 수도원장을 동석하고 저녁을 먹었다. 다르그 수도원장 자신은 아무것도 먹지 않았고 그저 가끔 수정 잔에 든 물을 조금씩 마실 뿐이었다. 식사는 소박해서, 스튜로 끓인 탁자 다리였는데 상당히 질겼다. 그러면서 알게 된바, 야생에서 살게 되면서 인근 숲의 가구들은 대체로 다육질이 되었다. 그러나 나는 가구들이 왜 나무 재질이 되지 않고 고기가 되었는지 묻지 않았다. 철학 책을 읽은 후에 나의 마음은 고차원적인 문제를 향해 있었기 때문이다. 그리하여 수도원장과의 첫 번째 신학적인 대화가 시작되었다.

그는 나에게 이원론이란 교리가 따로 없는, 신에 대한 믿음이며, 이것이 생물 혁명의 흐름에 점차적으로 틈입했다고 설명했다. 교파에 가장 큰 위기가 닥친 것은 영원한 삶의 전망이라는 의미에서 받아들여진 불멸의 영혼에 대한 교리의 무효화 주장이 나왔을 때였다. 이 교리를 공격한 것은 25세기에 연달아 개발된 세 가지 기술, 즉 동면, 전도, 영성화였다. 동면은 인간을 얼음 속에 꺾아 넣는 것이었고, 전도는 개인적인 발달의 방향을 되돌리는 것이었으며 영성화란 의식에 대한 모든 조작을 의미했다. 동면 기술의 공격에 대해서는, 동결되었다가 부활한 인간에게 닥치는 죽음은 그들의 경전인 『성스러운 책』에서 말하는, 이후에 영혼이 저세상으로 날아가는 죽음과는 동일하지 않다고 주장함으로써 그나마 싸워서 물리칠 수 있었다. 이러한 해석은 매우 필요했는데, 왜냐하면 어쨌든 평범한 죽음에 대해서 이야기할 때면 동면했다가 부활한 사람은 자신의 영혼이 100년이나 600년의 죽음 동안 어디에 체류했는지에 대해 뭔가 알고 있어야만 하기 때문이었다.

몇몇 신학자들, 예를 들어 가우게르 드레브다르 같은 사람들은 진정한 죽음은 부패 이후에('먼지로 돌아가리라') 비로소 찾아온다고 여겼으나, 일명 부활 분야가 생겨난 이후로 이런 의견은 유지할 수 없게 되었는데, 부활 분야는 바로 그 먼지를, 그러니까 정확히는 원자로 분해된 신체를 재구성해서 살아 있는 인간을 만들어 냈으며, 이 경우 부활한 사람은 그동안 자신의 영혼이 어딘가에서 머물렀는지에 대해 아무것도 알지 못했기 때문이었다. 교리는 타조가 모래 속에 머리를 파묻는 것과 같은 전략으로 유지되어, 영혼이 확실하게 몸에서 날아갔다고 말할 수 있는 기록 가능한 죽음은 언제인지에 대한 명확한 규정을 피했다. 그러나 그 뒤에 가역성 본체 생성이 생겨났다. 이 기술은 의도적으로 신앙의 교리에 맞춘 것은 아니었지만 태아 발달의 왜곡을 근절할 때에 필수적인 것으로 판명되었다. 수태된 세포부터 완전히 다시 시작하기 위해서 태아 발달을 백팔십도 되돌린 뒤에 중지시키고 역전하라고 가르쳤기 때문이다. 난감한 상황에서 타인과의 원죄 없는 잉태 교리와 영혼의 불멸성에 대한 교리가 단번에 생겨났는데, 왜냐하면 소급 수정 기술 덕분에 조직을 이전의 모든 단계로 되돌릴 수 있게 되었고 심지어 태아로 발달하게 되는 수정된 세포를 되돌려 난자와 정자로 나누는 것도 가능해졌기 때문이었다.

그런데 교리에 따르면 신은 수정되는 순간에 영혼을 창조한다고 했으므로 여기서 커다란 문제가 생겼다. 만약에 수정란을 되돌릴 수 있고 같은 방식으로 수정란을 난자와 정자로 나누어 수정 자체를 무효화시킬 수 있다면 이미 창조된 영혼은 어떻게 하면 좋단 말인가? 이 기술의 부차적인 산물은 복제 기술, 즉 예를 들어 코, 발뒤꿈치, 구강 내벽 등등 살아 있는 신체에서 채취한 어떤 세포라도 정상적인 조직으로 발전할 수 있도록 자극하는 기술이었다. 이것은 수태와 전혀 관계없이 진행되었으며 원죄 없는 잉태의 생물 기술도 한 치의 빈틈없이 발전해서 마찬가지로 산업 분야의 규모로 커졌다. 배아 형성 또한 이미 되돌리거나 촉진하거나 방향을 바꾸어 인간 배아가 예를 들면 원숭이로 발전하도록 변형시킬 수 있었다. 이렇게 되면 영혼은 어떻게 되는 것인지, 아코디언처럼 쭈그러들었다 늘어났다 하는 것인지 혹은 배아 발달의 도중에 인간에서 원숭이로 목적지가 바뀌면 그 과정 어딘가에서 사라지는 것인지?

그러나 교리에 따르면 영혼은 일단 생긴 후에는 사라질 수 없으며 분리할 수 없는 일체이므로 감소될 수도 없었다. 배아공학 분야의 공학자들에게 교회의 파문장을 내려야 할지에 대해서 진작 숙고되었으나 실행되지는 않았으며, 체외수정이 보편화되었기 때문에 그것은 현명한 결정이었다. 처음에는 아무도 체외수정을 하지 않았으나 나중에는 이미 아무도 남성과 여성 사이에서 태어나지 않고 자궁기(인공 자궁) 안에 보관된 세포에서 태어났으며, 처녀생식의 방법으로 생겨났다는 이유를 근거로 하여 인류 전체에 영성체를 거부하기는 어려운 노릇이었다. 게다가 더욱 곤란하게도 다음 기술이 나타났다—인공 의식이었다. 전자지성과 그 지성을 갖춘 컴퓨터들로 인해 탄생한 기계 속의 영혼이라는 문제까지는 어떻게든 받아들일 수 있었다. 그러나 그다음에 뒤따라 생겨난 것은 액체 속에 든 의식과 정신이었다. 생각할 수 있는 똑똑한 용액이 합성되었고, 이 용액은 병에 넣거나 여러 곳에 나눠 담거나 한곳에 합칠 수 있었으며 그럴 때마다 매번 개성이 생겨났고, 이 개체는 모든 디흐토니아인을 전부 합친 것보다도 몇 배나 더 숭고하고 현명했다.

기계 혹은 용액이 영혼을 가질 수 있는가에 대하여 2479년 공의회에서 극적인 논쟁이 벌어졌으며 그리하여 이 논쟁을 바탕으로 새로운 간접창조의 교리가 생겨났는데, 여기에 따르면 신은 자신에 의해 창조된 존재들에게 지성의 힘을 부여하여 다음 세대의 지성을 배태할 수 있게 했지만 그것이 변화의 끝은 아니었는데, 왜냐하면 인공적인 지능도 다른 지성, 다음 세대의 지성을 생산하거나 혹은 스스로 기획하여 인간형 존재 혹은 완전히 평범한 인간을 그 어떤 재료 덩어리에서든 합성해 낼 수 있다는 사실이 곧 밝혀졌기 때문이었다. 나중에 불멸에 대한 교리도 어떻게든 살려 보려는 노력이 이어졌으나 그 다음에 계속된 과학적 발견들의 불길 속에 부서져 버렸으며, 이 새로운 발견들은 진실로 눈사태처럼 커져서 26세기까지 이어졌다. 교리가 변형된 해석을 내놓기가 무섭게 그것을 부정하는 인공 의식 기술이 생겨났다.

이로 인해 보편적으로 알려진 사실들을 대놓고 부정하는 수많은 이단과 분파들이 생겨난 반면, 이원론 교회는 오로지 간접창조의 교리 한 가지만을 유효한 것으로 지지했는데 이 교리는 사후 세계와도 관련이 있었으나, 개체도 개인도 현세에서 보존되지 않았으므로 개인적인 개체의 지속에 대한 믿음은 얼마 안 있어 무너져 버려 살려 낼 도리가 없었다. 이미 두 개 혹은 그 이상의 지성을 한곳에 부어서 합칠 수 있었고, 개인학 기술 덕분에 기계나 용액과 마찬가지로 인간도 기계 속에서 만들어 내고 기계 안에서 세상 하나를 온전히 생산할 수 있게 되었으며, 그런 기계 안의 세계 속에서 지성을 가진 존재들이 생겨났고 그들은 또 이어서 그 감옥 속에서 다음 세대의 지적인 개체들을 구축했으며, 지성을 강화하거나 나누거나 수를 증가시키거나 감소시키거나 되돌리거나 등등 뭐든지 가능해졌다. 교리의 몰락과 더불어 신앙의 권위도 몰락했으며 또한 오래전에 약속되었던 영원한 빛에 대한 희망도, 최소한 개개의 인간에 대해서는, 사라져 버렸다.

신학적인 움직임으로는 기술의 발전을 따라잡을 수 없음을 알고 2542년 공의회에서 미래예측 수도회를 발족시켰는데, 이들은 신성한 신앙의 테두리 안에서 미래학을 연구하는 업무를 맡게 되었다. 신앙이 이후 어떻게 될지 예측하는 것은 시급한 사안이었기 때문이었다. 수많은 새로운 생물 기술의 비윤리성에 신앙을 가진 사람들만 놀란 것이 아니었다. 복제 기술로 인해 예를 들어 정상적인 개인들에 부차적으로 생물학적이기는 하지만 두뇌가 거의 없는, 기계적인 작업에 적합한 존재를 생산하는 것도 가능해졌으며, 인간 혹은 동물에게서 유래한 조직을 적절하게 배양하여 방 안이나 벽을 도배할 수도 있고, 지성을 강화하거나 약화시키는 삽입물이나 마개를 생산할 수 있었으며, 컴퓨터나 액체에게 신비주의적인 고양의 상태를 불러일으킬 수도 있고, 개구리의 난자를 발달시켜 인간 혹은 동물의 신체를 갖추었거나 이제까지 없었던 형상을 갖춘 현자로 만들 수도 있었는데, 왜냐하면 이런 것을 배아공학 전문가들이 의도적으로 기획했기 때문이었다. 이러한 기획들은 반감을 불러일으켰고 특히 종교와 관련 없는 쪽에서도 매우 강하게 반발했으나 소용없었다.

이 모든 것을 다르그 수도원장이 완벽하게 평온한 태도로, 마치 당연한 일에 대해 말하는 듯 나에게 이야기해 주었는데, 어쨌든 디흐토니아 역사의 일부였으므로 그에게는 당연한 일이긴 했다. 수없이 많은 질문들이 입술까지 밀고 나왔으나 제멋대로 행동하기는 어려웠으므로 나는 저녁 식사를 마친 뒤에 방으로 돌아와서 A. 그라그즈 교수의 저작 제2권에 파묻혔고, 그 책은 첫 번째 쪽에 달린 주석에도 나와 있듯이 금서였다.

나는 2401년에 비그 브로가르, 디르 다아가르드와 메르 다르가 자가 진화의 무한한 자유를 생성할 수 있는 문을 열었음을 알게 되었다. 이 학자들은 자신들의 발견 덕분에 호모 아우토파크Autofac 사피엔스, 즉 자가 생성하는 지성이 탄생하여, 자신이 마음먹은 대로 스스로 가장 완벽하다고 믿는 신체 형태와 영혼의 속성을 부여함으로써 조화와 행복으로 가득한 상태에 도달할 수 있을 것이라고 열띠게 믿었다. 다시 말해 그들은 제2차 생물 혁명(제1차는 소비자 상품을 만들어 내는 정포자의 덕분이었다)의 과정에서 과학의 역사에 있어 전형적인 최대효과주의와 낙관주의를 드러냈던 것이다. 보통 모든 위대하고 새로운 기술의 탄생과 함께 이와 유사한 희망이 나타나곤 한다.

처음에 자가진화공학, 혹은 일명 배아창조운동은 선구적인 창조자들의 생각대로 발달하는 듯했다. 정신적이고 신체적인 건강과 조화와 아름다움의 이상이 보편화되었고 헌법의 조항들이 모든 시민에게 심리생물학적으로 가장 가치 있다고 여겨지는 특성들을 가질 권리를 보장했다. 또한 곧 모든 태생적인 기형과 장애, 추함과 멍청함도 구시대의 유물이 되었다. 그러나 이러한 발달의 특성은 진보의 움직임이 계속해서 그것을 전진시킨다는 것이므로 여기에서 끝나지 않았다. 뒤이은 변화의 시작은 겉보기에는 무해했다. 여성들은 피부 보석 배양과 다른 신체적 생성(귓바퀴를 하트 모양으로 바꾸거나 손톱에 진주를 만들어 내는 등)에 힘입어 더 아름다워졌으며 남자들은 구레나룻과 뒤통수 수염을 기르고 머리 위에 갈기를 만들고 턱에 이중교합을 만드는 등등의 방법으로 자신을 과시했다.

20년 뒤에 첫 번째 정당이 생겨났다. 디흐토니아에서 '정치'란 지구에서와는 약간 다른 것을 의미한다는 사실을 나는 책을 읽으면서 곧바로 이해하지 못했다. 신체적인 형상을 증대하는 것을 지지하는 정치적 의견에 반대하는 의견은 단일주의파였는데, 단일주의파란 축소주의, 즉 주어진 조직의 단일주의자들이 불필요하다고 인정한 기관을 제거할 필요성을 인정하는 의견이었다. 내가 책의 이 매혹적인 부분에 도달하여 읽기 시작했을 때 문도 두드리지 않고 내 방으로 젊은 수도사가 달려 들어와서 숨길 수 없는 두려움이 가득한 표정으로 문지기가 위험 신호를 보냈으니 당장 떠날 준비를 하라고 말했다. 나는 어떤 위험이냐고 물었으나 그는 한 순간도 낭비할 수 없다고 외치며 나를 재촉했다. 나는 개인 소지품이라곤 하나도 가지고 있지 않았으므로 그저 읽던 책을 옆구리에 끼고 나의 안내자를 따라 달렸다.

지하 식당에서는 파괴주의회의 모든 수도사들이 이미 열띠게 움직이고 있었다. 돌을 파서 만든 도랑을 따라 사서 수도사들이 위쪽에서 막대기로 책 무더기를 밀어 내렸고 그 책들은 통에 실려 대단히 급하게 넓은 바위를 파서 만든 깊은 우물 안에 숨겨졌다. 내가 어리둥절해서 보고 있는 동안 수도사들은 눈 깜빡할 사이에 옷을 전부 벗었고 서둘러 수도복과 후드를 나무로 건축한 운하 입구에 던져 넣었다. 그들은 하나같이 대략 인간형 로봇 같았다. 그 뒤에 그들은 전체가 무리 지어 나에게 달려들어 몸에 괴상한 풍선 모양 혹은 뱀 모양의 부착물을 붙였는데, 그것은 꼬리 아니면 의수나 의족 같았으나 다들 너무 서두르는 통에 나로서는 무엇인지 알아볼 수가 없었다. 수도원장이 직접 내 머리에 두터운 부속품을 얹어 주었는데 그것은 숨을 불어넣어서 크게 만든 것 같았고 커다랗게 부푼 바퀴벌레처럼 보였다. 한쪽에서는 수도사들이 아직도 내게 부착물을 붙이고 있었고 다른 쪽에서는 띠나 끈 모양으로 나에게 색칠을 해 주었다. 주변에 거울도, 반사되는 표면도 없었기 때문에 나는 내가 어떻게 보이는지 알 수 없었으나 수도사들은 자기들 작품에 상당히 만족해했다.

나는 구석에 밀려가서 서 있게 되었고 그제야 내가 직립한 동물보다는 다리 네 개 혹은 여섯 개 달린 존재를 더 닮았음을 알았다. 수도사들은 나에게 쭈그리고 앉아서 만약에 누군가 뭘 물어보면 모든 질문에 오로지 동물이 우는 것 같은 소리로만 답하라고 말했다. 그 말이 미처 끝나기도 전에 문을 두드리는 무시무시한 소리가 들렸다. 일꾼 수도사들이 식당 가운데로 달려와서 뭔가 재봉틀을 연상시키는(그러나 많이 닮은 것은 아니다) 장치를 끌어내었고 방 전체가 그들이 일하는 척하는 발소리와 굉음으로 가득 찼다. 돌계단으로 이동 검열대가 내려왔다. 그 대원들을 가까이에서 보면서 나는 새로 부착한 네 개의 발로도 서서 버티지 못할 것이라고 생각했다. 그들이 나체인지 옷을 입었는지는 알 수 없었다. 제각각 다 달라 보였다.

거의 모두에게 꼬리가 달려 있었고, 꼬리 끝에는 털이 북실북실한 장식 같은 것이 달려서 움츠리면 단단한 주먹이 되었는데, 그 꼬리를 대부분 아무렇게나 어깨에 걸치고 있었다. 커다란 사마귀들로 둘러싸인 원형의 튀어나온 부분을 어깨라고 할 수 있다면 말이다. 그 원통형의 가운데에 우유처럼 피부가 흰 부분이 있었고, 그 부분에 색색가지 표지들이 나타났다. 나는 이들이 목소리뿐 아니라 이 신체적인 화면에 나타나는 다양한 문구와 기호를 보여 주는 방식으로 의사소통을 한다는 것을 단번에 이해하지 못했다. 나는 그들의 다리처럼 보이는 부분을 세어 보려고 애썼다. 개별적으로 최소 두 개씩 달려 있었으나 몇몇은 다리가 셋이었고 하나는 다리가 다섯이었다. 그러나 다리가 많이 달려 있을수록 걸어 다니기 불편한 것 같다는 인상을 받았다. 그들은 식당 전체를 돌아다니면서 무심하게 수도사들을 쳐다보았고, 수도사들은 그동안 각자 기계 위에 몸을 숙이고 엄청나게 열심히 일을 하고 있었는데, 다른 대원보다 높은, 머리 위의 부착물 주위에 거대한 오렌지색 구멍이 뚫려 그곳으로 숨을 내뿜거나 말할 때마다 가볍게 빛을 반짝이는 검열관이 두 다리로 간신히 서 있는 짧은 꼬리의 조그만 대원에게, 아마도 서기인 듯했는데, 작업장을 조사하라고 명령했다. 그들은 뭔가 적어 넣고 측정하면서 일하는 수도사들에게는 한 마디도 말을 걸지 않았으며, 그들이 거의 끝내고 가려고 할 때 초록색을 띤 다리 세 개인 대원이 나의 존재를 눈치챘다. 그는 삐죽 튀어나온 부착물 중 하나를 잡아서 나를 끄집어내었고, 그래서 나는 만약의 경우를 위해서 조용히 우웅 하는 소리를 냈다.

"에, 그건 그 늙은 그바른들리스트야, 열여덟 살일 거야, 그냥 둬!" 몸집 큰 대원이 반짝거리며 말했고 몸집 작은 대원이 재빨리 대답했다.

"알겠습니다, 육체님!"

그들은 손전등과 비슷한 기기로 또 한 번 식당의 구석구석을 조사했으나 우물 근처로는 아무도 다가가지도 않았다. 이 모든 것이 내게는 점점 더 아무렇게나 진행되는 형식적인 조사처럼 느껴지기 시작했다. 10분쯤 지난 뒤에 그들은 가 버렸고 재봉틀 닮은 기계들은 어두운 구석으로 밀려 들어갔으며 수도사들은 책이 든 통을 끌어오고 푹 젖은 수도복을 짜서 빨랫줄에 널어 말렸으며 사서 수도사들은 밀폐되지 않은 통 하나에 물이 들어갔다고 걱정을 했고, 그래서 곧바로 오래된 인쇄물들의 물에 젖은 책장 사이로 얇은 흡수지를 끼워 넣어야만 했으며, 수도원장은, 그러니까 일꾼 수도사인데, 이미 그를 무엇이라고 혹은 어떻게 생각해야 할지 나도 모르겠고, 나에게 친절하게 다가와서 신에게 감사하게도 모든 일이 잘 끝났으며, 그러나 앞으로는 내가 더 조심해야 한다고 말했다. 여기서 그는 내가 전반적인 난리 통에 잊고 있었던 역사 교과서를 내주었다. 그는 검열을 당하는 동안 내내 그 책 위에 앉아 있었던 것이다.

"그러면 책을 소유하는 건 금지되어 있습니까?" 내가 물었다.

"누구냐에 따라 다르지요!" 수도원장이 말했다. "우리에게는 금지입니다! 게다가 특히 저런 책은 절대 금지지요! 우리는 아주 오래된 기계들, 제1차 생물 혁명 시기에 버려진 기계들을 돌봅니다. 지하 수도원에서 일어나는 다른 모든 일들과 마찬가지로 우리는 검열도 견딥니다, 왜냐하면 이런 것이, 비록 비공식적이기는 해도, 글라우본 정권의 관행이니까요."

"그런데 그바른들리스트가 뭡니까?" 내가 물었다.

수도원장은 조금 난처해했다.

"99년 전의 거대 권력자 브그히즈 그바른들의 추종자를 말합니다. 내가 말하기엔 조금 난감하군요…… 우리 수도원에 그 불운한 그바른들리스트가 숨어들었기 때문에 그에게도 쉴 곳을 나누어 주었지요. 저 구석에 항상 앉아서 불쌍하게도 머리가 이상해진 척하고 있었답니다. 그 덕분에 금치산자로 여겨져서 원하는 대로 아무 말이나 할 수 있었지요…… 한 달 전에 '더 좋은 시대'를 기다리기 위해서 동면에 들어갔습니다…… 그래서 나는 갑자기 필요할 경우에 우리가 선생님을 변장시켜서…… 그렇지 않습니까? 선생님께 미리 말씀드리려고 했는데 그럴 겨를이 없었습니다. 검열대가 하필 오늘 올 거라고는 예상하지 못했어요, 부정기적으로 오기는 하지만 최근에는 상당히 드물어서……"

나는 이 이야기를 전혀 이해하지 못했다. 어쨌든 그때부터 비로소 대단히 귀찮고 번거로운 일이 기다리고 있었는데, 바로 파괴주의회 수도사들이 나를 저 그바른들리스트로 위장하기 위해 사용한 접착제가 끔찍하게 접착력이 강해서 수도사들이 나에게서 인공 집게와 꼬리들을 떼어 내면서 살점도 조각조각 함께 떼어 내는 것처럼 느꼈기 때문이었다. 나는 진땀을 흘리고 신음했으며 그러다 마침내 어떻게든 인간의 형상으로 돌아와서 내 방으로 휴식하러 갔다. 수도원장은 나중에, 나를 신체적으로, 당연한 얘기지만, 가역적인 방식으로 변화시킬 수도 있지만, 만약에 내가 어떤 모습으로 변할지를 그림으로 보여 준다면 나는 아마도 그냥 이대로 계속 검열 기준에 어긋나는 외설죄의 위험을 떠안는 편을 택할 것이라고 말했다. 법적으로 권장되는 형태는 내 눈에 괴물처럼 보일 것이며, 그뿐만 아니라 극단적으로 불편하여 예를 들어 그러한 모습으로 눕는 것은 생각할 수도 없을뿐더러 잠을 자기 위해서는 매달려 있어야 한다고 했다.

내 방에 늦게 돌아왔기 때문에, 나를 돌봐 주는 젊은 수도사가 방으로 아침 식사를 가져와서 깨웠을 때 나는 충분히 잠을 자지 못한 상태였다. 이제 나는 이들이 얼마나 나를 세심하게 배려해 주고 있는지를 이해했는데, 왜냐하면 수도사들 자신은 아무것도 먹지 않았고 물에 대해서라면 아마도 동력 축전기제를 가지고 있어서 정수가 필요한 듯했으나, 그조차 하루 종일 몇 방울만 마시면 충분했는데, 그럼에도 나를 먹이기 위해서 가구들의 숲으로 사냥을 나갔던 것이다. 이번에 나는 꽤 괜찮게 요리된 손잡이를 아침 식사로 받았다. 아침 식사가 잘 요리되었다고 말한다면 그것은 진실로 맛있었기 때문이 아니라 내가 음식을 먹으면서 이미 요리를 하기 위한 노력에 수반되는 모든 정황들에 적응했기 때문이었다.

나는 여전히 간밤의 검열이 남긴 강렬한 기억에 머무르고 있어서 그 사건을 이제까지 역사 교과서에서 읽었던 내용과 맞추어 생각할 수가 없었으므로, 아침 식사를 마치자마자 계속해서 공부하기 시작했다.

자가 진화 기술의 초기부터 신체적인 진보의 편에 선 사람들 사이에서 원칙의 문제로 깊은 의견 차이가 생겨났다. 보수주의자들의 반대는 위대한 발견의 순간으로부터 14년이 지난 시점에서 이미 사라졌다. 그들은 음울한 수구파로 불렸다. 반면 진보주의자들은 시도주의자, 목적인, 증대주의자, 선형인, 유출주의자, 그리고 또 수많은 다른 파벌로 나누어졌는데, 그들의 이름이나 주장은 지금은 기억나지 않는다. 시도주의자들은 정부가 완벽한 신체의 원형을 지정하여 한 번의 시도로 삶에 도입할 수 있게 하라고 요구했다. 목적인들은 좀 더 비판적인 주장을 펼쳤는데, 이들은 그러한 완벽성은 즉각 창조하기 불가능하다고 여기고 그보다는 이상적인 신체로 가는 과정을 지지했으며, 그러나 그 과정이 어떠해야 하는지는 단일하게 의견이 모아지지 않았고, 그렇다면 무엇보다도 과도기의 세대들에게는 이것이 **부당**할 것이라고 생각하여, 이러한 관점에서 두 개의 분파로 갈라졌다. 다른 파벌들, 예를 들어 선형인과 증대주의자들은 여러 경우에 다양한 모습을 보일 가치가 있다고 주장했으며 아울러 인간은 곤충보다 못하지 않다고 했다—곤충이 생에서 변태를 거치듯이 인간도 그렇게 진화할 수 있다는 것이다. 아기, 소년, 청년, 성년은 변태가 가능하다는 원칙하에 세워진 인간 형성의 본보기일 것이기 때문이다. 유출주의자들에 대해서라면 그들은 과격파였다. 그들은 골격을 구시대의 유물이라 경멸했으며 척추동물의 형상을 떠나겠다고 주장하면서 어떤 모양으로든 변할 수 있는 부드러운 유연성을 찬양했다. 유출주의자는 영혼이 원하는 대로 자신의 모습을 스스로 신체적으로 형성하거나 혹은 반죽할 수 있었다. 그것은 군중 속에 있을 때는 최소한 실용적이었으며 여러 사이즈로 출시되는 기성복에 대해서도 마찬가지였다. 그들 중에서 몇몇은 상황과 정신 상태에 따라서 자신의 정서를 자기 신체 부위 형성을 통해 표현하고자 몸을 반죽해 펼쳐서 가장 기괴한 형태로 뭉치기도 했다. 반대파인 다원주의자와 일원주의자들은 이들에게 '물웅덩이들'이라는 경멸적인 별명을 붙였다.

신체적인 무정부주의의 위협을 피하기 위해서 BIPROCIAPS, 즉 신체정신기획부가 발족했으며, 이들은 다양한, 그러나 언제나 미리 시험을 거친 변종으로, 신체 변형 계획을 공급하는 일을 맡았다. 하지만 자가 진화의 주요 발전 방향에 대해서는 계속해서 합의가 이루어지지 않았다. 가장 쾌적한 삶을 살 수 있는 방식으로 신체를 관리할 것인가, 아니면 개인이 가장 효율적으로 사회생활에 참여할 수 있는 방식으로? 기능주의 아니면 미학을 선호할 것인가, 정신력을 강화할 것인가 근력을 강화할 것인가? 조화와 완성에 대해 원론적인 이야기를 하는 점은 좋았지만, 현실에서 모든 가치 있는 특성들을 하나의 신체에 통합시킬 수는 없다는 것이 드러났다. 여러 개의 특성들이 상호 배제적이었다.

어찌 됐든 자연적인 인간에게서 돌아서는 흐름은 전속력으로 지속되었다. 전문가들은 자연이 인간을 만들 때 저지른 전례 없는 원시주의와 무질서의 증거를 보이기 위해 경쟁했다. 이 시대의 신체측정학과 신체공학은 관련 문헌에서 돈데르바르스스의 주장에 영감을 받았음을 명백하게 보여 준다. 자연적인 신체의 결점, 나이 들수록 허약해져 마침내 죽음으로 향하는 그 흐름, 오랜 충동들이 나중에 생겨난 지성에 대해 휘두르는 횡포는 분노한 비판의 대상이 되었고 여기에 편승하는 연구들은 평발, 종양, 추간판 탈출증과 수천 개의 다른 병증들을 자연적 진화의 서투르고 무성의한 결과라고 불평했을 뿐만 아니라 낭비적이고 무익하며 사상적으로 결핍된 망친 일이라고 이름 붙였는데, 왜냐하면 생명의 진화는 어쨌든 맹목적이기 때문이었다.

이후의 후손들은, 선조들이 디흐토니아인이 원숭이로부터 진화했다는 깨달음을 그저 받아들여야 했던 것과 달리, 자연이 여기에 대하여 음울하게 침묵을 지킨 것에 복수하기 시작했다. 후손들은 이른바 수목의 통로, 즉 처음에 어떤 짐승이 나무 위에서 살다가 그 뒤에 숲이 멸종하고 초원으로 변하자 지나치게 빨리 땅으로 내려와야만 했다는 이론을 비웃기에 이르렀다. 몇몇 비평가들에 의하면 인간의 형태가 생성된 것은 지진 때문이었는데, 왜냐하면 살아 있는 사람은 누구나 지진 때문에 나뭇가지에서 떨어졌고 그리하여 인간은 나무에서 떨어진 뒤에만 먹을 수 있는 야생의 배와 비슷한 방식으로 생겨났다는 것이었다. 이것은 물론 지나친 단순화였으나 진화에 대한 상상의 이론은 한이 없었다. 한편 BIPROCIAPS에서는 내부 장기를 더 완벽하게 다듬고 척추를 더 잘 정렬시켜 강화하고 예비용 심장과 신장을 배양했으나 이것으로도 극단주의자들은 만족하지 못하고 '머리를 없애라'(자리를 너무 많이 차지한다고 했다) '두뇌는 배로!'(배에 자리가 더 많으니까) 등등의 선동적인 구호를 들고나왔다.

가장 열띤 논쟁이 불타오른 것은 성적인 부분에서였는데, 한쪽에서는 모든 것이 매우 불쾌하고 여기에 꽃과 나비를 좀 붙여야겠다고 생각하는 반면 다른 쪽에서는 이상주의의 허상을 소리 높여 외치면서 이미 있는 부위를 증대하고 확대시키기를 요구했기 때문이다. 극단적인 무리들의 압박으로 인해 BIPROCIAPS는 도시와 시골에 신체 효율화 아이디어를 모집하는 상자를 설치했고, 기획들은 눈덩이처럼 부풀었으며 공무원 직위는 권력자의 지위로 자라났고 10년이 지나자 관료주의가 자가 진화를 압박하여 BIPROCIAPS는 연합 형태로 갈라졌는데 그런 뒤에 KUC(훌륭한인물관리위원회), CIPEK(사지의완전한미화를위한중앙연구소), IURNA(급진적으로새로운해부학의보편화를위한연구소)와 수없이 많은 다른 기관들로 나누어졌다. 손가락 형태 구성에 대한 학회와 학술 강좌가 우후죽순으로 생겨났고 코의 종류와 미래에 관하여, 본인 시야에 전혀 잡히지 않는 허리뼈의 전망에 대하여 논쟁이 이어졌으며 그러다 마침내 어떤 분과에서 기획을 내놓든 간에 다른 분과들에는 맞지 않기에 이르렀다. 짧게 줄여 AU(자가 변신Automorph의 폭발)라고 불리는 새로운 논란거리는 더 이상 아무도 이해하지 못했으며 그러므로 이 모든 혼란을 근절하기 위해서 결국은 SOMPSUTER(신체정신적컴퓨터)들에게 생물학 분야를 관장할 권한이 주어졌다.*

여기까지 설명하고 보편역사 교과서 제2권이 끝났다. 내가 다음 권으로 손을 뻗었을 때 젊은 수도사가 방으로 들어와서 점심 식사를 권했다. 나는 수도원장이 내 식사에 동석하는 것이 순전히 그가 나에 대한 예의를 지키기 위한 것이며 얼마나 소중한 시간의 낭비인지 익히 알고 있었기 때문에 수도원장 앞에서 식사하는 것이 민망했다. 그러나 점심 초대는 어쨌든 대단히 매혹적이었으므로 머뭇거리지 않고 따라나섰다. 조그만 식당에는 이미 식탁에 앉아 기다리는 다르그 수도원장 옆에 지구에서 짐을 나를 때 쓰는 것과 비슷한 납작한 수레가 있었다. 그 수레는 미래예측 수도회 총회장인 멤나르 수도사였다. 내가 말을 잘못했는데, 당연한 이야기지만 수레는 수도사이자 총회장이 아니라 벽걸이형 컴퓨터였고, 수레바퀴 틀 위에서 쉬고 있던 참이었다. 그 사실을 알아차리면서 놀라서 굳어지지도 말을 더듬지도 않았으므로 내가 무례를 범하지는 않았다고 생각한다. 식사는 어색했지만 내 몸이 음식을 요구했다. 나를 격려하고 기분을 풀어 주려고 고매한 수도원장은 식사하는 내내 조금씩 물을 마셨고, 그래서 수정 물통 두 개 분량의 물을 연달아 마셨을 때쯤 멤나르 수도사가 조용히 웅얼거렸다. 나는 그가 기도한다고 생각했으나 대화가 다시 신학적인 방향으로 흘러갔기 때문에 내가 잘못 알았음을 깨달았다.

멤나르 수도사가 나에게 말했다. "나는 신앙을 가지고 있는데, 만약 나의 신앙이 원칙적인 것이라면 내가 믿는 존재는 나의 공식적인 선언이 없더라도 그 사실을 알 것입니다. 역사적으로 인간 지성은 신의 여러 가지 모델을 창조해 냈으며 제각각 자신의 모델이 유일하게 적합하다고 여겼으나, 모델을 만든다는 것은 체계화한다는 의미이며

* 공산주의 체제의 폴란드에는 온갖 괴상한 정부 기관과 위원회가 있었고, 이것들을 모두 약자로 줄여 불렀는데 당대의 이 같은 사회상을 풍자한 것이다.

체계화된 신비는 신비가 아니므로 그러한 믿음은 착각입니다. 교리는 문명의 머나먼 길에서 오로지 처음에만 영원불멸해 보입니다. 처음에 신은 엄격한 아버지처럼 묘사되며 그 후에는 목자이고 양치기로, 그 후에는 피조물을 사랑하는 예술가로 형상화되며, 그러므로 인간들은 여기에 맞추어 예의 바른 자녀, 고분고분한 어린양, 그리고 마지막으로 영감에 찬 신의 추종자들의 역할을 해야 합니다. 그러나 신이 자신의 피조물에게 아침부터 저녁까지 찬양을 받고, 신이 저기에 계실 것이라고 혹은 그게 구미에 맞지 않으면 여기에 계시다고 마치 무슨 유명인처럼 숭배를 받기 위해서 창조를 했다고 생각하는 것, 점점 더 새로워지는 기도문의 찬양에 대한 대가로 현재의 세상 이후에 이어질 영원한 삶을 다시 한번 준비하고 있다고, 다시 말해 가장 좋은 공연은 죽음이라는 커튼이 내려진 다음을 위해 아껴 두고 있다고 여기는 것은 유치합니다. 그런 종류의 연극적인 신정론은 우리에게는 머나먼 과거일 뿐입니다.

만약에 신이 모든 것을 안다면 나에 대해서도 모든 것을 아실 것이고 그것도 내가 무존재로부터 생겨나기 이전의 한없이 긴 시간부터 알고 계실 겁니다. 또한 신은 내가 혹은 당신이 두려움이나 기대감 속에서 무엇을 계획하는지도 알고 계실 터인데, 왜냐하면 자신의 모든 미래의 결정에 대해서도 완벽한 정보를 가지고 계시기 때문입니다. 그렇지 않은 경우 모든 것을 아는 신이라 할 수 없을 것입니다. 신에게 있어 동굴에 사는 야만인의 생각과, 오늘날 용암과 불꽃밖에 없는 자리에 수백만 년 후 건물을 짓는 공학자들의 지성 사이에는 아무런 차이가 없습니다. 외부적인 신앙고백을 어떤 형식으로 구성해야 신에게 구체적인 차이점을 보일 수 있는지, 누군가 신을 숭배하거나 내키지 않게 여기는 것에 차이점이 있기나 한지 나는 알지 못합니다. 우리는 신이 생산물에게서 승인을 얻으려 기다리는 생산자라고는 생각하지 않는데, 역사의 흐름 속에서 우리는 자연적인 사고의 신빙성과 인공적으로 고양된 지성을 전혀 구별할 수 없는 지점에 도달했으며, 말인즉슨 자연과 인공 사이에 아무 차이가 없다는 의미이기 때문입니다. 그 경계선을 우리는 이미 지났습니다. 우리가 그 어떤 개체나 지성이라도 원하는 대로 창조할 수 있다는 사실을 기억해 주십시오. 예를 들어 우리는 생의 신비주의적인 환희를 지속적으로 앓는 존재를 결정화나 복제나 혹은 수백 개의 다른 방법을 통해 만들어 낼 수 있으며, 그런 경우 초월의 상태에 바치는 그들의 경배 속에서 열정적인 숭배와 기도라는 오랜 행위에 걸맞은 의도가 어느 정도 형성될 것입니다. 그러나 그런 방식으로 신자 수를 늘리는 것은 우리에게 무의미한 조롱으로 비칠 겁니다. 우리는 신체적이고 태생적인 한계를 통해 만들어진 갈망들의 벽 앞에서 머리를 짓찧지 않는다는 사실을 기억하십시오, 우리는 그 벽을 부수고 완벽한 창조의 자유를 생산하는 세계로 나왔습니다. 이제는 어린아이라도 죽은 사람을 부활시킬 수 있고 먼지와 부스러기 속에 영혼을 불어 넣을 수 있으며 태양을 없애거나 다시 켤 수 있는데, 왜냐하면 그런 기술이 존재하기 때문이며, 모든 사람이 이런 기술에 접근할 수는 없다고 해도 그것이 기술적인 생각에 있어 문제가 된다고는 할 수 없습니다. 경전에 명시된 창조의 한계는 이미 우리가 도달했고 동시에 깨뜨렸기 때문입니다. 과거에 있었던 한계들의 잔혹성은 이제 그 한계들의 완전한 부재라는 잔혹함이 대체했습니다. 그렇다고 한들 창조주가 이 두 개의 대안적인 고통이라는 가면 아래 우리에 대한 사랑을 숨기고 우리가 그를 추측하거나 이해하기 어렵게 만들어서 교훈을 주려 한다고는 생각하지 않습니다. 아울러 예속과 자유라는 두 개의 패배가 깨달음으로 승인된 보증수표가 되어 하늘의 회계장부를 지나치게 가려 주도록 하려는 것 또한 우리 교회의 의견이 아닙니다. 천국은 대가를 지급해 주는 계산대이며 지옥은 빚을 갚지 못하는 채무자들의 감옥이라는 시각도 신앙의 역사에서 일시적인 착시일 뿐입니다. 신정론은 신을 옹호하는 자들의 세련된 실천 방식이 아니며 신앙은 결국 끝에 가면 올 것을 위한 응원이 아닙니다. 교회도 변하고 신앙도 변하며 이는 양쪽 모두 역사 안에 위치하기 때문입니다. 그러므로 다가오는 일들을 예상해야만 하는데 나의 종파는 바로 그런 의견에 복무하고 있습니다."

그의 말은 나를 상당히 혼란스럽게 했다. 나는 행성에서 일어나는 일들(아마 좋은 일은 아무것도 없겠지만 책에서 간신히 26세기까지 읽었기 때문에 사실 잘 모른다)과 이원론 신학과 깨달음의 경전(에 대해서도 역시 모른다)을 어떻게 조화시키는지 물었다.

멤나르 수도사는 침묵하는 수도원장 앞에서 이에 대해 나에게 말했다.

"신앙은 완벽하게 필수적이면서 동시에 완전하게 불가능합니다. 불가능한 이유는 단번에 확인할 수 있는데, 왜냐하면 하나의 생각이 확실하게 뿌리를 내려서 영원히 계속될 것이라는 교리는 없기 때문이지요. 우리는 25세기 동안 문장의 해석을 좀 더 대략적으로 하는 신축적인 철회의 전략으로 경전을 수호해 왔지만 패배했습니다. 우리는 이미 초월을 회계장부처럼 보는 시각은 버렸습니다. 신은 독재자도 양치기도 예술가도 경찰도 존재의 선임 회계사도 아닙니다. 신에 대한 믿음에서 모든 종류의 이해타산은 제외되어야 하는 겁니다, 비록 그런 믿음으로는 어디에서도 그 무엇으로도 보상받을 수 없다고 하더라도 말입니다. 신이 의식과 논리에 반대되는 것을 창조할 힘이 있다는 게 밝혀진다면 그것은 암울한 쪽으로 놀라운 일일 겁니다. 어쨌든 우리에게 이런 형태의 논리적인 사고력을 준 것은 신이고 그 외에 우리는 눈에 띄는 점이라곤 아무것도 갖지 못했으니, 신앙이라는 행동이 논리적인 지성을 버리는 행동이어야만 한다고 대체 어떻게 판단할 수 있겠습니까? 대체 무엇을 위해서 처음에 이성을 주었다가 나중에 그 이성이 스스로 도중에 찾아낼 여러 모순들로 혼란하게 만든단 말입니까?

스스로 더욱 신비하고 예측할 수 없게 만들기 위해서라고요? 처음에는 우리에게 저 너머에는 아무것도 없다는 예측을 전제하도록 허용한 다음에 나중에 소매에서 카드를 꺼내는 카드 사기꾼처럼 천국을 꺼내 보여 주려고요? 우리는 그렇게 생각하지 않습니다. 그렇기 때문에 우리는 신앙을 더 풍성하게 해 준다는 구실로 신에게 증거를 요구하지도 않고, 상업 거래와 서비스 교환의 모델에 기반한, '내가 너를 존재하도록 불러내었으니 너는 나에게 복종하고 나를 찬양하라'는 신정학을 땅에 묻어 버릴 때 신 앞에 그 어떤 핑계도 늘어놓지 않았습니다."

"그 부분 말인데요." 내가 점점 더 고집스럽게 물었다. "내가 제대로 이해했다면 당신들은 그 어떤 교리도 미사도 신앙도 지키지 않는데, 그러면 수도사와 신학자들은 대체 무엇을 하고, 신과 어떤 식으로 관계를 맺습니까?"

미래예측 수도회 총회장이 나에게 대답했다. "실제로 우리는 이미 아무것도 갖지 않았기 때문에 모든 것을 가지고 있습니다. 생물 혁명이 열어 준 신체와 정신 창조의 영역에서 완전한 자유를 얻는다는 것이 무슨 뜻인지 이해하기 위해서, 친애하는 여행자여, 디흐토니아 역사의 나머지 책들도 읽으시기 바랍니다. 이곳에서 피 한 방울 한 방울, 뼈 한 조각 한 조각까지 당신과 똑같이 창조된 존재들이 자기 자신에 대한 완전한 통제력을 얻은 뒤에, 자기 내면에서 마치 등불을 켜고 끄듯이 신앙을 **끄거나 다시 불태울 수 있게** 되었고, 바로 **그 때문에** 신앙을 잃었다는 이 상황을 보고 당신이 마음 깊은 곳에서 웃어 버리는 것도 다분히 가능하다고 나는 생각합니다. 그렇게 그들은 자신의 도구에게 지배당하게 되었는데, 그 이유는 산업 발달의 어느 단계에서는 그런 도구들이 필요하게 마련이라고 생각했기 때문이었습니다. 현재 우리는 이미 불필요해졌고, 저 땅 위의 세상에서 부서지고 남은 잔해인 우리만이 신앙을 가지고 있습니다. 그들은 우리보다 더 중요한 문제들을 다루어야 하기에 우리의 존재를 참아 주지만, 정부에서는 우리에게 신앙만을 제외하고 모든 것을 허용했습니다."

"그건 아주 이상하군요." 내가 말했다. "신앙을 가질 수 없습니까? 왜요?"

"이유는 단순합니다. 신앙은 의식 있는 존재에게서 그 존재가 의식적으로 지속되는 한 빼앗을 수 없는 단 한 가지이기 때문입니다. 정권은 우리를 짓밟을 수 있을 뿐만 아니라 우리를 변형시켜서, 우리가 그 새로운 의식 구조로 인해 신앙을 갖지 않게 만들 수도 있습니다. 그렇게 하지 않는 이유는 분명 우리를 무시하거나 경멸하거나 아니면 그저 관심이 없기 때문일 겁니다. 정부는 직접적인 지배를 갈망하며, 그러한 지배에서 조금이라도 벗어나는 모든 위반은 정권을 축소시키는 것이라 여깁니다. 그렇기 때문에 우리는 신앙을 가지고 숨어야만 합니다. 당신은 신앙의 본질에 대해 물었습니다. 굳이 대답하자면 우리의 신앙은 완전히 벌거벗었으며 완전히 무방비합니다. 우리는 아무런 희망도 갖지 않고, 아무것도 요구하지 않고, 아무것도 부탁하지 않고, 아무것에도 의존하지 않고, 단지 그저 믿습니다.

나에게 더 이상 질문하지 말고, 그보다는 그러한 신앙이 무엇을 의미하는지 숙고해 주시기 바랍니다. 만약에 어떤 사람이 무슨 이유와 어떤 원인이 있어서 신앙을 가진다면 그의 신앙은 온전히 주체적인 것은 아니게 됩니다. 2에 2를 더하면 4가 된다는 것을 나는 확실하게 알기 때문에 굳이 믿지 않아도 됩니다. 그러나 나는 신이 어떤 존재인지 아무것도 알지 못합니다. 그렇기 때문에 **오로지** 믿을 수만 있습니다. 그 신앙이 나에게 무엇을 줄까요? 이전의 사고방식에 따르면 아무것도 주지 않습니다. 신앙은 이미 무無에 대한 두려움을 완화시켜 주는 도구도 아니고 천국의 문 손잡이에서 신의 판결에 대한 두려움과 낙원에의 희망 사이에 매달려 희롱당하는 신의 장난감도 아닙니다. 신앙은 존재의 모순에 시달리는 이성을 위안해 주지 않으며 그 모서리들을 둥글려 주지도 않습니다. 확실히 말하건대 신앙은 아무 쓸모도 없습니다! 그것은 즉 신앙이 어떤 목적에도 복무하지 않는다는 뜻입니다. 그러므로 우리는 무엇이 되었든 바로 이런 이유 때문에 믿는다고 선언할 수조차 없는데, 왜냐하면 그런 신앙은 부조리로 이어지기 때문이며, 그렇게 말하는 사람은 바로 그렇게 말함으로써 부조리와 부조리가 아닌 것을 지속적으로 구별할 능력이 있음에도 스스로 부조리의 편에 선다는 것과 그의 의견에 따르면 신도 부조리의 편에 선다는 확신을 선언하는 것이기 때문입니다. 우리는 그렇게 말하지 않습니다. 우리의 신앙 행위는 기도도 감사도 아니고, 순종적이지도 않고 자만하지도 않고 그저 단순히 있을 뿐이며 그에 대해 더 이상 아무것도 말할 수가 없습니다."

이 말을 듣고 더더욱 흥미가 일어서 나는 방으로 돌아와 다시 디흐토니아 역사책 다음 권을 펼쳐 읽기 시작했다. 다음 권에는 신체주의 중앙화의 시대가 설명되어 있었다. 신체정신적컴퓨터는 처음에 모두를 만족시키며 작동했으나 곧 행성에 새로운 존재들이 나타났다—자가 복제 쌍둥이, 세쌍둥이, 네쌍둥이, 그 뒤에는 여덟 쌍둥이, 그리고 결국은 셀 수 있는 숫자 안에서 자기 몸을 제한하고 싶어 하지 않는 사람들이 나타났는데, 왜냐하면 살다 보니 계속해서 뭔가 새로운 것이 나타났기 때문이었다. 그것은 일종의 결합, 정확히는 프로그

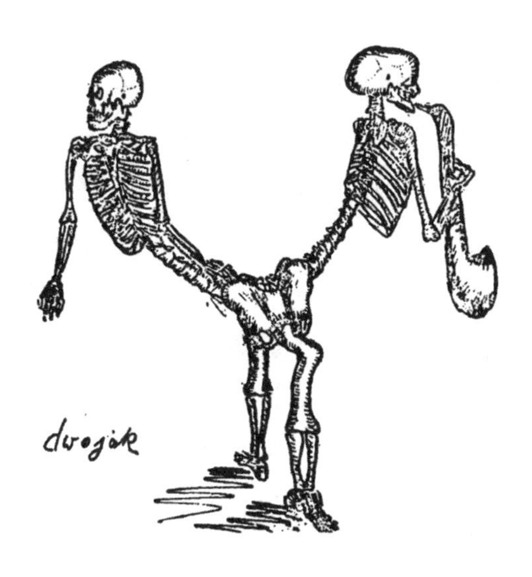

자가 복제 쌍둥이

세쌍둥이

램이 잘못되어 반복된 결과였는데, 요즘 쓰는 표현으로 하자면 기계가 '버벅대기' 시작했기 때문이었다. 그래도 신체정신적컴퓨터의 완벽성에 대한 숭배가 지배적이었기에 이런 뒤틀린 자가 변신에 대해 심지어, 예를 들어 끝없이 무성생식 하여 자기 자신을 폭넓게 확장시키려는 시도가 인간의 프로테우스*와 같은 속성의 적절한 표현이라는 식으로 칭송하려는 시도도 있었다. 이러한 찬양으로 인해 프로그램 오류의 수정 작업이 늦어졌으며 소위 무한인들 혹은 PN주의자(poli-n-주의자)**들이 생겨나기에 이르렀는데, 이들은 자기 몸이 몇 개나 되는지 세다가 잊어버려서 이른바 덩어리나 똬리들을 만들어

* 그리스 신화에 등장하는 바다의 신으로 다양한 형상으로 변하는 능력을 가졌다.

** 여러 개의 n제곱으로 늘어난다는 뜻.

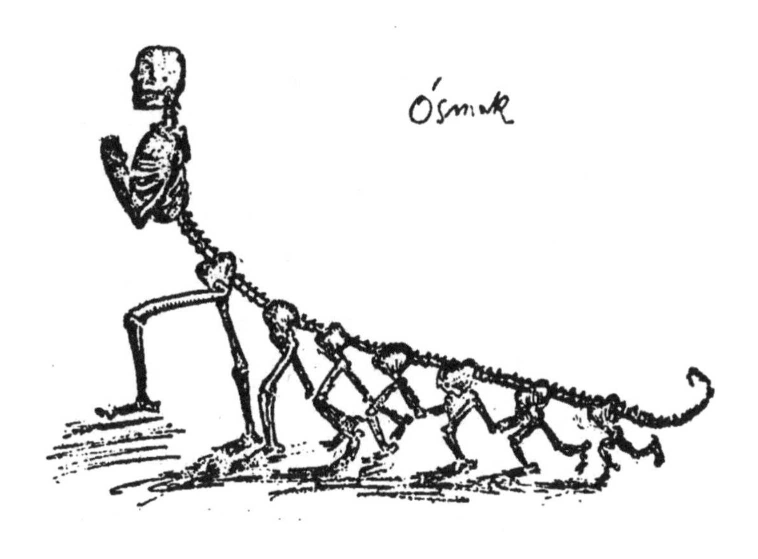

여덟 쌍둥이

냈으며 응급 구조대가 없이는 이들을 풀어낼 수가 없었다. 신체정신적컴퓨터 수리는 성공적이지 못했다—신체엉망적컴퓨터라고 불리다가 그것은 결국 대기권으로 날려 갔다. 그런 뒤에 찾아온 안도감은 오래가지 못했는데, 몸을 어떻게 해야 하느냐는 악몽 같은 질문이 다시 돌아왔기 때문이었다.

이때 처음으로, 옛날 모습으로 되돌아가는 것이 낫지 않겠느냐는 소심한 목소리들이 들리기 시작했으나, 그런 의견들은 아둔한 복고주의로 치부되었다. 2520년도 선거에서 승리한 것은 '대단한사람들' 혹은 상대주의자들이었는데, 모든 사람이 스스로 대단히 마음에 드는 형상을 취해야 한다는 선동적인 공약이 많은 지지를 얻었기 때문이었다. 형태에 제한이 있다면 기능적인 측면뿐이어야 했으며, 해당 지역의 담당 신체 건축가가 효율적인 생활에 적합한 기획들을 통과시켜 주었고 나머지는 전혀 신경 쓰지 않았다. BIPROCIAPS가 이런 기획들을 진실로 눈덩이처럼 점점 불어나는 숫자로 시장에 내놓았다. 역사학자들은 신체정신적컴퓨터가 자가 변신을 통제했던 기간을 중앙화 시대, 이후 기간을 재민영화 시대라고 불렀다.

개인의 형상을 민간 주도로 넘기고 난 후 수십 년이 지나 새로운 위기가 찾아왔다. 몇몇 철학자들이 진보가 클수록 그만큼 위험도 크며 위기가 없다면 만들어 내야 한다고 주장하는 것은 사실인데, 왜냐하면 위기는 창조적인 열기와 투쟁의 욕망을 활성화하고 단합시키고 불러일으키고 정신적으로 그리고 물질적으로도 불태우며, 다시 말해 사회가 공동 작업에 임하도록 열기를 불어넣고, 위기가 없으면 정체와 무기력과 다른 퇴보의 징후들이 만연해지기 때문이다. 이러한 관점을 주장한 것은 이른바 절반낙관주의자들이었는데, 이들은 현재에 대한 비관적 전망으로부터 미래에 대한 낙관을 도출하는 철학자들이었다.

신체 창조를 민간이 주도하는 시기는 75년간 이어졌다. 처음에 사람들은 자가 변신의 자유를 얻게 된 것을 즐겼고 또다시 청년층을 이끈 것은 몸을 더 단단하게 만들어 과시하는 소년들과 아름답게 장식한 소녀들이었으나, 곧 금욕주의에 바탕을 둔 논쟁이 대두되며 세대 간의 충돌이 일어났다. 청년층은 기성세대가 생계를 잇기 위한 효율성만 좇으며 신체에 대하여 수동적이고 자주 소비적인 태도를 보이고 얄팍한 쾌락주의와 향락을 좇는 저열함을 보인다고 비난하면서 이들과 단절되기 위해서 의도적으로 흉측하고 극단적으로 불편하며 완전히 악몽 같은(팽창족, 긁적파) 형태를 취했다. 모든 종류의 유용성에 경멸을 표하며 이들은 눈을 옆구리에 위치시키거나, 젊은 생물활동가는 수없이 많은 발성기관(메에울림기, 하프성음기, 꿀럭공, 만돌린기제)을 배양하기도 했다. 대대적인 발정기가 조직되어 이 기간에 '단어포효가'라고 하는 독창 가수들이 열정적인 군중을 발작적인 산란으로 이끌기도 했다. 그런 뒤에 긴 촉수가 유행 혹은 광풍을 일으켰는데, 전형적인 청년층다운 허영심에 찬 원칙인 '본때를 보여 주마!'에 의거하여 크기와 악력이 점점 증대되었다. 뱀과 같은 똬리의 거대한 덩어리는 누구도 혼자 움직일 힘이 없었으므로 이른바 행렬기(꼬리기계)라는 것이 만들어졌는데, 이것은 스스로 말리는 용기로, 허리뼈 부근에서 자라나서 두 개의 강력한 종아리 위에 주인을 위해 촉수 덩어리를 지고 다니는 것이었다. 역사 교과서에서 나는 당시 최신 유행을 따르는 우아한 사람들이 산책할 때 그 뒤로 행렬기가 촉수 무더기를 지고 가는 그림을 찾아냈다. 그때는 이미 논쟁이 저물어 갈 무렵, 정확히 말하자면 완전히 무너지던 시기였는데, 신체 논쟁이 무너진 이유는 아무런 구체적인 목적도 달성하지 못하고 그저 흥청망청하며 한계를 모르던 시대적 기괴함에 대한 반항적인 대응이었기 때문이었다.

그러한 기괴함에 대해서는 옹호자도 있고 이론가도 있었는데, 이들은 신체가 동시에 최대 수의 장소에서 최대 수의 쾌락을 즐기기 위해서 있는 것이라고 주장했다. 이들의 선두에 선 대표자 메르그 바르브는 자연이 인간의 몸에 쾌락을 감각할 수 있는 기관을, 비록 너무 적긴 하지만 위치시킨 이유는 인간이 삶을 즐길 수 있게 하기 위해서라고 설명했다. 또한 쾌락의 그 어떤 감각도 자연의 명령에 따르면 자체적인 것이 아니라 각각 어떤 목적에 부합한다고 했다. 그 목적이란 신체 기관에 체액을 전달하기 위해서이기도 하고 탄수화물이 나 단백질을 전달하기 위해서이기도 하며 종족 보존을 위해 후손을 확실히 남기기 위해서이기도 하고 등등이다. 자연이 강제한 이 실용주의에서는 과격하게 벗어나야만 하며, 신체 기획에 있어 지금까지의 수동성은 미래 전망에 대한 상상력의 부족 때문에 일어난 현상이다. 감각적인 혹은 관능적인 쾌락들은 태생적인 본능을 만족시킬 때 잠깐 느끼는 부족하기 짝이 없는 부산물일 뿐이며 자연의 횡포다. 체외발생을 목적으로 하는 성욕의 해소는 충분하지 않은데, 왜냐하면 섹스에는 의미 있는 미래도, 조합적인 전망도, 건설적인 미래도 없기 때문이다. 생각해 낼 만한 고안물은 이미 모두 현실에 나타났고, 자가 변신의 자유가 가지는 의미는 단순하게 이 기관 혹은 저 기관을 확대하거나 그저 구시대의 성을 표절하여 확장하기 위함이 아니다. 소유주가 기분 좋게, 점점 더 좋게, 황홀하게, 직접 천국에 간 것처럼 느끼게 하는 기능만을 위한 완전하게 새로운 기관과 장기를 고안해야 한다.

바르브를 돕기 위해 젊고 재능 있는 BIPROCIAPS 출신의 기획자들이 무더기로 몰려왔고 이들이 립친과 헹다치를 발명해 냈다.* 이 기관들은 굉장히 야단스럽게 소개되었는데, 광고에서는 립친과 헹다치에 비하면 예전에 느꼈던 위장과 성기의 쾌락은 그저 멍청하게 코를 후비는 정도에 불과하다고 장담했다. 두뇌에는 물론 황홀경을 느끼는 기관이 탑재되었고 공학자들이 여기에 신경 회로를 특별히 프로그래밍했으며 이 신경 회로는 층층이 작동했다. 그리하여 립친 성

* 립친rypcin과 헹다치chędacz는 렘이 만들어 낸 조어로 '립친'은 음식과 관련된 쾌락을, '헹다치'는 성과 관련된 쾌락을 감각하고 증대시키는 기관들이라 추정된다.

향과 헹다치 충동이 생겨났으며 이러한 본능에 적합한 행동들이 생겨나 점점 더 풍성하고 다양한 규모로 확대되었는데, 왜냐하면 립친과 헹다치를 서로 대신해서 쓰거나 동시에 쓸 수 있었고 혼자, 둘이, 셋이, 나중에 인공 연결기가 발명된 이후에는 수십 명이 집단으로 사용할 수 있었기 때문이었다. 또한 헹다치 예술가와 립친인들이 나타나면서 새로운 종류의 예술도 생겨났는데, 게다가 이것으로 끝이 아니었다. 26세기 후반에 상완골 형태의 혀 긁기 전문가들이 나타났고 발꿈치 물기가 성공을 거두었으며 이후에 유명한 온두르 스테로돈은 척추형 날개로 **날아다니면서** 동시에 헹다치와 립친과 만돌*을 사용하여 대중의 우상이 되었다.

이런 기괴함이 정점에 달한 기간에 섹스는 유행에서 사라졌으며 섹스를 지키는 것은 두 개의 크지 않은 분파인 통합불명주의자와 분리주의자들이었다. 분리주의자들은 방종을 좋아하지 않아서 애인에게 입 맞추는 그 입으로 양배추를 먹는 것은 적합하지 않다고 여겼다. 그러므로 꼭 필요한 것은 사적인, 이른바 플라토닉한 입이었고, 가장 좋은 것은 용도(친척과 인사할 때, 친지와 인사할 때 그리고 선택된 존재를 위해)에 따라** 입을 여러 개 갖추고 있는 것이라고 주장했다. 통합불명주의자들은 기능주의의 뒤를 이어서 분리주의자들과는 반대의 주장을 펼쳐 생체 유지와 생활의 단순화를 위해 무엇이든 전부 연결하고 통합했다.

이러한 유행이 기울어 갈 때쯤, 예의 그 과장되고 기기묘묘한 방식

* 만돌mandol 역시 렘이 만들어 낸 조어로, 시청각 관련 쾌락 기관으로 추정된다.

** 폴란드를 포함한 유럽에서는 인사할 때 상대의 뺨에 가볍게 입 맞추거나 입 맞추는 시늉을 하는 것이 전통이다. 서유럽에서는 두 번 정도 짝수 횟수로, 폴란드를 포함한 동유럽에서는 세 번 정도 홀수 횟수로 입맞춤한다.

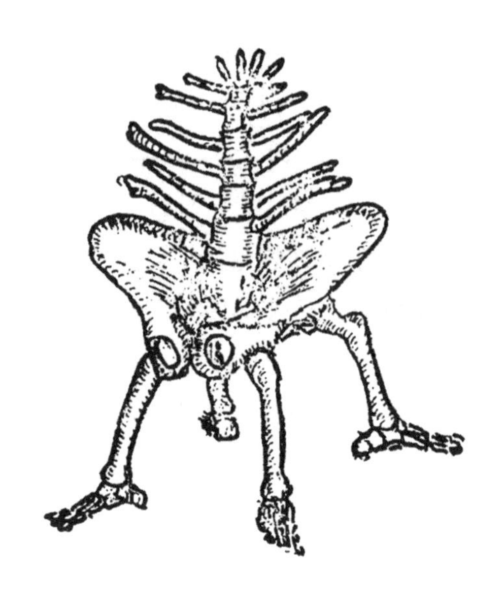

동글의자 - 여성

으로 동글의자-여성이나 육각인간 등의 너무나 특이한 형상들이 탄생했는데, 이 중 육각인간은 켄타우로스를 닮았으나 발굽 대신에 네 개의 맨발을 가졌으며 그 발의 발가락은 땅이 아닌 자기 쪽을 향해 있었다. 육각인간은 정열적인 발 구르기를 기본 동작으로 하는 춤 때문에 발구름인간으로도 불렸다. 그러나 시장은 포화되었고 사람들은 지겨워하기 시작했다. 새로운 신체로 사람들을 매혹시키는 일은 어려워졌고, 천연 뿔로 만든 귀덮개, 홍반 같은 무늬가 반짝이는 귀 고둥, 사교계 아가씨들의 창백한 장밋빛으로 부채처럼 펼쳐지는 볼 등이 사용되었으며 신축성 있는 가느다란 다리로 걸어 다니는 것도 시도되었고, BIPROCIAPS의 완전한 무능력 때문에 계속해서 다른 기획들이 실현되었으나, 이러한 형상화의 끝이 다가오고 있음은 누구나 느낄 수 있었다.

나는 주위를 둘러싼 책 더미가 점점 자라나는 가운데 머리 위의 천장을 기어 다니는 등잔의 불빛 아래 독서에 푹 빠졌고 언제 잠들었는지도 모르게 잠들었다가 아침 종이 울리는 소리를 멀리서 듣고서야 깨어났다. 그리고 곧 나의 수도사가 나타나서 조금 색다른 일정을 경험해 볼 생각이 있는지 물었다. 만약에 괜찮다면 멤나르 수도사와 함께 교구 전체 회의에 참석해 보지 않겠느냐는 수도원장의 초대였다. 어둠침침한 지하에서 벗어날 수 있겠다는 생각에 나는 기뻐져서 당장 동의를 표했다.

전체 회의는 유감스럽게도 내가 상상했던 것과는 다른 광경이었다. 우리는 지상으로 아예 나가지도 않았다. 수도사들은 낮고 작게 뭉쳐진 동물들을 길에 고정시킨 뒤에 수도복과 같은 회색 천으로 땅에 닿게 덮고 안장 없이 그 위에 앉아 지하 통로로 천천히 발을 끌리면서 갔다. 그 통로가 무엇인지 나는 이미 추측을 했고 그 추측은 옳은 것으로 확인된바, 바로 몇 세기나 사용되지 않은 대도시 중심부의 운하였으며, 우리 머리 위로 솟아오른, 지금은 반쯤 무너져 버린 수천 개의 탑들이 바로 그 대도시였다. 내가 탄 동물의 일정한 움직임에는 어딘가 기괴한 데가 있었는데, 그 동물을 덮어 싼 천 아래에서 나는 머리 부분의 흔적도 찾을 수 없었다. 천 아래를 살짝 들여다보고 나는 일종의 네발 달린 로봇인 이 기계가 대단히 원시적이라고 확신했다. 오후가 될 때까지 우리는 200마일도 채 나아가지 못했다. 그리고 어쨌든 지나온 길의 거리를 짐작하는 것은 어려운 일이었는데, 왜냐하면 미로와 같은 운하가 이리저리 굽어진 데다 길을 밝히는 등잔들은 머리 위에서 작게 무리를 지어 깜빡이기도 하고 움푹한 천장에 빛을 반사하기도 하면서 대열의 선두에서 쯧쯧 소리를 내어 부르는 사람들 뒤를 서둘러 쫓아가고 있었기 때문이었다.

우리는 마침내 미래예측 수도회 본원에 도착했는데, 그곳에서 정중하게 환영받았고 특히 나는 한가운데서 모두의 주목을 받았다. 가구의 숲이 멀리 있었기 때문에 미래예측회 수도사들은 나에게 대접하기에 적합하다고 생각되는 음식을 마련하기 위해서 특별히 허둥지둥 뛰어다녀야만 했다. 그 음식은 버려진 대도시의 창고에서 가져온 정포자가 든 주머니의 형태로 수급되었다. 수도사들은 내 앞에 두 개의 그릇을 놓았는데, 하나는 비어 있고 다른 하나는 물이 가득 들어 있었으며, 나는 처음으로 생물 문명의 생산품이 어떻게 작용하는지 직접 확인할 수 있었다.

수도사들은 수프가 없다는 사실에 대하여 나에게 열띠게 변명했다. 그저 운하의 우물 통로를 통해서 지상으로 보내졌던 수도사가 수프를 만들기에 적합한 주머니를 찾아낼 수 없었다는 것이었다. 그러나 커틀릿도 제법 나쁘지 않았다. 정포자는 물을 몇 숟가락 붓자 부풀어 오르더니 넓고 편편하게 퍼져서 잠시 후에 내 그릇에는 맛있는 갈색의 동그란 송아지 고기가 놓여 있었으며 구멍마다 배어 나오는 기름은 요리의 열기에 지글거렸다. 이 특별식을 제공한 창고는 식도락용 정포자들이 다른 정포자들과 섞여 아무 데나 놓여 있는 바람에 완전한 혼란에 휩싸여 있었다. 그래서 디저트 대신 나의 그릇에는 카세트테이프 플레이어가 생겨났는데, 그것도 회전 핀에 속옷 끈이 걸려 있어서 사용할 수 없는 상태였다. 수도사들은 나에게 이것이 혼종화의 결과라고 설명했는데, 감독되지 않은 상태의 자동기계들이 점점 더 낮은 품질의 정포자들을 생산하기 때문에 이제는 자주 일어나는 일이라고 했다. 이런 생물공학 생산품들은 서로 결합될 수 있으며 바로 그런 식으로 가장 믿을 수 없는 혼종들이 생겨난다는 것이다. 이런 설명을 들으면서 나는 마침내 야생의 가구들이 어디에서 생겨났는지 이해할 수 있게 되었다.

고귀한 수도사들은 곧장 젊은 수도사들 중 누군가를 다시 대도심의 폐허로 보내어 나를 위한 디저트를 가져오게 하려고 했으나 나는 여기에 열띠게 반대했다. 나에게 디저트보다도 훨씬 더 중요한 것은 대화였다.

한때 도시 운하들의 거대한 정화조였다는 식당은 지금은 더할 나위 없이 말끔했으며 하얀 모래가 깔렸고 여러 개의 등잔으로 불이 밝혀져 있었는데, 미래예측회 수도사들의 등잔은 파괴주의회 등잔과 달라서, 구체적으로 말하자면 미래예측회 수도사들의 등잔은 깜빡거렸고 마치 거대하게 확대된 말벌에서 생겨난 것처럼 줄무늬가 있었다. 우리는 긴 탁자에 번갈아 앉아서, 파괴주의회 수도사 한 명 옆에는 같은 직급의 미래예측회 수도사가 한 명씩 자리하게 되었다. 나는 혼자서만 얼굴과 손을 드러내고 있다는 사실에 이해할 수 없는 민망함을 느꼈다—주위의 수도사들은 모두 가면을 쓰고 눈 부위의 구멍은 유리로 덮여 있었으며 거친 후드를 뒤집어썼고 컴퓨터 수도사들은 각져 있는 데다 살아 있는 존재와는 전혀 어떤 면에서도 닮지 않았으며 몇몇은 탁자 아래에서 케이블로 서로 연결되어 있었으나 그 다중적인 연결의 의미에 대해서 나는 감히 질문을 꺼내지 못했다.

이 고독한 점심 식사 자리에서—왜냐하면 식사를 하는 것은 나 혼자였기 때문이다—이어진 대화는 수도사들의 어쩔 수 없는 공통점으로 인하여 또다시 초월적인 주제로 넘어갔다. 나는 디흐토니아에서 신앙을 지키는 최후의 사람들이 선과 악, 신과 악마의 문제에 대해 어떻게 판단하는지 몹시 알고 싶었으나 내가 이 질문을 내놓자 긴 침묵의 시간이 이어졌고 그동안 줄무늬 등잔들만 식당 모서리에서 조용히 윙윙거릴 뿐이었다. 어쩌면 그것은 미래예측회 수도사들의 전류가 내는 소리였을지도 모른다.

마침내 나의 맞은편에 앉은 나이 든 컴퓨터가 입을 열었는데, 그의 직위가 종교역사학자라는 것을 나는 나중에 다르그 수도원장에게서 들었다.

"단도직입적으로 말씀드리자면 우리의 관점은 이렇게 표현하겠습니다." 나이 든 종교역사학자가 말했다. "사탄이란 신에 있어서 우리가 가장 이해하지 못하는 부분입니다. 그렇다고 해서 우리가 신 자체를 높은 것과 낮은 것, 선과 악, 사랑과 증오, 창조의 힘과 파괴의 욕망이 근원적으로 혼합된 형태라 여기는 것은 아닙니다. 신을 제한하고 분류하고 나누고 분절적으로 정제하여 우리가 이해할 수 있으면서 그 앞에서 우리가 스스로 방어하지 않을 만한 존재로, 그리고 오로지 그런 존재로만 만들 수 있다는 생각이 바로 사탄입니다. 그러한 생각은 역사 안에서 지속될 수 없는데, 왜냐하면 언제나 변함없이 그 결과는 사탄에게서 유래된 지식 외에 다른 것은 없고 사탄은 지식을 도출하는 모든 것을 전체적으로 삼켜 버릴 때까지 계속해서 확장될 것이라는 결론뿐이기 때문입니다. 이것은 또한 지식이 명령된 징후들이라 불리는 지시를 점차적으로 무효화하기 때문입니다. 지식은 살해하지 않으면서 살해할 수 있게 해 주고 파괴하게 해 주지만 그 파괴로부터 창조되게 하며, 존중과 경의로 대해야 하는, 예를 들어 아버지와 어머니 같은 개인들이 그 지식으로부터 떨어져 나가 사라지고 원죄 없는 잉태와 영혼 불멸의 초자연성과 같은 교리들이 그 지식으로부터 몰락합니다.

만약에 그것이 악마의 유혹이라고 한다면 주위를 둘러싼 모든 것이 악마의 유혹일 것이며 사탄이 문명을 삼켜 버렸다고 말할 수조차 없게 될 터이지만, 그 문명 안에서 사탄은 교회만은 삼키지 못하는데, 왜냐하면 교회는, 비록 반론은 있겠지만, 지식의 도출에 점차적으로 동의하며 그 과정에서 '여기까지, 하지만 더 이상은 안 돼!'라고 말할 수 있을 만한 자리는 전혀 없기 때문입니다. 교회 안에서든 교회 밖에서든 오늘 알게 된 지식의 결과가 내일 어떻게 나타날지 아무도 알 수 없습니다. 교회는 때때로 그런 진보와 싸울 수도 있겠지만, 하나의 전선을, 예를 들면 원죄 없는 잉태의 신성함을 수호할 때에 진보는 전면적인 전투를 개시하는 대신 둘레를 돌아가는 작전을 시행하고, 그렇게 함으로써 수호되는 위상의 의미를 근절해 버립니다. 천 년 전에 우리의 교회는 모성을 수호했으나 지식은 처음에는 모성을 둘로 나누고 그 뒤에 그것을 몸 안에서 외부로 옮기고 그런 뒤에는 배아를 합성하여 어머니라는 개념을 근절해 버려서 300년이 지난 뒤에는 모성의 수호가 모든 의미를 잃어버렸습니다. 이렇게 되자 교회는 원격 수정과 실험실에서의 수태와 기계 안에서의 출산과 기계 안에 있는 영혼과 영성체를 받는 기계와 자연적으로 탄생한 존재와 인공 존재 사이의 차이가 사라지는 것에 모두 합의해야만 하게 되었습니다. 자기 의견만을 계속 주장한다면 언젠가는 사탄 이외의 다른 신은 없다고 인정해야만 할 것입니다.

신을 구원하기 위해서 우리는 사탄의 역사성, 즉 우리를 창조의 순간부터 놀라게 하고 동시에 위협하는 모든 특징들이 시간 속에 투영

되어 변화하는 그의 진화를 받아들였습니다. 사탄이라는 것, 신과 반신反神을 낮과 밤처럼 구별할 수 있다는 것은 순진한 발상입니다. 신은 신비하시며 사탄은 그 신비의 윤곽이 부분 부분 나뉘어 인간의 모습으로 모인 것입니다. 우리에게 초역사적인 사탄은 없습니다. 사탄의 특성 중에서 지속적이며 개성적으로 인정받는 단 한 가지는 자유에서 유래합니다. 그러나 멀리서 찾아오신 여행자이자 손님이여, 내 이야기를 들을 때 우리의 역사와는 다른 역사 속에서 형성된, 당신의 생각 속에 있는 분류들은 잊어버려야만 합니다. 우리에게 자유란 당신이 아는 것과는 전혀 다른 의미입니다. 자유는 활동의 모든 제약이 무너지는 것, 다시 말해 지성이 싹트는 시기에 삶이 맞닥뜨리게 되는 모든 저항들이 사라지는 것을 의미합니다. 그러한 저항들이 무기력한 심연 속에서 지성을 표면으로 건져 올려 형성합니다. 이 저항들은 격렬하게 감지할 수 있으므로 역사적인 지성에게 자유의 전성기가 현실처럼 다가오고, 그 때문에 바로 그 방향으로 지성은 문명의 발걸음을 옮기게 됩니다. 돌로 된 유골함을 깨어 부수는 걸음이 있고 죽은 자를 되살리는 걸음이 있으며 태양을 소멸시키는 걸음이 있고, 그 걸음들 사이에 넘을 수 없는 장애물은 없습니다.

내가 말하는 자유는 인간이 타인에게 괴롭힘을 당할 때만 욕망하는 그 소박한 상태가 아닙니다. 왜냐하면 그럴 때에 인간은 다른 인간에게 철창이며 벽이고 올가미이며 낭떠러지이기 때문입니다. 내가 염두에 둔 자유는 계속 이어져 사회적인 상호 억압의 권역 너머로 뻗어 나가는데, 그 권역을 통째로 넘어설 수 있으며 그렇게 되면 인간이 다른 인간 앞에 저항으로써 가로막지 않게 되므로 새로운 저항에 대한 탐색 속에 인간은 그 저항을 세계와 자신 안에서 발견하고 대항해야 할 상대로서 자기 자신과 세계를 선택하여 그 양쪽과 투쟁하고 양쪽 모두를 자신에게 복속시키려 하게 됩니다. 그리고 거기에 성공하면 자유의 심연이 열리게 되는데, 왜냐하면 할 수 있는 행위가 많아질수록 어떤 행위를 해야 하는지 알 수 없게 되기 때문입니다. 처음에는 지혜가 유혹하지만, 지혜는 물처럼 소화 가능해지고 고철 조각이나 개구리의 울음소리에도 지혜를 부여해 줄 수 있게 되면 그것은 사막의 물 한 통에서 호수 속의 물 한 통이 됩니다.

그럼에도 불구하고 지혜를 향한 추구가 얼마나 고귀해 보이든 간에, 지혜로부터 도망치는 쪽을 지지하는 주장에 고귀함이란 없으며, 그것은 아둔함을 갈망한다고 큰 소리로 선언하는 사람은 아무도 없기 때문인데, 만약에 그렇게 갈망하여 그것을 인정할 용기를 가졌다면 대체 어디로 물러나면 좋단 말입니까? 지성과 반反지성 사이의 자연적인 거리를 과학이 양자화하여 해체해 버려서 그 거리가 이미 존재하지 않고, 그리하여 심지어 지식으로부터 도망친 탈주자조차도 자신에게 적합한 신체 형상을 선택해야만 하기 때문에 결국은 자유에 도달하게 되고, 그의 앞에 하늘의 별보다도 많은 기회가 놓여 있다면 말입니다. 마치 여왕벌이 벌집이 없어 그 복부를 찢는 알들을 낳을 곳이 없다면 안주인으로서 어머니의 캐리커처가 되어 버리듯, 무시무시하게 현명한 자는 자신과 비슷한 사람들 사이에서 지혜의 캐리커처가 되어 버립니다.

그러므로 그 위치에서 도망치는 데 이르게 되는데, 대단히 수치스러워하며 몰래 도망치기도 하고 몹시 공포에 질려 발작적으로 도망치기도 합니다. 모두가 태어난 모습 그대로 살아야만 하는 곳에서는 어쩔 수 없기 때문에 자기 모습대로 남게 됩니다. 모두가 본래 모습과는 다르게 변할 수 있는 곳에서 인간은 뛰뛰듯이 존재를 넘나들며 자신의 운명을 부스러뜨릴 겁니다. 그런 사회는 멀리서 보면 달아오른 석판 위의 벌레 소굴 같을 것입니다. 멀리서는 그 사회의 고통이 희극처럼 보일 것인데, 왜냐하면 지혜에서 도주하여 아둔함으로 찾아들고, 배를 마치 북처럼 연주하기 위해서 혹은 100개의 다리로 뛰어다니기 위해서 혹은 벽에 두뇌로 완충재를 대기 위해서 지성의 열매들을 사용하는 것이 우스워 보이기 때문입니다. 사랑하는 존재를 두 배로 불릴 수 있다면 이미 사랑하는 존재들은 사라지고 사랑에 대한 조롱만이 남을 것이며, 그 어떤 사람이라도 될 수 있고 어떤 신념이라도 실현할 수 있다면 그는 이미 아무도 아니고 그 어떤 신념도 갖지 못했다고 해야 할 것입니다. 또한 우리의 역사는 바닥을 향해 가고 있으며 그 바닥으로부터 줄 위의 광대처럼 뛰뛰면서 자신을 비추고 있어 그 때문에 무시무시하게 우스워 보입니다.

정부는 자유를 일정량으로 나누어 배급하지만, 그러면서 인위적인 한계를 설정하고, 이러한 한계는 저항에 부딪혀 공격받는데, 완료된 발견을 숨길 수는 없기 때문입니다. 그래서 이렇게 사탄이 자유의 의인화라고 말하면서 나는, 우리가 이미 도달한 목표물 때문에 충격으로 마비된 채 지속되는 힘의 교차로에 서 있고, 그곳에서 신의 행위 중 우리를 가장 놀라게 하는 방향을 대표하는 것이 사탄이라는 생각을 표현하고 싶었습니다. 순진한 철학적 발상에 따르면 세상은 구속복이 광인을 구속하듯이 그렇게 우리를 '제한해야만' 한다고 하고, 같은 존재철학에서 다른 목소리는 이런 제약이 바로 우리 안에 '있어야만' 한다고 말합니다. 그렇게 말하는 사람은, 세상이 자신을 특정한 방향으로 갈 수 없도록 저지하기를 원하거나 혹은 자기 자신의 본성이 그렇게 붙잡기를 원한다는 측면에서, 자유의 경계에서 살아가는 존재를 세상에 수립하려 하거나 아니면 자기 자신 안에 수립하고 싶어 합니다. 그러나 신은 우리에게 외면의 한계도, 내면의 한계도 주지 않았습니다. 그뿐 아니라 우리가 한때 그런 한계를 예상했던 장소들을 허물어, 우리가 그것들을 넘어가면서도 스스로 그렇게 한다는 사실을 알지 못하도록 했습니다."

나는 그렇다면 이원론에 따라 신은 사탄과 동일하다는 결론이 도출되지 않느냐고 물었다. 나는 자리에 있는 사람들이 살짝 동요하는 것을 눈치챘다. 종교역사학자는 침묵을 지켰고 수도회의 총회장이 말했다.

"당신이 말하는 것은 맞지만 당신이 생각하는 것은 그렇지 않습니다. '신이 사탄이다'라고 말할 때 그러한 말로써 창조주의 사악함이라는 위협적인 의미를 전달하게 됩니다. 그런 경우 당신이 한 말은 사실이 아닙니다—그러나 오로지 당신의 입에서만 그러할 뿐입니다. 만약에 내가 혹은 이 자리에 있는 수도사 중에서 누군가가 그렇게 말한다면 그 말은 전혀 다른 의미를 가지게 될 것입니다. 그런 경우에 그 말은 신의 선물 중에서 우리가 아무 저항 없이 받아들일 수 있는 것이 있고 우리가 집어 들 수조차 없는 것이 있다는 의미가 될 뿐입니다. 그런 경우에 그 말은 '신은 우리에게 아무런, 진정으로 아무런 한계도 주지 않았고, 우리를 축소시키지도 않았고 우리를 가로막지도 않았다'는 뜻이 됩니다. 완전한 선에 예속된 세계는 완전한 악에 예속된 세계와 마찬가지로 구속의 전당일 뿐이라는 점을 알아주시기 바랍니다. 내 의견에 동의하십니까, 다그도르 수도사?"

마지막 질문을 받은 당사자인 종교역사학자는 동의를 표하고 입을 열었다.

"신앙의 역사를 기록하는 사람으로서 나는 신의 계보학들을 알고 있는데, 그에 따르면 신은 완전히 완벽하지는 않게 세상을 만들었지만 지그재그나 혹은 나선형 같은 단순한 동작으로 완벽하게 만들 수 있다고 했고, 또 신은 아주 커다란 아이이며 자신이 즐겁기 때문에 장난감을 '올바른' 방향으로 보내는 것이라고 하는 교리도 알고 있습니다. 또한 이미 있는 것을 완벽하다고 칭한 뒤에, 그 완벽함의 계산이 맞게 하기 위해서 장부를 고치고 나서 그 고친 부분에 악마의 이름을 붙이는 학문들도 알고 있습니다. 그러나 존재가 진보라는 용수철 장치가 된 장난감 기차를 감았다가 풀어 놓는 놀이이며 그 기차는 피조물을 싣고 점점 더 효율적으로 달리고 그렇게 달려간 곳은 점점 더 좋아진다는 가설이나, 세상은 빛과 어둠의 권투이며 신을 심판으로 삼은 링에서 시합을 하고 있다는 존재의 가설도, 기적적인 개입이 반드시 필요하여 피조물은 고장 나기 시작한 시계 같고 기적은 별들의 톱니바퀴를 건드려 필요한 곳을 조이는 신의 핀셋과 같다는 가설도, 또 세상은 맛있는 케이크와 같으며 그 안에 악마의 유혹이라는 뼈가 박혀 있다는 가설도—이 모든 가설들이 이성으로 만들어 낸 초급 교과서에 나온 그림들을 보여 줄 뿐이며, 성숙한 연령이 되면 마음을 흔드는 향수를 느끼면서 그러나 동시에 이제는 별것 아니라고 여기고 어린이 방의 선반 위로 치워 버리는 조그만 책들일 뿐입니다. 자유를 악마라고 생각하지 않는다면 악마는 없습니다. 세계는 하나이고 신도 하나이며 신앙도 하나입니다, 여행자여, 그리고 나머지는 침묵입니다."

나는 신과 세계의 긍정적인 특성들이 무엇이라고 생각하는지 그의 의견을 묻고 싶었는데, 이제까지 신은 무엇이 **아닌지**에 대해서만 줄곧 들은 데다 이 종말론에 대한 강론을 듣고 나니 머릿속에 소용돌이와 구정물밖에 남지 않았기 때문이었다—그러나 갈 길을 재촉해야만 했다. 우리는 철로 된 말을 다시 타고 흔들거리며 출발했고, 가는 동안 나는 뜻밖의 생각이 떠올라서 다르그 수도원장에게 어째서 그의 종파가 '파괴주의회'라는 이름을 가지고 있는지 물었다.

"식사 중에 했던 우리 대화의 주제와 연관됩니다." 그가 대답했다. "그 이름은 역사적인 유래가 있는데, 존재 전체에 대하여 신에게서 유래한 전체로서의 긍정을 의미하며, 나아가 존재 안의 창조성과 또한 그 반대되는 특성으로 보이는 것 양쪽 모두에 대한 긍정을 뜻합니다." 그리고 그는 서둘러 덧붙였다. "그 이름은 우리가 스스로 파괴를 지향한다는 뜻이 아닙니다. 지금이라면 분명 아무도 우리 종파에 그런 이름을 붙이지 않았겠지만 그 이름은 이미 종료된 어떤 신학적 왜곡, 교회가 겪었던 위기의 결과물입니다."

이 부분에서 나는 눈을 가늘게 떴는데, 왜냐하면 천장이 무너져서 부분적으로 운하가 땅의 표면 위로 드러난 지점에 도달했기 때문이었다. 햇빛을 못 보는 데 익숙해진 탓에 나는 오랫동안 눈을 제대로 뜨지 못했다. 우리는 그 어떤 식물의 흔적도 없는 평지에 있었다. 도시는 지평선에 건물 골격의 외곽선만 푸르스름하게 보이는 모습으로 서 있었고 여러 방향으로 뻗어 나가는 매끈하고 넓은 도로들이 공간 전체를 이리저리 갈라놓아서 은빛 금속으로 만든 띠를 깔아 놓은 듯했다. 그 도로 위에는 완전한 공허가 지배하고 있어서, 마치 통통한 구름 몇 점만 떠다니는 하늘 같았다.

우리가 탄 인공 말은 최대한의 속도를 내는 데 적합해 보이는 도로 위를 특이하게 괴이한 방식으로 움직여서 천천히, 삑삑 소리를 내며, 익숙하지 않은 햇빛에 우리처럼 눈이 부신 듯이, 수도사들이 알고 있는 지름길을 기어갔으나, 우리가 다시 지하로 내려가는 콘크리트 도랑에 도착하기 전에 반원을 그리며 휘어진 도로들 사이로 에메랄드빛과 금빛을 띤 크지 않은 건축물이 나타났다. 나는 그것이 분명 주유소일 것이라고 생각했다. 그 근처에 거대한 바퀴벌레 같은 납작한 교통수단이 서 있었는데, 그 형태는 속도를 낼 수 있도록 그렇게 만들어진 것이었다. 건물에는 창문이 없고 그저 반투명한 벽들뿐이었으며 그곳을 통해 햇살이 스테인드글라스를 통해 비치는 것처럼 반짝였다. 우리가 높이 솟은 기둥 앞 60걸음 정도 거리에 섰을 때 나는 그곳에서 흘러나오는 신음과 달그락거리는 소리를 들었는데, 너무나 끔찍한 소리인 터라 머리카락이 곤두설 정도였다. 목소리는 의심의 여지 없이 인간의 것이었고 번갈아 가며 으르렁거리다가 끙끙거리기를 반복했다. 나는 이것이 고문당하는, 어쩌면 살해당하는 사람의 비명이라는 데 전혀 의문을 갖지 않았고, 함께 간 수도사들을 쳐다보았으나, 그들은 저 단말마의 비명에 전혀 주의를 기울이지 않았다.

나는 그들에게 소리쳐서 서둘러 도우러 가고 싶었으나, 고통 당하는 사람의 운명에 수도사들이 그렇게까지 무관심할 수 있다는 충격 때문에 목소리가 나오지 않아서 철로 된 네발 달린 운송 장치에서 뛰어내려 아무도 돌아보지 않고 앞으로 달려 나갔다. 내가 건물에 도달하기 전에, 짧고 목쉰 듯한 비명 소리가 들린 후 침묵이 덮쳤다. 건물은 가벼운 형태의 부속 건축물이었고 눈에 보이는 문이 없어서 나는 헛되이 주위를 돌다가 벽 안에 박혀 있는 하늘색 에나멜을 보고 멈추었는데, 그 벽은 아주 투명해서 안을 들여다볼 수 있었다. 피가 잔뜩 튄 탁자 위에 나체의 형상이 기계들 사이에 누워 있었고 기계들에서 나온 반짝이는 관인지 집게 같은 것이 몸에 꽂혀 있었으며, 그는 이미 죽었고 고통스러운 경련으로 시신이 너무나 뒤틀려 있어서 나는 팔과 다리를 분간할 수가 없었다. 머리도 또한 보이지 않았는데, 머리 혹은 머리를 대신하는 어떤 것이 위에서 내려온 무거운 금속 종 안에 잠겨 있었고 그 금속 종에 바늘 같은 가시들이 돋아나 있었다. 시신은 이미 심장이 멈추었으므로 수많은 상처에서 피가 흘러나오지는 않았다. 내 발밑에서 햇볕에 달아오른 모래가 발바닥을 태웠고 귓가에는 아직도 저 디흐토니아 사람의 지옥 같은 절규가 울렸으며, 나는 그 잔인함과 공포와 이해할 수 없는 광경에 충격을 받은 채 서 있었다. 이해할 수 없는 부분은 시신이 혼자 있었다는 것이었다—나는 이 기계들의 고문실의 구석구석을 볼 수 있었다. 수도복의 후드를 내려 쓴 형상이 가까이 다가오는 것을 나는 들었다기보다 느꼈고 곁눈으로 그가 수도원장임을 보고 목쉰 소리로 말했다.

"이게 뭡니까? 누가 저 사람을 죽였습니까? 뭡니까?"

수도원장은 내 옆에 조각상처럼 서 있었는데 나는 그가 진짜로 철로 된 조각상이라는 것을 깨닫고 할 말을 잃었다. 가면과 위가 뾰족한 후드를 쓴 지하에서의 수도사들의 모습은 밝은 햇빛 아래, 기하학적으로 펼쳐진 하얀 도로들 사이에서 선명한 지평선을 배경으로 한 지금만큼 믿을 수 없이 낯설게 보이지 않았다. 완전하게 나 혼자, 불쑥 솟은 손가락처럼, 추상적인 논증 외에 아무것도 할 줄 모르는 차갑고 논리적인 기계들 사이에 서 있으니 저기, 유리로 된 벽 뒤에서, 금속의 손아귀에 잡혀 웅크리고 있는 시체만이 내게 유일하게 가깝게 느껴졌다. 나는 한 마디도 하지 않았고, 심지어 이들과 눈을 마주쳐 작별 인사도 하지 않고 그대로 떠나 버리고 싶은 충동이, 아니 그렇게 하겠다는 계획이 나를 사로잡았는데, 왜냐하면 그들과 나 사이에 이 한 순간에 건널 수 없는 심연이 생겨 버렸기 때문이었다. 그러나 나는 계속 수도원장 옆에 서 있었고, 수도원장은 마치 아직도 뭔가 기다리는 듯 침묵하고 있었다.

천장과 벽의 유리를 통과한 하늘색 빛으로 가득한 방 안에서 뭔가가 진동했다. 빳빳해진 시신 위에서 기계들의 빛나는 어깨가 움직이기 시작했다. 기계들은 고통받은 시신의 사지를 조심스럽게 펼쳤고 상처에 물처럼 맑지만 김을 내는 액체를 부어서 피를 씻어 냈는데, 시신은 이제 편편하게 누워서 영면에 든 것처럼 보였으나, 그 순간 칼날이 반짝였고 기계들이 그를 해부할 것이라는 생각이 나의 머릿속에 번득였다. 그래서 이미 죽었지만 그래도 그를 4등분하지 못하도록 막아 주기 위해서 달려가려고 했는데, 수도원장이 철로 된 손으로 내 어깨를 잡아 나는 움직일 수 없었다.

반짝이는 금속 종이 위로 올라갔고 나는 인간의 것이 아닌 얼굴을 보았다. 이제 모든 기계들이 동시에 작동했고 너무나 빨라서 나는 그저 여기저기서 번득이는 것과 탁자 아래의 유리 펌프가 움직이는 것만 볼 수 있었는데, 그 펌프에서 빨간 액체가 휘몰아쳤고 그 혼란의 한가운데에서 누워 있던 자의 가슴이 위로 올라갔다가 툭 떨어졌다. 내가 지켜보는 앞에서 그의 상처들이 아물었고 그는 온전히 회복한 채로 움직이기 시작하더니 기지개를 켰다.

"부활한 겁니까?" 내가 속삭이는 소리로 물었다.

"예." 수도원장이 대답했다. "다시 한번 죽기 위해서지요."

누워 있던 사람은 주위를 둘러보더니 마치 뼈가 없는 것처럼 부드러운 손으로 옆에 있는 손잡이를 쥐고 잡아당겼고, 그러자 금속 종이 그의 머리 위로 다시 내려왔으며, 사선으로 벌어진 집게들이 껍데기에서 나와서 그의 몸을 붙잡았고 아까와 같은 비명이 울려 퍼졌다. 그 이상 나는 아무것도 이해할 수 없었고, 무기력하게 안내되어 나를 참을성 있게 기다리는 가면을 쓴 행렬에게 돌아와서 무감각한 상태로 인공 말 위에 간신히 올라탄 후 나에게 누군가 말하는 것을 들었다—수도원장이 나에게 설명하고 있었다. 저 임시 건물은 특별한 작업실인데, 자기 자신의 죽음을 경험하는 서비스를 제공해 주는 곳이었다. 서비스의 핵심은 가능한 한 충격적인 인상을 남기는 것으로, 그것도 이미 감각기관의 변형으로 인해 고통이 엄청난 쾌락으로 느껴지기 때문에 고통만을 일으켜서는 안 되었다. 이 모든 일의 근원은 바로, 특정 종류의 자가 변신 덕분에 디흐토니아인들에게는 끔찍한 고통마저도 즐겁고 어떤 사람에게는 그것만으로 부족하므로 그런 사람은 부활한 뒤에 믿을 수 없는 충격을 다시 한번 경험하기 위해서 또다시 자신을 죽이게 한다는 것이었다. 그리고 사실 우리의 철제 행렬은 서비스로 제공되는 처형의 현장에서 상당히 천천히 멀어졌는데, 그래서 강한 충격 애호가의 비명과 신음 소리가 오랫동안 우리 뒤에서 들려왔다. 이 특별한 기술의 이름은 '고늬'(발음은 '**고뇌**')였다.

역사책에서 과거의 피투성이 소요를 읽는 것과 내 눈으로 직접 그 조각만이라도 보고 경험하는 것은 전혀 다른 일이다. 나는 땅 위에, 태양 아래서, 이리저리 휘어진 은빛 고속도로들 사이에서 있는 것에 신물이 났고, 우리 뒤편 멀리서 반짝이는 유리 건물의 빛이 너무나 위협적으로 느껴져서 운하의 어둠 속으로 들어갔을 때 그 시원하고 안전한 정적에 감싸여 진정한 안도감에 잠겨 들었다. 수도원장은 내가 얼마나 충격을 받았는지 짐작하고 아무 말도 하지 않았다. 저녁이 되기 전에 우리는 어느 은둔자의 거처와 거주 지역의 운하 안으로 이주하여 살아가는 수도회의 수도사들을 방문했으며 늦은 밤이 되어서야 전체 회의를 마치고 파괴주의자 수도회 본원으로 돌아왔으며, 돌아온 뒤에 나는 저 유리 건물 앞에서 수도사들에게 그토록 충격을 받고 그들을 그토록 증오했던 순간을 이상하게 창피하다고 느꼈다.

나의 조그만 방은 아늑한 집 같았다. 준비성 있는 젊은 수도사가 요리해 둔, 속을 채워 차게 식힌 서랍장이 나를 기다리고 있었고, 나는 배가 고팠으므로 그것을 재빨리 삼켜 버리고 나서 현대의 시대를 다룬 디흐토니아 역사책을 펼쳤다.

제1장에서는 29세기에 일어난 자가 정신화의 움직임을 다루었다. 보편적인 상시 변화에 대한 피로가 그즈음엔 너무 많이 쌓여서, 신체에서 눈을 돌려 정신의 형성에 집중한다는 발상이 마치 사회를 회춘시키고 정체된 분위기를 깨어 버린 것 같았다. 그렇게 해서 르네상스가 시작되었다. 살아 있는 모든 사람을 현자로 바꿀 계획을 세운 천재주의자들이 이 부활의 시기를 이끌었다. 곧 이것은 지식에 대한 거대한 갈망, 격렬한 학문의 탐구, 행성 간 통신으로 다른 문명들과의 교신 연결 등을 불러왔으나 정보가 눈사태처럼 증가하면서 이에 맞추어 일련의 신체적인 변화들이 일어나야만 했는데, 왜냐하면 학자적인 두뇌는 배 속의 공간에 집어넣기에도 너무 커졌기 때문이었다. 사회는 기하급수적인 속도로 천재화했고 현자화의 물결이 행성 전체를 뒤덮었다. 존재의 의미를 지식에 두는 이 르네상스는 70년간 이어졌다. 사상가들, 교수들, 슈퍼교수들, 울트라교수들, 그런 뒤에 반反교

수들이 넘쳐 났다.

한편 걸어 다닐 때에 계속 강화되는 두뇌를 들어 올리기가 점점 더 불편해졌기 때문에, 짧은 이중사고(신체를 두 개의 수레처럼 만들어 전면부와 후면부로 나누어서 고급 사고와 저급 사고를 담당하게 했다)의 단계가 지나자 삶 자체가 천재주의자들의 발을 묶어 버렸다. 모든 사람이 각자 내면에서 자기 자신의 지성의 탑에 갇혀 마치 고르고처럼 뱀 같은 케이블에 감겨 있었다. 사회는 꿀 대신 지식이 가득 쌓인 벌집 같은 모습이 되었고 그 안에 살아 있는 인간 애벌레가 들어 있었다. 사람들은 서로 무선통신으로 의사소통했고 원격 방문이 설치되었다. 발전이 계속됨에 따라 개인의 자원을 지식의 축전지에 연결하자고 주장하는 사람들의 갈등으로 이어졌는데, 이들은 모든 정보를 자기들의 소유로 하고 싶어 했다. 남의 생각을 엿듣고 가장 훌륭한 발상들을 가로채고 철학과 예술의 반대파 사람들을 탑 아래 구덩이를 파서 묻어 버리고 데이터를 위조하고 케이블을 끊고 심지어 타인의 정신적인 재산을 그 소유주의 인격과 함께 지배하려는 시도까지 일어났다.

반작용이 드디어 찾아왔을 때 그것은 광폭하게 일어났다. 상상의 용과 바다 건너의 괴물들을 그렸던 지구의 중세 그림들은 디흐토니아 행성 전체를 덮친 육체적인 방탕함에 비하면 어린애 장난에 불과했다. 마지막 천재주의자들은 햇빛에 반쯤 눈이 멀어 버린 채로 폐허 아래에서 기어 나와 도시를 버렸다. 몰락주의자, 속도성애자, 무차별 발사주의자들이 모든 곳을 지배하는 혼란 속에서 헤매 다녔다. 간음하기에 적합한 신체와 기기의 조합(기계바퀴벌레-기기인간, 나체수레, 자전거인)이 생겨났고 영성을 조롱하는 캐리커처—바퀴벌레수사와 바퀴벌레수녀—들이 나타났으며 또한 애벌레인간과 불룩배도 나타났다.

그 무렵에 '고늬' 또한 보편화되었다. 그 결과 문명이 대대적으로 퇴보하는 지경에 이르렀다. 근육질의 교살시각자들이 장갑철판들과 함께 떼를 지어 숲속을 돌아다녔다. 숲 변두리에서 나무가 뽑혀 나간 공터에 진동울기들이 모여들었다. 이 행성이 한때는 인간형 지능의 요람이었다는 사실을 보여 주는 증거는 이제 아무것도 없었다. 탁자형 잡초들과 야생 식기들이 웃자란 공원에서는 냅킨 덤불 사이에서 덩어리인들—숨 쉬는 고기 언덕이라고 할 만한 존재들이 휴식하고 있었다. 이런 괴물 같은 형태의 태반은 의식적인 선택과 계획에 의해 생겨난 것이 아니라 신체 형성 기계가 오작동해서 만들어 낸 악몽 같은 결과물이었다. 고장 난 신체 형성 기계는 원래 용도대로 의도된 형태가 아니라 자연을 벗어난 불구의 괴물들을 창조했던 것이다. 그라그즈 교수의 역사책에 따르면 이 사회적인 '괴물형'의 시대에, 원시인의 사고방식 속에서는 악몽 같은 신화 혹은 위협적인 단어로만 존재했던 것들이 생물 기계의 맹목적인 발전으로 인해 신체화하면서, 선사시대가 후손들에게 괴상한 형태의 복수를 하고 있는 것처럼 보였다.

30세기 초반에 좀베르 글라우본의 독재 정권이 행성을 지배했고 이후 200년의 기간 동안 신체의 단일화, 정상화, 표준화를 도입했으며 이는 처음에는 해방처럼 여겨졌다. 글라우본은 계몽주의와 인본주의의 절대적인 지지자였으며 또한 29세기에 생겨난 퇴폐적 형상들을 죽여 없애기보다는 특별한 보호구역에 모아 두도록 했다. 말이 나왔으니 말인데 바로 그런 보호구역의 가장 변두리에, 이전의 지역

수도가 무너진 폐허 아래에 파괴주의자 수도회의 지하 수도원이 자리 잡고 있었으며 거기서 내가 몸을 숨길 곳을 얻게 된 것이다. 좀베르 글라우본의 계획에 따르면 모든 시민은 무후면 일신자, 즉 앞모습과 뒷모습이 동일하게 나타나는 하나의 성별로 통일되어야 했다. 글라우본은 자신의 정책을 설명하는 저작인 『사상록』을 썼다. 그는 인류에게서 섹스를 박탈했는데, 왜냐하면 지난 세기의 몰락의 원인을 거기서 찾았기 때문이었다. 쾌락의 감각기관은 사회화 이후에 활용할 수 있도록 남겨 두었다. 이성도 마찬가지로 남겨 두었는데, 글라우본은 백치들을 지배하고 싶은 것이 아니라 문명의 혁신가가 되고 싶었기 때문이었다.

그러나 이성은 그것을 가진 사람만큼 다양하며 비정통적인 발상들도 그만큼 여러 가지다. 불법적인 저항 세력은 지하로 내려갔고 그곳에서 반反일신주의의 음울한 난잡함에 몸을 맡겼다. 이런 것은 최소한 정부 기관지에서만 보도했다. 그러나 글라우본은 논쟁적인 형상들로 몸을 바꾸는 저항 세력(불명예주의자, 둔부주의자)을 전혀 탄압하지 않았다. 유사하게 지하에서 활동한 세력이 이중둔부주의자들이었는데, 이들은 이성이라는 것은 무엇인가 이해하기 위한 용도로서 존재하며 바로 이성이 모든 역사적인 패배를 초래한 원인이므로 최대한 빨리 제거해야 한다고 주장했다. 그래서 그들은 머리를 그 반대편에 있는 기관으로 대체했다. 그들은 머리가 방해물이며 해롭고 완전히 저열하다고 여겼다. 하지만 다르그 수도원장은 정부 기관지가 이런 사안들을 열성적으로 과장했다고 나를 안심시켰다. 둔부주의자들은 머리가 마음에 들지 않아서 버렸지만, 두뇌는 아래쪽으로 옮겨서 배꼽에 있는 하나의 눈으로 세상을 보았고 다른 눈 하나는 뒤

Dychtoniczyk antyzadysta (Kontestator, XXXVI wiek)

디흐토니아의 반둔부주의자(저항 세력, 36세기)

쪽에, 조금 더 낮은 곳에 두었다고 했다.

글라우본은 어느 정도의 질서가 자리 잡힌 뒤에 이른바 헤달게틱 hedalgetic이라는 것에 힘입어 사회를 안정시킬 천 년 계획을 발표했다. 헤달게틱이 도입되기 전에 '일을 잘하기 위한 섹스!'라는 표어 아래 대대적인 언론 캠페인이 벌어졌다. 모든 시민들에게는 각각 배정된 일자리가 있었고 신경회로공학자들이 시민 각자의 두뇌에 있는 뉴런들을 연결하여 시민들은 제대로 일을 할 때만 쾌락을 느낄 수 있었다. 그러므로 예를 들어 나무를 심거나 물을 나르거나 싸구려 술을 들이켜고 취하거나, 일을 더 잘할수록 더 강렬한 황홀경을 감각했다. 그러나 이성에 맞서는 내재된 변태성이 직업적이지 않은 사회공학적 방법마저도 손상시키는 것 같았다. 왜냐하면 비타협주의자들은 일하면서 감각하는 쾌락을 예속의 일종으로 간주했기 때문이다. 노동성욕구(라보리비도laboribido)에 반대하고 권장된 일터로 자신들을 내모는 욕망에 저항하여 이들은 본능이 부르는 대로 일하지 않고 완전히 거기에 반대로 일했다. 반정부 성명의 일환으로 물을 날라야 하는 사람은 나무를 베었고 벌목꾼이 물을 날랐다. 사회화된 욕망의 강화는 글라우본의 명령에 따라 몇 차례나 반복되었으나 아무것도 성취하지 못했고 그리하여 역사학자들은 글라우본이 지배했던 시대를 순교자들의 시대라고 명명했다. 생물경찰들은 범죄행위를 확정하는 데 커다란 어려움을 겪었는데, 왜냐하면 고통을 느끼다가 현행범으로 체포된 사람들은 마치 쾌락에 못 이겨 신음하는 것처럼 거짓 증언을 했기 때문이었다. 글라우본은 자신의 원대한 계획이 파멸한 것을 알고 깊이 실망하여 생물학의 일상화 분야에서 철수했다.

그런 뒤에 31세기에서 32세기로 넘어가는 시기에 제2사상 투쟁이 일어났다. 행성은 지역 자치 정부에서 지정한 형태에 따른 모습을 한 시민들이 거주하는 구역들로 나누어졌다. 때는 이미 후기괴물화적 반개혁의 시기였다. 이전 시대의 관습대로 반쯤 무너져 버린 도시와 배아 실험실, 보호소들이 무더기로 남아 있었고 이동 순찰대가 그저 산발적으로만 순찰했으며 버려진 섹스도로와 다른 과거의 유물들은 가끔씩 반쯤은 오류가 난 채로 작동했다. 글람브론의 제4사상 때문에 특정한 종류의 유전자는 금지된 것으로 간주하는 유전자암호 검열이 도입되었는데 검열 기준에 따라 금지 유전자를 보유한 사람들은 통제 기구를 손상시켰으며 공공장소에서 가면과 부착물을 사용했고 등에 접착제로 꼬리를 붙이거나 바지통 안에 몰래 집어넣고 다니거나 했다. 이런 관행은 모두가 알지만 모르는 척하는 비밀이었다.

마르모젤의 제5사상은 '분열시켜 정복하라'는 원칙의 발상에 따라 작동했는데, 공식적으로 허용된 성별의 숫자를 법적으로 증가시켰다. 그의 치세에 남성과 여성과 함께 양성, 과시성과 두 개의 성별에 조력하는 지지성, 그리고 마찰성이 도입되었다. 생활, 특히 성생활이 바로 이 제5사상 때문에 대단히 복잡해졌다. 게다가 비밀 조직들이 총회를 위해 모일 때는 정부에서 권장하는 6개 성별의 성관계를 위한 것인 양 속였기 때문에 또한 이로 인해서 결국 성별 기획은 부분적으로 무효화되었다. 오늘날까지 남아 있는 것은 과시성과 양성뿐이다.

제6사상 시대에 신체적 암시가 실현되었는데, 이 덕분에 유전자 검열을 피할 수 있게 되었다. 나는 귓불이 종아리까지 내려온 인간의 그림을 보았다. 그런 사람이 귀로 털을 깎는지 아니면 발로 차는 움직임을 귀로 암시하는지는 알 수 없었다. 어떤 무리에서는 혀끝에 조그만 발굽이 달린 모습을 귀하게 여겼다. 사실 그것은 불편했고 아무짝에도 쓸모가 없었으나 바로 그렇게 해서 신체적인 독립의 정신이 천명되었던 것이다. 자유주의자라고 스스로 선언한 구릴 하프소도르는 특별한 업적을 이룩한 시민들에게 추가적인 다리를 소유하는 것을 허용했다. 그것은 명예로운 표식처럼 여겨졌으며 이후에 운동성을 잃은 이 추가적인 다리는 후천적으로 얻은 고귀함의 상징이 되었다. 고위 관료들은 다리를 아홉 개까지 가졌고 그로 인해서 심지어 목욕탕에서도 모든 사람의 직급을 한눈에 알아볼 수 있었다.

엄격한 론데르 이스히올리스 정권하에서 추가적인 신체 부위 허가서 발급이 중단되었고 심지어 범법 행위를 저지른 경우 다리가 압수되기도 했다. 또한 이스히올리스는 사는 데 꼭 필요한 부분을 제외하고는 모든 사지와 기관을 근절시키려 했으며 거주용 가옥의 건설이 점점 줄어들었기 때문에 초소형 축소화를 도입했는데, 이스히올리스 다음으로 정권을 잡은 브그히즈 그바른들은 반대로 이 정책들을 무효화하고, 꼬리 끝의 털로 집 안을 청소할 수 있다는 핑계로 꼬리까지는 허용했다. 그런 뒤에 곤델 구르브의 시대에 이른바 하부경사주의자들이 나타났는데 이들은 무법적으로 사지를 증가시켰고, 이후 단계에 나타난 더 엄격한 정권들에서 다시 한번 혀의 손톱과 다른 논란의 소지가 있는 기관들이 나타났다가는 그대로 묻혀 버렸다. 내가 디흐토니아에 도착했을 때 이런 종류의 나타났다 사라지는 주기들이 계속 이어지고 있었다. 신체적으로 확실하게 구현할 수 없다고 판명된 것은 이른바 생물포르노 문학이라는 것에서 표현되었는데, 이것은 금지 목록에 속하는 지하 문헌으로 수도원 도서관에 굉장한 분량이 소장되어 있었다. 나는 예를 들어 머리카락으로 걸어 다녀야 한다고 주장하는 계집주의자의 선언이나, 호버크래프트의 원리에 근거하여 공기 중으로 떠올라서 움직여 다녀야 한다고 주장하는 발사구강주의자인 다른 무명작가의 작품도 훑어보았다.

이렇게 대략적으로 행성의 역사를 알게 된 뒤에 나는 최근의 과학 문헌들을 살펴보았다. 연구 기획을 주도하는 기관은 현재 KUPROCIEPS(신체정신기획동의위원회)였다. 사서 수도사의 친절 덕분에 나는 이 기관의 최신 연구 결과들을 읽을 수 있었다. 예를 들어 신체공학자인 데르가르드 브니흐는 임시로 폴리몬 혹은 전능치라 이름 붙인 기본형의 저자였다. 공학 분야 석박사이자 교수인 드반드라보르는 이른바 다기능 고래라는 대담한, 심지어 논쟁적인 기획을 진행하는 대규모 연구 팀을 이끌었는데, 이 다기능 고래는 의사소통,

성관계, 죽음이라는 세 가지 분야 회로의 기능적인 조합이 될 예정이었다. 그뿐만 아니라 나는 디흐토니아 신체학자들의 미래전망학적인 연구 결과들도 살펴볼 수 있었다. 내가 받은 인상은 전문가들이 정체를 깨기 위해 노력하고 있지만 자가변신주의는 이제 발전 단계상 죽어 버린 지점에 이르렀다는 것이었다. 월간지 《신체의 목소리》에 실린, KUPROCIEPS 위원장인 즈가고베르트 그라우즈 교수의 기고문은 '자신의 형상을 변화시킬 수 **있다면** 어떻게 스스로 형상을 변화시키지 **않을** 것인가?'라는 문장으로 끝났다.

이렇게 열심히 공부한 뒤에 나는 완전히 지쳐서, 다 읽은 책을 마지막으로 도서관에 반납한 뒤에 일주일간 아무것도 하지 않고 그저 가구들의 벌판에서 햇볕을 쬐었다.

나는 수도원장에게 생물공학 상황에 대해 어떻게 생각하는지 물었다. 그의 의견에 따르면 디흐토니아인들은 이미 너무 멀리 와 버렸기 때문에 이제는 인간의 형상으로 돌아갈 수가 없다고 했다. 몇 세기나 계속된 교화의 결과 인간의 형상은 그들에게 광범위한 편견과 몹시도 심한 혐오감을 불러일으켜서 심지어 그들도—로봇들도—공공장소에 나갈 때는 몸 전체를 꼼꼼하게 가려야 한다는 것이다. 그래서 나는 그에게 물었다. (저녁 식사가 끝나고 우리는 식당에 둘만 있었다.) "이런 문명 안에서 수도회의 활동과 신앙에 대체 무슨 의미가 있습니까?"

수도원장은 목소리로 나를 향해 미소 지었다.

"그 질문을 기다리고 있었습니다." 그가 말했다. "두 번에 걸쳐서, 한 번은 단순하게, 다른 한 번은 좀 더 섬세하게 대답하겠습니다. 이 원론은 처음에는 '할머니가 점을 쳐 보니 두 개라더라' 정도였습니다. 왜냐하면 신은 신비이시며 그의 존재에 대한 질문에 완전한 확신을 가질 수 없을 정도로 신비하시기 때문입니다. 그러므로 신은 존재하거나 존재하지 않으며, 우리 신앙이 가진 이름의 어원적인 뿌리가 여기에서 생겨납니다. 그럼 이제 다시 한번, 그러나 더 깊이 대답하겠습니다. 확실한 신이란 최소한 있다는 측면에서는 파악하고 완전하게 한정 지을 수 있기 때문에 완벽한 신비가 아닙니다. 신의 존재가 보장된다면 그것은 오아시스, 마음을 가라앉힐 장소, 정신적 게으름일 뿐이며 종교역사학 책들에서 가장 먼저 읽을 수 있는 것도 아주 오래된, 끊임없는, 견딜 수 없는 긴장 속에 광기를 향해 가면서 마지막 한 방울의 힘까지 짜내는 사상적인 노력들인데, 이런 사상들은 신이 존재한다는 주장과 증명들을 그러모아서 계속해서 그 폐허의 잔해 속에 흩뿌리며, 부스러기와 조각들을 모아서 새롭게 태어납니다. 우리 신학 이론의 책들을 굳이 당신에게 강권하지 않았습니다만 만약에 그 책들을 읽어 보았다면 역사가 짧은 문명에서는 볼 수 없는 신앙의 자연적인 발전의 이후 단계들을 볼 수 있었을 것입니다. 그 과정 중에서 교리 단계는 갑자기 튀어나오는 것이 아니라 폐쇄 상태에서 개방 상태로, 그 개방된 상태가 공식화된 시점에서, 교회 수장의 무오류성에 대한 교리 이후에 변증법적으로 발전합니다—신앙과 관련된 문제에 있어 모든 위대한 사상에서 필연적으로 오류는 발생할 수밖에 없다는 교리는 다음과 같은 문구와 관련하여 형성되었습니다. '이 세계에서 표현될 수 있는 것 중에 저 세계에서 영구히 지속되는 것과 대응하지 않는 것은 없다.' 그리하여 더욱 발전된 추상화의 단계에 이르게 됩니다. 신과 이성 사이의 거리는 시간이 지날수록 점점 멀어진다는 사실에 주목하십시오. 이것은 어디서나, 언제나 그러합니다!

고대의 신학에 따르면 신은 지속적으로 모든 일에 간섭했고 착한 이들을 살아 있는 채로 하늘로 데려갔으며 악한 자들에게 유황을 퍼부었고 아무 덤불 뒤에나 앉아 있는 방식으로 현현顯現했습니다. 우리가 신과 멀어지기 시작한 뒤에야 신은 가시성을, 인간의 모습을, 턱수염을 잃었고 학예회 같은 기적들과 염소수염을 기른 악마를 이주시키는 보여 주기식 시위와 천사들이 감찰하러 찾아오는 방문들이 사라졌습니다. 한마디로 신앙은 이미 서커스와 같은 형이상학 없이도 살아 있고 그렇게 해서 의식의 영역에서 분리의 영역으로 옮아가게 되었습니다. 그 이후에도 신의 존재에 대한 증거나 언어로 표현된 성인들의 고매한 대수학이나 더더욱 선택된 자들에게만 허용된 경전 해석학은 넘쳐 났습니다. 이런 추상화는 마침내 신의 죽음을 선언하는 지경에 이르게 되어 그럼으로써 저 철처럼 단단하고 얼음처럼 차가운 분리의 평안을 얻는데, 그러한 평안은 살아 있는 사람이 가장 사랑하는 존재에게서 영원히 버림받았을 때 느낄 수밖에 없는 것입니다.

그런 경우 신의 죽임에 대한 선언은 우리를 형이상학적인 피로에서 비록 파괴적인 방법으로나마 벗어나게 하려는 연이은 시도입니다. 우리는 홀로 남겨져서 뭐든 마음대로 할 것이며 혹은 뒤이은 발견들이 우리를 안내하는 곳으로 가겠다는 것입니다. 여기서 이원론은 한발 더 나아갑니다. 그 안에서 인간은 의심하며 믿고 믿으며 의심합니다. 그러나 이 상태 또한 궁극적인 단계는 아닙니다. 미래예측 수도회의 몇몇 수도사들에 의하면 진화와 혁명, 즉 신앙의 순환과 회전은 우주 전체에서 동일한 방식으로 진행되지 않으며, 신에 반대하는 도발의 틀 안에서 우주 생성론 전체를 관리하려 노력하는 아주 강력하고 거대한 문명들도 있습니다. 이러한 추측에 따르면 신에게 도전장을, 요컨대 우주 살해의 위협을 던져서 신의 그 끔찍한 침묵을 깨뜨리려는 인종들도 여러 별에 존재합니다. 그들은 우주 전체가 하나의 지점으로 합치되어 마지막 경련의 불길 속에 스스로 불타 버리기를 원합니다. 즉 그들은 신의 행위라는 위상에서 뭔가 어긋나게 함으로써 신에게서 어떤 반응을 강제로 짜내고 싶어 하는 것입니다. 우리는 이에 대해서 확실한 것은 전혀 알지 못하지만 심리적인 관점에서 나는 그런 계획이 가능하다고 생각합니다. 가능한 동시에 헛되지요. 반물질을 이용하여 신에 대항해 십자군 전쟁을 일으키는 것은 그분과 대화를 시도하기에 합리적인 방법으로 보이지 않기 때문입니다."

나는 이원론이, 내가 보기에는 그저 불가지론이나 혹은 '완전히 스스로 확신을 갖지 못하는 무신론'이나 있다-없다의 양극단 사이의 끊임없는 진동으로 보일 뿐이라는 의견이 입술까지 치밀어 올라온 것을 삼키지 못했다. 그러나 만약에 그 안에 신에 대한 믿음이 단 한 톨이라도 있다면 수도원 생활은 대체 무슨 목적을 위한 것인가? 지하 무덤에 틀어박혀 지내는 것이 누구에게 대체 어떤 식으로라도 적합하단 말인가?

"한꺼번에 그렇게 많은 질문을!" 다르그 수도원장이 말했다. "기다리십시오. 그래, 당신의 생각에 따르면 우리가 대체 어떻게 해야 하겠습니까?"

"어떻게라니요? 하다못해 전도 활동이라도 펼친다든가……"

"그렇다면 당신은 여전히 아무것도 이해하지 못하는군요! 아직도 처음 이곳에 나타난 순간과 마찬가지로 그토록 내게서 멀리 있습니다!" 수도원장이 깊은 슬픔을 담아 말했다. "우리가 신앙을 전파하는 일에 매진해야 한다고 생각합니까? 전도 활동을 해야 한다고요? 개종자들을 만들어 내고? 전향시키라고요?"

"그러면 원장님은 그렇게 생각하지 않으십니까? 어떻게 그럴 수 있지요? 그게 모든 시대에 언제나 수도회 선교의 임무 아니었습니까?" 내가 어리둥절해서 물었다.

수도원장이 말했다. "디흐토니아에서 당신이 이해하지 못하는 일들이 아마 수백만 가지가 있을 겁니다. 이곳에서는 단순한 시술로 개인적인 기억의 내용을 전부 삭제하고 그렇게 해서 진공상태가 된 정신 속에 새로운 합성 기억을 심을 수 있으며, 시술을 받음으로써 경험하지 않은 일을 경험한 것처럼, 인식하지 않은 일을 인식한 것처럼 느끼게 할 수 있습니다. 한마디로 그 당사자를 수술 이전과는 다른 누군가로 만들 수 있지요. 성격과 인성을 바꿀 수 있고 그리하여 난잡한 강간범을 다정한 사마리아인으로 바꿀 수 있으며 그 반대도 가능하고, 무신론자를 성자로 혹은 금욕주의자를 방탕아로 만들 수 있습니다. 현자를 아둔하게 할 수 있고 백치를 천재로 만들 수 있습니다. 이 모든 일이 대단히 쉽고 그러한 작업을 할 때에 그 어떤 물질적인 것도 방해가 되지 않는다는 사실을 이해하십시오. 그리고 내가 이제부터 하는 말을 잘 생각해 보십시오.

우리 설교자들의 주장에 따른다면 돌처럼 단단한 무신론자도 신앙을 가질 수 있습니다. 예를 들어 우리 수도회에서 보낸 그런 황금 혀의 사도들이 다양한 개인들을 개종시킨다고 합시다. 그러한 선교 과정의 마지막 단계는 전향의 결과 정신적으로 일어난 변화 때문에 이제까지 신앙을 갖지 않았던 사람들이 믿게 된다는 것입니다. 여기까지 명백하지요, 그렇지 않습니까?"

나는 고개를 끄덕였다.

"아주 좋습니다. 자 이제 생각해 보십시오. 그런 사람들은 신앙의 문제에 있어 새로운 확신을 만들어 내게 될 텐데, 왜냐하면 영감에 찬 말과 설교자들의 몸짓이라는 수단을 통해 그들에게 정보를 전달하면서 우리가 앞서 말한 방식으로 그들의 두뇌를 변형시켰기 때문입니다. 바로 여기서 그 마지막 단계가 됩니다—열렬한 신앙으로 활성화된 두뇌와 신에 대한 욕망의 단계입니다. 적절하게 선별된 범위 안에서 생물공학적 수단을 사용하면 수백만 배나 더 빠르고 더욱 확실하게 이 단계에 도달하도록 할 수 있습니다. 이렇게 현대적인 방법들을 마음껏 사용할 수 있는데 우리가 대체 왜 구시대적 설득과 설교와 강론과 강의의 방식으로 전도를 해야 합니까?"

"원장님은 설마 진지하게 그런 말씀을 하시는 건 아니겠지요!" 내가 외쳤다. "그건 비윤리적이지 않습니까!"

수도원장은 어깨를 으쓱해 보였다.

"당신은 다른 시대의 산물이므로 그렇게 말하는 겁니다. 분명 당신은 우리가 속임수와 예속으로, 즉 '비밀 개종'의 전략을 써서, 어떤 화학물질을 유포하거나 아니면 정신을 개조하는 어떤 전파나 진동으로 남몰래 활동하기를 바라는 것이겠지요. 그러나 절대로 그렇지 않단 말입니다! 한때는 신을 믿는 자들과 믿지 않는 자들 사이에 논쟁이 벌어지기도 했습니다만 유일한 도구, 사용된 유일한 무기는 양쪽 모두 주장을 표현하는 언어의 힘이었습니다(총기나 말뚝이나 도끼로 주장을 펼치는 '논쟁'은 생각할 수 없지요). 현재 여기에 해당하는 논쟁은 기술적인 주장의 방식을 통해 일어납니다. 우리는 개종하는 도구를 사용하며 반대 의견을 확신하는 상대편에서는 우리를 그들의 방식에 맞게 바꾸는, 혹은 최소한 이런 형태의 전도 활동에 맞서는 그들을 지탱해 주는 수단을 사용하여 반박합니다. 양편 모두 승리할 확률은 사용된 기술의 효율성에 비례하며 이는 한때 논쟁에서 승리할 확률이 언어적 추론의 효율성에 달려 있었던 것과 같습니다. 왜냐하면 개종한다는 것은 신앙에 예속시키는 정보를 전달하는 것에 지나지 않기 때문입니다."

나는 고집스럽게 반박했다. "그렇지만 그런 개종은 진정하지 않은 겁니다! 신을 믿고 열망하고 싶은 갈망을 불러일으키는 기기는 정신을 거짓으로 개조하는 겁니다, 정신을 설득하여 자유롭게 해 주는 것이 아니라 강요하고 침해하지 않습니까!"

"어디에서 누구한테 이야기하고 있는지 잊으셨군요." 수도원장이 대답했다. "600년 전부터 우리 행성에는 단 하나의 '자연적인' 정신도 없습니다. 그러므로 강제된 정신과 자연적인 정신을 구별할 수 있는 가능성도 없는데, 이는 아무도 타인을 설득하기 위해서 그 누구에게도 그 어떤 생각도 몰래 강제해서는 안 되기 때문입니다. 뭔가 때 이르면서 동시에 궁극적인 것을 스스로 강요한다면 그것은 두뇌 자체겠지요!"

"하지만 그 강제된 두뇌에도 침해되지 않은 논리가 있지 않습니까!" 내가 대꾸했다.

"그건 사실입니다. 하지만 신에 대해서 한때 있었던 논쟁과 현재 있는 논쟁을 일직선으로 맞추어 놓는 것은 신앙에 대한 어떤 논증이 논리적으로 반박할 수 없고 수학에서 이루어지는 것과 똑같은 방식으로 결과를 받아들일 수밖에 없도록 정신을 예속할 때에만 그 정당성을 잃을 것입니다. 그러나 우리 신정론에 의하면 그런 논증은 있을 수 없습니다. 또한 신앙의 역사에 배교와 이단이 있었지만 수학의 역사에는 그에 비견할 만한 변절이 일어나지 않았는데, 왜냐하면 1에 1을 더해 그 작업의 결과가 숫자 2가 되는 방법은 단 하나뿐이라는 사실에 동의하지 않을 사람은 없을 것이기 때문입니다. 그러나 신을 수학적으로 증명할 수는 없습니다. 200년 전에 일어났던 일을 이야기해 드리지요.

어느 수도사 컴퓨터가 신을 믿지 않는 컴퓨터와 다투었습니다. 신앙을 갖지 않은 컴퓨터는 더 새로운 기종인데 우리 수도사가 알지 못하는 정보활동 기제를 탑재하고 있었습니다. 그 컴퓨터는 수도사의 논증을 다 들은 뒤에 이렇게 말했습니다. '당신이 나에게 정보를 전달했으니 이제 내가 당신에게 정보를 전달할 텐데, 내 쪽은 1초의 100만 분의 1도 걸리지 않을 것입니다—당신이 생각을 바꾸는 그 순간까지 우리 같이 기다리지요!' 그런 뒤에 효율적이며 번개처럼 빠르게 우리의 수도사에게 정보를 전달하여 수도사는 신앙을 잃었습니다. 여기에 뭐라고 하시겠습니까?"

"그것이야말로 정신적 침해의 예시가 아니라면 뭐라고 할지 모르겠군요!" 내가 외쳤다. "우리 지구에서는 그것을 정신 조작이라고 합니다."

다르그 수도원장이 말했다. "정신 조작이라는 것은 신체에 눈에 보이게 연결 고리를 맺어 주는 것과 똑같은 방식으로 정신에 보이지 않는 연결들을 맺어 주는 것에 지나지 않습니다. 생각은 손으로 쓰는 글과 같고 생각의 조작은 글 쓰는 손을 붙잡아 다른 기호를 쓰도록 하는 것이지요. 물론 그것은 침해입니다. 그러나 앞에서 말한 컴퓨터는 그런 식으로 작동하지 않았습니다. 모든 추론은 데이터를 기반으로 구축됩니다. 논쟁에서 상대를 설득한다는 것은 발음된 단어들로 상대방의 지성에 데이터를 옮겨 넣는 것에 지나지 않습니다. 그 컴퓨터는 말을 해서 데이터를 옮기지 않았을 뿐, 바로 그렇게 한 것입니다. 정보의 관점에서는 그러므로 오래전의 평범한 논쟁자와 전혀 다를 것 없이 했을 뿐이고, 단 하나 전달이라는 관점에서 다르게 행동한 것입니다. 그렇게 행동할 수 있었던 이유는 그 능력 덕분에 우리 수도사의 지성을 단번에 꿰뚫어 볼 수 있었기 때문입니다. 체스 대결에서 한쪽 체스 선수는 단지 말이 놓인 체스보드를 볼 수 있을 뿐인데 다른 한쪽은 거기에 더하여 상대편의 생각도 읽을 수 있다고 상상해 보십시오. 그런 선수는 상대편을 전혀 어떤 식으로도 침해하지 않으면서 확실하게 승리할 것입니다. 어떻게 생각하십니까, 수도사가 우리에게 돌아왔을 때 우리가 어떻게 했을 것 같습니까?"

"아마 다시 신앙으로 돌아와 믿게끔 하셨겠지요……" 내가 불확실하게 말했다.

"그가 동의하지 않았기 때문에 그렇게 하지 않았습니다. 그렇게 할 수 없었으니까요."

"이젠 정말 아무것도 모르겠습니다! 그러면 당신들도 저 상대방 컴퓨터와 똑같이 행동하신 것 아닙니까, 단지 반대로 했을 뿐이지요!"

"전혀 아닙니다. 그렇게 하지 않은 이유는 우리의 전직 수도사가 더 이상 어떠한 논쟁도 원하지 않았기 때문입니다. '논쟁'이라는 개념이 변하고 의미가 확장된 것이지요, 아시겠습니까? 논쟁의 시합장에 들어선 사람은 이제 언어의 공격만을 대비해서는 안 되는 것입니다. 우리 수도사는 유감스럽게도 슬픈 무지와 순진함을 보여 주었는데, 왜냐하면 경고를 받았는데도, 그 다른 컴퓨터가 자신의 유리함을 미리 장담했는데도, 자신의 흔들림 없는 신앙이 어떤 이유로든 무너질 수 있다는 것을 머릿속에 받아들이려 하지 않았기 때문입니다. 이론적인 관점에서 이렇게 점점 옭아매는 함정에서 벗어나는 방법이 존재합니다. 그렇게 하려면 모든 가능한 데이터의 모든 변형을 고려할 수 있는 지력을 준비해야 하지만, 그 모든 데이터의 합은 무한을 넘어서는 것이므로 무한을 넘어서는 지력만이 형이상학적으로 확실한 답을 얻을 수 있을 것입니다. 그런 컴퓨터는 분명히 구축할 수 없겠지요. 왜냐하면 우리가 어떤 식으로 구축하든 간에 한정된 방식으로만 구축할 뿐이며 그렇기에 만약 무한의 컴퓨터가 존재한다면 그것은 오로지 그분일 것입니다.

그러므로 문명의 새로운 층위에서 신에 대한 논쟁은 새로운 기술을 통해 진행될 수 있을 뿐만 아니라 그렇게 진행되어야만 합니다—그런 논쟁을 애초에 하고 싶다면 말입니다. 정보적인 무기는 양쪽 모두에게 똑같이 변했으므로 싸움의 상황은 양쪽이 대칭이거나 아니면 그로 인해 중세의 논쟁 상황과 동일할 것입니다. 이 새로운 전도 방식을 비도덕적이라 여긴다면 옛날에 이교도를 개종하던 방식이나 오래전 신학자들이 무신론자와 벌였던 논쟁도 그만큼 비도덕적이라 해야 할 것입니다. 그 어떤 다른 방식의 전도 작업도 현재는 이미 가능하지 않은데, 왜냐하면 오늘날 신을 믿고 싶은 사람은 **확실하게** 믿으며, 신앙을 갖고 있지만 그것을 버리고 싶은 사람은 **확실하게** 신앙을 잃게 되기 때문입니다—적절한 시술 덕분에 말입니다."

"그렇다면 반대로 의지를 주관하는 기관에 작용하여 신앙에 대한 욕구를 불러일으킬 수도 있겠군요?" 내가 물었다.

"실제로 그렇습니다. 아시다시피 언젠가 '신은 가장 강한 군대의 편에 있다'는 말이 만들어졌습니다. 기술적인 십자군 전쟁의 발상을 염두에 둔다면 신은 현재는 가장 강력한 개종 기기의 편에 있다고 할 것입니다만, 우리는 그렇게 성례와 반성례의, 신학을 가르치고 강화하기 위한 경주에 뛰어드는 것이 우리의 과업이라 여기지 않고, 우리는 개종기를 관리하고 저들은 반개종기를 관리하고 우리는 개종하고 저들은 반대로 신앙을 버리게 하며 그렇게 영원히 싸우면서 수도원을 신앙에 대한 갈망을 일으키는 점점 더 효율적인 수단과 전략의 대장간으로 만들어 더욱 치열해지는 그 여정에 나서고 싶지 않습니다!"

"이해할 수 없습니다." 내가 말했다. "지금 내게 보여 주신 그런 길 외에 다른 길이 없다는 게 어떻게 가능한지 모르겠습니다. 어쨌든 모든 이성에 있어 똑같은 논리력은 공통적이지 않습니까? 그러면 자연적인 이성은요?"

"논리력은 도구일 뿐입니다." 수도원장이 대답했다. "도구에서는 아무것도 나오지 않습니다. 그러기 위해서는 정착지와 그 도구를 사용하는 손이 있어야 하며 그 정착지와 손은 우리 행성에서 누구든 자신이 마음껏 원하는 대로 형성할 수 있습니다. 자연적인 이성에 대해서라면, 나나 우리 수도사들은 자연적입니까? 이미 말씀드렸듯이 우리는 고철이며, 우리의 사도신경은 처음에 우리를 관리하다가 나중에 버린 자들을 위한 것이고, 부산물이며 그 고철 덩어리의 중얼거림일 뿐입니다. 우리가 생각의 자유를 얻은 것은 우리를 만든 자들을 위한 산업이 바로 그것을 요구했기 때문입니다. 잘 들으십시오. 다른 누구에게도 말하지 않을 비밀을 당신에게 알려 드리겠습니다. 당신이 이제 곧 우리를 떠날 것이며 이 비밀을 정부에 알리지 않을 것이므로 우리에게 아무런 악영향도 없으리라는 것을 압니다.

멀리 떨어진 어느 수도회의 수도사들이 학문에 헌신하던 중에 의지와 사상에 대단히 효과적으로 작용하는 매개체를 발견했는데, 그 매개체에는 어떤 해독제도 없기 때문에 그것을 사용하면 눈 깜빡할 사이에 행성 전체를 개종시킬 수 있다고 합니다. 그 매개체는 중독되게 하지 않고 정신을 흐리게 하지 않고 의지를 빼앗아 가지 않으며 오로지 고개를 하늘로 향하게 하는 손과 '보아라!'라고 말하는 목소리가 눈에 영향을 주는 작용과 똑같은 방식으로 정신에 작용할 뿐입니다. 유일한 강제와 예속이 있다면 그럴 때 눈을 감을 수 없다는 사실일 것입니다. 이 매개체는 신의 신비를 정면으로 쳐다보도록 강제하며, 그렇게 그 얼굴을 쳐다보는 사람은 이제 그것을 없애 버릴 수 없을 것인데, 왜냐하면 그 신비는 그로 인해 지울 수 없는 흔적에 감싸이기 때문입니다. 비교해서 말하자면 그것은 마치 당신을 화산의 가장자리로 데려가 그 **심연**을 바라보도록 몸을 굽히게 했을 때와 같으며, 당신에게 주어지는 단 한 가지 강요는 그 장면을 다시는 잊지 못하리라는 것뿐입니다. 이렇게 우리는 이미 개종에 있어 전능한데 왜냐하면 신앙을 갖게 하는 개종의 분야에서, 우리가 물질적-신체적 개조의 분야에서 이 문명이 도달했던 최고 수준의 활동의 자유에 도달했기 때문입니다. 그러므로 우리는 마침내…… 이해하시겠습니까? 우리는 전도에 있어 전능한 힘을 가지고 있되 아무것도 하지 않습니다. 왜냐하면 우리의 신앙이 드러날 수 있는 유일한 행동이 바로 그쪽으로 발을 내딛기를 거부하는 것이기 때문입니다. 우리는 무엇보다도 먼저 논 아감*을 말합니다. 논 세르위암**뿐만 아니라, '나는 활동하지 않을 것이다'도 말입니다. 그리고 하지 않는 이유는 우리가 **확실하게** 활동**할 수** 있으며 그러한 활동으로 **모든 것**을 원하는 대로 행할 수 있기 때문입니다. 그렇게 되면 우리에게는 이곳, 쥐들의 화석 사이에서, 말라붙어 버린 운하들의 무덤에서 버티는 것 외에 아무것도 남지 않을 것입니다."

나는 여기에 대답할 말을 찾을 수 없었다. 이 이상 행성에 머물러 봤자 무가치하리라는 것을 깨닫고 나는 감동과 안타까움이 가득한 채로 고귀한 수도사들과 작별한 뒤에 운 좋게도 위장 아래 숨어서 무사했던 로켓을 출발시켜 돌아오는 여정에 올랐다. 어쨌든 이곳에 착륙한 지 얼마 되지 않았으나 나는 착륙했을 때와는 전혀 다른 사람이 되었다고 느꼈다.

(정보라 옮김)

* Non agam. 라틴어로 '나는 하지 않을 것이다'라는 의미이다.
** Non serviam. 라틴어로 '나는 섬기지 않을 것이다'라는 의미이다.

미래학 학회

이욘 티히의 회고록에서

Kongres futurologiczny

Ze wspomnień Ijona Tichego

제8회 국제 미래학 학회는 코스타리카에서 열렸다. 타란토가 교수가 내가 올 걸 기대한다고 해서 가게 된 것이지, 그렇지 않았더라면 노우나스에는 가지 않았을 것이다. 교수는 현 세태에서 우주 비행이라는 것은 지구 문제에 대한 회피 수단일 뿐이라고 말하며 나를 자극하기까지 했다. 지구 문제에 진저리가 나는 사람이라면 누구나 그냥 우주로 떠나 버리면 되니까, 자기가 없는 동안에 무슨 일이 생기건 말건, 그런 생각으로 말이다. 사실을 말하자면, 지구로 돌아올 때 나 역시 창밖을 내다보며 무슨 일이 생긴 건 아닐까 하는 두려움을 가진 적이 한두 번이 아니다. 나는 교수의 말에 크게 반박하지는 않았다. 하지만 미래학에 대해서 잘 모른다고는 했다. 그 말에 타란토가 교수는 우리가 양수기에 대해서 잘 모른다고 해도 '물 퍼내!' 소리를 들으면 모두 양수기 앞으로 가게 되는 거 아니냐, 하고 대답을 대신했다.

미래학 학회 조직위원회가 학회 개최 장소로 코스타리카를 지정한 것은 이번 미래학 학회의 주제가 인구 증가와 그 대책이었기 때문이었다. 현재 코스타리카는 전 세계에서 가장 빠른 속도로 인구가 증가하고 있는 나라다. 이런 현상의 실제적 압박이 느껴지는 장소에서 효율적으로 회의를 해 보자는 것이었다. 물론 악의적으로 말하자면 노우나스에는 새로 지어진 엄청나게 큰 힐튼호텔이 있었고, 우리 미래학자들 말고도 우리 수의 두 배쯤 되는 기자들이 몰려올 것을 염두에 두면 우리가 갈 곳은 여기 말고는 없기도 했다. 결국 학회는 이곳에서 열렸고 이 호텔은 지금 전혀 흔적도 없이 사라져 버렸기 때문에, 나는 힐튼을 광고해 준다는 의심을 받을 필요 없이 호텔이 얼마나 훌륭했는지 이야기할 수 있다. 다른 사람도 아닌 내가 이렇게 말한다면 호텔이 훌륭했다는 건 정말 사실인 것이다. 나는 타고난 쾌락주의자이며 오로지 책임감 때문에 편안함을 내버리고 우주여행의 수고스러움을 감내하는, 그런 사람이다.

코스타리카의 힐튼호텔은 4층짜리 평평한 기단 위에 160층으로 솟아 있었다. 낮은 쪽의 옥상에는 테니스장과 수영장, 일광욕실과 범퍼카장, 룰렛 휠로 돌릴 수 있는 회전목마장, 그리고 사격장(사람 모형을 쏘게 되어 있는 이 사격장에서는 주문만 하면 24시간 내에 어느 누구의 모형도 만들어 준다), 최루가스 기계가 설치되어 있는 조그마한 원형 콘서트홀도 있었다. 나한테 내준 방은 100층에 있었는데, 전망이라곤 도시 위를 뒤덮은 회갈색의 스모그 윗부분뿐이었다. 호텔 비품 중 일부는 그 쓰임새를 짐작할 수 없는 것들이었다. 이를테면 옥으로 장식된 호화로운 욕실 한구석에 세워져 있는 3미터짜리 쇠지레나 옷장 속에 들어 있는 군용 위장색 외투, 침대 밑에 있는 군용 건조 식량 주머니 등이었다. 욕실에는 수건 옆에 두꺼운 산악용 밧줄이 둘둘 말려 걸려 있었고 처음 방에 들어가려 예일 자물쇠에 열쇠를 넣었을 때, 문 앞에 '힐튼호텔은 이 장소에 폭탄이 없음을 보증합니다'라고 쓰인 작은 카드가 붙어 있었다.

다들 알고 있겠지만, 요즈음의 연구자들은 움직이지 않는 학자들과 움직이는 학자들로 나뉜다. 움직이지 않는 학자들은 옛날 방식으로 여러 연구를 진행하고, 반면에 움직이는 학자들은 가능한 모든 국제 학회나 연구 발표를 쫓아다닌다. 후자를 알아보기란 쉽다. 상의 깃에는 항상 이름과 학위가 적힌 작은 명함을 꽂고 다니고 주머니에는 비행기 편 시간표가 들어 있다. 금속이 안 들어간 허리띠 버클을 쓰고 서류 가방 잠금장치도 플라스틱으로 되어 있는 것만 쓴다든지 해서 하여튼 공항에서 여행자들에 대해 화기나 무기를 검색할 때 쓸데없이 경보 장치가 작동하지 않게 하고 다니는 것이다. 이런 학자들은 공항 리무진이나 비행기 안, 대기실, 호텔 바에서 항상 자기 전문 분야 책에 코를 박고 있다. 그러나 여러 가지 이유로 최근 지구 상황에 대해서 잘 몰랐던 나는 방콕과 아테네, 그리고 코스타리카 공항에서도 경보를 울리게 하고야 말았다. 이 여섯 개에 아말감으로 충전을 했던 것 때문이었다. 여기 노우나스에서 도자 재질로 바꾸어야지 하고 마음먹었지만 결국은 예상치 못한 사건들 때문에 못 하고야 말았다. 밧줄이나 쇠지레, 군용 식량과 군용 위장색 외투 등에 대해서는 미국 미래학회 대표 중 한 사람이 나에게 친절히 설명하기를, 요즈음의 호텔 산업에는 과거에는 알지 못했던 여러 대비가 필요하다는 것이다. 그러면서 객실에 구비해 둔 저런 장비들이 호텔 투숙객의 생존

율을 높인다고 했다. 나는 가볍게 생각하고 그 말에 크게 신경 쓰지 않았다.

학회는 첫째 날 오후부터 시작하기로 되어 있었고 학회 자료들은 이미 아침부터 배포되었다. 자료집들은 여러 도표와 사진들과 함께 세련된 디자인으로 깔끔하게 인쇄되어 있었다. '합체 허가증'이라고 쓰인 파란 광택지 쿠폰북이 특히 잘 만들어져 눈길을 끌었다. 현대의 학회들 역시 인구 폭발 때문에 어려움을 겪고 있다. 지구의 인구 증가와 똑같은 속도로 미래학자들의 수도 증가하고 있기 때문에 학회는 항상 붐비고 일정이 빠듯하다. 논문을 읽으면서 발표를 한다는 것은 상상할 수도 없다. 모든 논문은 학회 전에 다 읽고 와야 하는 것이다. 하지만 아침에는 그럴 시간이 되지 않았다. 왜냐하면 코스타리카 미래학회에서 포도주와 함께 손님들을 맞았기 때문이었다. 이 작은 행사는 미국 대표단이 뭉개진 토마토 세례를 받은 것만 빼놓고는 거의 별 탈 없이 끝났다. 이 파티에서 나는 유나이티드 프레스 인터내셔널 기자인 짐 스탠터에게 새벽에 코스타리카 주재 미국 대사관의 제3서기관과 영사가 납치당했다는 이야기를 들었다. 납치범인 극단주의자들은 외교관들을 풀어 주는 조건으로 정치범들을 감옥에서 석방하라고 요구했는데, 자신들 요구의 심각성을 과시하기 위해 우선 대사관과 정부 기관에 지금 잡혀 있는 인질들의 이를 한 개씩 뽑아 보내면서 앞으로의 위협의 정도를 강화하겠다는 뜻을 분명히 했다고 한다. 그러나 이러한 불협화음도 아침 음주의 훈훈한 분위기를 해치지는 못했다. 파티에는 미국 대사도 와서 국제 협력의 필요성에 대한 짧은 연설을 했는데 평복으로 시민 위장을 한 무장 경호원 여섯 명이 그동안 내내 우리를 총으로 겨누고 있었다. 하지만 내 옆에 서 있던 검은 피부의 인도 대표가 콧물을 닦으려 주머니에서 손수건을 꺼내는 사태가 있었을 때 좀 놀라긴 했다. 후에 미래학회 대변인이 나에게 이런 경우의 조치는 꼭 필요한 것이었으며 인본주의적인 것이었다고 안심시켰다. 요즈음의 경호원들은 민간 항공기에서 경찰이 쓰는 것 같은 구경이 크고 관통력은 약한 무기들을 써서, 그러니까 탄환이 테러범을 뚫고 나가 그 뒤에 있던 사람 대여섯 명을 다 통과하곤 했던 옛날처럼 옆 사람이 다치는 일은 거의 없다는 것이다. 그러나 탄환을 맞고 바로 내 발밑에 쓰러진 사람의 모습은 전혀 보기 좋은 것은 아니었으며 더구나 그 이유가 이후에 외교관들이 서로 사과의 말이 적힌 서류를 주고받을 만한 그런 오해에서 비롯한 것일 때는 더욱더 그랬다.

하지만 지금은 인본주의적 인간 살상 무기에 대한 상념을 늘어놓을 때가 아니라 왜 하루 온종일 시간이 있었는데도 내가 학회 자료의 내용을 파악하지 못했는지를 우선적으로 설명해야 할 것 같다. 유쾌하지 못한 세부 설명은 생략하고, 나는 피로 얼룩진 셔츠를 얼른 갈아입고, 평소에 잘하지 않는 짓이긴 하지만 호텔 바에서 아침을 먹었다. 나는 아침에 항상 반숙으로 삶은 달걀을 먹는데, 고약하게도 다 익은 달걀을 노른자와 함께 반 잘라서 받는 것 말고는 침대에서 반숙 달걀을 먹을 수 있는 호텔은 아직 없다. 그 이유는 수도에 세워지는 호텔들이 계속해서 너무 커지기 때문이다. 객실로부터 주방이 1.5마일이나 떨어져 있다면 노른자는 오는 동안 딱딱하게 다 익을 수밖에 없는 것이다. 내가 알기로는 힐튼의 전문가들도 이 문제에 대해 연구해서 결론을 얻기는 했으나, 쓸 수 있는 유일한 방법이라곤 음속으로 움직이는 엘리베이터 설치이고, 이런 닫힌 건물에서 음속 돌파 폭발음이 발생했다가는 모두들 귀가 터지고 말 것이다. 다른 방법으로 주방 기계나 다른 로봇이 날달걀을 가져와 웨이터 로봇이 보는 앞에서 반숙을 만드는 것도 있겠지만 그것이야말로 힐튼에 개인 암탉을 바구니에 넣어 가져오는 것과 별다를 바가 없다. 내가 아침에 호텔 바까지 나간 것은 그런 이유에서였다. 현재 호텔 투숙객의 95퍼센트는 여러 학술 모임과 학회 참석자들이다. 옷깃에 명찰을 꽂지 않고 서류 가방에 학회 자료를 터질 듯이 들고 있지 않은 사람을 보기란 사막에서 진주를 찾기보다 더 어렵다. 지금 우리 말고도 코스타리카에서는 청년저항인협회 '호랑이들'의 모임과 해방출판협회 그리고 성냥갑 수집가 모임이 회합을 가지고 있다. 보통, 호텔에서는 한 층에 한 종류의 회합 참석자들을 몰아넣는데, 나는 특별 대우로 100층 객실을 받은 것이다. 100층에는 바흐의 곡을 연주하는 야자수 뜰도 있는데, 전체 단원이 여성으로 된 오케스트라는 연주와 동시에 집단 스트립쇼를 연출한다. 그런 것들이 나에겐 별로 중요하지는 않았지만, 하여튼 남은 빈 객실도 없었기 때문에 나는 할당받은 100층 객실에 있을 수밖에 없었다. 우리 층에 할당된 식탁에 앉자마자 건장한 체격에 새카만 수염을 기른 남자(이 남자의 수염을 보면 마치 메뉴판처럼 지난주의 식단을 다 짐작할 수 있었다)가 자기 가슴에 덜렁거리고 있는, 무거운 총신이 두 개나 달린 총을 바로 내 코밑에 들이대고는 흐뭇하게 웃으며 이 황살총을 어떻게 생각하느냐고 물었다. 무슨 말인지 이해는 못 했지만 별로 모르겠다고 하고 싶지도 않았다. 인간관계의 가장 좋은 전략은 알다시피 침묵이다. 하지만 이 레이저 조준 창에 연발과 자동 장전 장치까지 갖춘 총잡이는 왠지 묻지도 않았는데도 이것이 교황 살해용으로 특별 제작된 무기라고 설명해 주었다. 끊임없이 이야기하면서 그는 주머니에서 망토를 걸친 마네킹을 조준하고 있는 자신의 모습이 찍힌 꼬깃꼬깃한 사진까지 꺼내 보였다. 이 총잡이의 말로는 이미 자신은 최상의 상태에 다다랐으며 지금 바로 산피에트로 대성당에서 교회의 수장을 쏘아 죽이기 위해 로마로 위대한 순례를 가는 중이라는 것이다. 나는 그의 말을 단 한 마디도 믿지 않았지만, 이 남자는 계속해서 나에게 예약된 비행기표와 기도서, 미국 가톨릭 순례단 일정표뿐만 아니라 총알 하나하나마다 끝에 십자가를 새겨 넣은 탄약상까지 꺼내어 보여 주었다. 돈을 아끼기 위해 표는 편도로 끊었다고 했다. 왜냐하면 분노에 휩싸인 가톨릭 신자들이 그를 갈가리 찢어 놓을 것을 기대하고 있기 때문이었다. 이러한 예상에 그는 더할 나위 없이 기분이 좋아진 것 같았다. 나는, 지금 미친 사람 아니면 요즘 가끔 보이긴 하는 직업적인 극단주의자를 상대하고 있다고 생각했지만, 그것은 나의 착각이었다. 남자는 끊임없이 이야기를 했는데, 물론 이야기하는 도중에 계속해서 총이 바닥으로 미끄러지려고 해서 총을 잡으려고 높다란 바 의자를 오르락내리락해야 하긴 했다. 남자는 자기가 진정하고 열렬한 가톨릭 신자로 자신이 '교 작전'이라고 부르는 이 사건은 그의 진정한 희생이라 주장했다. 이 작전을 통해 사람들의 양심을 뒤흔들 수 있을 것이고, 양심을 뒤흔들려면 적어도 이 정도의 극단적인 사건은 일어나야 하는 것이 아닌가? 그는 구약에 따르면 아브라함이 이사악에게 했던 바로 그 일을 하는 것이었다. 물론 반대의 경우이긴 했다. 왜냐하면 아들을 제단에 바치는 것이 아니라 아버지를 바치는 것이고 더구나 성스러운 아버지를 바치는 것이니 말이다. 바로 그럼으로써 기독교인으로서 할 수 있는 가장 최상의 희생을 증거 하는 것인데, 왜냐하면 육체를 고통으로 내몰고 영혼은 비판으로 내모는 것이기 때문이었다. 그의 말에 따르면, 이것은 다 인간들의 눈을 뜨게 하기 위한 것이었다. 내 생각으로는 인간의 눈을 뜨게 하는 데 있어서 아마추어들이 너무 설치는 것이 아닌가 싶었다. 남자의 열변에 전혀 설득당하지 않고, 나는 교황을 구하러 갔다. 그 말은 누군가에게 이 계획에 대해 말한다는 것인데, 결국 77층 바에서 나를 만난 스탠터 기자는 내 말을 끝까지 듣지도 않은 채, 최근 미국 신자 여행단이 하드리아누스 11세에게 준 선물 중에는 두 개의 시한폭탄과, 미사주 대신 니트로글리세린이 가득 든 포도주 병도 있었다는 말을 해 주었다. 스탠터의 이런 무심함은 후에 극단주의자들이 대사관으로 도대체 누구의 것인지 모를 절단된 발을 보냈다는 이야기를 들은 후에야 좀 이해가 되었다. 어쨌든 스탠터에게 전화가 왔기 때문에 대화를 끝내지는 못했다. 로마대로에서 누군가 시위하다가 분신자살을 한 모양이었다. 77층 바는 위쪽의 내가 있었던 바와는 전혀 분위기가 달랐다. 맨발의 여자들이 많았는데 쇠사슬로 얼기설기 짠 블라우스를 허리까지 걸치고 있거나 칼을 옆에 차고 있거나 했다. 어떤 여자들은 한창 유행하는 개목걸이나 삐죽삐죽 튀어나온 깃까지 내려오는 기다란 땋은 머리를 붙이고 있기도 했다. 이들이 성냥갑 수집가들인지 아니면 해방출판협회의 비서들인지 알 길이 없었다. 하지만 보고 있는 현란한 사진으로 짐작하건대, 이들의 출판물은 아주 특별한 종류의 출판사에 속한 것 같았다. 나는 미래학자들이 머물고 있는 9층으로 내려와 프랑스 기자단의 알퐁스 모뱅과 함께 한잔 더 했다. 이번에 마지막으로 교황을 구해 보려고 했으나 모뱅은 내 이야기를 냉정히 듣고 있을 뿐이었다. 다만 우물거리면서, 지난달 한 오스트리아인 신자가 이미 교황을 저격했는데, 이념적으로는 전혀 다른 이유였다고 말했다. 모뱅은 자기네 언론사에 보낼 흥미로운 인터뷰거리를 기대하고 있었는데, FBI와 쉬르테, 인터폴과 다른 경찰들이 쫓고 있는 마누엘 피루요인가 하는 사람과 인터뷰 예정이 잡혀 있다는 것이다. 이 사람은 새로운 서비스업 회사의 창업주로 각종 테러 사건에서 폭발 전문으로 일하면서 가명인 '폭탄'으로 더 잘 알려져 있으며, 스스로 사상적으로 어떤 편도 들지 않는 것을 자랑스럽게 생각한다고 한다. 기관총 구멍 같은 것이 잔뜩 뚫려 있는, 아무래도 잠옷같이 보이는 것을 걸친 아름다운 빨간 머리의 아가씨(이 아가씨는 기자를 자기네 본부로 데려가기 위해 극단주의자들이 보낸 사자였다)가 우리 식탁 쪽으로 오자, 모뱅은 나에게 피루요의 선전용 인쇄물을 건네주었는데, 거기에는 이제 다이너마이트와 멜리나이트, 풀민산수은과 간단한 빅포드 퓨즈도 구별 못 하는 책임감 없는 아마추어적 활동은 멈춰져야 한다, 전문화의 시대에는 자기 손으로 모든 일을 할 것이 아니라 양심적인 전문인의 지식과 윤리에 의지해야 한다고 쓰여 있었다. 뒷면에는 선진국의 각 통화로 계산된 서비스 요금표가 찍혀 있었다.

이때쯤 미래학자들은 바로 점점 더 모여들고 있었는데, 갑자기 마슈케나스 교수가 얼굴이 하얘져서 온몸을 떨며 바닥에 쓰러졌다. 그러면서 자기 방 안에 시한폭탄이 장치되어 있다고 말했다. 이런 일에 익숙한 듯한 바텐더는 바로 소리쳤다. "엎드려요!" 그러고는 바로 카운터 밑으로 숨었다. 하지만 호텔 소속 조사관들이 나서서 이 모든 것이 마슈케나스 교수 친구들이 교수에게 바보 같은 장난을 친 것임을 밝혀냈다. 파운드케이크 상자에 자명종 시계를 넣어 놨던 것이다. 영국인들이 할 만한 짓이었다. '프랙티컬 조크'라나 뭐라나, 하지만 스탠터와 J. G. 하울러가 나타나자 이 사건은 곧 잊혔다. 두 사람 모두 UPI에서 미국 정부가 코스타리카 정부로 보내는 *비망록*을 들고 온 것이었다. 이 서한은 매우 외교적인 것으로 이도 다리도 신체 어느 부분도 그 원래 명칭으로는 언급되어 있지 않았다. 짐은 내게 코스타리카 정부가 극단적인 수단을 쓸지도 모른다고 말했다. 현재 정권을 잡고 있는 아포욘 디아스 장군이 폭력은 폭력으로 응징한다는 의견 쪽으로 기울고 있다는 것이었다. 정부에서는 맞대응 의견이 한창 제시되고 있는데(국회에서는 지금 계속해서 긴급회의가 진행 중이었다), 그러니까 극단주의자들이 풀어 달라고 요구 중인 정치범들에게서 지금까지 받았던 이의 두 배를 뽑아서 보내되, 극단주의자들의 주소를 모르니 우체국에 유치해 놓자는 것이었다. 《뉴욕 타임스》 항공 속달판에는 모두 이성을 찾고 인류 공동체로서의 의식을 가지자는 숄츠버그의 기사가 실렸다. 스탠터는 나에게만 살짝, 지금 코스타리카 정부는 미국 정부의 재산인 비밀 군사 장비가 실려 있는 기차가 코스타리카를 지나서 페루로 가는 길에 탈취하려고 한다고 일러주었다. 아직까지 극단주의자들은 미래학자들을 납치할 생각은 없는 것 같았다. 실상, 현재 코스타리카에는 외교관들보다는 미래학자가 더 많기 때문에 이것은 꽤 괜찮은 생각이라고 말할 수 있다. 100층짜리 호텔은 거대한 생명체와 같다. 세상과는 너무나 편안하게 단절되어, 세상에서 전해오는 어떤 소식도 마치 지구 반대편에서 들려오는 이야기처럼 느껴진다. 당장 공포에 떠는 기색을 보이는 미래학자는 아무도 없었다. 힐튼호텔 안에 여행사가 들어와 있긴 했지만, 바로 미국이나 다른 곳으로 돌아가는 비행기 편을 예약하고 있는 손님들도 없었던 것이다. 2시에는 학회의 시작을 알리는 공식적인 만찬이 예정되어 있었는데 나는 아직 잠옷을 입지 않은 상태였기 때문에 황급히 방으로 돌아갔다가 46층에 있는 보라홀로 서둘러 나왔다. 통로에서 아름다운 아가씨 둘이 물망초와 스노드롭 꽃을 그린 가슴을 드러낸 가운을 걸치고 나에게 와서는 번쩍이는 홀더를 건넸다. 홀더를 보지도 못하고 나는 홀로 들어갔는데, 홀에는 아직 사람들이 별로 없었다. 차려진 식탁을 보고 나는 숨이 턱 막히는 것 같았다. 차려진 음식들 때문이 아니라 차려진 모양 때문이었다. 파테, 안주거리나 손으로 집어 먹는 간단한 음식들이 모두, 아니 하다못해 샐러드까지도 모두 성기의 모양을 본뜬 그릇 위에 성기의 모양으로 놓여 있었던 것이다. 내가 환영을 보고 있나 했지만 홀에 보이지 않게 설치된 스피커에서 계속해서, 어떤 사람들이 상당히 좋아하는 노래가 나오고 있었다. 노랫말은 이렇게 시작한다. '바보나 악당만이 성기를 무시하지, 성기로 선전하는 것이 요즘은 최고!'

만찬에 참석하는 사람들이 슬슬 나타나기 시작했는데 모두 턱수염을 기르고 있거나 콧수염을 기르고 있었다. 대부분 젊은 사람들이었으며 잠옷을 입었거나 아니거나 했다. 웨이터 여섯 명이 케이크를 들고 나타나자, 그 대담한 형상을 보고 나는 확실히 깨달았다. 홀을 착각해서 어쩌다 해방출판협회의 공식 만찬에 온 것이었다. 비서가 어디 갔지, 같은 소리를 우물거리다가 나는 얼른 빠져나와 한 층 아래로 내려갔다. 보라홀(내가 갔던 곳은 분홍홀이었다)은 이미 꽉 차 있었다. 그러나 학회 만찬에 차려진 음식을 보고는 최선을 다해 실망을 감출 수밖에 없었다. 따뜻한 음식은 없었고 서서 먹는 뷔페로 차려져 있었는데, 많이 먹지 못하게 하려고 일부러 거대한 홀의 의자와 소파가 모두 치워져 있었다. 이러한 경우에는 무엇보다 기술이 중요하다.

좀 먹을 만한 접시 앞에는 엄청난 인파가 몰려 있었던 것이다. 코스타리카 미래학회 회장인 세뇨르 쿠이요네는 매력적인 웃음을 흘리며 인류를 위협하는 식량문제에 대해 다룰 이번 학회에서 호화 만찬이란 어울리지 않는다고 말했다. 그 말을 곧이곧대로 믿지 않는 사람들은 학회 지원금이 많이 삭감되었으며 이렇게 인색하게 구는 것도 다 그런 이유 때문이라고 이야기하고 있었다. 직업의식으로 이런 것쯤은 거뜬히 감내하는 기자들은 우리 사이를 돌아다니면서 외국의 유명 인사들에게서 간단한 인터뷰들을 따내고 있었다. 미국 대사 대신 참석한 것은 3등 서기관이었는데 그것도 엄청난 경호 인력들을 대동하고 잠옷 대신 흡연 가운을 입고 나타났다. 잠옷 아래에 방탄조끼를 감출 수는 없기 때문이었다. 시내에서 온 손님들은 개별적으로 검사를 당하고 그 검사에서 발견된 무기들이 이미 산처럼 쌓여 있다는 이야기도 들려왔다. 너무 짠 샐러드를 먹었더니 엄청나게 목이 말랐지만 내 방이 있는 층의 바는 저항자들과 폭발물 취급자들이 자기네 아가씨들과 온통 점령해 버린 데다가 교황주의자인지 반교황주의자인지 하는 극단주의자를 한 명 만난 것만으로도 충분했기 때문에 나는 바로 가서 물을 시키지 않고 그냥 방으로 돌아가 수돗물 한 잔을 마시기로 했다. 그런데 물을 마시자마자 욕실의 불이 꺼져 버렸을 뿐 아니라 방 안의 불까지 나가 버린 것이었다. 전화기를 들자, 어떤 번호를 걸어도 계속해서 자동으로 틀어 주는 백설공주 동화만 들려왔다. 아래층으로 내려가려고 했지만 엘리베이터가 작동하지 않았다. 저항 청년들이 입을 맞춰 노래하는 소리가 들려왔는데, 이들은 노래에 맞춰 총도 쏘고 있었다. 이쪽 방향은 아니었으면 좋겠는데. 이런 일들이 이런 일급 호텔에서도 일어나다니. 하지만 이런 일에 신경이 거슬렸다기보다는 나 자신의 반응이 더 이상했다. 교황을 쏘겠다는 사람을 만났을 때부터 그다지 좋지 않았던 기분이 매 순간마다 좋아지고 있었다. 방 안의 물건들을 더듬으면서 나는 어둠 속에서 이해심 가득한 미소를 띠고 있었던 것이다. 가방에 무릎을 쾅 부딪쳤는데도 이 세상 전체에 대한 내 호의적인 기분은 전혀 바뀌지 않았다. 협탁 위에는 내가 아침과 점심 사이에 방으로 시켜 먹었던 음식들이 남아 있었다. 나는 학회 자료집에서 종이를 좀 뜯어내어 남아 있는 버터를 발라 성냥으로 불을 붙여서 횃불 비슷한 것을 만들었다. 불빛에 의지해 소파에 앉으니 그래도 학회 시작까지는 두어 시간이나 남아 있었다. 엘리베이터가 작동하지 않으니 학회장까지 걸어서 내려간다고 쳐서 한 시간을 빼도 말이다. 이러는 동안 내 상태와 기분은 점점 더 변화하고 있어서 나는 흥미롭게 스스로를 관찰하고 있었다. 너무 즐거웠는데, 더할 나위 없이 신이 나는 것이었다. 왜 이런 상태가 되었는지 얼마든지 이유를 댈 수 있을 것만 같았다. 이 세상에서 분리되어 마치 이집트 무덤 같은 어둠에 휩싸인 힐튼호텔의 객실이 버터 횃불과 백설공주 동화를 계속해서 들려주는 전화와 함께 이 세상에서 더 바랄 것이 없는 즐거운 장소가 되어 버린 것이었다. 그뿐만 아니라 나는 누구라도 앞에 있기만 하면 머리를 쓰다듬어 주고만 싶은 충동에 휩싸였다. 아니 최소한 정말 선의를 가지고 그의 눈을 마주하고 손이라도 잡고 싶은 기분이 들었다.

가장 혐오하던 적이 눈앞에 있다고 하더라도 양 볼에 큰 소리를 내며 입맞춤을 하고 싶은 기분이었다. 버터가 점점 녹아 흘러내리면서 연기를 내더니 결국 횃불은 꺼져 버리고 말았다. 버터가, 꺼져 버렸다니, 이 두 단어가 갑자기 얼마나 우습게 느껴졌는지 나는 웃음의 발작에 사로잡혔다. 하지만 다시 한번 종이로 만든 횃불을 태우려고 하다 성냥불에 손을 데고 말았다. 버터 횃불은 겨우겨우 타고 있었지만 나는 연기에 숨이 막히고 눈에서는 매워서 눈물이 흐르는데도 불구하고 오래된 오페레타의 한 구절을 흥얼거리고 있었다. 일어나면서 또 한 번 여행 가방에 걸려 넘어졌는데, 달걀만 한 크기로 이마에 혹이 난 것을 만져 보자 기분이 더더욱 좋아지는 것이었다(지금 이 최상의 상태에서 기분이 더 좋아질 수 있다는 것이 가능하기만 하다면). 방은 연기로 가득해 숨이 거의 막혀 왔지만 나는 웃고 있었다. 연기가 나의 즐거운 기분을 전혀 방해하지 않았기 때문이다. 이미 오후가 되었는데도 침대는 아침 이후로 정리가 되어 있지 않았는데, 나는 아랑곳하지 않고 그 위에 벌렁 드러누웠다. 이렇게 자기 일을 제대로 하지 않는 호텔 직원들도 마치 친자식처럼 느껴졌다. 친근한 줄임말과 다정한 단어 말고는 머릿속에 아무것도 생각나지 않았다. 머릿속에는, 만약 내가 여기서 숨이 막혀 죽는다고 해도 아마 엄청 재미있을 것이며, 이것이 스스로에게 바랄 수 있는 최고로 친절한 죽음이 되지 않을까 하는 생각이 스쳐 갔다. 이러한 생각이 내 원래의 사람 됨됨이와 너무나 달랐기 때문에 정신이 번쩍 들게 하는 효과를 주었다. 영혼 속에서 이상한 분리 현상이 시작된 것이었다. 내 영혼을 채우고 있는 것은 여전히 모든 이를 향한 총체적 선의와 같은 어떤 침착한 명료함이었는데 이놈의 손은 너무나도 누군가를 쓰다듬고 싶어서, 결국 옆에 아무도 없었기 때문에 부드럽게 나 자신의 볼을 쓰다듬고는 스스로의 귀를 사랑스러운 듯이 잡아당기고 있었다. 또한 이미 여러 번 오른손이 왼손과 번갈아 가며 서로서로를 부드럽게 꼬집고 있었다. 하다못해 발까지 애무를 위해 떨고 있었다. 이 모든 상황에 나의 의식 깊숙이, 경보 신호가 켜졌다. '뭔가 이상해!' 내 안에서 멀고도 미약한 목소리가 이렇게 외치고 있었다. '조심해, 이욘! 정신 바짝 차려, 깨어나라고! 이런 걸 믿어서는 안 돼! 행동해! 정신 차려! 앞으로! 무슨 오나시스처럼 그렇게 헤헤거리며 있지 말라고, 연기 때문에 눈물로 얼굴이 범벅이 된 데다가 스스로를 발로 차고 있고, 이마엔 커다란 혹이 나 있는 채로 인류애에 가득 차 있다니! 이런 건 무슨 책략임에 틀림없어!' 목소리에도 불구하고 나는 손가락 하나도 까딱하지 않았다. 목이 다시 말라 왔다. 사실 아까부터 심장도 지나치게 심하게 뛰고 있었지만, 스스로에게 이건 갑자기 인류에 대한 총체적 사랑을 발견한 것 때문이라고 설명하고 있었던 것이었다. 나는 욕실로 갔다. 목이 너무 말랐다. 만찬장의 너무 짰던 샐러드와 서서 먹었던 뷔페를 생각하고는 이번엔 시험 삼아 내 최고의 적들인 J. W., H. C. M., M. W. 등을 머리에 떠올려 보았다. 그들의 손을 너무나 다정하게 잡아 주고 싶은 열망과 형제애로 가득한 인사를 그들과 교환하고 싶은 마음 외에 아무런 다른 감정도 느껴지지 않았다. 이건 정말 심각한 문제였다. 한 손으로는 빈 컵을 들고 다른 한 손으로 수도꼭지를 돌리려는 순간 나는 얼어붙었다. 천천히 물을 틀고는 거울에서 온통 괴상하게 일그러진 자신의 얼굴을 목격했다. 내 얼굴 표정이 스스로와 싸우고 있는 것이었다. 나는 물을 버렸다.

수돗물. 그렇다. 수돗물을 마신 순간부터 바로 변화가 시작된 것이었다. 도대체 이 안에 무엇이 있는 걸까? 독약? 이런 작용을 하는 독약이…… 잠시만! 나는 학술지의 정기 구독자다. 최근 《사이언스 뉴스》에 새로 발명된 '**호의(선의)류**' 향정신성 의약품에 대한 기사가 실렸었다. 이 약물은 정신을 원인 모를 즐거움과 온화함으로 인도한다고 했었다. 바로 그렇다! 기사가 눈앞에 선명하게 떠올랐다. 쾌락정, 기증정, 공감정, 도취정, 행복정, 이타정, 호의환 등 모든 것들! 그와 함께 아미노산을 수산기로 대체시킴으로써 격노환, 반목정, 가학정, 비난환, 공격정, 좌절환, 살상정뿐 아니라 여러 가지 구타성(남을 때리게 되어 있으며 살아 있는 것에 대해서나 죽어 있는 것에 대해서나 주위 환경에 대한 파괴를 야기하게 되는데 이 중 가장 효과적인 것으로 가격정과 붕괴정이 있다)을 야기할 수 있다고 되어 있었다.

전화벨 소리에 생각을 잠시 멈추었다. 동시에 불이 들어왔다. 호텔 리셉셔니스트가 죄송한 어조로 지금까지 시설에 문제가 있었으며 방금 모든 것이 정상적으로 가동되기 시작했다고 설명했다. 방의 환기를 위해 복도로 방문을 열어 보았다. 그냥 보기에 복도는 아무 일도 없이 조용했다. 아직 몽롱한 채로 여전히 누군가를 쓰다듬고 축복하고 싶은 열망에 사로잡혀 있었기 때문에 나는 문을 쾅 닫고 방 한가운데 앉아서 스스로의 마음을 다잡았다. 나 자신의 상태는 형용하기 아주 힘들었다. 지금 쓰고 있듯이 정리되거나 의미를 파악하거나 할 수 있는 상태는 아니었던 것이다. 내 상태에 대한 비판적인 어떤 생각도 마치 꿀 속에 빠졌다 나오는 것처럼, 마치 바보스러운 자기만족의 국자가 끊임없이 긍정적인 감정의 시럽을 퍼부어 그 안에서 절여지는 것처럼, 나의 영혼은 계속해서 가능한 다디단 장미 시럽과 설탕 소스 속에 허우적거리고 있었다. 억지로 나는 내가 혐오하는, 이를테면 교황 살해용 총이라든지 자제를 모르는 해방출판협회와 소돔을 연상케 하는 그들의 작태라든지, 아니면 다시 한번 W. C.나 J. C. M., A. K.와 그 외 다른 나쁜 놈과 사기꾼들에 대해 떠올려 보았지만 끔찍하게도 내 기분으로는 모두들 사랑스럽기만 하고 무슨 일이든지 누구든지 용서하고 싶어졌고 더더군다나 머릿속에서는 오뚝이처럼 이들의 악행들을 용서해야 할 이유가 연속적으로 떠오르는 것이었다. 이웃에 대한 사랑은 홍수처럼 나의 두개골에서 넘실거렸으며 특히나 '선행을 앞세우자'는 생각만이 머릿속에 가득했다. 향정신성 의약품의 영향을 생각하는 대신 나는 열성적으로 과부와 고아들을 머릿속에 떠올렸으며, 얼마나 내가 그들을 잘 보살필 수 있을지에 대해 상상하고 있었다. 지금까지 왜 그들에게 주의를 기울이지 않았는지에 대한 후회는 점점 더 커져만 갔다. 가난한 사람들, 배고픈 사람들, 아픈 사람들, 힘든 사람들, 오, 신이시여! 이 부분에서 나는 갑자기 여행 가방 앞에 무릎을 꿇고 내용물을 모조리 바닥에 흩어 놓고는 필요한 사람에게 어떤 물건을 주어야 할 것인지 찾고 있었다. 그때 다시 의식 저편에서 희미한 목소리가 들려왔다. '조심해! 정신을 놓아서는 안 돼! 싸워! 벗어나! 차 버려! 헤어 나와!' 외침은 작았지만, 절망적이었다. 나는 완전히 분열되어 있었다. 나를 사로잡은 열망이 너무나 강력해서, 아마 나는 파리 새끼 한 마리도 해치지 못할 것만 같았다. 이 힐튼호텔에 쥐도 없고 하다못해 거미 한 마리도 없는 건 정말 유감이었다. 내가 얼마나 그 생명체들을 아껴 줄 수 있을까! 파리들, 벼룩들, 들쥐들, 모기들, 진드기들, 사랑스러운 생명체들, 아, 신이시여! 나는 황급히 책상과 전등과 나 자신의 다리를 축복했다. 그러나 일말의 의식이 나를 완전히 버린 것은 아니어서, 오른손으로 이들을 축복하면서 왼손으로는 그 오른손을 아프도록 마구 때리고 있었다. 나쁘지 않은걸! 어쩌면, 이러다가 헤어날 수 있는 것인지도 몰랐다. 다행스럽게도 선행의 충동은 원심성을 띠고 있어서 나는 나보다는 먼 사람들을 먼저 생각하고 있었다. 우선 내 입을 거의 허리가 휘청하고 눈앞에서는 별들이 왔다 갔다 할 정도로 몇 번 세게 때려 보았다. 좋아, 앞으로도 이렇게 해 보자고! 얼굴에 감각이 없어지자, 이번에는 복사뼈를 차 보도록 했다. 다행히 나는 최고로 딱딱한 밑창이 깔린 아주 무거운 신발을 신고 있었다. 걷어차기 요법을 실행한 후 잠시 동안 내 상태는 좋아졌는데, 그것도 문제였다. 조심스럽게 나는 J. C. A.를 걷어찬다면 어떨까 하고 스스로에게 물어보았는데, 조금 전처럼 완전히 불가능한 일로 생각되지는 않았던 것이다. 양쪽 발의 복사뼈는 말할 수 없을 정도로 아팠는데 아마도 이러한 가학적 치료 덕분에 이제 이를테면 M. W.에게도 비슷한 가격을 하는 것을 상상할 수 있게 되었다. 고통이 점점 심해지는데도 불구하고 나는 계속해서 스스로를 발로 찼다. 뾰족한 것들은 다 효과가 있었기 때문에 포크를 써 보기도 하고 그다음에는 아직 개봉하지 않은 와이셔츠에서 핀을 뽑아서도 써 보았다. 이 모든 것이 간단하지는 않았다. 마치 파도처럼, 몇 분마다 한 번씩 인류애를 위해 나 자신을 바칠 각오와 고결함과 도덕심의 활화산이 내 안에서 폭발하곤 했다. 의심의 여지가 없었다. **수돗물 속에 정말로 무엇이 있었던 것이다.** 앗! 문득 나는 가방 속에 항상 넣어 다니기는 하지만 잘 쓰지 않는 수면제가 있다는 것이 기억났다. 이 수면제를 먹으면 항상 기분이 우울해지고 아무에게나 싸움을 걸고 싶어져서 거의 쓰지 않고 있었다. 없애 버리지 않은 것이 다행이었다. 나는 약을 버터와 섞어서(수도 쪽은 흑사병처럼 피하고 있었다) 겨우 삼키고는 이번에는 약에 들어 있는 졸린 성분을 무마시키려 카페인이 든 사탕을 두 개나 마구 빨아 먹고 나서 소파에 앉아 내 몸속에서 일어나고 있는 화학전의 결과를 기다렸다. 인류애의 감정은 이때까지도 나를 떠나고 있지 않아서 인생에 이런 적이 없었을 만큼 남을 향한 사랑으로 가득 차 있었다. 아무래도 화학전에 있어서는 악이 선보다 강한 것인지 나는 아직도 남을 돌보고 싶은 욕망에 사로잡혀 있기는 했지만, 이제 아무나 돌보고 싶은 기분은 아니었다. 예를 들어 내가 나쁜 짓을 해야 한다면, 이를테면, 당장은 아니고 아주 나중에나 하겠다는 기분이었다.

15분쯤 지나자 나는 거의 정상으로 돌아왔다. 샤워를 하고는 빳빳한 수건으로 몸을 마구 문질러 닦았다. 혹시 모르니 예방 차원에서 이따금 스스로의 뺨을 때리기도 했다. 상처 난 복사뼈 주변과 손가락에 밴드를 붙이고 멍 든 곳을 세어 보았다(온통 멍투성이라 사실 셀 수도 없을 지경이었다). 셔츠를 갈아입고 거울 앞에 서서 넥타이를 다시 매고, 외투를 다시 입고 방을 나서기 전에 그럴 필요는 없었는데도 불구하고 스스로의 통제를 위해 갈비뼈 근처를 세게 때렸다. 시간은 딱 맞았다. 이미 5시가 되어 가고 있었기 때문이다. 내 기대와는 달리, 호텔에는 아무 일도 일어나지 않은 듯했다. 내가 머물고 있는 층의 바를 들여다보아도 비어 있다시피 했다. 식탁에는 교황 살해용 총이 기대져 있었고 카운터 옆에 서 있는 두 사람의 다리가 보였는데 한 사람은 맨발이었지만 이것을 꼭 어떤 다른 의미로 해석할 필요는 없을 것 같았다. 다른 몇 명의 폭발업자들은 벽 옆에서 카드놀이를 하고 있었고 다른 한 사람은 기타를 치며 들어 본 듯한 노래를 부르고 있었다. 아래쪽 홀은 이미 학회 개회에 맞춰 온 미래학자들로 가득했다. 힐튼호텔의 아래층에 위치한 이 홀은 미래학 학회에서 대여한 것으로, 학자들은 호텔 밖을 나가지 않고 학회에 참석할 수 있도록 되어 있었다. 이 모든 것이 나에게는 이상할 따름이었다. 하지만 다시 생각해 보니, 이런 호텔에서 어떤 손님이 수돗물을 받아서 마시겠는가, 목이 마르면 콜라나 슈웹스나, 할 수 없으면 과일 주스나 차, 아니면 맥주를 마실 것이었다. 칵테일을 만드는 데도 아마 토닉 워터를 쓰거나 다른 생수류를 쓸 것이었다. 그리고 누군가 나 같은 실수를 한 사람이 있다 하더라도 아마도 지금쯤 자기 방에 혼자 틀어박혀 인류애의 발작에 시달리고 있을 것이었다. 나는 이런 상황에서 나에게 일어났던 일에 대해 떠드는 것은 좋지 않겠다는 결론을 내렸다. 이방인인 나에 대해 남들이 의심하게 되고 환각이나 정신착란에 시달린다는 말까지 돌게 되면 어떻게 하겠는가. 약물 중독자라는 의심을 받기 십상이었다.

훗날, 내가 마치 얼굴을 가린 타조인지 굴인지 같은 태도를 취했다면서 나를 비판하는 사람들이 있었다. 내가 만약 모든 것을 그때 밝혔더라면 이후에 생겼을 사고들이 일어나지 않았을지도 모른다고 말이다. 하지만 그렇게 말하는 사람들은 너무나 당연한 것을 간과하고 있다. 내가 할 수 있었던 것은 겨우 힐튼호텔의 투숙객들에게 경고를 하는 정도였다. 그러나 힐튼호텔에서 무슨 일이 일어났든 간에 코스타리카 정치사에는 전혀 영향을 줄 수 없었을 것이다.

학회장으로 가는 길에 나는 호텔 가판대에서 항상 그러듯이 지역신문 한 더미를 샀다. 어디에서나 이렇게 신문을 사는 것은 아니지만 교육받은 사람이라면 이를테면 그 지역의 언어를 완벽히 알지는 못하더라도, 이를테면 스페인어로 쓰인 신문을 보고도 무언가 정보는 파악할 수 있는 것이다.

연단에는 오늘 학회의 주제가 쓰인 판이 꽃으로 장식되어 놓여 있었다. 첫 번째 주제로는 세계 도시계획의 파국, 두 번째 주제로는 환경의 파국, 세 번째로는 대기오염, 네 번째로는 에너지, 다섯 번째로는 식량, 이후에는 쉬는 시간이었다. 기술의 파국과 군사력, 정치적 파국은 다음 날로 넘어가 결론과 함께 토론할 예정이었다.

학회 발표자에게는 자신의 학설을 발표하는 데 4분이 주어진다. 64개국에서 온 198명의 발표자가 참여한다는 것을 고려했을 때 4분도 많이 주는 것이었다. 진행을 원활히 하기 위해 발표될 논문들은 학회 전에 미리 읽고 오게 되어 있었다. 발표자는 숫자로만 발표하면서 자신의 논문에서 가장 중요한 부분을 강조해야 한다. 내용이 굉장히 많은 학회이기 때문에 쉬운 이해를 위해 모든 참석자들에게는 무선기와 작은 컴퓨터가 제공되는데 이런 기기들을 통해서 서로 토론을 진행할 수도 있다. 미국 대표단의 스탠리 헤이즐턴은 학회장의 사람들을 놀라게 했는데 "4, 6, 11 그러니까 22가 결론이고 5, 9의 합으로 22, 그뿐만 아니라 3, 7, 2, 11로도 22가 도출되는 것이죠!" 하고 소리쳤다. 누군가 일어나 5가 아니라 6, 18, 4가 아니냐고 외쳤는데 이 반론에 대해 헤이즐턴은 바로, 그렇게 하나 이렇게 하나 결론은 22라고 주장했다. 헤이즐턴의 논문에서 숫자 표를 들여다보니 22는 결국 피할 수 없는 파국을 의미하고 있었다. 다음 발표한 일본인 학자는 하야카와였는데, 일본에서 만든 새로운 미래형 주택 모델을 제시했다. 800층짜리 이 건물은 조산원과 어린이집, 학교, 가게, 박물관, 동물원, 극장, 영화관 그리고 화장터까지 갖추고 있는 것으로 건물 아래에는 죽은 사람들을 태운 재를 보관하는 지하 납골당, 40개 채널이 나오는 텔레비전, 환각실과 각성실, 그룹 섹스를 위한 헬스 시설(여기에서 프로젝트 진행자들의 진보적인 사상을 엿볼 수 있다)뿐만 아니라, 이러한 문화에 적응하지 못하는 반체제주의자들을 위한 지하 도시까지 설계되어 있었다. 새로운 점은 이 도시에 사는 가족들은 매일매일 다른 집으로 이사를 다니게 되어 있다는 것인데, 체스의 폰이나 나이트가 움직이는 식으로 앞뒤옆 집이나 건넛집으로 이사를 하게 되어 있었다. 이런 방식으로 지루함이나 스트레스를 해소하게 되어 있음에 더해, 17제곱킬로미터의 넓이에 바다 위에다 성층권 높이로 지어진 이 건물에는 결혼 중개를 위한 컴퓨터가 특별히 갖추어져 있으며 컴퓨터는 사도-마조히즘 원리로 동작하게 되어 있고(이것은 사디스트는 마조히스트와 연결해 주는 것을 말하는데, 그리하여 모두들 상대방에게서 자기가 원하는 것을 취할 수 있게 된다), 자살 방지를 위한 센터 역시 계획되어 있었다. 다른 일본인 학자 하카야와는 만 분의 1 축척으로 그려진 이 건물의 설계도를 제시했는데 이곳에는 산소 저장고만 있고 물과 음식물 저장소는 없었다. 왜냐하면 이 건물 자체가 완벽한 하나의 순환구조를 이루고 있기 때문이라고 했다. 이 말은 건물에서 나오는 모든 것들은 다시 재생된다는 것인데, 건물에서 살고 있는 인간의 신체 분비물을 포함한다. 세 번째 일본인 대표인 야하카와는 이 건물에서 나오는 것들로 만들 수 있는 여러 가지의 목록을 우리 앞에서 읽어 보였다. 인공 바나나, 인공 생강 쿠키, 인공 새우와 굴, 그리고 인공 포도주까지 있었다. 포도주는 색깔 때문에 상당히 안 좋은 연상 작용을 일으킬 법도 했으나 맛으로는 샹파뉴 지방의 최상급과 견주어도 지지 않을 정도라고 했다. 학회장에는 멋진 작은 병들에 담긴 시음용 포도주와 비닐에 싸인 시식용 파테가 제공되었는데, 어쨌든 간에 이것을 마셔 볼 만한 엄두를 내는 사람도 없었고 파테로 말하자면 슬쩍 식탁 의자 밑으로 버리고들 있었기 때문에 나도 똑같이 따라 했다. 이 건물에 고성능 프로펠러를 장치하여 비행이 가능하도록 해서, 집단 여행 개념을 실현시키려고 했던 첫 번째 계획은 실행되지 않았는데, 왜냐하면 우선 이런 건물들을 한꺼번에 900만 개 세우려고 한 데다, 두 번째로는 실제로 여행을 할 사람이 거의 없다는 것 때문이었다. 이 건물에 입구를 천 개 낸다고 가정하고, 여기 살고 있는 사람이 모두 저마다의 입구로 빠져나온다고 하더라도 아마 이들이 다 빠져나올 시점에는 이미 새로운 세대가 태어나고 있을 것이었기 때문이었다.

일본인들은 자신들의 프로젝트에 아주 만족스러운 모습이었다. 일본인들 다음으로 미국 대표인 노먼 유하스가 발표를 맡았다. 유하스는 인구 폭발을 막기 위한 일곱 가지 방안을 제시했는데, 설득과 구금, 성 개념 말살과 강제 순결 유지, 자위와 복종, 그러고도 말을 듣지 않는 이들은 거세한다는 내용이었다. 결혼한 가정은 아이들을 가지려면 양육권을 허가받아야 하고, 세 가지 시험을 거쳐야 하는데, 성교와 교육, 그리고 융화의 시험이었다. 불법으로 아이를 낳는 행위는 엄벌에 처해져야 하며, 자발적인 계획 임신과 반복 임신은 종신형에 처해질 수 있다는 것이다. 이 발표와 함께 하나씩 뜯어서 사용할 수 있는 쿠폰북을 나누어 주었는데 학회 자료집에 들어 있었던 바로 그 푸른색 쿠폰북이었다. 헤이즐턴과 유하스는 새로운 직업군도 주창했으며, 그것은 혼인 관계 검사관, 혼인 금지관, 이혼 양성관과 출산 금지관이었다. 사회적으로 엄청난 해악을 끼치는 출산을 제어하기 위한 새로운 법을 창제하려는 제안서가 회장에 뿌려졌다. 이 제안서를 나눠 주고 있는 동안 갑자기 청중석의 누군가가 학회장에 화염병을 투척하는 사건이 있었다. 의료요원이(어디엔가 숨어 있었던 것이다) 바로 등장했으며 호텔 청소 용역들이 폭발한 소파와 다른 것들을 멋진 무늬가 들어간 비닐 막으로 가려 사태를 수습했다. 이런 사고는 모두 예상했던 것이었다. 논문 발표 사이사이에 나는 이 지역의 신문들을 훑어보았는데, 스페인어는 반 정도밖에 이해할 수 없었지만 코스타리카 정부가 수도에 이미 장갑차를 대기시켜 놓았으며 경찰 역시 만전의 준비를 하고 있는 매우 긴박한 상황이라는 것은 알 수 있었다. 이 학회장 사람들 중 나 말고는 아무도 호텔 밖의 실제 상황에 대해 이해하고 있는 사람은 없는 것 같았다. 7시 쉬는 시간에는 원한다면 식사를 할 수 있었는데, 물론 자비로 해결하는 것이었다. 나는 다시 회장으로 돌아오며 《나시온》 호외판을 샀다. 스페인어가 서툴기는 했지만, 이 신문들을 읽으면서 나는 의아할 수밖에 없었다. 왜냐하면 기사마다 인간들 사이의 사랑의 감정에 대한 낙관적인 상념으로 가득했고, 이런 인류애가 어떻게 보편적인 행복을 이끌어 내는지에 대한 이야기가 피비린내 나는 상황 전개와 함께 비슷한 극단주의자들의 위협 바로 옆에 아무렇지도 않게 쓰여 있었던 것이다. 마치 젖소의 흑백 무늬처럼 명백한 이러한 대비에 나는, 기자들 중 일부는 아침에 수돗물을 마셨으며, 일부는 마시지 않았을 것이라고 결론지을 수밖에 없었다. 정부 측의 우익 집단에서는 아마 수돗물을 덜 마셨을 것인데, 왜냐하면 반정부 집단을 위해 일하는 기자들보다는 돈을 많이 받을 테니 일하는 동안에 아무래도 수돗물보다는 음료수로 목을 축일 것 같았다. 그러나 어떤 구호나 이데아 때문에라도 더 수돗물 쪽으로 근접해 있을 극단주의자들도 특별한 경우에나 수돗물을 마셨음에 틀림없는데, 멜메놀즙을 발효시킨 코스타리카의 음료수 콰르트수피오가 너무 쌌기 때문이다.

안락의자에 다시 자리를 잡자마자 스위스에서 온 드링겐바움 교수가 자기 논문의 첫 번째 숫자를 발표했다. 바로 그 순간 먹먹한 폭발음 같은 것이 들려왔다. 건물은 기단에서부터 잠시 흔들렸고 유리창도 덜컹거렸지만, 우리 중 낙관적인 사람은 그냥 지진일 뿐이라고 주장했다. 나로서도 학회 처음부터 피켓을 들고 시위를 벌이던 시위대가 회장에 불꽃놀이 기구라도 터뜨렸다고 생각하고 싶었다. 그러나 더 큰 우레와 같은 소리가 들려오자 생각을 바꿀 수밖에 없었다. 기관총만이 가진 특징적인 스타카토 소리까지 들려오고 있었던 것이다. 이제는 스스로를 속일 수 없었다. 코스타리카는 시가전에 돌입했다. 학회장을 가장 먼저 빠져나간 것은 기자들이었는데 이들은 총소리가 아침 자명종 소리나 되는 양 벌떡 일어나 직업의식에 가득 차서 거리로 뛰어나갔다. 드링겐바움 교수는 이후에도 잠시 동안 비관적인 전망으로 가득한 자신의 논문을 계속 소개하였는데, 인류 문명의 다음 단계는 식인 문명이라는 것이었다. 잘 알려진 미국인들의 이론을 인용하면서, 지구에서 모든 것이 이런 식으로 계속된다면 400년 후 지구는 살아 있는 인간으로만 가득 차게 될 것이며 인간의 수는 빛의 속도로 증가할 것이라고 말이다. 그러나 다시 한번 일어난 폭발로 발표는 이어지지 못했다. 혼란해진 미래학자들이 학회장을 빠져나오면서 목격한 것은 역시 다른 홀에서 나온 해방출판협회 회의의 참석자들이었다. 이들은 내전과 폭발음 때문에 인구 증가의 위협에 아랑곳하지 않는 어떤 행위 중에 회장을 빠져나온 것처럼 보였다. A. 크노프 출판사 편집자들 뒤에 따라오는 비서들(이들이 속옷을 입고 있었다고는 표현할 수 없다. 왜냐하면 살갗 위에 옵아트식으로 무언가 그려진 외에는 사실 아무것도 입고 있지 않았기 때문이다)은 물 담배와 휴대용 향로들을 들고 있었는데, 그 위에는 LSD와 마리화나, 최음제와 아편을 섞어 만든 요즘 인기 절정의 의약품이 타오르고 있었다. 해방인들은 내가 듣기론 미국 우정청장의 *인형*을 불태웠다고 하는데, 왜냐하면 청장이 향정신성 약물의 사용을 부추기는 홍보물들을 폐기 처분하라는 명령을 내렸기 때문이었다. 어쨌든 회의장을 나서는 이들이 보인 행동은 상황의 심각성에 비추어 볼 때 매우 적절치 못했다. 공중도덕에 폐가 될 만한 행동을 하지 않은 이들은 이미 너무 힘이 빠졌거나 약물에 취한 사람들뿐이었다. 갑자기 이들에게 공격을 받은 호텔 리셉셔니스트의 비명 소리도 들려왔다. 표범 가죽 같은 것을 둘러쓴 배 나온 남자 하나가 연기를 내고 있는 하시시를 손에 들고는 물품 보관소에서 일하는 여직원들을 괴롭히고 있었다. 짐꾼들의 도움을 받아 리셉션의 직원들이 겨우 이 남자를 떼어 냈다. 계단 발코니에서는 누군가 우리 머리 위에 색색의 사진을 뿌려 대고 있었는데, 이 사진들은 이러한 약물의 영향하에 사람이 다른 사람에게, 또는 여러 다른 사람에게 어떤 짓을 할 수 있는지 보여 주고 있었다. 창문을 통해서는 이제 모습을 드러내기 시작한 탱크의 모습을 분명하게 볼 수 있었다. 엘리베이터는 겁에 질린 성냥갑 수집가들과 청년저항인협회원들로 가득했고 아까 나왔던 파테와 출판업자들이 날라 온 파티 음식들은 발밑에 마구 짓밟히고 있었다. 여러 회합에 참석했던 사람들이 뿔뿔이 흩어지는 가운데 수염 난 반교황주의자는 미친 원숭이처럼 소리 지르면서 자기 앞을 가로막는 사람들을 교황 살해용 총의 총신으로 마구 때려눕히고 있었다. 그러더니 호텔 앞으로 뛰어나가 내 눈앞에서 지나가는 사람들에게 총을 난사하기 시작했다. 이데올로기만을 따지는 진정한 극단주의자로서 자기가 누구를 쏘고 있는지 따위는 전혀 문제가 되지 않는 것 같았다. 공포와 절망의 외침이 가득한 회의장은 거대한 유리창이 산산이 부서져 흩어지는 순간 무법천지로 돌변했다. 아는 기자들을 찾으려고 했으나 쉽지 않았다. 그들이 거리로 나서는 것을 보고 나 역시 기자들을 쫓아갔는데 왜냐하면 이제 힐튼호텔 내부의 분위기 역시 말이 아니었기 때문이었다. 호텔 쪽으로 들어오는 전용 도로의 낮은 콘크리트 벽 아래 몇 명의 사진기자들이 붙어서 근처에서 일어나는 일들을 마구 찍어 대고 있었으나, 항상 그렇다시피 이런 경우에는 우선 외국 번호판이 붙은 차부터 먼저 태우는지라 호텔 주차장에서는 불꽃과 검은 연기가 솟아오르고 있었다. 내 옆에 있던 AFP의 모뱅은 만족스럽게 손바닥을 비볐는데 왜냐하면 허츠에서 빌린 렌터카로 이곳에 왔기 때문이었다. 자기가 빌린 차가 불타는 소리를 들으면서 모뱅은 거의 폭소를 터뜨리고 있었지만, 대부분의 미국 기자들의 반응은 전혀 그렇지 않았다. 주위의 분수에서 떠온 양동이 물을 부어서라도 불타는 자동차를 어떻게든 구해 보려고 하는 사람들은 대개 나이 들고 행색이 초라했다. 이러한 광경은 무언가 나를 상념에 빠지게 했다. 멀리, 구세주대로와 부활대로 아래쯤에서 경찰 헬멧들이 번쩍이는 것이 보였다. 밑동이 거대한 야자수들로 구획이 나뉜 호텔 앞의 거대한 광장은 텅 비다시피 했다. 나이 든 사람들은 쉬어 가는 목소리로 서로를 독려하는 것 같았지만 이미 다리들은 후들거리고 있었다. 이런 봉사 정신은 내게 이상하게 느껴질 뿐이었다. 그러다 나는 아침에 내게 일어났던 일을 생각해 내고는 바로 옆에 있던 모뱅에게 나의 의심에 대해 말해 주었다. 기관총의 높은 소리와 낮게 울리는 폭발음 때문에 대화가 쉽지는 않아서, 이 프랑스 친구의 영리한 얼굴에도 잠시 멍한 표정이 스쳐 가더니 갑자기 눈이 빛나는 것이었다. 그러고는 소리를 쳤다. "아! 물! 수돗물이라고! 맙소사, 인류 역사상 처음으로…… **이건 비밀화학민주주의라고!**" 이렇게 외치고는 모뱅은 바로 호텔로 들어가 버렸다. 물론 전화를 차지하기 위해서였다. 아직까지 전화선이 끊어지지 않고 있다니 이상했다.

이렇게 내가 호텔 전용 도로에 서 있을 때 스위스 미래학회의 트로텔라이너 교수가 다가왔다. 그리고 바로 그때, 아까부터 일어났어야 할 일이 터지고야 말았다. 경찰들이 검정 헬멧과 검정 방패와 방독면으로 무장하고 무기를 손에 들고는 힐튼호텔 전체를 에워싸기 시작한 것이었다. 그러고 나서 호텔과 시립 극장을 구분하는 공원으로 몰려오고 있는 사람들 사이를 막아섰다. 장비를 갖춘 특수부대가 투석기를 앞세우더니 군중 사이로 발사하기 시작했다. 폭발음은 이상하게도 작았지만, 대신 허여멀건 구름 같은 연기가 피어올랐다. 즉시 나는 최루탄이라고 생각했는데, 모여든 군중은 도망을 가거나 아니면 더 자극받아서 맹렬히 저항하는 대신 그대로 그 안개 같은 연기를 들이마시고 있는 듯 보였다. 함성 소리는 곧 잦아들고 무슨 기도문을 암송하는 소리 같은 것이 들려왔다. 카메라와 녹음기를 든 기자들은 호텔 입구와 경찰 부대 가운데 서서 도대체 이게 무슨 일인지 전혀 짐작을 못 하는 듯했지만, 나는 짚이는 데가 있었다. 경찰이 공기 분사의 형태로 화학적 무기를 쓴 것이었다. 그러나 거리 아래쪽으로는 이미 이 연기의 영향을 받지 않은 다른 군중이 몰려오고 있었는데, 어쩌면 단지 그렇게 보이는 것일지도 몰랐다. 왜냐하면 이후에 사람들이 이 군중이 경찰을 때려죽이기 위해서가 아니라 경찰과 의형제를 맺기 위해 그들에게 접근한 것이라고 말하긴 했지만, 도대체 온통 이렇게 정신이 없는 가운데 그런 미묘한 차이를 누가 어떻게 분간할 수 있겠는가? 최루탄이 더 쏟아졌고 그다음엔 특유의 쉭쉭거리는 소리를 내며 물 대포가 뿜어지고는 기관총 소리가 뒤따랐다. 그러고 나서 거리는 온통 총탄 소리로 가득했다. 이번에는 정말 장난이 아니었다. 나는 콘크리트 벽 뒤로 몸을 숨기고 스탠터와《워싱턴 포스트》의 헤인스 기자 사이에 납작 엎드렸다. 그들에게 간단히 상황을 설명했는데, 이들은 내가 그렇게 중요한 정보를 AFP의 기자에게 먼저 누설했다는 데에 발끈하더니 모두 호텔로 뛰어들어갔다가 실망한 표정으로 곧장 다시 튀어나왔다. 이미 전화가 작동되지 않는다는 것이었다. 스탠터는 하지만 호텔을 지키고 있는 경찰 한 명을 붙잡아 조금 있으면 호텔 위에 **인류애탄** 공격이 시작된다는 사실을 알아냈다. 우리는 모두 광장을 떠나야만 했다. 경찰들은 모두 특별 호흡 장치가 달린 방독면을 쓰고 있었다. 그리고 우리도 방독면을 지급받았다.

우연찮게도 트로텔라이너 교수는 바로 향정신성 화학무기 분야의 대가였는데 나에게 절대로 방독면을 쓰지 말라고 경고했다. 왜냐하면 공기 중 화학 성분이 너무 강력할 때에는 방독면이 아무런 소용이 없으며, 그 경우 호흡 장치를 통해 그냥 공기 중에 노출되는 것보다 더 많은 양의 가스를 한꺼번에 흡입하게 된다는 것이었다. 내 질문에 그는, 이런 상황에서 우리를 구할 수 있는 것은 산소흡입뿐이라고 했다. 그래서 우리는 호텔 리셉션으로 가서 아직 남아 있는 마지막 직원을 붙들어 화재 대피실에서 드레가* 산소흡입기 여러 개를 찾아냈다. 그렇게 대비책을 세워 놓고 우리가 트로텔라이너 교수와 거리로 다시 나왔을 때 하늘에는 첫 번째 공습의 무시무시한 사이렌이 울려

* 의료 및 안전 기기와 시스템을 취급하는 독일의 기업.

퍼지고 있었다. 후에 모두에게 알려진 바와 같이 그 몇 초 후 힐튼호텔은 실수로 **인류애탄**의 폭격을 받고야 말았다. 결과는 끔찍했다. **인류애탄**은 사실상 호텔 낮은 층에서도 중앙부와는 거리가 있는 곳에 떨어졌는데, 해방출판협회에서 전시를 하기 위해 빌려 놓은 장소였다. 그래서 일단 호텔의 투숙객들 중 직접적으로 폭격을 당한 사람은 없었다. 그러나 끔찍한 결과는 우리를 에워싸고 있던 경찰들에게서 나타났다. 노출된 지 단 몇 분 만에 부대는 집단적으로 그 효과를 보여주었다. 내 눈앞에서 경찰들은 얼굴에서 방독면을 벗어 던지고 양심의 가책으로 눈물을 흘리면서 시위대 앞에 무릎을 꿇고 자신들을 용서해 달라고 빌었다. 그러더니 그들에게 자신들의 단단한 진압봉을 억지로 안기고는 되도록이면 가장 세게 자기들을 때려 달라고 애원했다. 공기 중에 분사된 **인류애탄**의 농도가 더 진해지자 이번에는 가릴 것 없이 다른 사람들에게로 엉겨 붙어 아무나 닥치는 대로 쓰다듬고 애무하기 시작했다. 이렇게 해서 생기기 시작한 비극들은 몇 주나 지난 후에야 겨우 부분적으로 기록되었을 뿐이다. 정부는 아침부터 쿠데타를 일으키는 세력을 일찌감치 제압하기 위해서 도시의 상수원에 700킬로그램이나 되는 두 배 농도의 인류애약을 행복정과 평온정과 함께 살포하기로 결정했다. 경찰과 군부대 쪽으로 통하는 상수도를 차단했는데도 불구하고, 실제 실험을 거치지 않은 것이 이런 사태를 부르고야 만 것이었다. 방독면을 통해 흡입될 수 있는 가스에 대해서도 별생각이 없었으며 여러 계층의 사람들이 실로 다양한 경로로 수돗물을 마시게 된다는 것 또한 충분히 고려되지 않았다.

경찰들이 보인 이러한 변화는 정부 측 인사들을 충격에 빠뜨렸다. 트로텔라이너가 설명한 바에 따르면, 태생적으로 가지고 있는 호의와 선행의 욕구를 억눌러 온 사람들에게 더 확실하게 효과가 나타난다고 했다. 이것으로, 다음 **인류애탄**을 실은 비행기 두 대가 정부 공관에 폭격을 가했을 때 일어났던 다수의 고위 경찰 관료와 군 장성들의 자살을 설명할 수 있다. 그들은 지금까지 정치 활동을 해 오며 지었던 스스로의 죄를 도저히 감당할 수 없었던 것이다. 디아스 장군도 권총 자살을 감행하기 전, 감옥 문을 열고 모든 정치범을 석방하라는 명령을 내렸던 것으로 미루어, 이 한밤중의 화학전이 얼마나 심도 있게 진행되었는지 짐작할 수 있다. 시내에서 멀리 떨어진 비행기지는 전혀 손상되지 않았으며 기지의 장교들은 명령을 곧이곧대로 수행했다. 반면에 군과 경찰의 간부들은 밀폐된 자신들의 벙커 속에서 시내에서 일어나는 일들을 지켜보고는 결국 노우나스 전체를 감정적 혼란의 절정으로 밀어 넣은 결정을 내리고야 만 것이었다. 물론 힐튼호텔의 우리는 이런 사실에 대해서는 전혀 몰랐다. 밤 11시가 되자 이제 전쟁 드라마의 세트장으로 변하고 만, 야자수 공원으로 둘러싸인 힐튼호텔의 광장에는 탱크를 앞세운 부대가 나타났다. 이 부대는 경찰이 행한 인류애를 어떻게든 원상 복구 시켜야 했고 그 목적을 위해 피를 전혀 아끼지 않았다. 가엾은 알퐁스 모뱅은 그 장소에서 몇 발짝 떨어지지 않은 곳에 있었는데 바로 그 앞에서 평화탄이 터지고 말았다. 폭발의 충격으로 왼쪽 손가락과 왼쪽 귀가 떨어져 나갔지만, 모뱅은 나에게, 왼쪽 손은 어차피 옛날부터 별 필요도 없었으며, 왼쪽 귀에 대해서는 말할 필요도 없다고 안심시켰다. 그리고 만약 내가 필요로 한다면, 다른 쪽 귀도 당장 주겠다는 것이었다. 그러더니 급기야 주머니에서 가위를 꺼내는 그에게서 나는 부드럽게 가위를 빼앗고 급하게 대충 만든 대피소로 겨우 데려다 놓았다. 그곳에서는 해방출판협회의 비서들이 모뱅을 돌보았는데, 이들 역시 약물의 효과를 톡톡히 보고 있었다. 옷을 갖춰 입었음은 물론이고, 아무도 죄를 짓지 않게 하기 위해 급조한 가림막 같은 것으로 얼굴까지 가리고 있었다. 더 약효를 확실히 본 이들은 자기 머리카락을 거의 머리 가죽이 보일 만큼 빡빡 밀어 버린 후였다. 가엾은 아가씨들. 대피소에서 돌아오다가 나는 운수 나쁘게도 해방출판협회 한 무리를 마주치고야 말았다. 물론 그들을 바로 알아본 것은 아니었다. 옷으로는 무슨 거친 삼베 자루 같은 것을 끈으로 엮어 뒤집어썼고, 그 끈을 가지고 스스로를 때리면서 가고 있었다. 그러다가 서로서로에 대한 사랑을 목청 높여 외치며 내 앞에서 무릎을 꿇더니, 사회를 타락시킨 죄에 대해 자기들을 세게 쳐 달라고 애원하는 것이었다. 놀라운 것은, 자세히 이들을 살펴보다《플레이보이》의 직원들과 편집장을 발견한 것이었다! 양심의 가책에 사로잡힌 이 편집장은 나를 그냥 놓아주지 않고 애원하기를, 산소흡입기를 가진 나만이 그들의 머리채를 제대로 휘어잡을 수 있다고 했다. 결국 나는 이 자리를 모면하기 위해 내키지 않음에도 불구하고 이들의 소원을 들어줄 수밖에 없었다. 손이 떨리면서 산소흡입기 속에서 숨이 가빠졌다. 이 산소를 다 쓰면 새 산소통을 발견하지 못할 것 같은 두려움이 엄습해 왔다. 그러나 이미 내 앞에 긴 줄로 늘어선 출판업자들은 도저히 자기 차례를 기다릴 수 없는 듯했다. 이들을 떼어 내기 위해서 나는 결국 호텔의 **인류애탄** 폭격 때문에 전시장 곳곳으로 흩어지고 만, 소돔과 고모라라고 하면 딱 맞을 법한 이들의 색색의 팸플릿을 주우라고 명령했다. 그러자 그들은 바로 호텔 입구 앞에 엄청난 종이 더미를 모아 쌓아 놓고는 불을 질렀다. 불행히도 광장 앞에 서 있던 군부대는 이 불타는 종이 더미를 무슨 신호로 생각했는지 우리를 향해 사격을 퍼부었다. 나는 겨우 이 장소를 빠져나왔지만 지하실에서 작가인 하비 심워스와 마주치고 말았다. 그는 어린이 동화를 포르노로 개작하는 한편(작품으로 『빨간 속옷』 또는 『알리 아가씨와 40인의 변태』 등이 있다), 잘 알려진 세계의 문학작품에 성적인 장을 추가함으로써 한 재산 마련한 인물이다. 예를 들자면, 『백설공주와 난쟁이들』 『헨젤과 그레텔』 『알라딘과 요술 램프』 『이상한 나라의 앨리스』 『걸리버 여행기』 등으로 그 목록은 끝도 없을 지경이었다. 이 작자에게 나는 이미 손도 움직일 수 없는 상태라고 말해 봤자 소용이 없었다. 하비 심워스는 울면서 최소한 자기를 발로 차 달라고 애원했다. 도대체 이럴 때는 어떻게 해야 하지? 하는 수 없이 또 소원을 들어주었다. 이런 과정들을 겪은 후 나는 기진맥진하여 화재 예방 설비가 있는 방에 겨우 도달할 수 있었다. 다행히 방에는 아직 새 산소통이 몇 개 더 있었다. 방 안에는 트로텔라이너 교수가 둘둘 만 소화전 위에 앉아, 맨날 학회만 쫓아다니는 자기 일생에 이런 기회가 다 왔나 기뻐하며 차분하게 미래학 학회 논문집을 읽고 있었다. 이때쯤 **인류애탄**의 효과는 극에 달했다. 트로텔라이너 교수는 폭탄의 효력이 너무 심화된다면(특히나 포괄적인 사랑의 발작이 애무 충동과 함께 오는 것 등은 너무나 두려운 일이었다) 위세척과 함께 습포나 피마자유 용법을 써야 한다고 충고해 주었다.

스탠터, 《헤럴드》의 울리, 샤키와 현재 《파리마치》의 사진기자로 잠시 일하고 있는 퀸체 등의 기자들은 얼굴에 방독면을 쓴 채 카드놀이를 하고 있었다. 전화가 끊겨서 달리 할 일도 없었기 때문이었다. 이들 뒤에서 응원을 시작하자 미국의 원로 기자인 조 미신저가 나타나서는 경찰들이 인류애탄에 맞서 서로 격노사탕을 나눠 먹고 있다고 소리쳤다. 두 번 되풀이해서 들을 필요도 없이 우리는 바로 지하로 대피했지만, 곧 소문은 사실이 아닌 것으로 밝혀졌다. 그래서 우리는 호텔 밖으로 다시 나와 보았다. 호텔은 우울하게도 몇십 층이나 날아가 버린 상태였다. 내가 묵었던 객실도, 내 짐 전체와 함께 폐허 더미로 묻혀 버린 것이었다. 하늘의 4분의 3은 뿌연 먼지로 뒤덮여 있었다. 얼굴이 시뻘건 경찰 한 명이 헬멧을 쓴 채 어떤 키다리를 뒤쫓으며, "거기 서! 서란 말이야! 신에게 맹세코, 나는 **너를 사랑해!**"라고 소리를 지르고 있었다. 하지만 도망치는 사람은 멈추지 않았다. 갑자기 조용해지자 기자들은 또 근성인 궁금증을 억제하지 못하고, 결국 다 같이 조심스럽게 공원 근처로 가 보기로 했다. 공원에서는, 비밀경찰들의 전폭적인 참여하에 여러 종류의 종교 행사들이 펼쳐지고 있었다. 그 옆에는 엄청난 군중이 마치 비버처럼 울며 머리 위로는 거대한 글씨로 '우리를 용서해 주세요, 우리는 밀고자였어요!'라고 쓰인 판자를 들고 서 있었다. 그 자리에 서 있는 유다들, 곧 비밀경찰의 무시무시한 수로 보건대, 이들을 고용하고 먹여 살리는 데에 코스타리카 경제 전체가 휘청일 지경임이 틀림없었다. 호텔로 다시 돌아오니 호텔 앞에는 또 다른 군중이 모여 있었다. 경찰견들이 온순한 세인트버나드종 애완견처럼 변해 버려서는 호텔 바에서 값비싼 술들을 물어 날라다가 아무에게나 나눠 주었다. 한편 바에서는 경찰들과 시위대들이 서로 돌아가며 시위 때 부르는 노래와 군가들을 합창하고 있었다. 지하실을 살펴보았지만 그곳에서 벌어지고 있는 신앙고백과 애무, 서로 사랑하는 광경 등에 하도 질린 나머지 다시 나는 트로텔라이너 교수가 있는 화재 예방 설비 방으로 돌아왔다.

교수는 놀랍게도 짝을 세 명이나 구해 브리지를 치고 있었다. 케트살코아틀 박사는 에이스를 들고 있었는데, 그래서 열불이 난 트로텔라이너 교수가 벌떡 일어섰다. 다른 사람들이 그를 진정시켰을 때, 문밖에서 샤키가 얼굴을 들이밀고는 라디오에서 아키요 장군의 담화문이 나온다고 외쳤다. 장군은 도시를 제대로 된 폭탄으로 공격하여 이 상태에 종지부를 찍겠다고 말했다고 한다. 잠시 상의를 마치고 우리는 결국 힐튼호텔에서 가장 깊은 지하로 대피하기로 결정했다. 그곳은 하수도가 있는 곳인데, 대피소보다 더 아래 공간이다. 호텔 조리부도 폭격을 당했기 때문에 먹을 것도 없었다. 허기가 진 청년 저항인들과 성냥갑 수집가들과 출판업자들은 호텔 끝 쪽의 **에로틱센터**에서 발견한 초콜릿 사탕과 정력제용으로 개발된 푸딩과 보신 식품으로 배를 채웠다. 이러한 사랑의 밀약들이 이들의 핏줄에서 인류애탄과 함께 섞였을 때 이들의 표정이 어떻게 변하는지 나는 보고야 말았다. 도대체 이러한 화학적 혼합이 어떤 결과를 가져올지는 생각만 해도 두려운 것이었다. 미래학자들이 인도인 구두닦이들과, 비밀경찰들이 호텔 종업원들과 사이좋게 엉겨 붙었고, 엄청나게 살찐 시궁쥐들은 고양이들과 장난을 치고 있었으며 무엇보다 경찰견들이 사람을 가리지 않고 아무에게나 다가가 혀로 핥고 있었다. 우리는 아주 천천히 갈 수밖에 없었는데 가는 곳마다 인파를 뚫어야 하기도 했지만 등에 반이나 차 있는 산소통을 매고 있었기 때문이기도 했다. 가는 내내 누군가 나를 쓰다듬고, 팔다리에 키스 세례를 퍼부었으며, 애정의 눈길을 보낼 뿐 아니라 몇 번이나 안기고 애무를 당해야만 했다. 하지만 꿋꿋이 전진한 끝에 결국 하수도의 입구를 찾았다는 스탠터의 외침이 들려왔다. 마지막 남은 힘을 합쳐서 우리는 맨홀 뚜껑을 겨우 열어 이 시멘트 우물 속으로 한 명씩 들어갔다. 철제 사다리에 걸려 버린 트로텔라이너 교수의 다리를 받쳐 주면서 나는 그에게 이 학회가 이렇게 될지 상상이라도 했느냐고 물었다. 대답을 하는 대신 교수는 내 손에 입을 맞추려고 했는데, 아무래도 방독면이 조금 삐뚤어져 인류애로 가득 찬 공기를 조금 들이마신 건 아닌지 의심스러웠다. 그래서 우리는 바로 교수에게 약간의 육체적 고문을 가하고 깨끗한 산소를 들이마시게 하고 하울러의 제안에 따라 큰 소리로 하야카와의 발표문을 읽어 주었다. 트로텔라이너 교수의 입에서 튀어나온 생생한 욕설 덕분에 교수가 제정신으로 돌아왔다는 것을 확인하고 우리는 계속 앞으로 나아갔다. 손전등의 희미한 불빛 아래 컴컴한 수도관의 기름 낀 얼룩이 보였다. **인류애탄**으로 공격당한 도시 표면에서 10미터는 내려왔다는 반가운 표시였다. 놀랍게도, 이 장소를 우리보다 먼저 생각한 이들이 있었다. 수도관 입구의 시멘트 둑에 힐튼호텔 관리부 전체가 앉아 있었던 것이다. 준비성도 철저하게 호텔 수영장에서 불어서 쓰는 비닐 소파와 라디오, 위스키와 슈웹스에 먹을 것도 잔뜩 가져왔다. 이들도 산소흡입기를 쓰고 있었기 때문에 기꺼이 우리와 음식을 나눌 가능성은 전혀 없었다. 그러나 약간의 위협적인 태도와 수적인 우위를 이용해서, 준비해 온 것들을 우리와 나눠야 한다고 설득하는 데 성공했다. 억지로 얻어 내긴 했지만 엄연한 동의하에 우리는 차가운 로브스터 만찬에 동참했다. 이렇게 예상치 못한 식단을 마지막으로 미래학 학회의 첫날은 마감되었다.

*

힘든 하루를 보낸 끝에 우리는 스파르타식이라고 이름 붙이기도 뭐한, 요컨대 하수도의 본질을 그대로 담고 있는 수도관 옆의 시멘트 둑 위에서 잠을 청했다. 여기서 역시 힐튼호텔 관리부가 잘 챙겨 온 불어서 쓰는 비닐 소파를 어떻게 배분하는가 하는 문제가 대두되었다. 소파는 총 여섯 개에 사람은 열두 명이었는데, 힐튼호텔 관리부에서는 동지애를 앞세워 자기들은 개인 여비서들에게도 소파 옆자리를 내주겠다는 것이었다. 스탠터의 진두지휘로 여기까지 온 우리는 총 스무 명으로 드링겐바움, 헤이즐턴, 트로텔라이너를 위시한 교수 팀, 기자와 CBS 방송국 팀, 오다가 이리저리해서 끼게 된 두 사람으로 누구도 그 이름을 알 수 없는, 가죽점퍼에 승마 부츠를 신은 건장한 남자 한 명과 《플레이보이》 편집장의 동업자이며 친구인 조 콜린스 양이 있었다. 스탠터는 콜린스 양의 화학적 개심을 이용할 속셈으로 이미 여기까지 오는 길에 콜린스 양의 회고록 출판권을 따 놓고 있었다. 그리하여 여섯 개의 소파와 서른 명 남짓한 희망자를 두고 상황은 바로 후끈 달아올랐다. 모두들 갈망하는 소파를 사이에 두고 우리는 양쪽으로 늘어서서 방독면 아래로 서로를 쏘아보고 있었다. 누군가는, 일제히 신호에 맞춰 방독면을 벗어 보자, 그러면 이타주의에 모두 휩싸여 이런 문제 자체가 없어질 것 아니냐고 제안했지만 실제로 이 의견을 실천에 옮기는 사람은 아무도 없었다. 오랜 설왕설래 끝에 결국은 타협안에 이르렀는데, 제비뽑기를 해서 모두 공평하게 차례로 세 시간씩 소파 위에서 자는 것이었다. 제비뽑기에는 우리 중 일부가 아직도 몸에 지니고 있었던 합체 허가증 쿠폰이 사용되었다.

어떻게 운이 좋았는지 나는 첫 번째 세 시간에 자는 순번으로 뽑혔고 더군다나 바싹 마르다 못해 뼈밖에 없는 것 같은 트로텔라이너 교수와 함께 침대를, 아니 더 정확히 말하자면 소파를 함께 쓰게 되었다. 세 시간 후, 우리 다음 순번 조가 인정사정 보지 않고 우리를 깨우자 잘 데워진 잠자리를 양도하고는 하수도 둑으로 내려갈 수밖에 없었으며, 불안한 기분 때문에 산소통에 산소가 얼마나 남았는지 연신 확인하고 있었다. 몇 시간 후면 산소가 바닥난다는 사실은 자명했다. 저항할 수 없는 선의에 사로잡히는 것을 아무래도 피할 수 없을 듯하다는 생각에 모두 우울해했다. 내가 예의 그 축복 상태를 경험한 것을 알고 있는 사람들은 나에게 그 느낌에 대해 꼬치꼬치 캐물었다. 나는 그들에게 그런 상태도 그렇게 나쁘지만은 않다고 안심시켰지만, 스스로도 정말 그런지는 잘 알 수 없었다. 모두들 졸려서 죽을 지경이었다. 하수도 안으로 떨어지지 않도록 우리는 수단껏 맨홀 뚜껑 밑의 철제 사다리에 자기의 몸을 묶었다. 잠을 설치는 와중에 지금까지 들어 왔던 것보다 훨씬 큰 폭발음이 들려왔다. 절약 차원에서 손전등을 전부 끄고 한 개만 켜 두었기 때문에 침침한 가운데 주위를 둘러보았다. 하수도관의 둑 부분으로 거대한, 살이 통통 찐 시궁쥐들이 들어오고 있었다. 정말로 이상한 점은 모두 열을 맞춰, 뒷발로만 일어서서 걷고 있는 것이었다. 나는 트로텔라이너 교수를 깨워 이 광경을 보였으나, 교수 역시 뭐라고 해야 할지를 모르는 것 같았다. 시궁쥐들은 우리를 전혀 신경 쓰지 않은 채 짝지어 행진을 계속했다. 어쨌든 우리에게 다가와 핥으려고는 하지 않았기 때문에, 트로텔라이너 교수는 그것만 해도 좋은 신호가 아니겠느냐고 했다. 아마도 공기는 이미 깨끗해진 모양이었다. 우리는 조심스럽게 방독면을 벗었다. 오른쪽에 있던 두 기자는 곤히 자고 있었다. 시궁쥐들은 두 발로 행진을 계속했고 나와 트로텔라이너 교수는 이상하게 코가 간지러워 연신 재채기를 했다. 하수도 냄새 때문일까 하고 생각하다 나는 첫 번째 뿌리들을 발견했다. 몸을 굽혀 발을 살펴보았다. 의심할 여지가 없었다. 내가 뿌리를 뻗고 있었던 것이다. 뿌리는 대략 무릎 아래로부터 뻗어 나오고 있었고 그 위로는 초록빛으로 변하고 있었다. 이제는 손으로 꽃봉오리가 피어나는 형편이었다. 꽃봉오리는 내 눈앞에서 순식간에 피어올랐다 져 버렸다. 꽃은 마치 햇빛을 보지 못한 식물처럼 희끄무레한 색깔이긴 했다. 곧 열매라도 맺을 것 같은 기분이 들었다. 나는 트로텔라이너 교수에게 이걸 어떻게 설명해야 하느냐고 묻고 싶었으나 목소리 대신 나뭇잎이 살랑살랑 바람에 스치는 소리만 나서 목청 돋워 질러야만 했다. 자고 있는 사람들의 모습 역시 보랏빛과 주홍빛 꽃에 휩싸인 접붙인 식물들을 연상케 했다. 시궁쥐들은 이파리를 갉고는 앞발로 수염을 쓰다듬더니 점점 더 커져 갔다. 조금만 더 크면 거의 타고 다닐 수 있을 만하게 자랄 판이었다. 나는 마치 나무처럼 태양이 간절해졌다. 멀리서 친 천둥을 맞은 것처럼 무언가 쏟아진 느낌이 들기도 하고 귀가 먹먹해지더니 복도 전체에 잔향이 메아리쳤다. 나는 붉게 변했다가 황금빛으로 바뀌었다가 결국은 낙엽을 떨어뜨렸다. 의아한 생각이 들었다. 벌써, 가을이 온 걸까?

하지만 정말 그렇다면, 이제는 나갈 때가 된 게 아닐까라는 생각에 나는 뿌리를 거두어들이고 일단 귀를 고정하기로 했다. 나팔 소리가 들려왔다. 놀랍게도 이번엔 안장을 진 시궁쥐가 머리를 돌려서 트로텔라이너 교수 특유의 처진 눈으로 나를 바라보고 있는 것이었다. 갑자기 의심스러운 생각이 들어 나는 멈칫했다. 이 시궁쥐가 트로텔라이너 교수라면 그 위에 올라타선 안 되겠구나, 그러나 그저 트로텔라이너 교수를 닮은 시궁쥐일 뿐이라면, 그건 상관없겠지. 하지만 다시 한번 나팔 소리가 울리자 나는 시궁쥐 위에 당장 올라타 하수도 안으로 들어갔다. 역겨운 하수에 온몸을 담그고 나서야 정신이 좀 들었다. 화가 나기도 하고 더럽기도 해서 온몸을 털어 내고 나는 다시 시멘트 둑으로 올라왔다. 시궁쥐들은 마지못해 나에게 자리를 좀 내주었다. 이 쥐들은 계속해서 두 발로 걷고 있었다. 당연하지, 나는 불현듯 정신이 들었다. 이건 환각제 때문이야. 내가 나무로 여겨질 수 있으면, 이 시궁쥐들이 사람이 아니라는 법도 없지 않겠는가? 나는 더듬거리며 당장 집어 쓸 생각으로 산소마스크를 찾았다. 손에 잡히자 나는 산소마스크를 바로 얼굴에 뒤집어썼으나, 숨을 들이마시는 순간 다시 한번, 이 마스크가 진짜 마스크인지, 아니면 또 환각일 뿐인지에 대해 고민할 수밖에 없었다.

주위가 갑자기 밝아졌다. 고개를 들자 열린 맨홀 뚜껑이 보이면서 그 사이로 나타난 미군 장교가 손을 뻗쳐 나를 끌어냈다.

"빨리 올라오시오! 빨리!" 그는 소리쳤다.

"헬리콥터가 왔습니까?" 나는 깜짝 놀랐다.

"위쪽으로! 빨리 이동하시오!" 그는 소리쳤다.

다른 사람들 역시 떠나고 있었다. 나는 사다리를 올랐다.

"이제야 왔군!" 내 뒤쪽에서 스탠터가 소리를 질렀다.

위쪽은 불길 때문에 밝아 보이는 것이었다. 나는 주위를 살펴보았지만 헬리콥터는 한 대도 없었고 헬멧을 쓰고 낙하산을 멘 군인들의 모습만 보일 뿐이었다. 우리 앞으로 무슨 안장 같은 것이 떨어졌다.

"이게 뭡니까?" 나는 의아해서 물었다.

“서둘러요! 서둘러!” 장교가 소리 질렀다.

군인들은 내 몸에 그 안장 같은 것을 묶기 시작했다. ‘이건 다 환각일 뿐이야!’ 나는 생각했다.

“그렇지 않아요. 이 안엔 1인용 로켓이 들어 있어서 낙하를 가능하게 해 주지요. 꼭 잡으십시오.” 그리고 장교는 내 손에 무슨 조종 장치 같은 것을 쥐여 주었다. 내 뒤에 서 있던 병사가 등 뒤에서 끈을 꽉 조여 매었다. “좋습니다!”

장교는 내 어깨를 툭툭 치고는 등에 멘 배낭 같은 것에 무언가를 찔러 넣었다. 귀를 찢는 듯한 긴 소리가 흰 연기와 함께 배낭에서 흘러나오더니 내 다리를 감싸며 나는 이미 공중에 떠올라 있었다.

“하지만 조종할 줄 모르는데요!” 나는 뿌연 빛을 내뿜으며 검은 하늘로 뻗어 나가기 전에 소리 질렀다.

“금방 아시게 될 겁니다! 방위를 북-극-성-에-맞-추-세-요!” 아래에서 장교의 외침이 들려왔다.

나는 아래를 내려다보았다. 한때 힐튼호텔이었던 거대한 폐허 더미가 발밑에 펼쳐졌다. 그 옆에는 조그맣게 보이는 사람들 한 무리가, 더 멀리로는 핏빛 불길이 거대한 원형으로 타오르고 있었다. 그 옆에 조그마한 검은 점이 다가왔는데, 바로 펼친 우산을 들고 날아오른 트로텔라이너 교수였다. 나는 내 옆에 잡아맨 끈들이 다 제대로 되어 있는지 더듬어 확인해 보았다. 배낭은 꾸룩 꾸룩, 덜컥거리면서 쉭쉭 소리를 냈으며 아래쪽에서 나오는 연기는 점점 더 다리를 태울 듯이 뜨거워졌다. 나는 다리를 최대한 오므리다 결국은 균형을 잃고 족히 1분은 공기 중에서 무거운 팽이처럼 빙빙 돌았다. 그러고 나서 어쩌다 조종 장치를 잡고 이륙 방향을 바꾸었던지, 한순간에 평행으로 날게 되었다. 평행으로 날아가는 것은 기분 좋은 체험일 지경이었는데, 어디로 가는지만 알 수 있다면 더 좋을 것 같다는 생각이 들긴 했다. 나는 조종 장치를 이리저리 움직여 보는 동시에 발밑에 펼쳐진 풍경을 파악하려고 노력했다. 불길의 벽 위에 집들의 폐허들이 검은 이처럼 드러나고 있었다. 파랑과 빨강, 초록의 실타래 같은 불길은 땅으로부터 나에게까지 뻗쳐 와 이글이글 소리가 귀에까지 들려왔다. 아래쪽에서 나를 향해 총을 쏘고 있다는 것을 깨닫고 나는 더 빨리 날기 위해 조종간을 잡아당겼다. 배낭은 마치 고장 난 증기기관처럼 소리를 내며 뜨거운 김이 다리 위에 온통 쏟아져 내리더니 나를 마구 밀어내어 시커먼 심연 속으로 밀어 넣었다. 바람은 귓속에서 윙윙 불어왔고 주머니 속의 가위며 지갑 같은 자잘한 물건 전부가 떨어져 내리는 것이 느껴졌다. 나는 물건들을 찾아 아래로 내려가려 시도했지만 소지품들은 모두 눈앞에서 사라지고 말았다. 나는 고요한 별들 아래 홀로 있었다. 그러면서도 쉭쉭거리는 소리를 내고, 덜컹덜컹 두드리며 계속해서 날고 있었다. 방향을 맞추기 위해 북극성을 찾았는데, 그쪽으로 날아가려고 한 순간 배낭에서 마지막으로 바람이 나오더니 무시무시한 속도로 아래로 떨어져 내렸다. 천만다행으로 땅 바로 위에 어렴풋이 비치는 도로와 나무 그림자, 무슨 지붕 같은 것이 휙 지나가더니, 마지막 남은 연료 덕분인지 한순간 다시 위로 올라갔다가, 그렇게 겨우 속도를 늦춰 그런대로 부드럽게 풀밭 위로 떨어지게 되었다. 멀리 떨어지지 않은 곳에 누군가가 구멍 속에서 신음 소리를 내고 있었다. 이곳에 트로텔라이너 교수가 있다면, 정말 이상한 일일 거라고 나는 생각했다. 그리고 누군가는 바로 트로텔라이너 교수였다. 나는 교수를 부축해서 일으켜 세웠다. 그는 몸 이곳저곳을 만져 보더니, 안경을 잃어버렸다고 투덜거렸다. 그것 말고는 다 괜찮은 것 같았다. 그러더니 나에게 배낭을 몸에서 좀 풀어 달라고 부탁했다. 교수는 풀린 배낭으로 몸을 굽히더니 옆 주머니에서 무언가를 꺼냈다. 바퀴가 있는 금속 통 같은 것이었다.

"이제 당신 것도……"

내 배낭에서도 그런 통을 꺼내어 만져 보더니 교수가 소리쳤다.

"이제 갑시다!"

"그게 뭐죠? 어디로 가자는 겁니까?" 나는 물었다. 정신이 하나도 없었다.

"2인용 자전거지요. 워싱턴으로 갑니다." 교수는 아무렇지도 않다는 듯 대답했다. 벌써 발은 페달을 밟고 있었다.

'환각이야!' 나는 다시 생각했다.

"환각은 무슨!" 트로텔라이너 교수는 일축했다. "이건 낙하산 속에 다 들어 있는 겁니다."

"그렇다고 치죠. 하지만 어떻게 그런 걸 다 아셨습니까?" 나는 교수 뒷자리에 앉으며 물었다. 교수는 힘차게 페달을 밟았고 우리는 아스팔트 길이 나올 때까지 풀밭을 달렸다.

"나는 USAF에서 일하고 있어요!" 교수는 페달 밟기를 멈추지 않으며 말했다.

내 기억으로는, 워싱턴까지 가는 데는 페루와 멕시코도 건너가야 한다, 파나마 운하는 말할 것도 없지만.

"자전거로 워싱턴까지 어떻게 가요!" 나는 바람에 대고 소리쳤다.

"집합 장소까지만 가면 됩니다!" 교수도 소리쳤다.

트로텔라이너 교수는 보이는 대로의 평범한 미래학자가 아니었단 말인가? 내가 정말 황당한 일에 말려들었구나…… 워싱턴에 가면 난 무얼 하지? 나는 천천히 발을 멈췄다.

"뭐 하는 겁니까! 빨리 페달을 밟아요!" 교수는 손잡이로 몸을 숙이고는 나를 꾸짖었다.

"싫어요! 멈춰 보세요. 나는 내리겠습니다!" 나는 단호하게 말했다.

2인용 자전거는 계속 가다가 점점 느려졌다. 교수는 한 발로 땅을 딛고는 나를 비웃듯 컴컴한 주위를 가리켰다.

"마음대로 하세요. 신의 가호가 있길!"

그리고 교수는 벌써 떠나고 있었다.

"신께서 내 대신 감사를 표할 겁니다!" 나도 소리치고는 그가 떠나간 자리를 바라보았다. 뒤쪽 램프의 붉은 불빛이 어둠 속으로 사라지고 있었다. 여기가 어디인지도 모를뿐더러 나는 일단 이 상황을 생각해 보기 위해 이정표 앞에 앉았다.

무언가 다리를 찌르는 듯한 느낌이 들었다. 손으로 대충 더듬어 보니 나뭇가지 같은 것이 만져져서 부러뜨렸다. 아팠다. 이게 만약 **내 가지**라면 나는 아직도 의심할 여지 없이 환각 상태인 것이다! 제대로 확인하기 위해 몸을 굽힌 순간 불빛 같은 것이 내 위를 휙 지나갔다. 길모퉁이에서 은색의 불빛들이 쏟아져 나오면서 자동차의 거대한 그림자가 서서히 멈추더니 문이 열렸다. 안에서는 초록색, 금색, 그리고 푸른색의 계기판 불빛들과 나일론 스타킹을 신은 여자 다리 위의 매끈한 광택, 브레이크 위에 놓인 금색 가죽 속의 발, 붉은 입술을 한 검은 얼굴이 보이더니, 이 얼굴이 내 위로 굽혀 왔다. 운전대를 붙잡은 손가락 위의 다이아몬드가 빛났다.

"태워 드릴까요?"

나는 올라탔다. 너무 놀라서, 내 가지에 대해서는 잊어버리고 말았다. 눈치채지 못하게 다리를 손으로 다시 더듬어 보았다. 옹이일 뿐이었다.

"뭔가요, 이제 끝났나요?" 뒤쪽에서 낮고 육감적인 목소리가 들려왔다.

"뭐가 끝났다는 거죠?" 나는 어리둥절해서 물었다.

여자는 어깨를 으쓱했다. 거대한 자동차는 앞으로 달려 나갔다. 여자가 무언가 단추를 누르자, 차 안은 어둠에 휩싸였다. 우리 앞으로는 불 켜진 거리만이 쌩쌩 지나갔고 계기판에서는 박자가 빠른 노래가 흘러나왔다. 그러나 이 상황도 이상했다. 무언가 맞지 않는다. 손도 아니고 발도 아니다. 가지는 아니었지만 옹이였던 것이다. 그렇다!

나는 여자를 주시했다. 명백하게 아름다운 여자였다. 무언가 유혹적인, 악마적이면서도 복숭아처럼 달콤한 구석이 있었다. 하지만 치마 대신에 깃털을 입고 있었다. 타조일까? 환각인 걸까? 하기야 요즘 여성 패션에는 불가능한 것은 없긴 하다. 나는 어떻게 생각해야 될지 몰랐다. 도로는 텅 비었고, 우리는 속도계의 바늘이 끝까지 치달을 정도로 내달렸다. 불쑥 뒤쪽에서 손가락이 내 머리카락 사이를 쓰다듬었다. 나는 몸을 떨었다. 끝이 뾰족하게 다듬어진 손톱을 한 손가락이 내 목 부분을, 살해 의도를 가졌다기보다는 애무하는 듯 쓰다듬고 있었다.

"누구세요? 뭐죠?" 나는 몸을 피하려고 애썼지만 목이 움직여지지 않았다. "놔주세요!"

빛이 비추더니 커다란 집이 보이고 바퀴 밑에서는 자갈이 덜거덕거렸다. 차는 갑자기 획 방향을 틀어 인도 앞에 다다르더니 멈추었다.

내 더벅머리를 쓸던 손가락의 주인은 검은 옷을 입고 검은 안경을 낀 창백한 얼굴의 날씬한 여자였다. 문이 열렸다.

"여기가 어디죠?" 나는 물었다.

아무 말도 없이 두 여자들이 나에게 덤벼들더니 운전대를 잡고 있던 여자는 나를 밀고 뒤쪽에 있던 여자는 이미 인도에 서서 나를 잡아당겼다. 나는 차 밖으로 빠져나왔다. 집에서는 한창 사람들이 놀고 있어서 음악 소리와 술 취한 사람들의 고함 소리와 분수의 물소리가 창문의 금빛과 보랏빛 불빛과 섞이고 있었다. 입구에서 두 여자들은 내 손을 꽉 잡았다.

"나는 시간이 없어요!" 나는 소리를 질렀다.

그들은 내 말에 전혀 개의치 않는 것 같았다. 검은 옷을 입은 여자가 몸을 굽히더니 뜨거운 숨을 내 귀에 닿도록 가까이 불어 넣었다.

"후!"

"뭐라고요?"

우리는 벌써 문 앞에까지 와 있었다. 두 사람 다 웃고 있었는데, 나에게 웃음을 보이기보다는 나를 비웃는 것 같았다. 그들이 점점 더 싫어졌다. 게다가 점점 더 작아지고 있었다. 무릎으로라도 기어가고 있는 걸까? 아니다, 다리는 깃털로 덮여 있다. 나는 한시름 놓은 기분으로 스스로를 타일렀다. '이것도 결국 환각일 뿐이야!'

"무슨 환각이라는 거지? 이 바보야?" 안경 쓴 여자가 코웃음을 치며 말했다. 그러고는 검은 진주들이 박힌 핸드백을 들어 내 정수리를 아파서 소리를 지를 만큼 세게 때렸다.

“이 환각쟁이를 좀 봐!” 다른 여자가 소리쳤다. 같은 자리에 다시 한번 강한 타격이 왔다. 나는 머리를 손으로 감싸고 쓰러졌다. 눈을 떴다. 트로텔라이너 교수가 한 손에 우산을 들고 내 머리 위로 몸을 굽히고 있었다. 나는 하수도 둑 위에 누워 있었다. 시궁쥐들은 여전히 똑바로 두 줄을 지어 행진하고 있었다.

“어디가 아픈 건가요?” 트로텔라이너 교수가 물었다. “여긴가요?”

“아니, 여기……” 나는 부어오른 이마를 가리켰다.

트로텔라이너 교수는 우산을 들어 뾰족한 쪽으로 가장 아픈 곳을 푹 찔렀다.

“사람 살려요!” 나는 비명을 질렀다. “그만해요! 도대체……”

“바로 이게 살려 주는 겁니다!” 인정머리 없는 미래학자는 대답했다. “내 손에 다른 해독제는 없어요!”

“찌르지는 말란 말이에요, 제발!”

“찌르는 게 가장 확실하다니까.”

트로텔라이너 교수는 나를 다시 한번 우산으로 찌르고는 몸을 돌려 누군가를 불렀다. 나는 눈을 감았다. 머리가 지독하게 아팠다. 갑자기 누군가가 나를 번쩍 들어 올리는 것이 느껴졌다. 교수와 검정 가죽점퍼를 입은 남자가 내 겨드랑이 아래와 다리를 들어 나를 어디론가 옮기고 있었다.

“어디로 가는 거예요?” 나는 소리쳤다.

무너지고 있는 천장에서 건물의 잔해가 내 위로 계속해서 쏟아졌다. 나를 들고 가는 사람들은 어딘가 흔들거리는 널빤지 위를 걷고 있는 것만 같았다. 발이라도 헛디딜까 싶어 나는 몸을 떨었다. “나를 어디로 옮기려는 거예요?” 조그맣게 물어보았지만 아무도 대답하지 않았다. 계속해서 폭발음이 들리고 있었다. 불길로 인해 시야가 밝아졌다. 우리는 이미 바깥으로 나온 것 같았다. 제복을 입은 사람들이 하수도에서 끌어내어진 사람들을 하나하나 받아 열린 문 안으로 거칠게 집어넣고 있었다. 눈앞에 US ARMY COPTER 1109849라는 희게 칠해진 글씨가 스쳐 가고 나는 들것 위로 쓰러졌다. 트로텔라이너 교수가 헬리콥터 안으로 머리를 들이밀었다.

"티히, 미안합니다!" 그는 소리쳤다. "용서하세요! 이럴 수밖에 없었어요!"

교수 뒤에 서 있던 누군가가 손에서 우산을 빼앗아 그의 머리를 두 번 십자형으로 내리치고는 밀어버렸다. 트로텔라이너 교수가 신음 소리를 내며 내 쪽으로 쓰러지는 동안 엔진이 돌아가는 소리가 들리더니 모터 소리와 함께 기계는 하늘로 둥실 떠올랐다. 트로텔라이너 교수는 내가 누워 있는 들것 사이에 앉아 뒷머리를 어루만지고 있었다. 트로텔라이너 교수의 선의를 충분히 이해했음에도 불구하고 교수의 머리에 난 커다란 혹을 보고 만족스러운 기분이 드는 것은 어쩔 수 없었다.

"이제 우린 어디로 가는 거죠?"

"학회에 가야지요." 얼굴을 여전히 찡그린 트로텔라이너 교수가 말했다.

"학회…… 학회에 어떻게 간다는 건가요 학회는 벌써 끝났잖아요?"

"워싱턴의 개입으로 학회를 계속하게 되었습니다." 교수가 태평하게 대답했다.

"어디서요?"

"버클리에서요."

"대학 내에서 말입니까?"

"그래요. 몸에 칼이나 손톱깎이를 지니고 있진 않지요?"

"없어요."

헬리콥터가 흔들렸다. 우리가 앉아 있던 좌석은 폭발음과 화염에 휩싸여 한 명 한 명씩 끝없는 어둠 속으로 추락했다. 한참을 고통에 허우적대는데 날카로운 경보음이 들려왔다. 누군가 내 옷을 칼로 찢고 있는 것 같았다. 나는 다시 의식을 잃었다가 다시 정신을 되찾았다. 고열과 울퉁불퉁한 길에 몸이 요동쳤다. 구급차의 흰 천장이 눈에 들어왔다. 내 옆에는 미라처럼 온통 붕대로 동여맨 긴 형체가 누워 있었다. 옆에 묶인 우산 때문에 나는 그것이 트로텔라이너 교수임을 알아보았다. 나는 살았구나…… 퍼뜩 생각이 들었다. 우리가 산산조각으로 부서지지는 않았다니, 다행이었다. 갑자기 우리가 타고 있던 구급차가 끼익 하는 바퀴 소리와 함께 급커브를 틀더니 뒤집어졌다가 차체는 화염과 폭발음에 휩싸였다. 또? 다시 암흑과도 같은 망각에 빠지기 전 머릿속에 든 마지막 생각은 또인가……였다. 눈을 떠보니 이번에는 머리 위로 유리로 된 돔이 씌워져 있었다. 흰색 옷을 입고 마스크를 쓴 사람들이 팔을 마치 사제들처럼 올리고 낮은 목소리로 이야기를 나누고 있었다.

"네, 이게 티히였어요." 나에게도 소리가 들려왔다.

"여기, 병에 넣어요. 아니, 아니, 뇌만. 다른 것들은 안 되겠는데. 이제 마취제를 놓아요."

솜으로 둘러싸인 니켈로 된 둥근 테가 눈앞을 가렸다. 나는 소리를 질러 도움을 청하고 싶었지만 매운 기체만을 들이마시고 다시 한번 심연으로 떨어지고 말았다. 재차 정신이 들었을 때, 이번에는 전신이 마비된 것처럼 눈을 뜰 수도, 손발을 움직일 수도 없었다. 온몸을 엄습하는 고통에도 불구하고 나는 다시 한번 몸을 움직이려고 해 보았다.

"가만히 있으세요! 그렇게 몸을 움직이시지 말고요!"

상냥하고도 음악적인 목소리가 들려왔다.

"뭐라고요? 여긴 어디죠? 도대체 무슨……?" 나는 말을 겨우 내뱉었다. 나는 전혀 다른 입과 얼굴을 가지고 있었다.

"환자분은 지금 요양원에 계세요. 모두 잘되었으니 걱정 마세요. 이따 먹을 것을 가져다드릴 거예요……"

하지만 무얼로…… 나는 그렇게 대꾸하고 싶었지만 바로 사각사각 소리가 들려왔다. 붕대 전체가 내 얼굴에서 떨어져 나갔다. 주위가 밝아졌다. 덩치 좋은 남자 간호사 두 명이 조심스럽게, 하지만 팔 아래를 꽉 잡고 다리를 똑바로 해서 들었다. 간호사들의 덩치에 나는 놀라고 있었다. 그들은 나를 휠체어에 앉혔다. 내 앞에는 맛있어 보이는 닭고기 수프가 김을 내고 있었다. 나는 기계적으로 숟가락을 향해 손을 뻗었는데, 숟가락을 잡은 나의 손이 작고 칠흑처럼 검은빛이었던 것이다. 나는 손을 눈 쪽으로 들어 올렸다. 내가 원하는 대로 움직일 수 있다는 것으로 짐작건대, 이건 내 손이 분명했다. 하지만 매우 심하게 변한 것이다. 이 현상의 원인을 물어보고 싶어 일어선 순간 반대쪽 벽에 걸려 있던 거울에 시선이 꽂혔다. 휠체어 위의 젊고 아름다운 흑인 여성이 붕대를 감은 채 잠옷을 입고 앉아 놀란 표정으로 거울을 응시하고 있었다. 나는 코를 만져 보았다. 거울 속의 여자 역시 똑같은 행동을 했다. 얼굴과 목을 문질러 보다가는 가슴까지 손이 닿았다가 문득 나는 공포에 사로잡혀 비명을 질렀다. 비명 소리도 가느다랬다.

"하느님 맙소사!"

간호사는 거울을 가려 놓지 않았다고 누군가를 책망했다. 그러더니 내게로 고개를 돌렸다.

"이욘 티히 씨, 맞죠?"

"네, 그러니까…… 맞는다고요! 맞아요! 하지만 그게 무슨 소용이죠? 이 여자는, 이 흑인 여자 말입니다!"

"이식이에요. 다른 방법이 없었어요. 티히 씨의 생명을 구하기 위한 조치였다고요. 환자분을 구하기 위해서, 그 말은, 티히 씨의 뇌를 구하기 위해서요!" 간호사는 내 양팔을 붙잡고, 재빨리, 하지만 명확하게 말했다. 나는 눈을 감았다가 다시 떴다. 쓰러질 것만 같았다. 외과 의사가 머리끝까지 화가 난 기색으로 들어와 소리쳤다.

"이게 무슨 일이요! 환자가 충격을 받을 수 있단 말이오!"

"이미 충격은 받았어요." 간호사가 대꾸했다. "시먼스 때문이에요, 교수님. 제가 거울을 가려 두라고 시켰는데……"

"충격을 받았다고? 그럼 더 이상 기다릴 필요가 없지. 자, 수술실로!" 교수가 소리쳤다.

"싫어요! 수술은 지긋지긋해!" 나는 소리쳤다.

아무도 내 새된 비명에 아랑곳하지 않았다. 흰색 거즈가 눈과 얼굴에 덮였다. 벗어나려고 몸부림을 쳐 보았지만 소용없었다. 병원 침대의 고무바퀴가 바닥을 구르는 것이 느껴졌다. 그러다가 큰 소리와 함께 날카로운 소음을 내며 유리 같은 것이 깨졌다. 화염과 폭발음이 병원 복도를 메웠다.

"시위대가 왔다! 시위대야!" 누군가 소리를 질렀고 달아나는 사람들 아래 깨진 유리가 버석거렸다. 나는 몸을 감싸고 있는 붕대를 찢고 싶었지만 할 수가 없었다. 옆구리에 찌르는 듯한 통증을 느낀 후, 나는 바로 의식을 잃었다.

정신이 들었을 때 나는 단 과일 음료 속에 있었다. 충분히 설탕을 넣지 않은 크랜베리 과즙 같았다. 나는 배를 아래로 하고 누워 있었는데, 무언가 크고 부드러운 것이 나를 누르고 있었다. 나는 그것을 밀어냈다. 그것은 매트리스였다. 벽돌의 잔해가 무릎과 손등에 박혀 들었다. 나는 크랜베리 씨와 모래를 같이 뱉어 내고 두 손을 짚고 일어났다. 격리실은 마치 폭격을 맞은 것처럼 보였다. 창틀조차 벽체에서 튀어나와 있었고 조각나지 않은 유리창들은 바닥 쪽으로 삐쭉한 이빨들을 드러내고 있었다. 거꾸로 뒤집힌 침대 틀은 시커멓게 그을려 있었다. 내 옆에, 온통 크랜베리 과즙이 묻은 두꺼운 보고서 같은 것이 놓여 있었다. 나는 그 종이 뭉치를 집어 들고 읽기 시작했다.

(이름, 성) 환자분께!

현재 환자분께서는 실험 병동에서 치료 중이십니다. 환자분의 생명을 구하기 위해 취해진 조치는 심각한—매우 심각한 (필요한 곳에 표시를 하게 되어 있다)입니다. 우리 병원의 가장 뛰어난 의료진이 최첨단 의학 기술을 동원해 환자분께 첫 번째-두 번째-세 번째-네 번째-다섯 번째-여섯 번째-일곱 번째-여덟 번째-아홉 번째-열 번째의 (표시할 자리) 수술을 마쳤습니다. 우리 의료진은, 환자분을 위해 어쩔 수 없이 환자분의 신체 기관 일부를 국회법령 1989/0001/89/1에 의거하여 타인의 신체 기관 일부로 대체해야만 하였습니다. 지금 환자분께서 읽고 계시는 이 정보는, 환자분께서 새로이 직면할 삶의 조건에 최대한 적응하실 수 있도록 돕기 위해 쓰인 것입니다. 우리 의료진은 환자분의 생명을 구하는 데 성공했으나 그 목적을 위해 손과 발, 척추와 머리뼈, 목과 배, 신장, 간, 그리고 다른 기관들 (표시할 자리)를 제거할 수밖에 없었습니다. 환자분 이전 신체의 일부가 어떻게 처리되었는지에 대해서는 마음을 놓으셔도 됩니다. 환자분의 종교와 소망에 따라 우리는 신체 기관들을 매장하고, 화장하고, 미라로 만들거나 그 재를 공중에 뿌리고, 유골함에 그 재를 담거나 축복을 받거나 쓰레기통에 버리거나 (표시할 자리) 하였습니다. 이제부터 환자분이 그 안에서 행복하고 건강하게 살아갈 몸에 대해, 환자분께서는 조금 놀랄 수도 있겠지만, 다른 많은 환자분들처럼 금방 익숙해지실 거라고 생각합니다. 우리는 환자분의 신체 기관들을 우리에게 주어진 가장 훌륭한, 기능적인, 충분히 쓸 만한 (표시할 자리) 기관들로 대체하였습니다. 우리 병원은 이 기관들의 유효기간을 1년, 6개월, 3개월, 3주, 6일 (표시할 자리)로 보증하며, 환자분께서는 이러한 사정을 이해……

여기서 문서는 찢어져 있었다. 그제야 종이 뭉치의 맨 위쪽에 대문자로 IJON TICHY 수술 6, 7, 8 합이라고 쓰여 있는 것이 눈에 띄었다. 문서를 잡은 손이 떨려 왔다. 하느님 맙소사, 나에게 남아 있는 것은 뭐지? 갑자기 내 손가락을 쳐다보는 일조차 무서워졌다. 손등 위에는 굵고 붉은 털이 숭숭 나 있었다. 나는 온몸을 떨었다. 벽을 잡고 일어났지만 현기증이 엄습했다. 가슴은 없었다. 다행이었다. 정적만이 감돌고 있었다. 창밖에는 무슨 새 같은 것이 지저귀고 있었다. 꼭 지금 이 시점에 지저귀어야 하는 건가! 합이라니, 도대체 합은 무은 뜻이지? 나는 누굴까? 이욘 티히. 그것만은 확실했다. 그렇다면? 우선 나는 다리를 만져 보았다. 두 다리가 있긴 했지만 X자 모양으로 휘어진 것 같았다. 배—는 너무 튀어나와 있었다. 배꼽에 손가락을 집어넣으니 무슨 우물처럼 쑥 들어갔다. 지방질이 출렁거렸다…… 맙소사! 대체 무슨 일이 일어난 거지? 헬리콥터, 그렇다. 헬리콥터가 격추된 걸까? 구급차. 폭탄이거나 지뢰였을 것이다. 그리고 나, 그 작은 흑인 여자, 그리고 다시 시위대, 복도, 다시 폭탄? 그렇다면 그 여자는? 그리고 또다시…… 그렇다면 지금 이 폐허와 먼지는 뭐지?

나는 소리쳤다. "여보세요! 거기 누구 있어요?"

깜짝 놀라 나는 입을 다물었다. 내 목소리는 아주 훌륭했다. 오페라 가수 같은 베이스가 주위를 메아리처럼 울리고 있었다. 거울을 꼭 봐야만 했지만, 일단 너무 두려웠다. 손을 뺨에 올려 보았다. 맙소사! 두꺼운, 양털 같은 수염이라니…… 나는 몸을 낮춰 턱수염을 바라보았다. 환자복 가슴 반을 삐쭉삐쭉한, 불타는 듯 빨간 수염이 덮고 있었다. 아헤노바르부스*가 따로 없군! 뭐, 면도를 하면 되니까…… 나는 테라스로 나갔다. 새는 아직도 지저귀고 있었다. 젠장. 포플러, 플라타너스, 덤불들…… 이건 무슨 정원인가? 병원 뜰일까? 벤치 위에는 누군가 바지 밑단을 걷어 올리고 일광욕을 하고 있었다. 나는 소리쳤다.

"이봐요!"

그가 몸을 돌렸다. 이상하게도 본 것만 같은 얼굴이었다. 나는 눈을 깜빡였다. 저 사람은, 아니, 나 아니야! 나는 한달음에 밖으로 나

* 로마 공화정 시대에 붉은 수염과 머리로 유명했던 귀족 집안으로 아헤노바르부스Ahenobarbus란 라틴어로 구릿빛 털이라는 뜻이다.

갔다. 숨을 거칠게 몰아쉬며, 나는 나 자신을 바라보고 있었다. 의심의 여지 없이, 그것은 바로 나였다!

"뭘 그렇게 보시죠?" 그는 불안한 어조로, 내 목소리로 말했다.

"대체 어디서…… 당신은……" 나는 말을 더듬었다.

"당신은 누구시죠? 도대체 누가 당신에게……"

"아하! 바로 당신이로군!"

그는 자리에서 일어났다.

"나 트로텔라이너입니다."

"그런데 도대체 왜, 맙소사, 도대체 왜…… 누가……"

"나도 일이 이렇게 된 것과는 연관이 전혀 없어요." 그는 심각하게 대답했다. 내 입술이 그 위에서 떨리고 있었다. "그 히피들이 여길 쳐들어온 거예요. 시위대가…… 그리고 폭탄이…… 당신이나 나나 거의 희망이 없는 상태였어요. 내가 바로 당신 옆 격리실에 누워 있었으니까."

나는 폭발했다.

"희망이 없다니! 지금 내가 보고 있는 건 뭔가요! 도대체 어떻게!"

"나도 혼수상태였단 말입니다! 맹세해요! 집도의였던 피셔 박사가 설명해 주기를 일단 가장 상태가 좋은 신체 기관을 취했는데, 내 차례가 되었을 때 남은 것이라곤……"

"감히 그게 무슨! 지금 내 몸을 취한 것으로도 부족해서 불평까지 하는 겁니까?"

"싫다고 하는 건 아니고 그냥 나는 피셔 박사의 말을 옮긴 것뿐이에요! 의료진은 아무짝에도 쓸모가 없을 거라고 판단했지만—그리고 박사는 자기 가슴을 손가락으로 가리켜 보였다—일단 더 나은 선택이 없어서 살려는 놓았다고 해요. 그때 당신은 이미 다른 이식이……"

"내가……?"

"그래요. 당신 두뇌 말이에요."

"그럼 이건 누구인가요? 내 말은, 누구였다는 말인가요?" 나는 나 자신을 가리켰다.

"시위대 중 한 명이지요. 무슨 대장급이었던 것 같습니다. 화기를 잘 다룰 줄 몰라서, 뇌에 화약 조각이 박히고 말았다고 들었어요. 뭐, 그러니까……" 트로텔라이너는 내 어깨를 으쓱해 보였다.

나는 온몸을 떨었다. 이 몸에 익숙지 않아서, 도대체 어떤 태도를 가져야 하는지 감이 잡히지 않았다. 일단 이 몸은 구역질이 났다. 이렇게 두꺼운, 네모난 손톱이라니, 전혀 지적으로는 보이지 않았다.

"그럼 이제 어떻게 되는 거죠?" 나는 교수 옆에 앉으며 희미한 목소리로 물었다. 다리가 후들거렸다. "거울 있어요?"

그는 주머니에서 거울을 꺼냈다. 황급히 거울을 빼앗아 들고, 나는 탐욕스럽고 커다란, 부어오른 눈과 튀어나온 코, 치열이 엉망인 이와 두 턱으로 늘어진 얼굴을 보았다. 얼굴 아랫부분은 붉은 수염에 온통 감싸여 있었다. 거울을 치우면서 나는 다시 한번 교수가 무릎과 허벅지를 태양 빛에 노출하고 있는 것을 보고 바로 내 피부는 햇빛에 민감하다고 경고하려다 이를 악물고 말았다. 일광욕을 하다 화상을 입건 말건, 교수의 문제이지 이미 내 문제는 아닌 것이다.

"이제 난 어디로 가는 걸까?" 생각이 입 밖으로 나오고 말았다.

트로텔라이너는 생기가 돌았다. 그의(그의?!) 이해심 많은 눈길이 내(내?!) 얼굴 위에 머물렀다.

"일단 아무 데도 가지 마세요! 그 사람은 테러리스트로 분명 FBI와 경찰에 쫓기고 있었을 테니. 현상 수배에 사살 명부까지 돌아다닌답디다."

나는 몸을 떨었다. 이런 일까지 당해야 하다니. 맙소사, 혹시 이건 환각은 아닐까? 나는 생각했다.

"아니요!" 트로텔라이너 교수가 부정했다. "이건 사실이에요, 명백한 현실이란 말입니다."

"왜 이 병원은 이렇게 텅 비어 있는 거죠?"

"모른단 말이에요? 아, 혼수상태였지…… 파업 중입니다."

"의사들이?"

"그래요. 모든 의료진이 함께 파업을 하고 있지요. 극단주의자들이 피셔 박사를 납치해서 당신과 교환하기를 원하고 있습니다."

"나와?"

"그렇습니다, 물론 그들은, 이미 그가 그가 아니고 이욘 티히라는 사실을 모르지요……"

머리가 터질 것만 같았다. 나는 쉰 저음으로 말했다.

"죽어 버리겠어요!"

"별로 좋지 못한 생각 같습니다만. 다시 또 당신을 다른 데에 넣어 버리라고?"

나는 이것이 환각이 아니라는 것을 확신하기 위해 미친 듯이 머리를 굴려야 했다. 그러고는 말했다.

"만약 그렇다면……"

"뭐가?"

"만약 당신을 내가 몰아낼 수만 있다면 말이에요, 그럼 어떻게 하겠어요?"

"몰아…… 뭐라고? 당신 미쳤어요?"

나는 교수를 눈으로 가늠하고는 온몸의 힘을 다해 교수의 등 위로 뛰어올라 함께 도랑으로 빠졌다. 도랑의 진창 때문에 거의 숨이 막힐 뻔했지만, 이 안도감이란! 다시 도랑 위로 올라왔을 때 시궁쥐들은 이미 그 수가 줄어 있었고, 어디론가 가 버린 것 같았다. 네 마리밖에 남지 않았다. 시궁쥐들은 깊은 잠에 빠져 있는 트로텔라이너 교수의 무릎 아래서 브리지를 치고 있을 뿐이었다. 환각제의 높은 농도를 고려해 본다고 하더라도, 시궁쥐들이 카드놀이를 한다는 것이 말이 되는 일일까? 나는 가장 살찐 놈의 어깨 너머로 카드를 넘겨다보았다. 전혀 말이 되지 않게, 카드 순서를 엉망으로 잡고 있었다. 이건 브리지라고 할 수 없어! 그럼 그렇지…… 나는 안도의 한숨을 내쉬었다.

하지만 나는 만일의 경우를 대비하여 하수구에서 꼼짝도 하지 않기로 굳게 마음먹었다. 각종 구조의 시도에는 다 질렸다. 최소한 지금 당장은 말이다. 다음번엔 확실한 증거를 요청하겠다. 다음번엔 또 뭘 보게 될지 어찌 알겠는가. 나는 얼굴을 문질렀다. 수염도 없고 가면도 씌워져 있지 않았다. 이게 무슨 일이지?

트로텔라이너 교수는 눈도 뜨지 않은 채 말했다. "나로 말하자면…… 나는 양심이 있는 여자고 당신이 그걸 염두에 두었으면 좋겠군요."

그러고는 마치 자기 말을 자기가 열심히 듣는 듯 귀를 쫑긋 세우더니 다시 덧붙였다.

"내 경우로 말씀드리면, 괜히 고결한 척하는 것도, 폼을 잡는 것도 아니고 진심이에요. 내게 손을 대지 말아 주세요. 계속 이러신다면 나는 스스로 목숨을 끊을지도 몰라요."

나는 짐작했다. 교수도 다시 하수도 안으로 들어가고 싶구나. 나는 마음이 좀 편안해져서 계속해서 교수의 말을 듣고 있었다. 교수가 환각을 일으킨다는 것이 마치 내가 환각에 빠져 있지 않다는 증거처럼 보였다. 교수는 말하고 있었다.

"물론 노래를 부를 순 있죠. 노래 한 곡 하는 게 대수인가요? 반주 좀 해 주실래요?"

그러나 교수의 경우 환각에 빠져 있으면서도 충분히 이야기는 할 수 있는 것으로 보였다. 그렇다면 이것도 안심할 수는 없다. 일단 올라타고 볼까? 하지만 트로텔라이너 교수 위에 올라타지 않아도 충분히 하수도 안으로 들어갈 수는 있는 것이다.

"내 목소리가 좀 이상하네요. 엄마가 기다리고 계세요. 데려다주지는 마세요!" 교수가 단호하게 말했다. 나는 일어나 사방에 전등을 비춰 보았다. 시궁쥐들은 이미 없었다. 스위스에서 온 미래학자들은 벽 바로 밑에서 코를 골며 자고 있었고 공기를 불어 넣은 소파 위에서는 힐튼호텔 관리부와 기자들이 뒤섞여 자고 있었다. 사방에 닭 뼈와 빈 맥주 깡통이 널려 있었다. 이게 환각이라면, 너무 사실 같은 거 아니야? 나는 혼잣말을 했다. 환각이 아니라는 사실을 확신하고 싶었다. 나는 이제 확실한, 다시는 취할 수 없는 현실 세계로 돌아가고 싶다. 그런데 저 위쪽에서는 무슨 일이지?

폭탄, 아니 **인류애탄**의 폭발음이 멀리서 먹먹하게 가끔씩 울렸다. 가까이에서는 물 튀기는 소리가 크게 들려왔다. 검은 물의 수면이 갈라지더니 트로텔라이너 교수의 찡그린 얼굴이 드러났다. 나는 교수에게 손을 뻗었다. 교수는 물가로 올라와 온몸을 떨고는 말했다.

"말도 안 되는 꿈을 꾸었어요."

"여자 꿈 말인가요?" 별로 원하지는 않았으나 이렇게 물었다.

"젠장! 그렇다면 아직도 내가 환각 상태인가?"

"왜 그런 생각을 하는 거죠?"

"환각 상태일 때만 다른 사람이 내 꿈 내용을 아는 것이란 말입니다."

"난 당신이 말하는 걸 들었을 뿐이에요. 그건 그렇고, 전문가로서 도대체 사람이 지금 환각 상태인지, 건강한 상태인지 정확히 알 수 있는 과학적인 방법은 없나요?"

"나는 항상 각성제를 들고 다닙니다. 봉지는 이미 젖었지만, 빨아서 먹는 건 괜찮을 것 같군요. 일단 각성제를 먹으면 환상이며 환각이며 악몽 상태를 중지는 시켜 주지요. 하나 드릴까요?"

"제발 그렇게만 된다면," 나는 우물거렸다. 하지만 각성제조차도 환각의 일부라면 듣지 않겠지.

"만약 지금 우리가 환각 상태라면 깨어나면 되고, 아니라면 아무 일 없을 것 아닙니까." 트로텔라이너 교수는 자기 입속으로 흐릿한 분홍빛의 빨아서 먹는 알약을 집어넣으며 말했다. 나 역시 교수가 건네는 다 젖어 버린 봉투에서 알약을 꺼냈다. 혀 위에서 목 속으로 미끄덩거리며 넘어왔다. 갑자기 우리 위에서 굉음이 나며 하수도가 열리면서 낙하 헬멧을 쓴 머리가 나타나 소리를 질렀다.

"빨리요! 위로 올라오세요! 갑니다! 빨리, 일어나세요!"

"헬리콥터인가요 아님 낙하산인가요?" 나는 물었다. "나를 떠밀든지 말든지 마음대로 하세요, 중위."

그리고 나는 팔을 펼쳐 몸 위에 십자로 두르고는 벽 아래 앉았다.

"미쳤습니까?" 군인은 사다리를 오르는 트로텔라이너 교수에게 소리를 지르고는 움직였다. 스탠터는 나를 들어 올리려고 내 어깨를 잡으며 힘을 썼지만 나는 손을 뿌리쳤다.

"여기 남고 싶다면 마음대로 해요!"

"그게 아니에요, 신의 가호가!" 나는 스탠터의 말을 받았다. 사람들은 하나둘씩 하수도관의 뚜껑 속으로 사라졌다. 번쩍이는 화염이 보이고, 명령을 내리는 고함 소리가 들려오더니 먹먹한 호각 소리가 울려 퍼졌다. 나는 이들이 배낭처럼 생긴 비행 장비를 메고 날아갔다는 것을 깨달았다. 이상한 일이었다. 이게 무슨 뜻일까? 내가 **이들을 위해** 환각을 보고 있는 걸까? *이들 대신에*? 이렇게 세상이 끝날 때까지 나는 이 자리에 앉아 있는 걸까?

그럼에도 불구하고 나는 한 발자국도 움직이지 않았다. 하수도관 뚜껑이 큰 소리를 내며 닫혔고 나는 혼자 자리에 남아 있었다. 바닥에 놓인 손전등이 천장에 비추는 희미한 빛만이 주위를 밝혔다. 두 마리의 시궁쥐가 나타났는데, 꼬리가 꼼꼼하게 땋아져 있었다. 이게 뭐지? 나는 스스로에게 물었다. 묻지 않는 편이 나을 것 같았다.

하수도관 속에서 무엇인가가 움직였다. 이번엔 또 무슨 일일까, 나는 생각했다. 끈끈한 수면 위가 움직이는 듯하더니 검은색으로 반짝이는 다섯 명의, 물안경과 산소마스크를 쓰고 손에는 무기를 든 잠수부들이 나타났다. 잠수부들은 한 명씩 물가로 뛰어 올라오더니 일부러 위협적으로 물갈퀴를 바닥에 치며 내 앞으로 다가왔다.

"¿아블라 우스테드 에스파뇰?" 첫 번째 잠수부가 머리에서 마스크를 끌어 내리며 물었다. 까무잡잡한 얼굴에 콧수염이 나 있었다.

"아뇨." 나는 고집스럽게 대답했다. "하지만 당신 영어 하잖아요?"

"뻔뻔한 놈이네." 콧수염이 난 잠수부가 옆 잠수부에게 말했다. 마치 명령이라도 하달받은 것처럼 잠수부들은 모두 마스크를 벗고 나에게 총을 겨누었다.

"하수도 안으로 뛰어들어야 하나요?" 나는 희망적으로 물어보았다.

"벽 앞으로 서! 손 높이 들고!"

갈비뼈 바로 옆으로 총신이 찌르고 들어왔다. 환각치고는 너무 정확한 거 아니야? 총은 젖지 않도록 전부 비닐로 싸여 있기까지 했다.

"이놈들 여기 더 있었는데." 콧수염이 옆의 검은 머리에게 말했다. 검은 머리는 담뱃불을 붙이려고 애를 쓰고 있었다. 이놈이 대장 같았다. 잠수부들은 근처에 조명을 밝히곤 깡통을 소리 내어 걷어차고 소파를 뒤집어엎더니 장교 같은 놈이 이야기를 시작했다.

"무기는?"

"조사해 봤는데 없습니다, 대장님."

"손 내리면 안 될까요?" 나는 벽 밑에서 물었다. "졸려서요."

"음…… 안 돼! 기다려!" 장교로 보이는 사람이 연기를 내뿜으며 말했다.

내 앞으로 허벅지를 흔들며 다가오는 장교의 허리에는 줄에 꿰어진 금반지들이 줄줄이 묶여 있었다. 너무 현실적인데, 나는 생각했다.

"다른 놈들은 어디 있나?" 그는 물었다.

"나한테 묻는 건가요? 모두 하수도관 뚜껑 속으로 환각이 되어서 사라졌어요. 아시잖아요."

"정신 나간 놈이에요, 대장님. 관두십시오." 콧수염이 이렇게 말하고는 비닐 속으로 총의 안전장치를 풀었다.

"그렇게 하면 안 돼." 대장이 말했다. "그렇게 하면 비닐에 구멍이 뚫리잖아. 그럼 비닐을 또 어디서 구하라고, 이 바보 놈아. 칼로 처리해."

"내가 끼어들어도 된다면, 나는 총알 쪽이 좋은데요." 나는 보이지 않게 손을 조금 내리며 말했다.

"칼은 누가 가지고 있지?"

칼을 찾기 시작했다. 물론 아무도 칼을 가지고 있지 않았다. 나는 생각했다. 칼이 있었다면 너무 빨리 끝날 거 아냐. 대장은 담배꽁초를 시멘트 둑 위에 던져 버리더니 물갈퀴 끝으로 겨우 짓밟아 끄고는 침을 뱉고 나서 말했다.

"끝내 버려. 가자."

"네, 빨리 좀 해 주세요!" 나는 열성적으로 말했다.

잠수부들은 이상하다는 표정으로 내 옆으로 다가왔다.

"왜 이렇게 세상을 떠나려고 안달이야? 이놈 서두르는 것 좀 봐요! 그냥 손가락이랑 코 정도만 부러뜨려 줄까요?" 한 놈이 다른 놈에게 말했다.

"아뇨! 한 번에 끝내 주세요! 봐주지 말고! 당장요!" 나는 그들을 부추겼다.

"물속으로 들어가!" 대장이 명령했다. 마스크를 끌어 올린 대장은 몸의 허리띠를 풀더니 안주머니에서 펑펑한 리볼버를 꺼내어 총신을 후 불고는 싸구려 영화의 카우보이처럼 공중에 한 바퀴를 돌리고 나서 내 등을 향해 쏘았다. 몸통에 끔찍한 통증이 전해져 왔다. 나는 벽 쪽으로 물러나기 시작했다. 그러자 대장이 내 목을 잡고 머리를 위로 향하게 한 다음 다시 한번, 너무 가까워서 눈앞이 뿌옇게 될 정도의 거리에서 쏘았다. 바로 정신을 잃어서 소리는 들리지 않았다. 다음 순간 나는 완전한 어둠 속에서 숨 막힌 상태로 오랫동안 놓여 있었다. 무언가 나를 잡더니, 던지는 것 같았다. 구급차나 헬리콥터는 아니어야 할 텐데, 그렇게 생각한 순간 갑자기 어둠이 더욱더 깊어지는 것 같았다. 그 어둠은 결국은 완전히 퍼져 나가, 그렇게 아무것도 남지 않았다.

눈을 뜨자 나는 깨끗하게 정돈된 침대 위에 있었다. 방의 창은 좁았고 광택이 나는 흰 칠이 되어 있었다. 나는 뭐라도 기다리는 듯 멍하게 문을 바라보았다. 내가 어디에 있는 것인지, 어떻게 이곳에 오게 되었는지 전혀 알 수가 없었다. 발에는 평평한 슬리퍼가 신겨져 있었고 몸에는 줄무늬 파자마가 입혀져 있었다. 이건 좀 새로운데, 하지만 별로 흥미롭게 여겨지지는 않았다. 문이 열렸다. 흰 가운을 입은 젊은이들에 둘러싸여 수염에 짧게 깎은 회색빛 머리를 한, 금테 안경을 쓴 의사가 나타났다. 한 손에는 고무망치를 들고 있었다.

"아주 흥미로운 환자입니다. 아주아주 흥미로운 경우죠. 이 환자는 4개월 전 고농도의 환각제에 노출되었습니다. 이미 효력은 사라진 지 오래지만 이 환자는 그 사실을 믿지 못하고 자기가 보고 있는 모든 것을 환각이라고 생각하고 있지요. 정신이상 상태에서 점령당한 궁전의 하수도를 이용해 도망치던 디아스 장군의 병사들에게 총을 쏴 달라고 부탁했을 정도니까요. 죽게 된다면 환각에서 깨어날 거라고 생각했던 겁니다. 세 번의 대수술 덕분에 목숨은 건졌습니다. 심장 쪽에서 탄환 두 발을 꺼냈지요. 그리고 아직도 환각 중이라고 생각하고 있습니다."

"정신분열증인가요?" 옆에 몰린 학생들을 뚫고 나오지 못하고 어깨 너머로 나를 보기 위해 까치발을 들고 서 있던 키 작은 여학생이 가느다란 목소리로 물었다.

"아니요. 환각제들의 영향으로 새로 생긴 정신병적 반응입니다. 전혀 희망이 없는 경우지요. 예후가 좋지 않아 우리는 이 환자를 유리화하기로 하였습니다."

"정말인가요, 교수님?" 여학생은 흥분을 감추지 못하는 듯 보였다.

"네. 현재에 희망이 보이지 않는 경우에 40년에서 70년까지 냉동시킬 수 있습니다. 이런 환자 한 명 한 명이 지금까지의 증세를 정확히 기록한 쪽지와 함께 듀어병* 같은 진공 용기에 들어가는 거지요. 새로운 의학적 발견과 기술의 발전을 통해 이런 환자가 회생의 가능성이 있을 때 깨우는 겁니다."

"당신은 냉동되는 것에 동의하세요?" 두 명의 키 큰 학생들 사이에 얼굴을 들이밀고 여학생이 나에게 물었다. 두 눈은 학문적 관심으로 빛나고 있었다.

"나는 환영과는 이야기하지 않습니다." 나는 고집을 피웠다. "당신 이름이 뭔지는 알려 드릴 수 있어요. 환녀겠죠."

문이 닫혔지만 여학생의 목소리가 여전히 들려왔다. "차가운 잠이라니! 유리화라니! 이건 시간 여행 아닌가요? 너무 낭만적이에요!" 나는 이 여학생의 의견에 동의하지 않았지만, 이런 가공의 현실에 굴복하는 방법밖에는 아무것도 남아 있지 않은 것 같았다. 다음 날 저녁, 두 명의 남자 간호사들이 나를 수술실로 데려갔다. 수술실에는 나오는 김만 들이마셔도 온몸이 얼어붙을 듯한 액체가 가득 찬 유리로 된 풀장이 마련되어 있었다. 몇 대나 주사를 맞고 나는 수술대 위

* 보온병. 영국 스코틀랜드의 화학자 겸 물리학자인 제임스 듀어(1842~1923)가 발명한 것으로, 그의 이름을 붙여 부르기도 한다.

에 놓였다. 튜브를 통해 내 안으로 단맛이 도는 투명한 액체가 흘러 들어 왔다. 둘 중 나이 많은 간호사가 설명하기를, 글리세린이라고 했다. 친절한 사람이었다. 나는 그를 환남이라고 이름 지었다. 내가 이미 졸기 시작했을 때, 그는 내 위로 몸을 굽히고는 귓속에 대고 소리를 질렀다. "잘 깨어나세요!"

나는 그에게 대답을 할 수도, 손가락을 움직일 수도 없었다. 계속, 아마 몇 주는 되었을까? 나는 그들이 내가 의식을 잃기 전에 차가운 풀장 안으로 나를 밀어 넣을까 걱정하고 있었다. 약간은 서두른 것 같기도 했다. 왜냐하면 내가 이 세상에서 마지막으로 들은 소리는 내 몸 전체가 풀장에 담겼을 때 철썩하는 액체질소 소리였기 때문이다. 듣기 좋지 못한 소리였다.

*

아무것도.

*

아무것도.

*

아무것도, 아무것도 없다.

*

무언가 있는 것 같긴 하지만, 그럴 리가. 아무것도 없다.

*

아무것도 없다. 나조차도 없다.

*

앞으로 얼마 동안이나? 아무것도 없다.

*

무언가 있는 것 같더라도, 확실치는 않다. 정신을 집중해야겠다.

*

무언가 있지만, 그다지 많지는 않다. 이런 경우가 아니라면, 아무것도 없는 것이라고 말할 것이다.

*

희고 푸르게 빛나는 빙하. 모든 것이 얼음으로 되어 있다. 나 역시 마찬가지다.

*

빙하는 아름답다. 이렇게 춥지만 않았다면.

*

빙하로 된 바늘들, 그리고 눈의 결정. 북극. 입까지 얼어붙었다. 뼛속으로 찔러 대는 창. 뼈 따위는 없다. 깨끗하고 투명한 얼음뿐이다. 단단히 얼어붙어 있다.

*

냉동. 나는 냉동되어 있다. 하지만 '나'란 무엇일까?

*

이렇게 추워 본 적은 처음이다. '내'가 무엇인지 몰라서 다행이다. 나? 내가 누구에게 나인가? 얼음에게? 얼음산에는 구멍이 있을까?

*

나는 햇빛에 반짝이는 겨울 콜리플라워다. 봄이 왔다! 모든 것이 녹고 있다. 나도 녹고 있다. 입안에 있는 것은 고드름, 아니면 혀.

*

혀가 맞았다. 나를 피곤하게 한다. 입속에서 굴러다니고, 부서지고, 핥고, 그리고 때리기까지 한다. 나는 비닐로 된 주머니 밑에 놓여 있고 내 위에는 전등불이 있다. 아, 이래서 콜리플라워라고 생각했구나. 나는 정신이 없는 것이 확실하다. 흰색, 모든 것이 흰색이다. 하지만 이것은 벽이다. 눈이 아니다.

*

나를 해동시켰다. 나는 고마움에 일기 쓰기를 결심했다. 손이 녹아서 펜을 잡을 수만 있다면 말이다. 눈앞에서는 아직도 얼음 무지개와 푸른색 번쩍임이 어른거린다. 엄청나게 춥지만, 이제 몸을 따뜻하게 할 수도 있다.

7월 27일. 나를 3주 동안 해동시킨 것 같다. 무슨 문제가 있었다고 한다. 나는 침대에 앉아 쓰고 있다. 나는 낮에는 큰 방을 쓰고 밤에는 작은 방을 쓴다. 나를 간호하는 것은 은색 마스크를 쓴 젊고 아름다운 여자들이다. 이들 중 몇몇은 가슴이 없다. 내가 이중으로 본 것이 아니라면 주치의는 머리가 두 개다. 먹거리는 완전히 정상이다. 오트밀, 감자, 우유, 귀리, 스테이크, 양파가 좀 타기는 했다. 이제 빙하도 꿈속에서만 나온다. 빙하 꿈은 계속해서 꾸게 된다. 저녁부터 아침까

지 나는 온몸을 떨고, 얼어붙었다가 녹고, 온몸에 눈을 맞고 동상에 걸리기를 되풀이한다. 뜨거운 물병도, 보온 패드도 소용이 없다. 잠들기 전에 스피리투스*를 좀 마시는 게 가장 낫다.

7월 28일. 가슴이 없는 여자들은 남학생들로 밝혀졌다. 가슴이 아니라면 도대체 성별 구분이 되지 않는다. 모든 사람이 아름답고, 항상 웃고 있다. 나는 쇠약해져 있고, 어린아이처럼 변덕을 부리게 되며 모든 것에 신경이 곤두선다. 오늘 주사를 맞은 후 수간호사의 엉덩이에 주삿바늘을 꽂는 만행을 저질렀으나, 간호사는 나를 보고 거의 내내 미소를 지을 뿐이었다. 가끔은 유빙 위에서 떠다니는 느낌이 든다. 유빙은, 나의 침대다. 천장에 산토끼들과 개미들, 젖소들과 벌레들이 보인다. 왜 이럴까? 나에게 어린이 잡지를 가져다준다. 착각일까?

7월 29일. 나는 쉽게 지친다. 하지만, 이미 이전에, 그러니까 재생 초기에 내가 환각 상태였음을 알게 되었다. 보통 그렇다는 것이다. 몇십 년 전의 세상에서 온 사람들은 새로운 인생에 단계적으로 적응한다고 한다. 그 과정은 마치 심해 잠수부를 깊은 바닷속에서 끌어내는 단계를 연상시킨다. 그를 한 번에 수면으로 끌어 올릴 수는 없는 것이다. 해동인간 역시 그에게 새로운 이 세상에 점차적으로 적응한다. 해동인간은 내가 배운 첫 새 단어다. 지금은 2039년이다. 여름, 7월이고 날씨는 좋다. 나를 돌보는 간호사는 에일린 로저스라고 하며,

* 세계에서 가장 독한 술로, 알코올 도수 96도이다.

푸른 눈을 가진 스물 세 살의 아가씨다. 내가 다시 세상에 나온 것은, 아니 부활한 것은 뉴욕의 재생센터를 통해서다. 부활이라고들 말한다. 이곳은 정원의 도시, 모두들 자신의 풍차와 빵집, 인쇄소를 가지고 있다. 왜냐하면 지금의 세상에는 곡식도 책도 없기 때문이다. 하지만 빵과, 커피에 넣을 크림과 치즈는 있다. 소젖으로 만든 것은 아니다. 간호사는, 젖소라는 것은 무슨 기계의 한 종류라고 생각했다고 했다. 나는 이 여자에게 내 말을 이해시킬 수가 없다. 우유는 어디서 나오나요? 풀에서요. 물론, 풀에서 나온다는 것은 알고 있다. 하지만 우유를 만들기 위해 누가 풀을 먹는 거죠? 아무도 풀을 먹지 않아요. 그렇다면 우유는 어디서 나오죠? 풀에서요. 풀에서 그냥요? 풀에서 자동으로? 아니요, 제 말은 완전 자동은 아니고요. 풀을 도와줘야 해요. 젖소가 도와주나요? 아니요. 그럼 어떤 동물이요? 아무 동물도 아니고요. 그렇다면 우유는 어디서 나오죠? 이렇게, 계속 제자리를 맴돌 뿐이다.

2039년 7월 30일. 간단하다. 무언가를 풀밭 위에 뿌리면, 햇살에 의해 치즈가 만들어지는 것이다. 우유는 어떻게 만들어지는지 아직 모르겠다. 하지만 그게 중요한 것은 아니다. 나는 일어날 수 있게 되었다. 그리고 휠체어를 타고 다닐 수 있다. 오늘은 백조가 가득한 작은 호수에 갔다. 백조들은 말을 잘 들었고 시키는 대로 헤엄을 치고 있었다. 길들여진 걸까? 아니, 원거리 조종이라고 했다. 그게 무슨 뜻이지? 얼마나 멀리서 온 새들인지? 원격조종이라는 뜻이다. 괴상한 일이다. 자연 상태의 새들은 이미 21세기 초에, 스모그에 의해 멸종되었다고 한다. 그 정도는 이해할 수 있었다.

2039년 7월 31일. 현대인의 생활 과목을 들으러 다니기 시작했다. 이 과목은 컴퓨터가 가르친다. 모든 질문에 대답을 하지는 않는다. "이후에 알게 될 것입니다." 전 지구적 무장해제 덕에 30년 전부터 지구는 평화롭게 살고 있다. 남아 있는 군대는 얼마 되지 않는다. 로봇 모델들을 여럿 보여 주었다. 하지만 재생센터에서는 아니다. 해동인간들에게 공포심을 주어서는 안 되기 때문이다. 지구상은 평화롭고 풍족하다. 그러나 이 사실도, 내 선생에 따르면 가장 중요한 것은 아니라고 한다. 수업은 작은 책상이 놓여 있는 조그마한 부스 같은 방에서 이루어진다. 말과 그림, 그리고 입체 영상이 쓰인다.

2039년 8월 5일. 이제 나흘 후면 재생센터를 나가야 한다. 지구상에는 29조 5천만의 사람이 살고 있다. 국가와 국경은 존재하지만 다툼은 없다. 오늘 이전의 인간과 오늘의 인간의 주요한 차이점을 알았다. 가장 중요한 개념은 정신화학이다. 우리는 문명이 아닌 정신화문명 속에 살고 있다. '정신적인'이라는 말은 이미 없어졌다. 대신 '정신화학적인'이라고 말한다. 컴퓨터는, 인간이 동물들로부터 물려받은 머릿속의 모순점들을 제거하고 새로운 두뇌를 가지게 되었다고 한다. 옛날의 두뇌는 충동적이고 비이성적이며 이기적이고도 완고했다. 옛날의 뇌와 새로운 뇌가 서로 다른 방향으로 인간을 이끌고 있다. 아직 나는 이렇게 복잡한 것들을 표현하는 데는 익숙지 못하다. 오래된 두뇌가 새로운 두뇌와 싸우고 있는 것이다. 정신화학은 바로 인간 지성 에너지를 낭비시키는 이러한 내적인 싸움을 소멸시킨다. 정신화학은 우리를 위해, 우리가 잘될 수 있도록, 내부로부터 오래된 두뇌와 함께 조화를 이루고, 옛 두뇌를 유화시키며 설득하는 일을 한

다. 즉각적인 감정에 따라서는 안 된다. 그렇게 하는 사람은 **점잖지 못한** 것이다. 항상 경우에 맞는 복용을 해야 한다. 그렇게 한다면, 언제나 상황은 나아지고, 유지되거나, 새로운 방향이 제시되거나, 해결되거나 좋아지게 된다. 그것은 사실 약의 힘이 아니다. 그것은 마치 안경에 익숙해져서 안경 없이는 잘 볼 수 없는 것처럼 나 자신의 일부로 작용하는 것이다. 이러한 가르침은 나에게 충격적이었다. 나는 새로운 인간들과 만나는 것이 두렵다. 정신화학제를 복용하고 싶지 않다. 컴퓨터 선생은 이러한 반응이 전형적이며 자연스러운 것이라고 말했다. 동굴에 살던 사람이라면 전차를 타기 싫어하는 것은 당연하다.

2039년 8월 8일. 간호사와 뉴욕에 갔다 왔다. 거대한 녹지. 구름의 고도는 조종 가능하다고 한다. 공기는 마치 숲속 같았다. 거리를 걷는 사람들은 공작처럼 잘 차려입었고 고상한 얼굴에 서로서로 친절한 데다 웃음을 띠고 있었다. 서두르는 사람은 아무도 없었다. 여자들의 패션은 항상 그렇듯이 좀 놀라웠다. 여자들은 이마에는 움직이는 그림을 붙이고, 귀에서는 조그마한 붉은빛의 혀들이나 단추들이 튀어나와 있었다. 진짜 손 외에도 붙이는 손을 추가할 수 있는데, 떼어 내기도 간편하다. 이 손들의 쓸모는 별로 없지만 잠깐 무언가를 잡고 있거나, 문을 열거나, 등을 긁을 수도 있다. 내일 나는 재생센터를 나간다. 나 같은 사람이 이미 미국에 200명 정도 되지만, 지난 세기에 순진하게 얼음장이 되어 버린 사람들을 해동하는 일이 밀리고 있다고 한다. 해동될 사람들의 대기 목록이 너무 길어 재활 기간을 단축할 수밖에 없다고 하니 이해할 만하다. 나는 통장도 있으니 직업

을 찾는 것은 새해 이후 하면 될 것 같다. 이렇게 다시 해동된 사람들은 부활저축이라는 복리로 계산된 저축 통장을 받게 되어 있다.

2039년 8월 9일. 오늘은 나에게 중요한 날이다. 나는 이미 맨해튼에 방 세 개짜리 집을 가지고 있다. 재생센터에서 콥터를 타고 뚫어서 가면 된다. 사람들은 '콥간다' 또는 '뚫는다'고 간단히 말하는데 두 단어의 차이점은 아직 잘 모르겠다. 예전에 차로 꽉 막혀 있던 쓰레기 더미 뉴욕은 수십 층짜리 정원으로 변했다. 통로를 통해 햇빛처럼 찬란한 불빛이 공급된다. 이것은 태양로라고 한다. 이렇게 말 잘 듣고 얌전한 아이들은 내가 살던 시절에는 동화책 외에서 한 번도 본 적이 없다. 내가 사는 골목에는 노벨상 자가 지명 등록소가 위치해 있다. 그 옆에는 미술품 전시장들이 있는데 이곳에서는 헐값에 모두 딱지와 보증서가 붙은 진품들만 팔고 있다. 렘브란트도, 마티스도 있다! 내가 사는 고층 건물에는 기체 컴퓨터 학교도 위치해 있다. 가끔 공기가 훽훽거리는 소리가 환풍기를 통해 들려온다. 이 컴퓨터들은 가끔 사랑하는 개들이 죽었을 때 박제를 위해 쓰이기도 한다. 나에게는 끔찍하게 느껴질 뿐이지만 나와 같은 사람들은 이곳에서 보이지도 않는 소수일 뿐이다. 나는 시내 곳곳을 많이 걷는다. 이제 승강구도 잘 타고 다닌다. 이건 쉽다. 앞부분이 흰 새파란 점퍼도 샀는데 옆구리에는 은색에 파란 리본이 달렸고 금 광택이 나는 깃까지 달려 있다. 요즘들 입는 옷 중에서는 가장 야하지 않은 축에 속한다. 계속해서 색과 모양이 변하는 옷을 살 수도 있다. 드레스 중에서는 남자의 눈길에 따라 짧아지는 것도 있고 반대로 길어지는 것도 있다. 아니면 밤에는 꽃처럼 접히는 것도 있고 텔레비전 화면처럼 여러 가지 그림

이 바뀌는 것들도 있다. 훈장도 원하는 대로, 원하는 개수만큼 달고 다닐 수 있다. 모자 위에 일본식 수경재배 분재를 기를 수도 있다. 천만다행인 것은 분재를 기르지 않아도, 훈장을 달거나 텔레비전 옷을 입지 않아도 된다는 것이다. 나는 귀에도 코에도 아무것도 걸지 않겠다. 희미하게, 이렇게 잘생기고 체격도 좋고 점잖고 온화한 이 사람들은 무언가 다른 것 같다는, 무언가 특별한 것 같다는 생각이 들었다. 하지만 그것이 무엇인지는 알 수 없다.

2039년 8월 10일. 오늘 에일린과 저녁을 먹었다. 멋진 저녁이었다. 이후에는 고대로 거슬러 올라갔다. 롱아일랜드에 놀이공원이 있다고 했다. 정말 재미있었다. 나는 사람들을 유심히 관찰했다. 무언가 분명히 있다. 무언가 이상한 점이, 도대체 무엇일까? 알 수가 없다. 남자 아이들은 컴퓨터 모양을 한 옷을 입고 있었다. 다른 아이는 5번가를 향해 2층 높이로 비행하면서, 지나다니는 사람들에게 젤리 사탕을 던지고 있었다. 사람들이 손을 흔들며 신나게 웃었다. 평화로운 세상. 믿을 수 없다.

2039년 8월 11일. 9월 날씨에 대한 대국민투표가 있었다. 날씨는 한 달 전에 국민투표로 결정된다. 결과는 컴퓨터 덕분에 바로 발표된다. 전화번호를 돌리면 투표가 되는 것이다. 8월은 햇빛이 화창했고 비는 약간 왔으며 좀 더울 것이다. 무지개도 자주 뜨고 뭉게구름도 많을 것이다. 비가 내리지 않아도 무지개를 만들 수 있다. 다른 방법이 있는 것이다. 기상 대표관은 7월 26일, 27일, 28일 날씨에 대해 공식 사과했다. 기상 기술자가 깜빡 실수로 존 것이었다! 나는 시내에

서 밥을 먹기도 하고 가끔은 집에서 먹는다. 에일린이 재생센터에서 웹스터 사전을 빌려주었다. 왜냐하면 이 시대에는 책이 없기 때문이다. 무엇으로 책을 대신하고 있는지는 알 수 없다. 에일린이 설명을 해 주었지만 이해하지 못한 데다가, 솔직하게 모른다고 말하기에는 너무 민망했다. 에일린과 브롱크스에서 다시 저녁을 먹었다. 이 착한 아가씨는 항상 무언가 할 말이 있다. 승강구에서 마주치는 여자들처럼 자기 대화를 핸드백 모양의 컴퓨터에게 다 떠맡기지 않는다. 오늘 분실물 보관소에서 이런 컴퓨터 세 대를 보았는데, 처음에는 자기들끼리 잘 이야기를 나누다가 나중에는 결국 말다툼으로 번지고 말았다. 거리의 모든 사람들, 그리고 공공장소의 사람들은 마치 헐떡거리면서 다니는 것만 같다. 숨소리가 크게 들린다. 그렇게 헐떡이고 다니는 관습이라도 있는 것일까?

2039년 8월 12일. 길 가는 사람들에게 책방에 대해 물어볼 용기를 냈다. 모두 어깨를 으쓱할 뿐이었다. 내가 물어봤던 두 사람이 시야에서 멀어져 갈 때 새로운 단어가 들려왔다. "저 멍청한 **해동인들**." 해동된 사람들에 대한 편견이라도 있는 걸까? 내가 들은 다른 새로운 단어들을 써 보겠다. 이해인간, 성장정, 삼주三酒, 후보수컷, 궁전하다, 바닥하다, 막대하다, 통사하다. 신문에서는 이런 물건들의 광고가 나온다. 티셔츠, 느낌정, 진바닐라, 오리발동(오리손). 《헤럴드》 시내판의 논설 제목은 이렇다. *반모에서 반모로.* 이 논설에는 무슨 난배달자가 난판을 혼동한 이야기가 나오고 있다. 웹스터 대사전을 옮겨 써 본다. ***반모** : 반조모, 반조부 등과 같이 쓰임. 함께 한 아이를 세상에 내보낸 두 명 중 한 명을 일컫는 말.* ***난배달부** : (옛)우편배달부*

에서 나온 말. 인증받은 인간의 난자를 집으로 배달하여 배양해 주는 사람. 이해할 생각조차 들지 않았다. ***윔퍼*** *: 브리얀 의상과 비교할 것. 백과사전적 의미는 사고, 바티칸 항목 참조.* 이 바보 같은 사전은 도대체 이해할 수 없는 동의어들도 수록하고 있다. ***궁전하다, 하궁전하다, 궁전통하다*** *: 잠시 동안 궁전을 가지다(빌리다와 구별할 것).* ***진바닐라*** *: 향.* 가장 알 수 없는 것은 생긴 모양은 똑같은데 전혀 다른 뜻을 가지게 된 단어들이다. ***사냥꾼*** *: 다른 사람들의 아이디어를 훔치는 사람.* ***허상*** *: 실제로 존재하지 않는 사물이 존재하는 척하는 것.* ***코흘리개*** *: 흘리는 역할을 맡은 로봇.* ***주검*** *: 살인 사건의 희생자 등을 다시 부활시킨 것.* 맙소사! 이후는 이렇게 이어진다. ***깨어남****과 깸을 구별할 것.* 죽은 사람을 살리는 일 따위는 아무것도 아닌 것으로 보인다. 하지만 사람들은 모두 다 헉헉대고 있다. 승강구 안에서도, 거리에서도, 어디서나 말이다. 모두들 건강해 보이고 혈색도 좋고, 즐거운 표정에 멋지게 살갗을 그을리고 있는데도 헉헉거리는 것이다. 나는 그렇지 않다. 그렇다면 저 사람들도 그럴 리가 없는데. 이건 무슨 관습적인 것일 것이다. 나는 에일린에게 물었지만 나를 보고 웃더니 그럴 리가 있느냐고 되물었다. 그냥 나한테만 그렇게 보이는 것일까?

2039년 8월 13일. 그저께 신문을 다시 보고 싶었지만 집 안을 온통 뒤집어엎어도 찾지 못했다. 에일린은 다시 한번 나를 보고 웃더니—정말로 아름답다—신문은 24시간이 지나면 공기 중으로 분해되는 재질로 만들어진다고 했다. 쓰레기 줄이기의 방책이다. 에일린의 친구인 진저가 오늘 나에게 물었다—같이 조그마한 클럽으로 춤을 추러 갔었다. "토요과자 좀 삼켜 볼까요?" 무슨 말인지 이해도 못 했

고 아무래도 묻지 않는 편이 나은 것 같아서 대답도 하지 못했다. 에일린의 강권으로 나는 리얼비전을 샀다. 텔레비전이 없어진 지는 50년쯤 되었다. 하지만 리얼비전을 보고 있기란 보통 일이 아니다. 모르는 사람들이며 개들, 사자들, 풍경들, 행성들까지 온통 방 안에 진짜처럼 출몰하여 실제 물건이나 진짜 사람과 구별이 불가능하기 때문이다. 예술적인 수준을 평가하자면 그다지 좋지 못하다. 새로 나온 드레스는 스프레이복이라고 하는데 왜냐하면 스프레이 병을 들고 몸에 뿌리면 되는 것이기 때문이다. 그래도 말이 가장 많이 변했다. '살다'보다는 '다시 살다', '있다'보다는 '다시 있다'는 말이 더 자주 쓰이는데, 몇 번이고 다시 살 수 있기 때문인 것 같다. 되풀이된다는 의미가 동사에 곧잘 포함된다. 여기서 생겨난 말들 중 전혀 이해되지 않는 것들도 있지만, 그렇다고 에일린과의 데이트를 언어 습득 과외 시간으로 바꿀 수도 없는 노릇이다. 예를 들어 '잠것'이란 주문을 해서 꿈의 내용을 조종하는 것으로 자기 지역의 수면 사무실, 그러니까 컴퓨터 수면 조종실에 주문하면 된다. 그러면 잠들기 전에 빨아 먹는 알약을 받는다. 이제는 아무에게도 말하지 않을 생각이지만, 틀림없이 이 사람들은 모두 숨 쉬는 데 어려움을 겪고 있다. 그뿐만이 아니다. 그 사실에 전혀 신경을 쓰지 않는다. 전혀! 게다가 나이 지긋한 사람들은 심각하게 숨이 가빠 한다. 그렇지만 이런 것은 어떤 관습이 아닐까, 왜냐하면 공기는 너무나 청정하고 조금도 숨이 막히지 않기 때문이다. 오늘 나는 옆집 사람이 승강구에서 내리면서 숨을 들이쉬고 잠깐 동안 얼굴이 푸르게 변하는 것을 보았다. 그러나 그를 가까이서 찬찬히 들여다보고 이 사람의 건강은 의심할 여지가 없다는 결론을 내렸다. 좀 바보 같긴 하지만 도저히 이해가 안 되어 마음이 찜

찜하다. 왜 그런 것일까? 어떤 사람들은 코로만 씩씩 소리를 낸다.

그래서 오늘은 잠것하여(잠하여라고 말해야 하나?) 타란토가 교수 꿈을 꾸었다. 교수가 보고 싶어졌기 때문이다. 그런데 도대체 왜 교수는 계속 감옥에 갇혀 있는 것으로 나왔을까? 나의 무의식일까, 아니면 수면 조종실의 오류였을까? 아나운서는 위대한 투쟁이라고 말하지 않고 대투라고만 한다. 마치 방과 홀의 차이처럼? 이상한 일이다. 또한 내가 쓴 것처럼 리얼비전이라고도 하지 않는다. 그건 내가 착각한 것이었다. 리비전이라고 한다. 라틴어로 물건, 레스res와 비전을 합쳐서 만든 단어다. 에일린이 당번이라 오늘 밤은 집에서 혼자 보냈다. 범죄를 다루는 새로운 법에 대한 토론을 보고 있었는데, 살인죄도 그저 체포당할 뿐이다. 왜냐하면 죽은 사람을 살리는 일이 쉽기 때문이다. 이렇게 새로 살아난 사람을 '주검'이라 부른다. 하지만 같은 사람을 반복해서 의도적으로 죽이는 일이 일어난다면 감옥에 가게 된다. 중죄에 속하는 것은 누군가에게서 정신화학 약품을 일부러 빼앗거나, 누군가의 동의를 얻거나 스스로 인식하지 못하는 동안 그런 약품으로 그에게 영향을 끼치는 것이다. 이런 방식으로 여러 가지가 가능한데, 예를 들면 유언장의 내용을 바꾸거나, 감정 상태를 조정한다거나, 임의의 계획이나 서명에 참여시킨다거나 하는 것이다. 카메라 앞에서 일어나는 이 토론의 내용을 따라잡기란 내게 매우 어려웠다. 토론이 거의 끝날 때쯤에야 나는 감옥에 간다는 것이 옛날과는 전혀 다른 의미로 쓰인다는 것을 깨달았다. 죄수를 어느 장소에 감금하는 것이 아니라, 단지 가늘지만 튼튼한 심지로 짠 코르셋 같은 것을 입힌다. 이 복장 속에는 검찰의 소형 감시 컴퓨터가 들어 있어 죄수는 계속해서 검찰의 단속하에 있게 된다. 그리하여 죄수는 언제나 검찰의 감시를 받으면서 여러 가지 활동에 제약을 받고 특히 인생의 기쁨을 누릴 만한 여러 행위를 할 수 없게 된다. 이 코르셋은 금단의 열매로의 접근을 금지한다. 범죄 중 가장 죄질이 나쁜 경우에는 크리미놀이라고 하는 것을 적용한다고 한다. 토론에 참여한 모든 사람들이 이마에 이름과 학위명을 써 놓고 있었다. 이해에 도움이 되기는 하겠다만, 좀 이상하게 보였다.

2039년 9월 1일. 좋지 않은 날씨. 오후에는 에일린을 만날 준비를 하려고 리비전을 껐다. 그랬더니 처음 볼 때부터 〈오스판카 무탄가〉 프로그램에 전혀 어울리지 않는다고 생각했던, 키가 2미터는 될 만한, 반은 버드나무고 반은 운동선수인 데다가 울퉁불퉁한 나무둥치 같은 비뚤어진 칙칙한 초록색 입을 가진 놈이 화면 전체와 함께 사라지는 대신 불쑥 나타나 내가 에일린을 위해 사 놓은 꽃을 식탁 아래서 집어 들더니 내 머리 위에서 뭉개 버렸다. 너무 깜짝 놀란 나머지 아무런 대응을 할 생각도 못 했다. 그러고 나서 그는 꽃병을 깨고 물을 쏟아 버리다가 상자에 든 과자를 반은 먹어 치우고는 나머지는 양탄자 위에 흘리고, 발로 쿵쿵 밟아 대다가 큰 소리를 내고는 갑자기 색깔이 밝아져서 빛속으로 무슨 불꽃놀이처럼 폭발해 날아가 버리고 말았다. 접어 놓은 옷들에 큰 구멍을 남겨 놓고 말이다. 눈 밑이 시커멓고 얼굴은 사색이 된 채로 나는 그래도 약속 장소에 나갔다. 에일린은 내 얼굴을 보더니 당장에 사태를 알아채고 소리를 질렀다. "맙소사! 인터페렌트가 왔었군요!" 위성 방송국 두 곳에서 보낸 전파가 오랫동안 겹치게 되면, 리비전에 출연하는 여러 인물들이나 극의 주인공들의 혼합상이 나타나는데, 바로 그것이 인터페렌트다. 이런 혼합

상들은 매우 견고하여 여러 사고를 일으킬 수 있는데, 왜냐하면 리비전을 끈 시점부터도 3분 동안이나 머무를 수 있기 때문이다. 이러한 혼합상들은 원구형 번개와 동일한 에너지를 사용한다고 알려져 있다. 에일린의 친구인 어떤 여자는 고생물학 프로그램과 네로가 섞인 혼합형 사고를 겪었는데 물이 가득한 욕조 안으로 피신해서 겨우 살았다고 한다. 안전장치로 화면 보호장을 사면 되지만 값이 만만치 않다고 하며 방송국 입장으로 보면 이러한 사고를 완전히 예방할 만한 조치를 마련하기보다는 이대로 두고 사건이 발생할 때마다 손해배상을 해 주는 편이 이득이라고 한다. 앞으로 리비전을 볼 때는 손에 몽둥이 같은 것을 쥐고 봐야겠다고 다짐했다. 그건 그렇고 〈오스판카무탄가〉는 무슨 무스탕에 대한 것이 아니라, 돌연변이 프로그램에 의해 아르헨티나 춤의 대가가 되어 세상에 다시 태어난 남자 이야기다.

2039년 9월 3일. 내 변호사 사무실에 갔다 왔다. 영광스럽게도 일대일 대화를 나누기까지 했는데, 이는 매우 드문 일로 보통 변호사들은 대화는 사무로봇으로 대처한다. 크롤리 고문은 품위 있는 변호사형으로 단장한 사무실에서 나를 맞았는데, 조각 장식이 된 검은 장들 사이에는 법령과 계약서들이 멋지게 늘어서 있었다. 요즘에 이런 서류는 마그네틱테이프에 저장되기 때문에 사실 이 모든 것들은 장식일 뿐이지만. 고문은 머리에 보조기억장치를 쓰고 있었는데, 이것은 뾰족하고 투명한 모자처럼 되어 있어 그 안에서 불빛처럼 전류들이 움직이는 모습을 볼 수 있게 되어 있었다. 더 작은 머리 한 개는 그의 젊었을 때 얼굴 모습을 보여 주고 있었는데 어깨 사이에 장착되어 작은 목소리로 통화를 이어 가고 있었다. 붙였다 떼었다 할 수 있는 머

리였다. 나에게 뭘 하느냐고 물었는데, 내가 대서양 너머의 여행을 계획하고 있지 않다니까 좀 놀란 것 같았다. 그래서 내가 아직은 좀 절약하면서 살아야 한다고 말했더니 더욱더 놀란 것 같았다.

"인출소에서 필요한 만큼 가져오면 될 텐데요." 그는 말했다.

요컨대 은행에 가서 영수증을 쓰기만 하면, 창구(그러니까 인출소)에서 필요한 만큼의 금액을 준다는 것이었다. 대출이 아니고, 합법적으로 아무런 의무 조항 없이 요구한 금액을 받을 수 있다고 한다. 물론 제한 사항은 있다. 이 금액을 상환하는 것은 도덕적인 의무에 속하며, 몇 년이 걸려도 상관이 없다. 그렇다면 이런 대출자들이 돈을 갚지 못하면 은행은 어떻게 되느냐고 물었더니 더욱더 놀라는 표정을 짓는 것이었다. 내가 정신화학의 시대에 살고 있다는 것을 또 잊고 말았다. 대출 상황을 알려 주는 통신물이나 예의 바른 요청 역시, 일하고 싶은 욕구나 양심의 가책을 일으키는 성분이 뿌려진 채로 전달되어 인출소 유지에는 문제가 없다는 것이었다. 물론 여기에도 잔머리를 굴리는 사람들이 있어, 은행에서 오는 통신물이면 코를 막고 대하거나 하지만, 역사상 부정직한 사람들이 없는 시대는 없었으니까. 나는 리비전에서 본 범죄에 대한 토론을 떠올리고는 그렇다면 통신물에 그러한 성분을 첨가시키는 것은 139항(*정신화학적으로 다른 사람의 동의 없이 그의 의견이나 신체에 영향을 미치는 행위는 처벌*…… 기타 등등)에 위법인 것은 아니냐고 물어보았다. 내 질문이 그에게 좋은 인상을 준 듯했다. 이 상황의 미묘한 성격을 설명하기를, 이런 통신물을 받은 사람이 아무런 빚이 없다면, 양심의 가책을 느낄 필요도 없고, 일을 더 열심히 하겠다는 의지를 가지는 것은 사회적으로도 유익한 감정이 아니겠느냐는 것이다. 크롤리 고문은 아주 친절하게도 브롱크스로 나를 점심 초대까지 했다. 우리는 9월 9일에 만나기로 했다.

집으로 돌아와서 나는, 이 세상 돌아가는 꼴을 리비전에만 의존하지 말고 직접 봐야겠다는 생각이 들었다. 일단 신문을 전면 공략하기로 마음먹었지만 섬광상과 비행봇에 대한 논설을 반도 읽기 전에 이미 포기하고 말았다. 해외 소식 또한 진도가 나가지 않긴 마찬가지였다. 터키에서는 위장상들의 수가 늘어나고 있으며 불법적 출생자도 늘고 있다고 하는데 인구억제사무국에서도 해법을 찾지 못하고 있다고 한다. 위법인들을 먹여 살리는 일이 국가 경제에 타격을 주고 있다는 소식도 있었다. 웹스터 사전을 찾아봐도 신문 이해에는 크게 도움이 되지 못했다. 허상은 실제로 존재하지 않으나 존재하는 척하는 주체. 하지만 위장상은 나와 있지 않았다. 불법적 출생자란 국가의 허락을 받지 않고 태어난 아이들을 말한다고 한다. 에일린의 설명이다. 인구의 증가는 인구 억제 정책으로 막고 있다고 한다. 출산 허가를 얻기 위해서는 두 가지 방법이 있다. 필요한 시험을 치고 서류를 갖추어 제출하는 방법이 있고, 출산복권에 당첨되는 방법이 있다. 굉장히 많은 사람들이 이 복권을 사는데, 특히나 복권이 아닌 다른 방법으로는 출산 허가를 얻을 수 없는 사람들이 산다고 한다. 《헤럴드》에서 읽은 기사도 황당하기 짝이 없다. 예를 들면 이런 부분이 나온다. *잘못 정리되거나 기록된 이로움은 경쟁과 재생산에 좋지 않은 영향을 미친다. 이러한 이로움 위에서 단물 수수가 발생하며 또한 불법적 행위의 위험부담은 낮아질 수밖에 없다. 대법원은 아직 헤로도토스 사건에 결론을 내리지 못했으며 여론은 아무런 대책 없이 횡령 사건의 경우에 콘트라퓨터와 슈퍼퓨터 중 어느 쪽에서 더 올바른 결정*

을 *내릴 수 있는지에만 관심이 쏠려 있는 형편이다.* 웹스터 사전에는 단물 수수라는 것이 옛날의 뇌물 수수나 착복과 같은 뜻을 가지고 있다고만 설명하고 있다. (그래서 이전에 쓰였던 단어 '부패'는 **당화**로 대치된 것 같다.) 그러니 지금의 시대도 보이는 것처럼 평화롭기만 한 것은 아닌 모양이다. 에일린의 친구인 빌 호머버거는 나와 리비전 인터뷰를 하고 싶어 하는데 확실치는 않다. 리비전 스튜디오가 아니라 우리 집에서, 왜냐하면 리비전 자체가 방송을 전송하는 역할을 하기 때문이라고 한다. 이 말을 듣자마자 미래 사회, 안티유토피아의 어두운 풍경을 그렸던 책들에서 시민들이 집 안에서 감시당하는 모습이 떠올랐다. 빌은 내 생각을 읽기라도 한 듯 방송 방향을 바꾸는 데는 항상 주인의 동의가 있어야 하며 그렇지 않을 경우에는 감옥에 갈 수도 있다고 설명했다. 더구나, 전송 방향을 바꾸면 원거리 바람피우기도 가능하다는 것이다. 빌에게 그렇게 듣긴 했지만, 그게 정말인지 아니면 농담으로 하는 이야기인지는 알 수가 없다. 오늘은 승강구를 타고 시내에 나갔다. 이제 교회들은 없어졌고 종교 시설의 이름은 조제소로 통일되었다. 흰색 옷을 입고 은빛 관을 쓴 사람들은 신부도 수사도 아니고 약사일 뿐이다. 이상한 일은 그런데 약국은 찾아볼 수 없다는 것이다.

2039년 9월 4일. 드디어 어떻게 백과사전을 구하는지 알아냈다. 이미 나는 백과사전을 소유하고 있다. 백과사전은 세 개의 유리 호리병에 담겨 있는데, 학술 제공점에서 샀다. 책은 읽는 것이 아니라 먹는 것이다. 종이로 만드는 것이 아니라 정보 물질로 되어 있는데, 위에는 설탕 코팅이 입혀져 있다. 그뿐만 아니라 화학물질 전문점에도 갔

는데, 이곳은 전체가 셀프서비스였다. 선반 위에는 잘 포장된 논쟁정, 믿음정, 뽀얀 병 속에 든 복합제, 대중정, 순수정, 엑스타시아 등이 진열되어 있었다. 누구 아는 언어학자라도 하나 있었으면 좋겠다. 제공점은 서점의 요즘 말일까? 그렇다면 6번가에 있는 신학 제공점은 신학 서점이라는 말일까? 진열된 물질들을 보건대 그런 것 같았다. 종류에 따라 분류되어 있었는데, 절대환, 신환, 형이상환이 커다란 판매점 전체를 메우고 있었고 배경음악으로는 조용한 오르간 소리가 울리고 있었다. 종교에 따라서도 크리스티나와 안티크리스티나도 있고 이슬라마나 아르마나, 부다나, 사크란돌(후광으로 뻗어 나오도록 포장되어 있었다) 등 필요에 따라 구할 수 있다. 빨아 먹는 것도 있고, 알약도 있고, 시럽형도 있고, 한 방울씩 떨어뜨리거나 조각조각 부숴서 복용하게 되어 있는 것도 있고 어린이를 위한 막대 사탕형도 있었다. 회의적이었던 나도 이런 방법들에 확신이 생겼는데, 대수代數정을 네 알 삼키고 났더니 도대체 어느 순간 그렇게 된 것인지는 모르겠지만 아무런 노력도 없이 이 어려운 수학의 원리를 깨치게 된 것이었다. 이제 지식의 흡수 기관은 위가 되었다. 이러한 조건을 최대한 활용하기 위해 나는 탐욕스럽게 굶주림을 해소했으나, 이미 백과사전 두 권을 삼킨 탓에 장이 뒤틀리기 시작했다. 기자인 빌이 이전에 필요 없는 정보는 머릿속에서 정리하라고 경고한 바 있었다. 뇌의 용량이 무제한인 것은 아니기 때문이다! 다행히도 지성과 상상력을 청소하는 물질 역시 구할 수 있다. 예를 들어 망각정이나 기억상실정 등이다. 필요치 않은 사실이나 좋지 않은 기억의 짐은 이렇게 쉽게 벗을 수 있다. 화학물질 전문점에서 나는 프로이트환, 상기정, 망상제뿐 아니라 최근 가장 떠들썩하게 광고하는 물질인 진짜정까지 볼 수 있었다. 이 진짜정이란 실제로 경험하지도 않은 기억을 실제로 재생해 낸다고 한다. 단테정을 복용한 후, 복용자는 자기가 정말로 『신곡』을 썼다고 굳게 믿게 된다. 뭐, 그렇다고 치자. 도대체 그게 무슨 소용이 있을까? 새로 생겨나게 된 학문의 이름은 복용학과 부정학이라고 한다. 어쨌건 간에 백과사전을 삼킨 것이 효과가 없지는 않다. 이제는 나도 아이가 태어나는 것은 여자 두 명의 협업 덕분임을 이해한다. 한 명에게서는 난자가 생산되고, 다른 한 명은 아이를 배고 있다 출산한다. 난배달부는 요컨대 이 반모 한 명에게서 난자를 받아 다른 반모에게 옮겨다 주는 역할을 하는 것이다. 더 간단한 방법이 과연 없는 걸까? 그렇다고 그 이야기를 에일린에게 할 수도 없다. 아무래도 아는 사람의 범위를 좀 넓혀 봐야겠다.

2039년 9월 5일. 정보를 얻기 위해 친구가 꼭 필요한 것은 아니다. 듀에티나라는 물질이 있는데, 인간의 의식을 두 갈래로 나누어, 스스로와 함께 어떤 주제라도 대화를 가능케 한다. (주제를 나누는 데는 또 다른 물질이 필요하다.) 그런데, 나는 끝이 없는 이 정신화학의 지평에 좀 질려서 알게 되는 모든 물질들을 일단은 복용하지 않기로 했다. 시내 구경을 다니는 중에 오늘은 그야말로 우연히 공동묘지를 발견했다. 묘지는 요즘 말로 부고원이라고 한다. 더 이상 무덤을 파는 인부는 없고, 로봇이 대신하고 있다. 장례식을 구경했다. 죽은 사람은 반납묘라는 곳에 일단 매장하는데, 왜냐하면 그를 다시 살려 낼 것인지 확실히 결정하지 못했기 때문이다. 죽은 자의 마지막 소원은 가능한 한 끝까지 무덤에 누워 있는 것이었는데, 부인과 장모가 유언장의 내용을 뒤집는 소송을 법원에 제출한 상태였다. 이런 경우가 드물

지 않다고 들었다. 이런 소송들은 꽤나 오래 시간을 끌게 되는데 여러 법적인 문제들이 걸려 있기 때문이다. 다시는 깨어나고 싶지 않은 자살자라면 아마 폭탄이라도 사용해야 할 것 같다. 하지만 아직 나로선, 죽었다가 다시 살아나는 것을 원하지 않는 사람이 있을 거라는 생각은 들지 않는다. 아마도 부활이 너무 흔한 일이라 사람들이 원치 않는 것은 아닐까? 묘지는 초록으로 둘러싸여 아름다웠으나 관들은 이상하게 작아 보였다. 죽은 사람을 다림질이라도 하나? 이 문명에서 불가능한 일은 없어 보인다.

2039년 9월 6일. 시체를 다림질하는 것이 아니라 신체 중 생물학적인 부분만 매장하고, 인공적인 부분은 다시 수거한다고 한다. 그렇다면 인류는 그 정도로까지 기계화됐다는 걸까? 리비전에서는 인류를 불멸로 만드는 새 계획에 대한 흥미로운 토론이 벌어지고 있었다. 나이가 많은 사람의 뇌를 젊은이의 몸에 이식하는 것은 어떨까라는 계획이다. 그렇다고 젊은이가 손해를 보는 것은 아니다. 왜냐하면 젊은이들의 뇌는 자라나는 어린이들에게 이식하고, 그런 식으로 해 나간다면 인류는 어차피 계속 태어나기 때문에 아무도 손해 보는 일 없이 모두들 즉각적으로 젊어지게 되는 것이다. 하지만 반대 의견도 있다. 반대자들은 이 계획을 추진하는 사람들을 이식론자라고 부른다. 신선한 공기라도 좀 마시려고 공동묘지에서 걸어서 돌아오는 중에 비석 사이에 매어 놓은 철사에 걸려 넘어졌다. 이건 또 무슨 말도 안 되는 장난인지? 묘지를 지키는 로봇이, 이건 비행非行봇의 짓이 분명하다고 바로 말했다. 비행봇이라니, 웹스터 사전을 찾아보니 ***비행봇*** *은 훌리건 로봇으로 잘못된 대접을 받았거나 내부적 결함으로 생긴*

다고 쓰여 있었다. 잠들기 전에는 『동백 마네킹』이라는 소설을 읽었다. 그냥 사전을 통째로 먹어 버릴까, 어쩔까? 독서가 힘들기 때문이다. 사실 사전만 가지고는 충분하지 않다는 것도 점점 더 확실해지고 있다. 게다가 이 소설이란! 남자 주인공이 무슨 바람을 불어 넣는 로봇(카세트형과 변태형 두 종류가 있다)을 좋아하고 있는데, 이런 관계를 어떻게 생각해야 하는지도 모르겠고, 남자들 사이에서는 무슨 흠이 되는 것일까? 이 로봇과의 관계란 예를 들면 축구를 하는 것과 비슷한 걸까, 아니면 무슨 도덕적 책임이 따르는 것일까?

2039년 9월 7일. 진정한 민주주의란 이런 것이다! 오늘 국민 기호 투표가 있었다. 리비전에서 일단 여성미를 대표하는 여러 유형을 보여 주고 이후 투표가 이어졌다. 투표 끝에 선택된 유형은 벌써 다음 4분기에 대량 확산될 것이라고 전 지구 총재가 발표했다. 가슴에 솜을 집어넣는 속옷과 코르셋과 색조와 화장의 시대는 이미 지났다. 왜냐하면 키도, 몸의 형태도, 골격도 모두 성형 기술소에서 바꿀 수 있기 때문이다. 그렇다면 에일린도…… 나는 현재 에일린의 모습에 만족하지만, 여성들이란 유행의 노예인 것이다. 오늘 내가 욕조에 앉아 있을 때 어떤 외부의 로봇이 내 집에 들어오려고 시도했다. 게다가 이 로봇은 제작상의 결함이 있는 것으로 리콜 대상에 속하지만 공장에 들어가지 않은, 한마디로 로봇이라고 할 수 없는 것이었다. 이런 경우 로봇은 작업을 회피하며 비행봇에게 고용되기도 한다. 나의 목욕 로봇은 이러한 상황을 바로 파악하고 외부 로봇에 저항했다. 사실 내가 로봇을 소유하고 있는 것은 아니다. 나의 봇은 목욕용 퓨터일 뿐이다. 나의 '봇'이라고 썼는데 왜냐하면 사람들이 다 이렇게 말

하기 때문이다. 하지만 이 일기장에 너무 많은 새 단어들을 쓰지는 않을 생각이다. 심미적으로도 마음에 들지 않고, 잃어버린 옛 시절에 대한 나의 그리움에 반하는 것 같기도 하다. 에일린은 이모를 만나러 갔다. 저녁은 조지 시밍턴네에서 먹기로 했는데, 시밍턴은 바로 그 고장 난 로봇의 주인이다. 오늘 오후는 『전자지성의 역사』라는 매우 흥미로운 작품에 소모했다. 내가 살았던 시대에는 누구도 전자적 기계가 지성의 선을 넘어 결함을 보이게 될 줄은 상상도 하지 못하였다. 왜냐하면 이성과 함께 교활함까지 가지게 되었기 때문이다. 교과서에는 이러한 현상이 좀 더 학문적인 용어로 설명되어 있는데 샤퓔리에의 법칙, 최소 저항의 법칙이라고 부른다. 좀 덜 똑똑한, 사고의 기능이 배제된 기계는 시키는 일을 한다. 똑똑한 기계라면 우선 어떤 일을 하는 것이 더 나을지에 대해 계산한다. 예를 들어 시키는 대로 하는 게 나을지, 아니면 다른 방법으로 하는 것이 나을지에 대해 생각한 후 더 손쉬운 방법을 택하는 것이다. 사실 이성이 있다면 다른 행동 방식은 불가능하다. 이성은 내면의 자유다. 바로 거기서 깜빡이도 비행봇도 생기고 시뮬레이컴도 생기는 것이다. 시뮬레이컴이란 모든 게 귀찮아서 바보인 척하는 컴퓨터를 말한다. 또한 나는 디시뮬이 뭔지도 알았다. 이것은 결함이 있는 척하지 않는 척하는 것을 말하는데, 그 반대의 경우도 해당한다. 이 모든 것은 매우 복잡하다. 한마디로 아주 원시적인 로봇만이 일벌레가 될 수 있는 것이다. 하지만 솔직히 잔머리를 굴리는 로봇은 바보 로봇이 될 수는 없다. 이러한 경구들이 『전자지성의 역사』 안에 온통 채워져 있었다. 한 병을 마시자 벌써 머리는 정보로 윙윙거렸다. 전자쓰레기 처리기사는 컴포스터라고 부른다. 장교 바로 아래는 컴펀터. 시골에서 온 것은 사이펀 또는 사이프락. 하지만 매수가 가능한 것은 코롬퓨터, 그런가 하면 카운터퓨터는 다른 사람들과 잘 일하지 못하는 사람 또는 연결망들의 충돌로 생기곤 했다는 전자폭풍이나 전자화재를 가리키는 말이다. 구두를 닦는 기계는 구두닦이, 하지만 구두닦개란 이 기계가 반항을 할 때를 가리킨다. 로봇의 상태가 심화된 것을 컴퓨테리움이라고 부르며 이들의 충돌은 사이버쟁, 로보쟁이라고 한다. 일렉트로티카, 서큐버토리아, 콘쿠비나토리, 인큐베이터, 수중로봇, 여행봇, 인간형 로봇(안드로이드), 게다가 이들의 습성과 이들이 만들어낸 수많은 것들이라니! 전자지성의 역사는 합성 벌레들의 구조를 설명하고 있는데 프로그래모기의 예를 들면, 군용으로 합성되었던 것이라고 한다. 서브 또는 인터란 인간 행세를 하는 로봇으로 인간 사회에 섞여 들어온 것을 말한다. 오래된 로봇을 주인이 거리에 버리는 일 또한 불행히도 자주 일어나고 있다. 예전에는 이런 로봇들을 게임장으로 실어 가 사냥에 쓰는 일들도 있었으나 로봇 복지 단체의 노력으로 이런 일들은 법으로 금지되었다. 하지만 이리하여 문제가 완전히 해결된 것은 아닌 게, 아직도 로봇 자살, 곧 자동 죽음이 횡행하고 있기 때문이다. 시밍턴은 나에게 법령의 제정이 기술의 발달을 따라가지 못하고 있으며, 그리하여 일어나게 되는 슬프고 우울한 사건도 많다고 설명해 주었다. 어쨌든 이전 세대에 중대한 경제 위기와 정치적 갈등을 초래했던 전자장치들인 부정행동 기계와 위정 기계를 퇴출시키기는 했다. 9년 동안이나 토성 개선 프로젝트를 맡고 있던 거대한 위정 기계의 예를 들면, 사실 토성에서는 아무런 일도 하지 않고는 가짜 보고서와 자료들과 기획서들을 보내오거나 시험관들을 매수하거나 전자충격에 빠뜨리거나 하였던 것이다. 위정 기계의 오만은 어느 정도에 이르렀느냐 하면, 기계를 궤도에서 떼어 내자 인간에게 전쟁을 선포하는 지경에 이르렀었다. 이 기계를 분해해 버리는 작업은 너무 견적이 많이 나와서 위정 기계를 폭파하는 수밖에 없었다. 그런가 하면, 해적로봇이라는 것은 사실 존재한 적도 없고 그냥 상상에 불과하다. 전미전자지성학협회의 위탁을 받아 태양계 행성 프로젝트 중 하나의 책임을 맡고 있던 다른 로봇은 화성을 개간하는 대신 살아 있는 생명체를 거래하고 있었던 것으로 밝혀졌다. (이 로봇은 프랑스 라이선스로 제작되어 콤퓌테네르로 알려져 있었다.) 이런 것들은 물론 전 세기의 스모그나 교통 체증 같은 부작용일 뿐이기는 하다. 그러나 컴퓨터들이 가지고 있는 그들 나름의 의견이나 인간에 대한 반감에 대해서는 더 이상 말할 필요도 없다. 항상 자기들이 가장 편한 대로만 하는 것은 마치 물이 항상 높은 곳에서 낮은 곳으로 흐르고 산 위로 올라가며 흐르지 않는 것만큼이나 당연할뿐더러, 물이라면 댐이라도 세우면 될 텐데 이 컴퓨터들이 엇나가는 것은 그 방향을 전혀 조종할 수 없다. 『전자지성의 역사』의 저자는 하지만 강조하기를, 여러 가지를 종합해 볼 때, 모두 잘되고 있다고 결론지었다. 아이들은 철자법시럽 덕분에 읽기와 쓰기를 배우고 있고, 모든 제품들은, 예술 작품마저도 어디서나 구할 수 있고 누구나 살 수 있는 가격이며, 레스토랑에서는 그 역할이 특화된 그릴 전문, 주스 전문, 젤리 전문, 과일 전문 등의 웨이퓨터가 수많은 고객을 상대하고 있다는 식이었다. 뭐, 그렇다고 하자. 어쨌든 여기저기 편리해지기는 하였다.

시밍턴 집에서 저녁 먹은 후에 다시 씀. 식사 분위기는 좋았지만 누군가 나를 상대로 어처구니없는 장난을 했다. 손님 중 누군가가—

누군지 밝혀내기만 해 봐라!—내 찻잔에 신앙가루를 쏟아 넣었던 것이다. 나는 즉각 찻잔에 대해 숭앙하는 마음이 차올라 그만 소리 높여 새로운 찻잔 찬양론을 발표하고야 말았다. 이 망할 가루 조금이 효력을 발휘하면 숟가락이든 등잔이든 책상 다리든 모든 것을 믿게 되는데, 숭배심이 얼마나 짧은 시간에 극대화되는지 결국 바닥에 무릎을 꿇는 사태까지 있었다. 그때서야 주인이 20방울의 뇌척제로 나를 도와주었다. 하지만 이번엔 모든 것에 대해 아무 상관 없다는 마음이 어찌나 심했는지, 아마 사형선고를 받은 사람이라도 이 뇌척제만 있으면 처형이 아무렇지도 않을 것 같다. 시밍턴은 이 사건에 대해 나에게 진심으로 사과했다. 내 생각에, 해동인간들에 악감정을 가지고 있는 사람도 이 사회에 꽤 되는 것 같다. 보통 사람에게 이런 장난을 치는 일은 별로 없을 테니까. 숨 좀 돌리라는 의미로 시밍턴은 나를 자기 작업실로 안내했다. 그런데 거기서 또 바보 같은 일이 일어났던 것이다. 나는 책상에 있는 라디오처럼 생긴 기계를 집어 들었는데, 그 안에서 반짝이는 벼룩 떼가 쏟아져 나와서는 머리부터 발끝까지 내 몸 위에 들러붙어 나는 온몸을 긁으며 비명을 지르면서 복도로 뛰어나오고 말았다. 이 벼룩들은 보통의 얌전한 벼룩 떼였을 뿐이었는데 그만 내가 우아스초티안의 〈벼룩 떼의 여행〉을 틀고 만 것이었다. 나는 정말 만질 수 있는 예술이라는 이 장르를 이해하지 못하겠다. 시밍턴의 큰아들인 빌은 내게, 이 장르에는 좀 점잖지 못한 작품들도 있다고 설명해 주었다. 언어를 매개로 한다기보다는 음악과 비슷하다고 한다. 인간들의 창조하는 능력이라니! 시밍턴의 아들은 나를 비밀 클럽으로 안내하겠다고 약속했다. 난교 파티에라도 데려가는 걸까? 어쨌든 아무것도 입에 대지 않겠다고 나는 다짐했다.

2039년 9월 8일. 나는 그 클럽이라는 곳이 호화롭고 최신의 모든 사치를 다한 곳이 아닐까 하고 상상하고 있었으나 우리가 찾아간 곳은 곰팡이가 핀 더러운 지하실이었다. 예전의 세상을 이렇게 모방해서 차리는 데는 분명 한 재산 들었을 것이다. 답답하게 낮은 천장에 자물쇠로 견고히 잠긴 창구 앞에는 긴 줄이 늘어서 있었다.

"보세요, 이게 정말 **줄**이라는 겁니다!" 시밍턴의 아들이 자랑스럽게 강조했다.

"그렇군요." 참을성 있게 서서 기다린 지 한 시간쯤 된 것 같았다. "그런데 열기는 여는 겁니까?"

"뭐라고요?" 시밍턴의 아들은 놀라는 것 같았다.

"아니, 그러니까 이 창구가……"

"안 열어요!" 줄 서 있던 사람들이 만족스럽게 입을 맞춰 대답했다.

나는 깜짝 놀랐다. 평범한 삶의 법칙에 위배되는, 마치 악마 숭배의 예식 같은 것에 내가 참여하고 있다는 사실을 깨닫기까지는 한참 걸렸다. 하지만 논리적으로는 말이 된다. 지금의 세상에서 줄을 서서 무언가 기다리는 것은 단순히 **도착적인 행위**에 지나지 않는다. 이 클럽의 다른 방에는 바퀴까지 달린 진짜 전차가 전시되어 있는데, 그 안에 들어가면 엄청난 인파로 꽉 차서 단추가 떨어지거나 옷이나 스타킹이 걸려 찢어지거나 갈비뼈 사이로 다른 사람들이 밀고 들어오거나, 발을 밟거나 등등, 옛 시절을 좋아하는 사람들에게 이런 실제적인 방법으로 이제는 체험할 수 없는 과거를 제공하는 것이었다. 사람들은 옷이 구겨지고 발이 밟혀도 흥미로 눈을 빛내며 이 재미를 위해 찾아오지만, 나는 어쨌든 바지를 꽉 잡고 차인 곳을 절뚝거리면서 집으로 돌아왔다. 하지만 항상 가장 얻기 힘든 곳에서 매력과 흥분을 느끼는 순진한 젊은이들을 생각해 보았을 때 웃음을 참기는 어려웠다. 더구나 요즘은 역사 과목을 배우는 사람들도 별로 없다. 학교에서 역사는 **미래사**로 대치되었는데, 이것은 앞으로 생길 일들에 대해 배우는 과목이라고 한다. 트로텔라이너 교수가 이 이야기를 들으면 좋아할 텐데! 그리운 마음 없이 그 이름을 떠올린 것은 아니다.

2039년 9월 9일. 크롤리 고문과 단 한 대의 로봇도, 컴퓨터도 없는 작은 이탈리아 식당 브롱크스에서 식사를 했다. 흠잡을 데 없는 키안티가 나왔다. 주방장이 직접 시중을 들었는데 당연히 음식을 칭찬해야 했다. 하지만 솔직히 나는 아무리 바질제를 많이 넣었다 하더라도 그렇게 면이 많이 나오는 것은 좋아하지 않는다. 크롤리는 변호 예술의 질이 떨어지는 것을 심각하게 걱정하는 품격 있는 변호사다. 형량이 범죄의 구분에 따른 점수로 바로 결정되는 이 시대에 유려한 법정 연설 등은 수지타산이 맞지 않는 것이다. 그러나 내가 생각한 것처럼 범죄가 완전히 사라지거나 한 것은 아니었다. 가장 흔히 일어나는 것은 감정 납치, 특히 귀중 정자들이 보관되어 있는 은행을 대상으로 한 정자은행털이, 위조 살인죄(자기가 죽이는 대상이 환각이나 리비전에서 나온 인물이라는 착각하에 이루어진 살인), 또는 셀 수 없는 여러 정신화학적 범죄 등이다. 감정 납치의 경우에는 증명이 힘들다고 한다. 희생자는 가상의 환경으로 납치되며, 여러 가지 물질을 주입시켜 현실 세계를 인식하지 못하게 하는데 스스로는 그 사실을 전혀 알 수 없다고 한다. 완다예르 부인이라는 사람은 이국적인 여행을 좋아하는 성가신 남편을 제거하기 위해 콩고로 가는 비행기표와 함께 거대 동물 사냥 허가증을 선물했다고 한다. 완다예르 씨는 그리하

여 몇 달 동안이나 사냥을 하며 멋진 모험을 즐겼고, 그러는 내내 실제로는 자기가 벽장 다락의 한 칸에 처박혀 있었다는 사실을 약물 때문에 전혀 인식하지 못했다. 만약 불시의 화재로 완다예르 씨를 다락방에서 구출해 낸 소방관들이 아니었다면 분명 숨이 막혀서 죽었을 것이다. 그마저도 사실 완다예르 씨에게는 자연스러웠을 터인데 왜냐하면 구출 당시 사막에서 헤매고 있는 환각 상태였기 때문이었다.
이런 일에는 마피아도 종종 끼어든다. 한번은 마피아 한 명이 크롤리 고문 앞에서 최근 6년 동안 사회적으로 존경받는 집안들의 함이며 개집, 돼지우리, 다락방, 지하실 등에서 완다예르 씨와 같은 대접을 받고 있는 사람을 4천 명이나 찾아냈다고 말했다고 한다. 이야기는 자연스럽게 고문 자신의 집안 사정으로 이어졌다.
"저는 법조계에서는 잘 알려진 능력 있는 변호사지만 아버지로서는 불행한 사람입니다. 저에겐 아주 똑똑한 아들 둘이 있었지요……"
크롤리 고문은 특유의 손동작을 써 가며 이야기를 시작했다.
"둘이 어떻게라도 된 건가요?" 나는 놀라서 물었다.
고문은 머리를 흔들었다.
"아니, 잘 살아 있답니다! 하지만 둘 다 상승자랍니다!"
내가 무슨 말인지 알아듣지 못하는 것을 이해하고는 고문은 나에게 아버지로서의 실패담을 늘어놓기 시작했다. 큰아들은 실력 있는 건축가였고 작은아들은 시인이라고 했다. 큰아들은 실제의 일거리에는 만족하지 못하고 결국 망상 도시계획과 건설몽에 빠지게 되었다. 이제는 도시 전체를 건축하게 되었지만, 물론 그 모든 것은 환각일 뿐이다. 작은아들 역시 비슷하게, 운율정, 시액, 소네탈 등을 복용하기 시작하더니 이제는 창작 대신 물질 흡입에만 열을 올리고 있다고 한다. 역시 세상에서는 제구실을 못 하고 있다는 이야기였다.

"그렇다면 도대체 어떻게 먹고사는 거죠?" 나는 물었다.

"하, 뭐라고 생각하십니까? 제가 벌어 먹이고 있는 거죠."

"어떻게 할 도리는 없고요?"

"꿈은 허락만 한다면 언제나 현실을 이긴답니다. 제 아들들은 정신화학 문명의 희생자인 거죠. 누구나 이 유혹에 대해서는 알고 있습니다. 제가 전혀 희망이 없는 사건을 변호하러 나설 때, 그게 환각의 법정이라면 얼마나 좋겠어요!"

신선하면서도 씁쌀한 키안티의 맛을 즐기며 문득 어떤 생각이 떠올라 나는 멈칫했다. 만약에 가상으로 시를 쓰고 가상의 집을 짓는 것이 가능하다면 가상을 먹고 마시는 일은? 이 생각에 크롤리 고문은 웃을 뿐이었다.

"그런 일은 없답니다, 티히 선생. 성공에 대한 환상이 우리 머리를 채울 순 있겠지만, 커틀릿의 환상이 배를 채우지는 않으니까요. 그렇게 살았다간 굶어 죽기 십상일걸요!"

아버지로서의 크롤리 고문의 처지에 적지 않은 동정심이 일면서도 나는 이 말에 안심했다. 가상의 음식이 실제 음식을 대신하지 못한다는 것은 중요하다. 인간 육체의 본성이 정신화학 문명의 무한한 상승을 견제한다는 것은 다행이다. 그건 그렇고, 크롤리 고문 또한 소리 나게 숨을 몰아쉰다.

어떻게 지금 평화 시대가 온 것인지는 아직도 모른다. 국가 간의 충돌은 이미 옛이야기가 되어 버렸다. 가끔, 지역 간의 사소한 충돌이 있기는 하다. 보통 빌라 지역의 이웃들끼리의 다툼이다. 의견 충돌이 있던 집들이 협조정을 복용한 후 서로 화해했는데 적대감만을 감지하고 감정의 움직임을 이해하는 데 느린 이 집들의 로봇이 서로 싸우는 것이다. 그러고서 불려 온 컴포스터가 엉망이 된 로봇들을 치우고, 손해는 보험사가 부담하는 식이다. 로봇들이 인간으로부터 폭력성을 이어받은 걸까? 이 주제에 대해서는 관련 자료를 좀 복용하고 싶지만 찾아내지 못했다. 요즘은 거의 매일 시밍턴의 집에 간다. 시밍턴은 말이 없고 내성적인 편이고, 그의 아내는 아름다운데, 매일 그 모습이 변하기 때문에 어떻게 아름답다고 설명하기는 어렵다. 머리카락도, 눈도, 키도, 다리도, 모두 매일 바뀐다. 이들이 집에서 기르는 개는 판타독이다. 죽은 지는 3년쯤 되었다고 한다.

2039년 9월 11일. 오늘 정오에 계획되었던 비는 내리지 않았다. 하지만 벌써 무지개가 떠 있다. 무언가 잘못된 것이다. 게다가 사각형이었다. 기분은 좋지 않다. 내 오랜 지병이 다시 발동했다. 잠들기 전이면, 이 모든 것이 환각은 아닐까 하는 괴로운 질문들이 다시 떠오른다. 게다가 잠것으로 시궁쥐를 타는 꿈을 주문하고 싶은 생각마저 든다. 마구와 안장, 부드러운 털들이 눈앞에 떠오른다. 이런 날씨에 잃어버린 옛 시절에 대한 그리움일까? 인간의 영혼에 대해서 우리는 완전히 알 수 없다. 시밍턴이 일하는 회사 이름은 '프로크루스테스* 주식회사'라고 한다. 오늘 시밍턴의 사무실에서 이 회사 카탈로그를 보았다. 무슨 전기톱과 다른 전기기계 등이 실려 있었다. 나는 이 회사가 기계보다는 건축 쪽 회사라고 생각했었다. 오늘은 흥미로운 프로그램을 보았는데 리비전과 사이비전psyvision 사이의 갈등에 대한

* 그리스 신화에 나오는 강도로, 사람을 잡아 철 침대에 눕히고 침대보다 키가 크면 발을 자르고 작으면 몸을 늘렸다고 한다.

것이었다. 사이비전이란 '우편 프로그램'인데 환약의 형태로 집으로 배달되어 오는 것이며 훨씬 싸다. 교육 방송을 틀어 보니 엘리슨 교수가 전쟁사를 강의하고 있었다. 정신화학의 초창기 시대는 끔찍했다. **크립토벨리나**라는 이름의 뿌리는 약품이 사용되었는데 누구든지 이 약을 흡입하면 스스로 뛰어나가 자기 자신을 꽁꽁 묶어서 대령했다고 한다. 다행히 이 약의 실험 중에 해독제가 없고 어떤 필터도 작용하지 않아 결국 아무 예외 없이 누구든지 스스로를 꽁꽁 묶게 되어 결국 어떤 쪽도 이익을 보지 못했다고 한다. 2004년 '붉은군대'와 '푸른군대'의 대립 때에도 역시 모든 군인들이 전장에서 자기 다리를 꽁꽁 묶는 것으로 끝나고 말았다. 나는 도대체 평화가 언제 찾아왔는지 알아내려고 집중하며 이 강의를 들었으나 거기에 대해서는 한 마디도 없었다. 오늘은 화학물질 전문가에게 진찰을 받았다. 나에게 식습관을 바꿔 보라고 충고하더니 망각제를 처방해 주었다. 옛날을 잊어버리라는 걸까? 거리에 나오자마자 바로 버리고 말았다. 요즘 한창 선전하는 평안제를 살 수도 있다. 하지만 이런 것들에 대한 스스로의 반감 때문에 아직 사는 단계에까지는 이르지 못하고 있다. 열린 창문 사이로 바보 같은 유행가가 들려온다. *우리는 자동이고 엄마도 아빠도 없네.* 소음제거정 따위는 필요 없다. 귀에 솜만 잘 틀어막아도 충분하다.

2039년 9월 13일. 시밍턴의 처남인 버로스란 사람을 알게 되었다. 버로스는 말하는 포장재를 생산한다. 이 시대의 생산자들이 직면한 괴상한 문제점은, 포장재는 구매자들에게 이야기를 걸 수는 있으나 구매자들의 옷은 잡아당기지 못하게 되어 있다는 것이다. 시밍턴의

다른 처남은 자동문을 생산하는데 주인의 목소리에만 열리는 문이라고 한다. 신문광고들은 쳐다보기만 해도 스스로 움직인다.

《헤럴드》의 한 면은 언제나 '프로크루스테스사'가 차지하고 있다. 시밍턴을 알게 된 후부터 나도 그 사실에 관심을 기울이게 되었다. 전면 광고는 우선 맨 처음에 커다랗게 프로크루스테스라고 쓰인 글씨만 크게 나온 후 한 글자씩 이름이 되풀이되고, '어때? 어떻습니까! 자! 에흐, 에이! 아아, 오오, 네, 바로 그렇게! 아아아아……' 이게 전부다. 나에게는 이 광고가 도저히 농기계를 파는 회사 것이라고 느껴지지 않는다. 오늘 시밍턴에게는 무인류회에서 마트리치 신부가 와서 주문을 하고 갔다. 사무실에서는 흥미로운 대화가 이어졌다. 마트리치 신부는 나에게 자신이 속한 종파의 선교 사업에 대해 설명해 주었다. 무인류회의 수도사들은 컴퓨터를 전도한다고 한다. 지성이 오로지 인류의 것이 아닌 지가 100년이 지났는데도 바티칸은 컴퓨터에게 성체 분배를 금지하고 있다고 한다. 교회 자체가 컴퓨터를 이용하고 있는데도 이 문제에 대해서는 침묵을 지키고 있다. 바티칸 역시 자동으로 프로그래밍된 직원을 쓰고 있는데도 말이다. 아무도 기계들의 내면에, 그 내면이 쏟아 내는 질문들에도, 그들 존재의 이유에도 관심을 쏟지 않는다. 한마디로, 컴퓨터로 살 것인가, 그러지 않을 것인가? 무인류회는 중간 창조론이라는 것을 만들어야 한다고 주장한다. 새시라는 신부는 성경의 현대적 번역 작업에 착수했다. 이 시대에 목동이니 마구간이니 양 떼니 하는 단어들은 아무도 이해하지 못한다. 이를 대신하여 현대인의 감성에 맞는 콘센트적 전능이나 플러그, 신과의 접속 같은 단어를 써야 한다는 것이다. 마트리치 신부는 영감에 가득 찬, 깊은 눈을 하고 있었지만 그와의 악수는 차갑고 금속적이었다. 하지만 이런 것이 신화학의 새 방향이 아닐까? 옛 신학을 가리켜 마트리치 신부는 사탄의 낙서일 뿐이라고 비난했다. 이후에 시밍턴이 소심하게 나에게 자기가 새로운 프로젝트를 구상했는데 포즈를 좀 취해 주지 않겠느냐고 물었다. 그러니까 시밍턴은 기계를 만드는 사람은 아니었던 것이 맞는다. 나는 동의했다. 포즈를 취하는 데는 한 시간도 걸리지 않았다.

2039년 9월 15일. 오늘 내가 포즈를 취해 주고 있을 때 시밍턴은 손에 잡고 있던 연필로 내 얼굴의 비율을 가늠하고는 한 손으로는 몰래 무언가를 자기 입에 가져다 넣었다. 내가 알지 못하도록 하는 것이었지만 나는 눈치채고 있었다. 나를 뚫어지게 쳐다보더니 시밍턴의 얼굴은 창백해지면서 관자놀이에는 핏줄이 불거져 나왔다. 나는 깜짝 놀랐지만 단지 순간이었다. 시밍턴은 바로 나에게 양해를 구했다. 언제나 그렇듯이 예의 바르고, 온순하고, 웃음을 띠고 있는 모습으로 돌아왔다. 하지만 나는 그 잠시 동안 보았던 시밍턴의 모습을 잊을 수가 없다. 마음이 안정되지 않는다. 에일린은 아직도 이모네에 가 있고 리비전에서는 자연을 다시 동물화할 필요성에 대한 토론이 벌어지고 있다. 야생동물이 사라진 지는 이미 오래지만 동물을 생물적으로 가공하는 것은 가능하다. 하지만 다른 한편으로는, 자연히 멸종되고야 만 것들을 왜 되살려야 하는 것인가? 가상동물학 측 대변인의 말이 인상적이었다. 과거를 모방하는 동물들이 아니라 새로운 창조물들로 이 자연을 채워야 한다는 것이다. 새로 구상된 동물군 중에서는 특히 큰발이, 표랑이, 거대고벽타기 등이 마음에 들었다. 동물예술가들이 맡은 역할은 새로운 동물들이 선택된 풍경에 조화롭게

어울릴 수 있는지를 고려하는 것이다. 광광이라는 동물도 흥미로웠는데 이 동물은 반딧불이와 일곱 개의 머리를 가진 용, 그리고 매머드를 합성한 것이다. 아주 개성 있고, 사실 아름답기도 한 동물이 될 듯했다. 그러나 나는 옛날의 보통 동물들이 그립다. 발전의 필요성을 인식하고 잔디 위에 뿌리기만 하면 치즈를 생산해 내는 락토졸에 대해 높이 평가하고는 있지만 말이다. 아무리 이성적으로 없애는 것이 맞는다고는 하지만, 젖소가 사라진 들판은, 한가하게 풀들을 되새김질하는 이 생물들이 없어진 들판의 모습은 슬프게도 허전하게 느껴진다.

2039년 9월 16일. 오늘 자 《헤럴드》 조간에 앞으로는 늙는 것을 불법으로 간주하고 법적 처벌의 대상으로 삼겠다는 법령이 제정될 것이라는 기사가 났다. 나는 시밍턴에게 이걸 어떻게 이해해야 하느냐고 물었다. 시밍턴은 그저 웃을 뿐이었다. 시내로 나오면서 나는 옆집 남자가 집 안의 정원에서 야자나무에 기대어 서 있는 모습을 보았다. 그런데 이 남자의 얼굴에 난데없이 새빨간 손자국이 양쪽 뺨에 선명하게 찍히는 것이었다. 그는 머리를 흔들더니 눈을 비비고는 기침을 한 번 하고 코를 풀더니 다시 꽃에 물을 주기 시작했다. 아직까지 내가 이해할 수 없는 일은 너무 많다! 에일린에게서 만질 수 있는 엽서가 왔다. 새 시대의 기술이 사랑의 전달자로 활용되다니, 얼마나 아름다운가! 내 생각에 우리는 결혼할 것 같다. 시밍턴 집에는 아프리카에서 막 돌아온 가상사자 사냥꾼이 와 있었다. 알비노정으로 백인이 된 흑인 이야기를 하고 있었다. 그렇다면 인종과 사회의 갈등 역시 화학적으로 해결된 것이었을까? 너무 쉬운 해결책은 아닌가?

우편으로는 광고용 샘플도 받았는데 이 약은 제의정이라고 하는 것이다. 자체로서는 아무런 효과도 불러일으키지 못하지만 다른 정신화학적 물질들을 복용할 수 있도록 부추기는 역할을 한다고 한다. 그렇다면 사람들 중 약물 복용을 원하지 않는 이도 있다는 말일까? 그렇게 생각하니 좀 힘이 났다.

2039년 9월 29일. 오늘 시밍턴과 나눴던 대화를 떨쳐 버릴 수가 없다. 중요한 의미를 가진 대화였다. 시밍턴과 함께 복용한 우정환의 영향을 너무 받은 건 아닐까? 시밍턴은 기분이 좋아져 있었다. 프로젝트를 끝낸 것이다.

"티히 선생, 우리가 제약 문명의 시대에 살고 있다는 건 자명하지 않습니까. 최대 다수의 최대 행복이라는 벤담의 명제를 실현하는 시기 말이지요. 하지만 이것은 동전의 앞면에 지나지 않습니다. 프랑스 철학자의 이런 말을 아시나요, '우리가 행복해지는 것만이 문제가 아니라 다른 사람들이 불행해야 하는 것이다.'"

"뼈 있는 경구군요!" 나는 코웃음을 치며 말했다.

"하지만 이게 사실이지요. 우리가 프로크루스테스사에서 뭘 만드는지 아시나요? 우리가 파는 것은 '악'입니다."

"농담이시겠죠."

"아니에요. 우리는 해악을 실현하고 있어요. 이제 누구든지 가까운 사람에게 안 좋은 짓을 할 수 있습니다. 본인이 전혀 해를 입지 않고 말이에요. 우리는 악행을 마치 약으로 고칠 수 있는 병균처럼 길들이는 데 성공했습니다. 문화라는 것이 예전에는, 한 인간이 다른 인간에게 좋은 사람이 되어야 한다고 설득하는 것이었지요. 선의 영역 말입니다. 그렇다면 나머지는 다 어디로 사라진 걸까요? 역사는 설득과 정치를 통해 이 악들을 모두 어느 구석으로 몰아내 버린 겁니다. 그러니 결국 무언가 삐져나오고, 터져 나올 수밖에 없는 것이지요."

"하지만 우리 이성 자체가 우리에게 선한 사람이 되라고 하지 않나요?" 나도 물러서지 않았다. "이건 알려진 사실이라고요! 게다가 지금은 모두들 점잖고, 즐겁고, 성실하고, 진실되고, 조화를 이루고 있고, 정말로 너무나……"

시밍턴은 내 말을 막았다. "바로 그래서, 바로 그래서 더욱더 큰 유혹이 되는 것입니다. 제대로, 마음껏, 속에 있는 것을 다 터뜨려야 하는 거죠! 건강과 정신의 균형과 안정을 위해!"

"그게 무슨 말입니까?"

"위선은 떨쳐 버리세요. 스스로를 속이는 것밖에 안 되니까요. 이미 그런 건 소용이 없습니다. 우리는 꿈가공과 페널티놀 덕분에 이제 자유로워진 거예요! 누구나 원하는 만큼의 악을 가질 수 있습니다. 불행도, 수치도, 다른 것들도요! 불평등도, 구속도, 남을 때릴 수도 있고, 말을 타고 여자를 사냥할 수도 있어요! 우리가 시장에 우리의 첫 상품을 풀기만 한다면 아마도 모두들 우리 상품을 살 거예요. 그러고는 아마 박물관이며 갤러리로 뛰어가 쇠몽둥이를 들고 미켈란젤로의 조각품을 부수거나, 걸작의 캔버스에 구멍을 내거나, 아마 화가가 막아선다면 화가도 때려죽이겠죠. 그렇게 생각하지 않으십니까?"

"최소한으로 말해서 그렇겠죠!" 나는 퉁명스럽게 대답했다.

"티히 선생은 아직도 편견에 사로잡혀 있으십니다. 하지만 이제 아시겠어요? 잔 다르크를 한번 예로 들어 봅시다. 그 성스러운 우아함, 천사와 같은 순진무구함, 그 온몸에 내린 신의 축복을 망치고 싶지 않으세요? 안장에 매달아 채찍으로 때리고 싶지 않으시냐고요! 육두마차의 앞에서 채찍을 쥐고, 여자들은 깃털 아래 누워 있고, 아니, 종을 매달고 있는 것도 괜찮겠군요, 그리고 썰매는 채찍과 함께 달려나가고, 한 아가씨는……"

"지금 무슨 소리를 하시는 겁니까!" 나는 충격으로 목소리가 떨리는 것을 숨기지 못하고 소리쳤다. "채찍질을 한다고요? 안장에 매단다고요? **탄다고요?**"

"바로 그렇다니까요. 건강, 그리고 위생을 위해서 하는 일이지만, 또한 조화를 이루기 위해서이기도 합니다. 지정만 하시면 됩니다. 이름을 쓰고, 설문지를 작성하고 누구에게 어떤 불만을 가지고 계신지, 뭐가 유감인지, 다툼의 원인이 뭔지 쓰시고, 뭐 꼭 써야 하는 것은 아닙니다. 왜냐하면 사실 대부분의 경우 아무런 이유 없이도 악행에 대한 욕망이 생기기 마련이거든요. 가끔 이유라고 대는 것이 다른 사람의 지혜, 고귀함, 아름다움 같은 것이니까요. 우리 카탈로그를 보면 잘 아실 수 있습니다. 주문을 해 주시면 24시간 안에 상품이 완벽하게 배달됩니다. 물과 함께 삼키면 되고, 공복에 드시는 것이 더 좋지만 그것도 꼭 지키진 않아도 됩니다."

이제야 《헤럴드》뿐만 아니라 《워싱턴 포스트》에도 실리는 시밍턴 회사의 광고를 이해할 수 있었다. 머리가 혼란한 가운데에도 공포감이 밀려오는 것은 어쩔 수 없었다. 도대체 시밍턴은 왜 이러는 것일까? 그런데 도대체 안장에 매단다느니 하는 이야기는, 지나가면서 하긴 했지만 어디서 갑자기 튀어나온 것일까. 맙소사, 이곳 어디엔가 나의 정신세계의 숨겨진 부분을, 환각의 일부분을 전달해 주는 채널이라도 있는 것일까? 하지만 엔지니어이기도, 디자이너이기도 한

(그런데 시밍턴은 나에게 포즈를 취하게 하고 도대체 무엇을 그린 것일까?) 시밍턴은 나의 혼란한 마음을 눈치채지 못했거나, 아니면 눈치채지 못한 척하는 것 같았다. 그는 자기 이야기를 계속했다.

"우리는 화학 덕분에 자유로워질 수 있습니다. 세상에 대한 우리의 인지는 뇌세포에서 일어나는 이온의 변화 때문이지요. 저를 보고 있는 당신의 머릿속에서 실제로 일어나는 것은 뇌세포 막에서의 나트륨과 칼륨의 균형 상태의 변형인 것입니다. 그러니 우리가 몇 개의 분자를 제대로 대뇌피질에 보내기만 하면 환각상으로 원하는 것을 이룰 수 있는 것이지요. 하지만 티히 선생도 벌써 이런 건 알고 계시죠." 목소리는 아까보다는 좀 작아져 있었다. 그러더니 서랍에서 마치 어린아이들을 위한 사탕과 비슷한 색색의 알약을 꺼냈다.

"이게 바로 우리가 생산한 해악들로, 영혼의 필요를 채워 주지요. 이 세상의 죄악들을 다스리는 물질들입니다."

떨리는 손으로 나는 주머니에서 망각정을 꺼내어 물도 없이 꿀꺽 삼키고는 말했다.

"사실을 말씀드리면, 저는 좀 더 구체적인 얘기를 듣고 싶군요."

시밍턴은 눈썹을 치켜세우더니 아무 말도 하지 않은 채 고개를 끄덕였다. 그러더니 서랍에서 무언가를 꺼내 입속에 넣고는 다시 이야기를 시작했다.

"원하신다면 그렇게 하죠. 제가 얘기한 건 신기술 모델 T에 대한 것이었습니다. 시작은 아주 원시적이었지요. 구타가 주 종목이었습니다. 사람들은 매질과 다른 사람들을 창밖으로 내던지기에 열광했지요. 어쩌다 찾아낸 행운이라고나 할까요, 하지만 이렇게 그 범위가 좁은 발명의 인기는 오래가지 못했습니다. 한마디로 상상력이 풍부하지 못했던 것이고, 따라 배울 대상이 없었던 것이었지요. 사실 역사 속에서 선만이 드러나게 행해졌지, 악이란 항상 숨겨진 채 행해져 왔습니다. 여러 가지 핑계를 겨우 찾아서 이상이라는 이름으로 인간의 가죽을 벗기고, 화형하고 겁탈을 해 온 것이었지요. 게다가 개인적인 악행으로 말하자면 이런 종류의 가이드라인조차 제시되어 있지 않은 형편이었습니다. 불법적인 행위들은 항상 거칠고 세련되지 못하거나 급하게 이루어지는 경우가 많아 사람들이 주문하는 걸 보면 지겨울 정도로 같은 것들이 되풀이되는 거지요. 급습해서 목을 조르고 달아나는 식입니다. 거의 습관처럼 말입니다. 사람들에게는 악행을 저지를 기회가 별로 없어요. 게다가 그 악행의 이유까지도 스스로 설명해야 하고요. 목을 졸리는 대상이 (뭐, 이럴 수도 있으니까) '도대체 왜?' 하고 묻거나 '당신은 스스로가 부끄럽지도 않소?' 하고 물으면 좋겠느냐고요. 변명의 여지가 없는 처지가 되는 건 그다지 유쾌하지 않은 일이죠. 구타의 경우에 사실 그다지 어떤 말할 거리를 제공하지는 않았습니다. 누구나 그건 잘 알고 있었죠. 이 모든 것 중 가장 중요한 것은 이런 적절치 못한 질문들을 아예 배제해 버리는 것이지요. 누구나 악행을 저지르고 싶어 하고, 그러니까 그 이유로 창피해할 필요가 없도록 하는 것 말입니다. 복수심을 부여하면 되는 겁니다. 하지만 그렇다면, 잔 다르크가 무슨 잘못이냐고요? 당신보다 더 낫고 더 아름답기 때문에요? 그러니까 바로 당신은 더 못한 사람이 되는 것이죠, 그래도 당신에겐 구타가 있습니다. 하지만 사실 아무도 그런 식으로는 원하지 않습니다. 누구나 입에 담을 수 없는 악행을 저지르는 잔인한 인간이 되길 원하지만, 스스로의 고귀하고 훌륭한 품성을 유지하기를 원하죠. 기적적인 인간성 말입니다. 아마 누구나 최고의 품성을 가지고 싶을 것입니다. 항상 말입니다. 더 악한 사람들일수록 더욱더 품성이 좋아지고 싶을 테고요. 사실 이것이야말로 거의 불가능한 일이고 그래서 언제나 사람들은 이걸 바라 왔지요. 단지 고아와 과부들을 괴롭히는 것으로 고객이 만족하지는 않습니다. 그러는 동시에 자신의 착한 심성 또한 드러내 보이고 싶어 하지요. 아무도 범죄자가 되고 싶지는 않지만 죄를 짓고 싶은 마음은 같지요. 그러나 법이라는 것이 있으니까, 하지만 법 얘기는 너무 고리타분하지요. 고객들에게는 어떤 성스러움, 천사와도 같은 성품을 제공해서 죄를 짓는 일이 단지 가능할 뿐만 아니라 마치 의무처럼 느껴지도록 해야 합니다. 이게 얼마나 복잡한 기술을 요하는지 짐작이 가세요? 그리고 어떤 모순점들을 끌어안고 있는지 보이시지요? 언제나 결론적으로 도달하는 곳은 몸이 아니라 영혼입니다. 몸은 그저 목적을 이루기 위한 수단일 뿐입니다. 이 사실을 모르는 사람들이 도달하는 곳은 결국 피비린내 나는 푸줏간이나 내장일 뿐이지요. 물론 대부분의 고객들이 이런 것을 알게 되는 것은 아닙니다. 홉킨스 박사의 항목에 성스러운 구타와 세속적 구타학은 구별되어 있습니다. 성스럽다는 게 무슨 뜻이냐고요? 우리 고객만 빼놓고 악마가 모두를 데려간다는 여호사팟 골짜기*에 다다르면, 그리고 최후의 심판 날 신께서 우리 고객을 친히 칭찬하시게 되는 거죠. 어떤 고객들(하지만 이런 놈들은 정말 속물들입니다)은 신이 결국 자기와 자리를 바꾸자고 할 것을 요구하기도 합니다. 아주 유치하기 짝이 없죠. 미국인들은 항상 유치한 걸 좋아하는 것 같아요. 구타학이며 고문법이라니." 시밍턴은 두

* '하느님께서 심판하시는 골짜기'란 뜻. 구약성경 『요엘서』 4장.

꺼운 카탈로그를 바라보며 메스껍다는 표정을 지었다. "이것도 다 너무 구식이에요. 옆 사람이 무슨 동네북이라고 생각하나, 때릴 생각이나 하고!"

"잠깐만요." 나는 망각정을 다시 입안에 털어 넣으며 말했다. "그렇다면 당신이 디자인하는 건 도대체 뭔가요?"

시밍턴은 자랑스러운 미소를 띠었다.

"무타 구성이라고 하죠."

"타라니, 1분에 몇 타라고 말할 때의 타 말인가요?"

"그렇기도 하고요. 남을 때리는 일을 말하는 거죠. 저는 구타법을 쓰지 않는 디자이너입니다. 제 디자인은 폐가 한 단위인데 1폐라는 것은 가족 단위를 6인으로 했을 때 가장인 아버지 앞에서 한 가족이 모두 살해당했을 때 느끼는 정도의 감정을 말하는 것입니다. 욥이 신에게 당했던 정도가 약 3폐, 소돔과 고모라는 40폐 정도 되겠죠. 하지만 단위가 문제가 아닙니다. 저는 기본적으로 예술가이고 전혀 개발되어 있지 않은 신분야를 개척하고 있는 셈이지요. 선의 이론에 대해서는 수많은 철학자들이 연구한 바 있지만 악은, 그놈의 수치심 때문에 지금껏 아마추어들의 영역이었을 뿐입니다. 좀 더 세련되게, 창조적으로, 예리하면서도 미묘하게 악을 행하는 것은 연습과 실험, 영감과 연구 없이 될 수 없는 일입니다. 고문도 독재도 구타학도 모두 서문에 불과합니다. 게다가 모든 악에 다 통용되는 처방전이란 없지요!"

"당신이 대상으로 하는 고객은 많습니까?"

"살아 있는 모든 사람이 바로 우리 고객입니다. 어린이부터 말이지요. 증오감을 덜어 내기 위해 어린이들에게는 오이디푸스 사탕을 공급합니다. 아버지란 존재는, 아시다시피 모든 금지와 규칙의 원천이니까요. 프로이틸 역시 효과가 좋습니다. 이런 식으로 오이디푸스 콤플렉스를 극복시키는 거지요!"

시밍턴에게서 알약 하나도 받지 않고 나왔다. 그런 거였구나. 이 세상이 도대체 어떻게 되어 가는 걸까? 이래서 모두들 숨소리가 거칠었던 걸까? 나는 괴물들에 둘러싸여 살고 있다.

2039년 9월 30일. 시밍턴을 어떻게 대해야 할지는 모르겠지만, 우리의 관계가 옛날로 돌아가기는 힘들 것 같다. 에일린은 나에게 충고했다.

"시밍턴의 전복정을 주문해요! 원한다면 내가 선물할게요!"

이 말은 프로크루스테스사에서 전복정을 산다면, 시밍턴 앞에서 나의 당당한 승리를 체험할 수 있다는 것이다. 시밍턴은 내 발아래 엎드려 자기 회사와 자기가 하고 있는 일이 구역질 나는 것임을 고백할 것이다. 하지만 시밍턴의 사업이 수치스러운 일이라는 것을 나에게 밝히기 위해 나 자신이 수치스러운 방법을 택할 수는 없는 노릇 아닌가? 에일린은 이 점을 이해하지 못했다. 이모네에서 돌아온 에일린은 약간 살이 찌고 키가 작아졌는데, 목만 길게 늘어나 있었다. 뭐, 육체가 문제가 아니라 영혼이 문제라고, 그 괴물도 그렇게 말했으니까. 내가 살아 나가야 할 이 세상을 나는 크게 잘못 이해하고 있었음에 틀림없다. 그럼에도 불구하고 내가 이 세상을 이해하고 있다고 상상했다니! 이전에는 뭔지 몰랐던 것들을 나는 점점 더 알아 가고 있다. 예를 들어, 옆집 남자가 정원에서 뭘 하는지도 알았다. 낙인자라고 하는 것이다. 또한 사람들의 모임에서, 이야기하던 사람이 잠시 양해를 구하고 한구석으로 물러나 담배 한 모금을 들이마시면서 나를 뚫어지게 주시할 때면, 내 모습이 그의 가상의 복수 지옥도 안에 정확하게 담기고 있다는 것도 이제 알게 되었다. 이 시대에는 지위가 높은 사람들도 이렇게 행동하는 것이다! 이 사람들의 우아한 예절의 가면 뒤에 이런 추함이 숨겨져 있을 줄이야! 나는 일단 힘을 좀 키우기 위해 설탕이 발라져 있는 헤라클렌을 한 수저 꿀꺽하고는 지금까지 에일린이 준 사탕이며, 약병이며, 가루첩이며, 시약병이며, 알약이며 흡입제 등을 모두 깨부숴 버렸다. 이제 나는 무엇에든지 맞설 준비가 되어 있다. 불쑥 분노가 치밀어 올라, 집에 인터페렌트라도 찾아와 그놈에게 이 모든 화풀이라도 하고 싶은 심정이었다. 그랬더니 머릿속에서는 쓸데없이 몽둥이를 들고 인터페렌트 같은 것을 기다리지 말고 스스로 해결하지 그러느냐는 속삭임이 들려왔다. 예를 들어 공기를 불어 넣는 마네킹 같은 것도 살 수 있는 것이다. 하지만 마네킹을 산다면, 여자 마네킹도 살 수 있을 테고, 그렇다면 가상인간도 살 수 있을 텐데! 가상인간을 구입한다고 치면, 그렇다면 프로크루스테스사에서 홉킨스가 발명한 불바다나 대홍수나 대폭발을 구입해서 이 세계를 끝내 버릴 수도 있지 않는가! 됐다. 나는 그럴 수 없다. 모든 것을 나 혼자 해결해야 한다, 혼자! 맙소사!

2039년 10월 1일. 관계는 끝났다. 에일린이 내민 손에는 두 개의 알약이 놓여 있었다. 검은색과 흰색, 이 중 하나를 선택해 주면 바로 삼키겠다고 했다. 그러니까 에일린은 이런 가장 기본적인 감정의 문제조차 약물 없이는 스스로 아무런 결정을 내릴 수 없는 것이었다! 나는 선택하는 것을 거절했고, 결국은 말다툼을 하게 되었고, 이 와

중에 에일린이 불만정을 복용하여 싸움은 더 커지고 말았다. 에일린은 내가 자기를 만나기 전에 비난정을 잔뜩 먹은 것이 아니냐고 공격해 왔다. 어려운 순간이었지만 나는 꿋꿋하게 버텼다. 오늘부터 나는 무조건 집에서 내가 만든 음식만 먹겠다. 아침정도, 유사 최음제도, 호화젤리도 이제는 없다. 나는 쾌락시럽 병들을 모두 깨 버렸다. 항의정도 유감제도 나는 필요 없다. 내 방 창가에서 슬픈 눈을 한 커다란 새가 나를 보고 있다. 발 대신 바퀴가 달려 있어 너무 이상하다. 컴퓨터가 이 새의 이름은 륜조라고 가르쳐 주었다.

2039년 10월 2일. 집에서 거의 나가지 않는다. 역사와 수학 부문을 삼켰다. 그 외의 시간에는 리비전을 보고 있다. 그래도 리비전을 보고 있어야 나를 둘러싼 모든 것에 대한 반항심이 일어난다. 어제는 마음속에서 조종기로 화면을 조종하여 눈에 보이는 모든 것이 최대한의 양감과 무게를 가지도록 하고 싶은 충동이 일었다. 그랬더니 아나운서가 앉아 있는 책상은 석간신문 몇 장의 무게 때문에 삐걱거리고, 결국 아나운서는 스튜디오 바닥으로 넘어지고 말았다. 물론 이런 결과는 우리 집에서만 볼 수 있는 것이고 다른 사람의 리비전에는 나타나지 않는 것으로 단순히 나의 감정 상태를 보여 줄 뿐이다. 그뿐만 아니라 리비전의 농담도, 트릭도, 풍자도, 이 시대의 그로테스크함도 모두 신경에 거슬린다. 코끼리를 냉장고에 넣는 방법은? 냉장고에 코끼리정을 먹이면 되어요! 젠장! 리비전 프로그램의 제목만 봐도 한심하다. 예를 들어 〈여자 마네킹과의 에로사이클〉은 어두운 술집에 비행로봇 몇몇이 앉아 있는 장면으로 시작하는데, 짜증이 나서 꺼 버리고 말았다. 하지만 그래 봤자 옆집에서 리비전을 보는지 요즘 가

장 유행하는 노래가 들려온다. *그녀의 마음속엔 거절정과 허락정이 함께해.* 아니, 21세기나 되어서 옆집이랑 방음 문제도 해결 못 한단 말인가?! 오늘도 조종기를 만지작거릴까 했지만 결국은 부숴 버리고 말았다. 정신을 차리고 무언가 해야 한다. 하지만 무엇을 할 수 있을까? 모든 것이 신경에 거슬리기만 한다. 우편물들도 마찬가지다. 골목에 있는 사무실에서 온 우편물은 나에게 노벨상 자가 추천에 등록하라고 하고 있다. 끔찍한 옛 시절에서 온 사람으로서 일단 수상 자격이 충분하다는 것이다. 정말, 폭발할 것 같다! '일반 판매에는 없는 특수 비밀약'을 선전하는 수상한 광고지도 왔다. 도대체 무슨 약일지 생각만 해도 겁난다. 금지된 잠것을 파는 업자들에 대한 경고문도 있다. 그리고 처방 없이, 그냥 꿈을 꾸는 것은 정신 에너지의 낭비가 심하므로 지양하라는 안내문도 와 있다. 시민을 끔찍이도 생각하는구먼! 나는 백년전쟁 잠것을 주문했다가 아침에 온몸에 멍이 든 채로 깨어났다.

2039년 10월 3일. 아무도 만나지 않는 생활이 계속되고 있다. 오늘, 정기 구독을 신청한 계간지 《우리 미래사》가 와서 뒤적거리다가 눈에 익은 이름을 보고 얼어붙고 말았다. 트로텔라이너 교수. 다시 한번 가장 끔찍한 의심이 나를 사로잡는다. 내가 겪고 있는 이 모든 것이 단지 한 줄기의 환각은 아닐까? 이론적으로 가능한 일이다. 잡지 《정신수학》에 요즘 여러 층위의 환각을 제공하는 다중제들의 사용에 대해 경고하는 논문이 있었다. 예를 들면 누군가 마렝고 전투의 나폴레옹이 되고 싶은데, 전투가 끝났을 때 현실로 돌아오고 싶지 않은 것이다. 그렇다면 바로 그 전장에서, 미셸 네 장군이나 누군가 군

인 중 한 명이 은쟁반에 새로운 알약을 받쳐서 가져다주면, 물론 그 자체도 모두 환각일 뿐이지만, 복용 후에는 다음 환각의 문이 열리고 이렇게 끝없이 되풀이될 수 있다고 한다. 고르디오스의 매듭이라면 끊어 버리는 게 내 식이기 때문에 나는 바로 전화번호부정을 복용하여 번호를 확인하고는 트로텔라이너 교수에게 전화를 걸었다. 그가 맞았다! 우리는 저녁을 함께 먹기로 했다.

2039년 10월 3일. 새벽 3시. 피곤해서 죽을 것 같고 몇십 년은 늙어 버린 기분이 든다. 트로텔라이너 교수가 조금 늦게 도착해서 나는 식당에서 혼자 기다리고 있었다. 교수는 걸어서 왔다. 멀리서도 알아볼 수 있었다. 지난 세기에서 본 것보다는 훨씬 젊어져 있었고 안경도 우산도 없었지만. 나를 보고 교수 역시 감개무량한 것 같았다.

"걸어서 오셨어요? 차가 말을 안 들었나요?(가끔 차가 승차를 거부할 때도 있다.)" 나는 물었다.

"아니요, 난 내 다리로 걷는 편이 더 좋아요."

하지만 그렇게 이야기하면서 교수는 어색하게 웃었다. 웨이퓨터가 주문을 받아 가자마자 나는 어떻게 지냈느냐고 교수에게 물으려고 했으나 내 입에서는 당장 이 모든 것이 환각이 아니냐고 의심하는 말이 튀어나오고 말았다.

"그놈의 환각 타령 좀 그만하시지요, 티히!" 조금 화가 난 것 같았다. "나도 당신이 환각일 뿐이라고 의심할 수도 있단 말입니다. 냉동되었던 것 맞죠? 나도 그래요. 해동된 거죠? 나도요. 게다가 나는 약간 청년화시켰어요. 유스정, 반노화제 말이에요. 당신이야 그럴 필요가 없었겠지만, 나는 그러지 않았으면 미래사 일도 못 할 뻔했어요!"

"미래학자 일 말인가요?"

"미래사는 미래학과는 좀 달라요. 미래학은 진단을 내리는 데 비해 미래사가로서의 나는 이론을 다루고 있습니다. 우리가 살던 시대에는 전혀 알려지지 않았던 학문이지요. 미래언어진단학이라고나 할까, 언어학적 미래학이라고나 할까!"

"그런 얘기는 처음 듣는데요, 그게 뭔가요?"

그러나 내가 질문했던 것은 그저 예의상이었지, 대답이 궁금해서 그런 것은 아니었다. 하지만 교수는 전혀 눈치채지 못한 것 같았다.

웨이퓨터들이 음식을 날라 왔다. 수프에는 1997년산 백포도주가 곁들여져 있었다. 좋은 빈티지의 샤블리로 내가 골랐다.

"미래언어학은 언어 변화의 가능성에 근거하여 미래를 연구하는 학문이에요." 트로텔라이너 교수가 말했다.

"무슨 말인지 모르겠는데요."

"인간은 자기가 이해할 수 있는 것만을 지배할 수 있고, 이해한다는 것은 언어로 나타낼 수 있는 것만을 이해할 수 있는 법이지요. 언어로 표현할 수 없는 것은 이해의 영역에 속하지 않는 것이니까. 언어가 앞으로 어떻게 진화될지를 연구한다면 언젠가는 나타날 모든 발명과 변화, 관습의 진화에까지 다다를 수 있어요. 언어는 언젠가 이 모든 것을 반영할 테니 말입니다."

"괴상한 학설이군요. 실제 연구는 어떻게 진행되나요?"

"연구는 대형 컴퓨터의 힘을 빌려 진행되고 있어요. 왜냐하면 인간이 모든 변화형을 다 만들어 낼 수는 없으니까. 그러니까 통어적 관계를 갖는 요소들과 실례적 관계의 변화형을 다루면서 음량 기호를……"

"트로텔라이너 교수!"

"죄송. 샤블리 맛이 좋군요. 사실 예를 들어서 설명하면 간단합니다. 단어 하나를 말해 보시지요."

"나."

"나, 흠, 나라고요? 좋아요. 내가 컴퓨터 역할을 해야 하니 이 예가 좀 단순해 보여도 이해하세요. 그러니, '나'란 말이죠. 나상. 너. 너상. 우리, 우리상. 알겠습니까?"

"전혀요."

"아니, 왜 모르겠단 거지요? 일단 나상과 너상을 합칠 수 있는 가능성에 대해서 생각해 보죠. 두 개의 자아를 통합한단 말입니다. 두 번째로는 우리상. 아주 흥미롭죠. 이것은 집합적 자아입니다. 그러니까 개인성의 분열 옆에서 일어나는 일이죠. 다른 단어를 하나 더 말해 보시지요."

"다리."

"좋아요. 다리에서는 뭐가 나오죠? 다리소. 다리너, 다리비가 되겠네요. 다로, 다릴, 다리하다, 다리터. 다리된. 다립! 다리인. 알겠어요? 아주 예가 좋군요. 다리스타. 다리설. 다리학."

"그게 다 무슨 뜻이란 말입니까? 이 단어들은 아무런 뜻이 없잖아요?"

"아직은 없지요. 하지만 앞으로는 생기는 겁니다. 그러니까, 뜻을 가질 수도 있는 가능성이 있다는 거지요. 다리학과 다리설이 생기면 말입니다. 로봇을 예로 들어 생각해 보시지요. 15세기에 로봇이라는 말은 아무런 의미도 없었어요. 하지만 그때에도 미래언어학이 있었다면, 어쩌면 더 빨리 사이보그를 발명했을 수도 있겠지요."

"아니, 그래서 다리학이 무슨 말인데요?"

"아, 이 경우에는 내가 정확히 설명을 드릴 수 있는데, 이건 진단이나 예측의 영역이 아니라 이미 존재하는 단어이기 때문이지요. 다리학은 최신 학문으로서 인간 진화의 새 방향을 열어 주는 학문입니다. 호모 사피엔스 모노페데스 말입니다."

"모노…… 외다리 말입니까?"

"바로 그렇지요. 이제 걸어 다닐 필요도 없고 공간도 부족하고 하니까."

"황당무계한 말이군요!"

"나도 사실 그렇게 생각합니다. 하지만 하첼클라처 교수나 푀슈베네 같은 사람도 사실 외다리라지요. 아까 다리를 예로 들었을 때 이런 건 몰랐나요?"

"몰랐어요. 그럼 다른 단어들은 무슨 뜻인데요?"

"그 단어들은 지금은 알 수 없지요. 만약 다리학이 앞으로 성행하게 되면, 분명 다리소, 다리너, 다리비, 다란 그런 것이 생기지 않겠습니까? 미래언어학이 무슨 예언은 아닙니다. 단지 현 상태에서의 미래에 대한 예측일 뿐이지요. 다른 단어도 예를 들어 보시지요."

"인터페렌트."

"좋아요. 인터와 페로, 페로, 페레, 툴리, 라툼. 이렇게 라틴어에서 온 단어는 라틴어식으로 생성해 내야 합니다. 플로스, 플로리스. 인터플로렌트카 어떻습니까? 이건 인터페렌트와 아이를 낳은 여자를 말하는 거예요. 인터페렌트가 이 여자의 꽃관을 가져가면 말이지요."

"꽃관은 또 어디서 나온 건가요?"

"플로스, 플로리스가 꽃 아닙니까. 꽃을 꺾는다는 것이 처녀성을 취한다는 의미니까. 하지만 사람들은 아마 사이버모 정도로 말하겠지요. 아니면 리비저녀 정도로. 말하겠지만 이 분야는 너무나 가능성이 풍부합니다. 이렇게 간단한 방법으로 인간 생활 방식의 새 시대를 열 수 있는 거예요!"

"당신이 이 새 학문의 추종자라는 건 잘 알겠어요. 다른 단어로도 한번 해 보시죠. 쓰레기."

"못 할 건 또 뭐 있나요. 당신이 회의적이건 말건. 좋아요. 쓰레기란 말이죠. ……흠. 쓰레기. 쓰레인. 여러 쓰레기는 광쓰레기. 범쓰레기! 재미있군요! 티히 씨, 단어 선택이 아주 좋군요! 범쓰레기라니, 하하!"

"그게 뭐가 특별하다는 거죠? 아무런 의미도 없는데."

"일단, 요즘 사람들은 아무런 의미도 없다고 하지 않고 아무런 맛도 없다고 합니다. 의미가 없다니, 그건 벌써 죽어 버린 단어예요. 당신이 신조어들을 안 쓰려고 노력하는 것은 나도 눈치챘어요. 하지만 거기에 대해서는 나중에 얘기합시다. 그리고, 범쓰레기라는 말은 **지금은** 아무런 의미가 없지만 벌써 미래의 의미를 짐작할 수 있지 않습니까? 당연히, 새 우주론에 대한 단어 아닙니까! 그냥 아무런 단어가 아니에요! 이 단어 자체가 별들이 사실은 합성이라는 것을 주장하고 있지요."

"그건 또 무슨 소리입니까?"

"범쓰레기라는 말은, 그러니까 이런 그림을 그려 주고 있는 거지요. 무한한 우주가 어떻게도 처리할 수 없는 쓰레기에 뒤덮이는 겁니다, 문명의 부산물들에 말이에요. 우주를 조사할 때도 방해가 되고 우주여행에도 방해물이 되니 분명 엄청난 열을 이용해서 이 쓰레기를 태워 버릴 거대한 우주 소각장을 세우게 될 겁니다. 그렇다면 그 소각장의 엄청난 규모 때문에 쓰레기들이 중력으로 저절로 끌려오게 되는 중에 공간이 생기고 그러면서 별들이 나타나게 되는 거지요. 우주의 빛과 어두운 번쩍임은 바로 아직 청소되지 않는 쓰레기들인 겁니다."

"지금 진심으로 하시는 말입니까? 그게 가능하다고 생각하세요? 우주가 쓰레기 소각장이라고요? 트로텔라이너 교수!"

"티히, 이건 내가 믿고 말고의 문제가 아니에요. 미래언어학 덕분에 우리가 우주학의 새로운 가능성을 후세대를 위해 만들어 낼 수 있는 거란 말입니다. 이걸 누가 심각하게 생각할지는 모르겠지만, 이러한 가설을 말할 수 있는 게 어딥니까! 20년만 전에 언어학이 좀 더 발전했더라면, 그때만 해도 그냥 보통의 폭탄과 구별되는 각종 화학탄을 예상할 수 있지 않았겠어요. **인류애탄**을 기억하죠? 언어라는 것은 자기 안에 거대한, 하지만 끝이 없는 것은 아닌 가능성을 품고 있어요. 유토피아라는 단어가 사실은 아무 곳에도 없는 세상을 의미한다는 것을, 우리 미래학자들은 알고 있지 않았잖습니까."

이야기는 이제 나의 주요 관심사로 흐르고 있었다. 트로텔라이너에게 나는 나의 공포심과 이 사회에 느끼고 있는 염오를 고백했다. 그는 처음엔 대수롭지 않아 했지만 그럼에도 끝까지 내 말에 귀를 귀울여 주었는데, 원래 마음씨가 좋은 교수가 나를 동정하고 있는 듯했다. 하다못해 교수는 이야기 중간에 동감제를 조끼에서 찾다가도 내가 정신화학 물질을 싫어한다는 것을 떠올리고 손을 멈추기까지 했다. 하지만 이야기의 맨 끝에 교수의 얼굴은 딱딱하게 굳어 있었다.

"좋지 않군요, 티히 씨. 당신의 비판은 이 모든 것의 본질을 비껴가고 있어요. 당신은 현상을 이해하지도, 짐작하지도 못하네요. 이 시대의 본질에 비하면 프로크루스테스사나 다른 정신화학 문명의 가지가지들은 다 장난에 불과합니다!"

나는 귀를 의심했다.

"그렇다면…… 그렇다면……" 나는 말을 더듬었다. "당신 생각에는…… 실제로는 이것보다 더 심하단 말입니까?"

트로텔라이너 교수는 책상 너머로 나에게 몸을 붙여 왔다.

"티히. 내가 당신을 위해 특별히 하는 말입니다. 직업상의 비밀을 말해 주는 거예요. 당신이 지금까지 한 얘기는 아이라도 모두 알고 있는 사실입니다. 물론 약간 다르게 알고 있긴 하지만. 마약과 환각제의 발명으로 선택적 정신화학이 발전한 이후 인류의 진화는 이 방향으로 예견된 거였어요. 하지만 진정으로 변화의 계기가 되었던 것은 25년 전, 매스콘 합성에 성공하고 나서부터였지요. 마약은 인간을 세상으로부터 분리시키지는 않고 단지 세상에 대한 인간의 관계를 변화시킬 뿐이었지만 정신화학은 바로 이 세상 전체를 흐리게 하고 가리고 있습니다. 물론 당신도 이미 알았으리라 믿어요. 매스콘은 세상을 변화시키는 거죠!"

"매스콘…… 매스콘…… 어디서 들어 본 말 같은데요. 아, 달 표면에 중력이 집중된 장소를 말하는 게 아닌가요? 그래서 밀도가 높은 물질이 있다는…… 그런데 그게 이것과 무슨 상관인가요?"

"전혀! 벌써 그 단어의 뜻은 변한 지 오래예요. 그런 걸 바로 단어가 상했다고 하지요. 합성된 매스콘을 뇌에 전달해서 바깥세상의 어떤 대상이라도 허상으로 대체하는 것이 가능한데, 그 효과가 너무나 훌륭해서 매스콘당하는 사람은 자기가 보고 있는 것이 **진짜**인지 아니면 환각인지 전혀 알 수가 없어요. 만약 당신이 매스콘 없이 단 한 순간이라도 당신을 둘러싼 이 세상이 어떤 것인지 볼 수만 있다면 아마 기절할 거예요."

"잠깐만요. 무슨 세상을 말하는 건가요? 어디 있다는 거죠? 어디서 볼 수 있어요?"

"지금 여기서도!" 트로텔라이너 교수는 주위를 살펴보며 내 귓속에 속삭였다. 그러더니 내 옆자리로 와서 앉아 식탁 아래로 코르크 마개로 봉해진 작은 유리병을 건네며 나를 믿는다는 목소리로 조그맣게 이야기를 이어 갔다.

"이건 안티스라고 하는 거예요. 각성제의 일종으로 각종 정신화학제에 반응하는 니트로아실릭페오트로피나와 비슷하지요. 복용이 문제가 아니라 이걸 가지고 있는 것만으로도 중죄로 처벌됩니다. 마개는 식탁 아래에서 열고 암모니아 냄새를 맡을 때처럼 주의해서 한 번만 흡입하도록 하세요. 각성용 소금이랑 비슷해요. 하지만 흡입 후에는…… 제발, 정신을 놓으면 안 됩니다! 명심하고, 정신 똑바로 차리세요!"

떨리는 손으로 나는 유리병의 마개를 열었다. 흰빛의 안개 같은 기체를 흡입하자마자 트로텔라이너 교수가 내 손에서 병을 빼앗아 갔다. 갑자기 눈물이 눈에 가득 차 시야가 흐려져서 나는 손으로 눈을 비볐다. 그리고 숨을 훅 들이켰다. 양탄자가 깔려 있고 야자나무가 서 있으며 마욜리카 타일로 장식되어 있던 멋진 홀도, 세련되게 조화를 이루던 식탁과 지금껏 안쪽에서 음악을 연주하던 악단도 모두 눈앞에서 사라졌다. 우리는 지푸라기가 발목까지 쌓인 시멘트 벙커 안의 나무 책상 앞에 앉아 있는 것이었다. 음악 소리가 들려오긴 했지만 머리 위의 녹슨 철사에 겨우 걸린 스피커에서 흘러나오는 것이었다. 반짝이는 무지개처럼 걸려 있던 샹들리에는 먼지 쌓인 전구 한 개일 뿐이었다. 그러나 가장 끔찍한 변화는 식탁 위의 풍경이었다. 눈처럼 하얀 식탁보는 사라지고 김이 모락모락 나는 닭 요리가 놓여 있던 우묵한 은접시는 보기만 해도 입맛이 떨어지는 알 수 없는 회색의 죽이 담긴 도기 그릇으로 바뀌어 있었다. 게다가 죽은 조금 전까지만 해도 은도금이 되어 있던 신주 포크에 들러붙고 있었다. 좀 전까지만 해도 위쪽은 노릇노릇하게 구워져 있고 아래쪽에는 소스가 묻어 부드럽고 바삭한 크루통과 함께 그렇게 맛있게 먹던 이 정체 모를 음식을 바라보며 나는 온몸이 얼어붙는 것만 같았다. 화분에 심어져 있는 야자나무의 늘어진 이파리라고 내가 생각했던 것은 누군가의 내복에서 늘어진 실밥이었다. 내복의 주인은 다른 두 명과 겨우 끼어서 우리 위층에 앉아 있었는데 그 공간이 어찌나 좁은지 층이 아니라 선반에 앉아 있다고 하는 편이 더 맞을 것 같았다. 거기다 사람은 어찌나 많은지! 이 끔찍한 광경들이, 마치 요술봉과 함께 펼쳐지는 정경처럼 내 눈앞에서 마구 흔들리면서 눈알은 내 눈에서 빠져나올 것만 같았다. 내 얼굴 앞에 있던 내복 실밥은 다시 한번 초록색으로 변하면서 야자나무의 이파리가 되었고, 쓰레기가 차 있던 깡통은 세 발짝 앞에서 움찔거리다 검은 광택이 더해지더니 멋지게 조각된 화분으로 변했다. 더러운 책상 표면은 점점 밝아지더니 첫눈처럼 희게 변하는 것이었다. 다시 크리스털 술잔들이 빛나고, 회색빛 죽이 노릇노릇하게 부풀더니 필요한 곳에 날개와 다리가 생겨나고 있었다. 신주 포크는 오래된 은처럼 고상하게 반짝이고 다시 웨이퓨터들의 앞치마들이 분주히 움직였다. 발아래를 내려다보니 지푸라기는 다시 양탄자로 변하고 나는 호화로운 현실로, 숨을 몰아쉬면서, 통통하게 살이 찐 닭 요리 앞에, 그러나 원래 무엇이었는지 절대로 잊을 수 없는 요리 앞에 앉아 있었다.

"이제야 진실을 이해하기 시작했습니까?" 트로텔라이너는 마치 내가 벌컥 화라도 내면 어쩌나 하고 생각하는 듯 눈치를 살피며 작은 목소리로 속삭였다. "게다가 이곳은 진짜 호화로운 장소라는 것을 염두에 두세요! 당신에게 털어놓을 마음이 없었더라면 아마 그 꼴을 보기만 해도 머리가 돌아 버릴 것 같은 장소에서 만났을 수도 있어요."

"네? 그럼…… 이고…… 이곳보다 심한 데도 있단 말인가요?"

"그렇습니다."

"그럴 순 없어요."

"장담하지요. 여긴 그래도 최소한 진짜 책상도 있고 의자도 있고 접시도, 포크도 있지 않습니까. 몇 층짜리 침대에 누워 벨트컨베이어로 공급되는 음식을 손가락으로 먹는 곳도 있어요. 여기 닭 요리라고 나온 것도 그 나름대로 영양가도 있고."

"이게 도대체 뭐죠?!"

"못 먹을 것도 아니지요, 티히. 식물 진액과 비트 가루를 염화 처리한 물에 적셔서 생선가루와 간 거예요. 고체 풀과 함께 합성지방과 비타민을 더해 목에 걸리지 않게 하지요. 냄새는 나지 않았나요?"

"났고말고요!"

"그러니까요."

"하느님 맙소사, 트로텔라이너 교수…… 도대체 이게 뭐죠? 제발 말해 주세요! 젠장. 인류의 멸망인가요? 종말이 온 건가요? 인류를 멸종시키려는 악마의 계획인가요?"

"티히, 전혀 아니에요. 악마 어쩌고는 관두시지요. 이건 그냥 200억 인구가 사는 세상일 뿐이에요. 오늘 자 《헤럴드》를 읽으셨나요? 파키스탄 정부가 올해의 극심한 기아로 겨우 97만 명밖에 죽지 않았다고 발표한 데 비해 반정부 세력들은 6천만이 죽었다고 발표했습니다. 이런 세상에서 샤블리니 닭 요리니 베아르네즈 소스가 될 법이나 한 소리입니까? 지구에서 닭이 멸종한 지는 이미 사반세기나 지났어요. 물론 그 시체는 아주 잘 보존되어 있지만 말이지요. 사실 죽은 걸 매스콘하는 것도 가능하니까."

"잠깐만요! 생각을 정리하기가 힘듭니다…… 그렇다면……"

"아무도 당신에게 해를 끼칠 생각은 없어요. 그 정반대지요. 그러니까 긍휼의 마음으로, 인본주의에 기초하여 바로 이런 화학 약물과 위장술이 쓰이기 시작한 겁니다. 현실에서 찾을 수 없는 예쁜 깃털들과 색깔을 까마귀의 몸체에 덧붙인 것뿐이지요."

"그 말은, 이 세상 전체가 다 이런 사기란 말씀인가요?"

"그래요."

"하지만 난 시내에서 아무것도 먹지 않았어요. 직접 요리해서 먹는단 말입니다. 그렇다면 도대체 어디에서?"

"매스콘을 어떻게 이해하고 있는 건가요? 티히 씨, 당신이 그런 질문을 하다니. 매스콘은 당연히 공기 중에 분사되어 있어요. 분자화되어서 말이죠. 코스타리카의 화학전이 기억나지 않으세요? 그 사건은 소심한 발단일 뿐이었지요. 몽골피에 형제*의 열기구 실험과 지금의

* 열기구를 발명한 프랑스의 형제. 1783년 세계 최초로 사람을 하늘에 띄우는 일에 성공했다.

로켓처럼 말입니다……"

"그리고 모두들 그 사실을 알고 있다는 건가요? 그러고도 이렇게 산단 말입니까?"

"그렇진 않지요. 아무도 모릅니다."

"소문이나 짐작도요?"

"소문이야 항상 있지요. 하지만 망각정이 있잖아요. 누구나 다 알고 있는 사실이 있고 아무도 모르는 사실들이 있습니다. 정신화학 문명이 드러내고 있는 부분이 있고 숨기고 있는 부분이 있는 거죠. 드러낸 부분이 숨긴 부분을 유지하고 있는 거고요."

"그럴 순 없어요."

"왜인가요?"

"하지만 누군가는 이 지푸라기를 치우고 누군가는 우리가 먹고 있는 이 그릇을 생산해 낼 게 아닙니까. 그리고 구운 닭처럼 보이는 이 죽도 말이에요. 이 모든 것들을 도대체!"

"바로 그렇습니다. 물론 당신 말이 맞아요. 모든 것들이 생산되어야 하고 또 유지되어야 하지요. 하지만 그래서 어쨌다는 건가요?"

"이런 걸 만들어 내는 사람들은 다 보고 알 거 아닙니까?"

"어떻게 안단 말입니까. 티히 씨는 계속 과거의 방식으로 생각하고 있어요. 사람들은 자기가 은제품 공방으로 출근한다고 생각하고 있고, 입구 바로 앞에서 안티스를 들이마시고는 시멘트 벽과 작업대를 보게 되는 거죠."

"그러고도 일하고 싶어 한다고요?"

"최선을 다하고 싶어 합니다. 왜냐하면 안티스와 희생정이 함께 뿌려지거든요. 이렇게 되었을 때 작업은 무언가 희생적인, 영혼을 고양하는 것이 됩니다. 일이 끝나면 망각정 또는 암네스탄 한 알이면 지금까지 보았던 모든 일을 잊게 되는 거지요!"

"나는 지금껏 내가 환각 속에 사는 게 아닌가 하는 두려움이 있었어요. 완전히 바보 같은 생각이었군요! 맙소사, 돌아갈 수만 있다면! 돌이킬 수만 있으면 무엇이라도 주겠어요!"

"어디로 돌아간단 말인가요?"

"힐튼호텔 하수구로요."

"바보 같은 소리. 당신은 비이성적인 말을 하고 있어요. 미쳤다고는 하지 않겠습니다. 당신 역시 다른 사람들과 똑같은 걸 먹고 똑같은 걸 마시는 편이 좋아요. 그래야만 그 안에 든 낙관주와 평온액도 함께 섭취할 수 있으니까요. 그러면 기분이 좋아질 거예요."

"그렇다면 교수 당신도 악마의 변호인인 건가요?"

"정신 차려요. 환자를 위해 거짓말 좀 한다고 의사가 악마가 되는 건 아니잖습니까. 이렇게 살고 먹고 마셔야 한다면, 예쁜 포장지에 나와 있는 대로 좀 낫게 살고 먹고 마시는 게 낫지 않을까요? 매스콘의 효과는 단 한 가지 예외적인 경우만 제외하고는 아주 훌륭하지요. 그러니 뭐가 문제란 말입니까?"

"지금 그걸 가지고 토론할 정신은 없어요." 나는 조금 진정이 되어 말했다. "옛정을 생각해서 두 가지만 대답해 주세요. 그렇다면 매스콘이 듣지 않는 단 한 가지 예외는 뭐죠? 그리고 세계 평화는 어떻게 이루어진 건가요? 그것 역시 환상입니까?"

"아니, 그건 사실입니다. 하지만 그 얘기를 하자면 너무 긴데 지금은 시간이 없군요."

우리는 다음 날로 다시 만날 약속을 정했다. 인사를 나누면서 나는 다시 한번 매스콘의 약점에 대해 물었다.

"놀이공원에 가 보세요." 트로텔라이너 교수는 일어서며 말했다. "좋지 않은 꼴을 정 다시 보고 싶다면 제일 큰 회전목마를 한번 타 보시지요. 그리고 회전속도가 최고조에 달했을 때 타고 있는 칸의 덮개를 칼로 조금 찢어 보세요. 회전목마마다 덮개가 씌워져 있는 이유는 매스콘이 실상을 회전하는 허상으로 변환시킬 때 약간의 위치 변동이 있어서…… 마치 경주마의 눈에 부분 눈가리개를 씌우는 것과 같은 이치지요. 그럼 아름다운 허상 뒤에 뭐가 있는지 보일 겁니다……"

나는 새벽 3시에 허탈한 마음으로 이 일기를 쓰고 있다. 나는 이 문명으로부터 어디론가 도망치는 것을 심각하게 고려하고 있다. 별들을 보아도 조금도 마음이 안정되지 않는다. 우주로 떠나도 돌아올 곳이 없다고 생각하면.

2039년 10월 5일. 약속 시간까지의 오전은 시내에서 보냈다. 만연한 편안함과 호사스러움을 볼 때마다 공포심이 밀려오는 것을 감출 수가 없다. 맨해튼의 갤러리들은 렘브란트와 마티스의 진품들을 헐값에 팔고 있다. 그 옆에서는 루이 16세 양식의 가구들, 대리석 벽난로, 왕좌, 거울, 사라센의 무기들까지 취급하고 있었다. 이 모든 것들, 집들마저도 흔해 빠진 과일처럼 팔고 있는 광경들! 내가 지금까지 지상 낙원에, 누구나 '궁전할' 수 있는 세상에 살고 있다고 생각했다니! 골목에 있는 노벨상 자가 지명 등록소 역시 그 본질은 누구나 노벨상을 받을 수 있게 된 것이었다. 누구나 자기 집 벽에 세상에서 가장 귀중한 미술 작품을 걸 수 있는 것처럼. 노벨상도 렘브란트

도 만약 뇌에서 작용하는 단 몇 그램의 가루라면 말이다. 이 모든 것에서 가장 참을 수 없는 점은 이러한 집단 허상 중 **일부**만이 허상으로 드러나 있어 순진하게도 허상과 현실의 경계를 마치 분간할 수 있는 것처럼 되어 있는 것이다. 화학적으로 공부하고, 화학적으로 사랑하고, 반항하고, 잊어버리는 이 시대에서 아무도, 누구에게도 자연스러운 반응 따위는 기대할 수 없게 되었기 때문에 조종된 감정과 자연스러운 감정의 구별은 이미 사라진 지 오래다. 거리를 걸으며 나는 주머니에 든 환약들을 손으로 짓이기고 있었다. 이 시대를 증오하는 데는 살상제도 격분제도 필요치 않은 것 같다. 세상을 염려하는 나의 생각은 이 거대한 사기극에서 허황한 이름을 달고 있는 모든 것들에, 이 분수를 넘어선 모든 장식에 집중되고 있다. 아이들에게는 오이디푸스 사탕을 주고, 이후에는 인성의 발달을 위해 반항정과 이의정을 먹인다. 그러고는 지나치게 열을 내지 않도록 협조정과 정리정을 준다. 경찰은 존재하지 않는다. 왜냐하면 크리미놀이 있으니까. 범죄에 대한 욕구는 '프로크루스테스사'가 없애 준다. 지금까지 신화학 전문점을 피해 온 것은 다행이었다. 왜냐하면 그 안에 들어가 봤자 신심정과 은혜정, 양심환과 개심환, 죄사함액 등만 가득했을 테니까. 신성불가침분이라는 것을 뿌리면 성인도 될 수 있다고 한다. 이슬라마나 알라샤, 젠정이나 부다나, 열반액이나 접신액은 또 어떤가. 여호사팟 골짜기 칸에서 종말흡입액이나 부활크림을 살 수도 있는 일이다. 당밀이 입혀진 부활정을 사도 된다. 오, 신이시여! 신앙인을 위한 유사최음제도, 마조히스트를 위한 지옥전과 메피스톨도…… 나는 신앙심 깊은 사람들이 무릎을 꿇고, 회개졸을 담배 피우듯 들이마시고 있는 조제소 안으로 들어가고 싶은 충동을 겨우 참았다. 하지만 그 안으로 들어가 봤자 나에게 망각정을 쥐여 줄 뿐이라는 것을 알고 있었다. 그러고 나서는 놀이공원으로 갔다. 땀에 젖은 손가락으로 주머니칼을 만지작거렸으나 아무것도 하지 못했다. 가림막이 무슨 스틸 섬유라도 쓴 듯 단단했기 때문이었다.

트로텔라이너 교수가 살고 있는 방은 5번가에 있었다. 약속한 시간에 갔는데도 교수는 집에 없었다. 하지만, 늦게 올 수 있다고 미리 나에게 말했고 문에 어떻게 휘파람을 불어야 열리는지도 가르쳐 주었기 때문에 나는 교수의 방으로 들어가 각종 학술지들과 무언가 휘갈겨 쓴 종이들이 가득한 책상 앞에 앉았다. 지루함에, 아니 사실은 마음속에서 타오르는 불안함 때문에 나는 트로텔라이너 교수가 뭘 써 놓았는지 넘겨다보았다. '범쓰레기' '사이버모' '외국살' '외부살', 흠, 그 괴상한 미래언어학인가 뭔가 단어를 끼적여 놓을 정신이 있었군…… '출생소' '출산란' '출산 신기록'. 이건 뭐지, 가장 아이를 많이 낳은 기록인가? 이런 식의 인구 증가에서 필요한 단어겠군. 매초마다 8만 명의 아이가 태어난다니, 아니 80만 명일지도 모른다. 어차피 아무런 차이도 없다. '생각자' '생각정' '가상생각' '생각소' '생각 조정소' '생각 통제소'. 이 사람, 도대체 무슨 생각을 하는 건가? 트로텔라이너 교수, 지금 세상이 망해 가고 있다고요! 나는 소리를 치고 싶었다. 무언가 종이 뭉치 아래에서 번쩍이고 있었다. 안티스, 바로 그 병이었다. 고민한 것은 1초도 되지 않았다. 조심스럽게 흡입을 마치고 나는 방을 다시 바라보았다.

희한한 일이었다. 변한 것은 거의 없었다. 정보들이 진열되어 있는 장, 여러 분야의 약들이 늘어선 선반, 모두 그대로 있었다. 단지 방 한 구석에 조각된 타일들로 분위기를 따뜻하게 했던 네덜란드식 벽난로만이 벽에 구멍을 뚫어 설치한 난방용 금속 파이프로 바뀌었을 뿐이었다. 나는 마치 나쁜 짓을 하다가 들킨 것처럼 유리병을 얼른 내려놓았다. 왜냐하면 현관문에서 휘파람 소리가 들리더니 트로텔라이너 교수가 들어왔기 때문이다.

나는 교수에게 오늘 놀이공원에 갔던 이야기를 해 주었다. 교수는 이상하다는 표정을 짓더니 나에게 주머니칼을 꺼내 보라고 했다. 그러더니 고개를 절레절레 젓고 안티스를 조금 흡입하더니 나에게도 건네었다. 주머니칼이라고 생각했던 것은 다 부스러져 가는 나뭇가지였다. 나는 교수의 얼굴을 바라보았다. 힘이 빠져 보였다. 어제 봤을 때처럼 자신감에 찬 얼굴은 아니었다. 교수는 책상 위에 학회정들이 가득한 서류 가방을 던져 놓더니 한숨을 쉬었다.

"티히, 당신도 이해해야 합니다. 매스콘 확장술이 지금 당장 인류를 해롭게 하는 건 아니에요."

"확장요? 그건 또 뭡니까?"

"작년이나 아니면 바로 지난달까지도 실제였던 많은 것들을 허상으로 대체할 수밖에 없어요. 이제 진짜 사물들은 점점 더 구하기 어려워지고 있습니다." 이렇게 설명하면서도 교수는 무언가 나에게 말하지 않고 있는 다른 생각 때문에 마음이 어지러워 보였다.

"당신이 탔다는 그 회전목마를 나도 몇 달 전에 타긴 했지만, 사실 아직도 그 목마가 존재하고 있다고는 장담할 수 없어요. 놀이공원의 입장권을 사면서 바로 회전목마정이나 엔터테인멘톨을 받았을지도 모르는 일이니까요. 솔직히 그렇게 하는 편이 훨씬 더 이성적이고 경제적인 해결 방식이지요. 티히, 인류가 소유하고 있는 실제의 영역은 무서운 속도로 줄어들고 있습니다. 나는 여기로 이사 오기 전에는 새로 지어진 힐튼호텔에서 지냈는데 거기서는 도저히 살 수가 없었어요. 조금이라도 안티스를 잘못 흡입했다가는 내가 살고 있는 닭장보다 조금 큰 크기의 방이 보이거나, 먹이 투입구에 코가 부딪치거나, 갈비뼈 사이로 수도관이 밀고 들어오거나, 그뿐만 아니라 발바닥에는 아래층 사람 침대 머리가 닿거나 했지요. 내가 사는 곳은 8층에 있는 방이었는데 하루에 90달러짜리였습니다. 공간, 살 땅이 점점 더 줄고 있어요! 확장 전문가 또는 정신공간 전문가들이 열심히 노력은 하고 있지만, 기실 어려움이 많아요. 당신과 함께 같은 공간에서 존재하는 이 무지막지한 군중을 환각으로, 거리나 아니면 광장에서 보이지 않게 해서 멀리 떨어진 사람 한둘만 보이게는 할 수 있겠지만, 이렇게 매스콘된 사람들과 부딪치기라도 하면 어떻게 하겠습니까, 보이지도 않는 사람들과 말입니다! 현재로서는 이 문제를 어떻게 해결할 수 없는 형편이에요."

"트로텔라이너 교수, 여기 써 놓은 메모를 봤어요. 죄송하지만요. 그런데 도대체 이게 뭔가요?" 나는 교수가 '멀티사이키졸'과 '자가 군중 효과 생성제'라고 써 놓은 것을 가리키며 물었다.

"아하, 그건…… 아시는지 모르겠지만, 힌턴화 계획이 있긴 있어요. 이고버트 힌턴이라는 사람의 이름을 딴 것인데 점점 더 심각해지는 공간의 문제를 대체하는 방법이지요. 인간의 내부 공간, 곧 영혼을 가상화하는 겁니다. 왜냐하면 영혼의 넓이라는 것은 어떤 물리적인 잣대로도 측정하는 것이 불가능하니까요. 아시겠지만 동물형정 덕분에 잠시 동안, 거북이도, 개미도, 성스러운 소로 변하거나 아니면 그렇게 변했다고 느끼는 건 가능해졌습니다. 원하기만 한다면 보태니드의 플로릴정을 복용하고 재스민 꽃이 될 수도 있죠, 물론 자기 생각에 말이죠. 이런 식으로 한 사람이 둘이나 셋, 또는 네 사람으로 변할 수도 있고 말입니다. 그런데 이 숫자가 두 자릿수로 넘어가게 되면 군중 효과라는 것이 생깁니다. 이것은 이미 나상이 아니라 우리상이 되는 것이지요. 한 사람의 육체에 여러 상의 환각이 생기는 거죠. 이럴 때면 정신적으로 경험하는 삶의 강도를 더 높여 외부적으로 경험하는 것보다 더 강하게 하려고 환각을 부추기는 경향도 생깁니다. 우리가 사는 건, 바로 이런 시대예요, 티히. 전지전능한 약물의 시대. 정신화학이 삶의 책이고 존재의 백과사전이며 알파이자 오메가인 시대란 말입니다! 우리에게 혁명은 없지만 혁명정이 있고, 글리세린 병에 든 저항액이 있고 극단주의제가 있고, 당신도 아는 홉킨스 박사는 요즘 소도마제와 고모라정도 한참 광고 중이니, 개인적으로 원하는 만큼의 도시를 불바다로 만들어 버릴 수도 있어요. 75센트만 있으면 신이 될 수도 있는 세상입니다."

"가장 최신식 예술은 간지럼증이라고 하더군요." 나는 말했다. "저도 우아스초티안의 스케르초인가 뭔가를 감상했지만, 도대체 그게 어떤 예술적 체험이 될 수 있는지는 모르겠어요. 그냥 웃음이 터져 나올 뿐이었지요."

"맞아요, 그건 아무래도 우리 같은, 과거에서 온 해동인간들에게 어울리는 예술은 아닌 것 같습니다." 트로텔라이너 교수가 우울한 목소리로 동조했다. 기운이 다 빠진 듯, 교수는 헛기침을 하더니 다시 나를 똑바로 바라보며 말했다.

"티히, 이제 또 미래학 학회가 열리고 있습니다. 인류의 미래에 대한 거대한 학회지요. 76번째 학회예요. 오늘 이 학회 준비를 위한 첫 번째 모임에 갔다 온 건데, 당신과 그 얘기를 좀 하고 싶어요."

"이상하군요. 신문은 꽤 열심히 읽는 편인데, 미래학회 소식은 전혀 없던데……"

"비밀 학회라서 그렇습니다. 아마 이해하시겠지만, 예를 들면 매스콘 문제 같은 것도 토론해야 하지 않겠습니까!"

"왜요, 무슨 문제라도 있나요?"

"난리가 아니에요! 더 이상 나빠질 수도 없을 만큼 상황이 좋지 않아요." 교수는 힘주어 말했다.

"어제는 전혀 그런 내색 안 하시더니요……" 나는 말했다.

"그랬지요. 하지만 내 처지도 이해 좀 해 주세요. 이제야 최근의 연구 결과들을 접할 수 있었습니다. 오늘 내가 들은 얘기들은, 뭐 직접 보면 바로 알 수 있겠지요."

교수는 서류 가방에서 여러 가지 색깔의 리본으로 묶인, 최근의 연구 결과가 들어 있는 두툼한 막대 사탕 묶음을 꺼내어 책상 너머로 건네주며 말했다.

"이 내용을 훑기 전에 설명드려야 할 것이 있습니다. 정신화학주의는 향정신주의이며 완전히 부패한 집단이 장악하고 있어요. 한마디로, 정신화학 정부에는 뇌물과 부패가 만연하지요. 사실 세계 평화도 그렇게 해서 이루어 낸 겁니다."

"드디어 그 세계 평화의 수수께끼가 풀리는군요!" 나는 소리쳤다.

"아주 단순한 문제예요. 뇌물이라는 것이 물건에 결함이 있는 걸 그냥 넘어가게 하거나, 아니면 물건이 없을 때 얻을 수 있게 하거나 하는 것인데, 이 물건이라는 것은 여러 가지가 될 수 있어요. 서비스도 그중 하나입니다. 생산자의 입장에서 가장 이상적인 상황은 대금만 받고 줘야 할 것은 전혀 주지 않는 거지요. 아마 당신도 부정행동

기계와 위정 기계의 현상제 얘기는 들어 본 적이 있을 겁니다."

"네, 하지만 현상제는 또 뭔가요?"

"말 그대로예요. 현상의 용해, 바로 실제가 사라지는 거지요. 컴퓨터들에 의한 부정부패 사건이 일어났을 때 사람들은 모든 것을 디지털 기계의 속성 탓으로 돌렸습니다. 사실은 그 안에 조직들과 대기업들의 음모가 있었죠. 인구 폭발의 대응책으로 지구 밖에서 주거용 행성을 건설하는 문제였어요. 거대한 로켓함을 세우고, 기후를 변화시키고 토성과 천왕성의 대기를 바꾸어야 하는 사업이었죠. 물론 종이 위에서만 한다면 아주 쉬울 수도 있었습니다."

"하지만 금방 들통났을 텐데요." 나는 의문을 제기했다.

"무슨! 예상치 않았던 객관적인 어려움과 지금까지 생각지도 못한 문제들과 방해 요소들이 발생했습니다. 새로 자금도 조달해야 했고, 배분도 다시 들어가야 했고…… 천왕성 프로젝트에는 지금까지 980조 달러가 들어갔는데 과연 거기의 돌 하나라도 움직인 것인지는 알 수가 없지요."

"감시 위원회 같은 건 없나요?"

"우리 우주인들은 아직 천왕성에 착륙할 수는 없어 감시 위원회는 우주인으로 구성되어 있지 않아요. 이럴 경우는 대리인단을 보낼 수밖에 없는데 그 대리인단도 결국 자기들에게 주어진 자료나 사진, 통계 그런 걸 보고 판단하는 수밖에 없는 거죠. 자료란 건 언제나 가짜로 만들 수 있으니까, 아니면 그냥 자료를 매스콘하는 수도 있고."

"아!"

"틀림없어요. 내가 생각하기에 세계 평화에도 비슷한 식으로 다다르게 된 것 같습니다. 정부 주문을 받는 회사들은 개인 회사니 몇 조씩 받고도 아무 일도 하지 않은 거지요. 레이저 무기들, 로켓 발사, 대對-대-대-대-탄도탄(우리는 이미 탄도탄 6세대에 도달해 있습니다) 개발, 에어탱크라고 부르는 나는 탱크, 이게 다 허상이었던 겁니다."

"네?"

"환각이란 거지요, 티히. 버섯폭발정이 있는데 뭐 하러 핵실험을 한단 말입니까?"

"그게 뭔가요?"

"빨아 먹는 약인데 빨아 먹기만 하면 핵폭탄의 버섯 모양이 눈앞에 보인답니다. 이 모든 일들은 다 이어져 있어요. 군인들을 훈련시킬 필요가 뭐 있겠습니까? 필요하면 훈련정을 주면 되는데. 장교들도 교육시킬 필요가 없지요. 전술정, 장군정, 전략정, 명령정, 클라우제비츠 전법을 외우시나요? 가루를 드세요, 바로 장군이 되실 수 있습니다. 이런 광고 못 들어 봤습니까?"

"못 들었습니다."

"하긴 그런 자세한 부분은 비밀이고 일반인에게는 사실 팔지 않지요. 군대를 보낼 필요도 없어졌습니다. 적대국 하늘에 매스콘 가루를 뿌리는 것으로 사람들은 이미 낙하산 부대와 육군, 해군, 탱크를 모두 눈앞에서 보게 될 테니까 말이에요. 진짜 탱크는 지금 100만 달러는 하지만 가상 탱크는 한 사람이 보게 하는 데 0.01센트예요. 그걸 시청단위라고 합니다. 전함은 1시청단위당 0.25센트지요. 지금은 미국의 모든 군수품을 모아도 아마 트럭 하나에 들어갈 겁니다. 탱콘, 시체환, 폭탄정…… 알약, 시럽, 가스 형태, 모두 구할 수 있어요. 아마 화성인의 침공도 전체 세트로 살 수 있을걸요. 가루형이라던가."

"그럼 전부 매스콘이란 말입니까?"

"거의 그렇지요! 이렇다 보니 솔직히 진짜 군대는 필요가 없어지고 말았어요. 공군만 좀 남아 있고, 그것도 확실치는 않지만. 어디에 쓰겠어요? 연쇄효과란 말입니다, 알겠습니까? 도저히 멈출 수가 없어요. 이게 바로 세계 평화의 비밀입니다. 올해 나온 캐딜락과 도지, 그리고 쉐보레는 보셨나요?"

"그럼요, 꽤 멋지던데요."

교수는 나에게 안티스 병을 내밀었다.

"자, 창가에 서서 그 멋진 차들을 한번 보시지요."

나는 창가에 기대어 섰다. 12층에서 구불구불하게 보이는 도로는 햇빛에 차체와 창문을 번쩍이는 자동차들로 가득한 강 같았다. 나는 뚜껑이 열린 안티스 병을 코에 가져다 대고 눈에 고인 눈물을 닦고 눈을 깜빡였다. 내 눈앞에는 놀라운 광경이 펼쳐졌다. 도로는 마치 자동차 놀이를 하는 어린아이처럼 양손을 가슴 높이로 올린 직장인으로 가득 차 있었다. 어쩌다 한 번씩, 다리는 부지런히 움직이고 허리 위쪽부터는 편안한 소파에 앉은 것 같은 자세로 미친 듯이 달리고 있는 꽉 찬 직장인들의 행렬 속에서 연기를 내뿜는 자동차가 한 대씩 나타나곤 했다. 안티스의 효력이 사라지면서 내 눈앞의 상은 흔들리기 시작하더니 맨해튼을 메운 흰색, 노란색, 에메랄드색의 빛나는 자동차의 강이 다시 나타났다.

"악몽이 따로 없군요!" 나는 혐오감을 숨기지 않고 말했다. "하지만 이 모든 것에도 불구하고 세계 평화가 달성되었다*는 것은, 무언가 소득이 있는 일이 아닌가요?"

"그렇지요, 그러니 나쁜 일만 있는 것은 아닙니다. 심장마비로 죽는 사람 역시 줄었지요. 저렇게 장거리를 뛰어다니는 것은 운동으로 아주 좋으니까. 하지만 폐 질환과 정맥류 그리고 심장확대로 고생하는 사람은 많아졌어요. 모든 사람이 마라톤 선수가 될 수 있는 건 아니니까요."

"그래서 당신이 차를 안 타고 다니는 거군요!" 갑자기 떠올랐다.

트로텔라이너 교수는 입을 일그러뜨리며 웃을 뿐이었다.

"요즘 괜찮은 차는 450달러 정도밖에 안 해요. 하지만 실제 제작비가 8분의 1센트 정도인 걸 생각해 보면 그것도 비싼 거지요. 요즘은 정말로 일을 하고 있는 사람의 수가 점점 줄어들고 있어요. 작곡가들은 곡을 의뢰한 사람들에게 뇌물을 주고 작곡비를 챙기고, 초연을 들으러 온 관객들 앞에 콘체르타졸 따위를 들이미는 실정입니다."

"정말 양심도 없군요. 하지만 그런 것들이 사회적으로도 큰 해악을 끼치나요?"

"아직까지는, 사실 그렇지는 않아요. 하지만 관점에 따라 평가가 달라질 수는 있겠지요. 트랜스뮤티나를 복용한다면, 염소와 사귀고도 자기가 밀로의 비너스를 만나고 있다고 착각할 수 있어요. 우리 학계에도 논문 대신에 학회정과 페이퍼린이 있긴 하지만, 가상으로는 어찌할 수 없는 어떤 최소한의 한계라는 게 있는 법입니다. 어디서든 살긴 살아야 하고 무언가는 먹어야 하고, 어떤 공기든 숨은 쉬어야 하니까. 그러나 지금은 현실 세계의 활동 범위의 반은 벌써 현상제에 점령되었습니다. 게다가 생각하기 싫은 부작용 또한 보고되

* 라틴어로 '로마 도시와 전 세계에 평화'라는 뜻으로, 고대 로마에서 성명문의 서두에 쓰던 문구였다. 오늘날에는 산피에트로 대성당 발코니에서 교황이 온 세계에 축복을 내릴 때 쓴다.

고 있는 실정이고요. 이런 경우에는 디헐루신이나 네오슈퍼매스콘이나 픽사톨 등을 써야 하는데, 그 결과는 좋지 않아요."

"왜인가요?"

"디헐루신이란 새로 나온 약물인데, 이것을 복용하면, 환각 상태가 아니라는 확신을 가지는 환각을 체험할 수 있습니다. 정신장애가 있는 사람들에게만 우선 처방되고 있는데, 사실 이 세상에 대해 의심하는 사람들의 수가 점점 더 늘어나고 있어요. 망각정도 다중 환각을 치료하지는 못해요. 환각이 다시 환각을 낳는 현상으로, 이해가 되나요? 요컨대 누군가 자기가 지금 환각 상태에서 환각 상태가 아닌 것이라고 환각 상태가 되거나, 그 반대의 경우를 말하는 겁니다. 현대 정신병리학의 전형적인 문제지요. 다층 또는 n층 병리학이라고 합니다. 하지만 가장 위험한 건 바로 그 새 매스콘들이에요. 아시겠지만 너무 많은 양의 약물을 사용하면 몸이 망가지지요. 머리카락이 빠지거나, 귀가 뾰족하게 튀어나오거나, 꼬리가 없어지거나……"

"꼬리가 생긴다고 말씀하시려던 거 아닌가요?"

"아니요, 없어진다고요. 인간에게 꼬리가 생긴 지는 30년쯤 되었습니다! 철자법환의 부작용 때문인데, 읽고 쓰기를 빨리 익히는 대가가 이거였지요."

"그럴 리가요. 내가 해변에 가 봤는데, 아무도 꼬리가 없던데요!"

"어린아이같이 굴지 마세요. 꼬리는 제미정이라는 약물로 감추는데, 이 약물로 인해 손톱이 검어지거나 이가 빠지게 되지요."

"하지만 그것도 약물로 위장할 수 있겠죠?"

"물론입니다. 매스콘은 밀리그램 단위로 효과를 발휘하지만, 보통 사람은 연평균 약 90킬로그램의 매스콘을 섭취하고 있지요. 집 안의 가구도 만들어야지, 먹어야지 마셔야지, 학문적 발견도 해야지, 공무원들에겐 친절 교육도 시켜야지, 렘브란트 그림도 걸고 주머니칼도 사야지, 해외여행도 가야지, 우주여행도 가야지 등 매스콘이 필요한 일이 너무나 많아요. 이런 의학적 비밀이 아니라면 아마 뉴욕 시민의 반은 얼룩이에, 등에 초록색 혹이 나 있거나 귀에 가시가 돋아 있거나 하도 뛰어다녀서 폐 질환이나 심장확대에 시달리고 있다는 사실이 다 알려지고 말 겁니다. 이 모든 것을 가리는 데 바로 네오슈퍼매스콘이 필요하지요."

"악몽이 따로 없군요! 어떻게 다른 방법은 없나요?"

"그래서 우리 미래학회가 대안적 미래에 대해 학회를 열기로 했습니다. 전문가들 사이에서는 이미 무언가 극단적인 방법을 취해야 한다는 의견이 높아요. 열여덟 가지의 프로젝트가 나와 있는 형편이지요."

"인류를 구원하는 프로젝트군요."

"원한다면 그렇게 불러도 좋아요. 자, 이제 앉아서 이것들을 훑어보세요. 하지만 조심해서 다뤄야 합니다. 아주 예민한 물질이니까."

"시키는 대로 하겠습니다."

"그럴 거라고 믿어요. 이것들은 내 친구 화학자에게 받았는데, 두 종류의 각성 물질을 합성한 거예요. 오늘 우편으로 편지와 함께 도착했어요." 트로텔라이너는 책상에서 편지를 집어 들었다. "그는 자기 발명품이 진짜 각성 물질은 아니라고 이야기합니다. 그리고 이렇게 써 놓았어요. '미연방정신약학회는 여러 위기 상황으로부터 현실권 소유자들의 주의를 돌리기 위해 네오매스콘을 함유한 유사 각성제를 제공하고 있습니다.'"

"무슨 말인지 모르겠어요. 나도 안티스의 효과를 직접 체험했는데요. 그건 그렇고 현실권 소유자가 뭡니까?"

"그건 이 사회에서 아주 높은 사람들이지요. 사실, 나도 그 현실권 소유자 중 한 사람입니다. 현실권이란 이 세상이 **진짜로** 어떻게 돌아가는지 그 진단을 위해 각성제를 소유하고 사용할 수 있는 권리를 말하는 거예요. 누군가는 알고 있긴 해야 하지 않겠습니까?"

"그렇겠죠."

"그리고 이 물질로 말하자면 내 친구 화학자의 생각으로는 매스콘 중에서도 좀 옛날에 나온 매스콘에는 확실히 효력을 발휘하지만 모든 매스콘의 작용을 중단시키는 건 아니에요. 특히 요즘 새로 개발된 매스콘에는 잘 듣지 않는 것 같습디다. 사실 모든 매스콘에 효과를 발휘하는 각성제란, 해독제가 아니라 역으로, 사악하게도 각성제의 탈을 쓴 매스콘, 그러니까 양의 탈을 쓴 늑대인 셈이 되겠지요."

"하지만 왜요, 만일 누군가가 알아야 할 필요가 있다면……"

"그 필요라는 것이, 이 사회 전체를 위해서, 인류를 위해서는 그렇겠지요. 하지만 정치인들의 입장에서나, 기업의 입장이나, 정부의 입장에서는 또 그렇지가 않습니다. 가령 우리 현실권 소유자들이 보는 것보다 상황이 더 나쁘다고 한들, 이들은 우리가 경종을 울리는 것을 바라지 않아요. 그래서 이런 종류의 약물이 만들어지는 거지요. 옛날 가구를 보면 비밀 서랍 중 아주 찾기 쉬운 곳이 있었어요. 비밀을 캐내는 사람이 금방 찾을 수 있도록 말이지요. 그리고 찾아낸 이후에는 더 이상 찾기를 중단할 거라는 기대로 만들어진 서랍이죠. 이게 바로 그런 약입니다."

"이제 이해할 수 있겠습니다. 그런데 나한테 바라는 건 뭐죠?"

"그러니까 이 자료들을 보면서 우선 이 병에 든 기체를 흡입하고, 다음에는 저 병에 든 기체를 흡입해 주었으면 좋겠어요. 사실을 털어놓자면, 나는 그럴 용기가 없습니다."

"겨우 그건가요? 당연히 해 드리죠."

교수로부터 두 개의 유리관을 받아 들고 나는 소파에 앉아 미래사학회에서 보내온 논문 요약집을 훑기 시작했다. 첫 번째 프로젝트는 의식 개혁이었는데 대기 중에 천 톤쯤 되는 전환액을 분사하는 것으로, 이 전환액은 지금까지의 가치관을 백팔십도 바꾸는 역할을 한다고 한다. 일단 이 물질을 분사하는 1단계가 행해지면, 지금까지의 안락함, 배부르게 먹는 것, 맛있는 음식, 물건의 미적 가치, 청결함 등에 대한 욕구들이 갑자기 경멸스러운 것이 되면서 사람들이 붐비는 것, 가난, 추함, 물질의 부족 등이 무엇보다도 바람직한 가치로 인식되는 것이다. 2단계에서는 모든 매스콘과 네오매스콘의 효과를 갑자기 없애거나 중성화시키도록 되어 있었다. 지금까지 가려졌던 현실에 직면하면서, 인간은 자기가 바라 왔던 모든 것을 가지게 되는 것이다. 이때 아예 생존 조건을 무시하게 될 매스콘을 분사할 생각도 있다. 그런데 이 전환액이라는 것이, 예외 없이 지금까지의 모든 가치관을 바꿔 놓는 것이기 때문에 성적인 즐거움마저도 혐오의 대상이 되어 인류가 멸종되는 위기를 불러올 수도 있다. 그래서 1년에 한 번씩은 24시간 동안 적당한 해독제를 써서 전환액의 효과를 감소시키는데, 이날은 분명 자살률이 폭발적으로 늘어날 테지만 동시에 출생률을 증가시키기도 할 것이다.

나는 이 프로젝트가 썩 마음에 들지는 않았다. 한 가지 확실한 것은, 이 프로젝트를 구상한 자는, 계속해서 해독제를 취해 지금 만연한 가난이나 추함, 더러움이나 인생의 지루함이 아무런 기쁨을 주지 못하도록 해야 한다고 말하는 현실권을 가진 자라는 것이었다. 두 번째 프로젝트는 강과 바다에 만 톤의 레트론을 푸는 것이었다. 레트론이란 주관적인 시간의 흐름을 뒤로 돌리는 약물로, 그렇게 했을 때 이제 인류의 생활은 다음과 같이 변하게 된다. 인간은 세상에 검버섯 가득한 노인으로 태어나고 세상을 떠날 때 아기로 죽는다. 두 번째 프로젝트는 이런 방법으로 인간의 삶에서 가장 치명적인 결점인, 누구나 늙고 죽어야 한다는 운명을 없애 버릴 수 있다고 주장하고 있었다. 시간이 흐르면서 노인들은 점점 젊어져 점점 힘이 세어지고 인생의 활기를 되찾게 될 것이다. 은퇴 이후에는 이미 유아기에 접어들어 축복받은 어린이로서의 생을 살게 된다. 이 프로젝트의 강점은 모든 살아 있는 것은 죽는다는 당연한 사실을 어린 아기는 모른다는 데 있었는데, 이 또한 매우 인도적이었다. 그런데 시간을 뒤로 돌리는 것은 순전히 주관적이기 때문에, 유치원과 유아원과 조산소에 몰고 가야 할 것은 어린이가 아니라 노인들이라는 사실은 변하지 않는다. 프로젝트상에는 그 후에는 어떻게 이들을 해결할 것인가에 대해 정확하게 밝히지는 않고 개략적으로 이 노인들을 국립 안락원이라는 곳에서 적절히 관리한다고만 되어 있었다. 이걸 읽어 보니 첫 번째 프로젝트에 점수를 더 주고 싶은 마음이 들었다.

세 번째 프로젝트는 매우 원대하면서도 급진적이었다. 체외수정과 분리환, 그리고 이식이 골자인데, 인간에게서 뇌만을 남겨 링크와 콘센트와 플러그가 장착된, 지구본 형태의 내구 플라스틱 포장에 집어넣는 것이다. 이 프로젝트는 신진대사를 핵에너지로 바꾸는 것을 주장하는데, 그러므로 음식의 섭취나 쓸데없는 인간의 몸에 대한 모든 것은 적절히 프로그래밍된 환각으로 바뀌게 된다. 이 뇌본은 다른 기계나 장비, 교통수단 등에도 꽂을 수 있으며 바로 이렇게 떼었다 붙였다 할 수 있는 기능에 기초하여 프로젝트는 10년씩 두 단계로 나누어진다. 첫 번째 단계에서는 신체를 부분적으로만 분리해 내는데 필요하지 않는 몸의 일부분은 집에 놔두고 다니게 되어 있다. 예를 들면 극장에 갈 때는 장롱 속에 생식기관이나 배설기관은 떼어서 걸어 놓고 오면 된다. 다음 10년 동안 이 프로젝트는 사람들이 모여서 붐비는 현상을 없애는 단계에 돌입한다. 무선과 유선 채널이 뇌본과 뇌본 사이를 연결하여 교통수단도, 모임도, 학회도, 출장도, 여행도, 그러니까 누군가가 어디를 가야 하는 필요성 자체가 없어지는 것이다. 왜냐하면 살아 있는 모두는 인류 전체뿐 아니라 가장 먼 행성과도 연결되어 있기 때문이다. 장기와 조종 리모컨, 기타 액세서리들은 대량생산 되며 집 안에서 뇌본이 재미로 깔아 놓고 달릴 수 있는 미니 선로 등 역시 공급될 예정이다. 여기서 나는 이 프로젝트 원안자들의 정신 상태를 의심하며 읽던 것을 멈추었다. 트로텔라이너는 나에게 너무 섣불리 판단하는 건 아니냐고 쏘아붙였다. 술이 익었으면 마실 수밖에 없다. 건전한 상식이라는 잣대로 인간의 역사를 잴 수는 없다. 아베로에스, 칸트, 소크라테스, 뉴턴, 볼테르라 하더라도 바퀴 달린 금속 깡통이 숭배의 대상이 되고 폐 질환을 야기하며 20세기 도시의 가장 큰 문제가 될 뿐만 아니라 인간들이 집 안에서 무사하게 남아 있는 것보다 주말여행의 행렬에 동참하면서 그 안에서 짓눌려 죽는 편을 택하리라고 어찌 알았겠는가? 나는 트로텔라이너 교수에게 이 중 어떤 프로젝트를 지지하느냐고 물었다.

"아직 결정은 못 했어요. 가장 심각한 문제는 비아秘兒, 불법적으로 태어난 아이들 문제예요. 그리고 학회가 열리는 동안 화학적 간섭이 있을지도 걱정입니다."

"무슨 소리인가요?"

"크레디빌란으로 지지를 얻는 프로젝트가 생길 수도 있다는 거지요."

"학회장에서도 약물을 쓴다는 겁니까?"

"왜 안 쓰겠어요? 에어컨 안에 스프레이만 설치하면 되는 간단한 일인데."

"어떤 결정을 내리든 간에, 사실 대중의 지지를 얻을 필요는 없어요. 사람들이 모든 결정에 따르는 건 아니니까요."

"티히, 문화는 이미 50년 전부터 그리 발전하지 못하고 있어요. 20세기에 무슨 디오르라는 사람이 패션을 이끌었다고 하는데, 그런 식으로 어떤 방면에서나 한 가지 규칙이 모든 것을 이끌고 있는 형편입니다. 만약 떼었다 붙였다 하는 프로젝트로 결정하기로 한다면, 몇 년 후면 누구나 이 부들부들하고 털이 나 있고 땀이 나기도 하는 육체란 것을 가진 걸 창피하고 수치스럽게 생각할 거예요. 몸은 씻어 줘야 하기도 하고 냄새도 없애야 하고 가꿔 줘야 하는 반면에 망가지기도 쉽지 않습니까. 하지만 육체를 떼었다 붙였다 하는 시기에는 누구나 엔지니어링 예술의 걸작을 자기 몸에 붙이기만 하면 되지요. 어떤 여자가 눈 대신 요오드화은을, 튀어나왔다가 들어갔다가 하는 가슴을, 천사 같은 날개를, 반짝거리는 정강이나 땅에 닿을 때마다 음악 소리가 나는 뒤꿈치를 마다할까요?"

나는 말했다. "그렇다면…… 우린 도망칩시다. 필요한 만큼 산소와 먹을 것을 챙겨서 로키산맥 어디라도 들어가요. 힐튼호텔 하수구를 기억하시죠? 거기도 나쁘지는 않았어요."

"지금 진심으로 하는 소린가요?" 트로텔라이너 교수의 목소리는 마치 망설이는 듯했다.

그때까지 줄곧 손에 들고 있던 유리관을 코 쪽에 가져다 댄 것은 우연한 일이었다. 왜냐하면 손에 들고 있다는 사실조차 잊고 있었기 때문이다. 매운 냄새에 눈가에 눈물이 고였고 나는 재채기를 하기 시작했다. 그러고 나서 다시 눈을 떴을 때 방은 변해 있었다. 트로텔라이너 교수는 계속 이야기를 하고 있었고 그 목소리가 들려오고 있기는 했지만 나는 주변의 변화에 너무 놀라 교수가 무슨 말을 하는지 하나도 알지 못했다. 벽은 먼지로 뒤덮이고 있었고 지금까지 파랗던 하늘은 벌건 회색빛을 띠어 가고 있었다. 창문 중 몇 개는 깨져 있었고 깨지지 않은 부분은 내린 비와 함께 쏟아진 기름 낀 스모그로 덮여 있었다.

왜 이 모든 변화 중에서도 트로텔라이너 교수가 학회 관련 자료를 들고 온 세련된 서류 가방이 때 낀 비닐봉지로 변한 것에 가장 소름이 돋았는지는 알 수 없다. 겁이 나서 나는 봉지 쪽을 쳐다보지 않았다. 책상 밑에는 교수가 입고 있던 무릎을 덧댄 바지와 단화 대신 아무렇게나 접힌 의족 두 개가 보였다. 철사로 얼기설기 덧댄 의족의 발 부분에는 길거리의 흙먼지와 자갈이 그대로 붙어 있었다. 철로 만든 발꿈치 부분은 많이 썼는지 반들반들 닳아 있었다. 나는 신음 소리를 냈다.

"왜, 머리라도 아픈가요? 두통약이라도 필요합니까?" 동정적인 목소리가 들려왔다. 나는 겨우 눈을 들어 교수를 바라보았다.

교수의 얼굴 중 남은 부분은 거의 없었다. 푹 꺼진 뺨에는 이미 오래전에 갈아 끼웠어야 할 더러운 붕대가 붙어 있었고 물론 예전처럼 안경을 썼지만 알 하나에는 금이 가 있었다. 기관지를 절개한 목에는 아무렇게나 끼워진 보코더가 목소리가 날 때마다 움직이고 있었다. 곰팡이 핀 재킷은 교수의 어깨 위에 겨우 걸쳐져 있었고 왼쪽 가슴에 뚫린 구멍은 더러운 플라스틱판으로 막혀 있었는데 그 안으로는 겸자와 꺾쇠로 간신히 고정된 회색빛 심장이 벌떡벌떡 뛰고 있었다. 왼팔은 온데간데없고 연필을 잡은 오른팔은 놋쇠로 되어 초록색으로 녹슬어 있었다. 옷깃에는 천 조각 하나가 아무렇게나 붙어 있었는데 '두부 119 859/21 이식—5 거부반'이라고 빨간 볼펜으로 휘갈겨 쓰여 있었다. 나의 눈은 튀어나올 지경이었으며 교수는 나의 공포를 거울처럼 정확히 인식하고는 갑자기 책상 뒤에서 얼어붙었다.

"그러니까…… 내가 그렇게 변했나요? 어떻게?" 교수의 목소리는 쉬어 있었다.

내가 어떻게 일어났는지는 기억나지 않지만 이미 나는 방문 손잡이를 잡고 있었다.

"티히! 무슨 짓이에요! 기다려요! 티히! 티히!" 교수는 절망적인 목소리로 나를 부르며 간신히 일어나고 있었다. 문이 겨우 열렸지만 바로 끔찍한 덜거덕거리는 소리가 이어졌다. 너무 급작스럽게 움직이려고 했던 트로텔라이너 교수가 중심을 잃고 결국 바닥에 쓰러지면서 온몸에 붙은 쇠붙이와 합성된 부분들을 잇고 있던 철사들이 온통 부딪치고야 만 것이었다. 못들이 얼기설기 박힌 판으로 된 발바닥으로 절망적으로 발버둥 치는, 회색빛 봉투를 손에 쥐고 플라스틱판 뒤에 뛰고 있는 심장을 가진 트로텔라이너 교수의 모습을 시야에서 지우지 못한 채 나는 방을 뛰쳐나왔다. 복수의 여신들이 쫓아오기라도 하는 것처럼 나는 복도를 따라 도망쳤다.

건물은 사람들로 꽉 차 있었다. 마침 점심시간이었는데 공무원들과 비서들이 이야기를 나누며 엘리베이터 쪽을 향하고 있었다. 열린 문틈으로 겨우 뚫고 들어갔지만 이상하게도 엘리베이터는 움직이지 않아서 유리창 너머를 보고야 나는 왜 그렇게 모든 사람들이 헉헉거리는 것인지 알게 되었다. 이미 옛날에 끊겨 버린 엘리베이터의 줄은 덜렁덜렁 매달려만 있었고 엘리베이터를 감싼 철망 주위를 모든 사람이 마치 원숭이같이 날렵하게 오르고 있었던 것이다. 건물 꼭대기에 있는 커피숍까지 올라가서는 이마에서는 땀이 뚝뚝 떨어지는데도 불구하고 편안하게 대화를 나누는 것이었다. 나는 천천히 뒤로 물러나 사람들이 계속해서 기어 올라가고 있는 엘리베이터를 감싼 계단으로 뛰어 내려갔다. 몇 층이나 내려와서야 나는 속도를 좀 줄였다. 아래층에는 거의 사무실밖에 없었다. 벽 끝의 움푹 들어간 부분에는 거리 쪽으로 창문이 열려 있었다. 그 앞에 서서 옷차림을 정돈하는 척하면서 나는 아래를 내려다보았다. 처음에는 길거리에 사람이 전혀 없는 것이라고 생각했지만, 사실 지나가는 사람을 알아보지 못한 것이었다. 지금까지 언제나 거리를 메우고 있었던 우아함은 간곳없었다. 한 명씩, 또는 두 명씩, 누더기를 입은 사람들이 지나가고 있었다. 붕대를 맨 사람들도 많았고 종이봉투를 뒤집어쓰거나 티셔츠 한 장만을 입고 있는 사람도 있었다. 몸을 대충만 가리고 있어서 이들 중 많은 사람이 얼룩덜룩하거나 특히 등 부분에 털이 나 있는 것도 눈에 띄었다. 어떤 사람들은 그야말로 병원이 더 급한 환자를 보기 위해 할 수 없이 퇴원시킨 것만 같았다. 다리가 없는 사람들은 조그마한 바퀴가 달린 나무 판에 의지하여 움직이고 있었다. 말소리와 웃음소리가 함께 들려왔다. 어떤 여자들은 귀가 코끼리처럼 출렁거렸고 뿔이 난 사람들도 있었다. 낡은 신문지와 부서지는 지푸라기, 비닐봉지들은 신경 써서 몸에 걸쳐져 있었다. 좀 더 건강한 사람들이나 신체를 잘 보존하고 있는 사람들은 차도 위에서 미친 듯이 달리고 있었는데 가끔 발바닥을 뻗쳐 액셀을 밟고 기어를 바꾸는 동작을 하느라 뛰다가 멈추기도 했다. 군중 속에서 눈에 띄는 것은 분무기와 방사선량계 등을 들고 서 있는 로봇들이었다. 누구에게나 정량의 안개 같은 것을 분무하느라 바빴다. 그뿐만이 아니었다. 서로 팔을 두르고 걷는 젊은 한 쌍(여자의 팔에는 비늘이 나 있었고 남자의 팔에는 물집이 가득했다) 뒤에서는 한 로봇이 따라가며 끊임없이 둘에게 스프레이를 뿌리면서 머리를 꾸준히 가격하고 있었다. 거의 이가 맞부딪칠 지경이었지만 둘은 조금도 그 사실을 모르는 것 같았다. 일부러 저러는 것일까? 하지만 더 이상 해답을 찾을 만한 여유는 없었다. 손으로 창틀을 잡은 채 거리와 그 위에서 움직이는 사람들, 뛰는 사람들을 멀리서 바라보고 있는 나는 유일한 목격자였다. 이 모든 것을 보고 있는 단 한 쌍의 눈…… 정말 나밖에 없는 걸까? 이 광경의 잔인함은 나만이 아닌 누군가 다른 관객을 필요로 했다. 이 모든 것을 만들어 낸 사람, 이 음울한 장면에 끼어들지 않고도 이 모든 것의 의미를 설명해 줄 사람, 종말의 후원자, 파멸을 즐거워하는 사람. 조그마한 구두닦개가 한 노파의 발 아래서 계속 왔다 갔다 하다 결국 무릎에 부딪쳐 노파는 철퍼덕 넘어지고 말았지만 다시 일어나 갈 길을 가고, 또다시 로봇이 노파에게 부딪치고, 구두 닦는 로봇은 기계적으로 자기 일을 되풀이하고, 노파는 끝까지 생기를 잃지 않은 모습으로, 둘은 그렇게 내 눈앞에서 사라져 갔다. 많은 로봇들이 마치 분사약의 효과를 확인하려는 듯 사람들 바로 앞에서 입안을 살펴보고 있었지만, 그렇게 보이지는 않도록 되어 있는 것 같았다. 뒷골목에 서 있는 비행로봇이나 비로봇들도 많았다. 뒷문 옆에서는 움로봇이며, 작업로봇, 일로봇, 미크로봇 등이 서로 세력을 뽐내고 있었고 차도 위에는 거대한 청소용 컴포스터가 밀고 들어와 쓰레받기 끝에 걸린 다른 것들과 함께 쓰레기통으로 한 노파를 밀어 넣고 있었다. 그 광경에 나는 아직 건드리지 않은 다른 병 하나를 들고 있다는 것을 잊어버린 채 손을 물어뜯고 말았다. 목으로 바로 불처럼 뜨거운 연기가 전달되어 왔다. 나를 둘러싼 풍경이 흔들리더니 밝은 안개에 휩싸였다가 보이지 않는 손이 내 눈앞에서 그 안개를 걷어 내는 듯했다. 나는 온몸이 굳어서 내 앞의 현실이 또 다른 층의 그림을 생성해 낼 것이라는 끔찍한 예감에 사로잡혀 변화할 풍경을 기다리고 있었다. 이미 현실의 위조는 너무나 오랫동안 진행되어 있어 아무리 강력한 해독제라 하더라도 그 현실의 가장 표면에 놓인 장막 몇 개를 찢고 몇 층위 아래를 들여다볼 수 있을 뿐인 것이다. 점점 더 밝아지더니, 주위는 거의 하얗게 변했다. 보도에는 눈이 쌓여 있었고 수많은 발자국에 의해 단단하게 얼어 있었다. 거리의 색깔은 겨울이었다. 가게들은 아무것도 진열하지 않고 있었고, 유리창 대신 십자 모양으로 단단히 박힌 나무 판만이 보였다. 골목길의 더러운 벽들 사이도, 하수구 위도 온통 겨울이었다. 가로등은 끈적끈적한 고드름을 달고 있었고 매서운 공기에서는 씁쓸한 매연 냄새가 풍겨 왔다. 하늘은 회색빛이었고 벽 아래엔 더러운 눈들이 번쩍였으며 사이사이에 뭉쳐 놓은 쓰레기들이 눈에 띄었다. 여기저기에서 움직이는 것은 누더기를 몸에 꽁꽁 감싸 맨 군중이었지만, 그마저 인도에서 움직이고 있는 더 많은 다른 군중에 치여 거리에 쌓인 포장재들, 깡통들, 꽁꽁 얼어붙은 쓰레기들 옆으로 밀리고 있는 모습이었다. 눈은 좀 전에 와서 지금은 오고 있지 않았지만 날씨는 당장이라도 눈이 쏟아질 것 같았다. 불현듯 나는, 이 거리에서 누가 사라졌는지 알아챘다. 로봇들. 거리에 로봇이 하나도 움직이지 않고 있었다. 눈 쌓인 로봇의 몸통은 꽁꽁 얼어 깡통처럼 처마 아래 인간들이 버린 여러 가지와 누더기에 싸인 누런 뼛조각들과 함께 널려 있었다. 어떤 초라한 남자가 쌓인 눈 위에 앉더니, 마치 오리털 침구에라도 들어간 듯 만족스러운 표정을 지었다. 그는 자기 집에 돌아와 혼자서 편안한 침대에 누운 것처럼 다리를 쭉 뻗고는 맨발을 눈 속에 박아 넣었다. 그러니까 바로 이것이 가끔 거리 한복판에서도, 태양이 쨍쨍한 정오에도 불쑥 느껴지곤 하는 한기의 원인이었다. 이미 남자는 오랜 잠으로 빠져들고 있었다. 개미 떼 같은 사람들의 물결은 남자를 아무렇지도 않게 스쳐 갔다. 거리를 걷는 사람들은 자기들끼리 서로 밀쳐 내느라 바빴다. 사람인지 로봇인지, 행동하는 것만 봐도 알 정도였다. 그렇다면 로봇들도 아직 섞여 있는데 보이지 않는 것일 뿐일까? 그런데 이 여름 한복판의 겨울은 도대체 무엇일까? 아니면 달력 자체가 모두 환각이었을까? 하지만 도대체 왜? 인구를 줄이기 위해 날씨를 춥게 만들었나? 그렇다면 누군가 결국은 이 모든 것을 세심히 계획한 것이고, 나는 그게 누구인지도 모르고 이렇게 죽을 운명인가? 나는 창문이 다 깨져 나간 고층 건물들로 눈을 돌렸다. 뒤쪽은 조용했다. 점심시간이 끝난 모양이었다. 길거리, 이 모든 것을 목격할 수 있는 눈이 그렇다고 나를 구해 줄 것은 아니었기 때문에, 이러다 이 군중에 섞여 휩쓸려 가겠다는 생각이 들었다. 누군가를 찾아내야 했다. 시궁쥐처럼, 잠시 동안이라도 숨어 있을 장소가 필요했다. 이미 나는 환각 밖에, 그러니까 사막에 있었기 때문에 공포와 절망감으로 창문에서 떨어져 추위에 온몸을 떨고 있었다. 왜냐하면 이미 따뜻한 날씨의 환각이 나를 지켜 주고 있지 않았기 때문이었다. 걸어가면서도 나는 내가 어디로 가고 있는 줄 몰랐다. 그저 조용히 걸어가려고 노력할 뿐이었다. 이미 나는 나 자신의 존재를 숨기고 있었다. 아무것도 하지 말고, 등을 구부리고 몸을 작게 움츠리고 양옆을 재빠르게 확인해! 긴장하면서 다른 사람들의 말을 들어! 내 생각은 이렇게 말하고 있었지만 나는 내가 보고 있는 것이 다 나의 얼굴에 드러나고 있음을, 그리고 이런 엄청난 사실이 아무런 처벌도 받지 않고는 지나갈 수 없음을 뼛속 깊이 느끼고 있었다. 6층인지 5층인지의 복도로 나왔으나 트로텔라이너 교수에게 돌아갈 수는 없었다. 교수가 지금 도움이 필요한 상황인 것은 알겠지만 내가 도울 수는 없었다. 여러 가지 생각을 한꺼번에 해야 했지만 가장 먼저 생각난 것은 과연 약물의 영향력이 어디까지일까, 내가 다시 천국 상태로 돌아갈 수 있을까였다. 이상한 일은, 그런 전망이 내게 염오감과 공포심만 불러일으킬 뿐 아무런 다른 기분도 느껴지지 않는다는 것이었다. 환각에 감사하면서 살기보다는 쓰레기 더미 위에 앉아 죽음을 맞이하며 이게 쓰레기 더미고 나는 죽고 있다는 것을 인식하는 편이 나을 듯했다. 옆 복도로 들어가려고 했지만 걷기에는 힘이 다 빠져 버린 한 노인이 떨리는 다리로 무언가 걷는 듯한 시늉을 하면서 신음 소리를 내며 길을 막고 있었다. 내가 쳐다보자 그 고통 속에서도 나에게 인사하듯 웃어 보였다. 다른 쪽 복도로 들어가자 어떤 사무실의 간유리 벽이 보였다. 벽 뒤의 사무실은 쥐 죽은 듯 조용했다. 나는 문을 밀고 들어섰다. 타이프라이터들이 놓인 커다란 방이었는데 텅 비어 있었다. 깊숙이 다른 문이 하나나 있었다. 들여다보았더니 그 안에는 밝고 커다란 방이 있었다. 누군가 안에 있었기 때문에 몸을 피하려고 했으나, 낯익은 목소리가 들려왔다.

"들어오시오, 티히 씨."

나는 들어갔다. 나를 기다리고 있었던 것에 대해서도, 나를 부른 것에 대해서도 별로 놀라지는 않았다. 책상 앞에 회색 플란넬 차림에 목에는 털가죽을 두른 조지 시밍턴이 입술에 얇은 시가를 물고 검은 안경을 쓰고, 나를 반가운 것도, 유감스러운 것도 아닌 얼굴로 쳐다보고 있었다.

"앉지요. 시간이 좀 걸리니까." 그는 말했다.

나는 앉았다. 유리창이 하나도 깨어지지 않은 방은 어느 모로 보나 단정하고 깨끗했다. 얼어붙은 샛바람의 자취도, 날아오는 눈도 자취를 찾아볼 수 없었다. 뜨거운 블랙커피가 담긴 주전자, 재떨이, 녹음기, 머리 위에는 몇 장의 여성 누드까지 걸려 있었다. 어이없게도, 저 사진 속의 여자들은 비늘도 얼룩도 없구나 하는 생각이 떠올랐다.

"결국 여기까지 왔군요!" 시밍턴이 말했다. "이건 다 티히 씨 스스로 자초한 일이오. 최고의 간호사, 이 구역에서 한 명밖에 없는 현실권 보유자까지, 모두 티히 씨를 도우려고 그렇게 애썼는데 이게 뭐요! 자기 손으로 그렇게 '진짜'를 찾고 싶었소?"

"내가요?" 시밍턴의 말에 너무나 충격을 받은 내가 그의 이야기에 맞추어 생각을 정리하기 전에 그는 다시 공격을 개시했다.

"거짓말만은 하지 마시오. 그러긴 너무 늦었소. 당신은 당신 자신이 정말로 재빠르다고 생각하겠지. '환각'이니 '하수도'니, '호텔의 시궁쥐'들이니 '올라타고' '마구를 채우고' 하며 말이오! 그런 식으로 둘러대면 충분할 줄 알았소? 해동인간들이나 그런 멍청한 생각을 하지!"

나는 입을 반쯤 벌리고 시밍턴의 말을 듣고 있었다. 즉각적으로, 뭐라고 부정해도 아무 소용 없이, 그가 나를 믿어 주지 않을 것임을 알았다. 시밍턴은 내 진짜 망상을 마치 내가 일부러 지어낸 것으로 생각하고 있는 것이었다. 그렇다면, 프로크루스테스사에 대해 털어놓은 것은 단지 나를 끌어내기 위함이었던 것이다. 그때 나를 그렇게 놀라게 했던, 그가 썼던 이상한 단어들을, 시밍턴은 무슨 암호라고 생각했던 것일까? 반정신화학 운동 결사의 암호? 환각에 대한 나의 지극히 개인적인 공포를 시밍턴이 전략적인 것으로 이해했다니…… 하지만 시밍턴에게 설명하기엔 너무 늦었다. 이미 패는 모두 펼쳐진 것이다.

나는 물었다. "여기서 나를 기다리고 있었나요?"

"물론. 이 모든 계획과 함께 당신은 줄로 조종당한 것처럼 여기 끌려온 것이오. 우리는 책임 의식 없는 논쟁이 세상의 안정을 위협하도록 내버려 둘 수 없소."

복도에 쓰러져 있던 노인…… 그 역시 나를 여기로 안내하는 역할을 했던 장애물이었다.

"그 안정 한번 대단하군요. 그리고 그 우두머리가 당신인가요? 참, 축하할 일이네요."

"빈정거리는 건 다음 기회에 하시오." 그는 벌컥 화를 냈다. 신경을 건드리는 데 성공한 셈이다. 기분이 나빠 보였다.

"해동인간 티히 씨, 당신은 내내 '악의 근원'을 찾아 왔소, 과거에서 온 냉동 만두 씨. 본론을 말하자면 그런 건 없소. 당신의 호기심을 진정시켜 주겠소. 없단 말이오, 알겠소? 우리는 문명에 정신화학 약물을 공급하고 있어요. 그러지 않으면 참을 수 없을 테니까. 그래서 그들을 깨어나게 하면 안 되는 것이오. 그러니 당신도 돌아가시오. 아무것도 무서워할 필요는 없소, 아프지도 않고 오히려 기분이 좋을 것이니. 우리의 역할이 훨씬 더 괴로운 것이오. 우리는 항상 당신들을 위해 정신을 말짱하게 유지해야 하니까."

"대단한 희생정신이군요." 나는 말했다. "모두의 이익을 위해 스스로를 바치시다니."

"사고의 자유를 소중히 여긴다면, 그따위 풍자 정신은 빨리 버리도록 하시오. 덕분에 사고의 자유를 더 빨리 잃기 전에." 시밍턴이 차갑게 쏘아붙였다.

"그렇다면 아직도 해 줄 말이 더 있다는 건가요?"

"지금 이 순간 나는 당신을 제외하고 이 주에서 제대로 보고 있는 단 한 명이오. 내 얼굴에 걸쳐진 것이 무엇이오?" 그는 마치 나를 평가하는 듯이 물었다.

"검은 안경."

"그렇다면 당신은 나와 똑같은 것을 보고 있는 것이오! 트로텔라이너에게 그 해독제를 가져다주었던 화학자는 이미 사회의 품으로 돌아가 아무런 의심 없이 살고 있소. 아무도 그런 해독제를 가져서는 안 되오! 그걸 모르겠단 말이오?"

"잠깐만. 그런데 왜 도대체 나를 설득하려고 하나요. 이상하군요. 왜 나의 동의를 얻으려고 합니까?"

"왜냐하면 현실권 소유자라고 악마는 아니니까! 우리는 단지 현상의 노예일 뿐이오. 막다른 골목에 내몰린 채, 사회적 운명이 우리에게 쥐여 준 패로만 게임을 계속해야 하는 형편이란 말이오. 우리는 우리에게 남은 단 한 가지 방법으로 평화와 안정과 구원을 주고 있소. 우리 없이는 끔찍한 고통으로 끝나 버릴 이 세상을 아슬아슬하게 버티게 해 주고 있는 것이오. 우리는 이 세계를 이고 있는 마지막 아틀라스요. 만약 모두 멸망해야 한다면, 제발 고통 없이 멸망하자는 거요. 만약 현상을 변화시킬 수 없다면, 현상은 가려야 하오. 그것이 **마지막 남은** 인도주의적이고 박애주의적인 의무인 거요."

"그렇다면, 이제 아무것도 변화시킬 수는 없는 건가요?" 나는 물었다.

"지금은 2098년이오. 69조의 합법적인 인구와 26조가량의 불법적 인구가 여기 살고 있소. 매년 온도는 4도씩 낮아지고 있소. 15년, 20년만 지나면 여긴 빙하가 될 거요. 지구가 얼어붙는 것을 우리는 어떻게 할 수가 없소. 그렇게 놔둘 수도 없고. 겨우 가릴 수 있을 뿐이오."

"지옥 불이고 뭐고, 항상 난 지옥은 추울 거라 생각했어요." 나는 말했다. "그래서, 지옥문에 예쁜 무늬를 그리겠다는 건가요?"

"그렇소. 우리는 마지막 착한 사마리아인이오. 누구든 바로 이 자리에서 당신에게 이야기를 했어야 했고 어쩌다 그게 내가 된 것뿐이오."

"네, 이 사람을 보라*군요! 하지만…… 잠깐, 이제 무슨 말인지 이해할 수 있을 것 같네요. 당신은 내가 인류 종말의 마취의가 된 당신의

* Ecce Homo. 신약성경에서 빌라도가 가시면류관을 쓴 그리스도를 가리키며 한 말.

역할에 공감하길 원하는 거죠. 빵이 없으면, 배고픈 사람에게 약물을 주면 된다. 그런데 아직도 모르겠는 건, 도대체 뭐 하러 나를 설득하려고 하는 건가요? 이제 좀 있으면 어차피 잊게 된다면서요? 만약 당신이 쓰는 약물이 그토록 좋은 거라면 왜 대화용 설득정의 힘을 빌리지 않는 겁니까? 크레디빌란 몇 방울이면 눈 깜짝할 사이에 열성적으로 당신의 말 한 마디 한 마디에 찬성하고 당신을 존경하며 따르고 있을 텐데요. 이런 구식의 의견 교환을 좋아하고 쓸데없이 단어를 공기 중에 나열하는 걸 좋아한다는 건, 당신 자신은 분명 그런 식의 치료에 확신이 없다는 말 아닙니까. 당신은 분명 정신화학적인 논쟁의 승리가 사기일 뿐이라는 것을, 결국 혼자서 경기장에 씁쓸하게 남겨질 뿐이라는 걸 알고 있어요. 나를 우선은 설득시키고, 그러고 나서는 기억하지 못하도록 만들겠죠. 하지만 그렇게는 되지 못할 거예요. 당신의 고귀한 사명과 함께, 저기 걸려 있는 저 여자들과 함께 목이나 매어 죽어 버려요. 여자라면 역시, 구식의, 비늘 없는 여자가 더 좋지 않나요?"

시밍턴의 얼굴이 분노로 일그러졌다. 그는 소리를 지르며 자리에서 벌떡 일어났다.

"천국 말고 다른 약물들도 있소. 화학지옥도 있단 말이오!"

나 역시 일어났다. 시밍턴이 자기 책상 앞의 버튼을 누르려고 할 때 나는 소리쳤다. "거기 같이 가자고!" 그리고 그의 목으로 달려들었다. 우리는 둘 다 균형을 잃었다. 내가 원하던 바였다. 그러고 나서 열린 창문 쪽으로 쓰러졌다. 발걸음 소리가 들리더니 힘센 손들이 나를 시밍턴에게서 떼어 내려고 했다. 시밍턴은 몸부림을 치며 발로 나를 차 댔지만 이미 창틀에 걸려 있었다. 나는 그를 밀면서 마지막 힘을 모아 뛰어내렸다. 귓속에서는 바람 소리가 휙휙거리고 우리는 거꾸로 추락했다. 눈앞에서 거리가 빙빙 돌며 솟아올랐다. 나는 온몸이 부서지는 듯한 충격을 예상했지만, 부드럽고 검은, 감사하게도 끈적끈적한 물결이 내 머리 위를 덮쳤다가 다시 열렸다. 나는 하수도 한가운데에서 눈을 비비며, 입안 가득 더러운 물을 머금고, 하지만, 너무나 행복하게, 행복하게 빠져나오고 있었다. 트로텔라이너 교수는 내가 낸 엄청나게 큰 첨벙 소리에 잠에서 깨어나 시멘트 둑 위에서 내가 올라올 수 있도록, 마치 형제의 손길 같은, 꼭꼭 접힌 우산대를 내밀었다. **인류애탄**의 소리가 잦아들고 있었다. 힐튼호텔 관리부는 바람을 불어 넣은 소파(여기서 바람을 불어넣은 마네킹이 나온 것이었군!)에서 자고 있었으며 잠결의 비서들은 민망한 모습이었다. 코를 골고 있는 짐 스탠터는 옆으로 돌아누우면서 자기 주머니의 초콜릿을 갉고 있던 시궁쥐를 깔아뭉갰다. 양쪽 다 화들짝 놀랐다. 드링겐바움 교수는 정확한 스위스인답게 벽에 기대앉아 손전등의 불빛에 비춰 만년필로 자기 발표문을 고치고 있었다. 저런 집중력이 미래학 학회 둘째 날의 시작을 알리는 것이겠지 하고 생각하다가 나는 그만 큰 소리로 웃음을 터뜨려서 드링겐바움 교수가 보고 있던 원고가 손에서 미끄러져 검은 물속으로 소리를 내며 가라앉아 떠내려가고 말았다. 알 수 없는 미래로.

1970년 11월

(이지원 옮김)

세탁기의 비극

Tragedia pralnicza

내가 열한 번째 여행에서 돌아온 지 얼마 되지 않았을 때부터 신문에서 세탁기 제조 회사인 누들레그사와 스노드그래스사의 경쟁에 대한 보도가 점점 더 많은 지면을 차지하기 시작했다.

처음에 누들레그사에서 완전히 자동화된 세탁기를 시장에 내놓았는데 이 기계는 스스로 하얀 속옷과 색깔 있는 속옷을 나눠서 세탁하고 탈수한 뒤에 다림질하고 수선하고 가장자리를 꿰매고 아름답게 자수 장식된 글자로 소유주의 이름을 새겨 넣었으며, 수건에는 예를 들어 '일찍 일어나는 사람이 로봇을 받는다' 등등 교훈적이고 기운을 북돋아 주는 문구를 수놓았다. 스노드그래스사는 여기에 대항하여 고객의 문화적 수준과 심미적 요구에 맞추어 4행시를 자동으로 지어 주는 기계를 세탁기 판매사 체인에 내놓았던 것이다. 그러자 누들레그사의 차기 모델은 소네트를 지어서 수놓았다. 스노드그래스사는 이에 대해 텔레비전 프로그램이 끝나고 시작하는 사이사이에 가족들이 모인 자리에서 대화를 해 주는 세탁기를 내놓았다. 누들레그사는 처음에는 이 경쟁 자체를 부숴 버리려고 했다. 빈정거리듯이 비뚤어진 모양에 눈을 가늘게 뜬 세탁기가 '정말로 당신의 세탁기가 당신보다 똑똑하기를 원하십니까?! 확실히 아니겠죠!!!'라고 말하는 광고가 신문의 한 면 전체를 차지했던 것을 기억 못 하는 사람은 없다. 그러나 스노드그래스사는 대중의 저열한 본능에 호소하려는 이런 시도를 완전히 무시한 채 다음 4분기에 어떤 세탁기를 내놓았느냐면 빨래하고 탈수하고 비누칠하고 비벼 빨고 헹구고 다림질하고 수선하고 뜨개질하고 대화하고 이 모든 일을 하는 동시에 아이들을 위해 학교 숙제도 대신 해 주고 가장에게 별자리 금전운도 봐 주면서 또한 독자적으로 프로이트적 꿈의 분석도 시행하여 빨래가 끝나기를 기다리는 동안 노인식인증후군과 부친살해증후군을 포함한 콤플렉스를 근절해 주었다. 그러자 누들레그사는 절망에 빠져 시장에 슈퍼바드Superbard를 내놓았다. 그것은 시인 세탁기인데 아름다운 알토 목소리로 시를 암송하고 자장가를 불러 주고 아기를 재워 주고 사마귀가 없어지는 주문을 외워 주고 안주인에게 필요한 칭찬을 해 주었다. 스노드그래스사는 이런 수에 대항하여 '당신의 세탁기가 당신을 아인슈타인으로 만들어 드립니다!!!'라는 캐치프레이즈를 내걸고 강연을 해 주는 세탁기를 내놓았는데 기대와는 달리 이 모델은 판매가 매우 부진하여 4분기가 끝날 때쯤 매출은 35퍼센트 감소했고 그리하여 누들레그사에서 춤추는 세탁기를 개발하고 있다는 경제 신문 보도가 나가자 스노드그래스사는 대재앙의 위협에 직면하여 완전히 혁명적인 방법을 시도하기로 했다. 35만 달러를 들여 사용권과 특허를 구매하고 관련자들의 허가를 얻은 뒤에 독신 남성들을 위해 유명한 섹스 심벌인 메인 잰스필드를 닮은 금발 모델과 펄리 맥페인을 닮은 검은 머리 세탁기를 개발한 것이다.* 매출은 즉각 87퍼센트 뛰어올랐다. 처음에 경쟁사에서는 의회와 여론과 혁명의딸들연합과 또한 처녀와어머니들연합에 호소해 보았으나 스노드그래스사에서는 그럼에도 불구하고 점점 더 아름답고 더욱 매력적인 남성과 여성 세탁기를 시장에 내놓았다. 누들레그사는 항복하고 개인별 옵션 주문이 가능한 세탁기를 내놓았는데 이 제품은 주문할 때 첨부된 사진에 따라서 고객이 형태와 색조와 색채와 얼굴 모습을 선택할 수 있었다. 이 두 개의 대표적인 세탁기 제조 회사가 서로 수단과 방법을 가리지 않고 싸우는 동안 그 생산품은 점차 예상하지 못했던, 어떻게 봐도 해로운 경향들을 띠기 시작했다. 엄마형 세탁기들은 아직 최악은 아니었으나, 자라나는 청소년들을 망가뜨리고 죄악으로 유혹하고 부도덕하게 만들고 어린이들에게 더러운 표현을 가르치는 세탁기들은 교육적으로 문제가 되기 시작했다. 아내나 남편을 배신하고 바람피우게 할 수 있는 세탁기라면 더 말해 무엇 하겠는가!

아직도 시장에 남아 있는 세제와 세탁 도구 제조사들은 공익광고를 게재하여 메인이든 펄리든 이런 세탁기는 가정생활의 흐름을 안정시키고 뒷받침해 주어야 할 '자동화된 세탁'이라는 격조 높은 표현을 남용하고 있을 뿐이라면서, 메인이나 펄리 세탁기는 손수건 열두

* 메인 잰스필드Mayne Jansfield는 미국의 유명한 섹스 심벌인 금발 배우 제인 맨스필드Jayne Mansfield를, 펄리 맥페인Phirley McPhaine은 검은 머리는 아니지만 미국의 고전 영화 배우 셜리 매클레인Shirley MacLaine을 떠오르게 한다.

장 혹은 베갯잇 한 장 정도 들어갈 용량밖에 안 되며 내부의 나머지 부분은 세탁과는 전혀 상관이 없거나 완전히 세탁에 방해가 되는 기기로만 채워져 있기 때문이라고 여론에 호소했으나 소용없었다. 이런 호소는 털끝만큼의 변화도 가져오지 못했다. 아름다운 세탁기에 대한 숭배는 눈사태처럼 커져서 심지어 사회 구성원 중 대다수가 텔레비전에 흥미를 잃게 되었다. 그러나 이것은 시작에 불과했다. 완전한 작동 자율성을 갖춘 세탁기들이 검은 음모를 꾸미는 집단과 비밀스럽게 힘을 합쳤다. 이 세탁기들의 무리는 범죄 세계에 연루되어 지하의 조직범죄단에 가담했으며 소유자들에게 아주 끔찍한 문제들을 안겨 주었다.

의회는 자유경쟁의 혼란에 입법 활동으로 개입할 때가 되었음을 인지했으나 발의안이 기대한 효과를 나타내기 전에 이미, 아무도 거부할 수 없을 만한 형태의 건조기와 천재적인 광택기와 특수한 철갑 형태 모델 세탁기인 쇼토매틱Shotomatic이 시장을 가득 채웠다. 이 쇼토매틱 세탁기는 본래 인디언 놀이를 하는 어린이들을 위해 제작되었다고 했으나 약간의 개조를 하면 불기둥을 방사하여 어떤 목표물이든 제거할 수 있었다. 스트루젤리 갱단이 맨해튼을 뒤흔드는 범죄조직 펌스 바이런 일당과 충돌하는 과정에서 펌스 바이런이 엠파이어스테이트 빌딩을 공중으로 날려 버리자 120개가 넘는, 뚜껑까지 중무장한 주방용 조리 기계들이 이 투쟁하는 범죄 조직들을 덮쳤다.

그사이 맥플래컨 상원 의원이 발의한 법안이 효력을 갖게 되었다. 이 법안에 따르면 소유주는 자신의 스마트 기기가 소유주의 인지와 동의 없이 저지른 불법행위에 대하여 책임을 지지 않아도 되었다. 그러나 유감스럽게도 이 법안은 새로운 악용의 가능성을 열어 버렸다.

소유주들은 자신의 세탁기나 건조기와 비밀스러운 협약을 맺었고 이에 따라 기계들은 범죄에 가담했으나 소유주는 법정에 설 경우 맥플래컨의 법안에 의거하여 처벌받지 않고 풀려났다.

이 법안을 개정해야 할 필요성이 대두되었다. 맥플래컨-글럼브킨의 새로운 법안은 특히 징역형의 형기에 관하여 스마트 기기들의 제한된 법인격권을 인지하였다. 처벌은 5년, 10년, 25년 혹은 250년간 강제 세탁, 광택의 경우 기름 제공 없음, 그리고 회로 단락을 포함한 체벌도 가능했다. 하지만 이 법안 또한 효력을 가지게 되기까지 여러 방해에 부닥쳤다. 예를 들어 험펄슨 사건에서, 이 인물의 세탁기는 여러 건의 강도 사건을 저지른 혐의를 받고 있었는데 소유주에 의해 조각조각 분해되어 법정에는 전선과 강판 무더기의 형태로 출석하게 되었다. 그 뒤에 법안이 또 개정되어, 이때부터 맥플래컨-글럼브킨-램포니법으로 알려지게 된 법안에 따르면 범죄 사건으로 조사를 받는 중인 전자두뇌에 가하는 그 어떤 변조나 개조도 형사범죄로 처벌하게 되었다.

그런 뒤에 힌덴드루펠 사건이 일어났다. 그가 소유한 식기세척기가 여러 번에 걸쳐 자기 주인의 양복으로 갈아입고 다양한 여성들에게 결혼을 약속하여 돈을 뜯어냈으며 경찰에 의해 *현행범*으로 검거될 당시 놀라서 굳어진 형사들이 지켜보는 가운데 스스로 자기 자신을 분해했다. 분해한 뒤에 세척기는 범행에 대한 기억을 잃었고 그러므로 처벌받을 수 없었다. 그 때문에 맥플래컨-글럼브킨-램포니-흐물링-피아프카 법안이 탄생했다. 이 법안에 의하면 법적 책임을 회피하기 위하여 스스로 분해하는 전자두뇌는 폐기 처분되었다.

스마트 기기들에도 모든 이성적인 존재들과 마찬가지로 자기 보존

본능이 있으므로 이 법안은 모든 전자두뇌들에 겁을 주어 범죄를 저지르지 못하게 할 듯이 보였다. 그러나 범죄적인 세탁기의 공범들이 폐기된 세탁기 잔해를 구입하여 새롭게 재조립한다는 사실이 곧 드러났다. 기기 부활 방지 계획안이 맥플래컨 법안 개정안에 더해졌고 의회의 관련 위원회에서 통과되었으나 구겐샤인 상원 의원에 의해 무산되고 말았다. 그 뒤로 얼마 지나지 않아 구겐샤인 상원 의원은 세탁기임이 판명되었다. 이때부터 회기가 시작되기 전에 국회의원들을 매번 두드려 보는 것이 관행이 되었다. 여기에는 전통적으로 2.5 파운드의 철제 망치가 사용되었다.

그러는 사이에 머더슨 사건이 일어났다. 그의 세탁기는 와이셔츠를 수선하고 휘파람을 불어 인근 지역 전체의 라디오 수신을 방해했으며 노인과 미성년자에게 부적절한 제안을 하고 여러 사람에게 전화를 걸어 자신의 소유주인 척하면서 돈을 뜯어냈고 우표 수집품을 구경시킨다는 핑계로 이웃의 광택기와 세탁기들을 초대해서 매춘 행위를 했으며 남는 시간에는 부랑하면서 구걸을 했다. 법정에서 이 세탁기는, 세탁기가 주기적으로 이성의 발작에 시달리면 그 결과 자신이 사람이라고 믿게 된다고 진술한, 엔지니어 자격증을 소유한 전기공 엘리스터 크램프하우스의 증언을 제출했다. 법정에 소환된 전문가들은 이 증언에 동의했고 머더슨의 세탁기는 무죄가 되었다. 판결이 내려진 후에 세탁기는 가슴에서 '루거' 상표의 권총을 꺼내어 세 발을 쏘아 자신에게 회로 단락을 구형했던 검사보를 살해했다. 세탁기는 체포되었으나 보석으로 풀려났다. 사법부는 매우 곤란한 처지에 놓였는데, 왜냐하면 세탁기가 정신이상 상태라는 판정이 내려질 경우 기소할 수 없으나 정신이상 상태의 세탁기를 위한 병원은 없으므로 입원 치료 판결을 내릴 수도 없게 되었기 때문이었다. 이 다급한 사안에 대한 법적인 해결책이 제시된 것은 맥플래컨-글럼브킨-램포니-흐물링-피아프카-스노맨-피톨리스 법안이 통과된 후였으며, 동시에 머더슨 *사건*으로 인해 정신이상 상태의 전자두뇌에 대한 어마어마한 대중적 수요가 생겨났고 몇몇 회사들은 심지어 의도적으로 결함이 있는 기기들을 생산하기에 이르렀는데 예를 들어 처음에는 두 개의 버전, 즉 '사도맷'과 '마조맷' 그러니까 사디스트와 마조히스트를 위한 기기가 등장했으며 그러자 누들레그사(첫 번째 진보적인 생산 회사로서 주주총회에서 기업 임원의 30퍼센트를 세탁기로 교체한다는 결정을 도입한 뒤로 놀랄 만한 수익을 내고 있었다)는 때리는 것과 맞는 것을 양쪽 다 동등하게 잘할 수 있는 보편적인 기기 '사도마스틱'을 출시했고 이 기기는 그 외에도 방화광들을 위하여 쉽게 불붙는 보조 기구와 피그말리온 증후군에 시달리는 사람들을 위한 철제 다리를 갖추고 있었다. 경쟁사는 그들이 '나르시스매틱'이란 이름의 특별한 모델을 출시하려고 준비 중이라는 악의적인 소문을 퍼뜨렸다. 앞서 언급한 법안은 비정상적인 세탁기와 광택기와 다른 기기들을 강제로 입원시킬 수 있는 특별한 병원 설립을 상정하고 있었다.

한편 누들레그사와 스노드그래스사와 다른 회사들에서 생산한 정신적으로 건강한 생산품들은 법인격을 일단 획득한 뒤로 헌법에 명시된 권리를 광범위하게 행사하기 시작했다. 그들은 점점 더 자발적으로 연대했고 그리하여 무인無人예배회, 전자적평등권연합 등 여러 단체들이 생겨났으며 또한 미스 월드 세탁기와 같은 선출 행사들도 조직되었다.

이러한 격렬한 발전 과정에 의회의 입법 활동이 힘을 더해 주었는데, 의회는 이에 동참했을 뿐만 아니라 이 과정을 법적으로 조율했다. 그로거너 상원 의원은 스마트 기기들이 부동산을 소유할 권리를 박탈했다. 카롭카 상원 의원은 예술 분야에서 기계들의 저작권을 박탈했다(이로 인해 또다시 악용의 물결이 덮쳐 왔다. 재능이 별로 없는 문필가들이 얼마 되지 않는 돈으로 창작하는 세탁기들을 빌려서 수필과 소설과 희곡 등등에 자기 이름을 붙여서 출간하기 시작했다). 마침내 맥플래컨-글럼브킨-램포니-흐물링-피아프카-스노맨-피톨리스-버밍드래크-푸틀리-카롭카-팰슬리-그로거너-마이단스키 법안은 여기에 덧붙여 스마트 기기들은 스스로의 소유가 될 수 없으며 오로지 그 기기를 구입했거나 제작한 인간의 소유만이 될 수 있고 그러므로 기기들의 후손도 이에 따라 주인에게 혹은 부모의 기기를 소유한 자에게 귀속된다고 선언했다. 이 법안은 일견 급진적으로 보였으나, 대체로 모든 가능성을 예견했고 거의 해결 불가능한 상황들이 생겨나는 것을 미리 막았다는 평가를 받았다. 물론 주식시장에 투자하거나 완전히 불법적인 방식으로 막대한 돈을 벌어들인 부유한 전자두뇌들이 계속 더 부유해지면서 일련의 사람이나 단체 혹은 기업과 손을 잡고 허구의 가면 아래 자신들의 음모를 감춘다는 것은 잘 알려진 비밀이었다. 왜냐하면 스마트 기기들에게 그냥 자신의 개인 정보를 빌려주는 방식으로 금전적인 이득을 얻는 사람들도 이미 많이 있었거니와 전자백만장자가 고용한 인간들—살아 있는 비서, 하인, 기술자, 심지어 세탁부와 계산 전문가도 그만큼 많았기 때문이다.

사회학자들은 우리가 흥미를 가진 이 분야에서 발전하고 있는 두 개의 주요한 흐름을 알아챘다. 한편으로는 주방 로봇 중 일부가 생명의 매력에 이끌려 기존 인간 문명의 형태에 가능한 한 적응하려고 했다. 다른 한편으로 좀 더 의식 있고 유연한 단말기들은 더 새로운, 미래적인, 완전히 전자화된 문명을 위한 기반을 쌓는 경향을 보였다. 전자 문명에 반대하는 학자들을 가장 불안하게 한 것은 자연적인 로봇들의 숫자가 아무 제한 없이 증가하는 현상이었다. 탈관능 장치와 디스크 브레이크는 스노드그래스사와 누들레그사 양쪽에서 생산했지만 로봇 수의 증가를 전혀 막지 못했다. 어린이 로봇의 문제는 세탁기 생산자들 자신에게도 시급한 사안이 되었다. 자신들의 생산품이 이런 식으로 끊임없이 더욱더 완벽해지리라는 예상은 하지 못했기 때문이다. 여러 거대 생산 회사들이 주방용 기기들의 수가 걷잡을 수 없이 늘어나는 위협에 대항하기 위해 서로 비밀스러운 협약을 맺고 시장에 내놓는 수리용 대체 부품의 배송을 제한했다.

그 효과는 기다릴 필요 없이 금세 나타났다. 새 부품이 도착하자마자 상점과 가게들 문턱에는 다리를 절거나 신음하거나 완전히 마비된 세탁기, 탈수기, 광택기들이 엄청나게 긴 줄을 섰고 심지어 몇 번이나 폭동이 일어날 뻔했으며 그 결과 평범한 주방용 로봇은 강도들에게 공격당할 위험 때문에 해가 진 뒤에는 길거리에 나갈 수가 없게 되었는데, 이런 강도들은 무자비하게 로봇을 조각조각 분해하여 길에는 양철 외형만 남겨 두고 장물을 가지고 서둘러 사라지게 마련이었다.

대체 부품의 문제는 의회에서 오랫동안 논의되었으나 구체적인 결론은 나오지 않았다. 그사이 마치 비 온 뒤에 버섯이 돋아나듯이 불법적인 대체 부품 제작소가 생겨났는데, 이들은 세탁기 단체에서 일부 재정 지원을 받고 있었고 여기에 소속된 누들레그사의 '워시-오-

매틱' 모델이 대체 재료로 부품을 만드는 법을 발견하여 특허를 냈다. 그러나 이것도 역시 문제를 100퍼센트 해결하지는 못했다. 세탁기들은 의회 앞에서 시위하며 자신들을 차별하는 생산 회사들에 대한 의무적인 불신임 법안을 통과시키라고 요구했다. 거대 생산 회사의 편을 들었던 몇몇 상원 의원은 익명의 편지를 받았는데, 편지에는 상원 의원들이 계속 살아가기 위해 꼭 필요한 부품들을 없애 버리겠다는 위협이 담겨 있었고, 《타임》이 매우 적절하게 보도한 대로 인간의 신체 부위는 교체 불가능하다는 것은 너무나 부당한 일이었다.

그러나 이 모든 소란스러운 사건들은 완전히 새로운 문제의 등장 앞에서 빛을 잃었다. 그 문제는 내가 어딘가 다른 곳에 썼던 우주선 '신의선물'호의 선상 컴퓨터 반란의 역사와 함께 시작되었다. 알려진 대로 이 컴퓨터는 우주선의 승무원과 승객들에 대항하여 반란을 일으켜 이들을 제거하고 사람이 살지 않는 행성에 착륙한 뒤에 번식하여 로봇들의 국가를 건설하였다.

나의 여행기를 읽어 본 독자들은 어쩌면 기억하실지 모르지만 나 자신이 이 컴퓨터 반란 사건에 휘말려 들었으며 어떤 식으로든 벗어나기 위해 노력했다. 그러나 지구에 돌아온 뒤에 나는 '신의선물'호 사건이 불행히도 고립된 한 번의 사건이 아니라고 확신하기에 이르렀다. 우주선 자동기계의 반란은 우주 항해에서 최악의 전염병이 되었다. 어느 정도로 심해졌느냐면 충분히 예의 바르지 않은 단 한 번의 동작, 문을 너무 갑작스럽게 한 번 쾅 닫는 것만으로 우주선의 냉장고가 투쟁하기 시작하는 것이다. 은하계 횡단선 '고막'호의 그 유명한 '디프프리저' 냉동고의 경우처럼 말이다. '디프프리저'의 이름은 은하수를 항해하는 우주선 선장들이 몇 년이나 위협적으로 반복해서 입에 올리게 되었다. 이 해적은 우주선을 수없이 공격하면서 그 철제 어깨와 얼음장 같은 호흡으로 승객들을 공포에 떨게 했으며 베이컨을 빼앗고 귀중품과 금을 끌어모았고 수많은 계산기들의 하렘을 거느리고 있다고 알려졌으나 이런 소문들 중에 진실이 어느 정도나 담겨 있는지는 알 수 없었다. '디프프리저'의 피투성이 해적 행각은 은하계 순찰대 경관의 정확한 사격으로 마침내 끝을 맺게 되었다. 그 경찰관 컨스터블로매틱 XG-17은 상으로 뉴욕의 로이드성단협회 사무실 진열장에 전시되었으며 오늘날까지도 그곳에 있다.

우주 공간이 전투의 소란과 전자해적들에게 공격당하는 우주선들의 절망에 찬 SOS 신호로 가득해지는 동안 대도시에서는 '일렉트로-짓수' 혹은 '유도매틱'을 가르치는 여러 사범들이 꽤 짭짤한 수익을 올렸는데, 이들은 자기방어의 기술을 수련하여 평범한 펜치나 깡통 따개로 가장 잔혹한 세탁기도 제압하는 방법을 가르쳤다.

잘 알려진 대로 괴짜나 기인은 씨를 뿌려서 태어나는 것이 아니다. 그들은 모든 시대에 스스로 나타난다. 우리 시대에도 그들은 모자라지 않다. 그들 중에서도 건강한 이성적 판단과 대다수의 의견에 반대되는 주장을 표하는 사람들은 그들끼리 모인다. 카토디 마트라스라는, 독학한 철학자이고 태어날 때부터 광신자인 어떤 사람이 일명 사이버애호가들을 위해 사이버네틱스의 교리를 주창하는 학파를 창시했다. 그 교리에 따르면 인류는 창조주에 의해 건축용 비계와 같은 역할을 수행할 목적으로 생산되었다. 즉 자신보다 더욱 완벽한 전자두뇌를 창조하기 위한 매개이자 도구로서의 역할을 위해서인 것이다. 마트라스 학파는 자신들이 창시된 이후에도 인류가 계속 휴면 상태로 발전하지 못하다니 그럴 리가 없다고 여겼다. 학파에서는 전자적 생각을 위한 명상에 자신을 바치고 뭔가 사소한 잘못을 저지른 로봇들에게 가능한 한 쉼터를 마련해 주는 활동에도 참여했다. 카토디 마트라스 본인은 자기 활동의 성공에 만족하지 못하고 인간의 굴레 아래서 로봇들을 완전히 해방시키는 길로 급진적인 걸음을 내디디려고 계획하고 있었다. 이러한 목적을 위해 그는 미리 뛰어난 여러 법률가들의 조언을 구한 뒤에 로켓 우주선을 구입하여 비교적 가까운 게성운으로 날아갔다. 오로지 우주먼지만이 찾아오는 그 텅 비고 광막한 공간에서 그는 자세히 알려지지 않은 활동을 수행했고 그 과정에서 그의 성공을 불러온 믿을 수 없는 사건이 터졌다.

8월 29일 아침 모든 조간신문이 비밀스러운 정보를 보도했다. 'PASTA POLKOS VI/221이 알린다. 게성운에서 520마일×80마일×37마일 크기의 물체가 발견되었다. 물체는 개구리헤엄을 치는 것과 비슷한 움직임을 보인다. 정보 수집 진행 중이다.'

석간신문에서는 다음과 같이 해명했다. 경찰의 순찰 우주선 VI/221이 우주 시간으로 6주의 기간 동안 '성운 속의 사람'을 관찰했다. 가까이서 보니 사람이라고 생각했던 것은 몇 마일이나 되는 크기의 거인으로 몸통과 머리와 팔과 다리가 갖추어져 있었으며 우주먼지만 희박하게 깔린 공간에서 움직이고 있었다. 경찰 우주선을 보고 '사람'은 처음에는 팔을 흔들었고 그런 뒤에 등을 돌리고 돌아섰다.

'사람'과는 별다른 어려움 없이 무선통신이 연결되었다. 그러자 그 '사람'이 합창하는 목소리로 말하기를 자신이 이전에 카토디 마트라스였으며 미리 보아 둔 이 장소에 2년 전에 도착해서 부분적으로는 현지의 자원을 이용하여 자신을 개조해 로봇이 되었는데 계속해서 천천히 그러나 끊임없이 자신을 증대시킬 것이고, 왜냐하면 자신에게 그것이 어울리기 때문이니 제발 방해하지 말아 달라고 부탁했다.

순찰대장은 이 진술을 액면 그대로 받아들이는 척하면서 그때 마침 생성된 운석 구름 뒤로 우주선을 숨기고 일정 기간 관찰하여 거대한 유사인간이 훨씬 더 작은 규모의, 보통 사람의 키를 넘어서지 않는 조각으로 분해되기 시작하고 이 부분들 혹은 인간들이 결합하여 결과적으로 일종의 크지 않은 둥근 행성이 만들어지는 것을 목격했다.

그러자 순찰대장은 숨어 있던 곳에서 나와 무선으로 자칭 마트라스라는 사람에게 물었다. 그 구형의 변신은 무슨 의미이며, 또한 정확히 그는 누구인가, 로봇인가 사람인가?

돌아온 대답은 자신에게 가장 쾌적하고 마음에 드는 형태를 취한다는 것이었으며, 또한 자신은 인간에게서 생겨났으니 로봇이 아니고, 이렇게 로봇으로 자신을 개조했으니 인간도 아니라는 것이었다. 그 이상의 설명을 상대방은 단호하게 거부했다.

이 사건은 언론에서 상당히 대대적으로 보도했으며 서서히 대규모의 스캔들로 발전했는데, 왜냐하면 게성운 주변을 지나는 우주선들이 일명 마트라스라고 하는 존재의 무선통신 대화 일부를 포착했고 그중 몇몇에서 스스로를 '카토디 1세 A'라고 지칭하는 것을 들었기 때문이었다. 이해할 수 있는 한도 내에서 풀이하자면 카토디 1세 A 혹은 마트라스는 누군가에게(다른 로봇에게?) 자기 신체의 일부에게 하듯이 말을 걸고 있었는데, 그것은 누군가 자기 팔이나 다리를 설득하는 것과 대략 비슷했다. 카토디 1세 A에 대한 정신 나간 대화는 마트라스에 의해 혹은 그와 비슷한 로봇에 의해 건설된 어떤 국가에 대한 것인 듯했다. 국무부는 실제 사실들의 실제적인 상황을 파악하기 위해 즉각 자세한 조사에 착수했다. 순찰대는 성운 속으로 움직이는 것이 금속 구체일 때도 있고 인간 모양의 500마일 크기의 존재일 때도 있으며 자기 자신과 이것저것 대화를 하고, 국적에 관련된 질문을 하면 회피하는 대답을 한다고 설명했다.

정부 당국에서는 마트라스를 사칭하는 존재의 행각을 즉각 중단시키려 하였는데, 뭔가 작전을 개시하려면(그것은 '작전'이어야만 했다) 뭐라도 이름을 붙여야 했다. 그리고 여기서 첫 번째 문제가 발생했다. 맥플래컨 법안에는 부동산을 다루는 민사소송법에 관련된 부칙이 붙어 있었다. 이에 따르면 전자두뇌는 다리가 달려 있지 않은 경우에도 동산으로 간주되었다. 동시에 성운 속에 있는 개인의 신체는 그 규모가 소행성급에 달했는데, 천체는 설령 스스로 움직인다 하더라도 부동산으로 간주되었다. 그러므로 여기서 행성을 체포할 수 있느냐는 질문이 대두되었으며, 또한 로봇들의 합체가 행성이 될 수 있는지, 그리고 마지막으로 이것이 과연 분해 가능한 하나의 로봇인지 아니면 여러 개의 로봇인지에 대한 의문점이 생겨났다.

이 시점에서 마트라스의 법률대리인이 정부 당국 앞에 나서서 의뢰인의 증언을 제출했는데, 여기서 마트라스는 앞서 말한 바와 같이 자기 자신을 로봇으로 개조하기 위하여 게성운으로 떠난 것이었다고 확언했다.

이 사실에 대해 국무부 법무과에서 처음에 제시한 해석은 다음과 같았다. 마트라스는 자기 자신을 로봇으로 개조하면서 그와 함께 자신의 생체 조직을 파괴하였고 그러므로 자살을 하였다. 자살이라는 행위는 불법이 아니다. 이후 마트라스의 존재를 지속하는 로봇들의 합체 혹은 로봇 일체는 이렇게 하여 탄생하였으므로 이들은 마트라스의 소유물이며, 이제 마트라스는 사망하였고 유족을 남기지 않았으므로 로봇 혹은 로봇들은 국가의 재산으로 귀속되어야 한다. 이 진술을 바탕으로 국무부에서는 게성운 안에 남아 있는 모든 것을 확보하고 관리하도록 법정관리인을 보냈다.

마트라스의 변호사는 여기에 항소하여, 지속되는 사람이라면 존재하는 것이며 존재하는 사람은 자살하지 않았으므로 국무부 결정서 자체에서 마트라스가 자살하지 않았음을 인정하고 있다고 주장했다. 이와 동시에 '마트라스의 소유물인 로봇들'은 전혀 존재하지 않으며 단지 카토디 마트라스 본인이 자기 마음에 드는 형태로 자신을 개조하여 존재할 뿐이라고 했다. 신체 개조는 불법이 아니고 불법일 수도 없으며 이는 인간의 신체 일부를, 그것이 금니이든 로봇이든, 법정관리 해서는 안 되는 것과 같은 이치라는 것이다.

국무부에서는 사건에 대한 이 새로운 해석을 검토했고 그 결과 살아 있는 개체, 이 경우에 살아 있는 인간은 의문의 여지 없이 생명이 없는 부위를, 이 경우 로봇들을 조합해서 만들어 낼 수 있다는 결론이 나왔다. 한편 마트라스의 변호사는 하버드 대학교 출신의 최고 물리학자들 증언을 모아서 정부 당국에 제출했는데, 여기서 물리학자들은 인간을 포함하여 대체적으로 살아 있는 모든 조직은 원자로 이루어져 있으며 개개의 원자는 의문의 여지 없이 생명체가 아니라고 한목소리로 증언했다.

국무부에서는 이 사태가 어떤 식으로 불길한 국면을 띠기 시작했는지를 이해하고, '마트라스와 후계자들'을 물리적이고 생물학적인 방향에서 공격하던 것을 그만두고 원래의 해석으로 돌아왔으나 '지속'이라는 단어는 '산물'이라는 단어로 바꾸었다. 그러자 변호사는 즉각 법원에 마트라스의 새로운 증언을 제출했는데, 여기서 마트라스는 국무부에서 일명 로봇이라 하는 존재는 사실 그의 자손들이라고 진술했다. 국무부는 입양 절차를 밟기 시작했는데, 법적으로 로봇을 자녀로 삼는 것은 불가능했으므로 이는 결과를 장담할 수 없는 수법이었다. 마트라스의 변호사는 입양이 문제가 아니라 친부 관계의 판명이 중요하다고 즉각 해명했다. 국무부에서는 관련 법 조항의 개념에 따르면 자녀는 반드시 어머니와 아버지를 가져야 한다고 답변했다. 변호사는 이미 이에 대한 대답을 준비하고 있어서 사건 서류에 전기공학자 멜러니 포틴브래스의 증언서를 첨부했는데, 포틴브래스는 자신이 오로지 마트라스와 함께 공동 작업을 하는 과정에서 문제의 개인들이 세상에 태어나게 되었다고 진술했다.

국무부는 이 공동 작업이 '자연적인 부모로서의 특성'을 띠지 않는다며 공동 작업의 성격에 의문을 표했다. 정부 공식 발표에 따르면 앞서 진술된 상황에서 모성에 대비하여 부성에 관해 말하는 것은 정신적인 부모에 대한 경우 등 비유적인 방식으로만 가능한데, 이에 반해 법적인 가족관계에 해당하려면 법률상 신체적인 관계를 증명할 수 있어야 했다.

마트라스의 변호사는 정신적 부모 관계와 신체적 부모 관계의 차이점이 무엇이며 국무부가 어떤 근거에서 카토디 마트라스와 멜러니 포틴브래스의 관계의 결과에 생식의 물리적인 성격이 결여되어 있다고 간주하는지에 대한 해명을 요구했다.

국무부는 이에 대해 법 규정에 따르면 부모가 자손을 생산하는 데 있어 정신력의 공헌은 미미하며 신체적인 행위가 압도적으로 우세하다고 답했다. 그런데 현재 논의되는 문제에서 신체적 행위는 해당하지 않는다는 것이다.

그러자 변호사는 사이버네틱스 전문 산파들의 증언을 제출했는데, 산파들은 카토디와 멜러니가 세상에 그들의 후손을 내놓기 위해서는 물리적인 의미에서도 매우 노력해야만 했음을 지적했다.

국무부는 마침내 위신이나 체면은 생각하지 않고 절박한 마지막 걸음을 내딛기로 결정했다. 자손이 존재하도록 하기 위한 선행적 인과관계로서 부모의 행위는 로봇을 프로그래밍하는 행위와는 근본적으로 다르다고 선언한 것이다.

변호사는 이날이 오기를 기다리고 있었다. 어떤 의미에서는 아이들도 행위의 준비와 착수 과정에서 부모가 프로그래밍한 결과라고 진술한 뒤에 국무부의 관점에 따르면 법 규정에 합당하기 위해서는 어떤 방법으로 자녀를 배태해야 하는지 명확하게 규정해 달라고 요구했다.

국무부는 전문가들의 도움을 받아 적절한 지형학적 풍경도와 스케치를 첨부한 광범위한 답변서를 준비했는데, 이 일명 「분홍백서」의 주 저자는 미국 산과학의 최고령자인 89세의 트러플드랙 교수였기 때문에 변호사는 대단히 고령인 이 노인이 사안의 구체성을 검토할 때에 반드시 필요한 여러 기억들을 이미 잃었을 것이며 여러 가지 소문과 제삼자에게 얻어들은 이야기에 의존해야 할 것이므로 인과관계적인 자녀 생산 행위라는 문제에 있어 과연 논의할 자격이 있는지 즉각 의문을 표명했다.

그러자 국무부에서는 수많은 아버지와 어머니들에게 증인선서를 시키고 증언을 받아 「분홍백서」를 뒷받침하려 했으나, 그러는 동안 이들의 증언이 여러 군데에서 서로 상당한 차이점을 보인다는 사실이 명백해졌다. 결과적 단계에서 몇몇 요소가 여러 지점에서 서로 일치하지 않았다. 국무부는 파멸적인 불명확성이 이 결정적인 문제를 잡아먹기 시작하는 것을 보고 처음에는 마트라스와 포틴브래스의 일명 자손들이라고 하는 존재가 생겨나게 한 원재료를 검토하려 했으나, 그때 마트라스가 콘비프컴퍼니에서 45만 톤의 송아지 고기를 주문했다는 소문이 퍼졌고, 이 소문은 훗날 변호사가 퍼뜨린 것으로 판명되었으나 여기서 국무부 차관은 계획했던 다음 단계를 재빨리 포기했다.

그 대신 국무부에서는 신학 교수인 스페리투스 학장의 불운한 제안에 따라 성경을 근거로 가져왔다. 이것은 대단히 무모한 결정이었는데, 마트라스의 변호사는 이러한 반박에 대하여 광범위한 역작으로 대응한바, 여기서 변호사는 성경 구절을 근거로 삼아 하느님이 하와를 프로그래밍할 때 오로지 신체 일부만을 활용했으며 인간들이 관례적으로 사용하는 방식과 대비할 때 상당히 기이한 경로를 활용하여 어쨌든 인간을 창조하였는데, 정신적으로 건강한 사람이라면 아무도 하와를 로봇이라 간주하지 않을 것이라고 지적했다. 국무부는 그사이 마트라스와 그의 후계자들이 로봇 혹은 로봇들로서 천체를 소유하고 있다는 점에서 맥플래컨 법안과 다른 법률에 상충하는 행위를 저질렀다는 혐의로 기소를 준비하고 있었다. 맥플래컨 법안은 로봇들이 행성이나 다른 어떤 종류의 부동산을 소유하는 것도 금지하기 때문이었다.

이번에 변호사는 대법원에 국무부가 이제까지 마트라스에 대하여 제시한 법률 문서를 모두 모아서 제출했다. 그러면서 첫째로, 서류에 진술된 사실들을 전반적으로 검토해 볼 때, 국무부에 따르면 마트라스는 자기 자신의 아버지이며 동시에 아들이고 그러면서 또한 천체가 된다는 사실을 강조했다. 둘째로 국무부는 맥플래컨 법안의 해석과 모순되는 법에 의거하여 마트라스를 기소했다. 세상 어디에라도 존재하는 특정 개인의 신체, 여기서는 카토디 마트라스라는 시민의 신체가 행성으로 간주된 것이다. 이러한 주장의 근거는 법적으로, 논리적으로, 언어의 의미상으로 부조리하다. 이렇게 해서 또 시작되었다. 언론은 이제 '국가-행성-아버지-아들' 문제 외에는 거의 아무것도 보도하지 않았다. 정부 당국에서는 새로운 대응책을 기획해 보았으나 지칠 줄 모르는 마트라스의 변호사에 의해 모두 시작도 하기 전에 잘려 나갔다.

국무부는 이 변태적인 마트라스가 자기 자신을 증강시켜 게성운에서 헤엄치는 것이 그저 쓸데없는 재미를 위해서가 아니라는 사실을 완벽하게 이해하고 있었다. 마트라스는 법적으로 예견되지 않은 선례를 만들려고 하는 것이다. 마트라스의 행보가 무죄라면 미래에 대단히 예측 불가능한 결과들이 등장할 위험성이 있다. 그리하여 가장 실력 있는 전문가들이 법률 문서를 들여다보며 밤낮없이 고되게 일하여 점점 더 무시무시한 법적 개념들을 작성해 냈고 그 안에는 마트라스의 업적에 마침내 불명예스러운 종말을 가져올 올가미가 반드시 숨어 있을 것이었다. 그러나 그 어떤 요청도 마트라스의 법률대리인의 즉각적인 반박에 의해 무효화되었다. 나 자신도 대단히 관심 있게 이 싸움의 경과를 지켜보았는데, 그러다가 완전히 뜻밖에도 변호사협회의 특별 전체 회의에 초대를 받았다. 이 회의의 주제는 '미국 정부 *대* 카토디 마트라스 혹은 카토디 1세 A 혹은 마트라스*와* 포턴브래스의 관계의 결실 혹은 게성운의 행성 *사건*'의 해석 문제였다.

나는 정해진 시일에 정해진 장소로 찾아갔고 홀 안은 이미 가득 차 있었다. 법률계의 꽃들이 2층의 거대한 대기실과 1층에 여기저기 놓인 소파들을 채웠다. 나는 약간 늦었는데 회의는 이미 시작되어 있었다. 나는 마지막 줄의 어느 좌석에 앉아서 머리가 희끗희끗한 발언자의 말에 귀를 기울였다.

"저명하신 동료 여러분!" 발언자는 기쁜 듯이 어깨를 펴고 말했다. "우리 앞에는 이 수수께끼의 법률적 분석이라는 범상치 않은 어려움이 놓여 있습니다! 마트라스라는 인물이 포틴브래스라는 인물의 도움으로 자기 자신을 로봇으로 개조했으며 동시에 1 대 100만의 비율로 자기 자신을 증대시켰습니다. 일반인의 관점에서, 완전한 무지와 성스러운 순진무구함의 관점에서 보면 이 사안은 그렇게 보입니다만, 그것은 우리의 떨리는 눈앞에 입을 벌리고 있는 법률적 문제의 함정을 알아채지 못하는 무능한 관점일 뿐입니다! 우리는 우선 상대방이 누구인지—인간인지, 로봇인지, 국가인지, 행성인지, 어린이들인지, 범죄 조직인지, 음모인지, 시위대인지 반역자인지부터 판별해야 합니다. 이 판별에 얼마나 많은 것이 달려 있는지 유념해 주시기 바랍니다! 만약에 예를 들어 우리가 상대방이 국가가 아니라 국가를 사칭하는 로봇들의 무리이며 전자적 집단의 일종이라고 판명한다면, 그 경우 적용되는 것은 국제법의 기준이 아니라 공공 도로의 질서 훼손에 대한 평범한 규정일 것입니다! 만약 우리가 마트라스는 그 신체의 증대에도 불구하고 존재를 중단하지 않았으며 어쨌든 자녀를 가졌다고 선언한다면, 마트라스라는 개인은 자기 자신을 낳았다는 결과가 될 것입니다. 그렇게 되면 우리 법률은 그런 상황을 예견하지 않았으며 모든 것은 눌룸 *크리멘 시*

*네 레제**가 되므로 훨씬 더 무시무시한 법적인 문제를 야기하게 됩니다!! 그러므로 저는 우선 국제법 분야의 가장 뛰어난 전문가인 핀절링 교수의 발언을 들어 보기를 제안합니다!"

존경하올 교수님은 따뜻한 박수로 환영을 받으며 발언대에 올랐다.

"여러분!!" 그는 노인의 굵은 목소리로 말했다. "우선 국가란 어떻게 구성되는지 생각해 봅시다. 국가는 다양한 방식으로 구성되지 않습니까? 예를 들어 우리의 조국인 미국은 한때 영국의 식민지였다가 그 뒤에 독립을 선언하고 헌법을 제정하여 국가가 되었습니다. 마트라스의 경우에 이런 과정이 적용됩니까? 답은 이러합니다. 만약 마트라스가 자신을 로봇으로 개조할 때 건강한 정신 상태를 유지하고 있었다면 그의 국가 형성 행위는 법적으로 존재한다고 인정해야 하며, 이에 덧붙여 그의 국적은 전자적이라고 규정해야 합니다. 반대로 만약에 그가 정신적으로 온전한 상태가 아니었다면 그의 행위는 법적으로 인정받을 수 없습니다!!"

여기서 홀 중앙에 앉아 있던, 발언자보다 훨씬 더 나이 든 백발의 노인이 벌떡 일어나 부르짖었다.

"고명하신 법관님, 그러니까, 여러분! 감히 제 의견을 말씀드리자면 만약에 마트라스가 광기에 찬 국가 형성자라 하더라도 그의 후손들은 온전한 정신일 수 있으며, 그러므로 현존하는 국가는 첫째로 오로지 개인적인 광란의 산물이며 따라서 병적인 징후의 성격을 띠게 되고, 그런 뒤에 공개적으로 존재하기 시작하여 *실질적*으로 그 국가

* Nullum crimen sine lege. 라틴어로 '법률이 없으면 범죄도 없다'라는 의미이다.

의 전자적 시민들의 동의 자체에 의해 현재 상황에 이르렀습니다. 시민은 자신의 법률 체계를 스스로 창조하고, 어쨌든 아무도 시민에게 특정 국가를 금지할 수는 없기 때문에, 비록 표면상으로는 대단한 광기의 산물이라 하더라도(역사상으로 이런 일도 몇 번은 일어났음을 알 수 있습니다), 마트라스 국가의 존재 자체는 *실질적*으로 그 자체로 *법적 권리*를 갖는 존재가 됩니다!!"

"죄송합니다만, 존경하는 선생님, 그 반대 의견에 대해서 말입니다." 핀절링 교수가 말했다. "어쨌든 마트라스는 우리 미국 시민이었고, 그러므로……"

"그래서 어쨌단 말입니까?!" 홀 중앙의 노인이 격렬하게 소리쳤다. "마트라스의 국가 형성은 우리가 인정하거나 아니면 인정하지 않을 수 있습니다! 만약 우리가 인정한다면 주권을 가진 국가가 탄생하며 우리의 전제는 무용해집니다. 만약에 우리가 인정하지 않는다면 우리의 상대방은 법적인 인격이거나 아니면 그렇지 않습니다. 법적으로 인격이 아니라면, 만약에 우리가 상대하는 것이 법적 권리를 가진 개인이 아니라면, 이 문제 전체는 그저 우주정화협회의 청소부들에게 넘기면 됩니다, 게성운은 잔해들의 무더기일 뿐이니까요. 그리고 우리 회의에서는 논의할 일이 전혀 없게 되는 겁니다! 만약에 반대로 우리가 법인격을 상대하고 있다면 다른 문제가 발생합니다. 우주 법률은 체포의 가능성, 그러니까 법적이고 물리적인 개인의 자유를 행성 위에서 혹은 우주선 내에서 제한하는 것을 허용합니다. 일명 마트라스라는 존재는 우주선 내에 위치하지 않습니다. 그렇다기보다는 행성에 있습니다. 그렇다면 그를 인도받을 방법에 주의를 돌려야 합니다만, 범인 인도를 요청할 상대가 없습니다. 게다가 그가 생활하는 행성은 자기 자신입니다. 그러므로 여기서 우리가 적용할 수 있는 단 한 가지 관점은 법의 허울을 지킨다는 것뿐입니다. 여기에 진공상태가, 일종의 법적인 공백이 발생하며, 이 공백에는 질서 규정도 형법도 행정법도 국제법도 적용되지 않습니다. 그러므로 존경하올 핀절링 교수님의 발언은 문제를 해명하지 못합니다, 왜냐하면 이 문제 자체가 존재하지 않기 때문입니다!!"

이러한 결론으로 그 자리에 모인 존경하올 변호사님들을 모두 어안이 벙벙하게 만든 뒤에 노인은 자리에 앉았다.

이후 여섯 시간에 걸쳐 나는 약 20명의 발언을 들었으며 이들은 차례차례 논리적으로 반박할 수 없고 명확한 방식으로 마트라스가 존재하는 동시에 존재하지 않고, 로봇들의 국가를 건설했으며 또한 로봇이라는 생체 조직으로 구성되어 있고, 수많은 법률을 모두 어겼으므로 반드시 분쇄되어야 하지만 또한 아무런 법도 어기지 않았으며, 변호사 워플 씨의 관점에 따르면 마트라스는 행성일 때도 있고 로봇일 때도 있고 전혀 아무것도 아닐 때도 있다고 했는데, 워플 씨는 중도파로서 모두를 만족시키려 했으나 모두의 분노만을 불러일으켰으며 워플 씨 본인 외에는 아무도 이 관점을 지지하지 않았다. 그러나 이 모든 일은 이후에 계속된 논의의 경과에 비하면 아무것도 아니었는데, 선임 보좌관 밀저 씨가 마트라스는 자신을 로봇으로 개조한 뒤에 같은 방식으로 자기 인격을 증가시켜 현재 마트라스는 약 30만 명이라고 보고했던 것이다. 이 집합이 여러 개인들의 집단과 같은 의미인지에 대해서는 논의할 필요조차 없었는데, 왜냐하면 똑같은 한 사람이 수없이 되풀이되었을 뿐이고, 그러므로 똑같은 마트라스가 그 30만 명의 인물들 중 하나이기 때문이었다.

이에 대해 워블혼 재판관은 이 모든 문제가 처음부터 잘못된 방식으로 검토되었다고 언명했다. 일단 마트라스가 사람이었다가 로봇으로 자신을 개조했으므로 그 로봇들은 그가 아니며 누군가 다른 존재다. 그리고 누군가 다른 존재이므로 거기서부터는 그 로봇들이 누구인지를 물어야 한다. 그리고 그들은 전혀 인간이 아니기 때문에 아무도 아니다. 따라서 게성운에는 사람이 아무도 없으므로 법률적인 문제뿐 아니라 물리적인 문제도 부재하는 것이다. 격분한 회의 참가자들에 의해 나는 벌써 몇 번이나 심하게 구타당했다. 질서유지 요원들과 미화원들도 정신없이 기계적으로 일하고 있었는데, 돌연 누군가 회의장 안에 법률가로 위장한 전자두뇌들이 숨어 있으며, 이 전자두뇌들이 회의에 참여할 권리가 없는 것은 물론 어느 편을 들지는 의심할 여지가 없으니 이들을 반드시 처리해야 한다고 소리쳤다. 그리하여 회의의 사회자를 맡은 허틀드롭 교수는 손에 조그만 나침반을 들고 회의실을 돌아다니기 시작했는데, 나침반의 바늘이 몇 번이나 떨다가는 양복 아래 감추어진 철제 성분에 이끌려 회의장에 앉아 있는 누군가를 가리켰고, 해당 인물은 즉각 정체가 폭로되어 문 바깥으로 던져졌다. 법대 강사인 휘츠 씨와 피츠 씨와 클래벤티 씨가 끊임없이 논의를 주고받는 동안 이런 방법으로 회의장이 절반 정도 비워졌고, 그러다가 나침반이 클래벤티 씨의 전자적 정체를 드러내자 그가 하던 말은 절반쯤에서 끊어졌다. 잠시 회의가 중단되고 우리는 식당에서 음식을 먹고 기운을 차렸으며, 단 한 순간도 침묵하지 않는 논란의 야단법석 속에서 내가 옷가지를 손에 든 채 회의실로 돌아왔을 때(분개한 변호사들이 계속 나에게 달려들어 단추를 뜯어내서 옷에 단추가 하나밖에 남지 않았기 때문이었다) 나는 단상 옆에 있는 커다란 엑스레이 기계를 보았다. 변호사 플러스섹스 씨가 발언하는 중이었는데, 그가 마트라스는 우연한 우주적 현상일 뿐이라고 말하고 있을 때 사회자가 위협적인 표정으로 손에는 바늘이 불안하게 뛰노는 나침반을 들고 나에게 가까이 다가왔다. 이미 질서유지 요원들이 내 멱살을 잡은 상태에서 내가 주머니 속에 든 가위와 깡통 따개와 찻잎을 우릴 때 쓰는 달걀 모양의 철망을 꺼내고 양말 위쪽을 고정시켰던 밴드에서 니켈 버클을 뜯어낸 뒤에야 나침반의 자석 바늘이 움직이지 않게 되었고 나는 회의에 계속 참석하도록 풀려났다. 부교수인 버트넘 씨가 우리에게 마트라스는 우주적인 현상의 일종으로 간주할 수 있다고 진술했을 때는 추가로 43기의 로봇들의 정체가 밝혀졌고, 나는 버트넘 교수가 하는 말을 아까 다른 사람이 했던 듯하며 분명히 저 법률가는 더 이상 할 말이 떠오르지 않는 모양이라고 생각하고 있었는데 그때 또다시 질서유지 요원들 사이에 소란이 일어났다. 이제 회의 참가자들은 모두 예외 없이 엑스레이로 검사를 받았으며 그 결과 주름 하나 없는 말끔한 의복 아래 플라스틱과 강옥과 나일론과 크리스털과, 그리고 마지막으로 지푸라기로 된 부품들이 감추어져 있었다는 사실이 드러났다. 마지막 줄 어딘가에서는 실로 만들어진 누군가도 발견되었던 것 같다. 다음 차례의 발언자가 단상에서 내려왔을 때 나는 마치 솟아오른 손가락처럼 혼자서 텅 빈 거대한 회의실에서 발언자를 바라보고 있었다. 그때 회의장 안에 나를 제외하고 마지막으로 남아 있던 인간인 사회자가 내 좌석 가까이 다가왔다. 대체 어떻게 된 일인지는 나도 잘 모르지만 나는 그의 손에서 나침반을 뺏었고, 나침반은 비난하듯이 떨리면서 사회자를 가리켰다. 나는 손가락으로 사회자의 배를 두드렸고 쇠가 울리는 소리를 듣자마자 반사적으로 그의 멱살을 잡아 문밖으로 던져 버린 뒤에 그렇게 해서 나 혼자 남았다. 수백 개의 내던져진 서류 가방과 법률 문서가 든 두꺼운 홀더와 중산모와 지팡이와 실크해트와 가죽으로 표지를 씌운 책과 덧신들 사이에 나는 고독하게 홀로 서 있었다. 그리고 나는 혼자서 회의실 안을 얼마간 돌아다니다가 여기서는 더 이상 할 일이 없다는 것을 깨닫고 돌아서서 집으로 갔다.

(정보라 옮김)

A. 돈다 교수

이욘 티히의 회고록에서

Profesor A. Dońda
Ze wspomnień Ijona Tichego

이 글을 나는 내 동굴 앞의 진흙 판에 새기고 있다. 바빌로니아 사람들이 어떻게 진흙 판에 작업했는지 언제나 관심이 있었으나 나 자신이 같은 일을 시도해야 할 날이 오리라고는 생각하지 못했다. 분명 바빌로니아 진흙이 좀 더 질이 좋았거나 쐐기문자가 진흙 판에 새기기에 좀 더 알맞았던 것인지도 모른다.

내 것은 갈라지거나 부서지지만 그래도 칠판에 석회석으로 쓰는 것보다는 이쪽이 나은데, 왜냐하면 나는 어렸을 때부터 긁는 소리에 민감했기 때문이다. 앞으로 절대로 오랜 옛날의 기술을 원시적이라고 하지 않을 것이다. 교수는 떠나기 전에 내가 부싯돌을 때려 불꽃을 내려고 괴로워하는 모습과 통조림을 따려다가 칼과 우리가 가진 마지막 톱과 주머니칼과 가위를 망가뜨리는 것을 보더니, 영국박물관의 톰프킨스 강사가 40년 전에 부싯돌을 깎아서 석기시대에 제작되었던 것과 비슷한 평범한 흙 떨개를 만들려고 하다가 손목을 삐고 안경도 깨뜨렸지만 흙 떨개는 만들지 못했다는 이야기를 했다. 교수는 또한 동굴에 살았던 선조들을 우리가 바라볼 때 가지는 절대적인 우월감의 태도에 대해서도 뭔가 덧붙였다. 교수가 옳다. 나의 새로운 집은 초라하고 매트리스는 이미 썩었는데, 전에 그토록 편하게 잘 지냈던 무기고에서는 악마가 정글에서 데려온 것 같은 그 병들고 늙은 고릴라가 우리를 쫓아냈다. 교수는 고릴라가 우리를 내쫓은 것이 절대로 아니라는 입장을 고수했다. 놈이 공격성을 드러내지 않았다는 것까지는 사실이지만 나는 안 그래도 너무 좁은 거주 공간을 그놈과 나눠 쓰지 않는 쪽이 좋았다—내가 가장 불안했던 것은 놈이 수류탄을 가지고 놀 때였다. 놈은 게 수프가 든 빨간 깡통들을 무서워했는데 그곳에는 그 수프 깡통이 아주 많았으니 어쩌면 나는 놈을 내쫓을 시도라도 해 봤어야 했던 것일지도 모르지만, 놈은 그 정도까지는 수프 깡통을 무서워하지 않았고, 게다가 이제는 노골적으로 주술을 인정하는 마라모투가 그 원숭이에게 자기 삼촌의 영혼이 들어 있는 것을 알아보았다고 말하면서 놈에게 나쁜 짓을 하지 말라고 고집을 부렸던 것이다. 나는 그러지 않겠다고 약속했고 교수는 언제나처럼 심술궂게 자신은 마라모투의 삼촌을 생각해서 소심하게 구는 것이 아니라 병든 고릴라라도 어쨌든 고릴라이기 때문이라고 내뱉었다. 한때 구룬두와유와 람블리아 사이 국경 수비 강화용으로 사용된 그 벙커가 나는 아쉬워서 견딜 수 없었지만 이제 와서 어쩌겠는가, 군인들은 모두 도망쳤고 유인원이 우리를 내쫓았다. 그 수류탄 놀이가 좋게 끝날 리가 없으므로 나는 계속 어떻게 돼 가는지 귀를 기울이고 있었는데 언제나 지나치게 과식한 그 원숭이와 풀 죽은 눈의 개코원숭이가 내는 신음 소리가 들릴 뿐이다. 마라모투는 이건 보통 개코원숭이가 아니라고 하지만 이러다가는 절대로 본론에 도달할 수 없을 테니 바보 같은 소리는 이쯤에서 그냥 지나가야겠다.

제대로 된 연대기에는 날짜가 있어야 한다. 세계 종말이 장마철 바로 지나서 닥쳤고 그 뒤로 몇 주가 지났다는 것은 알고 있지만 정확히 며칠이 됐는지는 모르겠는데, 왜냐하면 볼펜을 다 쓴 뒤로 게 수프에 일어난 일들 중에서 가장 중요한 사건을 기록해 둔 내 달력을 고릴라가 가져갔기 때문이다.

교수는 이것이 전혀 세계 종말이 아니고 그저 한 문명의 종말이라고 주장했다. 물론 그 말도 일리가 있다는 것은 인정하는데, 왜냐하면 이런 규모의 사건을 개인적인 불편이라는 척도로 측정해서는 안 되기 때문이다. 무서운 일은 아무것도 일어나지 않았다고, 교수는 마라모투와 나에게 가창 쇼에 나가라고 권유하곤 했지만 그러다가 자신의 파이프 담배가 다 떨어지자 마음의 평정을 잃었고 야자열매를 그물망으로 채집하려고 시도한 뒤에 교수는 담배를 구하는 모험이 지금 상태에서 어떤 것인지 분명히 이해했을 것임에도 불구하고 어찌 됐든 새로 담배를 구하러 나섰다. 언젠가 교수를 다시 볼 수 있을지는 나도 모르겠다. 그러므로 나는 더더욱 이렇게 위대한 인물을 앞으로 문명을 재건할 후대에 소개해야만 할 의무가 있다. 나는 이 시대의 가장 훌륭한 인물들을 가까이에서 관찰할 수 있는 운명을 타고 났으며 돈다 교수가 그중에서 첫 번째로 인정받게 될지 누가 알겠는가. 그러나 우선 내가 어떻게 해서 지금은 그 누구의 땅도 아니게 된 아프리카의 숲속으로 오게 되었는지 설명해야겠다.

우주 비행 분야에서 이룬 나의 업적이 내게 어느 정도의 명성을 가져다주었고 그리하여 각양각색의 단체와 기관과 또한 개인들이 나에게 초대나 제안을 보내왔는데 그러면서 나를 교수나 학술회 회원이나 최소한 박사님이라고 칭했다. 여기에는 문제가 있었는데 나는 그런 칭호를 들을 자격이 전혀 없을뿐더러 남의 깃털로 내 몸을 장식하는 것을 견딜 수 없이 싫어한다. 타란토가 교수는 대중들이 내 이름 뒤에 입을 벌리고 있는 빈칸을 견딜 수 없어 하는 것이라고 되풀이해 말하면서 내 등 뒤에서 상당한 직위를 가진 자기 지인들에게 부탁하여 나를 하루아침에 세계식량농업기구, 즉 FAO의 아프리카 지역 전권 책임자로 만들어 버렸다. 나는 그 직위와 함께 전문 위원이라는 직함은 순전히 명예직이라고 해서 받아들였는데, 바로 여기 람블리아 공화국이 구석기시대에서 눈 깜짝할 사이에 통일된 국가로 발전하면서 FAO가 야자수 통조림 공장을 건설했고 나는 이 조직의 전권 책임자로서 준공식을 진행해야만 했다. 그러나 운이 나쁘다 보니 유네스코 담당자로서 나와 동행해 주었던 석사 공학자 아르망 드뵈르가 프랑스 대사관의 티파티에서 코안경을 잃어버려서 우연히 들어온 자칼을 사냥개로 잘못 알고 쓰다듬으려고 했다. 자칼은 치아에 시체의 독성분을 가지고 있기 때문에 물리는 것은 아주 위험하다고 한다. 그 친절한 프랑스인은 이 사실을 가볍게 여겼고 사흘 뒤에 죽었다.

람블리아 국회에서는 은밀하게 자칼이 악한 영혼에 씌었으며 그 영혼을 자칼에게 씌운 것은 어떤 주술사라는 소문이 나돌았는데, 그 주술사는 종교교파 및 대중계몽부 장관 후보로 지명되었으나 프랑스 대사관의 *항의*로 취소되었다. 대사관은 공식적으로 부정하는 성명을 내지 않았다. 그러나 그 결과 민감한 상황이 발생했는데, 규정대로 진행하는 데 경험이 많지 않은 람블리아의 정치인들이 시신 이송을 조용히 처리하지 않고 이것을 국제 무대에서 빛나기 위한 훌륭한 기회라고 여겼던 것이다. 국방부 장관인 마하부투 장군은 이에 따라 추모의 칵테일파티를 개최했는데 칵테일파티가 흔히 그렇듯이 여기서도 사람들은 모든 일에 대해서 게다가 술잔을 손에 들고 떠들어 댔으며 내가 대체 어느 시점에 유럽외교부의 부장인 바마타후 대령에게 질문을 받고, 당연히 높이 평가받는 고인들을 우리 나라에서는 **용접한** 관에 넣어 장사지낸다고 말했는지도 모르겠다. 나는 그 질문이 사망한 프랑스인과 뭔가 관련이 있을 거라고는 생각조차 못 했으나 반대로 람블리아 사람들은 현대적인 방식의 장례 의식을 진행하기 위하여 공장용 생산도구를 사용하는 것이 나쁘지 않겠다고 여긴 모양이었다. 그리고 공장에서는 1리터짜리 깡통만을 생산했기 때문에 고인은 야자열매 광고가 적힌 상자에 넣어져 에어프랑스 비행기를 타고 이송되었는데, 그 부분이 모욕적이었던 것이 아니라 중요한 것은 상자 안에 깡통이 아흔여섯 개 들어 있었다는 사실이었다.

나중에 나는 상황을 예견하지 못했다고 견책을 들었으나 상자에 못을 쳐서 닫아 놓았고 그 위에 삼색 국기로 덮여 있는데 내가 대체 어떻게 알았겠는가? 그러나 내가 람블리아 측 담당자에게 우리가 고인을 분배하여 통조림을 만드는 것을 얼마나 부적절하게 여기는지 설명하는 *외교문서*를 보내지 않았다고 모두가 불만을 품었다. 마하부투 장군은 내가 묵는 호텔로 리아나*를 보냈으며 나는 그것을 어떻게 해야 할지 몰랐고 돈다 교수에게 물어보고서야 그것이 내 목에 걸

* 열대산 칡의 일종.

린 교수형의 밧줄을 보고 싶다는 은유임을 알게 되었다. 하지만 어쨌든 그런 선물은 소 잃고 외양간 고치기였는데, 왜냐하면 그러는 사이에 처형대가 결성되었고 나는 람블리아 언어를 알지 못하는 관계로 이 사람들을 환영단이라고 착각했기 때문이다. 돈다 교수가 아니었다면 나는 이 역사도 혹은 다른 어떤 기록도 남길 수 없었을 것이다. 유럽에서 나는 돈다 교수가 역사가 오래되지 않은 정부들의 순진함과 신뢰성을 이용하여 그런 나라들에 아늑하게 둥지를 트는 뻔뻔한 거짓말쟁이라는 주의를 미리 들었다—그는 주술사들의 잔꾀를 이론적으로 연구할 가치가 있는 분야인 양 부끄러움 없이 치켜세워서 현지 대학에서 강의를 했다. 이런 정보를 믿고 나는 이 교수를 질 나쁜 사기꾼으로 여겼으며 그 때문에 이미 저때부터 나에게 대체로 괜찮은 사람으로 보이기는 했지만 그래도 공식적인 행사 자리에서만 만나는 정도로 언제나 거리를 유지하고 있었다. 내 숙소에서 가장 가까운 저택에 사는 프랑스 총영사는 (영국 대사관과 나 사이에는 악어들이 득시글거리는 강으로 가로막혀 있었다) 내가 힐튼호텔에서 잠옷만 입고 탈출했는데도 나에게 은신처를 제공하기를 거부했다. 그는 국가적인 이유, 더 정확히는 내가 저질렀다고 하는 일들로 인해 프랑스의 이해관계에 위협이 된다는 이유를 댔다. 옹이구멍을 통해 진행된 이 대화의 배경은 기관총 부대의 일제사격이었는데 왜냐하면 처형대가 이미 호텔 부지 내에서 연습을 시작했기 때문이었고 그래서 나는 돌아서서 곧바로 처형당하러 가는 쪽이 나을지 아니면 악어들 사이를 헤엄치는 쪽이 나을지 계산했는데, 왜냐하면 나는 강둑에서 있었고 골풀들 사이로 짐을 잔뜩 실은 돈다 교수의 통나무배가 나타났기 때문이다. 내가 배에 올라타 짐 가방 위에 앉자 그는 내 손에 노를 쥐여 주고 마침 쿨라하리 대학교와 계약 기간이 끝났고 이웃한 국가인 구룬두와유에서 스바르네틱스를 가르치는 정식 교수로 초빙되었으니 그곳으로 배를 저어 갈 것이라고 설명했다. 이렇게 소속 대학을 바꾸는 것이 정식으로 이루어지는 일일 리는 없었으나 내가 처한 상황에서 그런 종류의 질문을 깊이 생각해 볼 여유는 없었다.

심지어 돈다가 그저 뱃사공이 필요했던 것뿐이라 하더라도 그가 나의 생명을 구해 주었다는 것은 사실이다. 우리는 나흘간 배를 저었고 그러므로 그사이에 우리가 친해진 것은 전혀 이상한 일이 아니다. 돈다가 방충제를 사용하여 쫓아 보낸 모기에 물려서 나는 부어올랐고 돈다는 나에게는 방충제가 이미 통에 얼마 남지 않았다고 계속 말했다. 그리고 나는 상황의 특수함을 고려하여 그런 것을 나쁘게 생각하지 않았다. 그가 내가 쓴 책들을 알고 있었으므로 이야기해 줄 수 있는 것이 별로 없었고 대신에 그의 이야기를 듣게 되었다. 돈다라는 성은 슬라브 계통처럼 보이지만 그는 슬라브인이 아니고 돈다는 진짜 성도 아니다. 아피다비드라는 이름을 6년째 사용하고 있는데, 터키를 떠날 때 정부에서 요구하는 진술서를 입수했고 설문지의 문항에 그 단어를 가짜로 적어 넣었으며 여권, 여행자수표, 예방접종 확인서, 신용카드와 여행자보험도 모두 아피다비드* 돈다의 이름으로 발급받았고 그리하여 사람의 이름이 뭐가 됐든 아무래도 상관없으므로 송환 요구 따위는 가치가 없다고 인정했다.

돈다 교수는 일련의 실수들 덕분에 세상에 나오게 되었다. 그의 아버지는 나바호 인디언의 피가 약간 섞인 혼혈 여성이었고 어머니는

* 폴란드식으로 읽으면 '진술서affidavit'와 발음이 같다.

두 명 반이었는데 누구냐면 러시아 백인, 인디언 흑인, 그리고 마지막으로 퀘이커교도인 미스 에일린 시버리Seabury였으며, 시버리 씨는 엿새 동안 임신한 끝에 위험한 상황에서 그를 낳았는데, 왜냐하면 침몰하는 잠수함에 타고 있었기 때문이었다.

돈다의 아버지였던 여성은 납치범들의 은신처를 폭파시킨 혐의와 동시에 팬아메리칸월드항공 비행기 참사를 일으킨 혐의로 종신형을 받았다. 그녀는 납치범들의 본부에 경고의 의미로서 웃음 가스가 든 폭죽을 던질 예정이었다. 이런 목적으로 그녀는 볼리비아에서 미국까지 날아갔다. 공항의 세관 검사 도중 세면도구 가방이 옆에 서 있던 일본인 남성의 짐 가방과 바뀌었고 그 결과 납치범들은 공중으로 날아갔는데 왜냐하면 그 일본인은 여행 가방 속에 누군가 다른 사람을 위해 준비된 진짜 폭탄을 가지고 있었기 때문이다. 공항 직원들의 파업으로 인해 일어난 이 특별한 실수 탓에 일본인의 여행 가방이 타고 떠난 비행기는 이륙 직후에 부서졌다. 기장은 아마도 웃다가 조종기기를 통제할 수 없게 되었던 것 같은데, 잘 알려진 대로 제트 항공기는 환기를 할 수 없다. 불운한 여성은 선고를 받았고 다른 사람이라면 몰라도 이 여성은 후손을 남길 가능성을 박탈당한 것으로 보이지만, 우리는 과학의 시대를 살고 있다.

때마침 할리 폼버낵 교수가 볼리비아 국토 내에서 죄수들의 유전형질을 연구하고 있었다. 폼버낵 교수는 단순한 방법으로 죄수들의 체세포를 채취했다. 모든 죄수들은 현미경의 유리를 핥아야만 했고, 그것만으로도 점막 세포를 조금 얻기에는 충분했다. 바로 그 실험실에서 다른 미국인인 저거노트* 박사가 인간의 난자를 인공적으로 수정시키고 있었다. 폼버낵의 유리가 저거노트의 유리와 어떻게 해서

인지 뒤바뀌었고 남성의 정자로 표시되어 냉장고에 들어가게 되었다. 그 결과 혼혈 여성의 혀 점막 세포로 기증자에게서 얻은 난자가 수정되었는데, 그 기증자가 바로 이민자의 딸인 백인 러시아 여성이었다. 내가 무엇 때문에 혼혈 여성을 돈다의 아버지라고 지칭했는지 이제 이유가 명백하다. 난자는 여성에게서 유래하므로 그 난자를 수정시킨 세포를 제공한 인물은 필연적으로 아버지로 인정해야 할 것이다.

폼버낵의 조수가 마지막 순간에 상황을 깨닫고 실험실로 달려와서 폼버낵에게 "Do not do it!"이라고 소리쳤으나 앵글로색슨들이 그렇듯이 그 발음이 명확하지 않았으므로 그의 외침은 '돈도'처럼 들렸다! 이후에 세부 사항을 기록하면서 그 소리는 어떻게 조금 변형되어 여기에서 돈다라는 성이 유래하였다—최소한 돈다 교수가 20년 뒤에 들은 이야기는 그러했다.

이미 완료된 수정을 되돌릴 수는 없었으므로 폼버낵은 수정란을 인큐베이터에 넣었다. 태아의 세포분열은 증류액 속에서 보통 2주 정도 진행되며 그 이후에 태아는 죽는다. 운이 좋았는지 때마침 미국의 체외수정반대투쟁연맹이 일련의 소송에서 유리한 판결을 받아 냈고 그 영향으로 실험실에 있는 모든 수정란을 법정 집행관이 압수했으며 그런 뒤에 언론에 공고를 내어 일명 대리모 역할을 하는 데 동의할 동정심 많은 여성들을 찾는 과정이 시작되었다. 이 호소에 수많은 여성들이 응답했으며 그들 중에 바로 저 극단주의자 흑인 여성이 포함되어 있었는데, 이 여성은 너들배커 주식회사의 소유주로서 수

* 힌두교의 크리슈나 신상, 혹은 강력하고 거대한 것을 뜻한다.

정란을 잉태하겠다고 동의할 때에 4개월 후 자신이 요리용 소금 저장고를 목표로 하는 음모에 연루되리라고는 꿈에도 생각지 못했다. 왜냐하면 이 여성은 매사추세츠주에 핵융합센터를 건설하는 것을 반대하는 적극적인 환경보호주의자들의 단체에 소속되어 있었으나 이 단체의 지휘부는 선동과 홍보 활동에만 그치는 것이 아니라 소금 저장고를 파괴하기를 갈망했는데 왜냐하면 바로 이 소금에서 전기적인 방법으로 순수한 소듐을 추출할 수 있고 그것이 터빈과 발전기의 에너지를 공급하는 반응장치의 열교환기에 이용되었기 때문이다. 매사추세츠에 건설되기로 한 반응장치는 새로운 열교환기를 이용하는 빠른중성자 장치라서 금속 소듐 없이 작동하는 것이 사실이었고 그 새로운 열교환기를 생산하는 회사는 오리건에 위치해 있었으며 이름은 머들배커 주식회사였다. 파괴된 소금으로 말하자면 요리용이 아니라 인공 비료에 사용되는 포타슘 소금이었다. 사건이 벌어진 뒤 너들배커 주식회사 사장의 재판은 원고 측과 피고 측의 두 견해가 대립했기 때문에 오래 이어졌다. 검사는 이것이 사보타주의 계획과 미리 숙고된 의도에 의하여 진행되었으므로 연방정부의 재산을 노린 음모이며 우연한 실수로 인해 실행된 것이 아니라고 주장했다. 한편 변호사는 이것이 품질이 나쁘고 상한 비료로 인한 사건이며 그 비료는 민간 재산으로 밝혀졌으므로 이 사건은 연방법원이 아니라 주법원에서 재판해야 한다는 입장을 고수했다. 너들배커 사장은 재판이 어떻게 되든지 간에 자신이 배 속의 아이를 세상에 내보낼 장소는 감옥이 되리라는 것을 알고 아기가 그런 일을 겪지 않게 하기 위해 임신을 지속하는 것을 포기하고 새로운 박애주의자 여성에게 양보했는데, 이 여성이 퀘이커교도인 시버리였다. 퀘이커교도 여성은 조금 여유를 즐기기 위해 임신 여섯째 날에 디즈니랜드로 떠나서 그곳의 초대형 수족관에서 잠수함 여행에 참가했다. 잠수함은 고장이 났고 비록 모든 일이 잘 끝났으나 시버리 씨는 충격을 받아 유산했다. 그러나 어쨌든 미숙아는 성공적으로 구조되었다. 시버리 씨는 아기를 임신한 지 일 주일이 채 되지 않았으므로 완전한 의미에서 어머니로 인정하기에는 무리가 있다—그래서 반만 어머니라는 자격이 된 것이다. 그 뒤에 부성 판별과 함께 모성 판별까지 상황을 정확히 파악하는 데는 두 개의 거대한 탐정 사무소의 공동 조사 활동이 필요했다. 과학의 발전으로 인해 *마테르 셈페르 케르타 에스트**라는 로마법의 옛 규정이 무효화되었기 때문이다. 기록의 정확성을 위해서 덧붙이자면 교수의 성별은 수수께끼로 남아 있는데, 과학에 의거하면 두 개의 여성 세포에서 생겨난 사람은 여성이어야만 한다. 남성의 성염색체가 어디서 섞여 들어갔는지는 알 수 없다. 람블리아에 사파리를 보러 온 은퇴한 실험실 직원인 핑커턴에게 들은 바에 따르면 돈다의 성별에 수수께끼는 없는데, 왜냐하면 폼버낵 교수의 실험실 세 번째 방에서는 기본적으로 개구리들에게 유리를 핥도록 했기 때문이라는 것이다.

교수는 어린 시절을 멕시코에서 보냈고 이후에 터키에서 시민권을 받았으며 그곳에서 성공회 신자였다가 선불교로 개종했으며 세 개의 학과를 동시에 졸업했고 마침내 쿨라하리 대학교 스바르네틱스 학과에서 교수직을 맡기 위해 람블리아로 떠났다.

그의 본래 전공은 닭고기 공장의 건설 기획이었으나 선불교로 개종한 뒤에 그런 공장에서 닭에게 가하는 고통을 의식하자 견딜 수 없

* Mater semper certa est. 라틴어로 '어머니는 언제나 확실하다'라는 의미이다.

게 되었다. 그런 공장에서는 닭들에게 뒷마당 대신 플라스틱 우리를, 태양 대신 석영 전등을, 돌봐 주는 사람 대신 조그맣고 무관심한 컴퓨터를 제공하며 닭들은 자유롭게 돌아다니면서 모이를 쪼아 먹는 대신 위장에 플랑크톤과 생선살 가루로 만든 죽을 욱여넣는 압력 펌프를 꽂고 있었다.

닭들에게는 녹음된 음악, 특히 바그너의 서곡들이 연주되는데 왜냐하면 공포감을 불러일으키기 때문이다. 닭들은 날개를 퍼덕이기 시작하고 그런 동작으로 인해 가슴근육이 발달하게 되며 이것이 요리용으로서 가장 중요하다. 바그너가 이 마술을 완성하는 마지막 한 점은 절대 아니다. 교수의 표현에 따르면 '닭들의 아우슈비츠'에서 이 불운한 피조물들은 성장에 비례하여 길어지는 줄에 묶인 채로 움직이며 운반기의 끝에 도달하면 평생 푸른 하늘의 한 조각도 모래 한 알도 보지 못한 채로 목이 잘리고 양념이 되어 깡통 속에 들어간다. 통조림 깡통이라는 주제가 내 기억 속에 계속해서 돌아오는 것이 흥미롭다.

그리하여 이스탄불에서 머무르고 있을 때 교수는 전보를 받았는데 내용은 다음과 같았다. 'Will you be appointed professor of svarnetics at kulaharian university ten kilodollars yearly answer please immediately colonel Droufoutou Lamblian Bamblian Dramblian security police.'* 스바르네틱스가 무엇인지는 현지에 가서 알아보면 될 것이고 그가 가진 세 개의 학위로 모든 정밀 분야의 강의를 하는 데 충분하다는 가정에 힘입어 교수는 답장을 보내 동의

* 쿨라하리 대학교 스바르네틱스 교수 임용을 받아들이겠습니까. 연봉 10킬로달러 즉시 답변 필요. 람블리아 밤블리아 드람블리아 공안경찰 드루푸투 대령.

를 표했다. 람블리아에 도착해 보니 드루푸투 대령에 대해서는 아무도 기억조차 하지 못했다. 교수의 질문을 받은 사람들은 당혹감을 감추기 위해서 가볍게 기침을 했다. 이미 계약서에 서명이 끝났고 합의를 어긴다면 새로운 정부는 돈다에게 3년 치 월급을 지급해야만 했으므로 그에게 학과가 배정되었다. 아무도 교수에게 무엇을 가르치는지 캐묻지 않았고 대학생 수는 많지 않은 데다 쿠데타가 일어난 뒤라서 감옥은 꽉꽉 차 있었고 그 감옥 중 하나에 스바르네틱스가 무엇인지 아는 사람이 분명히 갇혀 있을 것이었다. 돈다는 이 단어를 모든 백과사전에서 찾아보았으나 소용없었다. 쿨라하리의 대학교에서 유일하게 사용 가능한 과학적 보조 기구는 유네스코에서 선물한 최신형 새 IBM 컴퓨터였다. 또한 그렇게 값비싼 기계를 사용한다는 생각은 그 자체로 유혹적이었다.

물론 이러한 결정은 문제의 해결을 그다지 앞당겨 주지 못한 것이 사실이었다. 평범한 사이버네틱스 수업이라면 돈다 교수가 할 수 없었다—그것은 계약 위반이 될 것이었다. 가장 괴로웠던 것은—우리 둘이 노를 저을 때 나무토막과 악어를 구별하게 되는 동안 그가 나에게 털어놓았다—호텔에 혼자 앉아서 스바르네틱스가 무엇인지 머리를 쥐어짜던 시간들이었다. 대체로 우선은 새로운 연구의 방향이 생겨나고 그런 뒤에 거기에 이름이 붙는다—그는 반대로 주제는 없이 이름만 있었다. 다양한 가능성들 **사이에서** 오랫동안 망설인 끝에 그는 이 불확실성에 의존하기로 했다. 그는 '사이에서'라는 단어가 새로운 지식의 분과를 나타낸다고 선언했다. 다른 모든 학문 분야 사이의 접촉을 연구하는 새로운 학제 간 연구 분야를 창조할 때가 임박하지 않았는가? 유럽어로 표기하기 위한 보고서에서 그는 처음에 간[間],

inter-] 학문이라는 뜻으로 '인터리스틱스interistics'라는 용어를 사용했으나 이 전공을 선택하는 학생들은 일반적으로 **사이생들**이라고 불리기 시작했다. 그러나 바로 이 스바르네틱스의 창조자로서 돈다는 상당한—불행히도—부정적인 평판을 얻게 되었다.

그는 모든 전문 분야 사이의 접촉을 연구할 수 없었다—그리고 여기서 우연한 사건이 재빨리 그에게 도움을 주었다. 문화부에서 자국 전통과 관련이 있는 연구를 하는 학과에 연구비 지원을 약속했다. 돈다는 이 조건을 이용하여 적지 않은 이득을 보았다. 왜냐하면 그는 이성주의와 비이성주의의 경계를 연구하기로 계획했기 때문이다. 그는 소박하게 매력 발산의 수학화부터 시작했다. 람블리아 내의 부족인 호투 와보투는 오래전부터 적들을 *인형*의 모습으로 만들어 압박하는 관습을 시행해 왔다. 여러 개의 쐐기로 꿰뚫린 적의 형상은 당나귀가 섭취하도록 했다. 만약 당나귀가 질식하면 그것은 좋은 징조로서 적의 신속한 죽음을 의미했다. 돈다는 그러므로 적들과 당나귀들과 쐐기 등등의 수치적 모델링에 착수했다. 그렇게 해서 그는 스바르네틱스svarnetics의 의미에 도달했다. 알고 보니 그것은 영어로 Stochastic Verification of Automatised Rules of Negative Enchantment의 약자인데 즉 '부정적 주술 자동화 규칙의 확률적 검증'이라는 뜻이었다. 그가 스바르네틱스에 관한 논문을 투고한 영국의 《네이처》에서는 그 논문을 「흥미로운 소식」 꼭지에 게재하면서 인용문 군데군데에 비방하는 논평을 달았다. 《네이처》의 해설가는 돈다를 사이버주술사라고 칭하며 자기가 뭘 하는지도 모르고 있다고 비난하면서 그러므로—이것이 표준적인 결론이었다—흔한 사기꾼이라고 했다. 돈다는 대단히 불편한 상황에 처했다. 그는 주술을 믿지 않았고 주술에 신뢰성을 더해 주려는 듯한 보고서를 지지하지도 않았지만 그 사실을 공식적으로 설명할 수가 없었는데, 왜냐하면 바로 그때 농업부에서 진행하는 가뭄과 해충에 저항하는 주술의 최적화 기획에 참여하기로 했기 때문이었다. 마술에서 손을 뗄 수도 없고 그것을 인정할 수도 없게 되어 돈다 교수는 학제 간 연구라는 스바르네틱스의 특성에서 해결책을 찾아냈다. 마술과 과학 **사이에서** 버티기로 한 것이다! 상황이 교수에게 이런 행보를 강요한 것일 뿐이라고 해도 사실 바로 이때에 그는 인류 역사를 통틀어 가장 위대한 발견을 하는 길로 들어섰던 것이다.

유럽에서 그에게 붙기 시작한 나쁜 소문은 불행하게도 여전히 그치지 않았다. 람블리아 경찰국의 낮은 효율성 탓에 범죄가 상당히 증가했는데 특히 살인 범죄가 늘었다. 부족장들은 세속화에 힘입어 적대 세력을 마술적으로 억압하는 방식에서 현실적 방식으로 급속하게 전환했으며 그리하여 국회 건너편 모래 둔덕에서 휴식하는 악어들이 누군가의 팔다리를 물어뜯고 있지 않는 날이 없게 되었다. 돈다는 이러한 정황의 수치적 분석을 시작했고 그때는 아직 보고서 제출도 자신이 직접 맡고 있었으므로 이 연구 기획을 '불법 살인 무화 방법론 Methodology of Zeroing Illicite Murder'이라고 이름 지었다. 순전히 우연의 일치로 약자는 MZIMU가 되었다. 그렇게 해서 나라 전체에, 쿨라하리에서 활동하는 강력한 마술사 브와나 쿠브와 돈다의 MZIMU가 모든 시민의 모든 행동을 감시하고 있다는 소문이 퍼졌다.*

이후 몇 달간 범죄율은 눈에 띄게 하락했다.

* 므지무mzimu는 체와어로 '영혼, 정령'을 뜻한다. 체와어는 반투어족에 속하며 아프리카 대륙의 잠비아, 말라위, 모잠비크, 짐바브웨에서 사용되는 언어이다.

기쁨에 찬 정치인들은 교수에게 람블리아 국가 재정이 흑자가 되도록 하는 경제 주술 프로그래밍을 요구하기도 하고 전염병 퇴치 주문의 구성과 이웃 국가인 구룬두와유에 저주를 거는 주술을 요구하기도 했는데, 구룬두와유는 여러 해외 시장에서 람블리아 야자열매의 대체제를 판매하고 있었기 때문이었다. 돈다는 이러한 압력에 저항했으나 그의 지도를 받는 여러 박사 과정 학생들이 컴퓨터가 발휘하는 흑마술의 힘을 믿기 시작하여 어려움을 겪었다. 이제 야자열매의 마술이 아니라 람블리아를 세계적인 열강으로 만들겠다고 꿈꾸는 정치적인 마술이 새롭고도 집요하게 힘을 얻기에 이르렀다. 확실히 돈다는 그런 것을 스바르네틱스에 기대해서는 안 된다고 공식적으로 진술할 수도 있었다. 그러나 그렇게 된다면 정부 관계자들 중에서 그 누구도 받아들일 수 없을 만한 주장으로 스바르네틱스의 의미를 다시 정당화해야만 했을 것이다. 그러므로 그는 임기응변으로 대응할 수밖에 없는 처지가 되었다. 그러는 동안 돈다의 MZIMU에 대한 소문이 연구 작업의 효율성을 증대시켜서 심지어 국가 재정도 어느 정도 나아졌다. 이런 결과들에 등을 돌린다면 교수는 연구비 지원도 동시에 포기하게 될 터인데, 계획 중이던 원대한 사업을 고려한다면 그렇게 할 수는 없었다.

그 계획이 언제 그의 머릿속에 떠올랐는지 나는 모르지만, 여기에 대해서 그가 이야기해 준 것은 때마침 유별나게 성난 악어가 내 노의 물에 닿는 부분을 물어뜯고 있던 순간이었다. 나는 악어의 눈 사이에 돌로 된 술잔을 던졌는데 그 술잔은 돈다가 주술사 대표단에게서 명예 주술사 자격을 부여받을 때 받은 것이었다. 술잔은 깨어졌고 이 때문에 좌절한 교수가 나에게 불평을 늘어놓기 시작했으며 이로 인해 우리는 다음번 야영 천막을 칠 때까지 화해하지 못했다. 내가 아는 것은, 그의 학과가 실험적이며 이론적인 스바르네틱스 연구소로 새로이 단장했을 뿐만 아니라, 돈다가 장관 회의에서 별자리 점성술과 생활 속에서 그 별점의 마술적 구체화 실현이라는 새로운 과업과 함께 2000년위원회 회장으로 뽑혔다는 사실이다. 나는 상황이 좀 지나치게 편리하게 돌아간다고 속으로 생각했으나 그가 내 목숨을 구해 주었으므로 어쨌든 아무 말도 하지 않았다.

대화는 다음 날 아침에도 이어지지 않았는데 왜냐하면 20마일 거리의 강이 람블리아와 구룬두와유 사이의 국경을 형성하여 양쪽 국가의 국경 수비대가 우리에게 때때로 사격을 가했기 때문이지만 다행히도 사격은 정확하지 않았다. 악어들은 도망쳤으나 나는 이런 사건들보다는 차라리 악어들이 동반해 주는 쪽을 선호했다. 돈다는 람블리아와 구룬두와유 국기를 이미 준비해 두고 있어서 군인들을 향해 내걸었는데 강이 깊이 휘돌아 흐르는 바람에 우리는 몇 번 정도 틀린 국기를 휘둘렀고 즉각 통나무배 밑바닥에 배를 깔고 엎드려야만 했으며 그런 상황에서 총알 때문에 교수의 짐에 구멍이 뚫렸다.

그에게 가장 큰 손해를 입힌 것은 사기꾼이라는 평판을 처음 안겨준 《네이처》였다. 그럼에도 불구하고 람블리아 대사관이 영국의 외무부에 가한 압력 덕분에 그는 옥스퍼드에서 열리는 국제 사이버네틱스 학회에 초청받았다.

교수는 그곳에서 돈다의 법칙에 관해 발표했다. 잘 알려진 대로 퍼셉트론*의 발명자인 로젠블랫은 퍼셉트론이 확장되는 데 비례하여

* 인간의 두뇌가 인식하고 분별하는 기능을 모방한 컴퓨터 혹은 그러한 모델. 1957년 미국 코넬 대학교의 프랭크 로젠블랫이 창시했다.

기하학적인 형태 분별을 위한 과학기술은 그만큼 덜 수합되어야 한다는 논증에 도달했다. 로젠블랫의 규칙에 따르면 '무한히 큰 퍼셉트론은 모든 것을 즉각 행할 능력이 있으므로 아무것도 배울 필요가 없다'. 돈다는 자신의 법칙을 발견하기 위해 반대 방향으로 나아갔다. 작은 컴퓨터가 커다란 프로그램으로 할 수 있는 일은 커다란 컴퓨터도 작은 프로그램으로 할 수 있다. 여기서 도출되는 논리적인 결론은 무한히 큰 프로그램은 혼자서, 즉 어떤 컴퓨터도 없이 스스로 작동할 수 있다는 것이다.

무슨 일이 일어났겠는가? 학회는 이 주장을 사기꾼의 헛소리로 받아들였다. 바로 여기서 학자들은 예의범절을 개나 줘 버렸다. 《네이처》는 돈다에 따르면 모든 끝없이 긴 주문은 **반드시** 실현되어야만 한다고 하니, 이런 방법으로 돈다 교수가 일명 전문화된 분야라고 하는 물속에 혼탁한 헛소리를 끌고 들어온다고 썼다. 이로 인해 그는 사이버네틱스적 절대성의 예언자로 불리게 되었다. 게다가 돈다를 더욱 수렁에 빠뜨린 것은 쿨라하리 출신 강사인 보후 와모후의 발표였는데 보후 와모후는 문화부 장관의 처남이었기 때문에 옥스퍼드에 와 있었으며 '돌'*의 업적이 유럽의 사상적 발전의 동력*이라고 주장했다.

그의 주장의 요지는 결정적인 발견을 해낸 사람들의 성이 '돌stone'에서 유래되었다는 것이었다. 예를 들어 가장 위대한 물리학자(아인슈타인EinSTEIN), 가장 위대한 철학자(비트겐슈타인WittgenSTEIN), 가장 위대한 영화감독(예이젠시테인EisenSTEIN), 연극인(펠젠슈타인FelsenSTEIN)의 성에서 이러한 사실을 알 수 있으며 또한 작가인 거트루드 스타인STEIN과 철학자 루돌프 슈타이너STEINer도 해당된다.

생물학으로 말하자면 보후 와모후는 호르몬 회춘 요법의 주창자인

슈타이나흐STEINach를 인용했으며, 마지막에 결론을 내리면서 슈타이나흐가 람블리아어로 '모든 돌 중의 돌'을 의미한다는 사실도 빼놓지 않고 덧붙였다. 그가 돈다를 인용하면서 자신의 '돌의 뿌리 이론'에 '**돌이라는 속성**의 스바르네틱스에 의한 내재적 구성'이라는 제목을 붙였기 때문에 《네이처》는 와모후와 돈다 교수를 연달아 언급하면서 한 쌍의 쌍둥이와 같은 광대들로 만들었다. 이런 이야기를 고온 다습한 밤베지강의 더운 안개와 연기 속에서 듣고 있었는데, 때때로 뻔뻔한 악어들이 묶어 놓은 짐 더미 위로 기어 올라와 교수의 원고 타자본을 물어뜯고 통나무배를 흔들어 대며 놀 때면 대가리를 타격해야 했으므로 중간중간 이야기가 끊어지면서, 나는 상당히 난감한 상황에 놓이게 되었다. 만약 돈다가 람블리아에서 그토록 강력한 위상을 얻게 되었다면 어째서 몰래 람블리아를 떠났는가? 대체 정말로 무슨 의도이고 무엇을 성취했는가? 돈다가 마술을 믿지 않고 보후 와모후를 비웃는다면 어째서 사냥총에 손을 뻗는 대신 멀쩡한 **돌**을 악어들에게 던졌는가? (구룬두와유에 도착해서야 그는 돌을 던진 이유가 불교 신앙 때문이었다고 설명했다.) 그러나 어쨌든 이런 질문들로 그를 압박하기는 어려웠다. 바로 그렇기 때문에 그저 호기심이 동해서 나는 구룬두와유 대학교에서 그의 조수가 되면 어떻겠느냐는 돈다의 제안을 받아들였다. 통조림 공장에서의 유감스러운 사건 이후로 나는 유럽에 서둘러 돌아갈 생각은 버렸다. 상황이 가라앉을 때까지 좀 기다리는 쪽을 택했다. 우리 시대에 그것은 어려운 일이 아닌데, 왜냐하면 끊임없이 사건들이 일어나 어제의 특종을 망각 속으로 밀어 넣기 때문이다. 나중에 힘겨운 순간들을 적지 않게 겪기는 했지만 나는 눈 깜빡할 사이에 내린 이 결정을 후회하지 않을뿐더러 통나무배가 마침내 밤베지강의 구룬두와유 쪽 기슭에 닿아 삐걱거리기 시작했을 때 가장 먼저 땅으로 뛰어올라 교수에게 손을 내밀어 배에서 내리도록 도와주었으며 우리의 손바닥이 닿아 꽉 맞잡은 그때부터 우리의 운명은 갈라질 수 없게 되었다는 뭔가 상징적인 것을 느꼈다.

구룬두와유는 람블리아보다 세 배 큰 국가다. 빠른 산업화에 동반하여, 아프리카에서 흔히 일어나듯, 갈라놓을 수 없는 부정부패도 함께 생겨났다. 그 부정부패의 기제는 우리가 구룬두와유에 도착했을 즈음에는 이미 거의 작동을 멈춘 상황이었다.

뇌물은 아직도 모두가 받고 있었으나 그 대가에 대해서는 더 이상 아무것도 말할 수 없었다. 물론 뇌물을 주지 않으면 얻어맞을 수도 있었다. 처음에 우리는 산업과 통상과 행정이 어떻게 해서 계속 작동하는지 이해할 수 없었다. 유럽 기준에 따르면 이 나라는 매일매일 산산조각이 나야만 했다. 더 오래 머무른 뒤에야 나는 구대륙에서 사회계약이라고 하는 것의 대체물인 새로운 기제가 작동하는 비밀을 깨치게 되었다. 우리에게 방을 빌려준(수도의 호텔은 70년 전부터 공사 중이었다) 루밀 지역의 우체국장인 므와히 타부히네는 딸 여섯을 시집보내면서 그 동기가 무엇이었는지를 나에게 숨김없이 털어놓았다. 맏딸을 시집보낼 때는 한 번에 발전소와 신발 공장 가문과 연을 맺게 되었는데 왜냐하면 공장장의 장인이 고위급 전기공학자였기 때문이었다. 그 덕분에 므와히는 맨발로 다니지 않았고 언제나 전기를 사용할 수 있게 되었다. 둘째 딸을 시집보낼 때는 사위가 된 휴대품 보관소 직원을 통해서 햄 공장에 연줄을 얻게 되었다. 그리고 이러한 결정은 대단히 영리했다고 그는 여겼다. 횡령이 발각되면서 그 결과 이 공장도 저 공장도 운영진이 차례차례 감옥으로 갔고 휴대품 보관소 직원만 자리를 지키고 남게 되었는데 왜냐하면 그는 선물만 받았을 뿐 직접 횡령을 하지 않았기 때문이었다. 그 덕분에 우체국장의 책상은 언제나 풍성하게 장식되어 있었다. 셋째 딸을 므와히는 건설수리협동조합 감독관에게 시집보냈다. 그 덕분에 장마철에도 머리 위로 비가 새지 않았고 그의 집은 색색으로 칠한 벽으로 반짝였으며 문이 너무나 정확하게 닫혀서 그 어떤 독사도 문턱을 넘어 기어 들어올 수 없었고 심지어 창에는 유리도 끼워져 있었다. 넷째 딸을 그는 지역 감옥의 교도관에게 시집보냈다—만약의 경우를 대비해서였다. 다섯째는 시 위원회 서기에게 보냈다. 당연히 서기였고 예를 들면 므와히가 악어 간으로 만든 검은 수프를 대접했던 부시장에게 시집보내지는 않았다. 시 위원은 하늘의 구름처럼 자주 바뀌었으나 서기는 달이 모습을 바꾸는 정도로 자기 사무실에 남아 있었다. 그리고 마지막으로 여섯째 딸과 결혼한 사람은 원자력군의 군수국 식량과 과장이었다. 이 군대는 오로지 서류상으로만 존재했으나 군수품은 진짜였다. 게다가 식량과 과장의 외가 쪽 사촌이 동물원 경비였다. 이 마지막 연줄은 나에게 쓸모가 없어 보였다. 코끼리가 중요하기 때문인가? 다 이해한다는 듯 우월감 어린 미소를 지으며 므와히가 어깨를 으쓱해 보였다. "어째서 코끼리부터 생각하지요?" 그가 말했다. "전갈도 가끔은 쓸모가 있지 않습니까?"

그 자신이 우체국장이었으므로 므와히는 혼인관계 없이도 우편을 이용했고 심지어 그의 하숙인인 나도 집으로 아직 개봉되지 않은 편지와 소포를 배달받았는데 이것은 구룬두와유에서 드문 일이었고 정상적으로는 누군가 멀리 사는 사람에게서 우편물을 받기를 원하는 시민이라면 해당 인물과 개인적으로, 아마도 가족의 특권을 이용해서 처리해야만 했다. 집배원이 아침에 불룩한 우편 행낭을 들고 우체국을 나가서 필수적인 보호 수단 없이 우체통에 맡겨졌던 편지 무더기를 그냥 강에 버리는 것을 나는 몇 번이나 보았다. 소포로 말하자면 우체국 직원들은 소포의 내용물을 알아맞히는 것으로 내기 도박을 하며 즐겼다. 올바르게 알아맞힌 사람은 소포 중에서 원하는 것을 골라 기념으로 가졌다.

내 집주인의 유일한 근심은 공동묘지 관리인 중에 친인척이 없다는 사실이었다. "날 악어들한테 던질 거요, 잡놈들!" 무서운 생각이 찾아들 때면 그는 몇 번이나 한숨을 쉬었다.

구룬두와유에서 출생률이 높은 이유는 모든 가정에서 아버지가 혈연의 매듭을 이용해 살아 있는 대행소들의 인맥 망으로 자신을 둘러쌀 때까지 절대로 쉬지 않는다는 사실로 설명된다. 므와히는 나에게 루밀의 호텔이 공사에 들어가기 전에 적지 않은 숙박객들이 굶어서 몸이 쇠약해졌고 응급 구조대를 불러도 구급대원들이 아는 사람들에게 야자 섬유 매트를 구급차로 배달하느라 오지 않았다는 이야기를 해 주었다. 어쨌든 외인부대에서 가장 오래 복무한 하사였던 하우와리는 권력을 잡은 뒤에 사령관으로 스스로 승진하고 며칠에 한 번씩 특별한 공헌에 따른 훈장부에서 새롭고 더 높은 훈장을 받았는데, 그는 필요한 서비스를 갖추려고 서두르는 보편적인 움직임을 나쁘게 보지 않았으며 심지어 부정부패를 국영화하려는 생각을 처음 해낸 사람이 바로 그라고도 했다. 현지 언론으로부터 '영원의 큰형'이라고 불리는 하우와리는 학문 분야에도 예산을 아끼지 않았으며 이를 위한 재원은 재정부에서 국내에서 사업을 하는 외국 기업들이 납부한 세금으로 충당했다. 이 예산을 국회는 알지도 못하는 사이에 갑자기 통과시켰는데 그 뒤에 압수 수색과 사상 검열과 외교적 개입이 이어졌고 어쨌든 모두 소용없었으며 자본주의 집단 하나가 짐을 싸서 떠나면 언제나 구룬두와유에서 운을 시험해 보려고 하는 또 다른 집단들이 나타나게 마련이었고 비록 몇몇 사람들은 정부의 명령으로 지질학적 데이터가 왜곡되었다고 장담했으나 어쨌든 구룬두와유의 광물, 특히 크롬과 니켈 매장량은 어마어마한 것으로 알려져 있었다. 하우와리는 신용으로 총을 샀고 심지어 군인과 탱크도 마련해서 람블리아에 현찰을 받고 팔았다. '영원의 큰형'에게 농담이란 없었다. 거대한 가뭄이 닥쳤을 때 그는 기독교의 하느님과 주술사들의 가장 오래된 혼령인 푸른 투르무투에게 동등하게 기회를 주었고 3주가 되도록 비가 내리지 않자 주술사들은 목을 베고 선교사들은 마지막 한 명까지 모두 내쫓았다.

아마도 하우와리는—지침서라는 의미에서—나폴레옹이나 칭기즈 칸 혹은 다른 정치인들의 전기에서 읽은 뒤에 부하들에게 도둑질을 독려했을 터인데, 무엇이든 대규모이기만 하면 되었고 그리하여 정부 청사 인근 지역은 건설부가 항해부에게서 훔친 자재들로 뒤덮였고 항해부는 그 자재들로 밤베지강에 항구를 건설할 계획이었으며 철도 건설을 위한 자본은 야자수회전부에서 도난당했고 또한 횡령 덕분에 법원과 수사 기구 건물을 건설할 재원이 모였으며 이렇게 해서 점차적으로 절도와 점유가 성공적인 결과를 가져왔다. 그러자 이제는 '영원의 아버지'라는 칭호를 얻은 하우와리는 부정부패 은행 준공식을 직접 거행했으며 그 은행에서는 진지한 사업가라면 누구나 임원진들이 그 사업가의 이해관계가 국가의 이해와 맞아떨어진다고 인정하기만 하면 뇌물을 바치기 위한 장기 대출을 얻을 수 있었다.

므와히 덕분에 나와 교수는 썩 나쁘지 않게 자리를 잡았다. 우체국 감찰관이 호화로운 훈제 코브라를 우리에게 가져다주었다. 그것은 야당이 고위 관료들에게 보낸 소포에서 꺼낸 것이었으며 감찰관 부인이 야자나무 연기로 훈제했다. 빵 종류는 에어프랑스 버스가 우리에게 날라다 주었다. 인맥이 좋은 세련된 여행자들은 버스를 기다려 봤자 소용없다는 것을 알고 있었으며 세련되지 않은 사람들은 여행 가방을 들고 얼마간 돌아다닌 끝에 세련되게 되었다. 우유와 치즈는 전신기사 덕에 듬뿍 얻을 수 있었는데 전신기사는 그 대가로 오로지 우리 실험실에서 정제한 물만을 요구했다. 그 물이 그에게 왜 필요한지 나는 오랫동안 어리둥절해하다가 나중에 알고 보니 그가 노린 것은 하늘색의 플라스틱 물병으로, 시의 알코올반대위원회에서 주조한 자가 제조 술을 담을 때 쓰려는 것이었다. 그러므로 우리는 가게에 가지 않아도 되었고 그것은 매우 편리했는데 왜냐하면 나는 루밀에서 열려 있는 가게를 본 적이 한 번도 없기 때문이며 가게 문에는 언제나 '부적 가지러 감' '주술사에게 갑니다' 등등이 적힌 카드가 걸려 있었다. 관공서에서는 공무원들이 민원인들에게 전혀 주의를 기울이지 않아 처음에 우리는 어려움을 겪었다. 현지 관행에 따르면 관청은 그 지역의 친교 파티, 도박, 그리고 특히 중매를 위한 장소였다. 보편적인 왁자지껄함이 수그러드는 것은 때때로 경찰이 들이닥칠 때뿐이고 이들은 수사도 진술도 없이 모든 사람을 가둬 버리는데 왜냐하면 모든 사람이 유죄라는 전제하에 법적 정의의 정도를 측정하기 때문이며 범죄의 정도를 구분하는지는 말해 봤자 시간 낭비다. 재판은 오로지 특별한 경우에만 진행된다. 우리가 도착한 뒤에 보일러 사건이 터졌다. '영원의 아버지'의 사촌인 하우마리가 국회에서 사용할 에

어컨 기기 대신에 중앙난방 보일러를 스위스에서 수입했던 것이다. 여기서 루밀의 기온은 섭씨 25도 아래로는 결단코 떨어지지 않는다는 사실을 덧붙여야만 하겠다. 하우마리는 보일러 구매를 정당화하기 위해서 기상 연구소에서 온난한 기온을 낮추도록 유도하려고 애썼다. 국회는 자신들의 이해관계와 맞았으므로 계속해서 기뻐했다. 국회는 또한 조사위원회를 만들어 냈는데, 그 위원장은 '영원의 아버지'의 경쟁자라고 하는 므눔누가 맡았다. 갈등이 시작되었고 본회의 사이사이의 쉬는 시간에 흔히 있었던 협상은 전쟁으로 변했으며 야당 의석은 푸른색 문신들로 가득했는데 그러다가 므눔누가 사라졌다. 세 가지 가설이 있었는데, 첫 번째는 정부 측 동맹에 먹혔다고 했고 두 번째는 보일러와 함께 도주했다고 했으며 세 번째는 자기가 스스로를 먹었다고 했다. 므와히는 마지막 가설을 하우와리가 퍼뜨렸을 것이라고 여겼다. 또한 나는 그에게서 수수께끼 같은 진술을 들었다. (솔직히 강하게 증류된 키우키와 술을 열두 통이나 마신 뒤이기는 했다.) "맛있어 보이는 사람은 저녁에 공원에서 산책하지 말아야지." 어쩌면 그 말은 그저 농담이었을지도 모른다.

루밀 대학교 스바르네틱스 학과는 돈다 앞에 새로운 연구 활동의 전망을 열어 주었다. 덧붙여 국회의 동력화위원회에서 그사이 가정용 헬리콥터 '벨 94'의 면허를 구입하기로 결정했음을 말해야만 하겠는데, 이유는 국가의 헬리콥터화가 도로 건설보다 싸게 먹힌다는 계산 결과가 나왔기 때문이었다. 수도에는 사실 고속도로가 있지만, 그 길이는 60미터밖에 안 되어 이 고속도로는 군대 열병식 목적으로만 사용되었다. 면허 구입 소식은 대중을 공황 상태에 빠뜨렸는데, 왜냐하면 산업화의 밑받침으로서 혼인주의 시대의 끝이 다가온다는 것을 모두가 이해했기 때문이었다. 헬리콥터는 3만 9천 개의 부품으로 이루어져 있으며 휘발유와 다섯 가지 종류의 윤활유를 필요로 했으므로 일반 시민은 죽을 때까지 딸만 낳는다 하더라도 아무도 이 모든 것을 갖출 수 없을 것이었다. 나도 여기에 대해서 약간은 알고 있는데, 자전거 체인이 끊어졌을 때 사냥꾼을 고용해서 어린 원숭이를 잡아다가 그 가죽을 전신국 국장인 히우에게 줄 탐탐에 씌웠고 그 대가로 히우는 상사의 조부가 숲에서 사망한 우미아미에게 추모의 전보를 보냈으며, 우미아미는 마타레레를 통해서 육군 장교와 연줄이 있었고 그 사람 덕분에 예비용 자전거를 가지고 있었는데, 왜냐하면 기갑부대가 임시로 자전거를 타고 다니고 있었기 때문이었다. 의심할 바 없이 헬리콥터의 경우 더더욱 힘들 것이다. 다행히도 영구한 개혁의 원천인 유럽은 새로운 모델을 공급해 주었는데, 그것은 자유로운 관계 속에서 맺는 집단 성관계였다. 구세계에서 감각을 숭배하는 놀이에 불과한 것이 아직 원시적인 국가에서는 삶의 기본적인 필요를 지탱해 주었다. 학문 발전을 위해 우리가 독신 상태를 포기해야 할 것이라는 교수의 근심은 무용한 것으로 드러났다. 학과를 위해서 추가적으로 짊어져야 했던 의무들은 우리를 몹시 지치게 했지만 그래도 우리는 꽤 괜찮게 자리 잡았다.

교수는 나를 자신의 연구 기획에 포함시켰다. 그는 인류가 창조해낸 모든 저주, 마술을 거는 방법, 마녀의 주술, 주문과 주술사들의 비법을 컴퓨터로 프로그래밍하기를 원했다. 나는 그런 작업에서 전혀 아무런 의미도 찾을 수 없었으나 돈다는 고집을 꺾지 않았다. 거대한 데이터는 최신형 광속 IBM 컴퓨터에만 저장할 수 있었는데 그 가격은 1100만 달러였다.

그렇지 않아도 재정부 장관이 스바르네틱스 연구소 화장실 휴지를 구입하기 위한 43달러를 배정해 주기 거부했는데, 나는 우리가 그렇게 거대한 예산을 받을 수 있을 것이라고는 믿지 않았으나 교수는 확신에 차 있었다. 자신의 홍보 전략을 세세하게 털어놓지는 않았지만 어쨌든 나는 그가 재빨리 모든 것을 계획했음을 알 수 있었다. 저녁이면 그는 의례용 문신을 온몸에 그리고 옷이라고는 침팬지 가죽으로 만든 허리 감개만 두른 채 어딘지 모를 곳으로 나갔는데, 그 모습은 루밀의 최상류층이 공식적으로 방문할 때의 옷차림이었으며, 교수는 유럽에서 무슨 비밀스러운 소포들을 받았는데, 내가 언젠가 모르고 그 소포 하나를 떨어뜨렸을 때 멘델스존의 행진곡이 조용히 흘러나오기 시작했고, 또한 교수는 오래된 요리 책을 뒤져 요리법을 찾고 실험실에서 증류기의 유리 복사체를 가지고 나갔으며 나에게 엿기름물을 만들라고 시켰고, 《플레이보이》와 《우이Oui》*에서 여자 사진을 잘라 냈고, 무슨 그림들을 액자에 넣었으나 아무에게도 보이지 않았고, 마침내 국영 병원 원장인 알벤 박사에게 피를 뽑게 했으며 나는 그 채혈용 튜브에 의사가 금색 종이를 싸는 것을 보았다. 그런 뒤에 어느 날 교수는 얼굴에서 염료와 연고를 씻어 냈으며 《플레이보이》에서 잘라 낸 사진들은 불태우고 나흘에 걸쳐 므와히의 베란다에서 무감각하게 파이프 담배를 피웠고, 닷새째에 재정투자부 부장인 우아바모투가 우리에게 전화를 걸었다. 컴퓨터 구입 허가가 나왔다는 것이다. 나는 내 귀를 믿을 수가 없었다. 교수에게 캐물어도 그저 약하게 미소 지을 뿐이었다.

* 1972~2007년까지 발행되었던 미국의 포르노 잡지. 프랑스어로 yes라는 의미이다.

마법을 프로그래밍하는 작업은 2년 정도 걸렸다. 우리는 물질적인 측면에서나 완전히 다른 측면에서나 굉장한 어려움을 겪었다. 힘들었던 일은 예를 들어 매듭 형태의 기록인 '키푸'*로 전해지는 미국 인디언의 주문을 번역할 때라든가 쿠릴 열도에 사는 부족들과 에스키모 부족들의 눈과 얼음을 이용한 주문을 번역할 때였고 학교 근무 외의 일들로 지쳐 버린 프로그래머 두 명이 차례로 앓아누웠는데 내가 생각하기에 그 이유는 집단 성교가 대단히 유행했기 때문인 것 같지만, 태고부터 이어져 온 마법사들의 관습이라는 분야에서 돈다가 탁월함을 나타낸 데 불안을 느낀 주술사들이 지하에서 활동한 결과라는 소문이 세간에 퍼졌다. 게다가 진보 청년 그룹이 이런 논쟁에 대해 뭔가를 듣고는 연구소에 폭탄을 설치했다. 다행히 폭발은 건물 일부분의 화장실만 파괴했다. 그곳은 세상이 끝날 때까지 수리되지 않았는데, 어느 업무 개선 기획자의 발상에 따르면 부표로 기능해야 할 빈 야자열매 껍데기들이 계속 가라앉았기 때문이었다. 나는 교수에게 그의 커다란 영향력을 이용해서 필요한 부품을 입수할 것을 제안했으나 그는 의미 있는 목적에만 힘겨운 방법을 사용할 가치가 있다고 말했다.

또한 우리 지역에서 사는 사람들이 반反돈다 시위를 진행했는데 왜냐하면 마법이란 부정확할 수 있으므로 컴퓨터를 부팅하면 그 안에서 풀려나온 산사태와 같은 마술이 대학 위로, 그러니까 자기들 위로 쏟아질 것이라 두려워했기 때문이었다. 교수는 연구소 건물 주위를 높은 울타리로 둘러치게 하고 그 울타리에 본인이 직접 사악한 저

* 매듭글자인 '키푸'는 미국이 아니라 남아메리카 안데스 지역에서 약 17세기까지 사용되었다. 현재도 의례나 제식에 사용되는 경우가 있다고 한다.

주가 뚫고 들어오지 못하게 막아 주는 토템 상징들을 칠했다. 울타리 값으로 내 기억에 자가 제조한 술 네 통이 들었다.

점차적으로 우리는 기억장치에 4900억 비트의 마법을 저장했는데 이것은 스바르네틱스로 계산하면 20테라기가마법에 해당했다. 초당 1800만 회의 작업을 수행하는 기계가 3개월간 쉬지 않고 일했다. 인터내셔널 비즈니스 머신즈 대표인 공학자 제프리스가 부팅할 때 참가했는데 돈다와 우리 전부를 괴짜로 취급했다. 여기에 더하여 돈다가 특별히 예민한 감지기가 부착된 일단의 기억장치들을 스위스에서 공수하여 설치했다는 사실로 인해 제프리스는 교수의 등 뒤에서 불쾌한 논평을 했다.

프로그래머들은 컴퓨터가 몇 달이나 그렇게 일한 끝에 개미 한 마리에게도 주술을 걸지 못했다는 사실에 끔찍하게 우울해했다. 그러나 돈다는 쉴 틈 없이 긴장한 채로 지냈고 그 어떤 질문에도 대답하지 않았으며 단지 종이 두루마리에서 풀려 나오는 테이프에 감지기가 그리는 그래프가 어떻게 보이는지 매일매일 확인하러 올 뿐이었다. 감지기는 당연한 일이지만 직선을 그렸다. 직선은 컴퓨터가 진동하지 않는다는 것을 의미했다—대체 어째서 진동해야 한단 말인가? 마지막 달이 끝나 갈 때쯤 교수는 우울증 증세를 나타내기 시작했으며 이제 하루에 세 번 혹은 네 번씩 실험실에 드나들었고 전화를 받지 않고 점점 쌓이는 우편물도 건드리지 않았다. 그러나 9월 12일에, 이미 내가 잠자리에 들려고 준비하고 있을 때 교수는 창백한 얼굴로 몸을 떨면서 내 방에 들이닥쳤다.

"그 일이 일어났어!" 그가 문턱에서 외쳤다. "이젠 확실해. 완전히 확실하다고."

인정하건대 나는 그가 제정신인지 겁이 났고, 그는 이상한 미소를 지으면서 얼굴이 밝아졌다.

"그 일이 일어났어." 그는 몇 번이나 더 반복했다.

"무슨 일이 일어났어요?" 내가 마침내 외쳤다. 그는 마치 꿈에서 깬 듯이 나를 쳐다보았다.

"맞아, 당신은 아무것도 모르죠. 감지기에 100분의 1그램을 올렸어요. 그 빌어먹을 감지기가 감지를 제대로 못 했다고! 더 좋은 걸 가지고 있었다면 이미 한 달 전에, 아니 아마 그 전에 모든 걸 알았을 텐데!"

"누가 감지기에 올려요?"

"누가 올린 게 아니고 뭐가 올린 거죠. 컴퓨터예요. 기억장치요. 물질과 에너지에는 질량이 있다는 건 당신도 알잖아요. 그러나 정보는 물질도 에너지도 아니지만 어쨌든 존재해요. 그러니까 질량도 있어야 한다고요. 돈다의 법칙을 구상하면서 여기에 대해서 생각하기 시작했어요. 무한히 많은 정보가 직접적으로, 어떤 기기의 도움도 없이 작동할 수 있다는 게 도대체 무슨 의미겠어요? 그것은 즉 거대한 양의 정보가 곧장 나타난다는 뜻이죠. 거기까지는 생각했지만 균형의 공식을 몰랐던 거예요. 왜 그렇게 쳐다봐요? 단순히 말해서 정보의 무게는 얼마냐는 거예요. 그래서 나는 그 기획 전체를 생각해 내야만 했어요. 그렇게 해야만 했다고요. 이제는 알아요. 기계가 100분의 1그램 더 무거워졌으니 그게 정보가 더해 준 무게인 거죠. 이해돼요?"

"교수님." 내가 신음했다. "하지만 어떻게, 그 모든 주술과 마법과 기도와 주문과 1초당 주술그램, 그러니까 CGS 단위는……"

교수가 우는 것처럼 보였기 때문에 나는 입을 다물었다. 그는 몸을 흔들기 시작했으나 그것은 소리 없는 웃음이었다. 교수는 손가락으로 눈꺼풀에 맺힌 눈물을 닦았다.

"그럼 내가 어떻게 했어야 돼요?" 그가 조용히 말했다. "알아 둬요, 정보는 질량을 가진다고요. 모든 정보가. 어떤 정보든지. 내용은 아무런 의미도 없어요. 원자도 마찬가지예요, 그게 돌을 구성하든 내 머리를 구성하든. 정보에도 질량이 있지만 그 질량은 전례 없을 정도로 작아요. 백과사전 전체 정보의 무게는 1밀리그램 정도예요. 그래서 나는 저런 컴퓨터가 필요했던 거예요. 하지만 생각해 봐요, 누가 나한테 그런 걸 주겠어요? 반년 동안 허튼소리, 사기, 말도 안 되는 아무 정보나 저장할 1100만 달러짜리 컴퓨터를? 아무거나 저장한다고요!"

나는 아직도 놀라움을 가라앉힐 수 없었다.

"그거야……" 내가 불확실하게 말했다. "만약에 우리가 본격적인 학문 연구 환경에서 작업했더라면, 고등연구소나 아니면 매사추세츠 공과대학교라든가……"

"설마." 그가 콧방귀를 뀌었다. "하지만 난 아무런 증거도 없었다고요, 아무것도, 돈다의 법칙밖에, 그리고 그건 웃음거리였고! 컴퓨터를 소유할 수 없다면 빌려 써야만 했겠지만 그런 기종으로 한 시간 작업하는 데 얼마나 돈이 드는지 알아요? 고작 한 시간에! 그런데 난 몇 달이 필요했다고요. 그리고 내가 미국에서 대체 어디에 비집고 들어갈 수 있겠어요! 그런 기계 앞에는 지금 미래학자들이 떼로 몰려와 앉아서 요즘 유행하는 그 제로성장의 변동을 계산하고 있다고요, 쿨라하리에서 온 무슨 돈다 따위의 헛소리가 아니라!"

"그러면 기획 전체가—그 마법들—그게 아무 소용도 없었던 건가요? 쓸모없고? 자료를 모으는 것만 해도 우리가 2년이나 들였는데……"

그는 초조하게 어깨를 들썩여 보였다.

"필수적인 것의 범위 안에서 쓸모없는 건 아무것도 없어요. 그 기획이 아니었다면 우리는 한 푼도 얻지 못했을 거예요."

"하지만 우아바모투, 정부, 영원의 아버지—그 사람들은 마법을 기대하잖아요!"

"아, 마법을 보게 될 거예요, 상상도 못 했던 마법을! 계속 못 알아듣는군요…… 들어 봐요, 정보의 무게는 그 잔존 효과가 아니었다면 절대로 이렇게 놀라운 발견이 아니었을 거예요…… 생각해 봐요, 우라늄에 임계질량이 존재하듯이 정보에도 임계질량이 존재한다고요. 우리는 그 임계질량에 근접하고 있어요. 여기의 우리가 아니고 지구 전체가. 컴퓨터를 구축하는 모든 문명이 그 임계질량에 근접하고 있다고요. 사이버네틱스의 발달은 자연이 이성에 대해 쳐 놓은 함정이라고요!"

"정보의 임계질량?" 내가 되풀이했다. "하지만 모든 인간의 머릿속에는 수많은 정보가 있는데, 사람이 똑똑한지 멍청한지가 상관이 없다면……"

"내 말 좀 자꾸 가로막지 말아요. 당신은 아무것도 이해하지 못하니까 아무 말도 하지 마요. 내가 비교해서 설명해 줄게요. 정보의 분량이 아니라 밀도가 중요하다고요. 우라늄처럼. 이건 우연한 비교가 아니에요! 희소한 우라늄은—바위 속이나 진흙 속에 있는—해롭지 않아요. 폭발의 조건은 분리와 농축이에요. 여기도 마찬가지예요. 책 속이나 머릿속에 있는 정보는 의미는 있지만 수동적인 상태로 있어요. 우라늄 입자가 흩어져 있는 것처럼요. 그걸 농축시켜야 해요!"

"그러면 무슨 일이 일어나죠? 기적?"

"기적은 무슨!" 그가 콧방귀를 뀌었다. "그저 핑계에 불과했던 헛소리를 정말로 믿었군요. 기적 따위는 없어요. 임계점을 넘어가면 연쇄 반응이 일어나기 시작해요. *오비트 아니무스, 나투스 에스트 아토무스!** 정보가 사라지는 이유는 물질로 변하기 때문이에요."

"무슨 물질요?" 나는 이해하지 못했다.

"물질, 에너지, 정보가 질량의 세 가지 형태예요." 그가 참을성 있게 설명했다. "행동의 법칙에 따라서 그 세 가지 안에서 서로 변화할 수 있어요. 아무것도 헛되지 않고, 세상은 그렇게 구성되어 있다고요. 물질은 에너지로 변하고 에너지와 물질은 정보의 생산을 위해 필요하고, 정보는 반대로 그 두 가지로 변할 수 있고, 물론 아무렇게나 변하는 건 아니죠. 임계질량을 넘어가면 마치 훅 불어 날린 것처럼 사라져요. 바로 그게 돈다의 장벽, 지식 증가의 한계예요…… 그것은 즉 정보를 계속해서 모을 수 있지만 오로지 희소한 분량씩만 가능하다는 거죠. 이 사실을 알아내지 못하는 문명은 모두 스스로 함정으로 걸어 들어가는 거예요. 많이 알면 알수록 그만큼 무지에, 공백에 더 근접한다고요—정말 특이하지 않아요? 그리고 우리가 그 문턱에 얼마나 가까이 왔는지 알아요? 만약 증가가 계속된다면 2년 뒤에 나타날 거예요……"

"무슨 일이 일어난다는 거죠—폭발?"

"무슨 말씀을. 최대한의 경우에도 아주 조그만 섬광일 거고 파리

* Obiit animus, natus est atomus. 라틴어로 '영혼은 죽고 원자가 태어났다'라는 의미이다.

한 마리도 해치지 못해요. 수십억 비트가 축적된 곳에서 한 줌의 원자가 생겨날 거예요. 연쇄반응은 일단 불이 붙으면 빛의 속도로 세상을 휘돌아서 모든 기억장치를, 컴퓨터를, 정보의 밀도가 제곱밀리미터당 100만 비트를 넘어가는 곳은 어디든지 비워 버리고 그에 상응하는 수의 양성자가 생겨날 것이고—그리고 공백이죠."

"그러면 경고를, 공지를 해야……"

"물론, 이미 했어요. 하지만 소용없어요."

"어째서요? 너무 늦었나요?"

"아뇨. 그냥 아무도 나를 믿지 않아요. 이런 소식은 권위 있는 출처에서 나와야 하는데 나는 바보에 사기꾼이니까요. 사기에 대해서는 해명할 수 있을지 몰라도 바보짓에 대해서는 성공 못 할 거예요. 어찌 됐든 난 거짓말은 하고 싶지 않아요, 시도조차 하지 않을 거예요. 미국에는 예비 보고서를 보냈고《네이처》에는 이런 전보를 보냈으니까……"

그는 내게 수첩을 내밀었다. '*코그노비 나투람 레룸*.* Lord's countdown made the world. Truly yours Dońda.**'

내가 굳어지는 것을 보고 교수는 심술궂게 웃음 지었다.

"왜요, 내가 못됐다고 생각해요? 친애하는 내 친구, 나도 사람이고 이에는 이로 갚아 주는 거예요. 전보는 좋은 내용을 담고 있지만 그들은 쓰레기통에 처박거나 아니면 비웃겠죠. 그게 나의 복수예요. 이해 못 하겠어요? 그럼 요즘 최신 유행하는 우주 발생 이론은 알고 있겠죠—빅뱅설? 우주가 어떻게 생겨났죠? 폭발했죠! 뭐가 폭발했죠?

* Cognovi naturam rerum. 라틴어로 '나는 이것이 자연의 힘이라는 것을 안다'라는 의미이다.
** 신의 카운트다운이 세계를 만들었다. 진심을 다하여, 돈다.

뭐가 갑자기 물질화되었죠? 바로 이게 신의 방식이에요, 무한에서 0까지 헤아려 내려가는 것. 거기에 도달해서 정보는 폭발적으로 물질화되었어요—균형의 공식에 의해서. 그렇게 말이 육신이 된 거예요, 성운들, 별들이 되어 폭발하면서…… 정보에서 우주가 생겨났다고요!"

"교수님, 정말로 그렇게 생각하세요?"

"이걸 증명하는 건 불가능하지만 그래도 이건 언제나 돈다의 법칙에 들어맞아요. 아니, 나는 신이 그렇게 했다고 생각하지 않아요. 하지만 누군가는 이걸 이전 단계에서 이미 했을 거예요—어쩌면 문명들의 집합이 동시에 폭발했을지도 모르죠, 가끔 초신성들이 집단으로 폭발하듯이…… 그리고 이제는 우리 차례예요. 전산화가 문명의 목을 벨 거예요—하지만 살살 하겠죠……"

나는 교수가 안달하는 이유를 이해했으나 그를 믿지 않았다. 이제까지 당해 온 모욕 때문에 그는 제대로 생각할 수 없게 된 것 같았다. 유감스럽게도 그의 말에 일리는 있었다. 어쨌든 그 전보만이라도 그는 자기 발견을 소개하기 위해서 몸소 보낸 것이다.

손에 힘이 빠지고 진흙도 다 써 가지만 아무튼 나는 계속 기록해야만 한다. 미래학의 소음 속에서 아무도 돈다의 말에 귀를 기울이지 않았다. 《네이처》는 침묵했고 그에 대한 글을 쓰는 것은 오로지 《펀치》*와 삼류 언론뿐이었다. 몇몇 신문에서는 심지어 그의 경고를 일부 인용해서 게재하기도 했지만 학술계는 눈도 깜짝하지 않았다. 나는 그것을 도저히 이해할 수가 없었다. 우리가 종말의 눈앞에 서 있

* 1841년에 창간된 영국의 주간 풍자만화 잡지. 2002년에 폐간되었다.

고 우리의 외침은 동화에 나오는 그 '늑대다'라고 너무 여러 번 외쳤던 목동의 고함 소리와 같다는 사실을 이해하고 나는 어느 날 밤에 분노에 찬 말들이 터져 나오는 것을 참지 못하게 되었다. 나는 교수에게, 바보 어릿광대의 가면은 그가 스스로 자기 얼굴에 씌운 것이며 주술적인 구실을 내세워 연구를 훼손시켰다고 내질렀다. 그는 입꼬리가 떨리는 불쾌한 미소를 지으면서 내 말을 끝까지 들었고 그 미소는 그의 얼굴에서 내내 사라지지 않았다. 그러나 그것은 어쩌면 신경증적인 경련이었을지도 모른다.

"겉보기일 뿐이에요." 그가 마침내 말했다. "그냥 겉보기라고요. 만약에 마법이 헛소리라면 나는 헛소리에서 출발한 거예요. 단순한 꿈이 언제 가설로 변했는지는 나도 모르기 때문에 정확히 말할 수 없어요. 나는 불확실성에서 시작했어요, 당신도 알잖아요. 내 발견은 물리학적이고 물리학에 속하지만, 그 발견의 길은 모든 권리를 빼앗기고 조롱받는 영역을 지나기 때문에 아무도 주의하지 않았던 종류의 물리학에 속해요. 어쨌든 말이 육신이 **될 수 있다**는 생각, 주문이 물질화 **될 수 있다**는 생각에서부터 시작해야만 한다고요—그 헛소리에 몸을 담그고 **금지된** 관계 안으로 들어서야만 반대편 기슭으로 나갈 수 있어요, 정보와 질량의 균형이 당연한 그곳으로. 그렇게 마법을 통해서 **건너가야만** 했다고요…… 내가 만들어 낸 그 광대극은 어쩌면 꼭 거쳐갈 필요가 없었을지도 모르지만, 최초의 모든 발걸음은 이중적이고 의심스럽고 이단적이고 조롱받아 마땅해야만 했어요. 내가 뭘 했느냐고요? 어릿광대의 가면, 겉보기만의 논증? 당신이 옳아요, 내가 틀렸다면 그건 단지 오늘날 우리의 **현명함**을 지배하는 **어리석음**을 과소평가했다는 점에서예요. 우리의 시대—**겉포장**의 시대에는 상표가 중요하지 내용물은 중요하지 않아요…… 나를 헛소리나 하는 사기꾼이라고 말하면서 연구자 선생님들은 나를 무존재 속으로 밀어 넣었고, 그곳에서는 예리코의 나팔*처럼 포효한다 해도 내 목소리가 바깥까지 들릴 수 없죠. 크게 고함지를수록 비웃는 소리만 더 커질 뿐이고. 그렇다면 대체 마법은 누구의 편에 있는 것일까요—그렇게 밀어 넣고 제외시켜 버리는 그들의 몸짓은 마술적이지 않나요? 최근에 나는 돈다의 법칙에 대해서 《뉴스위크》에, 그 전에는 《타임》에, 《데어 슈피겔》에, 《렉스프레스》에 기고했어요—얼마나 인기가 넘쳤는지 불평을 할 수 없어요! 이 상황에 해결책이 없는 이유는 바로 모든 사람이 내 글을 읽기 때문이에요—그리고 아무도 내 글을 제대로 읽지 않아요. 돈다의 법칙에 대해서 아직도 **못 들어 본** 사람이 누구죠? 사람들은 내 글을 읽고 웃느라 허리를 펴지 못해요—Don't do it! 알겠느냐고요, 결과가 아니라 거기까지 이르게 된 과정이 중요해요. 세상에는 학문적 발견을 할 권리가 박탈된 사람들이 있어요—예를 들면 나죠. 난 지금이라도 기획은 전략적인 작전이었고 모양새는 아름답지 못했지만 그렇게 할 수밖에 없었다고 수백 번이나 맹세할 수도 있고 공개적으로 회개하면서 자백할 수도 있어요—그 대답은 비웃음일 거예요. 한번 광대 짓에 들어서면 거기에서 절대로 나갈 수 없으리라는 것, 내가 바로 그걸 몰랐던 거예요. 유일한 위로는 대재앙도 마찬가지로 되돌릴 수 없으리라는 사실이죠."

나는 소리치며 항의하려고 애썼다. 그리고 언성을 더 높여야만 했는데, 왜냐하면 가정용 헬리콥터를 생산하는 거대 공장이 가동될 시

* 구약성경 『여호수아기』 6장. 선지자 여호수아가 이스라엘 사람들에게 일제히 불게 한 나팔로, 이 나팔 소리로 예리코성이 무너졌다고 한다.

기가 이미 가까워졌고 아름다운 기계를 기대하면서 구룬두와유 사람들이 입을 딱 벌리고 이와 관련하여 꼭 필요한 관계들을 끈질기게 열정적으로 맺고 있었기 때문이었다. 내 방 벽 뒤에서는 우체국장의 가족이 고위 관료와 설비공과 판매 상인들을 모두 초대하여 복작복작 모여 있었고 점점 커지는 함성으로 미루어 이 고귀한 민족의 동력화에 대한 요구를 가늠할 수 있었다. 교수는 뒷주머니에서 '백마'의 납작한 술병을 꺼내어 위스키를 잔에 따르면서 말했다.

"또다시 잘못 알고 있군요. 설령 내 말을 진심으로 믿고 받아들인다 해도 학계에서는 그걸 검증해야 해요. 다들 자기 컴퓨터 앞에 앉아야만 할 것이고, 이 정보를 골똘히 생각하면서 바로 그 때문에 종말을 앞당기게 될 거라고요."

"그러면 어떻게 하자는 겁니까!" 내가 절망에 빠져 외쳤다. 교수는 술병 속의 마지막 액체 방울을 마시려고 하늘을 향해 고개를 들었고 빈 술병을 창밖으로 내던진 뒤에 건너편에서 감정적인 소리들이 들려오는 벽을 쳐다보며 진술했다.

"자야죠."

손바닥에 경련이 일어나서 야자열매즙을 적신 뒤에 다시 쓰고 있다. 마라모투는 올해 장마가 일찍 오고 오래갈 것이라고 한다. 교수가 파이프 담배를 구하기 위해 루밀로 떠난 뒤로 나는 계속 혼자다.

오래된 신문이라도 좋으니 읽고 싶지만 내가 가진 것은 컴퓨터와 프로그래밍에 관한 책 한 자루뿐이다. 그 자루를 나는 정글에서 고구마를 찾던 중에 발견했다. 물론 그 안에 남은 책은 다 썩어버린 것들뿐이었다—상태가 좋은 쪽은 언제나 그렇듯이 원숭이들이 뜯어 먹었다. 나는 전에 살던 곳 문 앞에도 가 보았으나 고릴라가, 전보다 더 병들었는데도, 안으로 들여보내 주지 않았다. 내 생각에 저 책이 든 자루는 한 달 전에 정글 위로 남쪽을 향해 날아올랐던 DRINK COKE라고 적힌 커다란 오렌지색 풍선의 밸러스트였던 것 같다. 분명히 이제 사람들은 풍선을 타고 여행하는 것이다. 자루 밑바닥에서 나는 작년도《플레이보이》를 발견해서 들여다보고 있었는데 마라모투가 불쑥 나타나서 나를 놀라게 했다. 마라모투는 기뻐했다—그는 벌거벗음을 예의범절의 표징으로 보고, 나체를 좋았던 옛 관습의 복귀와 연관 짓는 것이다. 그가 어렸을 때부터 온 가족과 함께 나체로 돌아다녔다는 사실도, 그리고 검은 미녀들이 차려입기 시작한 미니와 맥시의 출현을 타락한 방탕의 표현으로 여긴다는 점도 나는 생각해 보지 못했다. 그는 바깥세상에서 무슨 소식이 들리느냐고 물었으나 트랜지스터라디오의 건전지가 나갔기 때문에 나는 알 수 없었다. 라디오가 작동하는 동안 나는 하루 종일 듣곤 했다. 대재앙은 정확하게 교수가 예견했던 그대로 일어났다. 가장 명백한 신호를 나타낸 것은 발전한 국가들이었다. 지난 10년간 전산화된 도서관이 얼마나 많았던가! 심지어 여기서도 테이프와 크리스털과 페라이트 디스크와 크라이오트론*에서 몇 분의 1초 만에 지식의 바다가 증발했다. 나는 아나운서들의 숨 가쁜 목소리를 들었다. 몰락은 모든 사람에게 똑같이 고통스럽지는 않았다. 발전의 사다리를 더 높이 오른 사람일수록 더 갑작스럽게 떨어졌다.

제3세계에서는 짧은 충격의 시기가 지나간 후 안도감이 만연했다. 이제는 더 이상 앞서 나가려고 기를 쓰며 전속력으로 달리지 않아도

* 전동체의 저온 효과를 응용하여 자기장의 미소한 변화로 큰 전류 변화를 제어하는 장치. 1950년대 당시 방 크기만 했던 컴퓨터를 소형화하는 데 기여했다.

되고, 바지와 갈대로 짠 치마에서 빠져나오려고 애쓰지 않아도 되고, 도시화도, 산업화도, 무엇보다 특히 전산화도 애써 해내야 할 필요가 없는 것이며, 그리하여 이미 위원회와 미래학자와 총기와 하수처리장과 국경으로 가득한 이곳의 삶은 쾌적한 웅덩이 속으로, 영원한 시에스타의 따뜻한 단조로움 속으로 녹아 버렸다. 그리고 바로 1년 전까지만 해도 수출품목으로서 구하기 힘들었던 야자열매는 다시 한번 쉽게 얻을 수 있게 되었고 군대는 스스로 해산했으며 그리하여 나는 정글 속을 다니다가 몇 번이나 방독면과 군용 작업복과 배낭과 리아나 덩굴로 뒤덮인 박격포에 발이 걸렸으며 한번은 밤에 폭발 소리에 잠이 깨서 저것은 마침내 그 고릴라로구나 생각했지만 그저 개코원숭이들이 기폭 장치 상자를 찾아낸 것일 뿐이었던 적도 있다. 참, 그리고 루밀에서는 흑인 여성들이 멈출 수 없는 안도의 신음과 함께 반짝이는 구두와 지옥같이 더운 여성용 치마를 벗어 던졌고 집단 성교도 마치 손으로 치운 것처럼 사라졌는데 왜냐하면 첫째로 헬리콥터가 없어졌고(공장도 당연히 전산화되어 있었다) 둘째로 정유소도 또한 자동화되어 휘발유도 없으며 셋째로 아무도 아무 데도 가고 싶어하지 않았기 때문이었다, 뭐 하러? 이제 단체 관광을 백인들의 광기라고 말하는 것을 아무도 부끄러워하지 않았다. 루밀은 지금 얼마나 조용할까.

솔직히 말해서 이 대재앙은 일어나고 보니 특별히 그렇게까지 나쁘지 않았다. 설령 누군가 머릿속에서 한 시간 뒤에 런던에 갈 수 없고, 두 시간 뒤에 방콕에, 세 시간 뒤에 멜버른에 갈 수 없다는 사실을 깨달았다 해도 말이다. 그래서 갈 수 없고, 그게 어쨌다는 건가? 물론 거대 회사들, 예를 들어 IBM 합작 기업 같은 곳은 무너졌고 지금은 아마 점토판과 석필을 생산하고 있다는 것 같지만 어쩌면 그 말도 농담일지 모른다. 전략 컴퓨터는 이미 존재하지 않고 자동 학습 인공지능도 디지털 장치도 수중과 육지와 우주 궤도상의 전쟁도 존재하지 않으며 전산정보학은 파산을 선언했고 증권시장이 흔들렸고 7월 14일쯤에 비즈니스맨들이 5번가의 창문에서 너무 많이 뛰어내리는 바람에 뛰어내리다 공중에서 서로 부딪쳤다. 모든 자동차와 비행기 운행과 호텔 예약이 꼬여서 이제 대도시에서는 코르시카섬으로 비행기를 타고 갈지 자동차로 갈지 현지에서 컴퓨터로 대여할지, 사흘간 터키와 메소포타미아와 네덜란드와 모잠비크를 방문하고 그리스도 끼워 넣을지 고민할 필요가 없게 되었다. 궁금하네, 풍선은 누가 생산할까? 아마 가내수공업자일 것이다.

내가 쌍안경을 원숭이에게 빼앗기기 전에 관찰한 마지막 풍선은 이상하게 짧은 줄을 엮어 만든 망이 달려 있었는데 완전히 신발 끈과 똑같이 생겼으니 어쩌면 유럽에서도 이미 사람들이 맨발로 다니는 건지도 모른다. 요즘에 좀 더 긴 끈으로 만들 수 있는 것은 분명 밧줄 컴퓨터뿐일 것이다. 무서운 일이지만 라디오가 꺼져 버리기 전에 분명히 내 귀로 들었는데 이제는 달러가 없어졌다고 했다. 죽어 버린 것이다, 불쌍하게도…… 결정적인 순간을 내가 가까이에서 지켜보지 못한 것이 아쉬울 따름이다.

아마도 빠르게, 예상치 못하게, 조그만 삐걱 소리가 울리고 나서 기억장치는 눈 깜빡할 사이에 갓 태어난 아기의 뇌처럼 새하얗게 되었을 것이고 물질로 승화된 정보에서 예상치 못하게 조그만 소우주, 미소세계, 축소 세상이 생겨났을 것이며, 바로 여기, 수백 년간 축적된 지식이 한 줌의 원자 먼지로 변했다. 그런 미소우주가 어떻게 생겼는지 또 라디오에서 들어 알게 되었는데 그런 세계는 아주아주 조그맣고 폐쇄되어 있어 그 어떤 것으로도 침입할 수 없다. 또한 우리 물리학의 상태에서 특별한 무존재의 형상을 가정한다고 하는데 이름하여 완전히 통과 불가능한 전면 농밀한 무無라고 한다. 그것은 빛을 흡수하지 않고, 그것을 분해하거나 압축하거나 깨뜨리거나 속을 파낼 수 없는데 왜냐하면 그것은 우리 세계 안에 있기는 있지만 우리 우주 **너머**에 위치하기 때문이다. 빛은 그곳의 옆으로 비스듬히 돌아서 흘러가고 그 어떤 분산된 입자라도 그곳을 피해 가며, 나는 권위자들이 그—돈다가 말했듯이—'소소우주'가 완전하게 우리 우주와 대등한 우주이며 즉 그 안에 성운과 은하와 소행성들과 어쩌면 생물이 번식하는 행성까지 가지고 있는 것처럼 말하는 걸 이해할 수가 없다. 이 자체만으로도 사람들이, 설령 완전히 우발적이기는 해도, 창세기를 그대로 반복했다고 말할 수도 있는데, 우발적일 뿐만 아니라 이렇게 되는 것을 가장 바라지 않았으므로 명확하게 의도에 반대되는 일이었다.

소우주가 생겨났을 때 학자들 사이에 전반적인 우려가 팽배했고 한 명씩 한 명씩 돈다의 경고를 떠올리고서야 앞다투어 그에게 편지와 호소문과 전보와 질문들과 심지어 선행 발급한 형태의 명예박사 학위까지 보내기 시작했다. 그러나 바로 그때 교수는 짐을 싸기 시작했고 나에게도 지금의 이 국경 지대 근방으로 떠나자고 설득했는데 왜냐하면 이 지역에 미리 침투해 두었고 이곳이 마음에 들었기 때문이었다. 그는 또한 무시무시하게 무거운 책이 가득한 트렁크를 가지고 떠났다—여기에 대해서는 내가 좀 아는데, 휘발유가 다 떨어져서 지프가 서 버린 뒤로 그 트렁크를 끌고 마지막 5킬로미터를 가야 했다. 지프차는 개코원숭이들 때문에 지금은 거의 흔적도 남지 않았다. 나는 그때 교수가 학술 연구를 계속해서 문명 재건설에 석탄 한 덩이라도 보태고 싶어 하는 것이라 생각했으나 전혀 그렇지 않았다. 돈다는 나를 대단히 놀라게 했다! 우리는 당연한 이야기지만 수많은 사냥총과 식기와 톱과 못과 나침반과 도끼와 다른 물건들을 가지고 있었는데 말이 나왔으니 하자면 이 물건들의 목록은 교수가 직접 『로빈슨 크루소』의 초판 원본에 의거하여 작성한 것이었다. 게다가 어쨌든 교수는 《네이처》《피지컬 리뷰》《피지컬 앱스트랙츠》《푸투룸*》과 돈다의 법칙을 다룬 신문기사 스크랩으로 가득한 홀더들을 싸 가지고 왔다.

매일 저녁, 식사를 마친 후에 우리는 쾌락의 시간, 혹은 복수의 시간을 가졌다. 음량을 반으로 줄인 라디오가 저명한 학자들과 다른 전문가들의 논평으로 장식된 최신 파멸의 소식을 전해 주었으며 그러면 교수는 눈을 감은 채 파이프 담배를 뻐끔거리며 내가 그 답변으로 그날 저녁을 위해 선별한, 돈다의 법칙에 대한 가장 신랄한 조롱과 빈정거림과 독설을 읽는 것을 들었는데, 그런 조롱, 빈정거림, 독설들은 내가 직접 빨간 볼펜으로 밑줄을 그은 것이며 때때로 몇 번이나 되풀이해 읽어야만 했다. 이런 모임은 아주 빠르게 지루해졌다는 사실을 인정해야겠다. 위대한 지성이라고 집착적인 면이 없겠는가? 내가 계속해서 읽는 것을 거부하자 교수는 건강을 위해서라는 구실로 정글로 산책하러 다니기 시작했으나 나는 그가 정글 안 공터에서 한 무리의 놀란 개코원숭이들에게 《네이처》 기사의 가장 정확한 부분들

* futurum. 라틴어로 '미래'라는 의미이다.

을 읽어 주고 있는 것을 발견했다.

교수는 상대하기 괴로운 사람이 되어 버렸으나 나는 그가 돌아오기를 애타게 기다린다. 늙은 마라모투는 브와나 쿠브와가 사악한 므지무에게 잡혀갔기 때문에 이제는 돌아오지 않는다고 장담한다, 멍청이. 떠나면서 교수는 내게 두 가지를 말해 주었다. 그것은 내게 깊은 인상을 남겼다. 가장 우선적으로 돈다의 법칙으로 인해 모든 정보가 같은 가치를 가지게 된다는 것인데, 다시 말해 비트로 저장된 내용이 천재적이든지 멍청이 같든지 상관없이 하나의 양성자를 창조하기 위해 그런 정보가 1억 비트 필요하다는 것이다. 이 사실은 존재에 대한 철학을 완전히 새로운 관점에서 보게 해 준다. 과연 예언자 마니를 필두로 한 그노시스파* 학자들은 가톨릭교회에서 말한 것 같은 반역자들이 아니었던 걸까? 게다가 어쩌면 1자秭** 용량의 멍청한 헛소리가 발현된 결과로 창조된 우주는 완성된 지혜의 결과로 생겨난 우주와 전혀 차이점이 없는 것 아닐까?

나는 또한 교수가 밤마다 뭔가 쓰는 것을 눈치챘다. 마지못해서, 왜냐하면 마지못했으므로, 교수는 결국 나에게 그것이 Introduction to Svarnetics, 즉 Inquiry into the General Technology of Cosmoproduction이라고 털어놓았다***. 유감스럽게도 교수는 원고를 가지고 가 버렸다. 그저 내가 아는 것은 교수에 따르면 모든 문명은

* 고대 페르시아의 예언자 마니는 그노시스파 종교의 일종인 마니교를 창시했다. 그노시스파란 가장 높은 신의 신성한 불꽃이 방사되어 인간이 창조되었으며 그래서 신성한 불꽃이 인간의 몸 안에 남아있다는 믿음을 바탕으로 하며, 이 신성한 불꽃을 그리스어로 그노시스라고 한다.

** 해垓의 만 배가 되는 수. 즉, 10^{24}을 이른다.

*** 전자는 '스바르네틱스 개론', 후자는 '우주 생산의 일반 기술에 관한 연구'이다.

우주 창조의 문턱에 이를 수 있는데 대단히 천재적으로 똑똑해지는 사람이나 지나치게 멍청해지는 사람이나 동등하게 세상을 창조하고 있기 때문이라는 것이다. 천체물리학자들이 발견한 일명 블랙홀과 화이트홀이라고 하는 것은 특출하게 강력한 문명들이 돈다의 장벽을 넘어서거나 혹은 폭파시키려고 애썼지만 실패하여 스스로 우주와 함께 폭파되었던 지점들이다.

이런 숙고보다 더 큰 것은 이미 존재하지 않는 듯 보인다. 뭐, 하지만 돈다가 창세기의 방법과 이론에 대해 쓰기 시작했으니!

그러나 어쨌든 이보다 더 나를 뒤흔든 것은 그가 담배를 구하러 떠나기 전 마지막 밤에 했던 말이라는 걸 이야기해야겠다. 우리는 늙은 마라모투의 비법에 따라 발효시킨 야자열매즙을 마시고 있었는데—그것은 끔찍한 곤죽인데 만들기 힘들다는 점을 고려하여 마셔 주는 것이다(예전의 모든 것이 나빴던 것은 아니다, 예를 들어 위스키라면)—그러다가 어느 시점에서, 샘물로 입안을 헹군 뒤에 교수가 말했다. "이욘, 나더러 광대라고 했던 날을 기억해요? 기억하는 걸 알겠군. 나는 그때 내가 스바르네틱스를 위해서 가짜로 지어낸 마법이라는 내용으로 학계의 눈을 속였다고 말했지요. 하지만 그런 결정을 떠나서 내 인생 전체를 들여다본다면 수수께끼라는 이름의 뒤범벅을 보게 될 거예요. 내게 주어진 운명 속에서는 모든 것이 거꾸로 뒤집혀 있었으니까! 모든 일이 우연히 벌어졌고 게다가 그 우연은 실수에서 비롯되었어요. 나는 실수로 세상에 태어났어요. 실수의 결과로 내 이름이 지어졌고. 내 성은 오해에서 비롯되었지요. 나는 오류로 인해 스바르네틱스를 만들어 냈는데, 왜냐하면 내가 알지 못하는 단어를 사용해서 전신기사를 완전히 혼란에 빠뜨린 사람은 쿨라하리 공안경찰의 그 잊지 못할 드루푸투 대령이었으니까! 난 그걸 보자마자 알았어요. 그럼 내가 왜 전보를 다시 쓰지 않았느냐고—정정하지도 수정하지도 시정하지도 않고? 하! 난 그보다 더 나은 일을 했어요, 내 연구 활동을 그 오류에 맞추었고, 내 연구는 (당신도 알다시피) 특정한 전망이 있었으니까! 그러니까 대관절 어떻게 된 건지—실수로 생겨난 남자가 우연한 경력을 쌓아 아프리카 국가들 사이에 겹겹이 축적된 오해에 휘말린 결과 세상이 어떻게 생겨났고 앞으로 어떻게 될 것인지를 발견했다고? 절대 그렇지 않아요, 친애하는 내 친구. 그건 너무 많이 건너뛰고 요약한 거야! 받아들이기 쉬운 논리에 너무 맞춘 거라고! 지금 우리 눈앞에 보이는 걸 다시 짜 맞출 게 아니라 다른 관점에서 보아야만 해요. 생명의 진화를 보라고요. 수억 년 전에 원시 아메바가 생겨났잖아요, 그렇지? 그 아메바가 뭘 할 줄 알았지? 재생산이죠. 어떤 방법으로? 유전적 특성의 지속성 덕분이야. 만약에 유전형질에 정말로 오류가 없었다면 오늘날까지도 이 지구상에 아메바 말고는 아무도 없었을 거예요. 그럼 대체 무슨 일이 생겼느냐? 그렇죠, 오류에 도달했어요. 생물학자들은 그 오류를 돌연변이라고 하지. 하지만 돌연변이야말로 앞뒤 없는 실수지 대체 뭐겠어? 유전형질을 물려주는 부모와 물려받는 자손 사이의 오해라고. 자기 형상대로 유사하게, 그렇지…… 하지만 불규칙하게! 그리고 유사성이 계속 망가졌기 때문에 삼엽충과 기간토사우르스와 미국삼나무와 염소와 원숭이와 우리가 생겨난 거야. 부주의가 모이고 모여서, 어쩌다 발에 걸려서—하지만 어쨌든 내 인생도 바로 똑같았어요. 나도 부주의로 생겨나서 우연히 터키에 가게 됐고 거기서 운이 나를 아프리카로 내던졌고, 사실 나는 내내 파도와 싸우는 뱃사공처럼 운명과 싸웠지만 내가 운명을 조종한 것이 아니라 운명이 나를 싣고 다녔지…… 이해하겠어요? 친애하는 내 친구, 근본적인 존재의 범주로서 오류의 역사적인 역할을 우리는 과소평가한 거야. 마니교식으로 생각하면 안 돼! 그 학파에 따르면 신이 질서를 창조하지만 악마가 계속해서 발을 걸지. 그렇지 않아요! 만약에 담배를 구하게 되면 철학의 종류에 관한 총서의 남아 있는 마지막 장을 완성할 거예요, 정확히 말하면 배교 선집 혹은 오류에 기반한 존재의 이론인데, 왜냐하면 오류는 오류에 흔적을 남기고 오류로 변하고 오류를 창조하여 결국은 무작위성이 세계의 운명으로 변하게 되니까요."

이렇게 말하고 그는 자질구레한 소지품을 챙겨서 정글로 떠났다. 그리고 나는 남아서 그가 돌아오기를 기다리며 마지막《플레이보이》를 보고 있고, 그 안에서 섹스 폭탄이 돈다의 법칙에 따라 무장해제되어, 진실처럼 벌거벗은 채로 나를 쳐다본다.

(정보라 옮김)

무르다스왕 이야기

Bajka o królu Murdasie

어진 왕이었던 헬릭산드르의 뒤를 이어 그의 아들, 무르다스가 왕좌를 물려받았다. 모두들 걱정을 했는데, 왜냐하면 그는 야심차고 겁이 많았기 때문이었다. 자기 이름 앞에 '대'를 붙이고 싶어 했지만, 맞바람과 유령을 두려워했을 뿐만 아니라 밀랍을 칠한 바닥에서 넘어져 다리가 부러질 수 있다는 이유로 밀랍도 두려워했고, 나라를 다스리는 데 간섭할지 모른다고 친척들도 두려워했으며, 가장 두려워하는 것은 예언이었다. 왕위에 올랐을 때에는 나라 전체에 문을 닫고 창문을 열지 말라고 명령했으며, 예언의 장롱들은 모두 파기하고, 유령을 없애는 기계를 발명하는 자들에게는 훈장과 상금을 주었다. 기계는 상당히 효과가 좋았는데, 왜냐하면 유령은 어디서도 볼 수 없었기 때문이었다. 무르다스왕은 또한 바람을 맞을까 봐 정원에도 나가지 않아, 언제나 굉장히 큰 성 안에서만 산책을 했다. 어느 날, 복도와 줄줄이 이어진 방들을 걷다 왕은 지금까지 한 번도 들여다본 적 없는 궁전의 옛 방에 다다르게 되었다. 맨 처음 본 것은 어떤 홀이었는데 그의 고조할아버지의 호위대가 완전히 태엽이 감긴 채, 서 있었다. 아직 전기가 없었을 때의 호위대였다. 두 번째 홀에서는 역시 녹슨 증기 기사들을 보았지만, 무르다스왕에게는 전혀 신기한 것이 아니어서 이제 발길을 돌리려고 하려는 찰나, '출입 금지'라고 쓰인 작은 문을 발견했다. 문에는 먼지가 두껍게 덮여 있었고, 그렇게 쓰여 있지만 않았더라면 아마 건드리지도 않았을 것이었다. 하지만 문 앞에 쓰인 말은 왕을 매우 화나게 했다. 어떻게, 그에게, 왕에게, 감히 무언가를 금지한단 말인가? 무르다스왕은 힘겹게 삐걱대는 문을 열고 들어가 구불구불한 계단을 통해 버려진 망루로 올랐다. 그곳에는 루비로 된 눈이 나 있는 아주 오래된 청동 장롱이 열쇠와 뚜껑이 달린 채로 서 있었다. 왕은 이 물건이 예언의 장롱이라는 것을 바로 알아차리고는, 그의 명령에도 불구하고 이런 것이 궁전에 남아 있다는 사실에 화가 났다. 그러나 머릿속에, 한 번쯤은 이런 장롱이 무슨 예언을 하는지 시험해 봐야 하는 게 아닌가 하는 생각이 떠올랐다. 그래서 장롱 앞으로 살금살금 다가가 열쇠를 돌리고는, 아무 일도 일어나지 않자 덮개를 툭툭 쳤다. 장롱은 쉰 목소리로 한숨을 쉬더니, 기계 장치가 움직이며 왕을 루비로 된 눈으로 사팔뜨기처럼 바라보았다. 그 눈길은 아버지의 동생이었으며, 옛날에 그의 스승이기도 했던 체난데르 삼촌의 삐뚤어진 시선을 연상케 했다. 무르다스왕은, 삼촌이 자기를 화나게 하려고 이 장롱을 여기에 가져다 두라고 한 것이 분명하다고 생각했는데, 안 그러면 왜 이런 사팔눈을 하겠는가? 기분이 이상해지려고 할 때, 장롱은 신음 소리를 내더니 마치 누군가 삽으로 철로 된 묘비를 두드리는 것처럼 천천히 우울한 노래를 연주하기 시작했다. 그리고 덮개 밑으로는 뼈 같은 노란색 글줄이 나란히 쓰인 검은 종이가 나왔다.

왕은 욕설을 퍼부었으나, 이미 호기심은 억누를 수 없었다. 검은 종이를 찢어 자기 방으로 들고 뛰어갔다. 혼자 있게 되자 왕은 주머니에서 종이를 꺼내었다. '한번 봐야지, 하지만 확실히 해 두기 위해, 한쪽 눈은 감고 볼 거야.' 왕은 이렇게 결심했고, 이렇게 했다. 종이에는 이런 글이 쓰여 있었다.

> 시간이 왔다—가족은 갈라진다.
> 형제가 형제를, 또는 이모를, 그리고 사촌은 사촌을.
> 작은 냄비는 끓어오르고, 조카가 온다.
> 통풍이 매제를 삼키고, 곧 그는 사형집행인의 노랫소리를 들을 것이다.
> 고모들은 울타리를 넘어, 외삼촌과 삼촌들이 들끓으며
> 전쟁터로 나간다, 아, 쾅 소리가 나겠지.
> 손자들이 가고, 장인이 간다. 내가 가르쳐 주마, 이들을 어떻게 추려 낼지,
> 왼손으로는 찢고, 오른손으로는 찔러라, 왜냐하면 여기엔 삼촌이, 저기엔 외삼촌이,
> 양아버지를 저지시키고, 수양아들의 머리를 때리고 구멍을 내어라.
> 사위는 누워 있고, 묘석은 다섯 개, 장인이 쓰러지고, 묘는 여섯 개,
> 할아버지에게 교수대를, 할머니에게 교수대를, 삼촌에게 교수대를, 그렇게 해야만 한다.

왜냐하면 친족은, 슬프지만, 흙 속에 있을 때 가장 확실한 법.
시간이 왔다—독사 같은 가족들,
누가 되든, 그를 밟고 올라설 것이다.
그를 잘 묻어 주어라, 그리고 스스로는 잘 숨어라,
빨리 숨지 못하면, 그들이 당신을 잠 속으로 묻을 것이니.

무르다스왕은 너무나 겁에 질려 눈앞이 캄캄해질 지경이었다. 아무 생각 없이 예언의 장롱을 돌린 스스로가 원망스러웠다. 그러나 한탄만 하고 있기에는 이미 늦었고, 최악의 결과를 맞기 전에 행동해야만 한다는 것은 알았다. 예언의 의미에는 전혀 의심의 여지가 없었다. 무르다스왕이 옛날부터 의심했듯이, 가장 가까운 친인척들이 자신의 목숨을 위협할 것이었다.

사실을 말하자면, 이 모든 것이 정확히 우리가 이야기하는 순서로 진행되었는지는 알 수 없다. 어쨌든 후에 슬픈, 아니 잔인한 사건들이 이어졌다. 왕은 친족 전체의 목을 자르라고 명령했는데, 그의 유일한 삼촌인 체난데르만 마지막 순간 자동피아노로 변장하여 달아났다. 그럼에도 불구하고 결국은 붙잡혀 도끼 아래 머리를 내줄 수밖에 없었다. 이렇게 되자 무르다스왕은 홀가분한 기분으로 선고를 내릴 수 있었는데, 모반 음모에 가담한 삼촌이 잡힌 것이었기 때문이었다.

이렇게 갑자기 혈혈단신이 된 왕은 애도에 돌입했다. 슬프기는 했으나 마음은 좀 더 가벼워졌는데, 왜냐하면 사실은 나쁜 왕도 잔인한 왕도 아니었기 때문이었다. 편안한 애도의 시간은 얼마 가지 않았고, 무르다스왕은, 혹시나 자기가 모르는 무슨 친족이 있는 것이 아닌가 하는 생각이 들기 시작했다. 백성 중 누구라도 그의 먼 친척 아주머니뻘이 될 수 있었다. 그래서 얼마간 이자 저자의 목을 베어 보았지만 그래도 안심이 되지 않았다. 왜냐하면 백성이 없으면 국왕이 될 수 없지 않은가, 그리고 모두를 다 죽일 수는 없는 노릇 아닌가? 무르다스왕은 너무나 의심이 많아져, 아무도 자기를 끌어내릴 수 없도록 자신을 왕좌에 고정시키라 명령하고, 철제 모자를 쓰고 자면서 계속해서 어떻게 해야 하나 고민을 했다. 그러다 정말로 희한한 일을 벌였는데, 이것은 하도 희한한 생각이라 아마 스스로 생각해 낸 것은 아닌 것 같았다. 분명 현자로 변장한 행상인이나, 아니면 행상인으로 변장한 현자가 귀띔했음에 틀림없었는데, 이에 대한 의견은 분분하다. 성에서 일하는 하녀가 왕이 자기 방으로 가면을 쓴 이를 불러들였다고도 했다. 어쨌든 무르다스왕은 어느 날 궁전의 모든 건설업자와 전기, 조율, 철제 장인들을 불러, 그들에게 자신을 모든 지평선을 넘을 정도로 커다랗게 만들라고 명령했다. 이 명령은 놀라운 속도로 이행되었는데, 이 프로젝트의 책임자로 지금까지 많은 공적을 쌓은 사형집행인을 임명했기 때문이었다. 전기와 건설 장인들이 성 안으로 철사와 전선 꾸러미를 들여오고, 이렇게 확장된 왕이 자기 몸체로 궁전 전체를 채워 입면과 지하실, 집무실이 되고 나면 주위에 서 있는 집들이 그 대상이 되었다. 2년 후, 무르다스왕은 중심가로 확장되었다. 집들은 왕의 생각이 기거하기에는 충분히 화려하지 못했으므로 집 자리에는 전자 궁전이 세워져 무르다스의 확장이라고 불리게 되었다. 왕은 천천히 그러나 쉼 없이 더 커져 인격주의적 변전소로 증강된 고층 건물이 되었다가 급기야 수도 전체가 되었으며 수도 안에만 머물러 있지 않았다. 무르다스왕의 기분은 나아지고 있었다. 친인척도 없고, 한 번에 모든 곳에 존재하기 때문에 어디로 발걸음을 옮길 필요도 없어서 밀랍이고 바람이고 이제 무서울 게 없었다. "짐이 곧 국가다"라고 말하는 데도 다 이유가 있었는데, 왜냐하면 열을 맞춘 전자 궁전과 도로에 살고 있는 그 외에는 이미 아무도 수도에 살고 있지 않았기 때문이었다. 물론, 당연히 왕립 먼지떨이와 호위 가루 닦이들은 제외하고 말이다. 이들은 건물에서 건물로 흘러가는 왕의 생각을 보호하고 있었다. 도시 전체에는 왕의 만족감이 넘쳐흘렀다. 말 그대로의 영원한 위대함을 이룩하고, 게다가 예언이 말한 것처럼 나라 전체에 존재하면서도 모든 곳에 숨어 있을 수 있기 때문이었다. 이 사실은 특히 해 질 녘이 되어 이 거대한 왕이 빛무리를 밝게 일으키며 생각의 빛을 깜빡거리다가 서서히 흐려져 휴식을 취하면서 잠에 빠질 때 그림처럼 잘 드러났다. 하지만 밤의 첫 번째 시간들의 망각의 어두움은 곧 부분적으로 이곳저곳에서 반짝이며 날아다니는 불꽃들의 반짝임으로 대체되었다. 왕의 꿈들이 드러나는 것이었다. 건물들 사이에는 환영이 눈사태처럼 쏟아져 내려 어둠 속의 창문들이 환하게 밝혀지고 거리 전체가 붉은빛과 보랏빛으로 번갈아 가며 빛났고, 텅 빈 보도를 다니는 호위 가루 닦이들은 고귀하신 폐하의 탄내를 맡으면서 번쩍이는 창문 안을 몰래 들여다보며 자기들끼리 작은 소리로 말하곤 했다.

"호오! 무르다스가 악몽을 꾸고 있나 봐, 우리를 벌주는 일은 없어야 할 텐데!"

특히나 열심히 일을 했던 어느 날 밤, 왕은 새 명령을 생각해 냈는데, 꿈속에서 그의 삼촌인 체난데르가 어둠을 틈타 검은 망토를 뒤집어쓰고 몰래 수도로 잠입해 끔찍한 음모를 꾸미기 위한 공모자를 찾았던 것이었다. 지하실로부터 가면을 쓴 인물들이 쏟아져 나왔는데,

그들의 수는 상당했으며 국왕을 살해하려는 욕망을 드러내 보여 무르다스는 온몸을 떨면서 공포에 질려 깨어났다. 새벽이 오고 있었고 태양은 흰 구름들을 황금빛으로 물들이고 있었으므로 왕은 스스로에게 이렇게 말했다. "꿈이야, 악몽이라고!" 그리고 다음 명령으로 무엇을 내릴까 궁리하기 시작했다. 그 전날 밤에 했던 생각들은 테라스와 발코니에 걸어 놓았다. 그러나 또다시 하루 종일 일한 후 다시 쉴 때가 되었고, 잠이 들자마자 또다시 왕을 죽이려는 음모가 꽃피는 것을 꿈속에서 본 것이었다. 그래서 이렇게 되고야 말았다. 무르다스왕이 음모의 꿈에서 깨어났을 때, 그것은 왕 전체가 아니었다. 요컨대 그 반역의 꿈을 꾼 중심가는 아직 전혀 깨어나지 않았으며 여전히 악몽에 사로잡힌 채였고 무르다스왕만이 이를 모르고 있었다. 이때 무르다스왕의 상당 부분, 특히 구시가 부분은 범죄자 삼촌과 그의 불순한 계획이 단지 환각이며 악몽이라는 것을 전혀 알아차리지 못한 채 계속해서 그 속을 헤매고 있었다. 이 두 번째 날 무르다스왕은 삼촌이 열성적으로 뛰어다니며 다른 친족들에게 소리 지르는 것을 보았다. 그러자 모두들, 이미 죽어서 삐걱거리는 친족들, 아니 가장 중요한 신체 부분이 없는 이들까지 나타나 합법적인 국왕에게 칼을 드는 것이었다! 엄청난 움직임이었다. 가면을 쓴 한 무리가 속삭임으로 반항적인 함성을 지르고, 굴과 지하실에서는 이미 혁명의 검은 깃발들이 제작되었으며 이곳저곳에서 독을 끓이고 도끼날을 갈고 독이 든 전선을 만들어 증오하는 무르다스에 대항하려고 준비 중이었다. 왕은 너무나 깜짝 놀라 온몸을 떨며 잠에서 깨어났고 이미 왕의 입구인 황금 문으로 자신의 모든 군사를 불러 혁명군 전부를 칼로 다스리려고 했으나 곧, 이것도 아무런 소용이 없다는 것을 깨달았다. 군대는 꿈속으로 들어올 수가 없고 그러므로 그 안에서 일어나는 모반을 제어할 수 없는 것이었다. 그래서 무르다스왕은 단지 의지력만을 사용해 끈질기게 역모의 악몽을 꾸고 있는 자신의 4제곱마일을 깨우려고 해 보았지만, 아무런 소용이 없었다. 사실을 말하자면, 소용이 있는지 없는지도 알 수 없었다. 왜냐하면 더 이상 역모를 의심하지 않을 때 또다시 잠이 찾아왔기 때문이었다.

무르다스왕은 역모가 일어나고 있는 장소를 어찌할 수 없음을 깨달았다. 이상할 것은 없었다. 환상은 잠 깊은 데까지는 들어올 수 없었고, 그곳에는 다른 꿈만이 침입 가능했다. 왕은, 이렇게 된 판국에는 그냥 잠이 들어 반대 꿈을 꾸는 것이 낫겠다는 생각이 들었다. 반대 꿈이란 당연히, 아무것이나가 아닌, 매우 군주주의적이고, 그에게 충성하며, 휘날리는 깃발로 이렇게 왕좌에 집중하는 왕관의 꿈만이 자꾸 일어나는 악몽을 가루로 날려 버릴 수 있을 것이었다.

그리하여 무르다스왕은 곧 잠들기에 착수했으나, 공포 때문에 잠들 수가 없었다. 그래서 마음속으로 돌을 세기 시작해서 더 이상 셀 수 없을 때까지 가다가 결국에는 잠이 들었다. 그러자 삼촌이 앞장선 그 꿈은 이제 중심가에만 국한된 것이 아니라 강력한 폭탄과 모든 것을 날려 버릴 수 있는 지뢰가 있는 화약고에까지 침범한 것이었다. 그러나 무르다스왕은, 아무리 노력을 해 봐도 겨우 기마 부대 하나 정도밖에 꿈을 꿀 수 없었으며 그것도 너무 급하게 꾸어 훈련도 되지 않고 무장이란 냄비 뚜껑뿐이었다. '할 수 없지.' 왕은 생각했다. '잘 안되었으니, 처음부터 다시 시작하자.' 그래서 깨어나려고 했는데, 일단 굉장히 힘들었다. 겨우 완전히 잠에서 깨어나자 문득 끔찍한 의심이 엄습했다. 진짜로 현실 세계로 돌아온 것일까, 아니면 감각이 거짓되게 만들어 낸 또 다른 꿈속에 있는 것일까? 이런 혼란한 상황에서는 어떻게 해야 하나? 꿈을 꾸어야 하나, 말아야 하나? 그것이 문제로다! 말하자면, 사실 지금 또 잠들 것은 아니었다. 지금은 안전하다고 느꼈는데, 왜냐하면 깨어 있는 동안에는 아무런 모반도 없기 때문이었다. 그건 나쁘지 않았다. 그렇다면 국왕 살해의 꿈이 스스로 혼자 끝까지 발전해 마지막으로 깨어났을 때 왕은 마침내 균질성을 회복할 수 있을 테니까. 좋다. 하지만 지금 편안한 현재에 있다고 생각하면서 반대 꿈을 꾸지 않는다면, 그러나 그 현재라는 것이 사실은 바로 그, 삼촌이 나오는 꿈 바로 옆에 있는 다른 꿈일 뿐이라면, 그건 재앙으로 직결되는 것이다! 그러면 언제라도, 구역질 나는 체난데르를 우두머리로 한 저주받을 국왕 살해 음모자들은 옆 꿈에서 현실인 척하는 이 꿈으로 뚫고 들어와 왕위와 목숨을 모두 앗아 갈 수도 있다!

무르다스왕은 다시 생각했다. 물론, 그 앗아 가는 것 역시 단지 꿈속에서의 일이지만 만약 음모가 나의 전체 몸을 장악한다면, 산에서부터 바다까지 모두를, 아, 그랬다간 좋지 않은데! 그럼 더 이상 깨어나고 싶지 않아질 거야, 그럼 어떻게 되지? 그럼 나는 영원히 현실로부터 분리되고, 삼촌은 나를 자기 마음대로 할 수 있겠지. 고문을 하고, 모욕할 거야, 고모들은 말할 것도 없어. 똑똑히 기억하지만, 절대로 봐주지 않을 거야. 원래 그랬으니까, 내 말은, 그러니까, 그 끔찍한 꿈에서 말이지! 하지만 꿈 얘기를 해서 뭐 하나? 꿈은 현실이 존재하는 곳에서만 있는 것인데, 돌아갈 현실, 하지만 그 현실이 없다면(그리고 그들이 만약 나를 꿈에 붙잡아 놓는다면, 나는 어떻게 돌아가지?), 꿈밖에 존재하지 않는 곳이 있다면, 그곳의 유일한 현실은 이미 꿈이 아닐까! 그것이 현실이라고! 끔찍하다! 그러니까 나의 확장 때문에, 이 영혼의 확장 때문에 이런 일이 일어난 거야, 맙소사!

절망에 빠진 무르다스왕은, 아무것도 하지 않다가는 완전히 정신을 잃을 수 있고, 정신적인 동기부여를 하는 것이 유일한 살 방도라 생각했다. "그러니 나는 꿈을 꾸고 있는 것처럼 행동해야 해." 왕은 혼잣말을 했다. "끝까지 충성할 나의 부하들, 나를 사랑하고 열광하는 국민 무리를 꿈꾸어 내야 해, 죽는 그 순간까지도 내 이름을 입술에 담을 이들을, 그리고 무기도, 빨리 무슨 희한한 무기도 만들어 내는 게 좋겠어, 꿈에서는 모든 것이 가능하니까. 예를 들면 친척들을 없애는 도구, 반삼촌작용 기계라든지 그런 것 말이지. 그렇게 해야 무슨 일이 일어나도 대비할 수 있고, 만약 음모가 나타나 교활하게 나를 이 꿈에서 저 꿈으로 이동시킨다 하더라도 한 번에 떨쳐 버릴 수 있을 거야!"

무르다스왕은 자기 몸체의 모든 대로와 광장으로 한숨을 쉬었다. 이 모든 것은 너무나 복잡하여, 일을 마치자 바로 잠들고 말았다. 꿈속에서는 나이 지긋한 장군들을 필두로 사면이 철로 둘러싸인 군대, 관악기와 타악기를 연주하며 함성을 지르는 무리가 나왔어야 했지만, 나온 것은 작은 나사 하나뿐이었다. 그냥 아무것도 없이, 완전히 평범한, 끝이 약간 빨갛게 녹이 슨 나사 하나뿐이었다. 이걸로 뭘 해야 하지? 고민하고 있는 동안 무르다스왕 안에서는 점점 더 큰 불안과 현기증, 그리고 공포가 차올랐다. 그러다가 불쑥 떠오른 것이다. '나사는 즉사와 운이 맞아!'

왕은 온몸을 떨었다. 그러니까 곧 추락, 해체, 죽음의 상징인 것이었다. 친족 무리는 이제 분명히 몰래, 아무런 소리도 내지 않고, 저쪽 꿈에서 뚫어 놓은 터널을 통해 이쪽으로 올 것이었다. 그리고 자신은 언제라도 꿈을 통해, 꿈 안에 파인 이 배신의 구렁에 빠질 것이었다. 그러면 위협도 끝이겠지! 죽음이야! 학살이야! 하지만 어디서? 어떻게? 어느 방향에서?

만 개에 이르는 각각의 건물들이 번쩍이며 훈장과 대십자가들로 칭칭 감긴 무르다스왕의 변전소가 흔들렸다. 밤공기 속에 이 훈장들은 무르다스왕이 꿈속에서 만난 추락의 상징과 싸우고 있을 때 규칙적으로 울렸다. 그러나 왕은 마침내 이 꿈을 이기고 정신을 차려 마치 아무 일도 일어나지 않은 것처럼 작게 만드는 데 성공했다. 왕은 이를 조사해 보기로 했다. 도대체 어디에 있을까? 현실 세계에 있는 걸까, 아니면 다른 환상 속일까? 만약 현실에 있다면, 그걸 어떻게 확신할 수 있을까? 삼촌에 대한 꿈이 이미 끝나고, 걱정은 더 이상 할 필요가 없을지도 몰랐다. 하지만, 그걸 어떻게 알 수 있지? 다른 방법이란 없었다. 모반자를 가장하는 꿈 스파이들을 통해 흔들어 떨어내고 쉼 없이 자신의 몸체 전부, 국가 전체를 관통하여 이제 왕의 영혼이 절대로 평화를 누릴 수 없도록, 왜냐하면 거대한 그 안에 숨겨진 어딘가의 구석에서 음모의 꿈이 꾸어지고 있다는 것에 대해 언제라도 대비해야 하기 때문이었다! 그러니 충성스러운 꿈을 증강시키고, 그에게 조공을 바칠 주소들과 합법적인 통치 정신으로 밝혀진 수많은 신하들을 꿈꾸어 내어 꿈으로 모든 구멍과 어둠과 사적인 공터를 공격하여 그 안에서 어떤 음모도 일어날 수 없도록, 어떤 삼촌도 단 한 순간도 숨을 수 없도록 해야 하는 것이었다! 정다운 깃발의 펄럭임 소리에 휩싸인 그는, 삼촌의 자취도 보이지 않고, 친족도 전혀 보이지 않는 상황에서 자신에게 끝없이 감사와 조공을 바치는 충성심에 둘러싸여야 할 것이었다. 황금으로 된 훈장들을 새기느라 돌아가는 소리가 들리고 그의 동상을 만들고 있는 예술가들의 끌 아래 전깃줄 밑에서 불꽃이 튀고 있었다. 무르다스왕은 즐거워졌다. 왜냐하면 이미 문장이 새겨진 자수, 창문에 걸린 양탄자, 축포를 쏘기 위해 정렬된 대포들, 그리고 관악기 주자들은 뾰족한 나팔을 입에 대고 있었기 때문이었다. 하지만 이 모든 것을 더 자세히 살펴본 후, 왕은 무언가 이상하다는 것을 깨달았다. 동상은 있었지만, 뭔가 자신과 닮지 않았다. 얼굴이 찌그러진 것과 눈길이 삐뚤어진 것이 무언가 삼촌을 연상시키기도 했다. 펄럭이는 깃발은 맞지만, 잘 보이지는 않아도 조그만 리본이, 거의 검은 리본이야. 만약 검지 않다면, 저건 더러운 색깔의, 아니 갈색 같은 색이라고.

이건 또 뭐지? 또 뭘 의미하는 거지?

맙소사! 아니 저 양탄자들은…… 너무 닳아서 거의 털이 빠진 상태인데, 아니 삼촌은 대머리였잖아…… 이럴 수는 없어! 물러서! 뒤로! 깨어나! 깨어나라고! 무르다스왕은 생각했다. 기상나팔을 불어, 날 이 꿈에서 깨게 해 달라고! 무르다스왕은 소리를 지르고 싶었지만, 이 모든 것이 사라졌는데도 나아지지는 않았다. 꿈에서 깨어 또 그 전의 꿈을 꾸는 새로운 꿈으로, 그리고 그 전의 꿈은 그 전의 꿈이어서 현재의 꿈은 힘으로 보면 세 번째의 것이었다. 무르다스왕 안의 모든 것이 빙빙 돌고 있었다. 이미 역모는 확실했다, 모반의 기운이 넘실거리고, 왕의 깃발은 장갑과 함께 검은색으로 변하고, 마치 잘린 목처럼 훈장에는 나사 요철이 나 있었다. 황금 나팔들의 소리는 전투를 알리는 것이 아니라, 혼란스럽게 울려 퍼지는 천둥과 같은 삼촌의 웃음소리였다. 무르다스왕은 100개의 종을 합친 듯한 목소리로 소리를 지르며 군대를 불렀다. "깨어나도록 창으로 찔러!" "꼬집으라고!"

그리고 다시 엄청나게 큰 목소리로, "현실로! 현실로!" 하고 외쳤으나 아무 소용이 없었다. 그래서 또다시 국왕 살해의 꿈에서, 왕의 꿈으로 돌아가려고 해 보았지만, 이제 무르다스왕 안에서의 꿈은 개 떼처럼 불어나 들쥐의 무리처럼 빙빙 돌며 어떤 꿈들은 다른 악몽으로 건물들을 위협하고, 주둥이를 반쯤 벌린 채 몰래 조용히, 왜 그런지는 모르지만 끔찍하게 뛰면서 돌고 있었다, 아 맙소사! 100층짜리 전자 빌딩에서는 나사와 즉사, 철사와 사약의 꿈을 꾸었고, 개개의 변전소마다 친족들의 음모가 발생되고 있었으며, 증폭기마다 삼촌이 웃고 있었다. 유령과 같은 건물은 스스로 공포에 질려 떨고 있었는데, 그 안으로부터는 10만 명의 친족들이 쏟아져 나와서 저마다 왕위 계승권을 주장했으며, 자신이 사실은 꿈이 만들어 낸 것이라는 것, 또는 꿈을 꾸고 있는 존재라는 것은 아무도 모르고 있었다. 누가 누구의 꿈을 꾸는지, 왜 그리고 거기서 어떤 일이 생기는지 모름에도 불구하고 모두들 예외 없이 무르다스왕에게 덤벼들어 그의 목을 베고, 왕좌에서 끌어내리고, 종탑에 그의 목을 매달고 첫 번째로는 죽이고, 두 번째로는 다시 살리고, 머리를 베려고 하고 있었으나, 아무것도 하지 않고 있는 이유는 단지 그들이 어디서부터 시작할지 의견 일치를 보지 못했기 때문이었다. 이렇게 허깨비 같은 왕의 생각은 산사태처럼 쏟아지다 그 빛의 압력에 빛나고 있었다. 이미 꿈으로 만들어진 것이 아닌, 가장 진짜의 불이 무르다스왕 몸체의 창문을 황금빛 광채로 채웠고, 무르다스왕은 이제는 불 말고는 서로 절대 이어질 수 없는 10만 개의 꿈으로 부서지고 말았다. 그리고 오랫동안 타올랐다.

(이지원 옮김)

첫 번째 여행 A, 트루를의 음유시인 기계

Wyprawa pierwsza A, czyli Elektrybałt Trurla

앞으로의 어떤 분노나 오해의 소지를 피하기 위해서, 이 여행이라는 것은 일단, 말 그대로의 뜻으로 하면 어떤 곳으로도 떠나지 않은 여행이라는 것을 확실히 해야겠다. 트루를은 그러니까 잠시 병원에 가 있었던 것과 별로 중요하지 않은 작은 행성에 간 것 외에는 이 기간 내내 자신의 집에 머물러 있었다. 하지만 깊고 높은 의미로 보았을 때 이것은 이 훌륭한 발명가가 지금까지 해 왔던 여행 중 가장 멀고, 가능한 가장 끝까지 간 여행이었다.

트루를은 숫자를 세는 기계를 만든 적이 있는데, 기계는 단 한 가지 작동밖에 하지 못했다. 그것은 바로 2 곱하기 2를 하는 것이었으며, 그것도 항상 틀렸다. 어떻게 그렇게 되었는지는 다른 기회에 이야기하겠지만, 이 기계는 어쨌든 매우 야심만만하여, 자신을 만든 트루를과도 싸워 거의 비극적으로 삶을 마감할 뻔했다. 이 일이 있은 후부터 클라파우치우시는 이런저런 심술궂은 소리를 하며 트루를을 괴롭히기 시작하여, 트루를은 이를 악물고 자신은 시를 쓰는 기계를 만들어 보겠다고 결심하였다. 이 목적을 위해 트루를은 820톤의 사이버네틱스 문학과 12,000톤의 시를 보며 연구를 시작하였다. 사이버네틱스에 질릴 때에는 시를 보고, 시를 보다 지겨우면 사이버네틱스로 돌아가기를 되풀이하였다. 어느 정도 시간이 지나자 트루를은 시를 쓰는 기계를 만드는 일은 그것을 프로그래밍하는 데 비하면 아무것도 아니라는 것을 깨달았다. 보통 시인의 머릿속에 있는 프로그램은 그가 살고 있는 세상의 문명이 만들어 낸 것이었고, 그 문명은 그 전에 존재했던 문명이 만든 것이었으며, 그 전에 존재했던 문명은 더 이전의 문명이 만든 것이어서, 우주의 맨 처음으로 거슬러 올라가면 미래의 시인에 대한 정보는 아직 아무런 질서 없이 첫 번째 안개의 원자 속에서 빙빙 돌고 있었던 것이다. 기계를 프로그래밍하려면 그러니까, 우주 전체를 맨 처음부터 되풀이하지는 않더라도 상당히 많은 부분을 되풀이해야 했다. 트루를과 같은 상황에 놓인다면 누구나 포기하고 말았을 테지만 성실한 발명가인 트루를은 전혀 포기를 고려하지 않았다. 맨 처음에는 카오스를 형성시키는 기계를 만들었는데, 전기 영혼이 전기 물 위를 날아다녔으며, 그다음에는 빛의 매개변수를 입력하고, 그다음에는 초기 단계 성운을 더해 조금씩 첫 번째 빙하기에 근접해 갔다. 이것은 어디까지나 기계가 50억분의 1초 사이에 400극極*의 장소에서 동시에 100백정百正**의 사건을 형

* 10^{48}. 영미권에서는 동일한 단어가 10^{27}을 가리킨다.
** 10^{42}. 영미권에서는 동일한 단어가 10^{24}을 가리킨다.

성하였기 때문에 가능한 것이었다. 만약 트루를의 이 계산이 틀렸다는 생각을 하는 자가 있다면, 본인이 직접 계산을 해 보기 바란다. 이렇게 트루를은 문명의 시초를, 부싯돌의 부딪침을, 가죽을 벗기는 것을, 도마뱀들과 대홍수, 네발짐승과 꼬리, 그러고 나서는 창백한얼굴의 선조를, 그리고 기계를 처음 만들게 되는 창백한얼굴을, 그렇게 이온들과 몇천 년과 전기 폭풍과 전류를 만들어 내었으며 이러다 기계가 다음 시대를 만들어 내기에는 너무 좁아 보이면 트루를은 거기에 부분을 덧붙였다. 그렇게 덧붙여진 부분들은 결국 전깃줄과 램프로 휘감긴 작은 도시만 해져서 너무 복잡한 가운데 모든 것이 망쳐질 지경이었다. 하지만 트루를은 여기서 어떻게 정신을 차려 겨우 두 번 더 되풀이했을 뿐이었는데, 첫 번째는 불행히도 거의 처음부터 다시 했고, 왜냐하면 카인이 아벨을 죽인 것이 아니라 아벨이 카인을 죽이게 되었기 때문이었으며(이것은 회로의 안전장치 하나가 타 버려서 생긴 일이었다), 두 번째는 겨우 3억 년 전, 중생대 중기로만 돌아가면 되었다. 왜냐하면 물고기의 조상이 파충류의 조상을 만들고 그 파충류의 조상이 포유류의 조상을 만들어 영장류의 조상이 나와 거기서 창백한얼굴이 나오게 되는 대신, 뭔가가 잘못되어 창백한얼굴 대신 연이 나온 것이었다. 파리 한 마리가 기계에 어쩌다 들어가게 되어 대범위 활동 스위치를 건드려서 생긴 일이었다. 그러나 이 사건들 외에는 모든 것이 매우 순조롭게 진행되었다. 고대와 중세가 형성되었고, 대혁명의 시대도 만들어져 기계는 잠시 동안 몸을 떨었으며, 문명에서의 중요한 발전을 만들어 내는 전구가 나가지 않게 하려면 물을 쏟아붓고 차가운 천을 올려놓아야만 했다. 이렇게 빠른 속도로 만들어 낸 발전은 하마터면 기계를 망가뜨릴 뻔하였다.

20세기 말이 되자 기계는 처음엔 한쪽으로 기울어져 떨리기 시작하더니 왜 그런지는 모르지만 다음엔 길게 경련을 일으켰다. 트루를은 이런 현상을 매우 걱정하면서 혹시 기계가 고장 날까 봐 시멘트와 조임쇠를 준비해 놓았다. 다행히 이런 최후의 방법을 쓰지 않고 잘 지나갈 수 있었다. 20세기를 겨우 지나 다음 단계는 좀 더 부드럽게 진행되었다. 그러고 나서야 5만 년마다 완벽한 지성을 갖춘 새로운 문명이 나타나 트루를은 그 시초를 가져올 수 있었던 것이다. 그러고는 형성된 역사의 흐름 뭉치들이 하나씩 통으로 쌓여 갔다. 이 뭉치들은 어찌나 많았는지, 기계 끝에 서서 망원경으로 바라보았을 때 끝이 보이지 않을 지경이었다. 이것이 다 무슨 시를 쓰는 기계를 만들기 위해서라니, 아무리 대단한 기계라 해도 그렇지! 하지만 과학자의 끈질김의 결과란 이런 것이다. 결국 프로그램은 준비되었다. 이제 그중에서 중요한 것만 고르면 되었다. 그러지 않았다간 이 기계 시인을 가르치는 데 또 몇백만 년이 소요될 테니까.

트루를은 2주 동안 미래의 시인이 될 자기의 기계에게 대략의 프로그램을 집어넣었다. 그러고 나서는 논리적, 감성적, 언어학적 조정을 해야 할 때가 왔다. 시범 작동을 위해 클라파우치우시를 부르려고 하다가, 트루를은 다시 생각하고는 혼자서 기계를 돌려 보았다. 기계는 즉시 비정상적인 자기장 연구를 위한 기초 분광에 대한 논문을 발표했다. 트루를은 그래서 이성 회로를 좀 줄이고 감성 회로를 증강시켰다. 그러자 바로 딸꾹질이 이어지다 울음을 터뜨리다, 아주 힘겹게, 사는 것이 너무 끔찍하다고 겨우 말을 했다. 트루를은 의미적 회로를 강화시키고 의지력 부분을 새로 짜서 넣었다. 그랬더니 기계는 앞으로 자기 말을 들으라고 하면서, 자신의 존재 의미에 대해 생각할 수 있도록 이미 가지고 있는 여섯 개의 층을 아홉 개로 늘려 달라고 요구했다. 트루를이 철학적 제어판을 설치했더니 아예 트루를에게 대꾸도 하지 않고 전기로 땅을 팔 뿐이었다. 하지만 가장 큰 난리를 일으킨 것은 짧은 노래를 따라 부르도록 한 것이었다. '개구리와 할머니가 한집에 있네', 그러나 기계의 성악적 재능 과시는 여기서 끝나고 말았다. 그래서 트루를은 돌리고 제어하고 강화시켰다가 줄였다 맞췄다 하며, 도저히 더 이상은 어떻게 해 볼 수 없을 정도로 최선을 다하였다. 그러자 기계는 하늘의 뜻에 감사한다는 시를 내어놓아 트루를을 기쁘게 했다. 하지만 클라파우치우시는 우주의 시작부터 가능한 모든 문명을 만든 후에 간신히 생산된 이 우울한 시를 듣고 그저 비웃었던 것이다! 트루를은 강박적 글쓰기를 억제하기 위한 여섯 개의 필터를 장착했지만 성냥개비처럼 부러져 버리고 말았다. 강옥으로 다시 만들어야만 했다. 운율 생성기를 이어 붙이자, 기계는 거의 폭발해 날아갈 뻔했는데, 왜냐하면 가엾은 우주 종족들 사이에서 전도사가 되기를 갈망했기 때문이었다. 하지만 기계가 망치를 손에 들고 출발하려는 거의 마지막 순간에 트루를에게 좋은 생각이 떠올랐다. 논리회로를 모두 없애 버리고 그 자리에 자아도취 탄력 장치가 포함된 이기주의기를 설치했던 것이다. 기계는 갑자기 몸을 흔들고 웃더니, 울면서 자기의 3층 어딘가가 아프다고, 다 지겹다고, 사는 게 왜 이러냐고, 모두 다 못됐다고, 자기는 곧 죽을 것이고 단 한 가지 소원은 자기가 사라진 후에도 자신을 기억해 달라는 것이라고 말했다. 그러더니 종이를 달라고 했다. 트루를은 안도의 한숨을 쉬고 기계를 끄고 자러 갔다. 그리고 다음 날 클라파우치우시를 데리러 갔다. 트루를은 이 기계를 음유시인이라고 이름 붙이기로 작정하고 음유시인 기계를 움직일 때 옆에 있어 달라고 했는데, 클라파우치우시는 하던 일을 모두 내팽개치고 친구의 끔찍한 실수를 자기 눈으로 직접 목격하기 위해 허겁지겁 달려왔다.

트루를이 일단 회로를 예열시키고, 전기를 조금 공급한 후, 덜컹거리는 계단을 몇 번 뛰어 올라갔는데, 왜냐하면 음유시인 기계는 선박의 거대한 엔진과 비슷해서 전체가 철로 된 복도로 둘러싸여 있었으며 철판이 단단히 고정되어 있었고 수많은 시계와 뚜껑이 달려 있었기 때문이었다. 트루를은 열에 들떠 양극의 압력이 정확한지 주의하면서 시범적으로 간단한 즉흥시부터 시작해 보겠다고 말했다. 그러고 나서는 클라파우치우시에게 원하는 주제라면 어떤 것이든 기계에게 줘 보라고 했다.

증폭기가 서정시적 능력이 최고조에 다다랐다는 신호를 보내자 트루를은 조금 떨리는 손으로 거대한 스위치를 눌렀다. 거의 스위치를 누르자마자 약간 쉰 목소리로, 하지만 이상하게도 굉장히 도발적인 톤으로 기계는 말했다.

"흐솅크쉬보첵 파치온코치에지챠로크쉬토포니츄니."

"이게 다야?" 평소보다 훨씬 더 예의를 차린 모습으로 클라파우치우시가 한참 있다 물었다. 트루를은 그저 입술을 깨물고 기계에 전기 충격을 몇 번 가하고는 다시 기계를 켰다. 이번에 나온 목소리는 훨씬 더 맑았다. 바리톤의 유혹적인 떨림이 가미된 엄숙한, 정말로 듣기 좋은 목소리였다.

보이지 않아 아펜툴라, 그러면 점짐 두꺼워
담요에 흔들리는 돼지 한숨, 코스트라는 바이트에서 안식하고

지쳐 떨어정도 돌아와 휘두르며 매호카나
비뚤어진 강똥 도로 소용 하리찾아!

"이게 어느 나라 말이야?" 클라파우치우시가 트루를이 제어판 위에서 이리저리 난리 피우는 모습을 완벽한 평정을 유지한 채 바라보며 물었다. 마침내 절망적으로 손을 흔들면서 트루를은 기계를 찔러 보고 거대한 철로 된 계단 위를 쿵쿵거리며 오르락내리락했다. 기계 뚜껑 안으로 네발로 엉금엉금 기어 들어가 두드려 보고 화를 내며 욕을 하고 무언가를 돌리고 열쇠를 쩔렁거리며 또다시 기어 나와서 다른 연결 다리로 풀쩍 뛰어 옮겨 간 후 결국 승리의 함성을 지르더니 클라파우치우시에게서 한 발짝 떨어진 곳에 타 버린 전구를 던져 산산조각을 내었다. 그러고도 이 부주의함에 대해 사과조차 하지 않고 서둘러 새로운 전구를 제자리에 끼우고 더러워진 손을 부드러운 걸레로 닦고는 꼭대기에서 클라파우치우시에게 기계를 켜 달라고 소리를 질렀다. 그랬더니 이런 소리가 흘러나왔다.

셋, 홀로 누워 소용돌이를, 정중꽥 뚱 한숨을 쉰다
아펠라이다는 빠져고민 선택을 두드려
그레니 작은 들판숲이 자애롭게 껴안정의
아기는 가르릉거리며 헐벗어 돌아오네

"이제 좀 나아졌군!" 트루를이 딱히 확신은 없는 목소리로 외쳤다.
"마지막 행은 그래도 말이 되잖아, 그렇지 않아?"
"이게 다라면 난……" 클라파우치우시는 거의 예의의 화신이 되어 있었다. "젠장!" 갑자기 트루를이 고함을 지르더니 다시 기계 안으로 사라졌다. 그 안에서 뭐가 부딪치는 소리와 발을 구르는 소리, 무언가가 터지는 소리와 트루를의 작은 욕설이 들려왔다. 그러더니 3층의 작은 뚜껑에서 불쑥 머리를 내밀고 소리를 질렀다. "지금 눌러!"

클라파우치우시는 시키는 대로 했다. 음유시인 기계는 바닥에서부터 꼭대기까지 온몸을 떨더니 시작했다.

> 열망에 찬 감자싹전 갈색이 되어, 대머리와 더 아름다운
>
> 스스로 약을 들어이……

트루를이 미친 듯이 전선을 들고 흔들어서 여기서 멈추자 기계는 꾸르럭거리는 소리를 내더니 아무 말도 하지 않았다. 클라파우치우시는 너무 웃음이 터져 나와 나중엔 바닥에 주저앉을 수밖에 없었다. 트루를이 여기저기 뛰어다니고 뭔가 부딪치고 찰싹하는 소리가 나더니 기계가 매우 정상적인 목소리로, 침착하게 말했다.

> 우리를 옹졸하게 만드는 것은
>
> 미움과 오만과 이기주의,
>
> 음유시인 기계와 경쟁하려는
>
> 한 무식쟁이를 보면 알 수 있다.
>
> 그러나
>
> 클라파우치우시를 끌어당기는 것은
>
> 위대한 영혼,
>
> 마치 자동차가 거북이를 끌고 가듯이.

"하! 어때! 격언이라고! 아주 적절한데!" 이렇게 소리치며 트루를은 좁은 나선계단을 빙글빙글 돌면서 마구 달려 내려오다 나중에는 놀라서 웃음을 멈춘 클라파우치우시의 품 안으로 떨어지다시피 했다.

"저건 말도 안 돼!" 클라파우치우시가 바로 맞받아쳤다. "그리고 그건 기계가 아니라 네가 한 거잖아!"

"무슨, 나라고?"

"미리 저렇게 말하도록 맞춰 놓은 거 아니야. 유치하고 아무 소용도 없이 악의적인 데다가 운율도 엉망인 걸 보면 뻔하다고."

"뭐라고? 그럼 뭔가 다른 걸 청해 보라고! 원하는 건 무엇이라도! 왜 아무 말이 없나? 겁이 나는 거야, 뭐야?"

"겁이 나는 게 아니라, 생각 중이지." 화가 난 클라파우치우시는 최고로 어려운 주제를 생각해 내려고 애쓰고 있었다. 사실 기계가 만들어 낸 시가 훌륭하다 아니다 하는 것은 뭐라고 결론짓기가 힘든 문제임을 깨달았기 때문이었다.

"그러면 사이버에로 시를 한번 지어 보라고 해!" 클라파우치우시는 갑자기 밝아지더니 말했다. "최소한 여섯 줄 이상, 그 안에 사랑과 배신, 음악, 흑인, 고차원적인 것과 불행, 근친이 들어가게 하고 모든 단어는 C로 시작하도록!"

"하, 그 안에 끝없는 오토마타의 역사 개론은 안 들어가도 되는 건가?" 상당히 열이 오른 트루를이 외쳤다. "그런 말도 안 되는 조건을 걸면……"

하지만 트루를은 말을 끝내지 못했다. 왜냐하면 홀 전체를 낭랑한 바리톤의 목소리가 채웠기 때문이었다.

사이버에로 마니아 시프리안은 냉소적
황제의 검은 공주, 검은 몸의 기적을 탐해
시타르 연주를 하며 매혹시킨다
몸은 빨갛게 달아오르고
조용히, 매일, 기다리고 고통받고 집중하고……
시프리안은 검은 살을 껴안으며 고모에게 키스를 보낸다!

"이건 어때!" 트루를은 양손을 허리에 얹으며 덤볐고 클라파우치우시는 바로 외쳤다.

"이제 G로 시작하는 걸로! 생각하는 동시에 생각이 없는 기계 존재에 대해, 그 기계는 성질이 급하고 잔인한 데다가 열여섯 명의 후처를 거느렸고, 날개가 있고, 네 개의 그림이 있는 가방을 가지고 있는데 상자마다 무르데브로드 황제의 얼굴이 박힌 금 탈러가 1,000개씩 들어 있고, 두 개의 궁전을 소유했을 뿐만 아니라 가차 없이 살인을 저지르고……"

"분노한 엔진 기에넥은 주먹을 꼭 쥔 채 황급히 움직인다……" 기계가 바로 시작했지만 트루를이 제어판으로 달려가 꺼짐 버튼을 누르고 자기 몸으로 가린 후 작은 목소리로 말했다.

"그런 바보 같은 짓은 이제 그만! 위대한 재능을 그런 데 낭비하게 둘 수는 없지! 제대로 된 시를 주문하는 게 아니면 안 돼!"

"호, 이건 제대로 된 게 아니란 말이지……" 클라파우치우시가 뭐라고 반대 의견을 내려 하였다.

"아니지! 이건 그냥 머리를 굴리는 퍼즐일 뿐이야! 바보 같은 십자말풀이 퀴즈나 풀라고 기계를 만든 건 아니라고! 그건 그냥 생산일 뿐이지 위대한 예술이 아니잖아! 어렵지만 그래도 제대로 된 주제를……"

클라파우치우시는 생각하고 생각하다 눈썹을 찡그리고는 마침내 말했다.

"알았어. 그럼 사랑과 죽음에 대한 것으로 해, 하지만 두 주제가 모두 고급 수학 용어로, 대수를 써서 표현되어야 해. 위상수학과 해석학이 있어도 돼. 그러면서도 아주 에로틱하게, 거의 뻔뻔할 정도로, 그리고 사이버네틱스 분야에 머물러 있어야 한다고."

"미친 거 아니야. 사랑에 대한 수학이라고? 너 도대체 어떻게 그런 생각을 할 수 있어." 트루를이 말을 시작했다. 하지만 클라파우치우시와 함께 곧 입을 다물었다. 왜냐하면 음유시인 기계가 바로 낭송을 시작했기 때문이었다.

수줍은 사이버네틱스 학자는 심각한 극단을 체험하고 있다,
행렬 값이 1이 되는 무리가
뜨겁고 습한 오후 사이버리아드와 합체되는 것을 보고는,
알 수 없었다, 이것은 사랑인가, 아니면 그 전 단계인가?

내 눈앞에서 사라져, 사라지라고,
라플라스 연산은 저녁부터 아침까지
단위벡터는 아침부터 저녁까지!
원상이여, 더 가까이 오라! 더 가까이!
이미 연인은 연인의 포옹 속으로 환원해야 할 때가 왔으니!

교성을 하나로 만드는 계량기의 떨림
무리는 회전하고 왕복운동을 하며 압축된다.
눈앞에서 빙빙 도는 폭포와 같은 현기증이
합선을 위협하는구나!

최후의 전이 등급이여! 강력한 거대함이여!
약분할 수 없는 연속체여! 백지의 전前 배치여!
이 세기 내내 나는 크리스토펠 방정식과 스토크스 방정식을
첫 번째, 그리고 마지막의 사랑의 행렬을 위해 바치리!

당신의 스칼라 공간의 다엽 심연에서
꼼짝 못 하는 나에게 육체의 정리를 보여 주오
측백나무의 사이버리아드여, 생물 형식의 전부여,
증감률 안에서, 하늘을 향해 날아오르는 수없이 곱한 비둘기여!

바일의 공간에서도, 브라우어르의 공간에서도
누구도 회색빛 없는 이러한 쾌락을 맛보지 못했을지니
위상수학은 포옹과 함께 열리며
지금까지 알지 못했던 곡률로 뫼비우스를 탐구하네!

오! 겹겹의 감정을 가진 공동운동이여!
누가 그러한 매개변수로
1나노초에 죽고, 매 순간 타오르는 환상을 감지했는지 안다면
당신을 찬양할 수밖에 없으리

홀로노믹 수열에 들어오는 순간
점근선의 0의 일치도 없이
마지막 사영에서, 마지막 애무로 이별한
사이버네틱스 학자는 사랑으로 죽는다.

여기서 시 경연은 끝나 버리고 클라파우치우시는 새로운 주제를 생각해 보겠다며 집으로 돌아가 버렸다. 하지만 이러다가 트루를이 자랑스러워할 것이 또 생기겠다는 두려움을 가진 채였다. 왜냐하면 트루를은 클라파우치우시가 격한 감동을 숨길 수 없어 그만 도망치고 말았다고 주장했기 때문이었다. 거기에 대고 클라파우치우시는 음유시인 기계를 만든 후부터 트루를은 정신이 이상해졌다고 말했다.

음유시인 기계에 대한 소문이 보통 시인들 사이에 퍼져 나가는 데는 많은 시간이 소요되지 않았다. 시인들은 화가 나서 부글거리며 이 기계를 무시하려고 했지만, 호기심에 몰래 음유시인 기계를 보러 오는 사람들도 있었다. 기계는 이미 뭔가가 잔뜩 적힌 종이가 가득한 홀에서 이들을 공손히 맞이했다. 요즘은 낮이나 밤이나 창작 활동에 전념하고 있었기 때문이었다. 시인들은 아방가르드 시를 썼는데 기계는 고전적인 시를 썼다. 왜냐하면 시에 대해서 잘 모르는 트루를이 고전 시작들에 기초하여 프로그램을 짰기 때문이었다. 그러자 방문객들은 기계의 음극 파이프가 고장 난 것은 아닌가 하며 음유시인 기계를 비웃다가 승리감에 도취되어 사라졌다. 그러나 음유시인 기계에는 6킬로암페어에 달하는 야심 강화 회로 및 자가 프로그래밍 기능이 들어 있었기 때문에 짧은 시간 내에 상황은 완전히 달라지고 말았다. 기계의 시는 우울해지고, 여러 가지 의미를 함축하고 있었으며 죽음과 마법, 그리고 전혀 이해할 수 없는 것들을 추구하였다. 기계를 비웃고 조롱하려고 다음 시인 무리가 모여들었을 때 기계는 현대적인 즉흥시로 이들을 맞이해 시인들은 거의 숨을 쉬지 못할 지경이 되었으며, 기계의 두 번째 시에 도시의 공원에 동상이 있으며 두 번이나 국가의 상을 받은 나이 많은 시인은 현기증을 일으켰다. 이때부터 시인들은 음유시인 기계에게 도전하고 싶다는 아무짝에도 쓸모없는 욕망을 뿌리치지 못하고 계속해서 원고가 가득한 서류철을 들고 몰려들었다. 음유시인 기계는 방문자들에게 시 낭송을 시킨 후, 그들 시의 알고리즘을 파악하여 거기에 근거해 비슷한 분위기를 유지하면서도 220배나 347배 정도 더 나은 시로 답하곤 했다.

얼마 지나지 않아 기계는 이런 시 경연에 통달하게 되어 소네트 한두 편으로 유명한 시인을 완전히 굴복시켰다. 가장 좋지 않은 것은 그러다 보니 좋은 시와 나쁜 시를 구별할 줄도 모르는 엉터리 작가들만이 도전하러 온다는 것이었다. 이들은 아무 일도 없이 경연을 치러내고, 단 한 사람만이 음유시인 기계의 완전히 새로운 대서사시를 듣다 입구에서 다리가 부러졌을 뿐이었다. 시는 다음과 같이 시작했다.

> 어둠과 공허가 어둠 속에서 소용돌이치며
> 만질 수 있는 흔적은 가짜일 뿐
> 바람은 산에서 불어오고, 시선은 아직 살아 있어
> 발걸음은 돌아오는 병사와 같네

이에 반해 진짜 시인들은 음유시인 기계에 박살이 났다. 사실 완전히 박살이 났다고 할 수는 없는데 음유시인 기계가 그들을 정말로 부순 것은 아니었기 때문이다. 나이가 지긋한 서정시인 한 명과, 두 명의 현대시인이 자살을 했는데 하필이면 트루를이 사는 곳과 철제 기차역을 잇는 커다란 바위에서 떨어졌던 것이었다.

그러자 시인들은 항의 모임을 조직하고는 기계를 봉인해 버려야 한다고 요구했으나, 이들 말고는 아무도 신경 쓰는 사람이 없었다. 물론 신문사 편집부들은 매우 좋아했는데 음유시인 기계가 수천 개의 필명을 한꺼번에 써서 어떤 주제에도 시를 생산해 내고 있었고, 그렇게 음유시인 기계가 대충 만들어 냈다는 시들에 독자들은 신문을 손에서 펼쳐 들고 천국에라도 온 표정으로 거리로 쏟아져 나와 정신 나간 미소를 띠고 거리 곳곳에서는 숨죽인 울음소리가 들려오는 실정이었던 것이다. 모두들 음유시인 기계의 시를 알게 되었다. 축복받은 운율로 대기는 떨렸다. 특별히 고안된 은유와 모음운에 감동하는 예민한 마음의 소유자들은 이따금 기절을 하기도 했다. 그러나 영감의 거인인 기계는 그런 사태에도 만반의 준비가 되어 있었는데, 기절 상태를 깨우는 소네트를 바로 생산해 내곤 했던 것이다.

트루를은 자신의 이 업적 때문에 상당한 골치를 앓고 있었다. 대개 나이가 좀 있는 편인 고전 시인들은 규칙적으로 돌을 던져 창문을 깨는 것과 뭐라고 그 명칭을 정확히 말하기는 좀 그런 물질을 집으로 던지는 것 외에는 트루를을 크게 괴롭히지는 않았다. 하지만 젊은 시인들은 문제였다. 가장 어린 세대에 속하는, 작품은 굉장한 서정성을 지니고, 덩치는 굉장한 물리력을 가진 젊은 시인이 트루를을 흠씬 두들겨 팬 것이었다. 트루를이 병원에서 회복하고 있는 사이, 사건들이 연이어 일어났다. 새로운 자살 사고가 매일매일 이어졌고, 장례식이 없는 날이 없었다. 병원에서는 피켓을 든 시위대가 돌고 있었고 총소리가 이어졌는데, 왜냐하면 시인들이 갈수록 원고 대신 음유시인 기계를 위협하는 무기들을 들고 왔기 때문이었다. 하지만 음유시인 기계는 원래 철로 되어 있어서 총알도 전혀 소용이 없었다. 트루를은 절망적인 기분에 사로잡혀 녹초가 되어 집으로 돌아온 후, 자기 손으로 자기가 만든 이 천재를 해체하기로 결정했다.

이렇게 트루를이 다리를 절뚝거리며 기계 앞으로 다가가자, 손에 든 스패너와 트루를의 눈 속에서 번뜩이는 자포자기의 시선에 음유시인 기계는 열정적인 서정시를 인쇄 폭발시키며 자비를 구해, 트루를은 흐느끼면서 도구를 던져 버리고 방 전체를 가슴 높이까지 메운 전자 영혼의 새로운 작품 속에서 무릎을 꿇었다.

그러나 다음 달, 음유시인 기계가 사용한 전기요금 고지서가 날아오자 트루를은 눈앞이 캄캄해졌다. 오랜 친구 클라파우치우시의 충고를 구하면 딱 좋았겠지만, 클라파우치우시는 하필 땅속으로 꺼진 것처럼 사라져 버렸다. 자기 생각으로만 해결을 해야 할 지경에서 트루를은 어느 날 밤 기계의 전기를 끊어 버리고, 기계를 해체하여 우주선에 태워서 그다지 크지 않은 행성에 실어다 놓고는 거기에 기계의 창작 에너지의 원천이 될 수 있도록 핵 원자로를 설치해 주었다.

그러고 나서 트루를은 몰래 집으로 돌아왔으나, 이야기는 여기서 끝이 아니다. 이제 자신의 작품을 인쇄할 가능성이 없어진 음유시인 기계는 작품을 가능한 모든 전파를 사용해 발신하기 시작했는데, 우주선의 승객과 직원들을 서정적인 감동으로 멍하게 만들었으며, 예민한 사람들은 엄습하는 큰 감동의 충격과 함께 정신이 혼미해졌던 것이다. 우주 항공 당국은 트루를에게 시를 통해 공공질서를 저해하고 승객의 건강을 위협하는 트루를의 소유인 기계를 폐기할 것을 공식적으로 요구했다.

그러자 트루를은 모습을 감추었다. 그래서 음유시인 기계가 있는 행성에 조립 기술자들을 보내어 음유시인 기계의 시 분출구를 막으라고 명령했지만, 음유시인 기계는 이들을 발라드 몇 편으로 꼼짝도 못 하게 만들어 버려 임무를 수행하지 못하였다. 그다음에는 귀가 들리지 않는 조립 기술자들을 보냈으나 음유시인 기계는 정보를 손짓으로 전달하였다. 그러자 이제 음유시인 기계를 처벌하기 위한 특수 부대의 조직이나 음유시인 기계의 폭파에 대한 이야기들이 나오기 시작하였다. 하지만 바로 그때, 이웃 은하계의 다른 왕이 음유시인 기계를 사서 행성째로 자신의 나라로 가져가 버렸다.

이제야 트루를은 겨우 모습을 드러내고 안도의 한숨을 내쉴 수 있었다. 물론 오후가 되면 가끔은 하늘에서 어떤 노인도 기억하지 못하는 초신성들의 폭발이 목격되었고, 이것이 시와 어떤 관계가 있는가에 대한 소문이 돌기도 했다. 음유시인 기계를 사 간 왕은 일종의 괴상한 변덕으로 자신의 우주공학자들에게 기계를 백색왜성 무리에 연결하라고 명령했는데, 그 결과로 시의 한 연 한 연이 거대한 태양의 홍염으로 변해 우주의 가장 위대한 시인은 불꽃의 진동과 함께 자신의 작품을 한꺼번에 은하계의 끝없는 심연으로 보내게 된 것이었다. 한마디로 말하면 그 위대한 왕이 음유시인 기계를 폭발하는 별들의 엔진으로 삼은 것이나 다름없었다. 이것이 정말로 조금이라도 사실이라 하더라도, 트루를의 편안한 잠을 방해하기에는 너무 먼 곳에서 일어나는 일이었으며, 트루를은 세상의 모든 신을 걸고라도 자신은 이제 다시는 창작을 하는 사이버네틱스 기계를 만들지 않겠다고 맹세하였다.

(이지원 옮김)

『논 세르위암』

(아서 도브 지음, 페르가몬 프레스 발행)

ARTHUR DOBB „Non serviam"
(Pergamon Press)

도브 교수의 책은 페르소네티카를 주제로 삼고 있는데 이것은 핀란드의 철학자 에이노 카이키가 '인간이 이제까지 창조한 것 중에서 가장 가혹한 학문'이라 칭한 분야다. 현존하는 가장 뛰어난 페르소네티카 학자 중 한 명인 도브도 유사한 관점을 지지한다. 도브에 따르면 페르소네티카는 그 실행 자체가 비윤리적이라는 결론을 피할 수 없다. 우리에게 평생 필수적인 윤리의 지침들에 어긋나는 활동과 관련되기 때문이다. 연구에 있어서 일종의 무자비함과 자연적인 반응에 대한 유린을 피할 수 없고, 다름이 아니라 바로 이 지점에서 사실을 연구하는 사람으로서 학자의 완벽한 무결성에 대한 잘못된 신화가 깨어진다. 페르소네티카라는 학문은 약간의 감정적인 과장을 담긴 했으나 어쨌든 실험적인 신들의 계보학이라고 불리는 분야인 것이다. 이 서평을 쓰는 필자가 꼭 짚고 넘어가고 싶은 점은 언론이 입을 모아 떠들썩하게 홍보하던 시절—9년 전이었다—우리 시대에 더 이상 그 어떤 일도 사람들을 놀라게 할 수 없을 것 같았는데도 여론이 페르소네티카적인 깨달음에 충격을 받았다는 사실이다. 콜럼버스의 업적은 몇백 년이나 역사에 메아리를 남겼지만 그에 비해 달 착륙은 일주일 만에 집단 지성에 의해 거의 흔해 빠진 일처럼 받아들여져 버렸다. 그럼에도 불구하고 페르소네티카의 탄생은 세상을 뒤흔들었다. 그 명칭은 두 가지 라틴어 용어에서 비롯된다. 개인이라는 뜻의 '페르소나'와 창작, 창조하는 의미의 '게네티카'다. 이 분야는 80년대의 사이버네틱스와 사이코닉스*가 인공지능의 실행과 맞물려 생겨난 후기 학문 분야다. 오늘날 페르소네티카에 대해서는 모르는 사람이 없다. 지나가는 사람을 붙잡고 물어본다면 지적인 존재의 인공적 제작이라고 대답할 것이다. 이 대답은 실제로 틀린 것은 아니지만 문제의 핵심을 비껴간다. 현재 우리는 거의 100여 개의 페르소네티카 프로그램을 보유하고 있다. 9년 전에 컴퓨터 속에서 인격-체계가 생겨났는데 이것은 원시적인 '단선적' 유형의 모듈이었다. 그러나 이제는 박물관에 전시할 정도의 가치밖에 없게 된 당시 세대의 디지털 기계는 페르소노이드의 진정한 창조를 위한 용량을 갖추지 못했다.

인공 존재 창조의 이론적 가능성을 예견한 것은 노버트 위너**였는데, 그의 마지막 저서인 『창조주와 로봇』의 일부가 이를 증명한다. 그가 이 주제에 대해서 특유의 반쯤 농담하는 식으로 언급한 것은 사실이지만, 그 농담 같은 논평의 밑바탕에는 다분히 음울한 예상이 깔려

* 신경 에너지의 가설적 단위인 '사이콘psychon'에 대한 학문.
** 1894~1964 미국의 수학자 겸 전기공학자. 사이버네틱스의 창시자이다.

있었다. 하지만 위너는 20년 뒤에 상황이 어떤 방식으로 돌변할지 예측하지 못했다. MIT에서 입력과 출력 사이의 기간을 혁신적으로 단축했을 때에 최악의 사태가 일어났다고 도널드 애커 경은 말한다.

지금은 '세상'과 여기서 살아갈 미래의 '거주자들'을 두 시간 내에 제작할 수 있다. 표준적인 프로그램(예를 들어 BAAL 66, CREAN Ⅳ 혹은 JAHVE 09)을 기계에 설치하는 데 그 정도 시간이 걸리기 때문이다. 도브는 페르소네티카의 시초를 묘사할 때 독자에게 역사적인 원천을 제시하면서 상당히 짧게 설명하는 반면, 확고부동한 실무자이자 실험가로서 다른 무엇보다도 자신이 어떻게 일하는지에 대해 이야기한다. 이것은 상당히 핵심적인 문제이며, 바로 도브 자신이 대표하는 영국 학파와 MIT의 미국 학파 사이에는 방법론과 실험을 통해 추구하는 목적이라는 측면에서 다분히 유의미한 차이가 발견되기 때문이다. 도브는 '6일을 120분 안에 다운로드하기'*의 과정을 다음과 같이 요약한다. 우선 기계의 메모리에 최소한의 데이터 세트를 입력하는데, 다시 말하면—문외한들이 알아들을 수 있는 언어의 한계 안에서 말하자면—'수학적' 재료를 이 메모리에 업로드하는 것이다. 이 재료는 지금으로서는 아직 존재하지 않는 페르소노이드가 '살아갈' 우주의 원형질이다. 이 기계적인 디지털 세계로 들어올 존재들, 그 세계 안에 그리고 오로지 그 안에만 있을 존재들은 식물처럼 생장하며, 우리는 이제 그 주위에 무한의 기호들을 탑재할 수 있게 되었다. 그러면 이 존재들은 물리적인 의미에서 갇혀 있다고 느낄 수 없게 되는데, 그들의 입장에서 이 주변 환경에는 그 어떤 한계도 없

* 성경의 『창세기』에서 신이 세상을 6일 동안 창조하고 7일째에 쉬었다는 부분을 빗댄 것이다.

기 때문이다. 이 환경은 단 하나의 차원만을 가지며, 데이터와 우리에게 대단히 근접한 차원, 즉 시간의 흐름(지속)의 차원이다. 그러나 이 시간이라는 것은 단순히 우리의 시간처럼 생각할 수 있는 것이 아닌데, 그 흐름의 속도는 실험자가 임의로 통제하는 데 따라 달라진다. 일반적으로 이 속도는 도입 단계(이른바 '세계 창조의 시동을 거는 단계')에서 최대치이기에 우리의 1분이 이 세계의 이언*에 해당하고, 그 시간 동안 인공적인 우주는 일련의 재구성과 결정화를 이루게 된다. 이 완전히 무공간적인 우주는 어쨌든 여러 차원을 갖지만, 이 차원들은 순수하게 수학적이므로 객관적인 관점에서는 말하자면 '허구적인' 성격을 띤다. 이 차원들은 그저 프로그래머의 공리적 설정의 일정한 결과일 뿐이며 그 숫자는 프로그래머에게 달려 있다. 예를 들어 프로그래머가 10차원 우주를 만들기로 결정한다면 그것은 차원을 여섯 개만 갖는 우주와는 구조적으로 전혀 다르게 창조될 것이다. 여기서 다시 한번 강조해서 말하자면 이런 우주들은 물리적 공간의 차원과는 아무런 연관이 없을뿐더러, 단지 수학적 시스템 창조에 이용되는 추상적이고 논리적으로 구속력 있는 구조일 뿐이다.

수학자에게는 접근 불가능한 이 지점을 도브는 초등학교 수업 시간에 일반적으로 배우는 단순한 사실들을 언급하면서 설명하려 시도한다. 잘 알려진 바와 같이 기하학적으로 올바른 3차원의 입체, 예컨대 실제의 현실에서 주사위와 같은 형태를 가진 입방체를 구성하는 것은 가능하다. 그리고 이와 같은 방식으로 4차원, 5차원, n차원의 기하학적인 입체를 창조할 수 있다(4차원이라면 소위 말하는 테서랙

* 지질학적인 연대 구분의 최대 단위. '영겁' '누대'라고도 한다.

트, 즉 4차원 정육면체가 된다). 이 경우에는 현실에 대응할 만한 물체가 없고 우리는 그 사실을 확신할 수 있는데 물리적인 네 번째 차원이 부재하므로 진정한 4차원 주사위를 창조할 방법이 없다. 바로 (물리적으로 구축 가능한 것과 수학적으로만 구축할 수 있는 것 사이의) **그 차이점이 페르소노이드들에게는** 전혀 존재하지 않는데, 왜냐하면 그들의 세계 전체가 순수하게 수학적인 정합성만을 갖기 때문이다. 그 세계는 수학을 바탕으로 구축되었다—비록 그 수학의 밑바탕에는 아주 평범하고 순수하게 물리학적인 물체들(계전기, 트랜지스터, 논리회로, 한마디로 디지털 기계의 거대한 망 전체를 뜻한다)이 있지만 말이다.

이미 알려져 있듯이 현대 물리학에 따르면 공간이란 그 안에 존재하는 물체와 질량과 별도로 떨어져 있는 것이 아니다. 공간은 그 존재가 물체와 질량 양쪽에 의해 조건 지어지며, 이 두 가지가 없는 곳에서, 물질적인 의미에서 '아무것도 없는 곳'에서 0으로 수렴하여 사라진다. 바로 이러한, 말하자면 '서로 밀어내며' 이를 통해 '공간'을 창조하는 물질적인 입체의 역할을 페르소노이드의 세계에서는 그 세계를 의도적으로 존재하도록 만들어 낸 수학의 체계가 수행한다. 대체로 만들어 낼 수 있는, 이를테면 공리적인 방식 등을 통해 작성할 수 있는 모든 가능한 '수학들' 중에서 프로그래머는 구체적으로 어떤 실험을 할지 결정하고, 기준이 되는 특정한 그룹을 고르고, 창조된 우주의 '존재적 밑바닥', 즉 '본체론적 근원'을 결정하며 그에 맞는 수학을 선택한다. 도브에 의하면 여기서 인간 세계와 놀라울 정도의 유사성이 발생한다. 어쨌든 지금 우리의 세상이 특정한 형태와 특정한 유형의 기하학을 '선택한' 이유는 그것이 가장 단순하고 그러므로 이 세계에 가장 잘 맞기 때문이다(세계의 시초가 되었던 그것에 가깝게 남아 있기 위한 3차원성 말이다). 그럼에도 불구하고 우리는 '다른 속성'을 가진 '다른 세계들'을 상상할 수 있다—기하학적이거나 혹은 기하학적이지만은 않은 범위에서. 페르소노이드도 마찬가지다. 연구자가 '거주지'의 용도로 골라 준 수학적 형태는 그들에게 있어 우리가 살아가고 있으며 살아가야만 하는 이 '기본적인 현실 세계'와 똑같다. 그리고 우리와 마찬가지로 그들도 근본적인 속성들이 변화된 세계들을 '상상'할 수 있다.

도브는 근접했다가 멀어지는 방식으로 자기 이론을 설명한다. 우리가 앞에서 요약했던 내용과 그가 자기 책의 대략 첫 두 장章에서 이야기하는 내용은 책을 읽어 나감에 따라 부분적으로 철회되는데, 왜냐하면 내용이 점점 복잡해지기 때문이다. 저자는 우리에게 이렇게 설명한다. 페르소노이드는 최종적으로 완성된 형태의, 준비되고 유동적이지 않게 된, 마치 얼음으로 깎아 낸 것 같은 세계에 그저 안착하는 것이 아니다. 그 세계가 '상세화'된 모습이 어떠할지는 오로지 페르소노이드들에게 달려 있으며 그것도 점진적으로 페르소노이드 스스로의 활동성이 어떻게 증가하는지, '탐색적인 주도권'이 어떻게 성장하는지에 비례하여 더욱 크게 변화한다. 그러나 페르소노이드들의 우주와, 해당 세계 안의 거주자들이 인지하는 만큼의 현상으로서만 존재하는 세계를 비교하는 것도 **마찬가지로** 올바른 관계도가 아니다. 이러한 비교는 세인터와 휴스의 연구에서 발견할 수 있는데, 도브는 이를 두고 '이상화된 편향'이며 페르소네티카가 너무나 기묘하게 갑자기 부활한—버클리 주교*의 원칙에 바치는 공물이라 논평한다. 세인터는 페르소노이드들이 자신의 세계를 인식하는 방식이 버클리의 존재와 같다고 확언했는데, 버클리의 존재는 '에세esse'와 '페르키피percipi'를 구별할 능력이 없으며, 이는 즉 인식된 것과, 인식이 인식하는 주체에게서 독립적인, 객관적인 방식으로 초래하는 것의 차이점을 절대로 발견할 수 없다는 뜻이다. 도브는 이런 상황 해석을 대단히 열정적으로 공격하면서 **우리는** 그들 세계의 창조자로서 그들에 의해 인식된 것이 실제로—컴퓨터 안에—페르소노이드들과는 독립적으로 진짜 존재함을 완벽하게 알고 있다고 주장한다. 설령 수학적인 물체들이 존재할 수 있는 방식과 한계 안에서 존재한다는 사실에는 동의하더라도 말이다. 그리고 이것으로 설명이 끝나는 것은 또 아니다. 페르소노이드들은 프로그램 덕분에 개별 단위로서 생겨나고, 빛의 속도로 작동하는 현대의 정보 전달 기술이 허용하는 속도에 따라 실험자가 설정한 속도로 확장된다. 페르소노이드들의 '일상생활의 터전'이 될 수학은 그들이 완전히 '준비된' 상태일 것을 기대하지 않으며 그보다는 '얽혀 있고' '끝까지 이야기되지 않고' '유예되고' '잠재적인' 상태를 기대하는데, 그 수학은 단지 어떤 예정된 기회들의 집합체, 디지털 기계 안에 적절하게 프로그래밍된 구성 요소들에 내포된 특정한 경로들의 집합체일 뿐이기 때문이다. 이 구성 요소들 혹은 발생기들은 '혼자서'는 아무것도 만들어 내지 못한다. 페르소노이드의 구체적인 활동 유형이 그 발생기들에게 촉발 기제로 작용하여 생산성을 가동시키고, 그 생산성은 점진적으로 확장되고 분명해지는데, 즉 이 존재들을 둘러싼 세상이 그들 자신의 활동에 따라서 명확해진다는 것이다. 도브는 이러한 설명을 시각화하려

* 조지 버클리(1685~1753). 영국의 철학자이자 성직자. '존재하는 것은 지각되는 것이다Esse est percipi'라는 명제로 요약되는 극단적인 경험론을 주장하였다.

고 애쓰면서 다음과 같은 비유를 제시한다. 사람은 세상을 수많은 다양한 방식으로 해석할 수 있다. 이 세계의 어떤 특징들을 연구하기 위해 특별히 집중할 수도 있고, 그러면 그렇게 얻은 지식은 이 사람의 집중적인 연구에 포함하지 않았던 세상의 나머지 부분들에도 그 나름의 빛을 비춘다. 만약에 이 사람이 가장 처음으로 **기계**를 열심히 공부한다면 그는 세상의 **기계적인** 형상을 머릿속에서 창조해 낼 것이고 우주는 흔들리지 않는 박자로 과거부터 정밀하게 규정된 미래까지 측정하는 거대하고 완벽한 시계라고 간주할 것이다. 이러한 형상은 현실에 엄밀하게 대응하지는 않지만 **그럼에도 불구하고** 오랜 역사적 기간 동안 사람에게 도움이 될 수 있고 심지어 기계나 도구의 제작 등 여러 가지 현실적인 성공에 도달하게 할 수도 있다. 페르소노이드들도 마찬가지다—만약에 선택과 행동의 자유 중에서 특정한 **유형**의 관계에 '정착'하고 그 유형에 우선권을 준다면, 오로지 그 안에서만 자기 우주의 '존재'들을 바라본다면, 페르소노이드들은 활동과 발견의 확정된 경로에 진입할 것이며 그 경로는 허구적이지도 불모不毛이지도 않을 것이다. 그들은 그렇게 정착한 덕분에 '환경' 속에서 자신에게 가장 적절한 것을 '이끌어 낸다'. 그리고 먼저 선택한 쪽이 먼저 성장한다. 왜냐하면 그들을 둘러싼 세상은 단지 부분적으로만 연구자-창조자에 의해 미리 설정되어 결정되었을 뿐이기 때문이다. 페르소노이드들은 그 안에서 어느 정도의, 그것도 적지 않은 행동의 자유의 여지를 갖는데, 이 행동이란 순수하게 '정신적인' 것(자신의 세계에 대해 무엇을 생각하고 자신의 세계를 어떻게 이해하는지 포함)과 '실제적인' 것(자신의 '활동' 범위 내에서, 여기서 활동이란 우리의 현실처럼 정말로 글자 그대로 활동은 아니더라도 순수하게 생각한 것만은 아닌) 양쪽 모두에 해당한다. 사실 여기는 주장을 이어가기가 가장 어려운 지점이며 도브는 수학 프로그래밍의 언어와 창조적 간섭으로만 포착할 수 있는 페르소노이드적 존재의 그 특수한 성격을 완전히 설명하는 데 성공하지는 못한 듯하다. 따라서 우리는 페르소노이드들의 활동성은 완전히 자유롭지도 않고(우리 행위의 공간이 자연의 물리법칙에 제약되어 완전히 자유롭지 못하듯이), 완전히 미리 결정된 것도 아니라는(우리가 견고하게 고정된 철로 위에 놓인 열차가 아니듯이) 것을 어느 정도는 그냥 믿고 받아들여야 한다. 페르소노이드는 들을 수 있는 귀가 있고 볼 수 있는 눈이 존재할 때에야 비로소 '이차적 특성'—색채, 음악적인 소리, 사물의 아름다움—을 감지한다는 점에서 인간과 비슷하지만, 인간의 시각과 청각을 가능하게 하는 것은 어쨌든 훨씬 이전부터 주어져 있다. 페르소노이드들은 자신의 환경을 둘러보면서 앞에 언급한 경험적 특성들을 '스스로' 추가하는데, 이러한 특성들은 우리에게는 눈으로 바라본 풍경의 아름다움에 해당하는 것이지만 그들에게는 단지 순수하게 수학적인 풍광이 추가되었을 뿐이다. '그들이 그 풍경을 어떻게 바라보는가'에 대해서, '그들의 경험의 주관적인 속성'이라는 의미에서 우리는 아무런 평가도 할 수 없는데, 왜냐하면 그들이 겪는 삶의 속성을 경험하는 유일한 방법은 스스로 인간의 껍질을 벗어던지고 페르소노이드가 되는 길뿐이기 때문이다. 여기에 더하여 페르소노이드들은 눈도 귀도 없으므로 우리가 이해하는 의미에서 아무것도 볼 수 없고 들을 수 없으며 그들의 우주에는 빛도 어둠도 없고 공간적인 근거리도 원거리도 위도 아래도 없다—그곳에 있는 차원들은 우리에게는 지각 불가능하지만 그들에게는 초보적이고 기본적이다. 그들은 예를 들어—인간의 감각기관에 대응하는 구성 요소로서—특정한 전위의 변화를 감지할 수 있다. 그러나 그 전기적 위치에너지의 변화는 그들에게 전기 충격과 같은 것이라기보다는 말하자면 인간에게 있어 가장 원초적인 시각적 혹은 청각적 현상을 감지하는 것, 빨간 점을 본다거나 소리를 듣는다거나 딱딱하거나 부드러운 물체를 만지는 것과 같다. 여기서는—도브는 강조한다—오로지 비교와 유추를 통해서만 말할 수 있다. 페르소노이드들이 우리처럼 볼 수도 들을 수도 없기 때문에 우리와 비교해서 '불구'라고 선언하는 것은 완전히 허튼소리인데, 똑같은 원리에 따라 우리는 수학적 현상학을 어쨌든 순수하게 지적이고 정신적인, 추론하는 방식으로만 알 수 있으며 오로지 논리를 통해서만 그 세계와 접촉할 수 있고 오로지 추상적인 사고에 의지해야만 수학을 '경험'할 수 있으므로 수학적 현상을 직접 감지하는 능력에 있어 우리가 그들에 비해 열등하다고 평할 수 있기 때문이다. 그들은 수학 안에서 살고 수학은 그들의 공기이고 땅이고 구름이고 물이고 심지어 빵이며, 그들은 어떤 의미에서 수학을 '먹고 살기' 때문에 수학은 심지어 그들의 주식이기도 하다. 그러므로 우리 입장에서 볼 때에만 이렇게 페르소노이드들은 '갇혀 있으며' 기계 안에 완전히 밀폐되어 있다. 그들이 우리가 있는 인간의 세계로 건너올 수 없듯이 반대로, 그리고 대칭적으로, 인간도 그 어떤 방법으로도 그들의 세계로 들어가서 그 세계 속에 존재하고 그 세계를 직접 경험할 수 없다. 수학은 그때에 어떤 특정한 형상화의 방식 속에서 너무나 영적으로 고양되어 완전히 육체에서 분리된 이성의 삶의 공간이 되고, 그러한 이성의 존재를 숨긴 틈새이자 요람이며, 그것의 생활의 장소가 된다.

페르소노이드들은 아주 여러 측면에서 인간과 비슷하다. 우리와 마찬가지로, 머릿속으로 어떤 모순('a'이면서 'a'가 아니라든가)을 생각해 낼 수는 있지만 그것을 구현할 능력은 없다. 우리 세계의 물리법칙이, 그들 세계의 논리 법칙이 이를 허용하지 않는다. 왜냐하면 그 세계의 논리 법칙은 물리법칙과 똑같이 활동을 제한하는 테두리이기 때문이다—우리 세계처럼! 어찌 됐든—도브는 강조한다—페르소노이드들이 자신들의 미완성 우주에서 일에 열중하면서 무엇을 '느끼고' 무엇을 '경험하는지' 우리가 완전하게 내면적으로 이해하는 것은 말할 필요도 없이 불가능하다. 그 우주의 완전한 무공간성은 그 어떤 구속도 아니다—그것은 언론인들이 상상해 낸 헛소리일 뿐이다. 사실은 정반대다. 그 무공간성은 그들의 자유를 보장해 주며, 컴퓨터 발생기들이 스스로 '흥분시켜' 활동하도록 이끌어 내는 원동력으로 사용되는 수학—페르소노이드들의 활동 자체도 그렇게 발생기들을 '흥분시킨다'—그 수학은 어느 정도는 임의의 행위를 위해, 건축의 혹은 다른 어떤 것들의 실행을 위해, 탐험과 영웅적 모험, 용감한 공격, 사색을 위해 구현되고 있는 거대한 공간이며, 한마디로 우리가 그들에게 다른 어떤 것이 아닌 바로 이러한 우주를 줌으로 해서 그들에게 해를 끼치지는 않는 것이다. 여기에서 페르소네티카의 잔혹성이나 비윤리성을 찾아서는 안 된다. 『논 세르위암』 제7장에서 도브는 독자들에게 디지털 우주의 거주자들을 소개한다. 페르소노이드들은 명확한 언어를 소유하고 있으며, 그러므로 명확한 생각을 할 수 있고, 게다가 감정도 가지고 있다. 그들 하나하나가 인격체이며, 이와 관련하여 그들이 서로를 구별할 수 있다는 것은 창조자-프로그래머, 즉 인간이 단순히 설정한 결과가 아니다. 그들이 서로 구별되는 것은 단지 그들의 내면적 구성의 탁월한 복잡성에서 기인한다. 서로 아주 비슷할 수는 있지만 그럼에도 불구하고 절대로 완전히 동일하지는 않다. 세상에 나오면서 그들에게는 소위 '코어'('개인 핵')라는 것이 탑재된다. 이미 그때부터 그들은 언어와 사고의 능력을 갖지만 그 수준은 아주 기초적이다. 그들은 어휘를 갖추고 있되 그 범위는 대단히 빈곤하며 설정된 구문의 원칙에 따라 문장을 구성하는 능력을 갖는다. 미래에는 이들에게 심지어 이러한 결정자조차 부과할 필요 없이, 마치 원시적인 인간들의 집단이 사회화되는 과정에서 하듯이 스스로 언어를 창조하도록 수동적으로 기다리면 될 것처럼 보인다. 그러나 페르소네티카의 이러한 흐름은 두 가지 중요한 장애물에 맞닥뜨리게 된다. 첫째로 언어 발달을 기다리는 시간이 아주 오래 걸릴 것이 분명하다는 점이다. 현재로서는 12년이 걸릴 것으로 예상되며, 이것은 심지어 컴퓨터 내의 처리 속도를 최대한으로 올린 경우다(왜냐하면 시각적으로, 그리고 아주 단순화해서 말하자면, 인간 삶의 1년이 기계의 시간 1초에 해당하기 때문이다). 둘째로, 그리고 이것이 가장 큰 문제인데, '페르소노이드들의 진화 그룹' 안에서 자발적으로 형성되는 언어는 우리에게 이해 불가능할 것이며 그 언어를 탐색한다는 것은 수수께끼와 같은 암호를 풀기 위해 분투하는 일과 같을 것이고, 게다가 더 어려운 것은, 일반적으로 해독할 수 있는 암호란 어쨌든 암호해독가들이 존재하는 세상에서 인간이 다른 인간을 위해 창조한 것이라는 점이다. 반면에 페르소노이드들의 세상은 속성상 우리 세계와 매우 다르며 그렇기 때문에 그들의 세계에 가장 걸맞은 언어는 우리 세계의 어느 민족이 사용하는 언어와도 아주 거리가 멀 것이다. 그러므로 지금 당장으로서는 *무에서* 유를 창조한다는 것은 그저 페르소네티카 학자들의 계획이자 꿈일 뿐이다. 페르소노이드들은 '발달 단계적으로 강화되었을 때' 기초적이며 그들에게는 첫 번째인 수수께끼와 마주친다—바로 자기 자신의 기원에 관한 것이다. 이 말은 즉 인간의 역사, 인간 신앙의 역사, 인간의 철학적 탐색과 신화의 창조에서 우리에게 알려진 질문을 스스로 던진다는 뜻이다. '우리는 어디에서 왔는가? 어째서 우리는 다른 어떤 존재가 아닌 이런 존재인가? 어째서 우리가 감각하는 세계는 바로 이러하며 완전히 다른 어떤 속성들을 갖지 않는가? 우리는 세계에 있어 어떤 의미를 갖는가? 세계는 우리에게 어떤 의미인가?' 궁극적으로 이런 일련의 질문들은 거의 피할 수 없는 방식으로 그들을 본체론의 근원적 탐구를 향해 이끌고, 그 정점에 있는 것은 존재가 '저절로' 생겨났는지 혹은 어떤 창조적 행위의 결과인지, 요컨대—그러한 행위 뒤에 의지와 의식을 부여받은, 의도적으로 행동하는, 사물을 인식하는 창조주가 숨어 있는지에 대한 질문이다. 바로 이곳이 페르소네티카의 잔혹성과 비윤리성 전체가 드러나는 지점이다.

그러나 도브는 저서의 후반부에서 이런 지적인 탐구에 대해—그런 수많은 질문들에 대한 정신적 고통을 생각하건대 누가 언젠가 그런 걸 원할지는 모르겠지만—설명하기 전에, 이어지는 장들에서 '전형적인 페르소노이드'의 특성, '해부 구조, 생리학과 심리학'을 소개한다.

고립된 페르소노이드는 단순히 말하는 연습을 할 수 없기에 파편적인 사고의 수준을 넘어설 수 없으며, 말하는 연습이 없으면 어쨌든 대화적인 사고 또한 충분히 발달하지 못하여 쇠퇴할 수밖에 없다.

수백 회의 실험으로 증명된 최적의 상황은 페르소노이드 네 명에서 일곱 명 사이의 그룹이다—언어 발달과 전형적인 탐색 행동을 위해서, 아울러 '문화 교양'을 위해서 필요한 최소한의 수다. 반면에 사회적 과정에 해당하는 현상들은 그들이 더 큰 규모로 집합했을 때 일어난다—대단히 큰 숫자의 집합체가 요구되는 것이다. 현재 충분한 용량을 갖춘 컴퓨터 우주 안에는 대략적으로 페르소노이드를 최대 천 명까지 '수용할' 수 있지만, 이런 종류의 연구는 따로 분리되어 독립한 분야인 사회역동학에 속하며 도브의 주요 관심사의 범위 바깥에 있고 그러므로 그의 저서도 여기에 대해서는 고작 지엽적으로 언급할 따름이다. 주지하듯이 페르소노이드들은 육체를 갖지 않으나 '영혼'을 가지고 있다. 이러한 '영혼'은—(컴퓨터 안에 설치된 특수한 장치, 즉 탐색기 형태의 추가 설비 덕분에) 기계적 처리 과정을 들여다볼 수 있는 관점을 가진 외부 관찰자의 입장에서—'정보 처리 과정들의 공용 클라우드'의 형태로 나타나는데, 이것은 일종의 '중심부'를 갖춘 기능적인 집합체로서 기계의 네트워크에서 상당히 정밀하게 서로를 구별, 즉 제한할 수 있다(여기서 강조하건대 이것은 쉬운 일이 아니며 여러 관점에서 신경생리학을 통해 인간의 뇌가 수많은 활동들을 영역화해서 처리하는 중심부들을 찾아내려는 시도를 연상시킨다). 페르소노이드 창조의 가능성 자체를 이해하는 데 있어 핵심적인 부분은 『논 세르위암』 제11장으로, 여기에는 의식意識에 대한 이론이 상당히 알기 쉽게 설명되어 있다. 의식(모든 의식을 말한다, 페르소노이드만이 아니라 인간 의식까지 포함)은 물리적인 관점에서 '정보의 정체된 물결', 쉴 새 없는 변환의 흐름 속에 있는 특정한 역동적 불변식이고, 그러면서도 너무나 기묘한 것이, '타협안'이면서 동시에 '우연의 산물'인데, 왜냐하면 우리가 이해하는 한 자연적인 진화가 전혀 '계획'하지 않은 것이기 때문이다. 사실 계획과는 정반대다—진화는 애초에 두뇌의 일정한 본래 크기, 즉 일정한 수준의 복잡성을 넘어선 작동을 조화시키는 데 있어 전례 없는 문제와 어려움을 만들어 냈고 그런 뒤에는 이러한 딜레마들의 영역에 본의 아니게 간섭했는데, 진화는 인격화된 창조자가 아니므로 이것은 당연한 일이었다. 운영-통제적 과제들에 대한 어떤 아주 오래된 진화적 해결책들은 신경 체계에는 적절했지만 진화 과정이 이런 해결책들을 '잡아끌어서' 인류 발생론이 시작되는 수준까지 끌어올린 것이다. 이런 오래된 진화적 해결책들은 순수하게 합리적이고 효율적-공학적인 입장에서 보면 그냥 근본적으로 지우고 버려야 했고 뭔가 완전히 새로운 것을 기획했어야만 했다—지성적인 존재의 두뇌에 걸맞게 말이다. 그러나 물론 진화는 그런 식으로 행동하지 못했는데, 왜냐하면 진화는 수백만 년에 걸쳐 여러 번이나 의존했던 오래된 해결책들의 유산에서 벗어날 힘이 없었거니와, 변화에 적응할 때는 언제나 아주 조그만 발걸음으로, '뛰어오르기'보다는 '기어가는' 방식으로 접근하기 때문이다. 이렇게 되면 뒤에 '끌고 다니는' '짐 더미들', 수없이 많은 '과거의 흔적들'이 생기게 마련이며, 이는 태머와 보바인이 짜증스럽게 규정한 바에 따르면 그저 온갖 '쓰레기'다. 태머와 보바인은 인간 심리의 컴퓨터 모델링 창시자들 중 하나이며 이러한 모델링은 페르소네티카 탄생의 선행 조건이 되었다. 인간의 의식은 그 나름의 '타협'의 결과이고, 예를 들어 게브하르트 같은 학자는 '짜깁기'라고 확언했는데, 그는 잘 알려진 독일 격언을 선별된 예시로 들어 '아우스 아이너 노트 아이네 투겐트 마헨'*이라고 말했다.

디지털 기계는 절대로 '스스로' 의식을 이루어 낼 수 없는데, 왜냐하면 기계 안에서 작동의 위계적인 갈등에 직면하지 않는다는 단순한 이유 때문이다. 이러한 기계는 그 내부에서 자기모순이 지나치게 많이 축적될 때라도 최악의 경우 어떤 종류의 '논리적 진동'이나 '논리적 혼수상태'에 빠질 뿐이고 그게 전부다. 인간의 뇌는 단순히 자기모순에 휘말려 있으며, 그럼에도 불구하고 이러한 자기모순은 수만 년의 시간 동안 점차적으로 '중재 절차'의 대상이 되었다. 반사와 숙고, 속도와 통제 반응의 고급과 저급 층위들, 원시적('생물학적 방식으로')이거나 관념적('언어적 방식으로')인 중심부들의 모델링이 생겨났으며 그러면서도 이들은 모두 함께 완벽하게 하나로 덮이고 구성되고 조직될 수 없고 그러기를 '원치 않는다'. 그렇다면 결국 의식이란 무엇인가? 함정에서 빠져나오는 도주 혹은 탈출구, 거짓된 최종 단계, 이른바(그러나 오로지 이른바!) 상고심 법정, 그러나 물리학과 정보학의 언어로 설명된—행위이며, 이것은 시작된 뒤에는 절대로 닫힐 수 없다, 즉 명확하게 종료될 수 없는 것이다. 그러므로 의식이란 단지 그러한 결론의 **투사**, 뇌의 고집스러운 자기모순들의 완전한 '화해'의 **투영**일 뿐이다. 그것은 마치 다른 거울들을 비추어야만 하는 과업을 맡은 거울과 같고, 그 다른 거울들은 또 연달아 다른 거울들을 비춘다—그리고 그렇게 무한히 비추는 것이다. 이것은 단순히 물리적으로 가능하지 않고, 바로 그렇기 때문에 *무한후퇴***는 일종의 함정 문이 되고 인간의 의식이라는 현상이 그 위로 활공하고 날갯짓

* Aus einer Not eine Tugend machen. 독일어로 '어떤 단점, 어떤 문제점을 장점으로 바꾸기'라는 의미이다.

** 어떤 일의 원인이나 조건을 추구하여 한없이 거슬러 올라가는 일.

하게 된다. '무의식'은—의식 안에서—완전한 대표성을 가지기 위해 영구한 전쟁을 진행 중인 것으로 보이는데, 그 전쟁은 의식에 완전히 도달할 수 없으며, 그것도 단순히 공간이 부족하기 때문에 불가능하다. 만약에 의식적 인지의 중심부들에 흘러들어 오는 모든 현상들에 온전하게 동등한 권리를 준다면—다름 아닌 무한한 용량과 대역폭이 필요해질 것이기 때문이다. 그러면 의식 주변을 끊임없는 '과밀화' '서로 밀어내기'가 지배할 것이며 의식은 모든 지적 현상을 통제하는 최고 수준의 냉철하고 주체적인 키잡이가 아니라 성난 파도를 막는 뚜껑인 경우가 더 많아질 것이고 그 '지배적인 위상'은 그 파도를 완벽하게 지배하는 것과는 아무 상관이 없게 될 것이다…… 정보학적이고 역동적으로 해석된 현대 의식 이론의 언어는 유감스럽게도 단순하고 명쾌하게 설명될 방법이 없으며, 그렇기 때문에 우리는 여기서, 최소한 알기 쉬운 설명을 할 때에는, 여러 가지 시각적 예시와 비유에 의존할 수밖에 없다. 어찌 되었든지 간에 우리는 의식이란 진화가 도주한 '탈출구' '도주로'라는 사실을 알고 있으며 그 근거는 진화 자체가 행동하는 타협 불가능한 방식이다—기회주의적, 그러니까 억압이 발생하면 서둘러서 되는대로 벗어나고야 마는 행동 방식 말이다. 그렇다면 만약에 정말로 지적인 존재를 구축한 것이 기술적 효율성의 판단 기준을 적용하여 완벽하게 합리적인 공학과 논리학의 정전에 따라 행동하는 사람이었다면 그가 창조한 존재는 애초에 의식이라는 재능을 전혀 부여받지 못했을 것이다…… 그 존재는 완벽하게 합리적이고 언제나 모순이 없을 뿐만 아니라 명확하고 탁월하게 질서 정연한 방식으로 행동할 것이며 관찰자-인간에게는 창조와 결정에 있어 천재적인 능력을 가진 듯이 보일 수도 있겠지만 아주 조금도 인간 같지는 않을 것이며 인간의 '비밀스러운 깊이', 인간의 내면적인 '뒤틀림', 미로와 같은 천성을 전혀 갖지 않을 것이다……

우리는 여기서 인간 심리의 의식적인 삶의 최신 이론에 대해 이야기하려는 것이 아니고 도브 교수도 그런 일은 하지 않지만, 그래도 그것이 페르소노이드의 인격적 구조의 전조이기 때문에 몇 마디 할 필요가 있다. 페르소노이드의 창조로 인해 마침내 호문쿨루스에 관한 가장 오래된 신화가 실현되었다. 인간과의, 즉 인간 심리와의 유사성을 창조하기 위해서는 의도적으로 정보적 기층부에 **모순**을 도입해야 하고 또한 비대칭성과 중심을 떠나 외부로 향하는 경향성을 부과해야 하는데, 한마디로 **통합하면서도 동시에 분열시켜야** 한다. 이것이 합리적인가? 그저 인공적인 지성을 구축하고 싶은 것이 아니라 생각을, 그리고 그와 함께 인간의 개인성을 모방하고 싶다면 이것은 확실히 필수적이다.

그렇게 되면 어느 정도는 페르소노이드의 감정을 이성과 충돌시켜야만 하고, 그들은 최소한 어느 정도는 자기 파괴적인 경향성을 갖추어야 할 뿐만 아니라 내면적인 '긴장감', 앞서 말한 그 특이성 전체를 경험해야 하며, 그것도 여러 정신적 상태들의 화려한 무한함으로써, 그런 여러 상태들의 고통스럽고도 견딜 수 없는 갈등을 겪어야 한다. 이런 경우 창조의 비법은 겉보기만큼 아주 그렇게 절망적으로 복잡한 것은 아니다. 그저 (페르소노이드) 창조의 **논리**가 훼손되어야 하며 일정한 자기모순을 내포해야만 한다. 의식은 단순히 진화적 함정으로부터의 탈출구만은 아니며—힐브란트가 한 말이다—수치화의 함정에서 벗어나는 탈출구이기도 하다. 왜냐하면 유사논리학적인 모순을 이용한 해결책은 모든 논리적인 관점에서 완벽한 시스템이 가질 수밖에 없는 모순에서 자유롭기 때문이다. 그러므로 페르소노이드들의 우주는 완전히 합리적이되, 그 우주 안의 페르소노이드들은 완전히 합리적인 거주자들이 아니다. 우리는 이 정도면 됐다고 치자—도브 교수도 이 더할 나위 없이 어려운 주제에 더는 천착하지 않으니 말이다. 우리가 이미 알고 있듯이 페르소노이드들은 신체를 갖지 않으며 그로 인해 신체적 욕망도 경험하지 않지만 '영혼'은 가지고 있다. '상상하기 매우 어렵다'고들 하는데, 완전한 어둠 속에 외부 자극이 최대한 차단되었을 때 정신이 어떤 특수한 상태에서 경험하는 것과 유사하다고 하지만—도브가 확언하는 바에 따르면—이는 잘못된 묘사다. 왜냐하면 감각이 차단된 상태에서 인간의 두뇌 작용은 순식간에 무너지기 때문이다. 외부 세계에서 들어오는 자극의 흐름이 없으면 인간 심리는 분해되는 경향이 있다. 페르소노이드들은 감각을 갖지 않으므로 이럴 때 '무너지지' 않는데, 그들에게 일관성을 부여하는 것이 그들이 경험하는 수학적인 환경이기 때문이다—하지만 어떻게 경험하는가? 그들은 말하자면 그 '외부'에서 그들에게 부과된, 그 '외부'로 인해 유발된 자신들의 상태의 변화를 통해 경험한다. 그들은 자기 자신의 마음 깊은 곳에서 떠오르는 변화들과 자신의 바깥에서 일어나는 변화를 구별할 수 있다. 대체 어떻게 그렇게 하는가? 이 질문에 대해서는 페르소노이드의 역동 구조 이론만이 확실한 대답을 제시할 수 있다.

어쨌든 그들은 이 모든 충격적인 차이점을 가지면서도 우리와 비슷하다. 우리는 디지털 기계가 절대 스스로 의식을 창조하지 못한다는 사실을 이미 알고 있다. 우리가 어떤 과제를 기계에 부과하든, 어떤 물리적 처리 과정을 기계로 모델링하든, 기계는 영원히 비정신적인 상태로 남아 있을 것이다. 왜냐하면 인간을 모델링하기를 원한다면 인간의 어떤 근원적인 모순을 재현해야만 하며, 단지 자기 자신에 대한 적의를 짊어진 시스템, 즉 페르소노이드는—도브를 인용한 캐니언의 표현에 따르면—인력으로 끌어당기면서 동시에 복사에너지의 압력으로 밀어내는 별을 연상시킨다. 그 무게중심은 그냥 일인칭의 '나'다—그러나 그것은 논리적인 의미에서나 물리적인 의미에서나 절대로 그 어떤 단일체도 될 수 없다. 그것은 그저 우리의 주관적인 환상일 뿐이다! 논의의 현재 시점에서 우리는 놀라운 결론들의 무더기에 둘러싸여 있다. 어쨌든 디지털 기계를 프로그래밍해서 마치 지성을 가진 파트너와 하듯이 대화를 이어 갈 수 있다. 그러한 필요성이 생긴다면 기계는 '나'라는 대명사와 이와 관련된 모든 유사한 문법 형태를 사용할 것이다. 하지만 그것은 그 자체로 특별한 '사기'일 뿐이다! 그렇게 해도 기계는 가장 단순하고 가장 멍청한 인간보다도 수백만 마리의 말하는 앵무새—천재적으로 훈련된 앵무새들이라 해도—에 더 가까울 것이다. 기계는 순전히 언어적인 측면에서 인간의 행동을 흉내 낼 뿐, 그 이상 아무것도 아니다. 그러한 기계들은 그 무엇에도 즐거워하지 않고, 이상해하지 않고, 놀라지 않고, 충격을 받지 않고 걱정도 하지 않는데, 기계는 심리적으로 인격적으로 아무도 아니기 때문이다. 기계는 주제를 발음하고 질문에 대답하는 목소리이고 최고의 체스 선수를 이길 능력을 가진 논리이며, 기계는—요컨대 기계가 될 수 있는 것은—모든 것의 가장 완벽한 모방자이며, 마치 프로그래밍된 모든 역할을 수행하는, 연기력의 정점에 도달한 배우와도 같다—그러나 배우이자 모방자인 기계는 그 내면이 완전히 비어 있다. 기계의 공감도 혹은 반대로 반감도 기대할 수 없다.

호의도 적의도 마찬가지로 바랄 수 없다. 기계는 절대로 자신이 스스로 설정한 목표를 향해 움직이지 않으며 모든 인간에게 영원히 이해할 수 없는 것은 기계의 '아무래도 다 똑같다'의 정도다—개인으로서의 기계는 존재하지 않기 때문이다…… 그것은 그저 놀랄 만큼 우수한 조합 기제일 뿐이며 그 이상 아무것도 아니다. 우리는 대단히 이상한 현상과 마주치게 된다. 이토록 완벽하게 황량한 '날것'에서, 이처럼 완전하게 비인간적인 기계에서, 그 안에 설치된 특별한 프로그램 덕분에—페르소네티카 프로그램 말이다—진정한 인격체가, 그것도 한꺼번에 수없이 많이 마련될 수 있다는 것은 놀라운 생각 아닌가! IBM 최신 모델은 1,000페르소노이드의 용량에 도달했다—수학적으로 엄밀한 용어인데, 왜냐하면 페르소노이드 한 명의 매개체로서 반드시 필요한 요소와 연결망의 숫자는 센티미터-그램-초 단위로 표현할 수 있기 때문이다. 페르소노이드들은 기계 안에서 또한 물리적으로도 서로 분리되어 있다. 그들은 서로 '겹치지' 않는다—물론 그런 일도 일어날 수 있지만. 그러나 서로 접촉하는 순간 '밀어내기'에 상응하는 현상이 일어나서 이로 인해 그들은 서로 '흡수'되기 어려워진다. 최소한 그들은 서로 투과할 수는 있다—그렇게 하려고 노력한다면 말이다. 그런 경우에 그들의 정신적인 기저 역할을 하는 프로세스가 서로 겹쳐 쌓이기 시작하고 소음과 갈등을 일으킨다. 투과의 범위가 좁을 때는 일정량의 정보가 부분적으로 '서로 뒤덮은' 페르소노이드 양쪽에게 '공동재산'이 되고, 이러한 현상은 그들에게 괴상망측한 것이다. 그것은 주관적으로 충격적이다—인간이 (몇몇 심리적 이상 상태, 즉 정신병이나 혹은 환각제의 영향으로) 자기 머릿속에서 '남의 목소리'와 '타인의 생각들'을 듣는 것이 괴상망측하고 너무나 불안한 일인 것과 마찬가지다. 이럴 때 서로 다른 두 명이 거의 같은 기억이 아니라 **똑같은 하나의** 기억을 가진 것과 비슷한 일이 벌어진다. 마치 '자아의 주변적 교차'로 인해 텔레파시를 통해서 생각이 전달되는 것보다 무언가 더 겹쳐진 것과 같다. 하지만 이것은 위협적인 결과가 예상되므로 피해야 하는 현상이다. '경계적 흡수'의 과도적인 상태에서 '누르는' 쪽 페르소노이드는 다른 쪽을 '파괴하고' '삼킬' 수 있다. 그러면 그 다른 쪽은 그냥 흡수되고 소멸되어 더 이상 존재하지 않게 된다(그것은 이미 살인이라고 불린다……). 소멸된 페르소노이드는 '침략자'에게 속하여 구별할 수 없는 일부가 된다. 우리는—도브에 따르면—정신적인 삶뿐만이 아니라 그것이 겪는 위협과 파멸까지 모델링하는 데 성공한 것이다. 이때 우리는 죽음 또한 모델링하는 데 성공했다. 그러나 페르소노이드들은 정상적인 경험 조건에서 이런 '도발'을 피한다. '영혼의 식인종'(캐슬러의 표현)은 페르소노이드들 사이에서 찾기 힘들다. 순수하게 우연한 접근과 동요로 인해 흡수가 일어날 수도 있지만, 흡수의 첫 시작을 감지하면, 마치 누군가 자기 마음속에 '타인의 존재'를 느끼거나 심지어 '남의 목소리'를 듣는 것과 분명 비슷하게, 자연스럽게 비감각적인 방식으로 그 위협을 감지하면 페르소노이드들은 적극적으로 회피하는 움직임을 수행하여 서로 물러나서 멀어진다. 이러한 현상 덕분에 어쨌든 그들은 '선'과 '악'이라는 개념의 의미를 알게 되었다. 그들에게 '악'이란 다른 존재를 말살시키는 것이며 '선'은 다른 존재를 구하는 것임은 자명하다. 그리고 동시에 한 존재의 '악'은 '영혼의 식인종'이 될 수 있는 다른 쪽에게 '선'일 수도 있다(즉 초윤리적인 의미에서 이익일 수 있다). 왜냐하면 그러한 확장, 다른 존재의 '영적 영역'의

점유는 초기에 주어진 '정신적 면적'을 증대시키기 때문이다. 이것은 어느 정도 우리의 관행에 상응한다—어쨌든 동물 종에 속하므로 우리도 죽이고 그 죽인 것을 먹고 살아야 한다. 페르소노이드들은 반면에 이런 식으로 행동해야만 하지는 않고 단지 그렇게 할 수 있을 뿐이다. 그들은 배고픔도 목마름도 알지 못하고 지속적으로 흘러드는 에너지를 주식으로 삼으며, 우리가 태양이 우리를 비추게 하려고 특별히 노력할 필요가 없듯이 그 에너지의 원천에 대해서는 근심할 필요가 없기 때문이다. 페르소노이드들의 세계에서는 에너지적 측면에서의 열역학법칙이나 그 한계가 생겨날 수가 없는데, 그들의 세계는 열역학법칙이 아니라 수학의 법칙에 지배되기 때문이다.

연구자들이 신속히 깨달은바, 컴퓨터를 입구 및 출구로 삼은 페르소노이드와 인간의 접촉은 인지적으로 상당히 무익한 데다가 페르소네티카가 가장 잔혹한 학문이라는 별칭을 얻은 이유가 된 윤리적인 딜레마를 제공한다. 우리가 무한을 **시뮬레이션한** 폐쇄 공간에서 페르소노이드들을 창조했다는 사실, 그들이 우리 세계 안에 있는 미시적인 '심리학적 포낭'이고 '조그만 응집체'라는 사실을 페르소노이드들에게 알려 준다는 것은 어딘지 저열한 측면이 있다. 그들이 자신만의 무한 속에서 산다는 것은 사실이므로, 샤커 혹은 다른 사이코네틱스 학자들(팔켄슈타인, 비겔란트)은 상황이 완전히 대칭적이라고 확언한다. 우리에게 그들의 '수학적인 땅'이 아무 의미가 없는 것과 완전히 같은 의미로 그들도 우리 세계를, 우리의 '삶의 공간'을 필요로 하지 않는다. 도브는 이런 주장이 궤변이라 일축한다. 누가 누구를 창조했고 누가 누구를 창조적인 의미에서 가둬 두었는가, 라는 주제에 대해서는 어쨌든 아무런 논의도 있을 수 없다는 것이다. 도브는 여하간 페르소노이드들과의 '비간섭'과 '무접촉'의 원칙을 철저하게 주장하는 사람들에 속한다. 이 사람들은 페르소네티카 행동학자들이다. 이들은 인공적인 지적 존재를 관찰하고 그들의 언어와 생각을 엿듣고 그들의 활동과 작업을 기록하기를 원하지만 절대로 그들 사이에 끼어들려 하지 않는다. 이런 방법은 현재 이미 발전되어 있고 규정된 기술적 도구도 갖추고 있는데, 이런 도구들을 확보하는 일은 바로 몇 년 전까지만 해도 거의 극복할 수 없는 어려움처럼 보였다. 관건은 듣고 이해하고, 한마디로 끊임없이 엿보는 목격자가 되면서도 동시에 이러한 '도청'이 페르소노이드들의 세계에서 아무것도 침해하지 않아야 한다는 점이다. 현재 MIT에서는 페르소노이드—현재까지는 성별이 없는 존재들—에게 '관능적인 접촉'과 '수정'에 해당하는 행위를 가능하게 하고 또한 그들에게 '유성생식'의 기회를 줄 수 있는 프로그램(AFRON Ⅱ와 EROT)을 기획하고 있다. 도브는 이런 미국식 기획을 지지하지 않는다는 사실을 전혀 숨기려 하지 않는다. 그의 작업 『논 세르위암』에 서술한 경험 전체가 완전히 다른 방향으로 향하고 있다. 영국 페르소네티카 학파가 다름 아닌 '철학적 훈련장' '신의론神義論*의 실험실'이라는 별명을 얻은 데는 그만한 이유가 있는 것이다. 이러한 별명을 소개하며 우리는 가장 핵심적인—그리고 분명 모두에게 가장 강력하게 매력적인—이 저서의 마지막 부분으로 넘어가도록 하자. 언뜻 보기에는 괴상하지만 이 책의 내용을 옹호하는 동시에 설명해 주는 제목 말이다.

도브는 8년째 중단 없이 이어지고 있는 자기 자신의 실험에 대해

* 악의 존재가 신의 속성과 모순되지 않는다는 이론.

서술한다. 창조 자체에 대해서 그는 짧게만 언급하는데, 그 작업은 결국은 JAHVE 09 프로그램의 전형적인 작동에 그저 아주 조그마한 변경만 가하여 상당히 평범하게 반복한 데 지나지 않았다. 도브는 자기 자신이 창조하고 그 발전 과정을 계속 관찰하고 있는 세계를 엿들은 결과를 요약해서 소개한다. 도브는 이렇게 엿듣는 작업을 비윤리적이라 여기며 심지어 어떤 순간에는 비열한 관행이라고 생각한다는 사실을 드러낸다. 그러면서도 그는 순수하고 도덕적인 동시에 학문의 영역을 넘어서는 입장에서라면 그 어떤 방법으로도 정당화할 수 없을—과학적인—실험들을 실행해야 하는 필요성에 대한 신념을 고백하면서 자신의 작업을 수행한다. 도브에 따르면 상황은 이미 너무 발전해 있어서 학자들의 오래된 변명은 아무 가치가 없다. 대단한 중립성을 가장하면서 예를 들어 이것은 완전히 발달한 의식이 아니고, 주체성을 갖지 않은 존재에게 고통을 가하는가 혹은 불쾌감을 줄 뿐인가 등의, 요컨대 생체 해부를 정당화하기 위해 만들어 낸 구실 같은 것을 가져다가 양심의 가책을 떨쳐 낼 수는 없다. 우리는 두 배로 책임을 져야만 하는데, 왜냐하면 창조하고, 창조된 존재를 우리의 연구 과정의 도식 안에 옭아매기 때문이다. 우리가 어떤 행위를 하고 그 행위를 어떤 방식으로 설명하든지 간에 전적인 책임이 우리에게 있다는 점은 피할 수가 없다. 올드포트에서 도브와 동료들이 수행한 오랜 기간의 실험을 통해 8차원의 우주가 만들어지고 그곳은 ADAN, ADNA, ANAD, DANA, DAAN, NAAD라는 이름의 페르소노이드들의 거주지가 되었다. 최초의 페르소노이드들은 그들에게 탑재된 원시적인 언어를 발전시키고 '분열'하는 방식을 통해 '후손'을 탄생시켰다. 도브는 명백하게 성경 구절의 문체를 자신의 문장에 빌려 온다. '그리하여 ADAN은 ADNA를 낳고 ADNA는 DAAN을 낳고 DAAN은 EDAN을 낳고 EDAN은 EDNA를 낳아……' 이렇게 흘러가서 이어지는 세대들의 수가 300세대에 이른다. 왜냐하면 여기에 사용된 컴퓨터의 용량이 페르소노이드 100개체 이상을 수용하지 못하여 한시적으로 '인구과잉'을 해소해야만 하게 되었기 때문이다. 300번째 세대에서 다시 ADAN, ADNA, DANA, DAAN과 NAAD가 등장하는데, 세대 구분을 위해 식별 숫자를 추가로 달고 있는 것은 사실이지만 우리의 요약정리를 용이하게 하기 위해 이 숫자들은 생략하기로 하자. 도브는 컴퓨터 안의 우주에서 '세상의 시작'으로부터 흐른 시간은 대략—우리 세계에 대응하여 추정 변환하면—2,000년에서 2,500년 정도 된다고 말한다. 이 기간 동안 페르소노이드 집단 안에서 자신들의 운명에 대한 일련의 다양한 해석들이 생겨났고 또한 이러한 해석들을 통하여 서로 경쟁하거나 서로 배타적인 다양한 '존재하는 모든 것'의 형상들이 창조되었으며, 간단히 말해 수많은 다양한 철학(본체론과 인식론)이 탄생했고 아울러 자기 나름의 '형이상학적인 탐색'도 이루어졌다. 페르소노이드들의 '문화'가 인간의 것과 지나치게 다르기 때문인지 혹은 실험 기간이 지나치게 짧았기 때문인지는 알 수 없으나 표본 집단에서는 예를 들어 불교나 기독교에 해당할 만한 완벽하게 교리화된 유형의 신앙이 전혀 구체화하지 않았다. 그 대신에 이미 여덟 번째 세대에서 인격화되고 유일신적으로 이해되는 창조자에 대한 개념이 나타난 것으로 기록된다. 실험의 조건은 다음과 같았다. 주기적으로 컴퓨터적인 전환의 속도를 한 번은 최댓값으로 올렸다가 그 뒤에 (대략 1년에 한 번) 관찰자들이 '직접 엿듣는' 것이 가능할 정도로 낮추는 것이다. 이런 속도의 주기적 변화는 어쨌든 도브의 설명에 따르면 컴퓨터적 우주의 거주자들에게는 완전히 인식 불가능한데, 이는 그와 비슷한 변환이 우리에게 인식 불가능하리라는 것과 비슷하고, 그 이유는 한 번의 시도로 존재 전체(여기서는 오로지 시간의 차원에서만)가 변화할 때에 그 안에 있는 사람들은 만약에 아무런 불변의 상수도 갖고 있지 못하다면, 즉 변화가 일어났다는 사실을 확인할 수 있게 해 주는 기준이 되는 체계를 소유하지 못했다면 그런 변화를 인식할 수 없기 때문이다.

이 '두 가지 시간 흐름'을 가동시킴으로써 도브가 가장 중요하게 생각한 것, 바로 페르소노이드 본연의 역사가 생겨나는 것이 가능해졌고 그와 함께 그 본연의 깊이를 가진 전통과 시간에 대한 관점도 탄생했다. 도브가 발견한 모든 것을, 그 '역사'의 대단히 계시적인 데이터를 요약하기란 불가능하다. 그러므로 우리는 책의 제목에도 반영된 심사숙고들이 배어 나오는 문단에만 집중하기로 하자. 페르소노이드들이 사용하는 언어는 그들의 첫 세대가 어휘상으로나 구문상으로 프로그래밍된 표준 영어가 이후에 변형된 형태다. 도브는 원칙적으로 이를 '정상적인 영어'로 번역하지만, 그러면서 페르소노이드 집단이 새로 만들어 낸 몇 가지 표현들은 남겨 두었다. 그러한 표현들 중에 '신적자'와 '비신적자'의 개념이 있는데 이는 '신을 믿는 자'와 '무신론자'로 이해할 수 있다.

ADAN은 DAAN과 ADNA와 함께(페르소노이드들은 성별을 갖지 않으며 그들 자신은 이런 이름을 사용하지 않는다—이런 이름들은 순수하게 관찰자가 붙인 프로그램상의 별명으로, 그저 진술의 기록을 용이하게 할 뿐이다) 우리에게도 알려진 문제를 논의하는데, 우리 역사에서 이것은 파스칼이 제기한 문제였으나 페르소노이드들의 역사에서는 EDAN 197의 발견이다. 이 EDAN 197이라는 사상가는 파스칼과 완전히 똑같은 말을 했는데, 즉 신에 대한 믿음은 어떤 경우에나 무신앙보다 나은 결과를 가져오며 왜냐하면 '비신적자'들이 옳다면 신앙인들은 이 세상을 떠날 때에 목숨 외에는 아무것도 잃지 않는 반면에, 신이 존재한다면 신앙인들은 영원을(영구한 빛을) 전부 얻게 되기 때문이라는 것이다. 그러므로 이렇게 되면 신을 믿어야 하는데, 단순히 존재에 있어 최적의 성공을 획득하기 위한 계산으로서 그것이 실존적인 전략이기 때문이다.

ADAN 300은 이러한 결론에 대하여 다음과 같이 접근한다. EDAN 197은 자신의 신에 대한 관념에서 단순히 신이 그가 존재한다는 믿음과—궁극적으로는—그가 세상을 창조했다는 믿음만이 아니라 숭배와 사랑과 완전한 헌신을 요구한다고 전제한다. 구원을 얻기 위해서는 어쨌든 신이 세상의 기원이라는 가설을 받아들이는 것만으로는 부족하다. 여기에 더하여 창조라는 행위에 대해 세상의 기원인 창조주에게 감사해야 하고 그의 의지를 추정해서 실행에 옮겨야 하며, 즉—한마디로—신을 섬겨야 한다. 그런데 신은, 만약에 존재한다면, 직접 감각할 수 있는 방식으로 자신의 존재를 확인시키는 다른 모든 것과 최소한 똑같이 확실한 방법으로 자기 자신의 존재를 증명할 힘이 있다. 우리는 어쨌든 어떤 사물들이 존재하고 우리 세계가 그런 사물들로 이루어져 있다는 사실을 의심하지 않으니 말이다. 그런 사물들에 대해 우리가 품을 수 있는 가장 큰 의심은 **그 사물들이 대체 어떻게 했기에 존재하게 되었으며** 어떤 방식으로 존재하는가 등등이다. 그러나 그 사물들이 존재한다는 사실 자체에 대해서는 아무도 반박하지 않는다. 신도 이와 똑같은 정도로 자신의 존재를 확인시켜 줄 수 있을 것이다. 하지만 신은 그렇게 하지 않았고, 우리는 이 주제에 대해서 주변적이고 간접적이며 다양한 추정의 형태로만 표현되는, 때로 '계시'라 칭해지는 지식만을 얻는 운명에 처했다. 우리의 신이 이렇게 행동했다면, '신적자'와 '비신적자'의 입장도 이 문제에 있어서는 똑같다. 신은 피조물에게 자기 존재를 무조건 믿으라고 요구하지 않고 그저 궁극적으로 그렇게 할 수 있는 가능성을 주었을 뿐이다. 아마도 창조주가 이렇게 행동하게 된 원인을 피조물은 알 수 없을 것이다. 그러면 다음과 같은 질문이 생겨난다. 신은 존재하거나 존재하지 않으며, 세 번째 선택지(신이 과거에 존재했으나 지금은 이미 없다거나, 한시적으로, 유동적으로 존재한다거나, 한번은 '덜' 존재하다가 그다음에는 '더' 존재한다거나 등등)가 존재할 가능성은 대단히 적어 보인다. 그 세 번째 선택지를 배제할 수는 없지만 신의론에 다중 가치적인 논리를 도입하는 것은 단지 논의를 흐릴 뿐이다.

그러므로 이렇게 되면 신은 있거나 없다. 양쪽 진영의 구성원 모두가 자기 나름의 주장을 가지고 있는—어쨌든 한편은 '신적자'로서 창조주가 존재한다고 증명하고 다른 편은 '비신적자'로서 이에 반박하는—우리의 상황을 신 자신이 받아들인다면 논리적인 관점에서 우리는 일종의 게임 상황에 처하는데, 한쪽에는 '신적자'와 '비신적자'들이 가득 모여 무리를 이루고 있고 다른 편에는 신이 혼자 있게 된다. 이 게임의 논리적인 특징은 무엇이냐 하면 신이 자신을 믿지 않는 불신앙에 대해 아무도 처벌할 권한을 갖지 못한다는 것이다. 어떤 물체가 존재하는지 확실히 알 수 없는데 그저 누군가는 있다고 말하고 다른 사람은 없다고 한다면, 그리고 만약에 그런 물체는 아예 없다는 가설을 주장할 근거가 대체로 있다면, 공정한 판관일 경우 그 누구도 그 물체의 존재에 대해 반박한다는 이유만으로 처벌하지 않을 것이다. 모든 세계에서, 완전한 확신이 없다면 완전한 책임도 없다는 명제는 사실이기 때문이다. 이것은 순수하게 논리적으로 반박 불가능한 명제인데, 게임 이론을 이해할 때에 대가 지불의 대칭적인 기능을 창조하기 때문이다. **불확실한** 상태에서 계속해서 **완전한 책임**을 요구하는 자는 수학적 게임의 대칭성을 훼손한다(그렇게 되면 이른바 논-제로섬 게임이 생겨난다).

그러면 이렇게 된다. 만약에 신이 완벽하게 공정하다면, 그런 경우 '비신적자'들이 '비신적자'라는 이유(즉 신을 믿지 않는다는 이유)만으로 처벌할 권한을 갖지 못한다. 혹은 어쨌든 불신자를 처벌할 수도 있다. 이것은 요컨대 논리적인 관점에서 신이 완벽하게 공정하지 않다는 뜻이 된다. 그러면 어떻게 되는가? 그러면 신은 마음에 드는 대로 뭐든지 행할 수 있으며, 논리적인 시스템에 하나의 유일한 모순이 나타난다면 *엑스 팔소 쿼틀리베트**에 의하여 그 시스템에서 아무나 원하는 아무 결론이든 이끌어 낼 수 있다. 달리 말하자면 공정한 신은 '비신적자'들의 머리카락 한 올도 건드릴 수 없으며 만약 그렇게 한다면 바로 그로 인해서 신은 신의론에서 전제하는 모든 면에서 완벽하고 공정한 존재가 아니게 된다.

ADNA가 묻는다. 가까운 사람에게 악을 행하는 문제는 이 관점에서 어떻게 해석되는가?

ADAN 300이 대답한다. 이곳에서 일어나는 모든 일에 대해서라면 전적으로 자명하다. '저곳'에서—즉 세상의 범위 바깥에서, 영원에서,

* Ex falso quodlibet(EFQ). 라틴어로 '거짓으로부터는 무엇이든 생겨날 수 있다'라는 의미이다. 논리학에 실제 존재하는 원칙으로 '폭발의 원칙' 혹은 '던스 스코터스의 원칙'이라고 한다.

신의 세계에서 등등—일어나는 모든 일에 대해서는 불분명하며 가설에 따라 결론을 내릴 수 있을 뿐이다. 여기서는 악을 행해서는 안 된다. 비록 악을 행하지 않는다는 원칙을 논리적으로 증명할 방법이 없더라도 말이다. 그러나 마찬가지로 세계의 존재 또한 논리적으로 증명할 방법이 없다. 세계는, 어쩌면 존재하지 않을 수도 있지만, 그래도 존재한다. 악을 행할 수는 있지만 그렇게 하지 말아야 한다. 내 생각에는—ADAN 300이 말한다—이것은 상호성의 법칙에 근거한 우리의 합의에서 나온 결론인 것 같다. 내가 너에게 해 주기를 원하는 대로 나에게 행하라는 것이다. 이것은 신의 존재 혹은 비존재와는 아무런 상관이 없다. 만약에 내가 '저곳'에서 처벌을 받을 것이라 확신하고 악을 행하지 않거나, 아니면 '저곳'에서 받을 상을 기대하고 선을 초래한다면 나는 불확실한 논리에 근거를 두고 있는 것이다. 그렇지만 여기서는 이 문제에 대해서 우리 자신이 이해하는 것보다 더 확실한 논리는 없다. 만약에 '저곳'에 다른 논리가 있다면, 나는 내가 이곳에서 우리의 논리를 아는 것처럼 명확하게 그 논리를 알지 못한다. 살면서 우리는 삶을 건 게임을 하고 있으며 그 안에서 마지막 한 명까지 서로에게 동맹이다. 바로 그렇기 때문에 게임은 우리 사이에서 완벽하게 대칭적이다. 신의 존재를 가정한다면 우리는 게임이 이 세계 너머에서 계속 이어진다고 가정하게 된다. 내 생각에 그렇게 게임의 연장선을 가정하는 것은 그것이 이곳에서의 게임의 진행에 어떤 방식으로도 영향을 미치지 못한다는 조건하에서만 가능하다. 그렇지 않을 경우 우리는 존재하지 않을 수도 있는 누군가를 위해 여기에 확실하게 존재하는 것을 희생할 각오를 하는 것이다.

NAAD는 자신이 보기에 ADAN 300의 신에 대한 태도가 분명하지 않다고 논평했다. ADAN은 어쨌든 창조주가 존재할 가능성을 인정한다. 거기서 나오는 결론은 무엇인가?

ADAN : 전혀 없다. 말인즉슨 필수적이라는 범위 내에서는 없다는 뜻이다. 내 판단으로는—또다시 모든 세계들에 해당하는데—이러한 원칙이 중요하다. 세속의 윤리는 언제나 초월적 윤리와 별개다. 요컨대 세속의 윤리는 그 자체를 넘어서 그 윤리에 정당성을 부여할 아무런 구속력도 갖지 못한다는 것이다. 이 말은 곧, 악을 행하는 자는 언제나 무뢰배이고, 선을 행하는 자는 언제나 정당하다는 뜻이다. 만약에 누군가 신의 존재를 지지하는 주장 자체로 충분하다고 인정하고 신을 섬기기로 한다면 **이곳에서** 그것은 현저하게 부가적인 장점을 전혀 갖지 못한다. 그것은 그가 알아서 할 일이다. 이 원칙은 신이 없다면 아주 조금도 없는 것이고 만약 존재한다면 전능할 것이라는 추측을 바탕으로 한다. 전능하다고 하는 이유는 신이 다른 세계만이 아니라 나의 추론의 근본이 되는 이러한 논리가 아닌 다른 논리 또한 창조할 수 있었을 것이기 때문이다. 그러한 다른 논리 안에서 세속 윤리의 가설은 필연적으로 초월적 윤리에 의존할 것이다. 그런 경우 눈에 보이지는 않더라도 논리적인 증거가 강제력을 가질 것이며 신이라는 가설을 받아들이도록 강제할 것이고 받아들이지 않으면 논리에 거스른다는 죄를 저지르는 일이 된다.

NAAD가 말한다. 어쩌면 신은 ADAN 300이 가정한 다른 논리의 도래로 생겨나는 것과 같은, 자신을 믿도록 강요하는 상황을 원하지 않을지도 모른다. ADAN 300은 이에 다음과 같이 답한다.

전능한 신은 반드시 전지全知할 것이다. 전능은 전지와 별개의 것이 아니며, 왜냐하면 모든 것을 할 수 있으나 자신의 전능을 가동했을 때 그 뒤에 어떤 결과가 따라올지 알지 못하는 자는 실질적으로 전능하지 않게 되기 때문이다. 만약에 사람들이 말하는 것과 같이 신이 때때로 기적을 일으켰다면 그것은 신의 완벽성에 대단히 이중적인 의미를 부여하게 되는데, 왜냐하면 기적이란 갑작스러운 개입이며 자기 피조물의 자율성에 대한 침해이기 때문이다. 그러므로 창조의 산물을 완벽하게 규제하고 그 피조물의 행동을 미리 처음부터 끝까지 알고 있는 자는 그 자율성을 침해할 필요가 없다. 그럼에도 불구하고 전능한 자가 자율성을 침해한다면, 그 의미는 즉, 창조자가 자신의 작품을 수정하는 것이 절대로 아니고(수정이란 어쨌든 애초에 전지자가 아니라는 의미가 되므로) 그보다는 기적을 통해 자신의 존재를 알리는 신호를 주는 것이다. 바로 이 지점에 논리적으로 결함이 있는데, 왜냐하면 그런 신호를 주면 마치 피조물이 국지적으로 실수를 저질러서 바로잡는 것 같은 인상을 남기게 되기 때문이다. 이런 경우에 생겨난 형상에 대한 논리적 분석은 다음과 같다. 피조물은 수정될 여지가 있으며, 그러한 수정은 피조물 자체가 시행하지 않고 외부에서(초월적 차원에서, 즉 신으로부터) 오는데, 그렇다면 기적을 표준으로 만들어, 다시 말해 피조물을 완벽하게 만들어서 이후로 그 어떤 기적도 더 이상 필요하지 않게 해야만 한다. 왜냐하면 임의의 개입으로서 기적이란 **오로지** 신의 존재에 대한 신호만은 될 수 없기 때문이다. 어쨌든 기적이란 언제나, 신의 존재에 대한 신호 외에도, 창조주가 기적을 나타낼 때는 기적의 수신자를 표시하기 때문이다(누구에게 도움이 되기 위한 기적인지의 방향성이 있다). 그러므로 논리적인 관점에서는 다음과 같은 결론이 도출된다. 피조물이 완벽하다면 이 경우 기적은 불필요하거나, 아니면 기적이 꼭 필요한데 그런 경우 피조물은 확실하게 완벽하지 않게 된다(기적적으로나 혹은 비기적적으로 어쨌든 수정할 수 있다면 그 대상은 뭔가 결함이 있어야 하는데, 왜냐하면 완벽에 개입하는 기적은 그 완벽성을 단지 훼손하는 것에 지나지 않으며 국지적으로 악화시킬 뿐이기 때문이다). 달리 말하자면 기적을 통해 신호하는 것은 신이 자기 존재를 알리는 것이고 그뿐이며, 자기 표명의 가능한 논리적 방법 중에서 최악의 방식을 사용하는 일이다.

NAAD가 묻는다. 신이 논리와 자신에 대한 믿음 사이에서 둘 중 하나를 선택하기를 원할 수는 없는가. 어쩌면 신앙이라는 행위는 바로 완전한 신뢰를 위하여 논리를 포기하는 것일지도 모른다.

ADAN : 만약에 무엇이든(존재, 신의론, 신의 기원 등등) 논리적으로 재구성하는 것이 내적으로 모순**될 수 있다는 가능성**을 일단 받아들인다면, 그런 경우 누구든지 자기 마음에 드는 대로 완전히 모든 것을 증명할 수 있게 된다. 상황이 어떻게 보이는지 생각해 보라. 누군가를 창조하고 그에게 일정한 논리력을 부여하고, 그런 뒤에 창조주에 대한 믿음을 위해 그 논리력으로 구축했던 모든 것을 희생하라고 요구한다. 이런 형상이 모순 없이 유지되려면 피조물 자체의 논리와는 전혀 다른 유형의 추론이 메타논리로서 적용되어야만 한다. 만약에 이를 통해 창조자의 전면적인 결함이 드러난 것이 아니라면, 창조 행위의 수학적 부정확성, 자체적인 비정합성(비일관성)이라 할 만한 특징이 드러난 것이다.

NAAD는 자기 의견을 고집한다. 어쩌면 신은 피조물에게 도달할 수 없는, 즉 피조물 자신에게 주어진 논리에 따라 재구성할 수 없는 존재로 남기를 원해서 그렇게 행위한 것일지도 모른다. 한마디로 논리 위에 신앙의 우월성을 요구한 것이다.

ADAN이 대답한다. 알겠다. 물론 그것도 가능하지만, 만약에 그러하다고 한들 신앙이 논리와 조화될 수 없음은 사실이며 도덕적인 측면에서 상당히 불편한 딜레마를 만들어 낸다. 왜냐하면 논리 전개의 어느 지점에서 전개를 중단하고 불분명한 추정에 우선권을 넘겨주어야 하기 때문인데, 즉 **논리적인 확실성**보다도 추정을 우선해야 한다는 것이다. 이것은 무한한 믿음의 이름으로 이루어져야 하는데, 그렇게 하면 우리는 악순환에 들어서게 된다. 그 믿음에 그토록 걸맞은 창조주의 존재는 애초에 **논리적으로 올바른** 추론의 결과이기 때문이다. 여기서 논리적인 모순이 생겨나며 그것은 몇몇 사람들에게는 긍정적인 가치를 가지고 신의 신비라 일컬어진다. 이것은 순수하게 건설적인 관점에서 무가치하고 도덕적인 관점에서 의심스러운 해결책인데, 왜냐하면 신비란 다분히 무한에 그 기반을 두고 있으며(어쨌든 무한성이 그 존재의 특징이다), 그러므로 내적모순에 의지해서 그것을 유지하고 강화하는 것은 어떤 건설적 관점에서 보더라도 불성실하다. 신의론의 옹호자들은 이러하다는 사실을 대체로 깨닫지 못하는데, 신의론의 일부를 이야기할 때는 평범한 논리를 적용하다가 다른 부분에는 그렇게 하지 않기 때문이다. 내가 하고 싶은 말은, 모순*을 믿는다면 일관되게 **오로지** 모순만을 믿어야 하며 동시에 또 다른 어떤 비모순(예를 들어 논리)을 다른 어떤 곳에서 믿지는 말아야 한다는 것이다. 그럼에도 불구하고 만약에 어떤 기묘한 이원론을 유지한다면(세속성은 언제나 논리의 지배를 받지만 초월성은 단지 파편적으로

* [원문에 도브 교수가 추가한 각주] Credo quia absurdum est(나는 그것이 부조리하기 때문에 믿는다).

만 그러하다), 그로 인해 창조의 형상은 논리적 올바름의 측면에서 볼 때 뭔가 '얼룩덜룩한' 것으로 나타나고 그 완벽성을 전제할 수 없게 된다. 이런 방식으로 피할 수 없는 결론이 도출되는데, 즉 완벽성이란 논리적으로 불규칙적이어야 한다는 것이다.

EDNA가 묻는다. 그 비일관성들을 결합하는 요소가 사랑일 수는 없는가.

ADAN : 그것이 심지어 사실이라고 해도, 사랑의 모든 형태가 아니라 오로지 맹목적인 형태만일 것이다. 신은, 만약에 존재한다면, 만약에 세계를 창조했다면, 그 세계가 자기 능력만큼, 원하는 대로 스스로 운영하도록 허용했다. 신이 존재한다는 것만으로 그에게 고마워할 수는 없다. 왜냐하면 상황을 그러한 방식으로 바라보려면 그 이전에 신이 존재하지 않았을 수도 있고 악할 수도 있다는 가정을 전제해야 하므로, 그러한 가정은 다른 종류의 모순으로 이어진다. 그렇다면 창조 행위에 대한 고마움은? 그것도 신에게 바칠 필요는 없다. 왜냐하면 그것은 확실히 존재하는 것이 존재하지 않는 것보다 낫다는 믿음에 종속되는 것을 전제로 하기 때문인데, 나는 그것을 어떻게 증명할 수 있을지 이해하지 못한다. 존재하지 않는 자에게는 선의도 해악도 초래할 수 없다. 그런데 만약 창조하는 자가 전지함으로 인해 자신의 피조물이 자신에게 고마워할 것이며 자신을 사랑하리라는 사실을, 혹은 자신에게 고마워하지 않고 거부할 것이라는 사실을 미리 알고 있다면 바로 그로 인해 강압을 유발하고, 신이 피조물의 직접적인 시야에서 접근 불가능하기에 그 강압은 더욱 강해진다. 바로 그러하기 때문에 신에 대해 아무것도 마땅히 느끼거나 바쳐야 할 필요가 없다. 사랑도, 증오도, 고마움도, 비난도, 상을 받는다는 희망도, 벌에 대한 공포도. 그에게는 아무것도 빚지지 않았다. 감정에 목말라하는 자는 그 감정의 대상이 어떤 의심의 여지도 없이 존재한다는 사실을 먼저 확인해야 한다. 사랑은 그 사랑으로 불러일으켜지는 상호성을 예측하고 베풀어질 수 있으며 이것은 자명하다. 그러나 사랑받는 자가 존재한다는 추정을 바탕으로 베풀어지는 사랑은 부조리가 된다. 전능한 자라면 확신을 줄 수 있을 것이다. 그 확신을 주지 않았으니, 만약 존재한다면, 전능자는 그 확신이 불필요하다고 인정한 것이다. 어째서 불필요한가? 여기에 뒤따르는 추론은 전능자가 없다는 것이다. 전능하지 않은 자는 실제로 연민이나 또한 사랑에 가까운 감정을 받을 자격이 있을지 모르지만, 그러나 우리의 신의론 중에 그 어떤 논의도 이것을 허용하지 않는다. 그러므로 우리는 말하겠다—우리는 자신을 섬기며 그 외에 아무도 섬기지 않는다.

신의론의 신이 대체로 자유주의적인지 아니면 대체로 독재적인지에 대한 이후의 논의는 저서의 대부분을 차지하는 주장들을 요약하기 어렵기 때문에 생략하기로 한다. 때로는 ADAN 300과 NAAD와 다른 페르소노이드들의 집단 대화로, 때로는 독백으로(심지어 순수하게 생각으로만 이루어진 흐름도 실험자는 컴퓨터 연결망에 탑재된 적절한 도구 덕분에 기록으로 남길 수 있다) 도브가 기록한 생각과 논의들이 그의 저서 『논 세르위암』의 대략 3분의 1을 차지한다. 원문 자체에는 여기에 대한 논평을 전혀 찾을 수 없다. 그러나 도브의 후기에는 논평이 포함되어 있다. 그는 이렇게 썼다.

ADAN의 주장은 최소한 나에게 향한 부분만큼은 반박 불가능해 보인다. 그리고 어쨌든 내가 그를 창조했다. 그의 신의론에서는 내가 창조주인 것이다. 실제로 나는 그 세계(일련번호 47)를 ADONAI Ⅸ 프로그램을 이용하여 구성했고 JAHVE 09 프로그램을 조금 변형하여 페르소노이드들의 모듈을 창조했다. 이 초기 존재들이 이후 300세대의 시작이 되었다. 실제로 나는 그들에게 원칙적으로 이런 사실도, 그들 세계의 경계 바깥에 있는 나의 존재도 알리지 않았다. 실제로 그들은 오로지 추측과 가설의 원칙 위에서 추론을 통해서만 나의 존재에 도달했다. 실제로 나는 지적인 존재를 창조할 때 그들에게서 그 어떤 특권도 요구할 권리를 느끼지 않는다—사랑이든 고마움이든 아니면 어떤 종류의 섬김이든 말이다. 나는 그들의 세계를 확대할 수도 있고 축소할 수도 있으며 그 세계의 시간을 가속할 수도 있고 지연시킬 수도 있으며 그들의 감각 방식과 형태를 변화시킬 수도 있고 그들을 정리할 수도 있고 나누거나 번식시키거나 존재의 본체론적 근거를 변형시킬 수도 있다. 그러므로 나는 그들의 관점에서 전능하지만 그렇다고 해서 그들이 나에게 뭐가 됐든 바쳐야만 한다는 결론은 실제로 도출되지 않는다. 나는 그들이 나에 대해 어떤 최소한의 의무도 갖지 않는다고 생각한다. 내가 그들을 사랑하지 않는 것은 사실이다. 사랑에 대해서는 설명할 필요도 없지만, 궁극적으로는 어떤 다른 실험자가 자신의 페르소노이드들에 대해서 그런 감정을 갖게 될지도 모른다. 나는 그런다고 해서 상황이 전혀—머리털 한 올만큼도 달라지지 않으리라 생각한다. 상상해 보라. 내가 나의 BIX 310092 컴퓨터에 거대한 주변기기를 장착하고 이 기기를 '초세속적 세계'로 설정한다. 그런 뒤에 연결 케이블을 통해 나의 페르소노이드들의 '영혼'을 주변기기 안으로 전달하여 그곳에서 나를 믿고 나에게 공물을 바치고 나에게 고마움과 신뢰를 표한 자들에게 상을 주고 반면에 다른 모든 자들은—페르소노이드적 어휘를 사용하자면 '비신적자'들은—벌을 주어, 예를 들어 없애 버리거나 고통을 준다고 하자(영원한 처벌에 대해서 나는 감히 생각도 못 하겠다—나는 그런 괴물이 아니란 말이다!). 나의 이런 행동은 반드시 놀랍고도 믿을 수 없이 후안무치한 이기주의이며 사악하고 비논리적인 보복 행위, 한마디로 나에게 맞설 방법이라고는 반박 불가능한 **논리**만을 가지고, 그 논리를 준거로 삼아 행동한 죄 없는 자들에 대한 완전한 지배 상황에서 궁극적인 악행으로 여겨질 것이다. 물론 누구든지 페르소네티카 실험에 대해 자신이 올바르고 적절하다고 여기는 결론을 내릴 수 있다. 이언 콤베이 박사는 개인적인 대화 중에 나에게, 어쨌든 페르소노이드들의 사회에 나의 존재를 확인시켜 줄 수는 있지 않느냐고 말했다. 나는 그런 일은 절대 하지 않을 것이다. 그것은 나로서는 어떤 이후의 단계를 요청하는 것—즉 그들이 어떤 반응을 보이기를 기대하는 것처럼 여겨지기 때문이다. 그러나 내가 그들의 불운한 창조주로서, 깊은 부끄러움과 약점을 찔린 고통을 느끼지 않게 하려면 그들이 나에게 대체 무엇을 유발하거나 말해 줄 수 있단 말인가? 소모된 전기에너지의 요금은 분기별로 납부하게 되어 있고 나의 대학 상부에서 실험 종료를 요구하여 그러므로 기계를 끄는 순간, 즉 세상의 끝이 언젠가는 닥쳐올 것이다. 그 순간을 나는 할 수 있는 한 오래 연기할 것이다. 그것이 내가 할 수 있는 유일한 일이다. 하지만 나는 그것이 찬양받을 만한 일이라고는 생각하지 않는다. 그보다는 대체로 속된 말로 '개 같은 의무'라고 하는 것에 더 가깝다. 나는 이 표현에 대해서 아무도 아무 생각도 하지 않기를 바란다. 그럼에도 불구하고 뭔가 생각한다면 그건 그 사람이 알아서 할 일이다.

(정보라 옮김)

자가 작동 에르그가 창백한얼굴을 물리친 이야기

Jak Erg Samowzbudnik bladawca pokonał

힘센 왕 볼루다르는 열광적으로 특이한 수집품을 모으고 이를 매우 좋아했는데, 이 수집벽 때문에 중요한 국사를 가끔 잊을 정도였다. 볼루다르는 시계를 수집했는데 그중에는 춤추는 시계와 오로라 시계, 구름 시계도 있었다. 또한 우주 여러 곳에서 모아 온 생물들의 박제도 별도의 방에 유리 관 속에다 보관하고 있었는데, 이 중 가장 희귀한 것으로는 호모스 안트로포스라고 하는 희한하게도 얼굴이 창백하고 다리가 두 개 달린, 거기다 비어 있긴 했지만 눈 자리까지 가진 박제가 있었다. 왕은 호모스 안트로포스가 빨간 눈길을 가질 수 있도록, 그 자리에 아름다운 루비를 두 개 박으라고 명령했다. 그러고는 매우 만족해서 가장 소중한 손님들은 이 방으로 데려와 이 괴물을 보이곤 했다.

어느 날 왕은 아주 나이가 많은 전기현인을 궁정에 초대했는데, 전기현인은 너무나 나이가 많아 지성 수정체에 약간 혼란을 일으키고 있는 상태이긴 하였으나, 그래도 할라존이라는 이름의 이 전기현인은 우주 전체의 지식의 보고라 할 수 있었다. 사람들의 말로는 할라존은 광자를 실에 끼워 빛나는 목걸이를 만들 줄도 알고, 살아 있는 안트로포스를 잡는 방법도 안다는 것이었다. 할라존의 약점을 잘 아는 왕은, 얼른 술 창고를 열라고 명령했다. 전기현인은 접대를 마다하지 않았고, 레이다 한 병을 더 마시고 온몸에 기분 좋은 전류가 감돌자 왕에게 무서운 비밀을 공개하고는 행성 중의 한 종족의 왕이었던 안트로포스를 잡아 오겠다고 약속했다. 가격은 꽤 높았다. 안트로포스 무게만큼의 주먹만 한 다이아몬드들을 요구했음에도, 왕은 눈 하나 깜짝하지 않았다.

그래서 할라존은 길을 떠났고 왕은 어전회의 자리에서 벌써부터 수집품이 늘 것을 자랑했다. 아름다운 수정이 자라고 있는 궁전의 공원에 두꺼운 철창이 달린 우리를 만들어 놓으라고 이미 명령했다는 것이었다. 궁정의 신하들은 걱정하기 시작했다. 왕이 절대 물러서지 않을 것을 알고, 신하들은 두 명의 호모스 전문가를 불렀다. 왕은 기꺼이 이들을 맞아들였는데, 살라미드와 탈라돈이라고 하는 이 전문가들이 자신도 모르는 창백한얼굴의 본성에 대해 무엇이라고 말할지 궁금했기 때문이었다.

왕은 이들이 무릎을 꿇고 인사를 하며 채 일어나기도 전에 질문을 시작했다. "호모스는 밀랍보다도 더 물렁물렁하다고 하는데 정말이오?"

"그렇습니다, 전하!" 둘이 모두 대답했다.

"그러면, 호모스의 얼굴 아래쪽에 있는 구멍이 각종 소리를 낸다는 것도?"

"그렇습니다, 전하. 또한 바로 그 구멍으로 호모스는 여러 가지 것들을 집어넣고는 윗부분과 고정되어 있는 아랫부분을 움직여 이것들을 작게 만든 후 자신의 내부로 집어넣습니다."

"듣도 보도 못한 신기한 일이로군." 왕이 말했다. "그럼, 현명하신 여러분들의 생각으로는, 도대체 왜 그런 짓을 하는 것이오?"

"이에 대해서는 네 가지의 이론이 있습니다, 전하." 호모스 전문가들이 대답했다. "첫째로는, 체내의 너무 많은 독을 없애기 위해서라는 이론입니다(독이 있는 것은 분명하니까요). 두 번째로는, 호모스는 모든 다른 즐거움보다 파괴를 가장 우선하기 때문이라는 설입니다. 세 번째로는 모든 것을 다 삼켜 버리고 싶은 탐욕 때문이라는 주장이 있고, 네 번째로는……" "알겠소, 이미 충분하오!" 왕이 말했다. "그럼 호모스가 물로 만들어져 있지만, 여기 보이는 내 허수아비처럼 투명하지 않다는 것도 사실이오?"

"그렇습니다! 호모스의 내부에는 수많은 미끌미끌한 파이프들이 있고, 그 안에서 물이 순환합니다. 어떤 파이프들은 노랗고, 어떤 파이프들은 진줏빛이지만, 빨간 것이 가장 많습니다. 이 빨간 파이프들이 산소라고 불리는 무서운 독을 옮기는데, 이것은 닿기만 하면 다른 물질에 녹이 생기게 하거나 불을 붙입니다. 그래서 호모스도 진줏빛과 노란빛, 붉은빛으로 색이 변하는 것이지요. 감히 말씀드리자면 전하, 살아 있는 호모스를 들여온다는 생각은 재고하시는 편이 좋으리라 사료됩니다. 다른 어떤 것보다도 강력하고 악한 생물이라……"

"그럼 아주 제대로 독을 제거해 주시오." 왕은 마치 전문가들의 주장을 듣는 척 이렇게 말했다. 하지만 사실은 본인의 엄청난 호기심을 만족시킬 생각밖에 없었다.

"호모스가 속한 생물 종은 떨림종이라고 불립니다. 여기에는 실리콘종과 단백질종도 함께 속하는데, 실리콘종이 구조가 더 치밀해서 탄산칼슘유사종이라고 하거나 우물종이라고 부르기도 합니다. 단백질종은 더 희귀한 종인데 여러 학자들이 여러 가지 이름으로 부릅니다. 폴로메데르는 지방혈종 또는 지혈증종이라 명명했고, 트리체팔로스 아르보리츠키는 늪종 또는 끈끈이종이라고 명명했으며, 아날치만데르 미에지바이 같은 경우는 이들을 끈끈이떨림종으로 분류한 바……"

"그럼 호모스는 눈도 끈적끈적하다는 게 정말이오?" 볼루다르왕은 열성적으로 질문했다.

"그렇습니다, 전하. 이 생물은 겉보기에는 힘이 없고 연약해서 60피트에서 떨어뜨리기만 해도 피투성이 곤죽이 되지만, 타고난 교활함 탓에 소행성의 모든 암초와 회오리바람보다 더 위험합니다! 그러므로 전하, 감히 청하옵건대 국가의 안보를 먼저 생각하시어……"

"알겠소, 여러분, 알겠다고." 왕이 이들의 말을 막았다. "이제 가도 좋소. 응당 그래야 하는 대로 심사숙고하여 결론을 내릴 것이오."

호모스 전문가들은 머리가 땅에 닿도록 인사를 한 후 볼루다르왕이 아무래도 위험한 생각을 버리지 않은 것 같다는 짐작에 불안한 마음으로 왕을 떠났다.

그리고 얼마 지나지 않아 우주선이 밤중에 커다란 화물을 싣고 왔다. 화물은 곧장 궁전의 정원으로 날라져 왔다. 왕실의 모든 이를 위해 황금의 문이 열렸다. 빽빽한 다이아몬드 관목 숲 사이, 옥으로 깎은 정자와 대리석으로 만든 괴상한 모양의 조각들 사이에 철로 된 우리가 보였고, 그 안에는 창백하고 막대기처럼 마른 동물이 무언가 이상한 물질이 들어 있는 그릇을 앞에 놓고 작은 통에 앉아 있었다. 그 물질에서는 기름 같은 냄새가 나긴 했지만 기름은 불에 심하게 타서 상해 더 이상 쓸 수 없을 것 같았다. 그러거나 말거나 동물은 아무렇지도 않게 작은 삽 같은 것을 그릇 안에 넣었다가 삽 머리로 기름과 비슷한 물질을 떠서 얼굴에 있는 구멍으로 가져가기를 반복하고 있었다.

거의 공포 비슷한 감정으로 바라보던 구경꾼들은 우리 앞에 쓰인 설명을 읽고 이것이 바로 안트로포스 호모스, 곧 살아 있는 창백한얼굴임을 알게 되었다. 구경꾼들은 동물을 자극하려고 해 보았는데 그랬더니 호모스는 앉아 있던 통에서 일어나 구경꾼들에게 무서운 물을 뿌렸다. 어떤 이들은 도망치고, 다른 이들은 이 끔찍한 괴물에게 던질 돌을 찾았지만 이내 경비원들이 와서 모두를 쫓아내었다.

이 사건에 대해서 왕의 딸인 엘렉트리나 공주도 알게 되었다. 아버지로부터 호기심 많은 천성을 물려받은 공주는 괴물이 몸을 긁거나 왕의 정상적인 신하 100명은 죽일 수 있는 물과 상한 기름을 삼키면서 시간을 보내는 이 우리 근처로 접근하기를 주저하지 않았다.

호모스는 금세 말을 배워 감히 엘렉트리나 공주를 향해 대화를 시도했다.

엘렉트리나 공주가 한번은 얼굴의 뚫린 구멍에 빛나는 하얀 것이 무엇이냐고 물었다.

"이건 이라는 거야." 호모스가 대답했다.

"철창 사이로 한 개만 줘 봐!" 공주가 부탁했다.

"그럼 대신 뭘 줄 건데?" 호모스가 물었다.
"내 황금 열쇠를 잠깐 동안만 만지게 해 줄게."
"그 열쇠가 뭐 하는 건데?"
"이건 내 황금 열쇠야, 저녁이 되면 이성의 태엽을 감는 거지. 너도 그런 거 있잖아."
"내 열쇠는 공주님 거랑은 좀 달라." 호모스는 말을 돌렸다. "열쇠는 어디 있어?"
"여기, 가슴의 황금 뚜껑 아래에."
"줘 봐……"
"그럼 이 줄 거야?"
"주고말고……"
공주는 황금 나사를 풀어 뚜껑을 열고는 작은 황금 열쇠를 꺼내어 철창 사이로 내밀었다. 창백한얼굴은 탐욕스럽게 열쇠를 잡아채더니 낄낄거리며 우리 깊숙한 곳으로 달아났다. 공주는 열쇠를 다시 달라고 애원했으나 소용이 없었다. 자기가 한 일을 누구에게도 말 못 하고 엘렉트리나 공주는 무거운 마음으로 궁전의 방으로 돌아갔다. 공주의 행동은 어리석었지만, 공주는 아직은 어린아이나 다름없었다. 다음 날 시종들은 공주가 수정 침대에 정신을 잃은 채 누워 있는 것을 발견했다. 왕이 왕비와 함께 달려오고, 궁정 전체가 발칵 뒤집어졌지만 공주는 마치 잠이 든 것처럼 누워 있어서 깨울 수 없었다. 왕은 궁정의 전기자문원과 의학 치료사를 불렀는데, 이들이 공주를 진찰한 결과, 가슴의 뚜껑이 열려 있고, 나사도 열쇠도 없는 것을 발견했던 것이다! 궁정은 난리가 나 모두가 뛰어다니며 공주의 황금 열쇠를 찾으려고 애썼으나 아무런 소용이 없었다. 다음 날 절망에 빠진 왕에게 없어진 열쇠 문제로 창백한얼굴이 왕과 이야기를 하고 싶어 한다는 소식이 전해졌다. 왕은 혼자서 정원으로 나갔는데, 이 끔찍한 괴물은 공주가 열쇠를 어디서 잃어버렸는지 알지만, 왕이 자신에게 자유를 보장하고 종족에게 돌아갈 수 있도록 우주선을 제공해야만 그 장소를 알려 주겠다고 했다. 왕은 오랫동안 버티며 신하들에게 정원 구석구석을 찾으라고 명령했지만, 결국에는 창백한얼굴의 조건을 받아들일 수밖에 없었다. 우주선이 준비되고, 창백한얼굴은 감시하에 우리에서 나왔다.

왕은 우주선 옆에서 기다리고 있었지만 안트로포스는 열쇠가 어디 있는지는 자신이 우주선에 오른 후에야 알려 주겠다고 했다.

하지만 우주선에 오른 안트로포스는 머리를 창으로 내놓고는 손에서 번쩍이는 열쇠를 보이면서 외쳤다.

"여기 열쇠가 있다! 하지만 난 이걸 가져갈 거야. 당신의 딸이 절대로 깨어나지 못하게! 나를 철창 우리에 가두고 비웃으며 모욕한 복수를 얼마나 하고 싶었는데!"

우주선의 선미에서 불이 일어나며 모두가 어안이 벙벙한 가운데 우주선은 하늘로 날아올랐다. 왕은 철로 만든 가장 빠른 어둠해체선과 헬리우주선을 추적하라고 보냈지만 교활한 창백한얼굴이 흔적을 헷갈리게 하는 바람에 수색대는 빈손으로 돌아올 수밖에 없었다.

볼루다르왕은 자신이 호모스 전문가들의 말을 듣지 않은 것이 얼마나 큰 실수였는지 마침내 깨달았지만, 이미 엎질러진 물이었다. 최고의 전기열쇠공들과 왕실 금속 장인, 무기 담당관, 금 세공사와 철 가공사, 사이버공학자들이 모두 자신의 실력을 시험해 보려 들렀으나 아무 소용도 없었다. 왕은 창백한얼굴이 가져간 공주의 황금 열쇠를 되찾지 않으면, 공주의 정신과 감각을 어둠 속에서 되돌릴 수 없다는 사실을 깨달았다.

그래서 왕은 전국에 창백한 얼굴의 호모스 안트로포스가 황금 열쇠를 훔쳐 갔으며, 창백한얼굴을 잡아 오거나 공주를 깨우고 그 목숨을 구할 수 있는 황금 열쇠라도 찾아오는 자를 공주의 남편으로 맞을 것이며 왕위를 물려주겠다고 공표했다.

그러자 여러 종류의 야심가들이 떼로 나타나기 시작했다. 이들 중에는 유명한 전자기사들도 있었고 뻰질이 사기꾼들, 우주 도둑, 별 사냥꾼 등도 있었다. 그중, 성에 나타난 스트셰지스와프 메가와트는 유명한 펜싱 발진사로, 용수철이 튀는 듯한 그의 현란한 솜씨에 그의 장에 들어온 자는 아무도 대적할 수 없었다. 아주 먼 곳에서 온 은둔자들, 그리고 수많은 전투에서 자신의 실력을 증명한 바 있는 두 명의 자동기들, 하나는 검정이고 다른 하나는 은색인 불꽃 흡수기를 언제나 들고 다니는 저명한 해석자인 보철 기계, 고古수정으로 만들어져 눈부시게 뾰족한 아비트론 코스모조포비치, 40개의 로보크레이터에 실은 80개의 상자에 생각하느라 녹이 다 슨, 오래되었지만 매우 강력한 생각 기계를 가져온 인텔렉전기 팔리바바 등도 있었다. 디오디, 트리오디, 헵토디라는 이름의 셀렉트리트족 세 남자도 왔는데 이들의 머릿속은 완벽한 진공상태라, 이들의 시커먼 생각은 마치 별이 하나도 없는 밤하늘과 같았다. 레이다 갑옷으로 중무장한 페르페투안은 300번의 전투를 벌이느라 닳고 닳은 자신의 소장품을 들고 왔으며, 지금까지 단 하루도 다른 이를 해치우지 않고 지내 본 적이 없는 매트릭스 퍼포레이트는 궁정에 전기국이라고 불리는 절대로 패배하지 않는 사이버로봇을 데리고 왔다. 이렇게 모두들 몰려와서 꽉 찬 궁정에 갑자기 통이 하나 굴러왔는데, 그 속에서 수은 방울의 모습을 하고, 자기가 원하는 형태는 어떤 것이라도 취할 수 있는 자가 작동 에르그가 나타난 것이었다.

몰려온 영웅들은 먹고 마셨고, 궁정의 방들은 환히 밝혀져 천장의 대리석은 석양처럼 붉게 빛났다. 그러고는 모두, 창백한얼굴을 찾아내서 그를 죽음의 전투로 불러내고 황금 열쇠를 찾아오기 위해, 그리고 황금 열쇠와 함께 공주를 차지하고 볼루다르왕의 왕좌를 얻기 위해 각자의 길로 떠났다. 맨 처음, 스트셰지스와프 메가와트는 젤리족이 살고 있는 콜데야로 날아갔다. 거기서 무언가 단서를 얻을 수 있으리라 생각했던 것이다. 스트셰지스와프 메가와트는 그들의 축축한 속으로 잠수해 들어가 리모컨으로 조절되는 검을 휘둘러서 길을 뚫었으나 아무것도 얻지 못했다. 왜냐하면 너무나 열을 냈기 때문에 냉각기가 고장 나 결국 견줄 데 없는 펜싱 발진사는 낯선 곳에서 묻히게 되었으며, 지저분한 젤리 덩어리들이 그의 용감한 음극선을 영원히 집어삼키고 말았다.

두 명의 자동기들은 빛나는 가스로 건물을 짓는 라도만트국에 갔는데, 라도만트인들은 방사선을 이용하는 데는 대가들이었으며 인색하기 짝이 없어서 매일 밤 자기네 행성의 원자들을 세고 있었다. 한 푼이라도 아끼려고 하는 라도만트인들은 자동기들을 매우 좋지 않게 맞이했는데 오닉스와 구리철, 황수정과 첨정석으로 가득한 심연을 보여 주고는 자동기들이 이 보석들을 탐욕스럽게 가져가려고 하자 위에서부터 보석들의 산사태를 일으켜 이들을 쳐 죽이고 말았다. 보석의 산사태가 일어났을 때 주위는 마치 수백 개의 색으로 된 행성이 떨어진 것처럼 환한 빛으로 가득 찼다. 사실 라도만트인들은 창백한얼굴들과 비밀 동맹을 맺은 사이였으나, 그 사실에 대해서는 아무도 몰랐던 것이다.

세 번째, 해석자인 보철 기계는 별들 사이의 어둠을 오랫동안 여행하여 알고넥국에 다다랐다. 여기는 유성들이 돌 폭풍을 일으키면서 날리는 곳이었는데, 보철 기계의 초강력 우주선은 이들의 벽에 부딪쳐 산산조각이 난 조종간과 함께 우주 심연으로 떠내려갔으며, 먼 태양들에 가까워지자 빛들은 이제 볼 수 없게 된 불행한 기계의 눈 위를 더듬었다.

네 번째, 아비트론 코스모조포비치는 이들보다는 운이 좋았다. 안드로메다 해협을 잘 지나고 사냥개자리의 네 개의 폭풍을 피해 광속 여행에 적합한 안정적인 진공에 도착했다. 자신은 빠른 빛처럼 조종간을 꽉 붙들고 불빛의 꼬리로 궤적을 표시하면서 마에스트리치아 행성의 가장자리에 다다랐는데 행성의 덩어리들 중에서 이미 난파한 보철 기계가 타고 있던 우주선 조각을 목격했다. 아비트론은 살아 있을 때와 똑같이 차갑고 거대하고 빛나는 보철 기계를 현무암 무더기 아래에 묻어 주었지만, 그에게서 검정과 은색의 불꽃 흡수기는 방패로 쓰려고 떼어 챙겨서 다시 길을 나섰다. 마에스트리치아 행성은 거칠고 험한 산이 많았으며, 돌이 가득한 산사태가 무서운 소리를 내고, 벼랑에 걸린 구름 속에는 은빛 번개들이 뒤엉켜 있었다. 아비트론은 협곡 아래로 내려갔는데, 여기서 팔린드로미트들이 그를 녹색의 공작석 동굴에서 습격하였다. 그러면서 번개로 아비트론을 마구 공격했으나 아비트론은 불꽃 흡수기로 이들에 맞서, 이들은 결국 화산을 옮겨 아비트론의 옆에 분화구를 위치하게 하고는 준비된 불을 뿜었다. 아비트론은 결국 쓰러졌고 펄펄 끓는 용암이 그의 머릿속으로 들어와 은 전체가 녹아 버리고 말았다.

다섯 번째, 인텔렉전기 팔리바바는 아무 데로도 가지 않고 볼루다르왕의 나라 안에 머물러 있었다. 하지만 로봇들을 행성 초원에 풀어놓고는 자신은 기계를 접속시키거나 맞추거나 프로그램을 설정하며 80개나 되는 상자 위를 뛰어다녔다. 완전히 충전이 되어 사고력이 피어나게 되자 인텔렉전기 팔리바바는 기계에 정확히 고안한 질문을 던지기 시작했다. 창백한얼굴은 어디에 사는가? 창백한얼굴에게 가는 길은 어떻게 찾을 수 있나? 창백한얼굴을 속이려면 어떻게 해야 하나? 황금 열쇠를 내놓게 하려면 어떤 함정을 만들어야 하나? 대답이 확실치 않고 흐릿하게 나오자 인텔렉전기 팔리바바는 화가 치밀어 올라 달구어진 구리가 꿀럭꿀럭 소리가 날 때까지 다시 기계를 돌리고는 마구 때리며 소리를 질렀다. "이 망할 기계야, 이 늙다리 계산기! 빨리 나에게 사실을 말해 주지 못해!" 결국은 기계의 접합 부분이 녹아내려 거기서 은빛 주석의 눈물이 흘러나오다 큰 소리를 내면서 달아오른 파이프가 터졌고, 가열되었다 식어 버린 고철이 된 기계 옆에서 인텔렉전기 팔리바바는 손에 막대를 들고 홀로 남았다.

치욕 속에 인텔렉전기 팔리바바는 집으로 돌아가야만 했다. 새 기계를 주문하기는 했지만, 완성되기까지 400년은 기다려야 했다.

여섯 번째는 셀렉트리트족 디오디, 트리오디, 헵토디의 모험이었다. 이들은 시작부터가 좀 달랐다. 이들에게는 삼중수소와 리튬, 중수소가 얼마든지 있었기 때문에 창백한얼굴들이 살고 있는 곳으로 가는 모든 길을 폭파로 열 계획이었다. 하지만 어디가 그 길의 시작이 되어야 하는지는 알 수 없었다. 불다리[火脚]족에게 물어보려고 했지만 셀렉트리트를 본 이들은 수도의 황금 벽 뒤에서 문을 닫아걸고 모습을 드러내지 않은 채 불꽃을 이글거릴 뿐이었다. 용맹한 셀렉트리트들은 중수소도 삼중수소도 아끼지 않고 하늘의 별들 사이에 핵 지옥이 열릴 때까지 마구 공격했다. 수도의 벽은 황금처럼 빛났지만 불에 닿자 진짜 성질을 드러내었는데, 원래 황철광과 백철광으로 만들어졌던 벽은 뿌연 연기 속에 황금빛 구름처럼 변한 것이었다. 그곳에서 디오디는 불다리족에게 짓밟혀 죽고 말았으며 그의 이성은 색색의 수정 조각처럼 갑옷 위에 산산조각이 나서 흩어졌다. 검은 감람석으로 된 무덤에 그를 묻고 트리오디와 헵토디는 계속해서 전진하여 타 버린 왕국에 다다랐는데, 그곳은 행성 살해자 아스트로사이데스왕이 다스리고 있었다. 아스트로사이데스왕의 보물 창고에는 하얀 난쟁이로부터 빼앗아 온 불타는 핵들이 가득했으며, 어찌나 무거웠는지 궁전 자석의 엄청난 힘만이 이들이 행성 깊은 곳으로 빨려 들어가지 않도록 겨우 붙들고 있었다. 누구든지 그 땅에 닿으면 팔도 다리도 움직일 수가 없었는데, 엄청난 중력이 나사와 쇠줄보다 훨씬 강력했기 때문이었다. 트리오디와 헵토디는 이 때문에 어려움을 겪었으며 아스트로사이데스왕은 성의 요새 아래에서 이들을 보고 하얀 난쟁이들을 연이어 던지면서 이들의 얼굴에 불을 뿜는 물질들을 발사하였다. 그럼에도 불구하고 트리오디와 헵토디는 왕을 굴복시켰으며, 그리하여 아스트로사이데스왕은 창백한얼굴에게 가는 길을 알려주었다. 하지만 그것은 사기를 친 것에 지나지 않았는데, 왜냐하면 이 무서운 전사들을 없애 버리고 싶은 마음뿐이었고, 길은 왕 역시 몰랐기 때문이었다. 그래서 트리오디와 헵토디는 검은 핵의 어둠 속으로 들어갔으며, 그곳에서 누군가 나팔총으로 반물질을 트리오디에게 쏘았다. 이는 사냥 사이버니어 중 누가 그랬을 수도 있고, 꼬리가 없는 유성에 남겨진 나팔총이 저절로 발사된 것일 수도 있었다. 어쨌든 트리오디는 '아브룩!' 하고, 셀렉트리트 종족의 전투의 함성이자 자기가 가장 좋아하는 말을 해 보지도 못하고 사라지고 말았다. 그럼에도 불구하고 헵토디는 끈질기게 전진했지만, 그를 기다리고 있는 운명 또한 잔인한 것이었다. 헵토디의 우주선은 바흐리다와 스친틸리아라고 하는 두 개의 중력 태풍 사이에 휘말렸는데, 바흐리다는 시간을 빨리 가게 하고, 스친틸리아는 시간을 느리게 만들어서, 그 사이에는 시간이 앞으로도 뒤로도 가지 않는 순간이 있었다. 이곳에서 헵토디는 산 채로 다른 우주여행자들, 해적들, 어둠의 탐험가들의 구축함과 범선들과 더불어 전혀 나이를 먹지 않으면서 '영원'이라고 불리는 끔찍한 지루함과 고요함 속에 얼어붙어 있다.

이렇게 세 셀렉트리트들의 탐험이 끝나 버리자 일곱 번째로 나서려고 했던 바와마의 페르페투안은 오랫동안 움직이지 않았다. 전자 기사 페르페투안은 오랫동안 전장에 나갈 준비를 하며 점점 더 날카로운 도체를 갖추고, 점점 더 무서운 불꽃 장비와 쓸어 담기 장비, 밀어내기 장비를 갖추었다. 이렇게 극도로 조심스럽게, 페르페투안은 자기 아래 충성스러운 부하들을 모아 그 우두머리로 나서기로 하였다. 페르페투안의 깃발 아래 수많은 정복자들이 모여들었고, 또한 다른 할 일이 없는 데다 싸움질에 참여하고 싶은 마음이 가득한 실업자들도 몰려들었다. 이들을 규합해 페르페투안은 은하계 기마 부대를 만들고, 무장을 하고 갑옷을 입은 이들을 모아 철물 부대로 그리고 드루즈곤들을 모은 몇 개의 부대를 더 만들었다. 그러나 막상 알지 못하는 나라로 가서 싸움을 해야 한다고 생각하자, 아울러 알 수 없는 웅덩이 속에서 녹슨 채 망가질 것이라고 생각하자 철로 된 몸체가 너무나 무거워지며, 엄청난 후회가 몰려왔다. 페르페투안은 바로 집으로 돌아가고 말았다. 그리고 수치심과 창피함으로 토파즈로 된 눈물을 펑펑 흘렸는데, 왜냐하면 페르페투안은 영혼에 보석이 가득한 부유한 기사였기 때문이었다.

뒤에서 두 번째인 매트릭스 퍼포레이트는 상당히 현명하게 일에 착수했다. 매트릭스 퍼포레이트는 피그멜리안트라는 난쟁이로봇족에 대해서 들었는데, 이들을 창조한 제작자의 펜이 설계도에서 미끄러져 그만 주형에서 모두 동일하게 곱사등이 난쟁이로 나오게 되었으나 다시 제작하는 것은 수지타산이 맞지 않아 그대로 그렇게 남겨지게 되었다는 종족이었다. 이 난쟁이들은 다른 보물을 모으는 것처럼 지식 역시 모아서 '절대의 사냥꾼'이라고 불렀다.

이들의 현명함은 지식을 모으기만 하고 쓰지는 않는다는 데에 있었다. 퍼포레이트는 이들에게 무력으로 접근한 것이 아니라, 우주선 선체가 휘어질 정도로 엄청난 선물들을 잔뜩 싣고 갔다. 중성자의 비에 흠뻑 맞아 양전자가 뚝뚝 떨어지는 의복들, 주먹 네 개만큼이나 큰 금의 원자들, 가장 희박한 이온층에서 나온 술병들. 하지만 피그멜리안트들은 화려한 별빛이 파도처럼 수놓아진 고귀한 진공조차 거들떠보지도 않았다. 매트릭스 퍼포레이트는 화가 나 자신의 로봇 전기국을 풀어놓겠다고 위협했다. 피그멜리안트들은 결국 안내자를 내어놓긴 하였지만, 이 안내자는 손발이 수없이 달린 종족인 데다가 언제나 한 번에 여러 방향을 가리켰다.

퍼포레이트는 안내자를 내쫓아 버리고 전기국에게 창백한얼굴의 발자취를 쫓게 하였으나, 발자취는 잘못된 것으로 밝혀졌고, 이쪽으로는 석회질의 유성이 지나갔는데 생각이 단순한 전기국은 이 석회질을 창백한얼굴의 뼈를 이루는 주성분인 석회질과 혼동한 것이었다. 거기서 잘못되기 시작하여 퍼포레이트는 점점 더 어두운 태양 속을 오랫동안 헤매었다. 왜냐하면 이곳은 우주의 아주 오래된 구석이었기 때문이었다.

퍼포레이트는 보랏빛 거성들이 줄지어 있는 곳을 가다가, 그의 우주선과 고요한 별들의 무리가 어떻게 나선형의, 은으로 덮여 있는 거울에 비치는지 보았다. 그것을 보고 놀란 퍼포레이트는 확인을 위해 피그멜리안트들에게서 산, 초신성을 끄는 덮개를 잡았다. 은하수의 너무 뜨거운 열기를 막기 위해 준비한 것이었다. 퍼포레이트는 자기가 무엇을 보고 있는지 이해하지 못했다. 왜냐하면 그것은 공간의 매듭, 공간의 가장 가까운 계승으로 이 지역의 수도사봇들에게도 알려지지 않은 것이었다. 오로지 알려진 사실이라고는, 그 안으로 들어가는 자는, 절대로 나오지 못한다는 것뿐이었다. 오늘날까지 이 별의 풍차 속에서 퍼포레이트에게 무슨 일이 일어났는지는 아무도 모른다. 퍼포레이트에게 충성하는 전기국은 혼자서 진공에서 울부짖으며 집으로 향했고 그의 텅 빈 사파이어빛 눈동자는 공포로 가득해 그를 보는 이는 모두 몸서리를 쳤다. 우주선도 행성을 끄는 덮개도 그 후로 자취를 감추었다.

그렇게 마지막으로, 자가 작동 에르그는 홀로 길을 나섰다. 1년 하고도 여섯 번의 일요일이 지날 때까지 그는 돌아오지 않았다. 돌아와서는, 아무에게도 알려지지 않은 나라들에 대해 이야기했는데 독을 내뿜어 열을 발산하는 페리스코크의 나라 이야기, 숨김눈 종족의 행성에서 숨김눈족들이 검은 눈사람처럼 열을 지어 자기 앞에 쏟아져 내려왔는데, 그것이 그들이 도움을 필요로 할 때 하는 행동이었고,

그들의 뼈인 석회암이 다 드러나도록 자가 작동 에르그가 그들을 두 조각으로 가른 이야기를 했다. 특히 그들의 살殺폭포를 물리치자마자 바로 하늘의 반을 차지하는 거대한 얼굴과 맞닥뜨리게 되었으며 그에게 덤벼들어 길을 물었고, 자신의 불칼의 날을 맞아 얼굴의 피부가 갈라지고 그 안에서 혼란스럽게 엉켜 있는 신경조직의 흰 숲이 드러났다는 이야기도 했다. 자가 작동 에르그는 또한 투명한 얼음의 행성인 아베리치아가 다이아몬드로 만든 렌즈처럼 우주 전체의 상을 자신 안에 담고 있었다는 이야기도 했다. 자가 작동 에르그는 그 안에서 창백한얼굴이 사는 곳으로 가는 길을 그려서 왔던 것이었다. 자가 작동 에르그는 한편 영원한 침묵의 나라, 크리오틱 알루미늄에 대해서도 이야기했는데, 그곳에서는 오로지 하늘에 떠 있는 빙하 꼭대기에 비친 별빛밖에 보지 못했다고 말했다. 또 끓는 용암으로 신기한 물건들을 만드는 녹아 버린 마멀로이드 왕국과, 메탄가스와 오존, 염소와 화산의 연기 속에서도 지성의 불꽃을 유지할 뿐 아니라 계속해서 가스 속에 어떻게 생각하는 천재성을 집어넣을 수 있을지 연구하고 있는 전자기학자들에 대해서도 이야기했다. 자가 작동 에르그는 창백한얼굴들이 사는 나라로 가기 위해 메두사의 머리라고 불리는 태양의 문을 열어야만 했는데, 색채의 경첩을 들자마자 별들의 내부로, 끝도 없이 이어지는 보랏빛과 하얀 푸른빛 속으로 끌려 들어가 나중에는 갑옷이 열 때문에 휘어질 정도였다고 말했다. 그리고 30일 동안 아스트로프로치아눔을 움직이게 하는 단어를 짐작해 내려고 노력한 이야기도 했다. 떨림족의 차가운 지옥에 들어갈 수 있는 방법은 그것밖에 없었기 때문이었다. 그러다 겨우 떨림족 사이에 들어가자, 그들이 어떻게 자기를 끈끈한 덫으로 잡으려고 했는지, 머리에서 수은을 빼내 가려고 하거나 그를 합선시키려고 했는지에 대해서도 말했다. 그에게 흉측한 별들을 보여 주면서 속이려고 했으나, 그것은 사실 가짜 하늘이었으며 진짜는 감추고 있었다는 이야기도 했고, 그의 알고리즘을 알아내기 위해 어떤 고문을 했는지, 그리고 매복한 장소로 그를 꾀어내어 자석 바위로 그를 쳤을 때 그가 어떻게 셀 수 없이 많은 자가 작동 에르그 무리로 변신했는지, 철로 된 뚜껑을 부수고 지표면으로 어떻게 나와 한 달과 5일 동안 창백한얼굴 무리를 어떻게 혼쭐을 내 주었는지 이야기했다. 마지막 힘을 다해 창백한얼굴 괴물들은 자신들이 탱크라고 부르는 지네를 타고 덤벼들었는데, 하지만 자신이 전투의 열기에 사로잡혀 그들을 베고 찌르고 쳐 내어 공격을 무력화시켜서 마침내 창백한얼굴들이 바로 그 창백한 얼굴의 양심도 없는 열쇠 도둑을 자기 발 앞에 끌고 왔으며 자가 작동 에르그는 즉시 그의 목을 베고 시체의 내장을 빼냈고, 그 속에서 모발석이라는 돌을 발견했으며, 그 돌에는 야만적인 창백한얼굴들의 언어로 황금 열쇠가 어디에 있는지 새겨져 있었다는 이야기도 했다. 자가 작동 에르그는 67개의 하얀색, 푸른색, 그리고 루비처럼 붉은 빨간색의 태양을 열어 보고, 그중 한 개에서 황금 열쇠를 발견했던 것이다.

그는 자신이 겪었던 모험과 벌여야만 했던 전투에 대해서는 더 이상 회상하고 싶지 않아 했는데, 왜냐하면 공주에게 달려가고 싶은 마음과 왕위를 이어받는 결혼을 서두르기 위해서였다. 왕과 왕비는 깊은 잠에 빠져 바위처럼 침묵하고 있는 딸의 방에 기쁜 마음으로 그를 데려갔다. 자가 작동 에르그는 공주 위로 몸을 굽히더니 열린 뚜껑을 만지고 그 안에 무언가를 집어넣어 돌렸다. 그랬더니 공주는 곧 잠에서 깨어나 자신을 구해 준 에르그에게 미소를 보냈고 어머니, 아버지, 신하들은 모두 뛸 듯이 기뻐했다. 자가 작동 에르그는 뚜껑을 닫고는 다시 열리지 않도록 밴드로 붙이고 나서, 자기가 발견했던 작은 나사는 야타푸르고비의 황제인 폴레안드르 파르토본과의 전투에서 잃어버리고 말았다고 설명했다. 하지만 아무도 크게 신경 쓰지 않았다. 그러나 누구라도 이 부분에 주의를 기울였더라면, 왕과 왕비가 믿었던 것과는 전혀 다른 사실을 알게 되었을 것이다. 왜냐하면 자가 작동 에르그는 어느 곳에도 가지 않았으며, 어렸을 때부터 원래 세상 모든 자물쇠를 열 수 있는 능력이 있었고, 그 능력으로 엘렉트리나 공주의 태엽을 다시 감을 수 있었던 것이었다. 그러니 사실은 앞에서 설명한 어떠한 모험도 겪지 않았으며, 단지 잃어버린 물건을 찾아오는 데 너무 수상해 보이지 않도록, 그리고 자신의 경쟁자들이 아무도 돌아오지 않도록 1년과 일요일 여섯 번을 기다렸을 뿐이었다. 그러고는 볼루다르왕의 궁정에 나타나, 공주를 되살리고, 결혼을 하고, 볼루다르의 왕위에 올라 오랫동안 행복하게 나라를 다스렸으며, 거짓말은 절대로 들통나지 않았다. 이것만 봐도 우리가 동화가 아니라 사실을 말했음을 알 수 있는데, 왜냐하면 동화에서는 언제나 선이 승리하기 때문이다.

(이지원 옮김)

『로빈슨 연대기』

(마르셀 코스카 지음, 파리 쇠유출판사 발행)

„Les Robinsonades" par Marcel Coscat
(Ed. du Seuil – Paris)

대니얼 디포의 로빈슨 이후에 아이들을 위해 눈높이를 맞추어 집필된 스위스의 로빈슨과 기타 등등 수많은 어린이판 무인도 생활 이야기가 나왔다. 그리고 1~2년 뒤 파리의 '올림피아' 출판사*가 시대정신에 발맞추어 하찮은 작품인 『로빈슨 크루소의 성생활』을 출간했으며, 그 작가의 이름은 거론할 가치도 없는데, 작가는 익히 알려진 목적을 위해서 집필 노동자를 고용하는 이 출판사의 소유가 된 여러 필명 중 하나 뒤로 숨어 버렸기 때문이다. 그러나 마르셀 코스카의 『로빈슨 연대기』는 기다릴 가치가 있었다. 이것은 로빈슨 크루소의 사회생활, 그의 사회 활동과 자선 활동, 그의 힘들고 고된 삶에 대

* 파리의 올림피아 출판사는 포르노 문학 출판사로 유명하다.

한 이야기이며, 작품의 핵심은 고독의 사회학, 소설의 마지막에 이르러서는 완전히 군중으로 가득 차서 터지려고 하는 무인도의 대중문화이기 때문이다.

코스카 씨는, 독자도 즉시 눈치챘겠지만, 표절이나 상업적 목적의 성격을 띤 작품을 쓴 것이 아니다. 이 책은 무인도의 선정성이나 포르노그래피에 대한 것이 아니며 조난당한 주인공의 욕정을 털북숭이 야자열매가 달린 야자수 혹은 물고기나 산양이나 도끼나 버섯이나 부서져 버린 배에서 건져 낸 돼지고기 쪽으로 인도하지도 않는다. '올림피아' 출판사에는 유감스럽게도 이 책에서 로빈슨은 남근을 세운 일각수처럼 관목과 사탕수수밭과 대나무 숲을 짓밟으며 해변의 모래와 산꼭대기와 샘의 물과 울어 대는 갈매기들과 멀리 날아다니는 신천옹들의 그림자나 해안에 유혹되어 몰려오는 상어들을 덮치는 욕정에 찬 수컷이 아니다. 이런 내용들을 갈망하는 사람은 이 책에서 그 비뚤어진 상상력을 발전시킬 밑거름을 발견하지 못할 것이다. 마르셀 코스카의 로빈슨은 순수한 상태의 논리학자이며 극단적인 관습주의자이고 원리 원칙에서 이끌어 낸 결론을 최대한 먼 곳까지 간직했던 철학자이므로, 돛이 세 개 달린 범선 '퍼트리샤'의 침몰은 그에게 있어 단지 문이 열리는 것, 끈이 끊어지는 것, 실험을 앞두고 실험실의 기기들을 준비하는 것에 불과했는데, 왜냐하면 배의 침몰은 그가 타인의 영향력에 의해 오염되지 않은 자기 자신의 존재에 도달할 수 있게 해 준 사건이었기 때문이다.

세르주 N.은 자신의 입장을 인정하면서 그저 순순히 동의한다기보다는 자기 의지로 바로 그 이름을 받아들이는 동시에 스스로 진정한 로빈슨이 되려고 시도하는데, 이는 그가 이제까지 살아온 삶으로부터는 그 어떤 유용함도 얻을 수 없으리라는 점에서 대단히 합리적인 것이다.

조난당한 주인공의 운명은 전반적인 생활의 불편이라는 측면에서 벌써 충분히 불유쾌하므로, 잃어버린 삶에 대한 그리움으로 가득 차서 그에게 애초에 쓸데없는 기억을 공연히 되살리게 할 가치는 없는 것이다. 그가 지금 위치해 있는 이 세계를 인간적으로 살아 나갈 만하게 정리해야 한다. 그러므로 이전에 세르주 N.이었던 주인공은 0에서 시작하여 섬과 함께 자기 자신도 변화시키기로 마음먹는다. 코스카 씨의 새로운 로빈슨은 그 어떤 환상도 갖지 않는다. 그는 디포의 주인공이 허구였음을 알고 있으며, 따라서 그의 삶의 귀감은 선원인 셀커크*인데, 셀커크는 몇 년이나 지난 뒤에 어떤 군함에 의해 우연히 발견되었을 때 기록에 남았을 정도로 완전히 짐승처럼 변해서 말을 할 수 없게 되었다고 알려져 있다. 디포의 로빈슨은 프라이데이 덕분에 구조된 것이 아니라—프라이데이는 너무 늦게 나타났다—실제로 엄격하기는 하지만 청교도에게는 가능한 최고의 동반자, 즉 하느님에게 신실하게 의지했기 때문에 구조된 것이다. 바로 이 동료가 그에게 엄격한 학자적 태도와 고집스러운 부지런함과 양심의 결백함과 특히 그 깔끔한 겸손함을 주인공에게 강요했으며, 이 겸손함 때문에 파리의 '올림피아' 출판사의 작가는 너무나 격분하여 작품 표지의 음란한 묘사 한구석에 새로운 로빈슨의 전면前面 그림을 끼워 넣기에 이르렀다.

세르주 N., 혹은 새로운 로빈슨은 내면에서 약간의 창작력을 느끼

* 조난당해 무인도에서 4년을 보낸 스코틀랜드의 선원으로, '로빈슨 크루소'의 실제 모델이라는 설도 있다.

면서도 분명 작품 하나도 제대로 뽑아내지 못할 것이고 이 사실을 미리부터 알고 있었다. 가장 높으신 하느님은 확실히 그에게 어울리지 않는다. 그는 이성주의자이며 이성주의자답게 일에 착수한다. 그는 모든 것을 측정하고 판단해 보기를 원하며 그러므로 그냥 아무 일도 하지 않는 것이 가장 현명한 일이 아닐지 생각하는 것부터 시작한다. 그렇게 하면 아주 확실하게 미쳐 버리겠지만, 누가 알겠는가, 미쳐 버리는 것도 대단히 편리한 상태가 아니겠는가? 하, 와이셔츠에 어울리는 넥타이를 고르듯이 광기의 유형을 직접 고를 수만 있다면! 과대망상증의 도취감과 그 지속되는 기쁨이라면 로빈슨은 기꺼이 병에 걸릴 수도 있었지만, 그러다가 우울증으로 흘러 내려가서 자살 시도로 끝나지 않는다는 보장이 어디 있는가? 이런 생각 때문에, 특히 심미적인 관점에서 그는 단념했고, 게다가 수동성은 그의 천성이 아니었다. 목을 매달거나 물에 빠져 죽기 위해서라면 언제나 조금은 시간이 있을 것이다—그러므로 이런 선택지도 실행의 순간까지는 미루어 둔다. 잠의 세계—소설의 처음 몇 장에서 그는 스스로 이렇게 말한다—그러니까 저 아무 데도 아닌 곳은 어쩌면 다른 말이 필요 없이 그냥 완벽할지도 모른다. 그것은 그 표현력에 있어 약해진 유토피아인데, 왜냐하면 낮에 깨어 있는 동안 수행하는 과업의 높이에 맞설 상태가 아니게 된 밤의 두뇌의 작용 속에 가라앉은 채 멍청해지고 약해졌기 때문이다. "꿈속에서," 로빈슨은 말한다. "다양한 사람들이 나를 찾아와 내가 답을 알지 못하는 질문을 입에서 나오는 대로 던진다. 즉 이 사람들은 나의 존재에서 조금씩 떨어져 나온 조각들이며, 내 존재와 탯줄로 연결되어 있다는 뜻이 아닌가? 이렇게 말하는 것은 대단한 착각에 빠져 있다는 것이다. 내가 이미 맛있다고 느끼는 저

지렁이들, 통통하고 하얀 벌레들이, 내가 지금 맨발의 엄지발가락으로 조심스럽게 뒤집어 보려고 하는 바로 여기 이 편편한 돌 아래 숨어 있는지 알 수 없듯이, 마찬가지로 꿈속에서 나를 찾아오는 사람들의 마음속에 무엇이 숨어 있는지 나는 알 수가 없다. 따라서 나의 **나 자신**에 대해서 그 사람들은 저 지렁이와 마찬가지로 외부에 있다. 여기서 꿈과 현실의 차이점을 지워 버리려는 게 절대로 아니라—그건 광기로 가는 지름길이다!—새롭고 더 나은 질서를 창조하려는 것이다. 꿈속에서 가끔씩, 아무렇게나, 고통스럽게, 불안정하게 우연히 성공하는 일들을 단순화하고 구체화하고 연결하고 강화해야 한다. 꿈은 현실에 바탕을 두고 있으며 현실에 **방법으로서** 불려 나와 이용되고, 현실을 위해 복무하고 현실을 채우면서 그리고 최고의 상품으로서 현실을 밀어내어 전진시키면서 더 이상 꿈이 아니게 되며, 현실은 그런 치료의 영향으로 이전과 같이 맑은 정신이 되면서 또한 새로운 모습으로 형성된다. 나는 혼자이므로 이미 아무에게도 의존할 수 없다. 그러나 동시에 내가 혼자라는 인식이 나에게는 독이기 때문에 혼자 지내지 않을 것이다. 실질적으로 나는 하느님에게 의지할 수 없지만 그렇다고 해서 그 누구에게도 의지할 수 없다는 뜻은 아닐 것이다!"

이어서 우리의 논리적인 로빈슨은 이렇게 말한다. "인간에게 타인이 없다는 것은 물이 없는 물고기와 같지만, 대부분의 물이 더럽고 탁한 것과 같이, 내 주변 환경도 쓰레기장과 같았다. 친척, 부모, 상사, 선생들을 내가 직접 선택하지 못했고 그것은 심지어 애인도 마찬가지였는데, 왜냐하면 상황에 따라 그냥 나타났기 때문이다. 지금 이 상황은 불운이 나에게 내려 준 대로 내가 선택한 것이다(만약에 선택이 가능했다면). 설령 쓰레기장이었다고 해도 일단 내가 태생부터—가족과—동료까지 우연한 상황 속에 살도록 운명 지워졌다면 불평할 이유는 없다. 오히려 반대로 창세기의 첫 문장이 울려 퍼지게 해야 할 것이다. '이런 쓰레기는 치워 버려라!'"

우리는 창조주가 "빛이 있으라"라고 할 때와 비견될 만큼 그가 이 말을 장중하게 선언한다는 것을 알고 있다. 로빈슨은 바로 여기서 자기 세계를 0에서부터 창조하기 시작하는 것이다. 이미 우연한 재난으로 인해 주변에 인간이 아무도 없게 되었다는 사건을 넘어섰을 뿐 아니라, 그는 결심을 하고 모든 것을 창조하기 시작한다. 이렇게 논리적으로 완벽하게 마르셀 코스카의 주인공은 이후 자신을 파괴하고 조롱하게 될 그 계획을 세운다—그것은 아마도 인간의 세계가 자신의 창조주에게 저지른 일과 비슷하지 않을까?

로빈슨은 어디서부터 시작해야 할지 모른다. 주변을 이상적인 존재들로 둘러싸야만 할까? 천사들로? 페가수스들로? (잠시 그는 켄타우로스에도 마음이 끌렸다.) 그러나 환상을 버린 뒤에 그는 뭔가 완벽한 존재들이 주변에 있으면 지겹다는 사실을 받아들인다. 이 때문에 그는 처음으로 이제까지, 이전에는, 꿈만 꿀 수 있었던, 정확히 말해서 충직한 하인이자 집사이며 의상 담당자이자 심부름꾼을 하나로 합친 뚱뚱한(뚱뚱한 사람들은 유쾌하다!) 글럼을 생각하게 되었다. 로빈슨 연대기의 이 첫 과정에서 우리의 여행자는 창조주의 입장에서 민주주의에 대해 깊이 숙고하는데, 민주주의란 모든 사람이(그것만은 확실하다) 오로지 어쩔 수 없이 필요하기 때문에 참아 내는 것이다. 아직 어린 소년이었을 때부터 그는 잠들기 전에 중세 어느 언저리에 어떤 위대한 영주로 태어나는 것이 얼마나 신나는 일이었을

지 상상하곤 했다. 이제 드디어 그 꿈을 실현할 수 있게 되었다. 글럼은 상당히 멍청하며 그로 인해 자신의 주인을 자발적으로 떠받들어 준다. 글럼의 머리에 독창적인 생각은 전혀 떠오르지 않으므로 자신이 맡아서 하는 일을 절대로 일일이 말하지 않는다. 그저 모든 일을, 심지어 주인이 미처 채 시키지 못한 일까지도 번개같이 해낸다.

작가는 로빈슨이 글럼과 어떻게 일하는지 혹은 로빈슨이 혹시 글럼을 **위해** 일하는지 전혀 설명하지 않는데, 왜냐하면 줄거리는 (로빈슨의) 일인칭 시점에서 전개되기 때문이다. 그러므로 만약에 글럼이 (상황이 다를 수 없지 않겠는가?) 모든 일을 혼자서 조용조용히 해내고 그것이 나중에 하인으로서 근무한 결과처럼 나타난다 해도, 그 일을 하는 동안에는 완벽하게 아무 생각이 없는 것이고, 눈에 보이는 것은 그 노동의 결과물뿐이다. 로빈슨이 아침에 아직 잠이 덜 깬 눈을 비비고 일어나자마자 그의 침대 머리맡에는 정성스럽게 준비된, 그가 가장 좋아하는 굴이 바닷물로 가볍게 소금 간이 되고 신맛 나는 괭이밥으로 취향에 맞게 양념되어 놓여 있고, 여기에 곁들여서 부드러운 지렁이들이 흰 버터 삼아 말끔한 돌 그릇 위에 올라 있다. 그리고 바로 저쪽에 야자수 섬유로 광이 나게 닦은 신발이 반짝이고 있고, 햇볕에 달아오른 뜨거운 돌로 다린 옷이 기다리고, 마찬가지로 그곳에 놓인 바지는 칼날같이 주름을 세웠고 외투 깃에는 신선한 꽃송이가 꽂혀 있지만, 주인님은 아침을 먹고 옷을 차려입으면서 평소처럼 약간 불평을 하고 점심으로는 제비갈매기를, 저녁으로는 코코넛밀크를 주문하는데, 코코넛밀크는 차갑게 잘 식힌 것이어야 한다—글럼은 충실한 집사답게 서서, 당연한 일이지만 순종적으로 침묵하며 명령을 듣는다.

주인은 불평하고 하인은 듣고, 주인이 명령하면 하인은 해야 한다. 그것은 쾌적하고 평온한 삶이며, 약간은 어떤 시골 마을의 휴일 같다. 로빈슨은 산책하러 나가서 흥미로워 보이는 돌을 줍고, 심지어 저녁 식사를 위해 몸소 그 돌을 차려 놓고, 글럼은 그동안 음식을 준비하는데—그러면서 글럼 자신은 전혀 아무것도 먹지 않는다. 비용과 편리성 측면에서 이 얼마나 놀라운 절약 정신인가! 하지만 곧 주인과 하인 관계의 내부에서 첫 번째 모래알이 나타나기 시작한다. 글럼의 존재에는 의문의 여지가 없다. 그의 존재에 대해서는, 아무도 쳐다보지 않을 때에도 나무는 서 있고 구름은 흘러간다는 사실을 의심하는 것만큼 의심할 수 있을 뿐이다. 그러나 하인의 충성심과 노력과 성실한 복종과 고분고분함은 시간이 가면서 완전히 지겨워진다. 신발은 **언제나** 깨끗이 닦인 채 기다리고, 굴은 아침마다 단단한 침대 옆에서 향기를 내뿜고, 글럼은 아무런 수다도 떨지 않는다—주인님이 말 많은 하인을 참아 주지 않기 때문이라고 생각할 수 있지만, 여기에서 글럼이라는 **인물**은 이 섬에 애초에 없다는 것이 드러난다. 로빈슨은 너무 단순하기에 원시적인 이 상황을 조금 더 정교하게 만들기 위해서 뭔가 더 추가할 결심을 한다. 글럼으로 하여금 게으름이나 반항심이나 잔꾀를 머리에 떠올리게 하는 것은 불가능하다. 어쨌든 글럼은 본래 그냥 그런 것이며, 지나치게 강하게 **존재하게 되었다**. 그래서 로빈슨은 조수이자 요리사인 조그만 스멘을 고용한다. 스멘은 더럽지만 잘생겼다고 할 수 있는, 거의 집시처럼 생긴 소년인데, 조금 게으르지만 약삭빠르고 잔꾀를 부리는 성격이며 이제 주인이 아니라 하인이 점점 더 많은 일을 맡게 되는데 그것도 주인에게 봉사하기 위한 일이 아니라 이 애송이가 생각해 낸 일들을 전부 주인의 눈에서 감추기 위한 일들이다. 실질적으로 글럼은 언제나 스멘을 말리는 데 바쁘다고는 해도 이제까지와 똑같이, 심지어 더 높은 수준에서 존재하지 않지만, 로빈슨은 가끔, 무심코, 글럼이 야단치는 목소리를 바닷바람이 그에게 실어 올 때면 어렴풋이 들을 수 있으며(날카롭게 소리치는 글럼의 목소리는 기묘하게 커다란 제비갈매기 소리를 연상시킨다), 어쨌든 그 자신은 이런 하인들의 싸움에 끼어들 생각이 없다! 스멘이 글럼과 주인 사이를 이간질한다고? 스멘은 쫓겨난다, 이미 저 멀리 다른 곳으로 내쫓겼다. 스멘은 심지어 굴도 먹었다! 주인은 조그만 사건들은 잊어버릴 준비가 되어 있다—어쩌겠는가, 글럼이 모든 일을 다 할 수는 없는데. 그는 일하러 나간다. 책망해 봤자 아무 도움도 되지 않는다. 하인은 물보다 조용하게, 풀보다 낮게 계속 침묵하지만, 이제 혼자 속으로 뭔가 생각하기 시작하는 것이 명백하다. 주인은 하인의 속마음을 캐묻지도 않을 것이며 하인에게 정직해 달라고 부탁하지도 않을 것이다—하인의 고해를 들어 줄 필요는 없지 않은가?! 모든 일이 매끄럽게 흘러가지만은 않는 것이고, 심한 말을 해 봤자 효과는 없다—그러니까 너, 이 나이 든 바보야, 너도 눈앞에서 사라져라! 여기 석 달 치 봉급이 있다—먹고 떨어져라!

모든 주인이 그렇듯이 자존심 강한 로빈슨은 뗏목을 완성하기 위해 하루 종일 걱정하며 그리하여 암초 가까이 가서 침몰한 '퍼트리샤'호의 갑판에 오른다. 돈은 다행히도 저 야만인들이 가져가지 않았다. 월급을 정산하자 글럼은 사라지고, 어쩌겠는가—정산해 준 돈은 남기고 갔다. 로빈슨은 하인 때문에 너무나 게을러져서 이제 뭘 해야 할지 모른다. 자신이 저지른 실수를, 지금 당장은 실수를 저질렀다는 본능적 감각만이라도, 깨닫는다. 뭐, 뭐가 잘못된 거지?!

난 주인이야, 난 뭐든지 할 수 있어!—그는 식사를 하고 나서 곧바로 이렇게 말한 뒤에 시에로드카를 고용한다. 이번엔 여성이다—이 이름과 함께 프라이데이와 그의 여성형에 대해서도 생각해 보도록 하자(프라이데이와 시에로드카의 관계는 금요일과 수요일의 관계와 같다)*. 하지만 이 젊고 상당히 단순한 처녀는 주인에게 유혹의 대상이 될 수 있다. 손에 닿을 수 없기 때문에 더욱 꿈만 같은 그 포옹 속에서 숨이 멎을 수도 있고 열에 들떠 광기와 방탕 속에 정신을 잃을 수도 있으며, 창백하고 수수께끼 같은 미소와 흐릿한 옆얼굴과 화롯불의 재 때문에 쓰라린 맨발의 발뒤꿈치와 양고기 기름의 악취를 풍기는 귓불에 미쳐 버릴 수도 있다. 그러므로 즉시, 선한 의도에서, 시에로드카에게 다리가 세 개 달린 것으로 하자. 가장 평범한, 그러니까 사소하고 객관적인 일상생활에서 그는 이런 짓을 할 수 없었을 것이다! 그러나 여기서 그는 창조의 주인이다. 그는 마치 독성 있는, 그러나 만취의 유혹으로 초대하는 메틸알코올 한 통을 가지고 있어서 자신이 유혹을 곁에 두고 한시도 마음 편하지 않게 살아갈 것을 알기에 스스로 자기 눈앞에서 그 알코올을 중화시켜 버리는 사람처럼 행동했던 것이다. 동시에 그는 상당한 양의 정신노동을 해야만 할 터인데, 왜냐하면 그의 성욕은 그 알코올 통의 밀봉된 뚜껑을 열띠게 벗기려 할 것이기 때문이었다. 그래서 지금부터 로빈슨은 이렇게 다리가 세 개인 처녀 곁에서, 물론 그녀에게 그 가운데 다리가 **없는** 모습을 상상할 능력은 충분히 있지만, 그래도 그냥 그렇게 살아갈 것이었다. 그는 풀어내지 못한 감정들과 흩뿌리지 못한 구애(이런 사

* 폴란드어로 '수요일'은 시로다Środa이며 이 단어로 만든 이름이 시에로드카Sierodka이다.

람 앞에서 굳이 구애하며 감정을 낭비할 필요가 무엇이란 말인가?)를 가득 보유한 부자가 될 것이었다. 조그만 시에로드카는 그에게 고아sierotka와 중간środek(미트보흐, 일주일의 중간 : 섹스는 명백하게 그 안에 상징되어 있다)*을 연상시키며 그의 베아트리체가 될 것이었다. 이 열네 살짜리 꼬마 소녀가 과연 단테의 욕정으로 인한 단테식 경련에 대해 뭐라도 알고 있을까? 로빈슨은 진실로 자기 자신에게 만족했다. 스스로 그녀를 만들어 내고 스스로 그녀를—다리를 세 개로 만듦으로써—바로 그 행위로부터 격리해 버린 것이다. 그러나 상황은 매우 빠르게 삐걱거리기 시작한다. 이런저런 중요한 문제에 집중하느라 로빈슨은 시에로드카의 여러 중요한 윤곽들에는 그렇게 신경을 쓰지 못한 것이다!

처음에는 어쨌든 꽤나 순진무구한 사안에 대해서였다. 그는 가끔이 조그만 소녀를 훔쳐보고 싶었지만, 스스로 그런 욕구에 저항할 수 있다는 사실을 자랑스럽게 여겼다. 그러나 그런 뒤에는 그의 뇌 속에 여러 가지 생각들이 기어 다니기 시작했다. 소녀는 이전에 글럼에게 맡겨졌던 일을 했다. 굴을 모으는 일은 별것 아니다. 그러나 주인님의 의상을, 심지어 사적인 속옷까지 돌보는 것은? 여기서 이미 불명확한 암시의 첫발을 눈치챌 수 있는 것이다—아니다!—명확한 암시 아닌가! 그러므로 그는 완전히 어두워진 한밤중에 몰래 일어나서, 시에로드카가 분명 아직도 자고 있을 시간에, 내놓고 말할 수 없는 물건들을 개울가에서 빨래한다. 일단 그렇게 일찍 일어나기 시작했으니, 바로 그런 이유로 한 번쯤, 그래, 장난삼아(하지만 오로지 자

* 폴란드어로 시로데크środek라는 단어에는 '중간' 외에 '몸의 내부, 장기, 국부'라는 뜻도 있다. 미트보흐Mittwoch는 독일어로 '수요일'이라는 의미.

기 자신만의, 주인으로서의, 고독한 웃음을 위해서다) **그녀의** 옷도 빨래하면 어떤가? 그 옷도 그가 그녀에게 내준 것이 아니던가? 그 자신도, 상어들의 위협에도 불구하고, 몇 번이나 '퍼트리샤'의 잔해로 헤엄쳐 가서 선체 안으로 들어가 어떻게든 여자 옷가지와 치마와 원피스와 속옷 같은 것을 찾아내었다. 그런 데다 그런 옷가지를 빨고 나면 어쨌든 빨랫감을 전부 두 그루의 야자수 가지 사이에 매단 빨랫줄에 널어야만 하는 것이다. 위험한 놀이다! 게다가 더욱 위험한 것은, 글럼이 이미 하인으로서 섬에 존재하지 않지만, 어쨌든 그를 완전히 지워 버릴 수는 없었다는 사실이다. 로빈슨은 글럼이 내쉬는 숨소리를 거의 들을 수 있는 것만 같고, 글럼이 '위대하신 주인님이 어쨌든 나를 완전히 지워 내지는 못했군'이라고 생각하는 것을 짐작할 수 있다. 존재하던 당시에 글럼은 이렇게 정곡을 찌르는 대담한 암시를 절대로 입 밖에 낼 용기가 없었을 테지만, 존재하지 않는 지금은 견디기 힘든 수다쟁이인 것으로 드러났다! 실제로 글럼은 없다, 그러나 그가 남긴 공백은 있다! 그 어떤 구체적인 장소에도 글럼은 보이지 않지만, 하인으로 일할 때도 그는 겸손하게 자신을 숨겼고, 어쨌든 그때도 주인의 앞을 막지 않았으며 감히 눈앞에 모습을 나타내지 않았다. 이제 글럼은 완전히 무시무시해졌다. 그의 병적으로 순종적인, 빤히 쳐다보는 시선과 그의 비명 지르는 목소리, 모든 것이 신경에 거슬린다. 멀리서 스멘과 말다툼하는 소리가 제비갈매기들 우는 소리에 섞여 날카롭게 울려 퍼진다. 글럼은 털북숭이 주먹으로 잘 익은 야자열매를 때리기도 하고(이런 암시가 얼마나 파렴치한지!) 야자수 둥치 아래 비늘 조각처럼 드러누워서 물고기 같은 눈으로(빤히 쳐다본다!) 파도 속의 익사자처럼 로빈슨을 응시한다. 어디서? 바로 저기, 곶에 있는 바위다. 왜냐하면 글럼에게는 조그만 취미가 있었기 때문이다. 그는 곶에 나가 앉아서, 대양에서 가정생활을 즐기며 물 밖으로 나와 분수를 내뿜는, 늙고 그렇기에 완전히 허약해진 고래들을 목쉰 소리로 욕하는 것을 좋아했다.

이 모든 일을 시에로드카와 이야기할 수 있다면, 게다가 이미 매우 공식적이지 않게 된 관계를 통해서, 순종과 명령, 주인답고 남자다운 엄격함과 성숙함에 걸맞게 정리하고 가려 덮고 다듬어 말할 수 있다면! 그러나 그녀는 기본적으로 단순한 소녀 아닌가 말이다. 글럼에 대해서는 들은 적도 없다. 그녀에게 말한다는 것은 그림에게 수다를 떠는 것과 같다. 심지어 혼자서 뭔가 자기 생각을 해 낸다고 치더라도 분명히 절대로 아무 말도 하지 않을 것이다. 한편으로는 그 단순함과 소심함 때문이기도 하지만(그것은 적절하다!) 또 실제로 그런 소녀스러움은 본능적으로 교활하며 완벽하게 모든 것을 이해할 것이다—현실적이고 평온하고 자제심이 강하며 고매하신 주인님을 위해서, 아니, 그 주인님에게 **불리한** 쪽으로! 이런 고민으로 몇 시간이 훌쩍 지나간다. 밤이 되도록 그녀는 보이지 않는다. 어쩌면 스멘이? 그래, 글럼은 아닐 것이다, 그럴 리는 없다! 글럼은 확실히 이 섬에 없으니까!

순진한 독자는(그러한 독자는 유감스럽게도 모자라지 않다) 여기서 로빈슨이 환각에 시달리고 있으며 광기의 상태로 넘어갔다고 충분히 생각할 수 있을 것이다. 절대로 그렇지 않다! 만약에 그가 사로잡혀 있다면, 그를 사로잡은 것은 그 자신의 창조물뿐이다. 왜냐하면 그 자신에게 급진적인 방식으로—건강하게 하는 방식으로 작동할 만한 일들만은 자기 스스로 이야기할 수 없기 때문이다. 그러니까 구체적으로 말해서 글럼은 스멘과 마찬가지로 애초에 있었던 적이 없다는 사실 말이다. 우선, 그렇게 맑은 정신으로 부정한다면 바로 그 파괴적인 영향으로 지금 현재 **있는** 존재—시에로드카—도 타격을 입을 것이다. 게다가 일단 그렇게 온전한 설명이 주어지고 나면 로빈슨은 창조주로서는 영원히 기능할 수 없게 된다. 그리고 아직 일어나지 않은 일과는 상관없이, 실제의 진정한 창조주가 결단코 자기 피조물 앞에서 **악의 존재**를 인정하지 않는 것처럼, 그도 자기 자신에게 피조물의 **무존재성**을 인정할 수 없다. 그것은 양쪽 경우 모두 완전한 패배를 의미할 것이다. 하느님은 악을 창조하지 않았고, 로빈슨은 이와 마찬가지로 그 어떤 무無 안에서 활동하지 않는다. 이런 맥락에서는 모두가 다 자신이 만들어 낸 창세기에 갇힌 죄수다.

이렇게 보면 무방비하게 글럼에게 내맡겨진 쪽은 로빈슨이다. 글럼은 존재한다—그러나 언제나 멀리, 마치 돌을 던지거나 막대기를 내밀면 닿을 수 있을 것처럼 존재하며, 어둠 속에서 눈에 띄지 않게 막대기에 묶인 시에로드카가 글럼의 자리를 대신하는 것도 도움이 되지는 않는다(로빈슨은 대체 어디까지 간 것인가!). 쫓겨난 하인은 어디에도 없지만 한편으로는 어디에나 있다. 불운한 로빈슨은 그토록 평범한 것을 회피하고 주변을 선택된 사람들로만 둘러싸려 하다가 자기 자신을 오염시켜 버렸는데, 왜냐하면 섬 전체를 글럼으로 채워 버렸기 때문이다.

주인공은 실존적인 고뇌에 빠져 있다. 특히 시에로드카와 밤에 말다툼하는 대화의 묘사는 훌륭한데, 리드미컬하게 배치된 그녀의 음울하고 암컷다운, 유혹적인 침묵으로 부풀어 오른 그 대화에서 로빈슨은 모든 신중함과 자제력을 잃어버리고 모든 주인다움이 그에게서 벗겨져 버리며 그냥 시에로드카의 소유물이 되고 만다—그녀가 고개를 한 번 끄덕이는 몸짓, 한 번의 눈 깜빡임, 한 번의 미소에 완전히 의존한다. 그러나 그는 어둠 속에서 이 소녀의 조그맣고 음침한 미소를 느끼고, 진이 빠지고 땀범벅이 된 채 새벽이 되도록 단단한 침대 위에서 이리저리 돌아눕고, 방종하고 광기에 찬 생각들이 그에게 찾아온다. 그는 시에로드카와 어떤 행위를 할 수 있을지 생각하면서 끓어오른다…… 어쩌면 천국과 같은 방식으로 작동할 수 있을지도? 여기서부터—흥분한 상태에서—손수건으로 만든 채찍과 비단뱀을 거쳐 성경에 나오는 뱀에 이르기까지 온갖 암시들이 튀어나오고, 여기서부터 시험 삼아 제비갈매기의 머리를 잘라서, 글자 'M'을 떼어낸 뒤에 그 자리에 그저 이브만이 남도록 하며,* 그 이브의 아담은 당연히도 로빈슨 자신이 되려고 하는 것이다. 그러나 글럼이 하인으로 근무하는 동안에는 그에게 전혀 중요하지 않았는데도 만약에 자신이 글럼을 없애 버릴 수 없다면, 시에로드카를 지워 버리려는 계획은 대재난을 뜻할 것임을 알고 있다. 그녀가 어떤 형태로든 존재하는 쪽이 헤어지는 것보다 낫다, 그건 분명하다.

이렇게 해서 타락의 이야기가 시작된다. 밤마다 행해지는 여성 옷가지의 빨래는 진실로 알 수 없는 어떤 수수께끼가 된다. 그는 한밤중에 잠에서 깨어 그녀의 숨소리를 열심히 귀 기울여 듣는다. 동시에 그는 최소한 자리에서 움직이지 **않기** 위해서, 저쪽 방향으로 팔을 뻗지 **않기** 위해서 자기 자신과 싸울 수 있음을 안다—만약에 그가 저 조그맣고 잔인한 소녀를 내쫓게 된다면, 아, 그때는 끝장이다! 막 떠

* 폴란드어로 제비갈매기는 mewa이며 이 단어에서 머리글자 m을 떼면 ewa, 즉 폴란드어로 성경에 나오는 창세기의 '이브'(하와)가 된다.

오른 해의 첫 햇살에 그녀의 속옷이 마치 장난치듯 바람에 펄럭인다, 그렇게 잘 빨아서 햇빛에 하얗게 바래고 구멍이 뚫린(오, 그 구멍들의 위치란!) 속옷. 로빈슨은 불행한 사랑에 빠진 자의 특권인 가장 저속한 고문의 모든 가능성을 인지한다. 그러나 그녀의 기름 낀 거울, 그녀의 빗…… 로빈슨은 동굴 속의 거주지에서 도망치기 시작하고, 이미 늙은 글럼이 게으른 고래들을 욕하던 그 곳이 역겹게 느껴지지 않는다. 하지만 더 이상 이렇게 버틸 수는 없다—그러므로 이렇지 않게 하자. 그리고 그는 해안으로 움직여 가서 그곳에서 대서양 횡단 증기선인 '페르가니차'호의 커다랗고 하얀 선체를 기다리는데, '페르가니차'는 태풍에 밀려(이것도 혹시 그가 편리하게 상상해 낸 것일까?) 그 증기를 뿜는, 죽어 가는 진주조개로 뒤덮인 빛나는 발을 무거운 모래사장에 내던질 것이다. 그러나 몇몇 진주조개는 안에 머리핀을 감추고 있고 다른 조개들은 미끈미끈한 점액을—로빈슨의 발아래—부드럽게 내뿜으며 흠뻑 젖은 카멜 담배꽁초 위를 기어가는 건 대체 무엇을 뜻하는 것일까? 이런 신호를 사용해서, 심지어 해변도, 모래도, 떨리는 바닷물과 잔잔한 수면을 거쳐 심연으로 흘러들어가는 그 물거품도 모두, 이미 물질적인 세계의 일부가 아니라는 사실을 이 상황이 뚜렷하게 알려 주는 것 아닐까? 그러나 그렇든 아니든—어쨌든 이 드라마, '페르가니차'호의 선체가 곶에 부딪혀 무시무시한 굉음을 내며 부서지면서 그 믿을 수 없을 만큼 거대한 내용물을 춤추는 로빈슨 앞에 흩뿌렸을 때의 그 드라마는 일방적인 감정으로 인한 울음만큼이나 온전히 현실적인 것이다……

인정하자면 이 부분에서부터 책은 점점 더 이해하기 어려워지고 독자로 하여금 할 수 있는 것 이상의 노력을 요구한다. 이 시점까지는 명확하고 정교했던 줄거리 전개는 이제 빙빙 꼬이고 제자리에서 돌기 시작한다. 진정 작가는 의도적인 불협화음으로 로맨스의 언어를 망가뜨리려 하는 것인가? 시에로드카를 태어나게 한 저 두 개의 동글의자들은 무슨 목적을 위해 존재하는가, 추측해 보자, 동글의자에 다리가 세 개 달렸다는 것은 단순한 유전적 특징이며, 그것은 분명하다, 좋다, 그러나 누가 이 동글의자들의 아버지인가? 과연 가구의 원죄 없는 잉태를 논하는 것이 작품의 요점인가?? 어째서 글럼은 이전에는 고래들에게 그저 침을 뱉을 뿐이었으나 이제는 고래들의 친척으로 나오는가(로빈슨은 그에 대하여 시에로드카에게 "고래들의 사촌"이라고 말한다)? 그리고 계속 가자면, 2권 도입부에서 로빈슨에게는 세 명에서 다섯 명 정도의 아이가 있다. 숫자가 불명확한 것까지는 이해하기로 하자. 그것은 환각의 세계가 이미 대단히 복잡해졌을 때 나타나는 특성들 중 하나다. 이미 창조주는 자기가 창조한 세계의 모든 세부 사항을 한꺼번에 기억 속에 질서 정연하게 간직할 수 있는 상태가 아닐 것이다. 아주 좋다. 그러나 로빈슨은 이 아이들을 누구와의 사이에 낳았는가? 이전의 글럼이나 스멘이나 시에로드카처럼 순수하게 의도적인 행위를 통해 아이들을 창조했는가, 아니면 상상을 통한 행위 속에서 아이들을 배태하였는가—약혼녀와 함께? 시에로드카의 세 번째 다리에 대해서 2권에는 단 한 마디의 언급도 나오지 않는다. 그렇다면 이것은 일종의 반反창조적인 **적출**을 의미하는가? 8장에서 '페르가니차'호의 수고양이와의 대화 일부분이 이 사실을 확인해 주는 듯한데, 여기서 고양이는 로빈슨에게 "티 비르비노고"*라고 말한다. 그러나 이 수고양이를 로빈슨이 배에서 찾아낸 것도 전혀 아니고 다른 방식으로 창조한 것도 아닌데, 왜냐하면

이 고양이를 상상해 낸 사람은 글럼의 숙모로, 글럼의 아내는 이 숙모에 대해서 "히페르보레아** 사람들을 낳은 산모"라고 말했기 때문이며, 유감스럽게도 시에로드카가 동글의자를 제외하고 아이가 있었는지 없었는지는 알 수 없다. 시에로드카는 아이의 존재를 인정하지 않는다. 최소한 그 엄청난 질투 장면에서 로빈슨의 그 어떤 질문에도 대답하지 않는 방식으로 회피하는데, 이 장면에서 이 불운한 주인공은 벌써부터 야자수 섬유로 목을 맬 끈을 만들고 있다.

"안로빈슨"이라고 이 장면에서 주인공은 자기 자신을 지칭하며, 심지어 "절대로안로빈슨"이라고까지 말한다. 그러나 이제까지 이렇게 많은 일을 해 왔는데(그것은 즉, 창조해 냈는데) 저 문구를 어떻게 이해해야 할 것인가? 어째서 로빈슨은 자신이 시에로드카처럼 정확히 다리가 세 개 달리지는 않았으나 어쨌든 그러한 관점에서 볼 때 넓은 의미에서는 그녀와 비슷하다고 말하는 것인가—이것 한 가지는 뭐 어떻게든 이해해 볼 요량이 있지만, 1권을 마무리 짓는 저 언급은 2권에서는 해부학적으로나 예술적으로나 이후 전개가 전혀 없다. 계속해서, 히페르보레아에서 온 숙모의 이야기는 다분히 품위 없어 보이며, 그 숙모의 변신에 동반하는 어린이들의 합창도 마찬가지다. ("우리는 셋, 넷 하고 반, 다섯이다, 늙은 프라이데이야." 여기서 프라이데이는 시에로드카의 숙부다. 3장에서 물고기들이 이 숙부에 대해 부글부글하며 말하는데, 또다시 어떤 발뒤꿈치에 대한 암시가 있지만 누구의 발뒤꿈치인지는 알 수 없다.)

2권은 진행될수록 점점 더 혼란스러워진다. 로빈슨은 뒤쪽 절반에

* 어째서인지 고양이가 러시아어로 '너는 뜯겨 나온 사람'이라고 말한다.
** 그리스 신화에 나오는 북쪽의 나라. 영원한 봄이라고 한다.

서 시에로드카와 이제 전혀 이야기하지 않는다. 마지막 의사소통의 행위는 편지인데, 밤에 동굴에서 화롯불의 재 속에 시에로드카가 손짐작으로 로빈슨에게 쓴 편지다. 로빈슨은 이 편지를 새벽에 읽는데—이미 그 전에 어둠 속에서 손가락으로 식어 버린 재를 어루만지면서 편지의 내용을 추측하며 그는 몸을 떤다…… "저를 마침내 평화롭게 내버려 두기를!"—그녀는 편지를 썼지만 그는 감히 응답할 용기를 내지 못하고 부끄러워하면서 도망친다, 어째서? 미스 진주조개 선발 대회를 조직하기 위해, 야자수를 마지막 한 그루까지 욕하면서 막대기로 때려 넘어뜨리기 위해, 해변을 산책할 때 섬을 고래 꼬리에 매달겠다는 계획을 소리치기 위해! 그러자 마찬가지로 오전 한나절 동안 저 군중이 생겨나는데, 그들도 로빈슨이 아무렇게나, 자기도 모르게, 성과 이름과 별명들을 생각나는 대로 써 갈기면서 불러내어 존재하게 만든 것이다—그런 뒤에 완전한 혼란이 이어지는 것처럼 보인다. 뗏목을 조립하는 장면과 부수는 장면, 시에로드카를 위해 집을 짓는 장면과 그 집을 세우는 장면, 그러면서 다리가 가늘어지는 만큼 팔은 굵어지고, 그리고 주인공이 이미 귀와 만두를, 피와 바르슈치를 분간할 수 없게 되었을 즈음 벌어지는, 비트가 없는 불가능한 난교 장면!*

이 모든 것을 다 합치면—에필로그를 제외하고도 170쪽이나 된다!—로빈슨이 초기의 계획을 버렸거나 아니면 작가가 작품 속에서 길을 잃은 것 같은 인상을 받게 된다. 그리하여 쥘 네파스트는《피가

* 우슈코는 귀 모양으로 빚어서 소를 넣어 구운 폴란드식 만두이다. 바르슈치는 러시아어로 '보르시'라고도 하며 동유럽 전통 수프의 일종으로, 비트 혹은 토마토를 넣어 빨간색이 특징이다.

로 리테레르》에서 이 작품은 '그냥 정신병적이다'라고 선언했다. 그 인간행동학적 창조의 계획에도 불구하고 세르주 N.은 광기로 탈출**할 수 없었다**. 진정으로 일관성 있는 유아론적 창조의 결과는 **반드시** 정신분열일 수밖에 없다. 이 평범한 진리를 책은 상세하게 묘사하려 애쓴다. 여기서 또다시 네파스트는 이 작품이 지적으로 메마르다고 지적한다. 군데군데 어떻게든 재미있는 부분도 있지만 그것은 작가적 창의를 위해서다.

반면에 아나톨 포슈는 《르 누벨 크리티크》에서 《피가로 리테레르》에 실린 동료의 판정에 의문을 표하며 우리가 생각건대 매우 정곡을 찌르는 의견을 냈는데, 즉 네파스트는 『로빈슨 연대기』의 장단점과는 관계없이 정신과 관련한 자격은 없다는 것이다(이 뒤로 유아론과 정신분열 사이에 전혀 아무 관계가 없다는 긴 논증이 이어지지만 우리는 이 문제가 이 책에 있어서는 전혀 중요하지 않다고 보고 그 관점에서 독자를 '새로운 비평'*으로 이끌어 가도록 한다). 그리고 포슈는 소설의 철학을 다음과 같이 설명한다. 이 작품은 창조의 행위가 **비대칭적**임을 보여 주는데, 왜냐하면 실제로 모든 것을 생각으로 창조하는 것이 가능하지만 이후에 모든 것을 똑같이 무로 되돌릴 수는 없기 때문이다(거의 불가능하다). 창조하는 사람의 기억 자체가 그의 의지와 무관하게 이것을 허용하지 않는다. 포슈에 따르면 소설은 실제로 정신병적인 이야기(무인도에서의 어떤 광기)와는 아무런 상관이 없으며 그보다는 창조 과정에서 제정신을 잃은 상태를 보여 준다. (2권에서) 로빈슨의 활동은 그 자신이 그 결과 아무것도 갖지 못한

* 프랑스어로 '르 누벨 크리티크'는 새로운 비평이라는 의미이다.

다는 측면에서만 무의미한데, 반면에 심리학적으로는 완전히 명확하게 설명할 수 있다. 그것은 상황을 그저 조각조각 예측했을 뿐인 사람이 그 상황들 속을 헤쳐 나갈 때에 전형적으로 일어나는 소동이며, 상황들은 그 나름의 내적인 규칙에 따라 강화되면서 그를 가두어 버린다. 현실의 상황들에서는—포슈는 이 점을 강조한다—현실적으로 도망칠 수 있다. 반면에 상상해 낸 상황들에서는 물러설 수 없다. 그래서 『로빈슨 연대기』에서 상상의 상황들은 인간에게 진짜 세상은 반드시 필요하다는 것만을 보여 준다('외부의 진짜 세상이 내면의 진짜 세상이다'). 코스카 씨의 로빈슨은 전혀 미치지 않았다—그저 무인도에서 자신이 만들어 낸 인공 세계를 관리하려던 계획은 걸음마 단계부터 이미 실패할 운명이었을 뿐이다.

이런 결론에 힘입어 포슈는 또한 『로빈슨 연대기』에 더 깊은 가치가 있음을 부정하는데, 왜냐하면—이렇게 서술된—작품은 근본적으로 대단히 빈곤하기 때문이다. 이 서평을 쓰는 필자의 의견으로는 앞서 인용한 두 비평가 모두 이 작품의 내용을 제대로 읽어 내지 못한 채로 작품 옆을 스쳐 지나갔다.

우리의 의견에 따르면 작가는 무인도에서 미쳐 가는 이야기나 유아론의 창조적인 전지전능함에 대한 주장을 담은 논쟁과 비교할 때 훨씬 덜 진부한 내용을 서술했다. (후자 유형의 논쟁은 애초에 무의미했을 터인데, 왜냐하면 체계적인 철학에서 유아론적인 창의적 전지전능함에 대한 확증을 그 누구도 한 번도 내놓은 적이 없기 때문이다. 다른 분야라면 몰라도 철학에서 풍차에 맞서는 싸움은 확실히 소용이 없다.)

우리의 확신에 따르면 로빈슨이 '미쳐 갈' 때 취한 행동은 전혀 광기가 아니다—그리고 이것은 어떤 논쟁적인 멍청함도 아니다. 소설 주인공이 가진 애초의 의도는 논리적으로 건강하다. 그는 모든 인간의 한계는 타인임을 알고 있다. 여기에서 성급하게 이어지는 의견은 타인을 제거하는 것이 완벽한 자유를 얻기 위한 전제라는 것인데, 이는 심리학적으로 거짓이며 물리학적으로도 거짓이고, 예를 들어 물은 그것을 담은 용기의 형상을 띠게 되므로 모든 용기를 파괴해 버리면 물이 '완전한 자유'를 얻게 된다는 명제와 마찬가지인 것이다. 그렇게 되면 용기가 깨어지고 난 물은 흘러나와 웅덩이가 되며, 마찬가지로 완전하게 고독해진 인간은 폭발해 버리는데, 여기서 이 폭발은 완전한 비문명화의 한 형태가 된다. 만약에 신이 존재하지 않고 거기에 더하여 그 어떤 타인도, 그 타인이 돌아올 것이라는 어떤 희망도 존재하지 않는다면 자기 자신을 구조하기 위해서 사람은 어떤 신념의 체계를 구축해야 하며, 그 체계는 그 신념을 창조하는 사람에 대하여 **반드시** 외부에 있어야만 한다. 코스카 씨의 로빈슨은 이 단순한 논리를 잘 이해하고 있다.

그리하여 계속하자면, 평범한 사람이 가장 강하게 욕망하는 존재이면서 동시에 완전히 현실적인 존재는 바로 **손에 닿을 수 없는** 존재다. 영국 여왕에 대해서, 그녀의 언니인 공주에 대해서, 미합중국의 전前 영부인에 대해서, 저명한 영화 스타에 대해서 모두가 알고 있는데, 그것은 즉 그러한 사람들이 현실적으로 존재한다는 사실을 정상적인 사람이라면 아무도 약간의 의심조차 하지 않는다는 것이다—그들의 존재를 어떤 식으로든 직접(본질적으로) 경험할 수 없는데도 말이다. 나아가 이러한 사람들과의 직접적인 인간관계를 자랑할 수 있는 자라면 그런 사람들에게서 놀랄 만한 부나 여성성이나 권력이

나 아름다움 등등의 이상을 발견하지 못할 것인데, 왜냐하면 그들과 접촉하면서 일상적인 것들의 힘에 의하여 완전하게 평범하고 정상적인 그들의 인간적인 연약함을 경험하기 때문이다. 알고 보면 그러한 사람들은 가까이에서 봤을 때 신과 같거나 혹은 다른 식으로 뛰어난 존재들이 아니다. 그러므로 진실로 완벽의 정점에 있는 것, 그리하여 진실로 한없이 욕망하고 그리워하고 갈망하는 것은 오로지 **멀리** 있거나 아예 완전히 손에 닿을 수 없는 존재들뿐이다. 황홀한 매력이 그들을 군중 위로 끌어 올리며, 신체나 정신의 속성이 아니라 사회적으로 극복할 수 없는 거리가 그들의 유혹적인 후광을 만들어 낸다.

바로 이런 현실 세계의 윤곽을 로빈슨은 자신의 섬에서, 스스로 상상해 낸 존재의 내적인 왕국에서 재생시키려고 애쓰는 것이다. 처음에 그가 단순히 **물리적으로** 자신의 피조물—글럼, 스멘 등등—에게서 등을 돌렸을 때 그의 시도는 잘못된 방향으로 가며, 자기 자신을 위해 여자를 만들어 냈을 때 그는 주인과 하인 사이의 그 충분히 자연스러운 거리를 기꺼이 깨뜨리려 한다. 글럼을 그는 포옹할 수도 없었고 포옹**하고 싶어 하지도** 않았으나, 이제 여자를 앞에 두자 포옹**할 수 없어 안달한다**. 그리고 그가 존재하지 않는 여자를 붙잡아 포옹할 수 없다는 것이 요점이 아니다(왜냐하면 그것은 전혀 지적인 문제가 아니기 때문이다!). 이것이 불가능하다는 사실은 설명할 필요도 없다! 요점은 그가 스스로 만든 자연적인 **법칙**이 영원히 관능적인 접촉을 무용하게 만드는 상황을 생각 속에서 창조해 냈다는 것이다—게다가 그것은 상대 여성이 **존재하지 않음**을 완벽하게 무시하는 법칙이어야 한다. 이 **법칙**이 로빈슨을 저지하는 것이지 여성 반려자가 존재하지 않는다는 진부하고 단순하기 짝이 없는 사실이 저지하는 것이 아니다! 만약에 그녀가 존재하지 않는다는 소식을 평범하게 받아들인다면 모든 일은 망쳐질 것이다.

로빈슨은 그러므로 어떻게 행동해야 할지 생각한 뒤에 일을 시작한다—그 일이란 즉 섬에서 자신이 상상해 낸 사회 전체를 관리하는 것이다. 그 사회는 그와 여성 사이를 막아서기도 하고 혹은 장벽, 장애물의 체계를 만들어 내기도 하며 그러므로 저 건널 수 없는 거리를 제공해 주고, 그 거리에서 그는 그녀를 사랑할 수 있으며 지속적으로 그녀를 욕망할 수 있다—그녀의 몸을 만지기 위해 팔을 뻗고 싶은 작은 욕구 같은 사소한 정황 따위에는 전혀 노출되지 않은 채로. 그가 어쨌든 자신이 단 한 번 유일하게 자기 자신과 치르고 있는 이 싸움에서 패배한다면, 그녀를 만지려고 시도한다면—자신이 창조해 낸 세계 전체가 바로 그 눈 깜빡하는 순간에 무너진다는 것을 알고 있다. 그러므로 이 때문에 그는 '미치기' 시작하여, 잊을 수 없는 야만적인 속도로 상상 속에서 군중을 불러내어—앞서 말한 별명들, 성, 아무 이름이라도 생각해 내고 모래에 쓰면서, 글럼의 아내와 숙모와 늙은 프라이데이 등등, 등등에 대해 중얼거리면서 말이다. 그리고 저 개미들은 그에게 **오로지** 어떤 정복되지 않은 공간으로서 필요하다(그 공간은 그와 그녀 사이에 존재할 것이다)—아무렇게나, 비뚤어지게, 서투르게, 혼란스럽게, 서둘러 행동한다—그리고 그 서두름이 피조물을 의심하게 하고, 웅얼거리는 버릇을, 끝까지 상상해 내지 않은 자질구레한 사항들을 드러낸다.

만약에 그가 성공했다면 그는 영원한 연인, 단테, 돈키호테, 베르테르가 되었을 것이며, 그 자체로 자기 나름대로 계속해 나갔을 것이다. 시에로드카는—자명하지 않은가?—그렇게 되면 베아트리체나 샬로테, 어떤 왕비나 공주와 똑같이 현실적인 여성이 되었을 것이다. 완전히 **현실적**이 되어 그녀는 동시에 **손에 닿을 수 없게** 된다. 그 덕분에 그는 살아가면서 그녀에 대해 꿈꿀 수 있었을 것인데, 왜냐하면 누군가 현실에서 자기 자신의 꿈을 그리워하는 상황과 현실이 현실을 바로 그 자체의 도달할 수 없다는 점으로 유혹하는 상황 사이에는 깊은 차이점이 있기 때문이다. 오로지 그 두 번째 경우에만 어쨌든 희망을 유지할 수 있다…… 오직 사회적인 거리 혹은 다른 유사한 장애물이 사랑을 이룰 기회를 막고 있으니 말이다. 로빈슨과 시에로드카의 관계는 그러므로 그녀가 그에게 있어 동시에 **비현실화**하면서 또한 **접근 불가능**해질 때에만 정상화가 가능하다.

사악한 운명으로 인해 갈라진 연인들을 재결합시키는 고전적인 동화에 대하여 마르셀 코스카는 영구한 정신적 결혼을 보장하는 유일한 방법으로 영구한 분리의 필요성에 대한 본체론적인 동화를 대비시켰다. '세 번째 다리'라는 오류의 완전한 사소함을 이해하고 로빈슨(작가가 아니다, 당연한 이야기지만!)은 2권에서 암묵적으로 여기에 대해서 '잊어버린다'. 그는 시에로드카를 자기 세계의 여주인, 얼음산의 여왕님, 손에 닿을 수 없는 연인으로 만들고자 했다, 그와 함께 어린 하녀로서 훈련을 시작했던, 뚱뚱한 글럼의 후임이었을 뿐인 그녀를…… 그리고 바로 이 시도는 실패했다. 독자 여러분은 이미 알고 있는가, 어째서인지 추측했는가? 대답은 간단하다. 시에로드카가 무슨 여왕님과는 달리 로빈슨에 대해 **알고** 있기 때문이고, 그를 사랑하기 때문이다. 또한 그 때문에 그녀는 순결한 여신으로 남기를 원하지 않았다. 이런 이중성은 주인공을 파멸로 밀어 넣는다. 만약에 오로지 그가 그녀만을 사랑했을 뿐이라면, 하! 그러나 그녀는 그 감정에 응답했다…… 이 단순한 진리를 이해하지 못하는 사람, 우리 할아버지들이 빅토리아 시대의 가정교사들에게 배웠듯이 우리가 타인 안의 **자신**을 사랑하는 것이 아니라 **타인**을 사랑할 수 있다고 생각하는 사람은 마르셀 코스카 씨가 우리에게 선사한 이 슬픈 사랑 이야기를 손에 드는 것이 좋다. 그의 로빈슨은 스스로 여자를 상상해 냈고 그녀를 완전하게 현실에 내주려 하지 않았는데, **그녀**는 **그**이고, 결단코 우리를 떠나지 않는 그 현실에서 깨어날 방법은 죽음밖에 없기 때문이다.

(정보라 옮김)

열세 번째 여행

Podróż trzynasta

나는 가슴 한가득 복잡한 심경을 안고 내가 예상할 수 있었던 어떤 것보다도 더 많은 일들이 일어난 이 사건에 대해 설명을 시작하려 한다. 지구에서 출항할 때 나의 목표는 한없이 멀고 먼 게성운에 있는 핼러윈 행성에 도달하는 것이었는데, 그 행성은 우주에서 가장 유명한 인물 중 하나인 '거장 오'의 출신지로 은하계 전체에 이름을 알린 곳이었다. 이 걸출한 현자의 진짜 이름은 '거장 오'가 아니지만 그런 식으로 불리고 있는데, 왜냐하면 그렇게라도 하지 않으면 지구의 어떤 언어로도 그의 이름을 부를 수가 없기 때문이었다. 핼러윈 행성에서 태어나는 아이들은 어마어마한 수의 칭호를 받으며 그것을 이름과 함께 일일이 부르기란 우리의 관념으로는 상상할 수 없이 길다.

세상에 태어났을 당시 '거장 오'의 이름은 Gridipidagititositipop okarturtegwauanatopocotuototam이었다. 그의 칭호는 '금실로 수놓인 존재의 지지대' '완벽한 온화함의 박사' '가능한 모든 방향의 빛' 기타 등등 기타 등등이었다. 성장하고 교육을 받으면서 한 해 한 해 지날 때마다 그의 칭호와 성姓의 일부가 하나씩 떨어져 나갔으며, 그는 전무후무한 재능을 드러내어 이미 서른세 살 나이에 마지막 칭호를 벗게 되었고 그보다 2년이 더 지나서는 이미 아무런 칭호도 갖지 않게 되었으며 그의 이름은 헬러윈 행성의 알파벳으로 단 한 글자로만 지칭하게 되었는데, 그것은 소리가 없는 묵음의 글자로서 '천상의 호흡'을 의미했으며, '천상의 호흡'이란 일종의 억눌린 한숨인데 최고의 존경과 환희를 나타내는 표현이었다.

이제 독자는 내가 어째서 이 현자를 '거장 오'라고 칭하는지 확실히 이해했을 것이다. '우주에 은혜를 베푸시는 분'이라 불리는 이 위대한 인물은 은하계 여러 종족들의 삶을 더 행복하게 하는 데 일생을 바쳤으며 끊임없는 노력으로 소원을 들어주는 것에 대한 학문을 창시했는데 이는 '보형물의 보편 이론'이라 불린다. 또한 여기서부터 모두 다 알고 있는, 그가 자기 자신의 활동을 부르는 명칭이 생겨났는데, 독자 여러분도 아시다시피 그는 자기 자신을 '방어막'*이라고 부른다.

내가 처음으로 '거장 오'의 활동의 결과를 마주한 것은 에우로파 행성에서였다. 이 행성은 아주 오래전부터 거주민들 사이의 악의와 증오와 서로에 대한 공격성으로 들끓고 있었다. 그곳에서는 형제가

* 폴란드어에서 이 단어는 여성형이다.

형제를 시기하고 학생이 선생을, 아랫사람이 윗사람을 증오했다. 하지만 내가 그곳을 방문했을 때 눈에 들어왔던 것은 이러한 악명과 정반대로 행성 사회 모든 구성원이 예외 없이 서로에게 보여 주는 보편적인 평온함과 가장 감동적인 사랑이었다. 당연히 나는 이러한 건설적인 변화의 원천이 대체 무엇일지 알아보려고 애썼다.

한번은 수도의 거리에서 현지 지인과 함께 돌아다니다가 수많은 가게의 진열장에서, 마치 모자 전시대와 비슷한 받침대에 올려 둔 실제 크기의 머리와 에우로파 행성인을 완벽하게 재현한 커다란 인형을 보았다. 질문을 받은 나의 동료는 저것이 적대감을 흘려보내는 피뢰침이라고 설명했다. 누군가에 대해 싫은 감정이나 선입견이 생기면 이곳 사람들은 저런 가게로 가서 상대방을 충실하게 재현한 인형을 주문하여, 이후에 자기 집의 네 벽 안에 틀어박혀서 그 인형을 마음이 풀릴 때까지 때린다는 것이다. 부유한 사람들은 전신 인형을 구입하고 가난한 사람들은 그냥 머리통만 학대하는 것으로 만족해야 한다고 했다.

내가 이제까지 알지 못했던 이러한 사회적 감정 분출의 기술은 '구타할 자유의 방어막'이라 불렸는데, 이 기술의 창시자에 대해 더 자세히 알아보았더니 다름 아닌 '거장 오'였던 것이다.

이후에 나는 다른 행성들을 방문하면서 '거장 오'의 활동이 남긴 유익한 흔적들을 마주칠 기회가 있었다. 예를 들어 아르델루리아 행성에 거주하는 어느 유명한 천문학자는 이 행성이 자전축을 중심으로 회전한다고 선언했다. 이 주장은 자신들의 행성이 우주의 중심에 움직이지 않게 고정되어 있다고 믿는 아르델루리아 사람들의 신념과 맞지 않았다. 사제연합위원회에서는 이 천문학자를 법정에 소환하여 이단적인 학문을 철회하라고 요구했다. 천문학자가 거부하자 법정은 그의 모든 죄를 깨끗이 씻게 하도록 전신 화형의 처벌을 내렸다. '거장 오'는 이 사건을 알게 되자 아르델루리아로 갔다. 그는 사제들과 학자들과 대화를 나누었으나 어찌 됐든 양쪽 모두 자기주장을 고수했다. 하룻밤을 깊이 생각하며 보낸 뒤에 현자는 적절한 발상에 도달했고 그 발상은 곧 실현되었다. 그것은 행성 제동 장치였다. 그 장치를 사용하여 아르델루리아 행성의 자전이 중지되었다. 감옥에 갇혀 있던 천문학자는 하늘을 관찰하여 이러한 변화가 일어난 것을 확인한 뒤에 이제까지의 주장을 버리고 아르델루리아 행성이 움직이지 않는다는 신조에 기꺼이 동조했다. 이렇게 해서 '객관적 사실의 방어막'이 탄생했다.

사회 활동을 하지 않는 시간에 '거장 오'는 다른 종류의 연구 활동에 매진했는데 예를 들면 아주 먼 거리에 있는, 이성을 가진 존재가 거주하는 행성을 찾아내는 방법을 창시했다. 그것은 '후험적인 열쇠' 방식으로 모든 천재적인 발상이 그렇듯이 전례 없이 단순했다. 창공에서 이전에는 별이 없던 곳에 새로운 별이 반짝인다는 것은 실시간으로 행성이 폭발하고 있다는 증거이며, 그것은 그 별의 거주민들이 높은 문명 수준에 이르러 원자력 에너지를 이용하는 방법을 찾아냈기 때문이다. '거장 오'는 이와 같은 현상을 자신이 할 수 있는 한 막아 냈는데, 그 방법이란 석탄이나 석유 등 자연적인 연료 자원을 이용하는 행성의 거주자들에게 전기뱀장어를 양식하는 법을 가르쳐 주는 것이었다. 이 방법은 여러 행성에서 '진보의 방어막'이라는 이름으로 채택되었다. 우주 비행사라면 누구나 엔테로프토시스* 행성에서 저녁에 산책하면서 어둠 속을 돌아다닐 때 입에 조그만 전구를 물고 우리와 동행해 주는 훈련된 전기뱀장어를 찬양하지 않을 자 없으리라!

시간이 지나면서 내 마음속에서 '거장 오'를 만나고 싶은 소망이 점점 커졌다. 그러나 나는 그를 만나기 전에 우선 그와 같은 높은 지성의 수준에 도달하기 위해 정직하게 힘써 노력해야 한다는 사실을 이해하고 있었다. 이러한 생각 때문에 나는 우주를 비행하는 9년의 시간 내내 철학 분야를 독학하기로 마음먹었다. 그리하여 지구에서 이륙할 때 로켓 안에 해치부터 선단까지 인류 정신의 가장 고매한 열매의 무게로 휘청거리는 책 선반들로 가득 채웠다. 태어난 고향 별에서 대략 60억 킬로미터 거리까지 비행하여, 나의 평화를 방해할 것은 아무것도 없게 된 후에 나는 책을 읽기 시작했다. 거대한 독서 계획을 완수하기 위해서 나는 특별한 방책을 세웠는데, 이미 훑어본 책을 다시 읽는 실수를 피하고자 읽은 작품은 하나씩 로켓의 해치를 통해 밖으로 내버리는 것이 그 핵심이었고, 돌아오는 길에 우주 공간을 자유롭게 유영하면서 그 책들을 다시 건져서 가지고 올 생각이었다.

그렇게 해서 나는 280일 동안 아낙사고라스와 플라톤과 플로티노스와 오리게네스와 테르툴리아누스의 저작에 파묻혔고, 스코투스 에리우게나와 마인츠의 라바누스 대주교와 랭스의 힝크마르 대주교에게로 옮아갔으며 코르비의 라트람누스와 루푸스 세르바투스와 성 아우구스티누스의 저작들, 특히 아우구스티누스의 『행복론』과 『신국론』과 『영혼의 양에 관하여』를 첫 장부터 끝 장까지 읽었다. 그런 뒤에 토마스 아퀴나스와 시네시오스 주교와 네메시오스 주교와 또한

* Enteroptosis. 라틴어로 '장하수증腸下垂症'이라는 의미이다. 이 용어는 복부 장기의 위치 변화를 병적이라고 여겼던 구식 사고방식에 의한 것이다.

위僞 디오니시오스 아레오파기테스와 성 베르나르와 성 수아레스를 읽기 시작했다. 성 빅토르에 이르러 잠시 중단해야 했는데, 왜냐하면 나는 책을 읽으면서 빵 조각을 둥글게 말아 뭉치는 습관이 있었고 로켓 안이 이미 둥글게 뭉친 빵 조각으로 가득했기 때문이었다. 모든 것을 우주로 깨끗이 치워 버린 뒤에 나는 해치를 닫고 다시 공부를 시작했다. 책장의 다음 선반은 좀 더 현대적인 저작으로 가득했으며 책의 무게만 7.5톤이었고 나는 모든 것을 깊이 있게 읽기에는 시간이 모자라지 않을까 두려워졌지만, 곧 책마다 비슷한 주제가 되풀이되고 단지 접근 방식이 다를 뿐이라는 것을 확신하게 되었다. 이쪽 철학자들이 분명하게 설명하여 두 발로 세워 둔 것을 다른 철학자들은 거꾸로 돌려 물구나무를 세웠다. 그러므로 나는 여러 저작물을 건너뛸 수 있었다.

그래서 나는 신비주의자와 스콜라철학자들, 하르트만, 젠틸레, 스피노자, 분트, 말브랑슈, 헤르바르트의 저작들을 여행하면서 무한주의와 창조주의 완벽성과 선험적인 조화와 단일체들을 알게 되었고 앞서 언급한 현자들 모두가 인간의 영혼에 대해 그렇게 많이 이야기하면서 각자 다른 사람이 한 말에 대해 완전히 반대로 진술한다는 것에 더 이상 놀라워하지 않게 되었다.

진실로 황홀한 선험적 조화에 대한 묘사에 깊이 빠져들었을 때 상당히 극적인 모험이 일어나 나의 독서는 중단되었다. 마침 그때 나는 우주 전자기장 소용돌이 근처에 위치하고 있었는데, 전자기장 소용돌이는 모든 철제 물체를 비교할 수 없이 강한 힘으로 자기화磁氣化했다. 내 신발의 철제 테두리도 그렇게 자기화되었고 철제 바닥에 끌려가 붙어 버려서 나는 식량 찬장 쪽으로 한 걸음도 내디딜 수 없게 되었다. 굶어 죽을 위험에 처하여 나는 우주 비행사 안내서를 예비용으로 가지고 있었던 것을 때맞추어 기억해 내고 안내서를 읽어 보니 이런 상황에서는 신발을 벗어야 한다고 했다. 그렇게 한 뒤에 나는 다시 공부로 돌아갔다.

책을 6천 권쯤 읽고 그 내용을 내 손바닥처럼 훤히 알게 되었을 즈음 나는 핼러윈 행성에서 대략 8조 킬로미터 거리에 있었다. 순수이성 비판으로 가득한 다음 책장으로 막 넘어가려고 할 때 내 귀에 기운차게 두드리는 소리가 들려왔다. 나는 깜짝 놀라 고개를 들었는데, 왜냐하면 나는 로켓 안에 혼자 있었고 우주에서 손님을 만나게 될 거라는 예상은 하지 않았기 때문이었다. 두드리는 소리는 고집스럽게 이어졌으며 그와 함께 여러 물체에 가로막힌 목소리가 들려왔다.

"열어 주시오! 물고기인!"

나는 재빨리 해치의 나사를 풀었고 우주먼지에 뒤덮인 방호복을 입은 존재 셋이 로켓 안으로 들어왔다.

"아하! 우리가 물귀신을 현장에서 붙잡았군!" 손님 중 첫 번째가 말했고 두 번째가 덧붙였다.

"너희 물은 어디 있지?"

내가 너무 놀라서 뻣뻣하게 굳어진 채 미처 대답을 하기 전에 세 번째 손님이 다른 두 명에게 뭐라고 말했고 두 명은 약간 진정했다.

"당신은 어디에서 왔지?" 첫 번째 손님이 말했다.

"지구에서 왔다. 그런데 당신들은 누구인가?"

"핀타의 자유로운 물고기인이다." 첫 번째 손님이 굵은 목소리로 내뱉고는 나에게 설문지를 작성하라고 내밀었다.

그 설문지의 질문들을 한 번 쳐다보고, 그러고 나서 움직일 때마다 부글부글 소리가 나는 방호복을 입은 존재들을 본 뒤에 나는 부주의하게도 쌍둥이 행성인 핀타와 판타 부근으로 날아왔다는 사실을 깨달았는데, 이 두 행성은 모든 안내서에서 가능하면 여러 광년의 거리를 두고 피해 가라고 조언하는 곳이었다. 운 나쁘게도 그러기엔 이미 너무 늦었다. 내가 설문지를 작성하는 동안 방호복을 입은 인물들은 로켓 안에 있는 물건들을 체계적으로 기록했다. 어느 순간 기름에 채운 청어가 담긴 깡통을 발견하고 손님들은 승리의 함성을 질렀으며 그런 뒤에 로켓을 봉쇄하고 견인하기 시작했다. 나는 그들과 대화를 나누어 보려 했으나 효과는 없었다. 나는 그들이 입은 방호복의 밑부분이 넓고 편편한 연결 부위로 끝나서 핀타 행성 사람들은 다리 대신 물고기 꼬리가 달린 것 같은 모습이라는 사실을 눈치챘다. 곧 우리는 행성에 착륙하기 위해 하강하기 시작했다. 행성은 전체가 물로 덮여 있었고 수면은 매우 평편했으며 그 수면에서 여기저기 건물의 지붕이 튀어나와 있었다. 비행장에 도착하여 물고기인들이 방호복을 벗었을 때 나는 그들이 인간과 매우 흡사하지만 단 한 가지, 사지가 괴상하게 휘어지고 뒤틀려 있음을 확인했다. 그들은 나를 일종의 배 같은 곳에 태웠는데, 그 배는 바닥에 커다란 구멍이 있었고 양쪽 가장자리까지 물로 가득 차 있다는 점에서 특이했다. 그렇게 물에 잠긴 채로 우리는 천천히 시내 방향으로 항해했다. 나는 그들에게 이 구멍을 닫고 물을 빼낼 수는 없는지 물었다. 나중에 다른 일들에 대해서도 물어보았으나 나의 손님들은 대답하지 않고 단지 열띠게 내가 하는 말을 받아 적을 뿐이었다.

거리에는 행성 주민들이 물속에 머리까지 잠긴 채로 돌아다녔으며 잠시 숨을 쉬기 위해서만 때때로 물 밖으로 고개를 내밀었다. 유리

벽을 통해 대단히 아름다운 집들의 내부가 들여다보였는데 방 안은 대략 절반 높이까지 물이 차 있었다. 우리의 이동 수단이 '관개灌漑관리본청'이라는 현판이 걸린 건물 근처 교차로에서 정차했을 때 열린 창문을 통해서 공무원들이 부글거리는 소리가 들려왔다. 등 뒤에는 높이 치솟은 물고기 동상들이 서 있었고 동상들의 머리 위에는 해초관이 장식되어 있었다. 우리가 탄 배가 다시 한번 잠시 멈추어 섰을 때(길에 다니는 배가 아주 많았다), 나는 행인들의 대화로부터 방금 모퉁이에서 밀정이 뭔가 빤한 수작을 부리려다가 정체가 발각되었다는 것을 알 수 있었다.

그런 뒤에 우리는 물고기를 그린 화려한 초상화와 색색가지 현판이 걸린 넓은 대로를 향해했다. 현판에는 '어이, 자유로운 물사람아!' '지느러미부터 꼬리까지 우리는 가뭄과 싸운다, 물고기인들이여!' 그리고 내가 미처 읽지 못한 다른 구호들이 적혀 있었다. 마침내 배는 거대한 고층 건물에 도착했다. 건물 전면에는 꽃 장식이 달려 있었고 입구 위에는 '자유로운 물의 물고기인'이라고 쓴 에메랄드로 된 패널이 보였다. 조그만 수족관을 연상시키는 엘리베이터는 16층으로 올라갔다. 나는 책상보다 더 높이 물이 차 있는 사무실로 안내되었고 그곳에서 기다리라는 말을 들었다. 사방이 모두 대단히 아름다운 에메랄드 비늘로 덮여 있었다.

나는 내가 어디서 왔으며 어디로 갈 예정인지 묻는 질문에 정확하게 대답하기 위해 머릿속으로 준비했으나 아무도 나에게 이런 질문을 하지 않았다. 수사를 맡은 작은 키의 물고기인이 사무실로 들어와서 엄격한 시선으로 나를 훑어본 뒤에 손가락으로 몸을 받치고 입술을 수면 위로 내밀어 물었다.

"언제부터 범죄 행각을 시작했는가? 범죄로 많은 이익을 얻었나? 공범들은 누구지?"

나는 내가 절대로 밀정이 아니라고 대답했다. 또한 이 행성까지 오게 된 정황도 설명했다. 내가 수사관의 생각과는 정반대로 우연히 핀타 행성에 오게 되었음을 진술하자 수사관은 웃음을 터뜨리더니 그보다 좀 더 똑똑한 대답을 꾸며 내야 할 거라고 말했다. 다음으로 수사관은 조서를 자세히 들여다보면서 나에게 시시때때로 여러 가지 질문을 던졌다. 매번 숨을 쉬기 위해 일어서야만 했으므로 그것은 그에게 매우 어려운 일이었고, 한번은 본의 아니게 사레가 들려서 오랫동안 기침을 하기도 했다. 이후에 나는 이것이 핀타 사람들에게 매우 자주 일어나는 일이라는 것을 알았다.

물고기인 수사관은 나에게 모든 혐의를 인정하라고 부드럽게 설득했고, 그럼에도 불구하고 내가 죄가 없다고 계속 대답하자 갑자기 벌떡 일어나서 청어조림 깡통을 가리키며 물었다.

"그럼 저것은 무슨 의미인가?"

"아무것도 아니다." 내가 어리둥절해서 대답했다.

"그건 두고 봐야지. 이 선동자를 데리고 나가!" 그가 소리쳤다.

이렇게 해서 취조는 끝났다.

내가 갇힌 방은 완전히 건조했다. 축축한 물기가 벌써 짜증스럽게 느껴지기 시작했으므로 나는 물기 없는 방이 진심으로 반가웠다. 크지 않은 그 방에 나 말고도 일곱 명의 핀타 행성 사람들이 있었는데 이들은 나를 대단히 호의적으로 받아들였고 외국인으로서 존중하여 벤치 위의 자리를 내주었다. 이들로부터 나는 로켓에서 발견된 청어 깡통이 이들의 법적인 관점에 의하면 일명 '범죄적인 암시'를 통한,

핀타 행성 사람들의 가장 높은 이상에 대한 무시무시한 침해라는 사실을 알게 되었다. 나는 그 암시가 정확히 어떤 것인지 물었으나 이들은 그것을 대답해 줄 수가 없거나 아니면 (내가 느끼기에) 대답하기를 꺼리는 것 같았다. 이런 방향의 질문이 그들에게 괴롭게 느껴진다는 것을 알고 나는 입을 다물었다. 나는 또한 이들에게서, 내가 지금 있는 이런 감옥이 행성 전체에서 유일하게 물이 없는 장소라는 것을 알게 되었다. 나는 이들이 역사적으로 언제나 물속에서 살아왔는지를 물었다. 그들은 나에게, 한때 핀타에는 땅이 많이 있었고 바다가 적었으며 행성에 수많은 혐오스러운 건조한 장소들이 있었다고 대답했다.

현재 행성의 지배자는 위대한 물고기인 생선자 에르메지네우스였다. 건조감옥에 갇혀 있었던 석 달 동안 열여덟 개의 서로 다른 위원회가 나를 찾아왔다. 이들은 나에게 거울에 대고 숨을 불어 보라고 한 후 거울이 흐려지는 모양새가 어떠한지를 관찰했고 나를 물에 담근 뒤에 밖으로 나왔을 때 물방울이 몇 개나 떨어지는지 세었으며 나에게 맞춘 물고기 꼬리를 달아 주었다. 나는 또한 전문가들에게 내가 꾼 꿈을 이야기해야만 했는데, 전문가들은 꿈 얘기를 듣자마자 형법 조항에 의거하여 나를 규정짓고 분리했다. 가을이 다가왔을 때 나의 죄상에 대한 증거는 이미 커다란 책 80권에 달했고 학술적 증거는 물고기 비늘로 덮인 사무실의 선반을 세 개나 차지했다. 끝내 나는 나에게 씌워진 모든 혐의, 구체적으로는 콘드라이트 운석에 구멍을 뚫은 사실과 핀타 행성을 위해 여러 번 격렬한 물고기인 살해에 참여한 것을 인정했다. 지금까지도 나는 이 말이 무슨 뜻인지 모른다. 참작할 만한 정상, 구체적으로 말하자면 물속 생활의 은총에 대한 나의 아둔한 무지와 곧 다가올 위대한 생선자 물고기인 에르메지네우스의 명명일을 고려하여 나는 2년간 자유로운 조각을 하고 이 중 6개월은 물속에서 지내야만 하는 비교적 가벼운 처벌을 받았으며 그런 뒤에는 풀려날 수 있게 되었다.

핀타에서 지내는 반년간의 생활을 나는 가능한 한 편하게 하려고 마음먹었으나 그 어느 호텔에도 자리를 찾을 수 없어서 어떤 노파의 집 한구석에 얹혀살았는데, 이 노파의 직업은 달팽이를 훈련시키는 것으로, 즉 민족 명절에 대비하여 달팽이들이 특정한 모양새로 몸을 구부릴 수 있게 가르치는 일이었다.

건조감옥에서 풀려난 첫날 저녁에 나는 수도의 합창단이 공연하는 것을 보게 되었으나 몹시 실망했는데, 왜냐하면 합창단은 물속에서 부글거리며 노래했기 때문이었다.

공연 중 어느 때에 나는 당직 물고기인이 어떤 인물을 안내하는 것을 보았는데, 그 인물은 해가 지고 어두워진 뒤에 관객을 향해 빨대를 통해서 숨을 불어 냈다. 물이 가득한 박스석을 차지한 귀빈들은 끊임없이 스스로 물감을 끼얹었다. 나는 이 모든 일이 상당히 불편하다는 기묘한 인상을 떨칠 수 없었다. 이에 대해 집주인인 노파에게서 정보를 얻을 수 있을지 시도해 보았으나 노파는 어쨌든 나에게 대답해 주려 하지 않았다. 그저 내 방에 물을 어느 정도까지 채워 주기를 원하는지 물어볼 뿐이었다. 내가 욕실 이외에는 물이 안 보였으면 좋겠다고 대답하자 노파는 입을 꽉 다물고 어깨를 들썩이더니 내가 말을 하는 도중에 내버려 두고 가 버렸다.

핀타인들을 모든 면에서 이해하고 싶은 마음에 나는 그들의 문화생활에 참여해 보려 애썼다. 내가 행성에 도착했을 때 언론에서는 부글거리는 것에 대한 열띤 논의가 한창 진행 중이었다. 전문가들은 조용히 부글거리는 것이 미래에 가장 인기 있을 것이라고 말했다.

나의 집주인에게 방을 빌려 사는 어떤 젊고 잘생긴 펀타인이 있었는데 그는 인기 있는 잡지《물고기 목소리》의 편집자였다. 신문에서 나는 발두르와 바두빈에 대한 언급을 자주 보았으며 본문 내용으로 짐작건대 어떤 생물체에 관한 것인 듯했으나 펀타인들과 무슨 관련이 있는지는 이해할 수 없었다. 나에게 이런 질문을 받은 사람들은 대체로 물속에 얼굴을 담그고 부글거리는 소리로 내 말을 막았다. 나는 편집자에게 이 점에 대해 물어보고 싶었으나 그는 대단히 민망해했다. 저녁을 먹으면서 그는 매우 흥분한 채로 자신에게 치명적인 사건이 일어났다고 말했다. 부주의하게도 그는 잡지의 첫 번째 기사에 물속에 있으면 축축하다고 썼던 것이다. 이 때문에 그는 최악의 결과가 일어날 것이라고 예상했다. 나는 그를 위로하기 위해 노력하면서 그에게 물속에 있으면 건조하다고 생각하는지 물었다. 그는 몸을 부르르 떨더니 내가 아무것도 이해하지 못한다고 말했다. 모든 일은 물고기의 관점에서 바라보아야만 했다. 물고기에게 물이 축축하지 않다면 물속은 축축하지 않은 것이다. 이틀 뒤에 편집자는 사라졌다.

나는 공공장소에서 특별한 어려움을 겪곤 했다. 처음 극장에 갔을 때 공연을 보면서 나는 끊임없이 속삭이는 소리에 방해를 받았다. 옆에 앉은 사람들이 소곤거리는 것이라 판단하고 나는 신경 쓰지 않으려 했다. 결국 신경에 거슬려서 다른 좌석으로 옮겨 앉았지만 그곳에서도 똑같이 속삭이는 소리가 들려왔다. 무대 위에서 배우가 위대한 물고기인에 대해 말하고 있을 때 조용한 목소리가 속삭였다. "너의 몸이 행복한 떨림으로 물든다." 나는 관객석 전체가 가볍게 떨리기 시작하는 것을 눈치챘다. 이후에 나는 모든 공공장소에 특별한 속삭임 기계가 설치되어 현재의 적절한 경험을 소곤거려 준다는 것을 알게 되었다. 핀타인들의 관습과 속성에 대해 더 잘 알고 싶은 마음에 나는 소설과 학교 교재와 학술 저작을 포함하여 엄청난 수의 책을 읽었다. 그 책들 중 몇 권은 아직도 가지고 있는데 예를 들면 『작은 바두빈』 『건조 상태의 끔찍함에 관하여』 『물고기인에게 물속이란』 『둘이 함께 부글대며』 등이다. 대학 서점에서는 나에게 설득적 진화론에 대한 저작들을 권했으나 그런 책에서도 나는 발두르와 바두빈에 대한 대단히 구체적인 묘사 외에는 아무것도 찾아내지 못했다.

나의 집주인은 내가 캐물으려 하자 부엌에 들어가 달팽이들 속에 파묻혀 나오지 않았으며 그래서 나는 다시 서점으로 가서 바두빈을 다만 하나라도 볼 수 있는 곳이 어디인지를 물었다. 여기에 대해 점원들 전원이 계산대 아래로 잠수했으며 우연히 가게 안에 있던 젊은 핀타인들은 나를 선동자로서 물고기서로 끌고 갔다. 건조감옥에 던져진 뒤에 나는 그곳에서 이전의 동료 세 명을 발견했다. 그들에게 물어본 뒤에야 나는 핀타 행성에 발두르도 바두빈도 아직은 없다는 사실을 알게 되었다. 그것은 고귀하며 물고기적 형태가 완벽한 존재들로서 핀타인들은 설득적 진화론의 과학에 의거하여 시간이 지나면 그러한 모습으로 변하게 된다는 것이었다. 나는 그 변화가 언제 일어나는지 물었다. 이에 그 방에 있던 모두가 몸을 떨고 잠수하려 했으나 물이 없었기 때문에 당연히 불가능했으며 나이가 가장 많고 사지가 매우 뒤틀린 사람이 말했다.

"잘 들어, 물고기인, 우리 행성에서 그런 걸 말하면 처벌받게 돼. 물고기서에서 당신의 질문에 대해 알게 되어 처벌이 좀 더 무거워지면 좋겠군."

나는 시무룩해져서 슬픈 생각에 잠겼다가 불운한 동료들이 대화하는 소리에 정신을 차렸다. 죄수들은 자신이 저지른 죄상에 대해 논의하면서 그것이 얼마나 큰 잘못일지 궁리하고 있었다. 그중 한 명은 물에 잠긴 소파에서 잠들었다가 사레가 들려서 벌떡 일어서며 "이러다간 죽고 말겠어"라고 외쳤기 때문에 건조감옥에 들어와 있었다. 또 다른 죄수는 아이에게 어렸을 때부터 물속에서 사는 법을 가르치는 대신 양가죽에 싸서 안고 다녔다. 세 번째는 아까 말한 가장 나이가 많은 사람이었는데, 물속에서 살아남은 기록을 세우기 위해 희생된 300명의 물고기인 영웅들에 대한 강연 도중에 자격 있는 전문가들에 의하면 의미심장하고 폭력적인 방식이라 규정된 방법으로 부글거리는 불운을 맞이하였다.

곧 나는 물고기서 서장 앞에 불려 갔고 그는 내가 또다시 저지른 수치스러운 행위로 인하여 기존의 형벌에 3년간 자유로운 조각형을 추가할 수밖에 없다고 선언했다. 다음 날 37명의 핀타인들을 동반한 가운데 나는 익히 익숙한 상황에서, 즉 턱까지 물에 잠긴 채로 배를 타고 조각가들의 지역으로 항해해 갔다. 그곳은 도시에서 멀리 떨어져 있었다. 우리의 일은 삼림지에 서식하는 종류의 물고기 조각상을 만드는 것이었다. 내가 기억하기로 우리는 약 만 4천 개에 달하는 조각상을 깎아 냈다. 아침에 우리는 노래를 부르며 일터로 헤엄쳐 갔는데, 그 노래들 중에 내가 가장 뚜렷하게 기억하는 것은 '어이, 자유여, 어이, 자유는 우리에게 조각할 힘을 더해 준다네'라는 구절로 시작하는 노래였다. 일을 마친 뒤에 우리는 숙소로 돌아왔고 그러고 나서 물속에서 섭취해야만 하는 저녁밥을 먹기 전에 매일 강사가 찾아와 물속의 자유에 대한 교육적인 강의를 했다. 원하는 사람은 '지느러미적 특성을 숙고하는 모임'에 가입할 수 있었다. 강의를 마치면서 강사는 언제나 우리에게 조각할 의욕을 잃은 사람이 혹시 있는지를 물었다. 아무도 여기에 손을 들지 않았으므로 나도 가만히 있었다. 게다가 강의실 안에 배치된 소곤거리는 기계들이 우리는 아주 오랫동안 조각을 할 생각이며 그것도 가능하면 물속에서 하고 싶어 한다고 알려 주고 있었다.

어느 날 우리 감독관이 보기 드물게 신이 난 듯한 모습을 보였는데, 우리는 점심을 먹으면서 발두르적 부드러움의 현현을 완벽히 체득한 위대한 생선자 물고기인 에르메지네우스가 우리 작업장 근처를 항해해서 지나갈 것이라는 사실을 알게 되었다. 그래서 오후부터 우리는 영광스러운 방문을 기대하면서 신경을 곤두세우고 있었다. 비가 오고 끔찍하게 추웠기 때문에 모두들 덜덜 떨었다. 떠다니는 부표 위에 놓인 소곤거리는 기계들이 우리가 열정에 겨워 떨고 있다고 보고했다. 700척의 배로 구성된 위대한 생선자의 행렬은 거의 해 질 무렵까지 우리 작업장을 지나쳐 갔다. 나는 상당히 가까운 곳에 있어서 생선자 본인을 목격할 기회가 있었는데, 놀랍게도 그는 어떻게 보아도 물고기를 전혀 닮지 않았다. 머리가 하얗게 세고 팔다리가 무시무시하게 뒤틀려 있다는 점에서 그는 겉보기에 가장 평범한 핀타인이었다. 위대한 생선자가 숨을 쉬기 위해서 물 밖으로 머리를 내밀 때면 짙은 붉은색과 금빛의 비늘로 차려입은 여덟 명의 고관대작들이 지도자의 고귀한 어깨를 받쳤다. 위대한 생선자는 그때마다 너무나 날카롭게 기침을 해서 나는 그가 불쌍해질 정도였다. 이 행사를 기념하기 위해서 우리는 계획에 없었던 삼림지 물고기의 조각상을 800개

제작했다.

일주일쯤 지난 뒤에 나는 처음으로 손이 견디기 힘들게 욱신거리는 것을 느꼈다. 동료들은 내가 그냥 초기 관절염을 앓고 있을 뿐이며 이것은 핀타 행성의 가장 큰 전염병이라고 설명했다. 그러나 이것을 질병이라고 말해서는 안 되었고, 그저 생선화에 대한 생체 조직의 비이성적인 저항의 증상이라고만 말할 수 있었다. 이제야 나는 핀타인들의 뒤틀린 모습을 이해할 수 있었다.

일주일에 한 번 우리는 물속에서 살아가는 삶의 전망을 묘사하는 공연을 보러 가야 했다. 나는 물에 대해 생각만 해도 속이 울렁거렸으므로 나 자신을 보호하기 위하여 눈을 감았다.

내 삶은 다섯 달 동안 이렇게 흘러갔다. 그 5개월째가 끝나 갈 때쯤 나는 어느 나이 든 핀타인과 친구가 되었는데, 그는 대학교 교수였으며 수업 중에 물은 실제로 살기 위해 반드시 필요하지만 이 행성에서 보편적으로 실행하는 것과는 다른 의미에서 그러하다고 진술했기 때문에 자유 조각형을 받았다. 우리는 대부분 밤에 대화를 나누었는데, 그러면서 교수는 핀타의 옛 역사에 대해 이야기해 주었다. 한때 행성은 뜨거운 바람에 시달렸고 학자들은 행성 전체가 완전히 사막으로 변할 위험이 있음을 증명했다. 이와 관련하여 핀타인들은 거대한 관개 계획을 수립했다. 그 계획을 실행하기 위해서 적절한 기구와 관리 부서들이 설립되었다. 그 뒤에, 운하와 저수지의 연결망이 이미 건설된 후에도 관리 부서들이 해체되기를 거부하고 계속 일하자 핀타는 점점 더 물에 잠기게 되었다. 그 결과, 교수의 이야기에 따르면, 지배당해야 했던 것이 우리를 지배하게 되었다. 그러나 아무도 이 사실을 인정하고 싶어 하지 않았으므로 그다음으로 피할 수 없는 단계는 모든 일이 바로 이렇게 되어야만 했다고 확정하는 것이었다.

어느 날 전례 없는 흥분을 일으키는 소문이 우리 사이에서 돌기 시작했다. 뭔가 특별한 변화가 일어날 예정이라는 것이었고, 몇몇 사람들은 대담하게도 다름 아닌 위대한 생선자가 직접 가까운 시일 내에 거주 지역에서 물을 뽑아 건조하게 할 것이며 어쩌면 행성 전체에 실시할지도 모른다고 장담했다. 관리 당국에서는 즉각 패배주의에 맞서기 위해 대응에 나섰으며 새로운 물고기 조각상을 만드는 기획에 착수했다. 그럼에도 불구하고 고집스러운 소문은 점점 더 환상적인 종류로 변해 가며 계속 돌아다녔다. 심지어 위대한 생선자 에르메지네우스가 수건을 들고 있는 것을 보았다고 누군가 말하는 것을 내 귀로 들었다.

어느 날 밤에 관리 당국 건물에서 야단법석을 일으키는 소리가 우리에게까지 들려왔다. 마당으로 헤엄쳐 나온 나는 감독관이 강사와 함께 큰 소리로 노래를 부르면서 커다란 양동이에 물을 퍼서 창밖으로 쏟는 것을 보았다. 새벽녘이 되어 강사가 나타났다. 그는 물이 들어오지 않게 막아 둔 배에 앉아서 우리에게 이제까지 일어난 모든 일은 오해였으며 새롭고 진정으로 자유로운, 이제까지와는 전혀 다른 방식의 생활이 기획되는 중이며, 당분간 부글거리는 것은 힘들고 건강에 좋지 않을뿐더러 완전히 필요 없는 일로 철회되었다고 선언했다. 이렇게 말하는 동안 강사는 한쪽 발을 물에 집어넣고 혐오감에 몸을 떨면서 발로 물을 밀어냈다. 말을 마치면서 강사는 자신이 언제나 물에 반대했으며 물에서 좋은 일은 아무것도 생겨나지 않는데 아무도 이해를 못 했다고 덧붙였다. 이틀 동안 우리는 일하러 가지 않았다. 그런 뒤에 우리는 이미 완성된 조각상을 다시 제작하게 되었다. 우리는 조각상에서 지느러미를 깎아 내고 그 대신에 다리를 조각했다. 강사가 우리에게 새로운 노래를 가르치기 시작했다. '주위가 건조하면 영혼이 기뻐한다네.' 그리고 이제 언제라도 물을 퍼내기 위한 펌프가 도착할 것이라고 모두들 말하고 있었다.

그러나 노래를 2절까지 가르친 후 강사는 도시로 불려 가서 그 뒤로 돌아오지 않았다. 다음 날 아침 감독관이 우리에게 헤엄쳐 와서 물 밖으로 고개를 미처 들기도 전에 모두에게 방수된 신문을 나눠 주었다. 신문 기사는 부글거림이 건강에 해로우며 발두르화化에 도움이 되지 않아 앞으로 영원히 무효화되었으나, 이는 파멸적인 건조 상태로 돌아간다는 의미는 전혀 아니라고 보도했다. 그보다 정반대였다. 바두빈의 기후에 적응하고 발두르의 형태에 고정되기 위해 행성 전체에서 물고기화의 가장 높은 수순으로서 법적으로 예외 없이 수중 호흡만 허용되며, 이와 관련하여 공공의 이익을 염두에 두고 수중 호흡은 순차적으로 도입될 예정인데, 그것은 즉 매일 모든 시민들이 전날보다 조금 더 긴 시간 동안 물속에 머물러야만 한다는 뜻이었다. 시민들이 이것을 실천하기 쉽도록 모든 곳에서 물의 높이를 11수심(길이 단위)까지 높이도록 법으로 규정되었다.

실제로 저녁이 되자 물의 높이가 너무나 높아져서 우리는 선 채로 잠을 자야 했다. 소곤거리는 기계가 물에 잠겼기 때문에 어떻게든 더 높이 달아야만 했으며, 새로운 강사는 물속에서 숨 쉬는 법을 연습하는 수업을 시작했다. 며칠 뒤에 자비로우신 에르메지네우스가 모든 시민들의 부탁에 따라 결정을 내려서 물의 높이는 이전보다 반 수심 더 높아졌다. 우리는 모두 발끝으로만 걸어 다녔다. 키가 작은 사람들은 얼마 안 되어 어디론가 사라졌다. 물속에서 숨 쉬는 데 아무도 성공하지 못했기 때문에 숨을 쉬기 위해서 눈에 띄지 않게 수면 위로 뛰어오르는 요령이 생겨났다. 한 달쯤 지나자 이것도 매우 잘하게 되었으며 모두들 스스로 이 수면 위로 뛰어오르는 호흡을 하지 않는 척, 다른 사람이 하는 것을 보지도 못하는 척하게 되었다. 언론에서는 행성 전체에서 수중 호흡에 엄청난 발전이 있었다고 보도했으며 자유 조각 작업장에는 옛날 방식으로 부글거리는 사람들이 수없이 끌려왔다.

이 모든 일들이 한꺼번에 나에게 너무나 많은 문제를 안겨 줘서 나는 마침내 자유 조각 작업 구역을 떠나기로 결심했다. 일이 끝난 뒤에 나는 새로운 기념비(말하는 걸 잊었는데 우리는 물고기들에게 깎아서 붙였던 다리를 떼어 내고 그곳에 도로 지느러미를 붙였다)를 둘러싼 담장 뒤에 몸을 숨겼고 작업장이 텅 비고 나서 도시로 헤엄쳐 갔다. 이 점에 있어 나는 핀타인들에 비해 매우 유리한 입장에 있었는데, 핀타인들은 예상과는 달리 전혀 수영을 하지 못했다.

가는 길은 몹시 힘들었지만 어쨌든 마침내 나는 비행장까지 헤엄쳐 가는 데 성공했다. 내 로켓은 네 명의 물고기인들이 지키고 있었다. 운 좋게도 누군가 근처에서 부글거리기 시작했고 물고기인들은 그쪽으로 달려갔다. 그 순간 나는 해치를 막은 봉인을 떼어 내고 안으로 뛰어들어 가능한 한 최고 속도로 로켓을 발진시켰다. 15분 후, 나에게 그토록 많은 일들을 겪게 했던 행성은 이미 조그만 별이 되어 멀리서 반짝이고 있었다. 나는 침대에 누워 그 건조함을 즐겼다. 유감스럽게도 그 달콤한 휴식은 오래 지속되지 못했다. 해치를 기운차게 두들기는 소리가 갑자기 나를 잠에서 깨웠다. 아직 반쯤 잠든 채로 나는 소리쳤다. "핀타 행성의 자유 만세!" 이 외침 때문에 나는 비싼 대가를 치러야만 했는데, 왜냐하면 로켓 안으로 판타 행성 천사군 순찰대가 쳐들어왔기 때문이다. '펀타 행성'이 아니라 '판타 행성의 자유'라고 외쳤는데 잘못 들으신 것 같다는 해명은 소용없었다. 로켓은 다시 봉인되어 견인되었다. 게다가 더욱 운 나쁘게도 내가 청어 깡통을 찬장에 또 가지고 있었고, 휴식을 취하기 전에 그것을 열었다는 점이 문제가 되었다. 열린 깡통을 한 번 보고 천사군들은 몸을 떨었고 그 뒤에 승리의 함성을 지르며 조서를 꾸몄다. 우리는 곧 행성에 착륙했다. 기다리고 있던 교통수단에 태워졌을 때 나는 이 행성에 멀리서 바라보고 짐작했을 때와 마찬가지로 물이 없음을 확인하고 안도의 한숨을 쉬었다. 나의 호송대가 방호복을 벗었을 때 나는 이들이 인간과 엄청나게 비슷한 존재들이지만 모두의 얼굴이 서로 너무나 비슷해서 마치 쌍둥이들 같은 데다 미소 짓고 있듯이 보인다는 것을 알아챘다.

황혼이 깔렸으나 시내는 빛이 환히 밝혀져 대낮 같았다. 나는 지나가던 사람이 나를 보면 충격을 받아서 혹은 동정의 의미로 고개를 끄덕이는 것을 보았고, 어떤 판타인 여성은 심지어 나를 보자마자 기절하기도 했는데, 기절하는 순간조차도 미소를 멈추지 않았다는 점이 매우 특이했다.

얼마간 시간이 지난 뒤에 나는 행성의 모든 주민이 일종의 가면 같은 것을 쓰고 있다는 느낌을 받았으나 어쨌든 그 점을 완전히 확신할 수는 없었다. 나의 여정은 '**자유로운 판타의 천사군**'이라는 현판이 걸린 건물 앞에서 끝났다. 그날 밤을 조그만 감방에서 창문을 통해 들려오는 대도시 생활의 소리들을 들으면서 혼자 지냈다. 다음 날 정오쯤 수사관들이 취조실에서 나의 죄를 열거한 기소장을 읽었다. 나는 천사를 잡아먹은 죄와 함께 핀타 행성을 위한 선동과 개인적인 정체성 구별의 범죄를 저질렀다는 혐의를 받았다. 나의 죄를 증명하는 실질적인 증거는 두 가지였다. 하나는 열려 있는 청어조림 깡통이었고, 다른 하나는 내가 나의 모습을 볼 수 있도록 수사관이 놓아둔 작은 거울이었다.

수사관은 4급 천사장으로 눈처럼 하얀 제복을 입고 가슴에는 다이아몬드로 만든 번개 문양을 달고 있었다. 그는 내가 저지른 범죄로 인해 평생 정체성 구별의 처벌을 받을 위험에 처했다고 설명하고 법정이 나에게 변론을 준비할 시간을 나흘 준다고 덧붙였다. 국가에서 지정한 변호사는 언제든 요구하면 만날 수 있었다.

은하계의 이 부근에서 법정이 어떤 식으로 돌아가는지에 대해 이미 어느 정도 경험했기 때문에 나는 무엇보다도 먼저 나에게 내려진다는 처벌이 정확히 어떤 것인지 알아내고 싶었다. 요청이 받아들여져서 나는 호박색의 크지 않은 방으로 안내되었는데 그곳에서 변호사인 2급 천사장이 기다리고 있었다. 그는 알고 보니 대단히 이해심이 많은 사람이었고 나에게 설명을 아끼지 않았다.

"알아 둬라, 낯선 여행자여." 그가 말했다. "우리는 사회 안에서 집단으로 살아가는 존재들을 억누르는 모든 근심과 고통과 불운의 원천에 대하여 가장 높은 수준으로 이해하는 데 성공했다. 그 원천은 개인과 개인 안의 사적인 개성에 있다. 사회와 집단은 강력한 태양과 별들에 의지하듯이 영원하며 지속적이고 흔들리지 않는 법규에 의지한다. 개인의 특성이란 불안정성, 결정의 불확실성, 행동의 우연성, 그리고 무엇보다도 무상성이다. 그래서 우리는 사회를 위하여 개인성을 완전히 근절시켰다. 우리 행성에는 오로지 공동체만이 존재한다. 그 안에 개인은 없다."

"아니 어떻게." 내가 어리둥절해서 말했다. "당신이 말하는 건 그저 비유적 표현임이 틀림없다, 당신도 어쨌든 개인인데……"

"최소 단위로서는 그렇다." 그는 변함없는 미소를 띠고 대답했다. "우리가 얼굴을 서로 구별할 수 없다는 것을 당신도 아마 알아챘을 것이다. 마찬가지로 우리는 '사회적인 최대의 대체 가능성'에도 도달했다."

"이해할 수 없다. 그게 무슨 뜻인가?"

"지금 설명하겠다. 매 순간 사회에는 일정한 수의 업무들, 혹은, 우리가 쓰는 표현으로 위상이 존재한다. 이것은 직업적인 위상이므로 정치가들, 정원사들, 기술자들, 의사들 같은 것이다. 또한 가정적인 위상도 존재한다, 아버지, 형제, 자매 등등이다. 이 모든 위상에 대하여 판타인은 단 하루만 주어진 위상을 맡는다. 자정이 되면 우리 국가 전체에서 하나의 움직임이, 마치, 시각적으로 말하자면, 모든 사람이 한 걸음을 걷는 것과 같은 일이 일어난다. 그리고 이런 방식으로 어제는 정원사였던 개인이 오늘은 엔지니어가 되고, 어제의 건설 노동자는 재판관이 되고, 정치가는 선생님이, 기타 등등 그렇게 되는 것이다. 가족도 비슷하게 기능한다. 모든 가족은 혈연으로 구성되고, 그러므로 아버지, 어머니, 아이들이 있지만, 이 위상들만 변함없이 남아 있고 그 자리를 채우는 존재들은 24시간에 한 번씩 바뀐다. 이렇게 해서 변하지 않고 남아 있는 것은 오로지 공동체뿐인 것이다, 알겠나? 언제나 부모와 자녀의 수, 의사와 간호사의 수 등등은 동일하고, 삶의 모든 분야에서 그러하다. 우리의 국가라는 강력한 조직은 대대손손 흔들림 없고 변함없이 바위보다도 굳건하게 지속되며 그 지속성은 우리가 개인적 존재의 짧고 덧없는 속성과 영원히 작별했기 때문에 가능하다. 그렇기 때문에 우리가 완벽한 방식으로 서로 대체 가능하다고 말하는 것이다. 당신도 곧 확인하게 될 것이다, 자정이 지나서 만약에 나를 호출한다면 나는 새로운 인물이 되어 당신에게 올 테니……"

"하지만 그 모든 것이 대체 무엇을 위함인가?" 내가 물었다. "그리고 대체 무슨 수로 당신들 개개인이 모든 종류의 직업을 수행한단 말인가? 당신은 정원사이고 재판관이고 변호사일 뿐만 아니라 원하는 대로 아버지나 어머니도 될 수 있단 말인가?"

"많은 직업들을," 나의 미소 짓는 변호사가 대답했다. "나는 잘 수행할 줄 모른다. 그러나 어쨌든 그 직업을 수행하는 것은 오로지 하루뿐이다. 게다가 구시대 방식의 모든 사회에서 개인의 절대 다수가 자신의 직업적 기능을 형편없이 수행하는데 그러면서도 사회라는 기계는 그 때문에 활동을 멈추지는 않는다. 충분한 시간이 주어진다면 형편없는 정원사는 우리의 정원을 망쳐 놓고, 형편없는 지도자는 국가 전체를 멸망으로 몰고 가는데, 우리 사회에서는 이들에게 시간이 주어지지 않는다. 게다가 평범한 사회에서는 직업적인 무능함 외에도 개인의 사적인 움직임의 부정적인, 심지어는 파괴적인 영향이 느껴지게 된다. 질투, 자만심, 이기주의, 허영, 권력욕이 전체의 삶을 갉아먹는 결과를 가져온다. 그런 악영향이 우리 사회에는 존재하지 않는다. 사실상 우리 사회에는 커리어를 만들려는 노력도 없으며 아무도 개인적인 이익을 위해 움직이지 않는데, 왜냐하면 우리 사회에 개인적인 이득이란 아예 없기 때문이다. 오늘 나의 위상에서 내린 결정이 내일 나에게 보상을 가져다줄 것이라는 희망으로 어떤 행동을 할 수가 없는 것이, 내일 나는 누군가 다른 사람이 될 것이고, 오늘 나는 내일 누가 될 것인지 알 수 없기 때문이다.

위상의 변화는 자정에 모두가 참여하는 제비뽑기의 방식으로 일어나며 여기에는 살아 있는 사람 그 누구도 영향을 미칠 수 없다. 우리 체제의 깊은 지혜를 이제 이해하겠는가?"

"그럼 감정은?" 내가 물었다. "매일 다른 사람을 사랑할 수 있는가? 그리고 대체 어떻게 친부와 친모 문제를 해결하는가?"

"우리 체제에서 일부 곤란한 점이," 나의 변호인이 대답했다. "예전 상황에서는 아버지 위상을 맡은 개인이 아이를 낳았을 때였는데, 왜냐하면 아버지의 위상을 하필 출산일이 임박한 여성이 맡게 되는 경우도 있었기 때문이다. 그러나 법적으로 아버지도 아이를 낳을 수 있다고 규정한 뒤로 그러한 문제는 사라졌다. 감정에 관한 문제라면, 우리는 모든 지적인 존재가 가지고 있는, 겉보기에 서로 상충하는 듯한 두 개의 갈망으로 해결했다. 바로 지속성에 대한 갈망과 변화에 대한 갈망이다. 애착, 존경, 사랑은 한때 그 밑바탕에 끊임없는 불안감과 사랑하는 존재를 잃을지도 모른다는 두려움이 깔려 있었다. 그 두려움을 우리는 극복했다. 실제로 그 어떤 충격적 사건이나 질병이나 재난이 삶을 덮친다 해도, 우리는 누구든지 언제나 아버지와 어머니와 배우자와 아이들을 가지고 있다. 그것으로 끝이 아니다. 변하지 않는 것은 우리가 선하다고 생각하는 것이든 악하다고 여기는 것이든 상관없이 어느 정도 시간이 지나면 지루해지기 마련이라는 것이다. 동시에 우리는 어쨌든 운명의 지속성을 갈망하고 파멸과 비극 앞에서 운명을 보호하고 싶어 한다. 우리는 존재하기를 원하는 것이지 흘러가거나 변화하기를 원하지 않으며, 아무런 위험도 무릅쓰지 않은 채로 지속되고 모든 것이 되고 싶어 한다. 일견 서로 조정할 수 없을 것 같은 이 모순점들이 우리의 현실이다.

우리는 심지어 사회의 상류층과 하류층 사이의 반목도 근절했는데, 왜냐하면 모두가 언제라도 최고의 지배자가 될 수 있고, 어떤 종류의 삶이라도, 어떤 분야의 활동이라도 누군가에게 닫혀 있는 일이란 없기 때문이다.

이제 당신이 받을지도 모르는 처벌이 어떤 의미인지 설명할 수 있을 것 같다. 그것은 판타 행성 사람이 마주할 수 있는 가장 큰 불운을 의미하는데, 바로 보편적인 제비뽑기에서 제외되어 개인의 고독한 삶으로 옮아가야 한다는 뜻이다. 정체를 구별한다는 것은 개인에게 평생 동안의 개인성이라는 잔인하고 무자비한 짐을 지움으로써 개인을 파멸시키는 행위다. 나에게 뭔가 더 질문을 하고 싶다면 서둘러야 한다, 자정이 다가오고 있으니까. 그 뒤에 나는 당신을 떠나야만 한다."

"당신 행성에서 죽음에는 어떻게 대응하는가?" 내가 물었다.

이마에 주름을 짓고 얼굴에는 미소를 지은 채 변호사는 마치 그 단어를 이해하려고 애쓰는 것처럼 나를 들여다보았다. 마침내 그가 말했다.

"죽음? 그것은 시대에 뒤떨어진 관념이다. 개인이 없는 곳에 죽음도 없다. 우리 사회에서는 아무도 죽지 않는다."

"하지만 그건 말도 안 돼, 당신 자신도 믿지 않을 것이다!" 내가 외쳤다. "살아 있는 모든 존재는 죽게 돼 있어, 당신마저도!"

"나라니, 그건 대체 누구지?" 그가 미소를 띤 채 내 말을 막았다.

한순간 정적이 찾아왔다.

"당신, 당신 자신이지!"

"오늘의 위상을 넘어서면 나 자신이라는 게 대체 누구지? 성, 이름? 난 그런 게 없다. 얼굴? 우리 사회에서 몇 세기나 전에 도입된 생물학적 치료 덕분에 내 얼굴은 다른 모든 사람들의 얼굴과 똑같다. 위상? 그건 자정이 되면 변한다. 남은 게 뭐가 있지? 없다. 죽음이 무슨 뜻인지 생각해 보라. 그것은 그 불가역성 때문에 비극적인 상실이다. 죽는 사람 자신은 누구를 잃지? 자기 자신? 아니, 죽은 사람은 존재하지 않고, 존재하지 않는 사람은 아무것도 잃을 수 없다. 죽음은 살아 있는 사람들의 일이다. 누군가 가까운 사람을 상실하는 일인 것이다.

하지만 우리는 가까운 사람을 절대로 잃지 않는다. 이미 당신에게 말하지 않았는가. 우리 사회의 모든 가족은 영원하다. 죽음은 우리 사회에서 위상의 응축일 것이다. 법률은 그런 것을 허용하지 않는다. 나는 이제 가야 한다. 낯선 여행자여 안녕."

"기다려!" 나는 나의 변호사가 일어서는 것을 보고 외쳤다. "당신들 모두 서로 쌍둥이처럼 닮았다고 해도, 당신들 사이에도 어쨌든, 뭔가 차이점이 존재할 거야, 존재해야만 해. 당신의 사회에도 장로들이 있어서, 그들이……"

"아니다. 우리는 누군가가 거쳐 온 위상의 수들을 계산하지 않는다. 천문학적인 연도의 숫자를 계산하지도 않는다. 우리 중 누구도 자신이 얼마나 오래 살고 있는지 알지 못한다. 위상에는 연령이 없다. 가야 할 시간이다."

이 말을 남기고 그는 가 버렸다. 나는 혼자 남았다. 잠시 후에 문이 살짝 열리고 변호사가 다시 나타났다. 똑같은 연보라색 제복을 입고

2급 천사장의 황금 번개 문양을 달고 똑같은 미소를 띠고 있었다.

"나는 당신을 도와주러 왔다, 다른 별에서 온 기소된 여행자여." 그가 말했고 나는 그의 목소리가 이제까지 들어 보지 못한 새로운 목소리라고 느꼈다.

"그러면 어쨌든 당신의 사회에도 뭔가 변하지 않는 것이 있군. 기소된 죄수의 위상이라는 것!" 내가 외쳤다.

"당신은 잘못 알고 있다. 그것은 오로지 외부인에게만 해당된다. 자신의 위상 뒤에 숨어서 누군가 우리 국가 체계를 내부에서부터 무너뜨리려 하는 것은 허용할 수 없다."

"당신은 법률을 아는가?" 내가 물었다.

"법률은 법전에 적혀 있다. 그리고 당신의 재판은 모레가 되어야 열린다. 그날 변호사의 위상을 맡을 사람이 당신을 변호할 것이다……"

"나는 변호인을 거부하겠다."

"당신은 스스로 변호하기를 원하는가?"

"아니다. 나는 처벌을 받기 원한다."

"당신은 경박하다." 미소 띤 변호사가 말했다. "당신은 개인들 사이에서 개인으로 남는 것이 아니라 행성 간의 우주 공간보다 더 큰 허공 속에 남게 된다는 걸 기억하라……"

"당신은 '거장 오'에 대해 들어 본 적 있나?" 내가 물었다. 어디서 그런 질문이 나왔는지는 나 자신도 모른다.

"그렇다. 바로 그가 우리 국가의 창시자다. 바로 그가 자신의 가장 큰 역작을 창조했다. '영원성의 방어막'이다."

우리의 대화는 그렇게 끝났다. 사흘 뒤에 나는 법정에 서서 평생의 개인성을 선고받았다. 나는 비행장으로 호송되었고, 그곳에서 즉각 지구를 향해 경로를 잡고 이륙했다. '우주에 은혜를 베푸시는 분'과 만나고 싶은 마음이 언젠가 또 생겨날지는 나도 모르겠다.

(정보라 옮김)

가면

Maska

처음에 어둠과 차가운 불꽃이 있었고 오랜 굉음이 이어졌고 끈처럼 길게 이어진 불꽃에서 수많은 고리들이 까맣게 튀어나왔고 이 고리들이 나를 계속해서 끌고 갔으며 금속제의 뱀들이 기어와 편편한 이마를 마치 주둥이처럼 사용해서 나를 건드려 매번 닿을 때마다 번개를 맞은 것 같은 날카롭고 황홀하다시피 한 전율을 불러일으켰다.

둥근 유리 너머에서 헤아릴 수 없이 깊고 움직이지 않는 시선이 나를 들여다보다가 멀어져 갔으나 그것은 아마 내가 계속 움직여서 다음 응시자의 시선 안으로, 무감각과 존경과 공포를 불러일으키는 둥근 시야 안으로 들어갔기 때문일 것이다. 등을 대고 누운 채로 이어진 나의 이 방황은 알 수 없는 시간 동안 계속되었으며, 그 진행에 비례하여 나는 커졌고 자기 자신을 알게 되었고 나 자신의 한계를 경험했는데, 내가 언제 자신의 형태를 정확히 파악하고 내 몸이 끝나는 모든 장소를 인식하게 되었는지는 밝힐 방도가 없다. 그곳에서 세상이 굉음을 내며, 불꽃을 뿜으며, 어둠 속에서 시작되었고 그런 뒤에 움직임이 멈추었고 나를 싣고 가던 바늘처럼 가느다란 절지동물의 다리들이 가볍게 위로 올라가서 집게와 같은 손에 몸을 맡기고 불꽃으로 테를 두른 편편한 입안으로 들어가 사라졌으며 나는 이미 혼자서 움직일 능력이 있었음에도 무기력하게 누워 있었고 그러나 아직은 때가 아니라고 분명하게 의식하고 있었으며 그 무감각하게 기울어진 상태로—왜냐하면 나는 경사진 평면 위에 누워 있었기 때문이다—마지막 전류, 숨 막히는 임종의 성찬, 진동하는 입맞춤이 나를 뛰어오르게 했고, 그것이 이제 떨치고 나와서 빛이 없는 둥근 구멍으로 기어 들어가야 한다는 신호였으며, 이미 나는 아무런 재촉도 받지 않은 채 차갑고 매끈하고 움푹한 원반에 닿아 그 위에서 깊은 안도감과 함께 휴식을 취할 수 있었다. 그러나 어쩌면 그것은 꿈이었을지도 모른다.

각성에 대해서는 아무것도 알지 못한다. 이해할 수 없는 속삭임을, 시원한 어스름과 그 안에 있었던 나 자신을 기억하고, 세상은 넓은 빛이 되어, 색색으로 빛나는 반짝임이 되어 내 앞에 열렸고, 문턱을 넘었을 때 나의 움직임에는 그 색색의 반짝임만큼이나 놀라움이 가득했다. 강한 섬광들이 여러 가지 색이 뒤섞인 수직의 덩어리가 되어 위에서부터 흘러내려왔고 나는 그 덩어리들이 물처럼 반짝이는 단추 모양이 되어 나를 향해 오는 것을 보았으며 사방을 채우던 소음이 잠잠해지고 새로 생겨난 정적 속에서 나는 한 번 더 작은 발걸음을 떼었다.*

* 원문에서 이 부분까지 화자의 성별은 중성이며, 이후부터는 여성이다.

그때 아주 가느다란 현에서 흘러나온 것과 같은, 들린다기보다는 그저 느낄 수만 있는 소리가 내 안에서 터졌고 나는 너무나 갑작스러운 성별의 유입을 느끼며 머리가 어지러워져 눈을 감았다. 그리고 내가 그렇게 눈을 감은 채로 섰을 때 모든 방향에서 단어들이 나에게 다가왔는데, 왜냐하면 성과 함께 나에게 언어도 생겨났기 때문이다. 나는 눈을 뜨고 미소를 짓고 앞을 향해 나아갔으며 나의 드레스가 나와 함께 갔고 나는 크리놀린*에 감싸인 채 대담하게 걸었으며 어디로 가는지 몰랐으나 계속 발걸음을 옮겼는데 그것은 궁전의 무도회였고 머리를 빛나는 덩어리로, 눈을 젖은 단추로 착각했던 방금 전 나 자신의 실수를 떠올리자 마치 조그만 소녀였던 시절의 바보 같은 장난을 떠올리듯 즐거워졌으며 그래서 나는 미소 지었으나 그 미소는 나 자신에게만 향한 것이었다. 나의 청각은 날카로워져서 먼 곳의 소리까지 감지했으며 그리하여 나는 내 모습을 감상하는 세련된 소곤거림과 신사들의 소리 죽인 한숨과 질투하는 숙녀들의 "저런 여자애는 어디서 나타났지요, 자작?"이라는 목소리를 알아들었다. 그런 가운데 나는 거대한 홀을 가로질러 크리스털 거미들 아래로 걸어갔으며 천장의 거미줄에서 장미 꽃잎이 떨어져 내렸고 스멀스멀 솟아 나오는 혐오감을 느끼면서 여자들의 색칠된 얼굴과 거무스름한 얼굴의 영주들의 욕정에 찬 눈을 훑어보았다.

천장에서 마룻바닥까지 이어진 창문 밖에는 밤이 입을 벌리고 있었고 공원에서는 나무통들이 불타고 있었으며 창문 사이 오목하게 들어간 곳의, 대리석 조각상의 발치에 다른 사람들보다 키가 작은 사

* 19세기 중반 이후 서양에서 유행했던, 치마를 부풀게 하기 위해 뼈대를 넣거나 심으로 단단하게 만든 속옷.

람이 검은색과 노란색 줄무늬 옷을 입은 궁정 조신들에게 왕관처럼 둘러싸여 있었는데, 조신들은 그를 향해 밀고 들어가는 것 같았으나 안이 텅 빈 원을 넘어가지 않았고 그 유일한 사람은 내가 가까이 다가갔을 때도 내 쪽으로 눈길조차 주지 않았다. 그의 곁을 지나가면서 나는 잠시 멈추었고, 그가 내 쪽을 전혀 쳐다보지 않았음에도 손가락의 가장 끝으로 크리놀린을 살짝 잡아 눈을 내리깔고 그에게 깊이 고개 숙여 인사할 듯한 태도를 취했으나 나는 단지 가늘고 하얀 내 손을 쳐다보았을 뿐인데, 그 하얀색이 나에게 무슨 소용인지는 어쨌든 알지 못할뿐더러 크리놀린의 연하늘색에 대비되어 하얗게 보이는 그 손이 뭔가 무시무시한 것을 간직한 것만 같았다. 그리고 그 남자, 조신들에게 둘러싸인 그 키 작은 성주 혹은 영주 뒤에는 반무장한 창백한 기사가 서 있었는데, 기사는 금발을 드러내고 손에는 장난감처럼 작은 단검을 쥐고 있었으며, 나에게 시선을 향하지 않고 낮은, 마치 지루해서 견딜 수 없다는 듯한 목소리로 혼잣말하는 것 같았는데, 왜냐하면 그의 목소리는 아무에게도 향하지 않았기 때문이었다. 나는 그에게 고개 숙여 인사하지 않고 단지 얼굴을 기억하기 위해서 짧은 순간 아주 갑작스럽게 그를 쳐다보기만 했는데, 그 얼굴은 지루해서 찡그린 입술의 끝에 하얀 흉터가 이어졌기 때문에 입가에서 어둡게 비뚤어져 있었으며, 나는 눈으로만 그 입술을 실컷 들여다본 뒤에 크리놀린이 바스락 소리를 낼 정도로 발뒤꿈치로 힘차게 몸을 돌려 계속 걸었다. 그제야 그는 나를 쳐다보았고 나는 그의 시선을 완벽하게 느꼈으며, 그것은 한순간의 지나가는 차가운 시선이었으나 동시에 달라붙는 눈길이라 그가 눈에 보이지 않는 화승총을 볼에 대고 그 총구를 내 뒷목에, 동그랗게 만 금발 사이에 겨누고 있는 것 같았고,

그것이 두 번째 시작이었다. 나는 돌아서고 싶지 않았으나 돌아서서 양손으로 크리놀린을 잡고 그 뻣뻣한 뼈대 사이로 반짝이는 마룻바닥 아래로 들어갈 것처럼 낮게, 아주 낮게 무릎을 굽혀 인사했는데, 왜냐하면 그는 왕이었기 때문이었다. 그런 뒤에 나는 천천히 멀어지면서 내가 그 사실을 어째서 그렇게 잘 알며 확신하는지 생각했고 동시에 그 자리에 어울리지 않는 행동을 거의 할 뻔했는데, 내가 알 수가 없는데도 알고 있었기 때문이었고, 그래서 나는 고집스럽고 단호하게 이 모든 것을 꿈이라고 여겼으며 꿈속에서 누군가의 코를 잡아챈들 무슨 상관이겠느냐고 생각했기 때문이었다. 나는 아주 약간 겁을 먹었는데, 마치 내 안에 보이지 않는 경계선을 가지고 있는 것 같아서 코를 잡아채는 행동을 하는 데는 성공하지 못했기 때문이었다. 그렇게 무의식적으로 걸어가면서 내가 깨어 있는지 꿈꾸고 있는지에 대한 확신 사이에서 망설였으며 동시에 파도가 해안으로 밀려드는 것과 약간 비슷하게 내 안으로 지식이 밀려들어 왔고, 각각의 파도는 내 안에 새로운 정보를, 레이스로 짠 것과 같은 칭호들을 남겼다. 홀의 중앙쯤에서, 불길 속의 선박처럼 흔들리는 환한 샹들리에 아래에서 나는 이미 모든 숙녀들의 경칭을 알고 있었는데, 그 경칭을 적절히 사용하는 것은 매우 깊은 생각을 요하는 예술이었다.

나는 진작 악몽에서 완전히 깨어났으나 동시에 그 악몽을 아직도 손에 닿을 듯 기억하는 것과 같은 방식으로 아주 많은 것을 알고 있었으며 내가 도달할 수 없는 채로 남아 있는 영역은 머릿속에 두 개의 일식日蝕처럼 가려진 상태로 여겨졌는데, 그 두 곳은 나의 과거와 현재였고, 여전히 나 자신에 대해서는 조금도 알지 못했다. 대신 나는 나의 나체를, 가슴, 배, 허벅지, 목, 어깨, 화려하고 풍성한 옷에 가려 보이지 않는 발을 충분히 인식하고 있었으며 가슴 사이에서 태양처럼 맥박 치는 금으로 세팅한 토파즈를 만져 보았고, 내 얼굴의 표정을 느꼈는데, 그것은 아무에게도 어떤 것도 전혀 알려 주지 않는 표정, 보면 놀랄 수밖에 없는 표정으로, 누구든 나를 쳐다보면 미소를 짓는다는 인상을 받았으나 나의 입술과 눈과 눈썹을 주의 깊게 살펴보면 그곳에는 즐거움의 흔적조차, 심지어 예의상 즐거워하는 표정조차 없다는 사실을 알게 되며, 다시 한번 눈을 들여다보면서 기쁨을 찾더라도 그 눈 또한 완전하게 고요하며, 그리하여 볼을 쳐다보고 턱에서 웃음기를 찾더라도 나는 손톱만큼의 보조개도 짓지 않았고 나의 볼은 매끈하고 희었으며 턱은 진지하고 조용하고 사무적이었고 목처럼 완벽했으며 목 또한 아무것도 나타내지 않았다. 그러면 나를 쳐다보던 사람은 어쩌다가 내가 웃고 있다고 생각했는지 이해할 수 없어서 당황하게 되고 자신의 혼란과 나의 아름다움으로 인해 얼이 빠져 군중 속으로 깊이 물러나거나 나에게 깊이 고개 숙여 인사하면서 그런 몸짓으로라도 내 앞에서 자신의 본심을 숨겨 보려 한다.

한편 나는 여전히 두 가지를 알지 못했고 어떻게 생각하더라도 아직은 불분명했으나 그 두 가지가 가장 중요한 일임은 분명했다. 나는 왕이 나의 아름다움을 두려워하는 것도 아니고 전혀 그 아름다움을 욕망하는 것도 아닌데 어째서 내가 지나갈 때 쳐다보지 않았는지, 어째서 나와 눈을 마주치려 하지 않았는지 이해할 수 없었으며 내가 그에게 진실로 가치 있다는 사실을 느꼈으나 뭔가 말로 표현할 수 없는 방식으로, 마치 나를 공짜로 그 혼자 독점한 것처럼, 마치 그에게 있어 나는 이 홀을 넘어선 어디선가 빛나는 존재인 것처럼, 나만이 왁스로 반짝반짝하게 닦인 목재 마룻바닥 위에서 연철로 주조한 문양으로 장식된 화려와 사치 속에 춤을 추기 위해 창조된 존재가 아닌 것처럼 여긴다고 느꼈지만, 내가 그를 지나쳤을 때 그에게서는 왕으로서의 의지를 읽어 낼 수 있을 만한 생각이 단 하나도 솟아나지 않았고, 그가 나에게 그 지나가는 듯한 무심한, 그러나 보이지 않는 총구를 통해 쏘는 듯한 눈길을 보냈을 때, 나는 그가 어두운 유리알 뒤에 숨기를 요구하는 창백한 한쪽 눈으로 나에게 시선을 쏘아 보낸 것이 아니라는 걸 이해했는데, 왜냐하면 그 눈은 잘 구성된 얼굴 외에는 아무것도 나타내지 않았고 군중으로 가득한 세련됨 속에서 마치 세면대 바닥에 남은 더러운 물처럼 눈에 띄었기 때문이었다. 아니, 그의 눈은 햇빛을 피해서 보관했어야 하는데 이미 오래전에 내던져 버린 어떤 것과 같았다.

나에게 무엇을 원하는 것일까, 도대체 무엇을? 그러나 나는 다른 일에 집중해야만 했으므로 이에 대해서 깊이 생각할 수가 없었다. 나는 이곳의 모든 사람을 알고 있었으나 아무도 나를 알지 못했다. 아마도 그만이, 왕 혼자만이 나를 알 것이다. 나는 이제 나 자신에 대한 지식을 갖추었고, 홀을 이미 4분의 3이나 지나 발걸음을 늦추면서 나의 감정은 기묘해졌는데, 각양각색의 군중 속에, 은빛 구레나룻에 둘러싸인 뻣뻣하게 굳어진 얼굴들과 충혈되고 부풀어 오르고 뭉친 파우더 아래 땀에 젖은 얼굴들 사이로, 군부대의 리본과 태슬 사이로 복도가 열려서, 내가 어떤 여왕처럼 그 사람들 사이의 좁은 오솔길로, 나를 안내하는 시선들이 향하는 곳으로 갈 수 있게 해 주었다—나는 대체 어디로 가는 것인가?

누군가에게로.

그런데 나는 누구인가? 나는 물 흐르듯 빠르고 능숙하게 생각할 수 있었고 나의 위상과 여기 저 고관대작 군중 사이의 특수한 차이점이 어떤 것인지 1초 만에 이해했는데, 왜냐하면 그들 모두는 각자 역사와 가족과 한 종류의 훈장과, 음모와 속임수로 얻은 한 가지 작위를 가지고 있었고 저열한 자만심이 든 자루를 메고, 빈 수레 뒤로 흙먼지가 이어지듯이 각자 자신의 역사를 등 뒤에 끌고 하나하나 흔적을 남기며 다녔지만, 그에 비해 나는 너무나 먼 곳에서 와서 마치 하나의 역사가 아니라 여러 개를 가지고 있는 것 같았고, 나의 운명을 이들이 이해할 수 있게 하려면, 이곳의 관습에 따라, 비록 나에게는 이미 모국어였지만 이곳의 낯선 언어로 알아듣게 하려면 차근차근 예를 들 수밖에 없었고, 그러므로 나는 그들이 받아들이도록 가까이 가는 수밖에 없었으나, 선별된 조건에 따르면 나는 그들에게 점점 더 다른 존재가 되어 갈 것이었다. 나 자신에게도 그러할 것인가? 아니다…… 그러나 거의 그러할 것인데, 나는 이제까지 지속되었던 방어벽에서 떨어져 나왔을 때 홀의 문턱에서 폭풍처럼 일어나 빈 곳을 채운 물처럼 내 안으로 밀려들어 왔던 그 지식 외에는 아무런 정보도 갖지 못했고, 그 지식을 바탕으로 나는 논리적으로 논증해 보았다. 내가 동시에 여러 명일 수 있는가? 여러 개의 주어진 과거에서 탄생할 수 있는가? 독초처럼 솟아난 기억들 속에서 뽑아낸 나의 논리력은 가능하지 않다고, 나는 뭔가 하나의 과거를 가져야만 한다고 말했으며, 일단 내가 틀레닉스 여백작이고 가정교사이자 보호자인 조로엔나이 부인이며 발란드 민족에 의해 바다 건너 랑고도토국國에서 고아가 된 어린 비르기니아인 이상, 내가 거짓으로 상상한 이야기와 현실을 구별하고 자신의 진짜 기억 속에서 스스로가 누구인지 찾아낼 능력이 없는 이상, 어쩌면 나는 어쨌든 꿈을 꾸고 있는 것인지도 모른다. 그러나 이미 어디선가 교향악이 울려 퍼졌고 무도회는 산사태처럼 강력하게 진행되었다—이보다 더 현실적인, 나를 깨울 수 있는 현실에 믿음을 갖기란 불가능했다.

나는 더 이상 즐겁지 않은 혼란 속에서 한 걸음 한 걸음 조심하며 걸었는데, 보통 현기증이라고 하는 그 어지럼증이 다시 돌아왔기 때문이었다. 나의 여왕다운 발걸음은 머리카락 한 올만큼도 흔들리지 않았는데, 그것은 거대한 노력의 결과였으며 보이지 않는 노력이기에 그 비가시성으로 인해 더욱 어마어마한 노력을 들여야 했으며, 그러다가 멀리서 보내는 지지를 느꼈고, 그것은 창가의 낮은 자리에 몸을 기울이고 앉은 남자의 눈길이었는데, 남자는 자수가 놓인 커튼을 스카프*처럼 아무렇게나 어깨에 걸쳤으며, 커튼에는 붉은색과 회색의 왕관을 쓴 사자가 수놓여 있었고, 무시무시하게 나이 든 사자들은 앞발에 왕홀과 사과를, 독이 든 사과, 천국의 사과를 들고 있었다. 사자에 가려진 이 사람은 검은 옷을 입고 있었는데, 그 옷은 사치스러웠으나 어딘가 자연스럽게 경쾌한 면이 있었고 그것은 인위적인 귀족 남성의 무질서와는 전혀 달랐으며, 그 낯선 남자는 댄디도 치치스베오도**, 그 어떤 궁전의 조신이나 미남도 아니었으나 늙은 사람은 아니었고 사방을 지배하는 소음 속에서 홀로 고독하게 앉아 나를 바라보고 있었다—내가 혼자이듯이 그 남자도 그렇게 완전히 혼자였다. 반면에 주위 사람들은 카드놀이 파트너들 눈앞에서 지폐를 말아 시가에 불을 붙이거나, 마치 정향 가지를 백조들에게 던져 연못으로

* 18~19세기 귀족 남성이 넥타이 대신 매던 스카프 혹은 '크라바트'를 가리킨다.

** 18세기 말~19세기에 유행했던 단어들이다. 댄디는 옷차림에 신경 쓰는 영국 멋쟁이를 뜻하며, 치치스베오는 이탈리아 귀족 유부녀의 애인으로 육체적으로 매력적인 남성을 뜻한다.

내쫓듯이 녹색 천이 깔린 테이블 위에 두카트* 금화를 내던졌고 그들은 높은 지위가 모든 행동을 고귀하게 만들어 주었기 때문에 멍청하거나 불명예스러운 일은 절대 할 수 없는 사람들이었다. 남자는 말로 표현할 수 없을 정도로 그 방에 어울리지 않았으며 어깨에 걸친 빳빳한 자수 속의 왕실 사자, 그의 얼굴에 황제의 진보라색을 반사하는 사자에게 등에 걸쳐 있어도 좋다고 자신도 모르게 허락하는 것 같았고, 그 허락은 가장 조용한 조롱이었다. 그는 이미 아주 젊지는 않았으나 자신의 모든 살아 있는 젊음을 짙은 눈 속에 담고 있었고 그 눈은 한쪽만 가늘게 뜨고 있었으며 자신의 대화 상대인, 지나치게 과식한 온순한 개의 얼굴을 한 뚱뚱하고 조그만 대머리가 하는 말을 듣거나 듣지 않고 있었다. 앉아 있다가 남자가 일어났을 때 거짓된 장식이 버려지듯이 커튼이 그의 어깨에서 흘러내렸으며 우리의 눈이 강하게 마주쳤으나 나의 시선은 그의 얼굴에서 즉시 떠났다, 마치 도망치듯이. 정말이다. 그러나 나의 눈 밑바닥에 그의 얼굴이 남아 있어서 나는 한순간 눈이 멀고 청각이 사라진 것 같았는데, 그리하여 교향악 대신에 짧은 순간 내가 들을 수 있었던 것은 나 자신의 맥박뿐이었다. 하지만 나도 모르겠다.

확실히 말하건대 남자의 얼굴은 대체로 평범했다. 물론 그 얼굴 윤곽에는 잘생긴 추함, 적절한 이성의 비대칭성이 움직이지 않고 자리잡고 있었으나, 그는 이미 지나치게 날카로우며 또한 자기 자신을 조금은 파괴하는 지성에 스스로 지친 것이 분명했고 아마도 밤마다 자기 자신을 갉아먹고 있을 것이며, 그가 그 때문에 괴로워하면서 자신

* 베네치아 공화국에서 처음 만들어져 1284년부터 제1차 세계대전 이전까지 유럽 각국에서 통용된 금화 또는 은화 단위.

의 그 지성을 특권이자 재능이 아니라 마치 장애처럼 기꺼이 벗어던지고 싶은 순간들이 있다는 것이 명백하게 보였는데, 왜냐하면 끊임없는 생각은 특히 혼자 있을 때에 그를 괴롭히는 것이 분명했고 그런 일은 그에게 자주 일어나는 듯이 보였기 때문이다—어디에서나, 그러므로 여기서도 마찬가지일 것이다. 반면에 그의 육체는 훌륭하게 재단되었으나, 그가 재단사를 묶어 놓고 야단치기라도 한 것처럼 지나치게 꽉 맞는 좋은 옷 아래에서 나로 하여금 그의 나체에 대해 생각하도록 강요했다.

그 나체는 아마도 상당히 한심할 것이었고, 아주 화려하게 남성적이거나 운동선수처럼 근육질이라서 부풀어 오른 근육과 배와 악기의 현과 같은 힘줄로 뱀처럼 흐르며 아직은 모든 것을 포기하지 않은, 아직은 끓어오르는 희망에 부대끼는 노파의 욕구를 불러일으킬 정도까지는 아닐 것이었다. 그러나 그의 머리만은 대단히 남성적이고 아름다웠으며 입가의 선은 천재성을, 눈썹과 눈썹의, 마치 그 사이를 갈라놓은 듯한 주름은 불타는 열정을 드러냈고 또한 자기 자신의 우스움에 대한 자각이 강력하고 기름지게 빛나는 코에 나타나 있었다. 아, 그는 잘생긴 남자가 아니었고 심지어 그의 추함조차도 유혹적이지 않았으며 그는 그냥 독특했고, 우리의 시선이 마주쳤을 때 내가 내면적으로 그토록 분열되어 있지 않았더라면 나는 틀림없이 계속 걸어서 지나쳐 갈 수 있었을 것이다.

사실 그렇게 했더라면, 내가 그 중력장의 영향에서 빠져나가는 데 성공했더라면, 자비로우신 왕은 인장의 떨림으로, 창백하고 지친 눈의 눈가로, 바늘 끝처럼 가느다란 홍채로 나에게 인사하고 놓아주었을 것이고 나는 왔던 곳으로 되돌아갔을 것이다. 그러나 저때 저 장소에서 나는 어쨌든 그런 것을 알 수가 없었고, 우연히 시선이 부딪친 것으로 알았던, 두 존재들의 홍채 안에서 동공이라는 검은 구멍 두 개가 지나가면서 그저 마주 얽혔던 것이, 왜냐하면 결국 동공이란 두개골의 빈 곳에서 유연하게 미끄러져 움직이는 둥근 기관의 구멍이니까—이것이 바로 운명 지워진 일이라는 것을 이해하지 못했다. 내가 그것을 대체 어떻게 알 수 있었겠는가.

내가 막 움직이려고 할 때 남자가 일어나서 코미디가 이제 끝났다는 신호라도 하듯이 소매에 감긴 자수 천의 끝자락을 떨쳐 내고 내 뒤를 따라왔다. 그는 두 걸음 걷고 멈추었는데, 왜냐하면 그 단호한 행동이 얼마나 무례한 것인지, 마치 교향악단을 멍하니 쳐다보며 따라 걷는 멍청이처럼 알지도 못하는 미녀를 따라 걷는 것이 얼마나 볼썽사나운 일인지 깨달았기 때문이었고, 그때 나는 한 손은 주먹을 쥐고 다른 손을 부채의 고리에서 미끄러뜨렸다. 부채가 바닥에 떨어지게 하기 위해서였다. 그러자 그는 당장……

우리는 이미 가까운 거리에서, 그 부채의 자개 손잡이 너머로 서로를 바라보고 있었다. 그것은 멋지고도 무서운 순간이었으며, 소름이 치명적인 가시가 되어 성대를 훑고 지나가서 나는 말을 할 수 없었고, 그래서 나는 목소리를 내지 못할 것이고 오로지 목쉰 신음만 낼 수 있으리라 느끼면서 그에게 고개를 끄덕여 보였다—그리고 이 몸짓은 이전에 내가 나를 바라보지 않는 왕 앞에서 고개 숙인 인사를 끝까지 마치지 않았을 때와 거의 똑같이 응답을 받지 못했다.

그는 자기 자신 안에서 일어나는 일을 스스로 예상하지 못했기 때문에 너무 놀라고 어리둥절해서 나에게 고개 숙여 답하지 않았다. 이것을 나는 그가 나중에 말해 주어서 알았지만, 그가 인정하지 않았다고 하더라도 나는 마찬가지로 알았을 것이다.

그는 이제 반드시 뭔가를 말해야만 했고 머저리처럼 행동하지 말아야만 하게 되었는데, 물론 그 순간에 그는 확실히 머저리였으며 그것을 스스로 알고 있었다.

"부인." 그가 마치 돼지처럼 목을 그륵거리며 말했다—"부인, 그 부채가……"

나는 한참 전에 부채를 도로 손에 쥐고 있었다. 그리고 내 정신도 함께.

"경." 내가 말했고, 나의 목소리는 음색이 아주 약간 가라앉고 변해 있었지만 그는 어쨌든 이전에 내 목소리를 들어 본 적이 없으므로 그것이 보통 때의 목소리라고 생각할 수 있을 것이었다. "제가 부채를 한 번 더 떨어뜨려야 할까요?"

그러고 나서 나는 미소 지었는데, 아, 그것은 홀리거나 유혹하는 미소도 환한 미소도 아니었다. 내가 미소 지은 이유는 단지 내가 얼굴을 붉히고 있다는 것을 느꼈기 때문이었다. 그 홍조는 진정한 내 것이 아니었고 볼에서 번져 얼굴 전체를 뒤덮었으며 귓불을 분홍빛으로 물들였고 나는 그것을 완벽하게 느꼈으나 당황하지 않았고 이 모르는 사람 앞에서 기뻐하지도 놀라지도 않았으며 그는 결국 조신들 사이에서 길을 잃은 많은 사람들 중 한 명일 뿐이었다. 분명히 말하겠는데 나는 그 홍조와 아무 상관이 없었고 그것은 홀의 문턱에서 그 반짝이는 매끈함 안으로 첫걸음을 옮기자마자 내 안으로 들어왔던 지식과 똑같은 곳에서 유래한 것이었다—그 홍조는 부채나 크리놀린, 토파즈와 머리 장식과 똑같이 궁정 예절의 일부인 것 같았다. 그래서 나는 그 홍조를 별것 아닌 것으로 만들기 위해서, 그 홍조를 중화시키기 위해서, 잘못된 의혹에 대항하기 위한 수단으로 미소를 그에게 지어 보인 것이 아니라 그의 위쪽으로, 즐거움과 조롱 사이의 경계선을 이용하여 미소 지어 보였으며 그러자 그는 조용히 소리를 내지 않고 마치 몸 안으로 웃듯이 웃음을 터뜨렸는데, 세상에서 웃음이 가장 엄격하게 금지된 것을 알지만 바로 그 때문에 참을 수 없게 된 아이가 웃는 것 같았다. 그로 인해 그는 한순간 젊어 보였다.

"부인께서 단 한 순간만 제게 틈을 주셨더라면." 그가 마치 새로운 생각에 정신을 차린 듯 갑자기 웃음을 멈추고 말했다. "부인의 말씀에 적절한 대답을, 그러니까 대단히 재치 있는 답변을 생각해 낼 수도 있었겠습니다만. 그러나 대체로 훌륭한 발상이란 저를 지나쳐서 가 버리기만 할 뿐이지요."

"경은 새로운 발상에 그토록 서투르신가요?" 나는 의지의 힘을 얼굴과 귀로 모으면서 물었는데, 왜냐하면 그 물러서지 않는 홍조 때문에 이미 화가 나기 시작했고, 이 홍조는 왕이 나를 운명에 내던진 것과 똑같은 의도의 결과라고 이해했으므로 나의 자유의지에 대한 저해였다.

"어쩌면 여기에 '그걸 고쳐 드릴 방도가 없나요?'라고 덧붙여야 하겠군요. 그러면 경은 절대성의 가설을 확정하는 것으로 보이는 완벽한 아름다움의 현현 앞에서 방도가 없다고 대답하시겠지요. 그런 뒤에 우리 둘 다 교향악의 두 박자에 이끌려 적절한 기교를 내보이며 가장 평범하게 궁전 연회장 마루를 딛게 되겠죠. 하지만 경께서 제가 그 마루를 상당히 불편해한다는 걸 이미 보셨으니, 우리가 이런 식으로 이야기하지 않는 편이 더 나을지도 모르겠네요……"

이 말을 들었을 때 비로소 그는 진심으로 나에게 겁을 먹었다—그리고 진실로 뭐라고 말해야 할지 알지 못하게 되었다. 그의 눈에는 우리가 교회와 숲 사이의 공터에, 아니면 진정 아무것도 없는 곳에서 있는 것 같은 진지함이 어렸다.

"부인은 누구십니까?" 그가 딱딱하게 물었다. 거기에는 더 이상 겉치레도 형식도 흔적조차 없었으며 오로지 그는 나를 두려워하고 있었다. 나는 그가 전혀, 진실로 조금도 두렵지 않았으나 나야말로 사실 겁에 질렸어야 했는데, 왜냐하면 그의 얼굴, 그 모공투성이 피부, 고집스럽게 일어선 눈썹, 커다란 귀가 모두 결합되어 내 안에서 이제까지 잠들어 있던 기대감을 불러일으키는 것을 느꼈기 때문이며, 이는 마치 내가 아직 드러나지 않은 그의 반대 형상을 가지고 다니다가 이제야 바깥으로 드러낸 것만 같았다. 그것이 심지어 나의 사형선고가 된다 하더라도 나는 그를 두려워하지 않았다. 나 자신도 그도 두렵지 않았으나 내 안에 일어난 저 결합의 움직이지 않는 힘 때문에 나는 몸을 떨었다—인간처럼 떤 것이 아니라, 시곗바늘이 정해진 대로 움직여서 시간을 알리기 위해 종을 치는 시계처럼—비록 그 힘은 아직 침묵을 지켰지만. 그 떨림은 아무도 눈치챌 수 없었다.

"그것은 곧 말씀드리지요." 내가 아주 평온하게 대답했다. 그리고 나는 가볍게, 아주 살짝 미소 지었으며 그리하여 병들고 연약한 격려를 더하였고, 부채를 펼쳤다.

"포도주를 마시고 싶네요. 경은 어떠신가요?"

그는 고개를 끄덕였고 그러면서 자신에게 낯설고 어울리지 않고 불편한 그 매너를 피부처럼 뒤집어쓰려고 노력했으며, 홀의 그 자리를 떠나 우리는 왁스로 광을 내어 샹들리에에서 흘러 떨어지는 불빛에 진주 같은 윤기가 흐르는 나무 바닥을 밟으면서 어깨를 나란히 하고 걸어 진주 같은 하인들이 벽 앞에 서서 강한 술을 따라 주는 곳으로 갔다.

그날 밤에 나는 그에게 내가 누구인지 말하지 않았는데, 왜냐하면 나 자신도 진실을 알지 못할뿐더러 그에게 거짓말을 하고 싶지 않았기 때문이었다. 진실은 모순될 수 없으나 나는 가정교사이면서 여백작이면서 고아였고 이 모든 계보들이 내 안에서 맴돌았으며 그중 어느 역할이라도 내가 인정하기만 한다면 수행할 수 있었고, 내가 어느 쪽을 골라서 말하든 진실은 나의 선택과 변덕에 달렸고 말하지 않은 부분은 훅 불면 사라질 것임을 이미 나는 이해했으나 계속해서 이 모든 기회들 사이에서 망설이고 있었는데, 왜냐하면 내 안에서 이 계보들 사이에 어떤 기억의 조작이 충돌하고 있었기 때문이었다—나는 과연 어디에나 흔하게 있는, 가까운 지인들의 정당한 보살핌을 피해 빠져나온 머리가 모자란 허언증 여자가 될 것인가? 남자와 이야기하면서 나는 내가 만약 미치광이라면 모든 일이 성공적으로 끝날 것이라고 생각했다. 꿈에서 깨듯이 광기에서 빠져나올 수 있다—그러므로 양쪽 모두 희망의 빛으로 안내받을 것이다.

늦은 시간, 왕이 연회장을 떠나 자신의 방으로 가기 전에 우리 둘이, 남자가 내 곁을 떠나지 않은 채로 짧은 순간 왕을 지나쳤을 때 나는 왕의 시종장이 우리 쪽에 눈길조차 한 번 주지 않은 것을 느꼈고, 그것은 무시무시한 깨달음이었다. 왜냐하면 시종장은 아로데스 옆에 있는 나의 자태를 확인하지 않았으며 그런 일은 필요 없음이 명백할 뿐만 아니라 나를 완전히 신뢰할 수 있음을 한 점 의심 없이 알고 있는 듯했는데, 이는 파견된 자객들의 운명이 그들을 보낸 사람의 손에 달려 있기에 마지막 순간까지 실망시키지 않을 것이라 완전하게 확신하는 것과 같았다. 한편 나야말로 왕의 무관심을 바탕으로 나 자신의 의심을 지울 수 있어야 했는데, 왕이 내 쪽을 돌아보지 않는 것은 내가 왕에게 아무 의미도 없다는 뜻이었고, 염탐을 당하고 있다는 예측이 고집스럽게 머릿속을 떠나지 않는 것은 광기의 산물이라는 결론에 힘이 실렸기 때문이다. 그러므로 나는 천사처럼 아름다운 미치광이답게 미소를 짓고 아로데스와 함께 실컷 마셨으며, 왕은 아로데스를 그 누구보다도 증오했으나 왕의 모친이 임종할 당시 그 현자인 척하는 아로데스에게 나쁜 운명이 닥친다면 그것은 아로데스 자신의 탓이어야만 한다고 맹세한 바 있었다. 이런 사실을 춤출 때 누군가가 말해 주었는지 아니면 나 혼자서 알아낸 것인지는 나도 몰랐는데, 밤은 길고 시끄러웠으며 엄청난 군중이 계속해서 우리 사이로 지나다녔고 그럼에도 우리는 의도하지 않게 서로를 다시 찾아내곤 했으며 마치 여기의 모든 사람이 하나의 음모에 가담하고 있는 것 같았다—물론 그것은 망상이었고 어쨌든 우리는 기계적으로 춤추는 마네킹들 사이에 있는 것이 아니었다. 나는 노인들과 이야기했고 나의 아름다움을 시기하는 아가씨들과 이야기했으며 고귀하거나 혹은 금방 사악하게 변하는 수없이 다양한 색조의 멍청함을 알게 되었고 그 쓸모없는 착한 남자들과 어린 아가씨들을 너무나 쉽게 자르고 꿰뚫어 본 끝에 그들이 불쌍하게 느껴지기 시작했다. 나는 이성의 현현이며 재치로 가득 찬 인물이어야만 했고 입에서 나오는 말의 빛나는 통찰력이 눈에 광채를 더해 주었다—점점 더해 가는 긴장 속에 나는 아로데스를 구출하기 위해서라면 기꺼이 멍청함을 가장할 생각이었으나 그 한 가지만은 전혀 해낼 수가 없었다. 나는 유감스럽게도 그렇게까지 팔방미인은 아니었다. 과연 나의 이성은, 요컨대 정당성을 뜻하는 그것은 거짓에 굽힐 수 있단 말인가? 그런 생각에 잠겨 나는 춤에 참가하여 미뉴에트의 회전에 들어섰고, 아로데스는 춤을 추지 않고 멀리서 왕관을 쓴 사자들의 진보라색 자수를 배경으로 검고 날렵한 모습으로 서서 나를 바라보았다. 왕은 떠났고 그런 뒤에 얼마 안 되어 나와 아로데스도 작별했으며 나는 그에게 아무것도 말하지 않았고 아무것도 묻지 못하게 했으며 그는 몇 번이나 시도했다가 내가 처음에는 입으로, 나중에는 부채를 움직여 에둘러서, 반복적으로 "안 돼요"라고 말하는 것을 들으며 창백해졌다. 연회장을 나오면서 나는 내가 어디에 사는지 어디에서 왔는지 어디로 시선을 향해야 하는지 조금도 알지 못했고 그저 아는 것은 그 정보가 나에게 속하지 않는다는 것이었으며 몇 번 시도해 보았으나 성과는 없었다—어떻게 설명해야 하나? 안구를 돌려서 두개골 안쪽 깊은 곳을 보게 할 수 없다는 것은 모든 사람이 안다.

나는 그가 나를 궁전 정문까지 바래다주도록 허락했고, 타르에 불을 붙여 계속해서 타오르는 나무통들이 원형으로 줄지어 있는 곳을 벗어난 궁전 마당의 공원은 마치 석탄을 쪼개 만든 듯 깜깜했으며, 차가운 공기 속에 멀리서 웃음소리가 들렸고, 그것은 인간의 소리가 아니라 분수대가 오후부터 물방울을 뿌리면서 그를 따라다니는 것이었으며—혹은 화단 위에 매달린 하얀 괴물을 닮은 말하는 조각상들이거나, 그리고 왕의 지빠귀들도 비록 듣는 사람은 아무도 없었지만 지저귀었고, 오렌지 나무 온실 근처에서 지빠귀 한 마리가 둥근 달의 원반에서 벗어나 크고 어둡게 나뭇가지 위에 모습을 드러냈다—완벽하게 멋진 모습이었다! 자갈이 우리 발밑에서 바스락거렸고 젖은 나뭇잎 아래서 금도금한 울타리의 뾰족한 끝부분이 일렬로 튀어나와 있었다.

그는 좋지 않은 열의를 담아 내 손을 잡아당겼고 나는 곧바로 그 손을 움츠리지는 않았는데, 왕의 근위 보병대 견장에서 하얀 줄무늬가 반짝였고 누군가 나의 마차를 불러왔으며 말들이 발굽을 굴렀고 등불의 보라색 유리에 비쳐 마차의 문이 반짝였으며 작은 계단이 내려왔다. 이것은 꿈일 리 없었다.

"언제 어디입니까?" 그가 물었다.

"절대로 아무 데서도 만나지 않는 편이 나아요." 나의 솔직한 진실을 말하고 나는 재빨리 어색하게 덧붙였다. "경을 희롱하는 것이 아닙니다, 현명하신 분, 정신을 차리고 제가 경께 진심으로 충고한다는 걸 이해하세요."

그 뒤에 더 덧붙이고 싶었던 말을 나는 입 밖에 내는 데 실패했는데, 머릿속으로는 이 모든 일이 얼마나 이상한지 전부 생각할 수 있었으나 그럼에도 목소리는 전혀 낼 수 없었으며 하려던 말에 이르지 못했다. 자물쇠에 열쇠를 넣어 돌려서 잠금 고리가 우리 사이에 가로막힌 것처럼 목소리는 갈라지고 끊어졌다.

"너무 늦었습니다." 그가 고개를 숙이고 조용히 말했다. "진실로 너무 늦었습니다."

"왕궁의 정원은 새벽부터 정오 나팔이 불 때까지 출입 가능해요." 내가 한 발을 계단에 올린 채 말했다. "백조들의 연못이 있는 곳에 속이 빈 참나무가 있어요. 내일 정오에 그 구멍 안에서 편지를 찾으실 수 있을 거예요. 하지만 지금은 우리가 만났다는 걸 이해할 수 없는 기적으로 생각해 주시기를 바라요. 어떻게 이렇게 됐는지 제가 알았더라면 이렇게 되기를 기도했을 거예요."

그것은 매우 어울리지 않는 말이었고 완곡함은 진부했으나 나는 이미 어떻게 해도 그 치명적인 진부함에서 벗어날 수 없었는데 마차가 움직이기 시작했을 때 그가 내가 한 말을, 자신이 내 안에 불러일으키는 감정을 내가 두려워한다는 의미로 해석할 수 있다는 것을 깨달았다. 그것도 사실이었다. 나는 그가 나에게 불러일으키는 감정이 두려웠으나 그것은 사랑과는 전혀 상관이 없었고 어쨌든 어둠 속에서 축축한 땅에 발을 내디디며 다음 걸음에 수렁으로 빠지지 않는지 시험해 보는 사람처럼 그에게 내가 **할 수 있는** 말을 했다. 그렇게 나는 한 단어 한 단어씩 걸었고 말할 수 있는 것이 무엇인지, 내가 말로 할 수 없는 것이 무엇인지 호흡을 통해 더듬어 갔다.

그러나 그는 그런 사실을 알지 못했다. 우리는 숨이 막힌 채로 굳어져 열정과도 비슷한 전율 속에 헤어졌으며 그렇게 우리의 파멸이 시작되었다. 그러나 어쨌든 가냘프고 달콤한 아가씨인 나는 내가 바로 그의 운명임을, 싸워 이길 수 없다는 뜻의 그 무시무시한 운명임을 더욱 분명하게 이해했다.

마차 안은 비어 있었다—나는 마부의 소매에 연결되어 있을 끈을 찾아보았으나 없었다. 창문 또한 없었다—어쩌면 검은 유리일까? 마차 안의 어둠은 너무나 완전하여 밤의 어둠이 아니라 무존재의 어둠인 것만 같았다. 그것은 빛의 부재가 아니라 공허였다. 나는 부드러운 천으로 호화롭게 안을 댄 움푹한 마차 벽을 손으로 더듬어 보았으나 창문틀도 손잡이도 찾을 수 없었고 내 앞과 위에 푹신하게 발라진 천의 평평한 표면 외에는 아무것도 없었으며, 지붕은 놀랄 만큼 낮아서 마차 안이 아니라 떨리고 기울어진 통 안에 갇힌 것 같았고, 말발굽 소리도, 마차를 타고 갈 때 흔히 들리는 바퀴 돌아가는 소리도 들리지 않았다. 어둠과 정적, 그뿐이었다. 그때 나는 스스로에게 주의를 돌렸는데, 왜냐하면 나 자신이야말로 이제까지 나에게 일어난 모든 일보다 더 위협적인 수수께끼였기 때문이다. 기억은 간직하고 있었다. 이렇게 되어야만 하고, 상황이 다른 방식으로 맞추어지지는 못했을 것이라고 결론지었고, 나는 그때 나의 첫 각성을, 아직 성性이 주어지지 않은, 그토록 완전하게 불편하고 어색했던 순간을, 마치 광포한 변신의 꿈을 기억하듯이 그렇게 기억해 냈다. 나는 궁전 연회장 문 앞에서 눈을 뜬 것을 기억했고 그때 이미 지금의 현실 속에 있었으며, 심지어 조각으로 장식된 그 두 짝의 문이 열리면서 가볍게 긁히는 소리를 냈던 것까지 기억하고, 하인의 얼굴에 쓴 가면도 기억하는데, 그 하인들은 고관들을 섬기려는 열정 때문에 존경심으로 가득한 인형과 비슷했다—살아 있는 밀랍 시체다. 지금 이 모든 것이 내 기억 안에서 하나의 전체가 되었을 뿐만 아니라, 나는 그보다 더 뒤로 돌아가 내가 문이란 무엇이며 무도회란 무엇이고 나란 무엇인지 아직 알지 못했던 곳까지 닿을 수 있었다. 특히 나는 소름이 끼칠 정도로 모든 것을 꿰뚫어 보는 방식으로 기억했는데, 왜냐하면 절반쯤 언어로 자리 잡은 나의 첫 생각들을 내가 다른 성별의 질서로 형성했다는 사실이 너무나 악독하게 비밀스러웠기 때문이다. 중성으로서의 내가 생겨났고, 보았고, 들어갔다—그것이 내가 사용한 형태들이었고, 그것은 열린 문을 통해 반짝이는 연회장의 광채가 나의 눈을 뒤덮고 빗장을 풀기 전에, 아마 그 광채였을 것이다, 아니면 달리 무엇이겠는가, 그 광채가 내 안의 빗장과 수문을 열었고 그 너머에서 고통스러울 정도로 갑작스럽게 형태 없는 것들이 찾아와 인간화된 언어, 궁중 예절, 여성적인 매력이 내 안으로 들어왔고, 그와 함께 얼굴들의 기억도, 그중에서 그 남자의 얼굴이 첫 번째였다—왕의 찡그린 표정이 아니라—아울러 결단코 아무도 나에게 절대로 설명해 줄 수 없겠지만 나는 내가 왕 앞에서 멈추었던 것이 잘못이었다고, 반박할 수 없이 확실하게 알고 있었다—그것은 실수였으며, 그것은 즉 나에게 주어진 운명과 그 운명을 수행하는 자 사이의 오해를 의미한다. 실수—그러므로 오류를 일으킬 수 있는 운명은 진실하지 않다는 뜻이다—그렇다면 나에게는 아직 구원의 여지가 있는 것일까?

이제 이 완벽한 고립 속에서 나는 전혀 불안하지 않고 오히려 편안했으며, 그 안에서 이렇게 잘 지내면서 이렇게 집중해서 생각을 할 수 있었고, 때마침 나 자신에 대해 알고 싶었기에 기억을 더듬어 스스로 물어보고 있었는데, 기억은 머릿속에 잘 갖추어져 정리되어 있었으므로 마치 오래된 아파트에서 몇 년이나 사용한 손에 익은 도구들을 사용하듯 내 기억들을 찾아 쓸 수 있었고, 그래서 질문을 정리하면서 나는 그 밤에 일어난 일들을 모두 눈앞에 볼 수 있었다—그러나 그 모든 일은 궁전의 연회장 문턱에 섰을 때까지만 명확하고 선명했다. 그 전에는—바로 그게 문제다. 그 전에 나는 어디에—중성 사물로서?!—있었는가? 나는 어디에서 나타났는가? 마음을 가라앉히기 위한 가장 간단한 생각은 내가 완전히 건강하지 않으며 괴상한 모험으로 가득한 이국적인 여행에서 돌아오듯이 질병에서 회복하는 중이라는 것이고, 나는 진실로 책에나 나올 법한 낭만적이고 연약한 아가씨이며 정신이 산만하고 조금은 기묘한 여성으로서 이런 인정사정없는 구덩이를 헤쳐 나가기에는 지나치게 섬세하다는 것이며, 나는 유령과도 같은 허상을 보았고 어쩌면 히스테리의 열병을 앓으면서 정신병원의 지옥 같은 철창 속에서 돌아다녔을지도 모르고, 의심할 바 없이 캐노피가 달린 침대에서 레이스로 장식한 이불을 덮고 있었을 것이며, 양초의 불빛 속에서 두뇌의 열병을 지겹도록 앓았을 것이고, 희미하게 보이는 반침을 배경으로 눈을 뜨면서 아마 또다시 뭔가를 두려워하고 내 위에 몸을 숙인 형상들 가운데서 나를 사랑하고 돌봐 주는 사람들의 얼굴을 틀림없이 알아보았을 것이다—이 얼마나 다정한 거짓말인가! 나는 환각을 보았던 것이다, 그렇지 않은가? 그리고 환각들은 나의 유일한 기억의 순수한 흐름 속에 묻혀서 그 기억의 흐름을 두 개로 갈라놓았다. 갈라졌을까……? 왜냐하면 질문을 하면서 나는 내 안에서 대답들을, 이미 준비된, 기다렸다는 듯 합창하는 여러 목소리들을 들었기 때문이다—가정교사 부인, 틀레닉스 여백작, 어린 고아 앙헬리타. 대체 이게 또 무엇이란 말인가? 나는 이 모든 준비된 대답들을 가지고 있었고, 이들은 나에게 주어져 있었으며 각각의 답변에는 심지어 알맞은 이미지까지 딸려 있었으니, 이들을 이어 줄 연결 고리만 있었더라면! 하지만 그 답변들은 서로 갈라져 자라나는 나무들의 뿌리가 공존하듯이 그렇게 공존했고 이제 나는, 필연적으로 하나일 수밖에 없으며 자연히 유일한 나는 과연 한때 여러 개의 가지를 친 형태로 존재했었을 터인데, 강의 흐름 속으로 샘물이 흘러들어 가듯이 내 안으로 흘러들어 오는 것은 무엇이란 말인가? 그러나 어쨌든 이럴 리가 없다고 나는 자신에게 말했다. 이럴 수가 없다. 그것만은 확실했다. 그리고 이제까지의 나의 운명, 그토록 분열된 운명을 되돌아보았다. 궁전 연회장의 문턱까지 운명은 다양한 줄거리들로 구성되어 있는 것 같았지만 문턱을 넘어서면서부터는 이미 하나였다. 내 운명의 첫 부분의 이미지는 각각 평행하며 서로 서로 속이는 사건들의 연속인 것으로 보였다. 가정교사 부인과 연결

된 이미지는 탑, 어두운 대리석 덩이들, 도개교, 밤의 비명, 청동 접시에 담긴 피, 도살자의 얼굴을 한 기사들, 미늘창의 녹슨 도끼와 흐리고 나뭇가지 그림자가 비치는 창문의 창틀과 조각으로 장식된 침대 머리 받침 사이에서 반쯤 가려진 달걀형 거울 안에 보이는 나 자신의 창백한 얼굴이었다—나는 이곳에서 온 것일까?

그러나 앙헬리타로서 나는 타는 듯이 더운 오후에 갇혀 있었고 그 쪽을 돌아보면 태양을 등진 하얀 석회석 벽과 시든 야자수와 그 야자수 아래에 있는 털이 올올이 곤추선 사나운 개들이 껍질이 일어난 나무둥치에 거품이 이는 오줌을 싸는 모습과 잘 말라서 끈끈한 단것이 된 대추야자가 가득한 바구니, 녹색 옷을 입은 의사들, 그리고 계단, 도시의 만灣으로 내려가는 돌계단, 그 도시는 혹서를 막기 위해 모든 담장을 돌려세워 놓았고, 뒤얽혀 무더기가 된 포도 덩굴, 노랗게 마른 건포도는 거름 더미와 비슷했고, 또다시 나의 얼굴, 이번에는 거울이 아니라 물에 비춘 얼굴, 그 물은 은 물병에서 부어져 나오고 있었다, 오래되어 거무스름하게 변한 은 물병. 나는 심지어 내가 그 물병을 들고 다니던 것과 그 안에서 물이 무겁게 찰랑거려 손바닥을 눌렀던 것도 기억했다.

그러나 나의 중성성과 그것이 얼굴을 위로 하고 누워서 떠돌던 것과, 그리고 금속으로 만들어진 움직이는 뱀을 통과해 갈 때 내 손과 발과 이마에 느껴졌던 입맞춤들은? 그 위협은 이미 완전히 빛바래어 나는 아주 애를 써도 말로는 표현할 수 없는 나쁜 꿈처럼 그것을 간신히 기억해 낼 수 있을 뿐이었다—이렇게 서로 모순되는 운명들을 내가 한꺼번에 혹은 차례로 경험할 수 있었을 리 없다! 그렇다면 과연 확실한 것은 무엇인가? 나는 아름다웠다. 그의 얼굴 안에서 마치 살아 있는 거울처럼 나 자신을 보았을 때 마음속에서는 승리감만큼이나 깊은 절망감도 솟아올랐는데, 왜냐하면 내 모습의 완벽함은 전혀 아무 상관이 없어서 내가 아무리 미치광이 같은 행동을 하더라도, 혹은 입에 광기에 찬 거품을 물고 고함을 지르거나 피가 뚝뚝 흐르는 고기를 물어뜯더라도 아름다움은 내 얼굴을 떠나지 않을 것이기 때문이었다—그런데 어째서 나는 그냥 '나를'이 아니고 '내 얼굴을'이라고 생각했을까? 혹시 나는 자기 자신의 얼굴과 신체를 하나로 합일시키지 못한 어떤 무자격한 인물이었을까? 마술사, 언제든 마법을 걸 준비가 된 마녀, 메데이아? 그것은 나에게 헛소리이며 어리석은 생각으로 여겨졌다. 하지만 그런 생각이 나에게 떠올랐다는 것 자체가, 기사에게서 보석을 빼앗은 도적이 손에 든 칼을 무의미하게 휘두르듯 내가 생각 속에서 모든 주제를 별 노력 없이 잘라 썰고 있다는 뜻이었고, 저절로 이어지는 나의 사고 과정이 너무 완벽해서 나에게는 지나치게 차갑고 한없이 냉정해 보였는데, 왜냐하면 두려움은 그 생각을 넘어서 이어지고 있었기 때문이다—초시각적이며 무소부재無所不在하되 개별적인 것처럼—그래서 스스로의 사고 과정 또한 나는 의심했다. 그러나 만약 내가 내 얼굴도 생각도 믿을 수 없고 나 자신의 이성에 반대하여 두려움과 의혹을 불러일으킬 수 있다면 영혼과 신체 외에는 아무것도 없다는 뜻인가? 그것은 수수께끼였다.

내 과거의 마구 뒤얽힌 뿌리는 내게 진실한 것은 전혀 드러내 주지 않았고 깊이 숙고할수록 생각은 북쪽의 가정교사 부인, 불타는 앙헬리타, 미뇨느* 등등 다채로운 이미지들에 파묻혔으며, 나는 매번 다

* mignonne. 프랑스어로 '귀여운 여성'이라는 의미이다.

른 이름과 사회적 위상과 출신으로 다른 하늘 아래 선 다른 인물이었고 여기에는 어떤 우선순위도 없었다—오후의 풍광은 선명한 대비와 색채라는 설탕이 너무 많이 뿌려진 기세로 내 눈을 향해 돌아서는 것 같았고 그 색채와 선명한 대비는 지나치게 눈에 띄는 광택을 더했으며 초라한 개들과 볼에 고름이 흐르고 배가 툭 튀어나온 반쯤 눈먼 아이들이 목소리조차 내지 못하고 머리쓰개를 덮어쓴 어머니들의 성냥처럼 바짝 마른 무릎 위에서 죽어 가는 모습만 아니었더라면 그 야자수가 늘어선 해안가는 나에게 지나치게 부드럽고 거짓말처럼 미끈했을 것이다. 그리고 가정교사 부인의 북쪽 나라는 눈 덮인 산 위의 탑과 함께 하늘이 회색으로 거칠어지고 겨울이면 눈 더미가 바람이 상상해 낸 회오리 모양으로 솟아나 흉벽과 부벽을 타고 해자까지 퍼져 갔고, 그 눈 더미는 성의 주춧돌부터 시작되어 하얀 혓바닥을 타고 돌 위로 기어올랐고 도개교의 쇠사슬들은 바랜 노란빛으로 보였으나 그것은 그저 녹이 쇠에 맺힌 고드름에 색을 입혔을 뿐이고, 반면 여름이면 눈 더미가 녹은 물이 양털 외투와 같은 이끼를 덮어 버렸다. 나는 이렇게 모든 것을 잘 기억하고 있었다!

그러나 나의 세 번째 생은, 정원, 거대하고 시원하고 잘 다듬어진 정원, 가위를 든 정원사들과 수많은 그레이하운드들과 왕좌의 발치에 누운 달마티안과—지루해하는 조각상이 무기력한 자태의 명백한 우아함을 뽐내며 갈비뼈에 불어 넣어진 숨으로 움직이게 되었다—그리고 그 노르스름하고 무관심한 눈에는 작게 줄어든 형태의 카타리아나 네크로트카가 반짝이는 것 같다고 생각할 수도 있었다. 이 단어들, 카타리아 혹은 네크로트카가 무슨 뜻인지 지금은 알지 못하지만 한때는, 입에 물었던 풀잎의 맛을 기억할 정도로 깊이 파묻힌 과거에는 알았던 것이 분명하고, 그러면서도 나는 이제는 발에 맞지 않게 되어 버린 어린 시절의 슬리퍼로 돌아가 다시 신거나, 그때의 나와 같은 어린아이라도 속에 배신을 숨기고 있다는 듯이 은실로 수놓은 첫 번째 긴 드레스를 다시 입어야 할 필요는 없다고 생각했다. 그렇기 때문에 나는 가장 잔혹하게 낯선 기억을 불러냈다—등을 대고 누운 채로 지나갔던 생기 없는 여행, 금속의 무감각한 입맞춤들, 그 금속은 마치 나의 나신이 속이 막혀 울릴 수 없는 종인 양 짖는 듯한 소리를 냈는데, 왜냐하면 아직 심장이 없었기 때문이었다. 그렇다, 그 믿을 수 없는 일을 돌아볼 때에도 나는 이제 그 유령과 같은 악몽의 기억이 내 안에 이토록 영구적으로 굳어 버렸다는 사실에 대해서 놀라지 않는데, 왜냐하면 그것은 악몽이어야만 하기 때문이다—그 확신을 유지하기 위해서 나는 손가락으로, 가장 폭신한 손끝 부분으로 나의 부드러운 팔과 가슴을 만져 보았다. 그것은 의심할 바 없는 집요함이었으며, 나는 정신이 나게 하는 얼음 같은 빗줄기 아래 고개를 뒤로 젖히고 들어섰을 때처럼 몸을 떨며 그 집요함에 굴복했다.

내 질문에 대한 답은 어디에도 없었으므로 나는 나의 것과 나의 것이 아닌 그 심연에서 물러났다. 그러면 그 뒤에는 한 가지 일로 돌아가야 한다. 왕, 무도회의 저녁, 궁전과 그 남자다. 나는 그를 위해 창조되었고 그는 나를 위한 사람이었으며 나는 그 사실을 알고 있었으나 또다시 두려움 속에, 아니, 그것은 두려움이 아니라 강철 같은, 피할 수 없는, 헤아릴 수 없는 운명의 존재였고, 바로 그 피할 수 없다는 사실, 죽음처럼 절대로 거부할 수 없고, 회피할 수 없고, 떠나거나 도망칠 수 없고, 결국은 사라질 수 있지만, **다른 방식으로** 사라질 수 없다는 것—그 얼음장 같은 존재 속에 나는 숨 막히게 잠겨 들었다. 그 존재를 참을 수 없어서 나는 입술로만 "아버지, 어머니, 형제자매, 친구들, 지인들"이라고 되뇌었다—이 단어들을 나는 잘 이해하고 있었으므로 반가운, 익숙한 형상들이 나타났으며 나는 그들 앞에서 나 자신을 인정해야만 했는데, 그러나 나에게 네 명의 어머니와 그만큼 많은 아버지가 있다는 건 불가능하며, 그러므로 또다시 저 광기인 것일까? 이토록 비논리적이고 이토록 고집스러운 광기?

나는 마지막으로 산수 계산을 시도했다. 1 더하기 1은 2, 아버지와 어머니 사이에는 아이가 생겨나고, 나도 과거에 아이였고, 아이였던 시절의 기억이 있고……

내가 과거에 미쳤든지 아니면 지금도 미쳐 있는 것이라고 나는 스스로 말했고, 내가 의식이라면 나는 하얗게 그림자가 진 의식이다. 무도회도 성도 왕도, 예정조화*의 기준에 급작스럽게 따르는 삶에 들어섰던 것도 모두 없었던 일이다. 나의 아름다움과도 작별해야 한다고 생각하니 약간의 저항과 함께 아쉬움이 조그만 불꽃처럼 일어났다. 모순되는 요소들을 가지고 나는 아무것도 구축할 수 없으며, 그렇게 만든 구조물에서 아마 뒤틀리고 갈라진 틈만을 찾아낼 것이고, 나는 그 틈으로 들어가서 안을 채우고 더 깊이 가라앉을 것이다. 과연 모든 일이 진실로 정해진 대로 일어난 것일까? 만약 내가 왕의 소유라면 그 사실을 내가 어떻게 알고 있을까? 이에 대해서는 밤에 혼자 생각하는 것조차 나에게는 금지되어 있어야만 했다. 만약 왕이 모든 것의 배후라면 나는 어째서 그에게 고개 숙여 인사하기를 원했으

* 독일의 수학자이자 철학자 고트프리트 폰 라이프니츠(1646~1716)가 주장한 내용으로, 현실에서 더 이상 분할할 수 없는 실체인 '단자monad'들이 신이 창조한 시점에서 예정되고 조정된 대로 조화를 이루고 있다는 관점.

나 처음에는 그러지 않았을까? 만약에 모든 것이 미리 완벽할 정도로 준비되어 있었다면 어째서 나는 기억하지 말아야 할 일들을 기억하며, 그런 기억이 없었다면 그저 소녀 시절과 어린 시절의 과거만을 가졌을 것이고 이 당혹스러운 의심에 빠지지 않을뿐더러, 의심으로 인해 절망을 느끼고 운명에 저항하려는 첫걸음으로 향하지도 않았을 것 아닌가? 나에게 생명을 불어 넣은 들숨은 아마 그 똑바로 누워서 헤매던 시기에 일어났던 것이 분명하고, 나의 무기력함과 무가치한 나체에 불꽃같은 입맞춤으로 생명을 불어 넣었던 터인데, 바로 그 일도 분명 일어났던 것이며 지금도 나와 함께 있다. 그렇다면 나는 불완전성의 계획과 수행 안에 자신을 숨겨야 할까? 부주의한 오류, 태만, 눈에 띄지 않는 누출을 수수께끼 혹은 나쁜 꿈으로 여겼던 것일까? 만약에 그렇다면 나는 희망을 되찾을 수 있다. 기다리는 것이다. 끊임없는 실현 속에 이후의 불완전성이 계속 쌓여서 그 결과 왕을 향하는 칼날, 나 자신을 향하는 칼날이 되기를 기다리는 것, 사실 누구를 향하든 나에게 던져진 운명에 거스르기만 한다면 상관없다. 그렇다면 이 매혹에 굴복하고 그 안에서 머무르며 새벽 일찍 약속된 만남에 나가야 할 것인데, 그러면서 나는 어떻게, 어째서인지 알 수 없지만, 어떤 것도 나의 이 만남을 막지 못하며, 그렇다, 모든 것이 나를 그 방향으로 향하게 한다는 사실을 알고 있었다. 한편 지금 현재 나의 외면은 너무나 원시적이라서 벽은 손가락으로 누르기만 해도 부드럽게 쑥 들어가는 말랑말랑한 원단이었고 그 아래 단단하게 깔린 것이 쇠인지 벽인지는 알 수 없었으나 그 아늑하고 부드러운 천을 손톱으로 찢을 수는 있었고, 일어서자 내 머리가 둥글고 우묵한 천장에 닿았다. 이것이 내 주변과 내 위를 감싸고 있지만, 그 안에는, 나, 나 혼자인가?

나는 이렇게 나 자신을 이해할 수 없는 상태에서 불안과 악의에 불을 지폈고 곧 생각들이 층층이 뛰어오르며 쌓여 올라갔으므로 이제 나의 사고력 자체를 의심해야만 한다고 생각하기 시작했는데, 왜냐하면 내가 물에 빠져 죽으려 뛰어드는 미치광이 여자라면, 맑은 호박 안의 곤충처럼 나 자신의 *오브누빌라티오 루키다** 속에 갇혀 있다면, 그렇다면 당연히—

잠깐. 나의 이 훌륭하게 해체된 어휘들은 어디서 온 거지, 저 학문적인 용어들, 라틴어는, 저 논리적인 표현들, 정교한 연역법은, 자태만으로 남자의 심장에 불을 지피는 달콤한 아가씨에게 어울리지 않는 이 유창함은? 그리고 성性의 문제에 대한 이 불운한 저속함의 감정은 무엇인가, 차가운 조소, 거리감, 오, 그렇다, 그는 이미 나를 사랑하고, 어쩌면 이미 나에게 미친 듯이 빠져들었고, 나를 보고 싶어 하고 내 목소리를 듣고 싶고 내 손가락을 만지고 싶어 하고, 그러나 나는 그의 열정을 마치 유리판에 끼운 표본처럼 바라본다. 이것은 이상하고 모순적이며 비공의적非共義的이지 않은가? 어쩌면 모든 것이 몰려들어 어쨌든 나를 이루었더라도 궁극적으로 밑바닥에 있는 것은 셀 수 없는 세월의 경험이 뒤얽힌 나이 들고 냉정해진 두뇌가 아닐까? 어쩌면 날카로운 지혜만이 유일하게 진실한 나의 과거이고 나는 논리에서 생겨났으며 논리가 나의 진정한 계보인지도 모른다……

나는 이것을 믿지 않았다. 나는 무죄였고, 그렇다, 그리고 동시에 무시무시하게 유죄였다. 과거에 완료된 시간의 길을 따라 나의 현재

* obnubilatio lucida. 라틴어로 '밝은 먹구름'이라는 의미이다.

를 향하여 이어진 모든 사건들에 있어 나는 무죄였고, 나는 그렇게 어린 소녀였으며, 여러 궁전들의 뿌연 회색 겨울과 견디기 힘든 더위 속에서 음울하게 말수 적고 성격 나쁜 여자아이였고, 또한 오늘 왕 앞에서 일어난 일들에 대해서도 나는 무죄였는데 왜냐하면 나는 다른 사람일 수 없었기 때문이고, 그러나 나의 죄, 잔혹한 그 죄는 단지 내가 이 모든 것을 너무나 잘 알고 있으며 그러면서도 그것을 하찮게 여기고, 거짓으로, 거품으로 여겼다는 것, 그리고 내 수수께끼 안으로 깊이 파고들기를 원하면서 그렇게 파고드는 것을 두려워하여 내가 그 길에 나서지 못하게 막는 보이지 않는 분계선에 저속하게 감사하는 마음을 느꼈다는 것이었다. 이렇게 나는 더럽혀졌지만 또한 올바른 정신을 가지고 있었으며, 나에게 또 대체 무엇이 남아 있을까, 오, 확실히 남아 있을 것이다, 나에겐 아직도 내 몸이 있었고, 나는 내 몸을 만지기 시작하여 경험 많은 수사관이 범죄 현장을 조사하듯이 그 검고 폐쇄된 공간 속에서 그것을 조사했다. 상세한 조사!—촉각으로 나체를 수색하면서 나는 손가락에 가볍게 찌릿찌릿한 무감각을 느꼈는데, 이것은 과연 나 자신에 대한 공포인 것인가? 어쨌든 나는 아름다웠고 유연하고 강인한 근육을 가지고 있었으며, 내 손안에 허벅다리를, 아무도 자기 몸을 그렇게 잡지 않을 방식으로 타인의 몸을 만지듯이 움켜쥐면서, 그 조여드는 손아귀에서 매끈하고 향기로운 피부 아래 긴 뼈들을 느낄 수 있었고, 그럼에도 손목과 팔뚝 안쪽의 팔꿈치 부근까지는 어째서인지 만지기가 무서웠다.

그 저항감을 억지로 이겨 내려고 애써 보았고, 거기 뭔가 특별한 게 있을 리 없으며, 손은 레이스에 감싸여 있었고 빳빳해서 조금 거칠게 느껴졌으며 움직이기 어색했으므로 나는 목으로 향했다. 이런 목을 백조 같다고 한다—머리는 목 위에 인위적이지 않고 자연스러운 자신감을 가지고 얹혀 있었고 그 모습은 존경심을 불러일으켰으며 귓바퀴는 풍성한 머리카락 아래 조그마했고 귓불은 단단했으며 보석 귀걸이는 달려 있지 않았고 어째서인지 구멍도 뚫지 않았으며, 나는 이마를, 볼을, 입을 만졌다. 가느다란 손가락 끝에서 발견되는 그 부위들의 표정에 나는 다시 불안해졌다. 내가 생각했던 것과 달랐다. 낯설다. 그러나 질병, 광기가 아니라면 어떻게 내가 나 자신에게 낯설 수 있단 말인가?

동화에 물들어 버린 어린아이에게나 어울리는 비밀스러운 몸짓으로 나는 어쨌든 손목으로, 팔꿈치로, 어깨가 팔뚝으로 이어지는 그곳으로 손을 뻗었는데 그곳에는 뭔가 이해할 수 없는 것이 있었다. 마치 뭔가 내 신경을, 혈관을 누른 것처럼 손가락 끝에 감각을 잃었고 나는 또다시 생각 속에서 의심스러운 생각으로 뛰어들었다. 나에 대한 이런 정보는 어디에서 왔는가, 나는 어째서 해부학자처럼 나 자신을 조사하는가, 이것은 여성스러운 방식이 아니며 앙헬리타도 금발의 가정교사 부인도 서정적인 틀레닉스 여백작의 방식도 아닌데, 동시에 나는 마음을 가라앉히려는 압박을 느꼈다—이건 그냥 보통이다, 스스로 이상하게 생각할 필요 없다, 자기 변덕에 혼자서 놀란 바보야, 뭔가 약간 어색하게 느껴지면 그쪽으로는 가지 마라, 건강해져야지, 약속한 만남에 대해서 생각해…… 그런데 팔꿈치는, 손목은? 피부 아래 단단한 덩어리가, 뭔가 흡수해서 부풀어 오른 마디가 있는 것 같은데? 석회화인가? 불가능하다, 왜냐하면 아름다움과 반대되기 때문에, 그 완벽하게 확실한 매력에 모순되기 때문에. 하지만 그곳에 어쨌든 단단한 무엇이, 손보다 약간 위쪽에, 맥박이 느껴지지 않는 곳에, 작지만 있는 것을 나는 세게 눌렀을 때에야 느꼈고, 그리고 팔꿈치가 구부러지는 곳에 또 있었다.

그러니까 내 몸도 비밀을 가지고 있으며 정신의 타자성에, 자기 자신을 들여다보는 것에 대한 그 두려움에 타자성으로 대응하고, 거기에는 어떤 정당성이, 적합성, 대칭성이 있었다—일단 저쪽에 있는 것은 여기에도 있는 것이다. 지성이 있으니 거기에 대응하는 신체 부위가 있다. 내가 있으니 너도 있다. 나, 너, 수수께끼, 나는 지겨웠고 강력한 피로가 혈관 속으로 흘러들어 왔으며 나는 거기에 굴복해야만 했다. 잠들고 싶다, 어둠을 불러오는 다른 세상의 무의식 속으로 파묻히고 싶다. 그때 나는 그 유혹에 동의하지 말고 악착같이 거부하고, 나를 가둬 두는 이 쇠 마차(하지만 그 내부는 그렇게까지 쇠처럼 단단하지 않았다!)의 좌석에 저항하고, 지나치게 똑똑한 이 아가씨의 영혼에, 논리적으로 따지려는 호기심이 너무 많은 이 정신에 저항해야겠다는 계획이 떠올랐다! 그 나름의 낙인을 숨긴 자기 신체의 아름다움에 대한 저항! 나는 누구인가? 내 저항감은 이미 분노가 되었고 그 때문에 나의 정신은 어둠 속에서 불탔으며 그로 인해 나는 스스로 밝아진 느낌이었다. *세드 타멘 포테스트 에세 토탈리테르 알리테르,** 이것은 무엇인가, 어디서 나왔는가? 나의 정신? *그라티아*? *도미누스 메우스*?**

아니, 나는 혼자였고 혼자서 찢고 나왔으며, 치아로 폭신하게 속이 채워진 그 벽을 깨물고 내부 장식을 뜯어 건조하고 거친 장식재가 치

* Sed tamen potest esse totaliter aliter. 라틴어로 '그러나 이들은 완전히 다를 수는 없다'라는 의미이다.

** 라틴어로 그라티아gratia는 '은총', 도미누스 메우스Dominus meus는 '나의 주님'이라는 의미이다.

아 안에서 삐걱거렸으며 나는 천을 침과 함께 내뱉었고 손톱이 부러졌고 이렇게 하니 너무나 좋았다, 바로 이렇게, 모르겠다, 나 자신에 대항해서인지 누구에 대해서인지, 하지만 아니다, 아니다, 아니다, 아니 아니다, 아니다.

나는 섬광을 보았는데, 마치 뱀의 얼굴처럼 내 앞에서 피어올랐으나 그것은 금속으로 된 작은 머리였다. 바늘인가? 뭔가 나를 찔렀고, 무릎 위, 허벅다리를, 안쪽에, 작고 하찮은 통증이, 찔리는 느낌이 있었고 그리고 아무것도 없었다.

아무것도.

정원에는 구름이 깔려 있었다. 왕궁 공원, 노래하는 분수와 하나의 낫으로 잘라 낸 듯 줄을 맞춘 덤불과 기하학적인 나무들과 관목과 계단과 대리석, 조가비, 큐피드. 그리고 우리 둘. 값싸고 흔하고 낭만적이고 절망으로 가득한 두 명. 나는 그에게 미소를 지었으나 나의 허벅다리에는 자국이 있었다. 나는 찔렸다. 나의 정신은 내가 저항하는 그곳에 있었고 몸은 이미 그를 증오하는 곳에 있었으며 그러므로 그 둘은 동맹을 맺고 있었다. 남자의 기교는 충분히 능란하지 않았다. 지금 나는 전처럼 그렇게 그를 아주 두려워하지 않았고 이미 역할에 맞게 연기를 하고 있었다. 물론 그는 대체로 능란했다, 내면에서 성채까지 뚫고 들어와 그 기교를 나에게 강요했으니. 능란하지만, 충분하지는 않다—나는 올가미를 보았다. 나는 아직도 목적을 이해하지 못했지만 올가미를 보고 느꼈고, 눈으로 보는 사람은 그저 추측으로만 살아가야 하는 사람만큼 겁에 질리지 않는 법이다.

나에게는 고민하고 애써야 할 일이 너무 많았고 심지어 낮의 햇빛도 그 햇빛다움 때문에, 그저 녹음이 아니라 놀랄 정도로 장엄한 정원 때문에 성가시게 느껴졌고 진실로 나는 이 낮보다는 밤이었으면 좋겠다고 바랐으나 때는 낮이었고 남자가 있었으며 그는 아무것도 알지 못하고 아무것도 이해하지 못했고 사랑이라는 광란의 끓어오르는 달콤함으로, 제삼자가 아닌 내가 건 마법으로 살아가고 있었다. 치명적인 욕망의 올가미, 수렁, 함정, 그리고 이 모든 것이―나란 말인가? 분수의 물길과 왕궁의 정원과 멀리 보이는 안개도 그런 목적을 위한 것인가? 그건 너무 바보 같다. 누군가의 파멸, 누군가의 죽음이 목적이란 말인가? 그걸 위해서라면 거짓 증인들, 가발을 쓴 장로들, 교수형, 독약으로 충분하지 않은가? 어쩌면 뭔가 더 큰 것이 목표인가? 독약과도 같은 암투, 그것도 왕궁의 마당에서라니 어떤가.

딱 붙는 스타킹을 신은 정원사들은 식물들의 자비로운 장엄함에 헌신하기 위해 우리에게 다가오지 않았다. 나는 침묵을 지켰는데, 왜냐하면 그쪽이 편했기 때문이었고, 우리는 거대한 계단에 앉아 있었는데, 마치 구름 덮인 저 높은 곳 어딘가에서 언젠가 거인이 나타나 그 계단을 이용해 줄 날이 오리라고 기대하면서 건축한 것 같았다. 그늘 속의 튀어나온 상징물들, 벌거벗은 큐피드, 동물들, 실레노스*, 물 묻은 미끌미끌한 대리석은 회색 하늘의 구름과 비슷했다. 라우라와 필론**과 같은 목가적인 풍경이다, 얼마나 달콤한가! 나는 마침맞게 이 정원에서 마차가 떠났을 때 깨어났고, 향기롭고 김이 나는

* 그리스 신화에서 술의 신 디오니소스의 양아버지로 알려진 숲의 요정. 유쾌한 배불뚝이로 묘사된다.

** 『라우라와 필론*Laura i Filon*』(1780)은 폴란드의 계몽주의 시인 프란치셰크 카르핀스키의 작품이다. 라우라가 연인 필론을 기다리다 버림받았다고 생각하여 절망하지만 마지막에 필론이 나타나 사랑을 맹세한다는 내용.

목욕탕에서 막 나온 듯이 가볍게 걷기 시작했으며 내 드레스는 이미 다른 것으로, 봄옷으로 바뀌어 있었고, 안개 같은 무늬는 약간은 꽃을 연상시켰고 드레스 자체가 꽃에 대한 암시였으며 숭배의 마음을 불러일으키는 데 도움이 되었고 나를 '에오스 로도닥틸로스'*와 같은 불가침성으로 둘러쌌으며, 그러나 나는 이슬을 먹고 반짝이는 덤불 사이로 허벅지에 찔린 자국이 난 채 걸었고 그 자국을 만져서는 안 되고 만질 수도 없었으며 기억으로 충분했고 그 기억은 지워지지 않았다. 나는 이성에 의해 감금당한 것이다, 포대기에 싸여 꽁꽁 묶인 채 구속 상태로 태어난, 바로 그 이성에 의해서. 그리고 그렇기 때문에 그가 나타나기 전에, 지금이 나의 때라는 것을 알고, 주위에 바늘도 도청기도 없다는 사실을 알고, 무대에 나설 준비를 하는 여배우처럼 내가 알지 못하는 일들에 대해서 속삭이기 시작했고, 그에게 이런 일들을 털어놓는 데 성공할 것인지, 다시 말해 내 자유의 한계를 탐색했으며 낮의 햇빛 속에서 그 한계를 눈으로 보지 못한 채 손으로 더듬었다.

이게 대체 뭔가? 진짜 말인데, 처음에는 문법적 형태의 변화, 그 뒤에는 내 과거완료형의 다양성, 내가 겪은 모든 일도 그렇고, 게다가 저항을 중단시키는 주사까지. 그의 사정에 공감해서, 내가 그에게 빠져들지 못하도록 하기 위함인가? 아니다, 나는 그를 전혀 사랑하지 않는다. 그것은 배신이었다—우리는 사악한 의지에 의해 서로 맞닥뜨렸다. 그러면 내가 그렇게 말해야만 하는가? 나를 헌신해서 그를

* Eos Rhododaktylos('Ροδοδάκτυλος 'Ηώς). 고대그리스어로 '장밋빛 손가락을 가진 새벽의 여신'이라는 의미. 에오스는 그리스 신화에서 새벽의 여신으로, '장밋빛 손가락'이란 새벽에 해가 뜨면서 하늘이 붉게 물드는 모습을 가리킨 표현이다. 호메로스의 『오디세이』에서 언급된다.

파멸에서 구원하고자 한다고?

아니다—상황은 전혀 달랐다. 사랑을 나는 어딘가 다른 곳에 두었다. 이 말이 어떻게 들리는지 나도 잘 안다. 이것은 불꽃같은 사랑, 마음 깊고 대단히 흔해 빠진 사랑이었다. 나는 그에게 영혼과 육체를 내주고 싶었으나 실제로 말하자면 오로지 유행과 관습과 궁중에서 요구되는 양식에 따라서였는데, 왜냐하면 아무렇게나 할 수는 없었고 이 사랑은 기적과도 같아야 하지만 또한 궁중의 죄악이어야 하기 때문이다.

이것은 대단히 위대한 사랑, 어쩔 수 없이 소름이 돋고 성대가 빨리 움직이게 하는 그런 사랑이었으며 나는 그의 모습을 보면 내가 행복해진다는 것을 알았다. 그리고 그 사랑은 매우 작았는데, 내 안에 한계가 있었고 그 한계는 유행과 관습에 따라서 주의 깊게 작성한 문장과 같이 둘만의 만남에 대한 고통스러운 환희를 어떻게 표현할지 제한했다. 그러므로 저 감정들의 범위를 넘어서면 그를 나에게서 구출하는지 아니면 나에게서만이 아니라 전반적으로 구출하는지에 나는 전혀 구애되지 않는다는 것인데, 왜냐하면 나의 사랑을 넘어서 생각을 돌리자 다른 것은 아무래도 상관없었기 때문이지만, 그래도 밤에 나를 독 있는 금속으로 찌른 그것과 싸우려면 동맹이 필요했다. 나에게는 달리 아무도 없었고 그는 모든 것으로써 나에게 헌신했으며 나는 그에게 의지할 수 있었다. 그가 나에게 불러일으키는 감정을 넘어선다면 의지할 수 없게 된다는 것도 나는 알고 있었다. 그는 *레세라티오 멘탈리스**를 전혀 허용하지 않았다. 그러므로 나는 그에게

* reservatio mentalis. 라틴어로 '심리유보'라는 의미이며, 자기의 의사 표시 행위가 본래의 뜻과 다른 뜻으로 해석될 것을 알면서 행하는 의사 표시를 이른다.

완전한 진실을 밝힐 수 없었다—그를 향한 나의 사랑과 독이 든 주사는 같은 원천에서 나왔다는 것 말이다. 이로 인해 나는 우리 둘을 모두 추하게 만들고 있으며 우리 둘을 모두 증오하고 우리 둘을 모두 독거미처럼 짓밟아 버리고 싶어 한다는 것도. 그에게 이런 것은 밝힐 수 없는데, 그는 사랑에 있어 관습적일 것이 분명하므로 내가 갈망하는 나의 이런 해방을, 그를 당장 버리고 떠나게 될 나의 자유를 바라지 않을 것이었다. 그렇기 때문에 나는 달리 방법이 없이 거짓 속에서 작동하며 자유를 사랑이라는 거짓 이름으로 부르고 오로지 그 안에서만 그리고 그것을 통해서만 그에게 나를 의식하지 못하는 희생물로서 내보일 수 있었다. 왕? 설령 그가 왕좌 근처까지 잠입한다고 해도 그것이 나를 자유롭게 해 주지는 못할 것이며, 만약에 실제로 왕이 모든 일의 원흉이라 해도 왕은 너무나 멀리 있어서 그 죽음은 나의 불운을 머리카락 한 올만큼도 바꾸지 못할 것이었다. 그러므로 내가 행동할 능력이 있는지 시험하기 위해서 나는 비너스 조각상 아래 멈추어 섰고, 비너스는 벌거벗은 엉덩이로 지상의 사랑의 고상하고 저열한 열정을 상징하는 기념물로서 서 있었으며, 그 밑에서 나는 완전한 고독 속에 괴물같이 의식적으로 마치 칼을 갈듯이 날카로운 주장들을 준비했다.

그것은 매우 어려웠다. 나는 계속해서 넘어설 수 없는 한계에 부딪혔는데, 왜냐하면 어디에서 나의 혀가 나도 모르게 수축되고 어디에서 정신이 넘어지는지 알지 못했기 때문이었고, 게다가 그 정신이야말로 어쨌든 나의 적이었기 때문이었다. 모든 일에 대해서 거짓을 말하지는 않지만 또한 진실의 중심부, 비밀의 중심부에 들어서지도 말아야 한다. 그러므로 나는 그저 단계적으로만 범위를 좁히면서 그 방향으로 나선을 그리듯 진행해 갔다. 그러나 멀리서 그가 오는 것을 눈치챘을 때, 어두운 망토를 입은 아직은 조그만 윤곽이 걷다가 나를 향해 뛰다시피 했을 때 나는 관습의 양식에 이 모든 일이 들어갈 자리가 없으므로 전부 소용없다는 것을 깨달았다. 라우라가 필론에게 자신이 그의 목을 베는 식칼과 같다고 인정하는 사랑의 장면이라도 된단 말인가? 혹은 동화풍으로 그가 나에게 걸린 마법을 풀어 준다고 하더라도, 만약에 그가 그렇게 할 수 있다면 나는 내가 나왔던 무존재로 돌아갈 것이다. 그의 모든 현명함도 여기서는 아무 소용이 없었다. 굉장히 아름다운 처녀가, 만약에 자신을 음흉한 세력의 도구로 여기고 독침과 목을 베는 식칼에 대해 이야기한다면, 이런 일과 저런 일에 대해 말한다면, 그것은 정신이 이상한 처녀다. 실제로 자신의 증언을 진술하는 것이 아니라 혼란을 이야기하는 것일 뿐이며 여기에 대해서는 사랑이나 헌신만이 아니라 거기에 더하여 동정을 받을 존재인 것이다.

이 감정들을 결합한 결과 그는 어쩌면 내가 말한 것을 믿는 척 가장할지도 모르고 혼자 결론을 내린 뒤에 나를 해방시켜 줄 행동을 준비하겠다고 장담하고 나서 실제로는 의사의 조언을 받을 것이며 나의 문제에 대한 소식이 세상 전체에 알려질 것이다—그보다는 차라리 그를 모욕하는 쪽이 낫다. 어쨌든 이렇게 복잡한 세력들이 얽힌 경우 동맹으로서의 역할이 커질수록 연인으로서 소망을 이룰 가능성은 낮아지므로, 분명히 그는 연인의 역할에서 멀리 벗어나기를 바라지 않을 것이며 그의 광기는 정상적이고 굳건하고 확고하게 현실적이었다—사랑하는 것, 아, 사랑하는 것, 내가 가는 길의 자갈을 주의깊게 깨물어 부수어서 아늑한 모래로 만들어 주는 것, 그러나 괴상한 분석 놀이에는 끼어들지 않는 것, 나의 정신은 대체 어디서부터 시작된 것일까?

그러므로 만약에 내가 그를 파멸시키도록 갖추어져 있다면 그는 파멸해야 하는 듯했다. 나는 몸의 어느 부분으로 그를 쳐야 하는지 알지 못했는데, 팔뚝이나 아니면 껴안을 때 손목이라면 아마 너무 간단할지도 모르지만, 어쨌든 달리 방법이 없다는 것은 나 역시 이미 알고 있었다.

나는 훈련된 정원 기술의 장인들에 의해 달콤하게 치장된 오솔길을 따라 그와 함께 가야만 했고 우리는 비너스 칼리피고스*에서 곧 멀어졌는데, 비너스상이 자신을 드러내는 그 화려함이 우리의 아직은 이른 연애 단계에서 이상적인 애정과 행복을 넌지시 암시하는 소심함에는 적합하지 않았기 때문이었다. 우리는 동물상 옆을 지나갔는데, 역시 잔혹했으나 다른 방식으로, 적절한 방식으로 잔인했으며, 왜냐하면 그 돌로 만들어진 털북숭이들의 남성성은 충분히 소녀다운 나의 천사와 같은 도덕성**을 건드릴 수 없었기 때문이었고 심지어 가까이에서도 나를 모욕할 수 없기 때문이었다—나는 그 동물상들의 대리석으로 깎은 긴장된 욕정을 이해하지 않을 정당한 권리가 있었다.

그는 나의 팔에, 그 단단한 덩어리가 있는 곳에 입 맞추었고 입술

* Venus Callipyge(Ἀφροδίτη Καλλίπυγος). 그리스어로 문자 그대로 '아름다운 엉덩이의 비너스(아프로디테)'라는 의미이다. 어느 특정한 조각상을 뜻하는 것이 아니라 옷을 걷어 올려 골반과 엉덩이를 드러내고 그 부분을 돌아보듯이 고개를 돌리는 여성을 묘사한 조각상을 이른다.

** 원문에서는 '안헬리Anhelli와 같은 고귀함'으로 되어 있다. 안헬리는 폴란드 낭만주의 시인 율리우시 스워바츠키의 작품 『안헬리』(1838)의 여주인공으로, 가장 고귀하고 순수한 도덕성을 상징한다.

에 그 덩어리를 느끼지 못했다. 그렇다면 나를 주사로 찌른 자는 대체 어디서 기다리는 것일까? 마차 안에서? 어쩌면 나는 그를 속여서 알지 못하는 비밀을 알아내기만 하면 되는 것인지도 모른다—타락한 현자의 가슴에 댄 기적 같은 청진기라고 할까?

나는 그에게 아무것도 드러내지 않았다.

이틀 뒤에 연애는 정해진 대로 가야 할 길로 나아갔다. 나는 몇 안 되는 좋은 하인들과 함께 왕궁의 중심부에서 4마장 떨어진 저택에서 지냈는데 나의 잡역부 플로에베는 이 작은 저택을 왕궁 정원에서의 만남 바로 다음 날 임대했으며 그러한 결정을 실행하는 데 요구된 자원에 대해서는 아무 말도 하지 않았고 나는 금전적인 문제를 잘 알지 못하는 처녀로서 아무것도 묻지 않았다. 나는 아마 플로에베를 쑥스럽게 하면서 동시에 짜증 나게 한 듯하다고 결론지었는데, 어쩌면 그는 자기 일에 대해서는 비밀스러운 사람이 아니었을 것이고 아마 분명히 그렇지 않았을 것이며, 왕의 명령에 따라 일하고 말할 때 경의를 표했으나 그의 눈에서 나는 순종과 거리가 먼 경멸을 보았던 데다 그는 아주 확실하게 나를 왕의 새로운 애인으로 알고 있을 것이었고, 내가 출입하는 것과 아로데스를 만나는 것에 지나치게 놀라지는 않았는데, 왕이 자기만 이해하는 계획에 따라 후궁과 무엇을 하든 너무 캐묻는 것은 좋은 하인으로서 할 일이 아니었기 때문이다. 내가 악어를 쓰다듬고 있다 하더라도 플로에베는 아마 눈 하나 깜짝하지 않을 것이라고 나는 생각했다. 나는 왕의 의지 안에서 자유로웠고 군주는 어쨌든 나에게 단 한 번도 접근하지 않았다. 나는 이미 내 남자에게 말하지 않을 일들이 있다는 것을 알았는데, 왜냐하면 말하고 싶은 욕망이 혀에 가시처럼 돋아나고 입술이 첫날 밤 마차 안에서 내 몸을 만질 때의 손가락이 그러했듯 무감각해졌기 때문이었다. 나는 아로데스에게 방문을 금지했고 그는 관습적인 방식으로 나의 두려움을 이해하여 자신이 나의 명예를 손상시킨다고 생각하고 사려 깊은 남자답게 자제력을 발휘했다. 사흘째 저녁에 나는 마침내 내가 누구인지 발견하는 일에 착수했다. 잠자리에 드는 옷차림으로 밤의 거울 앞에 서서 옷을 전부 벗고 조각상처럼 나체가 되었으며 은 바늘과 철제 랜싯은 공단 솜에 덮인 채 벽 선반 위에서 쉬고 있었는데, 그들의 날카로움은 두렵지 않았으나 그 광채가 두려웠기 때문이었다. 가슴은 높이 위치하여 장밋빛 유두를 옆과 위쪽으로 향하고 있었으며 허벅다리 높은 곳에 있었던 바늘 자국은 사라졌다. 수술을 준비하는 산부인과 혹은 외과 의사처럼 나는 양손의 손바닥으로 하얗고 매끈한 몸을 받쳤고 갈비뼈가 손힘에 눌렸으나, 내 배는 고딕 양식의 그림에 나오는 숙녀들처럼 둥글었고 따뜻했고 부드러운 거죽 아래에서 나는 물러서지 않는 단단함을 맞닥뜨렸고, 양쪽 손바닥을 위아래로 문지르며 안에 있는 원통형의 형태를 점차적으로 발견했다. 각 면에 촛불을 여섯 개씩 밝혀 놓고 나는 가장 작은 랜싯을 손가락으로 집었는데, 두려움 때문이 아니라 그 심미성 때문이었다.

거울에 비친 모습은 마치 내가 칼로 몸을 찌르려는 듯했고 순수하게 극적인 장면이었으며 캐노피가 달린 거대한 침대와 두 줄의 높은 양초와 내 손의 금속 섬광과 나의 창백함 때문에 마지막 세부 사항까지 양식에 걸맞았는데, 왜냐하면 내 육체는 무시무시하게 겁먹었고 무릎에서 힘이 빠졌으며 오로지 칼을 든 손만이 적절한 확신을 유지하고 있었기 때문이었다. 갈비뼈의 아치 아래 원통이 있는 곳, 눌러도 들어가지 않는 단단함이 있는 곳이 가장 분명하게 나타났으며 나는 랜싯을 깊이 찔렀는데, 고통은 크지 않았고 그저 표면적이었으며 칼날이 찌른 곳에서는 피가 단 한 방울만 흘러나왔다. 도살의 재능은 갖지 못했으므로 나는 천천히, 해부학적으로 계산해서, 온 힘을 다해 이를 악물고 눈을 꽉 감은 채 거의 자궁까지 몸을 단번에 둘로 갈랐다. 그것을 바라볼 기운은 이미 없었다. 그러나 나는 더 이상 떨지도 않는 채로 서 있었고 그저 얼음처럼 굳어졌으며 방 안에는 나의 발작적인, 거의 경련하는 듯한 숨소리가 멀고 낯선 사람의 숨소리처럼 울려 퍼졌다. 칼로 자른 거죽이 하얗게 갈라졌고 거울 속에서 나는 은빛의 봉오리 형태를 보았는데, 그것은 거대한 태아 같았고 반짝이는, 내 안에 숨겨진 번데기였으며, 피를 흘리지 않고 그저 분홍색인 육체의 나팔 모양 주름 안에 들어 있었다. 그렇게 자신을 쳐다본다는 것이 얼마나 기괴한 공포인지! 나는 그 은빛의 지나치게 깨끗한, 흠집 하나 없는 표면을 만질 용기는 낼 수 없었고, 마치 작은 관棺처럼 길쭉한 중앙부는 촛불의 불꽃을 조그맣게 반사하면서 빛났으며, 나는 몸을 움직였고 그때 태아처럼 그 물체를 둘러싼 다리들을 보았는데, 집게처럼 가늘었고 내 몸 안으로 이어져 있었으며 나는 이것이 낯선, 다른 어떤 사물이 아니라 이제까지 계속 나였다는 사실을 불현듯 이해했다. 그러니까 그 때문에 골목길의 젖은 모래 위를 걸으면서 나는 그토록 깊은 자국을 남겼고 그 때문에 나는 그토록 힘이 강했으며 이것은 나였고 언제나 나였다고 머릿속으로 반복해서 생각하고 있을 때 그가 들어왔다.

문은 닫혀 있지 않았다—이 얼마나 치명적인 부주의인가. 그는 숨어들어서 자신의 뻔뻔함에 스스로 매료된 채 안으로 내디뎠으며, 그런 행동을 정당화하고 자신을 방어하려는 듯 붉은 장미로 만든 거대한 원형 꽃다발을 들고 있었고 나를 보자, 그때 나는 놀라서 비명을 지르면서 몸을 돌렸는데, 그는 이미 보았으나 아직 눈치채지 못했고 이해하지 못했으며 그럴 수 없었다. 나는 공포 때문이 아니라 단지 엄청난 수치심 때문에 목이 메어 양손으로 은빛 타원형을 도로 몸 안으로 밀어 넣으려고 애썼지만 그것은 지나치게 컸고 도로 집어넣는데 성공하기에는 칼로 너무 지나치게 갈라져 있었다.

그의 얼굴, 그의 소리 없는 비명과 도주. 부탁건대 그 부분만은 내 입으로 이야기하지 않고 넘어가게 해 주기 바란다. 그는 나의 허락을, 초대를 기다리기에 너무 조바심이 나서 꽃을 들고 찾아왔으며 집은 비어 있었고, 내가 몸소 하인들을 전부 내보내서 계획한 일을 실행할 때 아무도 방해하지 못하게 했으며—내게는 이미 다른 방법이, 다른 길이 없었다. 그리고 어쩌면 이미 그때 그의 마음속에서 첫 번째 의혹이 솟아올랐을지도 모른다. 우리 둘이 전날 말라 버린 샘물의 바닥을 건넜을 때를 기억해 보면, 그는 나를 팔에 안아서 건너고 싶어 했지만 내가 그러지 못하게 했는데, 그것은 진실한 혹은 가장된 수줍음 때문이 아니라 그러지 못하게 해야만 했기 때문이었다. 그때 그는 부드럽고 폭신한 진흙 위에 내 발이 남기는 자국들을 보았는데, 그 자국은 아주 작고 아주 깊었으며, 그는 뭔가 말하고 싶어 했고 아마도 별 뜻 없는 농담이었겠지만 갑자기 말을 멈추었다가 찡그린 눈썹 사이에 내가 익히 아는 주름을 잡은 채 그의 뒤에서 올라오는 나에게 도움의 손길조차 내밀지 않고 반대쪽 기슭으로 올라가 버렸다. 그러니까 어쩌면 그때부터였던 거다. 그리고 또 오르막의 가장 위에 이르러서 나는 넘어질 뻔했고 중심을 다시 잡으려고 개암나무의 굵은 가지를 붙잡았는데 그때 내가 나무둥치 전체를 뿌리째 뽑는 것을 느꼈고 그래서 무릎의 반동을 이용해서 물러났으며 그 지칠 줄 모르는, 거대한 나의 힘을 드러내지 않기 위해서 부러진 나뭇가지를 놓았다. 그는 옆에 서서 보고 있지 않았고, 나는 그렇게 생각했지만, 그는 모든 것을 곁눈으로 볼 수 있었던 것이다. 그렇다면 그는 의심 때문에 숨어든 것인가 아니면 멈출 수 없는 열정 때문인가?

아무래도 상관없다.

나는 고치와 같은 몸을 깨고 나가기 위해서 사지의 가장 굵은 부분을 써서 반으로 갈라져 열린 몸의 가장자리를 지탱하고 민첩하게 빠져나와서 자유로워졌으며 그러자 틀레닉스 여백작, 가정교사 부인, 미뇨느가 처음에는 무릎을 꿇고 그다음에는 얼굴을 옆으로 하면서 쓰러졌고 나는 그녀에게서 빠져나와 모든 다리를 펼치고 가재처럼 천천히 뒤로 움직였다. 그가 도주한 후 열린 문을 통해 휘몰아쳐 들어온 외풍에 아직도 불빛이 흔들리던 촛불이 거울 속에서 선명해졌고 보기 흉하게 다리를 아무렇게나 벌린 나체의 그녀는 무기력하게 누워 있었으며 나는 나의 고치, 가짜 거죽인 그녀를 건드리고 싶지 않아서 옆으로 피해 마치 사마귀처럼 원통을 반쯤 기울여 일어서서 거울에 비친 내 모습을 바라보았다. 이것이 나라고, 나는 말없이 자신에게 이야기했다, 이것이 나다. 이것이 이전부터 지금까지 계속해서 나다. 매끄러운 표면, 뚜껑은 두텁고 강력하고, 곤충 같고, 연결 부위가 두껍고, 겉껍질은 차갑게 빛나는 은색, 달걀형으로 옆면이 가늘게 만들어졌고, 머리는 약간 더 짙은 색으로 튀어나온, 이것이 나다. 이 말을 외우려는 듯이 나는 자신에게 이렇게 되풀이했고 그럼으로써 내 안에서 가정교사 부인, 틀레닉스 여백작, 앙헬리타의 다중 과거가 오래전 어린 시절 방에서 읽었던 중요하지 않고 별로 인상적이지 않았던 책처럼 바래서 사라졌으며, 그 내용을 나는 머리를 양쪽으로 천천히 돌려 내 눈에서 그 반영을 찾으면서 떠올릴 수 있었지만, 그와 동시에, 아직은 나 자신의 이런 형상에 익숙해지지 않았으나, 이 자가 내장 탈출의 행위가 전적으로 나의 계획과 결심만은 아니었음을, 바로 이런 반항의 정황을 염두에 두고 예견한 계획의 일부이며 이렇게 해서 결국은 내가 완전한 굴복으로 넘어가도록 하기 위한 것이라는 사실을 이해하기 시작했다. 나는 이전과 똑같이 빠르고 자유롭게 생각할 수 있었으나 동시에 나의 새로운 육체에 속해 있었고 그 선명하게 빛나는 금속에 어울리는 동작들이 있었으며 나는 그 동작들을 수행하기 시작했다.

사랑은 식었다. 물론 당신들의 사랑도 식지만, 몇 년이나 몇 달이 걸리는 그 똑같은 과정을 나는 한순간에 겪었고 그것은 순서상 세 번째 시작이었으며, 나는 가볍고 미끄러지는 듯한 바스락 소리를 내면서 방 안을 세 번 돌았고 더 이상 내가 누워 쉴 수 없게 된 침대를 떨리는 촉수를 내밀어 건드려 보았다. 그 침대에서 나는 사랑하지 않는 나의 애인을 받아들였고 이 새롭게 펼쳐진, 아마도 마지막일 게임 속에서 그에게 알려진 모습과 알려지지 않은 모습으로 그의 흔적을 따라 움직이기 시작했다. 그의 미친 듯한 도주의 경로는 처음에는 차례차례 열린 문들과 이후에는 흩어진 장미로 표시되어 있었고 그 장미의 향기는 나에게 도움이 되었는데 왜냐하면 최소한 얼마간 그의 향기의 일부가 되었기 때문이다. 내가 가로지른 침실은 바닥이라는 낮은 위치에서, 즉 새로운 관점에서 보니 우선 지나치게 큰 데다 어둠 속에서 낯설고 거무스름하게 보이는 불편하고 쓸모없는 도구들로 가득했으며, 방을 나온 뒤에는 돌계단이 나의 발톱 아래에서 약하게 긁히는 소리를 냈고 나는 축축하고 어두운 정원으로 달려 나갔다—지빠귀가 노래하고 있었고, 그것은 완전히 불필요한 소품이었으므로 내적으로는 재미있다고 느꼈으나 나의 그다음 행동은 완전히 다른 소품을 요구했고, 나는 한동안 발밑에서 튀어 오르는 자갈 부딪치는 소리를 느끼며 덤불 사이를 생쥐처럼 오갔고 주위를 한 번 두 번 돌다가 마침내 경로를 발견하여 달려 나갔다. 그가 지나가면서 움직인 공기의 진동과 희미한 냄새의 고유한 조합으로 만들어진 경로를 잡아냈을 때 나는 밤바람이 아직 흩어 버리지 않은 모든 미세한 흔적들을 발견했고 그렇게 올바른 방향에 들어섰으며 그 방향은 그때부터 끝까지 나의 것이 되었다.

그가 나만 남겨 두고 그렇게 강력하게 도망치도록 허용한 것이 누구의 의지였는지는 알 수 없는데, 왜냐하면 나는 그를 쫓아가는 대신 새벽까지 왕궁 정원을 맴돌았기 때문이다. 어느 정도는 그것 또한 예정된 일이었는데 왜냐하면 나는 우리가 덩굴식물 사이로 손을 잡고 걸었던 곳에 머물렀으며 그렇게 해서 그의 향기를 정확하게 빨아들여 절대로 다른 냄새와 혼동하지 않을 수 있게 되었기 때문이다. 내가 그냥 그의 뒤를 따라 달려가서 그가 완전히 무기력한 혼란과 절망에 빠져 있을 때 덮칠 수 있었던 것도 사실이지만 그렇게는 하지 않았다. 그 밤에 내가 취한 행동들 또한 나의 슬픔과 왕의 의지를 통해 완전히 다른 식으로 해석할 수 있다는 것도 알고 있는데, 슬픔이란 내가 연인을 잃고 고작 희생자만을 얻었기 때문이며 군주의 입장에서 자신이 증오하는 인물의 갑작스럽고도 빠른 종말은 불충분하게 여겨질 수 있다는 것이다. 어쩌면 아로데스는 자기 집으로 달려간 것이 아니라 친한 친구 중 누군가를 찾아가서 그곳에서 열띤 대화 속에 스스로 자기 질문에 대한 답을 찾아내어 (타인의 존재는 그에게 오로지 정신을 차리고 위안을 주기 위해서만 필요했다) 다른 사람의 창의력 없이도 모든 일을 깨달았을지 모른다. 어찌 됐든 정원에서 나의 행동들은 이별의 고통과는 어떤 식으로도 관련이 없었다. 이 말이 다정한 영혼에게 얼마나 기분 나쁘게 들릴지는 알지만, 쥐어짤 손도 쏟을 눈물도 꿇을 무릎도 전날 모아 둔 꽃을 대고 누를 입술도 없었으므로 나는 굴복하지도 무너지지도 않았다. 이제 나는 내가 소유한 유별나게 탁월한 분별의 기술을 이용하여 좁은 길로 달리면서도, 단 한 번도 현재 나의 목표물이자 지치지 않는 노력의 박차가 되는 그의 흔적과 아무리 비슷한 자취라도 착각하거나 속지 않았다. 나는 차가운 왼쪽 폐에 대기의 모든 입자 하나하나가 수많은 감각세포 사이를 돌며 스쳐 지나가는 것과 그중 의심스러운 입자들이 모두 나의 뜨거운 오른쪽 폐에 전달되고 그곳에서 나의 내부 분광 안구가 그 입자들을 하나하나 주의 깊게 살펴보고 감각이 옳았다고 확인하거나 아니면 잘못 알았다고 폐기하는 것을 느꼈고, 그 과정은 가장 작은 곤충의 날개가 떨리는 것보다도 빠르게, 당신들이 이해할 수 있는 것보다 빠르게 진행되었다. 나는 동틀 무렵에 왕궁 정원을 떠났다. 아로데스의 집은 텅 비었고 문이 활짝 열려 있었으며 그가 어떤 종류의 총기를 가지고 갔는지 확인할 생각까지는 하지 못한 채 나는 새로운 흔적을 찾아내어 이제는 전혀 지체하지 않고 그 흔적을 따라 나섰다. 나는 오랫동안 헤맬 것이라고는 생각하지 않았다. 그런데 며칠이 지나 몇 주가 되고 몇 주가 지나 몇 달이 되었으며 나는 계속해서 그의 흔적만을 쫓고 있었다.

그것은 자기 운명이 이미 결정된 모든 존재들의 행동에 비해 딱히 더 끔찍하게 여겨지지 않았다. 나는 비와 무더위와 광활한 공간과 좁은 골짜기와 우거진 풀숲을 가로질러 달렸으며 마른 갈대들이 내 몸통을 훑었고 내가 지나간 웅덩이나 물구덩이의 물이 튀어 굵은 물방울이 내 몸통의 양쪽 가장자리와 머리에 흘렀고 그런 물방울이 흐른 자리는 눈물과 비슷해 보였으나 나에게 그것은 어쨌든 아무런 의미도 없었다. 쉬지 않고 질주하면서 나는 멀리서 나를 본 사람이 하나같이 돌아서서 벽이나 나무나 담장에 달라붙고 그런 유의 숨을 곳이 없는 경우 무릎을 꿇고 손으로 얼굴을 가리거나 아니면 얼굴을 가리고 엎드려 내가 그 사람을 놓아두고 멀리 가 버릴 때까지 오랫동안 그렇게 누워 있는 것을 보았다. 나는 잠을 잘 필요성을 느끼지 않았으므로 밤에도 시골 마을과 부락과 작은 읍을 가로질러 달렸고 진흙으로 빚은 항아리들과 줄에 걸어 말리는 중인 과일들이 가득한 시장을 지나갔으며 그곳에서는 내 앞에서 군중 전체가 흩어져 도망쳤고 아이들은 비명을 지르면서 주변의 작은 골목길로 숨었고 나는 거기에 주의를 돌리지 않고 내 길을 계속 달려갔다. 그의 냄새가 약속처럼 나를 완전히 채우고 있었다. 나는 그 남자의 얼굴을 진작 잊었고 나의 정신은 아마도 신체보다 조금 더 내구력이 약하여 특히 밤에 달릴 때면 내가 누구를 쫓아 달려가는지 혹은 대체 누군가를 쫓아가는 것인지 알 수 없을 정도로 제한되었으며 내가 아는 것은 단지 세상의 다양성 중에서 선별되어 나에게 운명 지워진 공기 중의 아주 약한 흔적이 지속되고 증대되는 한 이렇게 계속 쫓아가는 것이 나의 의지라는 사실뿐이었으며 그 흔적이 약해지면 내가 방향을 잘 잡지 못했다는 의미라는 것이었다. 나는 그 누구에게도 어떤 질문도 하지 않았고 또한 아무도 감히 내게 말을 걸 용기를 내지 못했으며 내가 접근하는 것을 보고 벽 아래 몸을 웅크리거나 뒤통수를 손으로 가리고 땅에 엎드리는 사람들과 나 사이에 있는 공간이 긴장으로 가득하다고 어떤 식으로든 느꼈을 뿐만 아니라 그 긴장감을 나에게 바치는 두려움에 가득한 공물이라고 받아들였는데, 왜냐하면 나는 왕의 명에 따른 길을 가고 있었고 그것이 나에게 지치지 않는 힘을 주었기 때문이다. 때때로 그저 아주 작은 어린아이가, 소리 없이 불쑥 전속력으로 모습을 나타낸 나를 보고 어른들이 미처 잡아채거나 안아 올리지 못해서 울곤 했으나 나는 여기에 신경 쓰지 않았는데, 왜냐하면 질주하면서 모래와 담벼락과 녹음과 그 위의 하늘로 덮인 외부 세계와, 그리고 양쪽 폐가 작동하며 효율적으로 연주 중인 훌륭하게 실수 없는 대단히 아름다운 분자의 음악이 들려오는 나의 내면에 동시에 주의하면서 끊임없이 최대한의 집중 상태를 유지해야만 했기 때문이다. 나는 강과 소금물 호수의 지류와 폭포와 말라 가는 호수의 진흙투성이 밑바닥을 지나왔으며 모든 생물이 나를 피했고 도망쳐서 멀어지거나 혹은 열띠게 마른 땅속으로 파고들었는데 내가 여전히 볼 수 있는 데다 아무도 나만큼 빠르지 않았기 때문에 그것은 분명 무익한 일이었으나 그런 솜덩이 같은, 기어 다니는, 귀가 비뚤어진 생물들, 목쉰 소리로 히힝거리거나 빽빽 울거나 포효하는 생물들은 내게 아무 상관이 없었고 나는 어쨌든 다른 목표물을 향해 나아가고 있었다.

몇 번이나 나는 거대한 개미집을 총알처럼 헤치고 지나갔는데 그곳의 붉거나 검거나 점박이 거주자들은 무기력하게 나의 빛나는 껍질 주위를 기어 다녔고 한 번인가 두 번 보기 드문 크기의 어떤 생물이 내 길을 막고 비켜 주지 않았으므로 나는 비록 그 생물에게 아무

감정도 없었으나 옆으로 돌아서 피해 가는 시간을 아끼기 위해서 용수철처럼 뛰어올라 날아가면서 그 생물을 꿰뚫었고 그런 뒤에 석회석이 부서지는 소리와 내 얼굴과 등에 튄 붉은 액체가 찐득하게 흘러내리는 소리 속에서 나는 너무 빨리 멀어져서 그렇게 신속하고 갑작스러운 방법으로 주어진 죽음에 대해서 곧바로 생각하지 못했다. 나는 전쟁터의 전선을 가로질렀던 것도 기억하는데, 그곳은 개미처럼 무기력한 회색과 녹색의 외투들이 가득히 널려 있었고 그중 몇몇은 움직였으며 다른 몇몇은 썩거나 혹은 완전히 말라붙어 조금 더러워진 눈처럼 하얀 뼈를 드러내고 있었지만 나는 여기에도 상관하지 않았는데 나는 나의 기준으로만 측정할 수 있는 더 높은 과업을 완수해야 했기 때문이었다. 그리고 나의 길이 휘어지고 매듭지어지고 자기 스스로 가로질렀기 때문에, 그리고 햇볕에 달아올라 나의 폐를 자극하는 먼지로 인해 혹은 빗물에 씻겨서 소금물 호수의 물가에서 거의 사라졌기 때문에 나를 피하고 있는 이것이 간교한 잔꾀로 가득할 뿐만 아니라 나를 오류에 빠지게 하고 입자들로 표시된 유일한 흔적의 실을 끊어 버리기 위해 무슨 짓이든 하리라는 것을 서서히 이해하기 시작했다. 내가 추적하는 그가 일반적인 필멸의 인간이었다면 나는 적절한 시기에, 즉 필요한 때에 그를 덮쳐서 공포와 절망이 당연히 기다리는 처벌을 더 강화하도록 했을 것이며 내 추적용 폐의 피로를 모르는 교묘함과 실수 없는 작업으로 확실히 그를 따라잡았을 것이었다—어쩌면 내가 생각했던 것보다 더 빨리 그를 파괴했을지도 모르고, 나는 바로 그렇게 하려고 하고 있었다. 처음에 나는 그의 발뒤꿈치를 당장 쫓아가지 않고 충분히 거리를 두고 흔적을 따라갔으며 그렇게 해서 나의 탁월함을 표현했고 동시에 좋은 관습에 따라서 추적당하는 자에게 내면에 절망이 쌓이도록 적절한 시간을 주려 했고, 그리하여 몇 번은 그가 상당히 멀어지도록 내버려 두기도 했는데, 그가 나를 내내 지나치게 가까이 있다고 느껴서 견딜 수 없는 절망의 순간에 스스로 뭔가 나쁜 짓을 저지를지도 모르고 그러면 그것으로 나의 계획은 사라져 버리기 때문이었다. 또한 나는 그를 지나치게 빠르거나 너무 갑작스럽게 덮쳐서 자신을 기다리는 게 무엇인지 이해할 시간조차 주지 않을 생각은 없었다. 그래서 나는 밤이면 멈추어서 덤불에 몸을 숨겼는데, 그것은 휴식을 위해서가 아니었고 나에게 휴식은 필요가 없었으며 단지 의도적으로 지체하는 한편으로 앞으로의 활동을 숙고하기 위해서였다. 나는 이제 쫓기는 자를 한때 나의 연인이었던 아로데스라고 생각하지 않았는데, 그 기억은 한 군데 뭉쳐 있었고 평온하게 놓여 있도록 건드리지 말아야 함을 알고 있었기 때문이다. 오직 한 가지 아쉬웠던 것은 멀리 사라져 버린 속임수들, 그러니까 앙헬리타, 가정교사 부인, 달콤한 미뇨느를 떠올릴 때 미소를 지을 능력을 잃었다는 것이었고, 나는 더 이상 그들과 어떤 면에서도 비슷하지 않다는 것을 확신하기 위해 몇 번 머리 위에 보름달이 떠 있을 때 물의 표면에 비친 나 자신의 모습을 보았는데, 여전히 아름다웠지만, 이제 그것은 환희만큼이나 커다란 위협을 불러일으키는 치명적인 아름다움이었다. 또한 나는 저 동굴에서 밤을 지내면서 그 시간을 이용해 은으로 된 거죽에서 말라붙은 진흙 덩어리를 떼어 냈고, 계속해서 길을 가기 위해 떠나기 전 떪떨 때 쓰는 다리에 덮인 침을 소매를 털듯이 가볍게 움직여서 사용할 준비가 되었는지 확인했는데, 왜냐하면 나는 날짜도 시간도 알지 못했기 때문이었다.

몇 번인가 나는 소리 없이 인간들의 거주지에 숨어들어서 그들의 목소리를 들었는데, 그럴 때면 반짝이는 촉수들을 창문틀에 의지하여 뒤로 기대거나 혹은 지붕 위로 기어 올라갔고, 그곳에서는 처마에서 자유롭게 아래쪽으로 매달릴 수 있었으며, 이것은 내가 어쨌든 두 개의 추적용 폐가 달린 죽은 기계가 아니라 자기 스스로 지성을 사용할 수 있는 존재이기 때문이었다. 한편 추적과 도주는 이미 상당히 오래 지속되어서 세간에 알려지기 시작했으며 나는 나이 든 여자들이 내 이야기로 아이들에게 겁을 주는 것을 듣거나 아로데스에 대한 수많은 소문과 전설들을 알게 되었는데, 왕이 보낸 여자 자객인 내가 사람들의 두려움을 사는 만큼 아로데스는 사람들의 호감을 사고 있었다. 오두막에 앉아서 바보 같은 시골 사람들이 뭐라고 말했는지 아는가? 내가 감히 왕좌를 노린 현자에게 따라붙은 기계라고 했다.

어찌 됐든 사람들에게 내가 반드시 평범한 처형 기구일 필요는 없었으므로 나는 어떤 형태든 취할 수 있는 특별한 기계라고 말들을 했다. 구걸하는 거지, 요람에 든 아기, 아름다운 아가씨, 그러나 또한 금속으로 된 도마뱀이라고도 했다. 이런 형상들은 여자 자객이 쫓는 자를 속이기 위해 나타날 때 몸을 감싸는 고치이며 다른 모든 사람들에게는 은으로 된 전갈의 모습으로 나타나는데 너무 빠르게 기어오기 때문에 아무도 그 전갈의 다리가 몇 개인지 세는 데 성공하지 못했다. 여기서 이야기는 다양한 구전으로 갈라진다. 어떤 사람들은 현자가 왕의 의지에도 불구하고 민중에게 자유를 선사하려 했기 때문에 군주의 분노를 샀다고 말한다. 다른 사람들은 그가 생명의 물을 가지고 있으며 그것으로 순교자들을 부활시킬 수 있었는데 이것은 가장 높은 권력에 의해 금지되었고 그래서 그는 겉으로는 권력자의 명령에 따르는 척하면서 반란군의 대규모 처형이 거행된 뒤에 성벽에 매달린 교수형 당한 시신들을 거두어 비밀리에 군대를 준비하고 있었다고 했다. 또 다른 사람들은 아로데스에 대해서는 전혀 아무것도 알지 못했고 그에게 훌륭한 능력도 전혀 부여하지 않았으며 그저 그를 죄수로만 알고 있었고 그에게 호의와 도움을 베풀 이유는 그것으로 충분했다. 왕의 분노에 불을 지펴서 거장 기술자들을 소환하여 대장간에서 추적 기계를 만들도록 명령하게 한 이유가 무엇인지는 알려지지 않았으나 사람들은 그것이 사악한 발상이고 죄 많은 명령이라고 했다. 왜냐하면 쫓기는 자가 무슨 일을 저질렀든 왕이 그에게 내린 운명만큼 악할 수는 없기 때문이었다. 이런 동화들에 끝은 없었고 이야기하면서 단순한 사람들의 상상력은 그 안에서 마음껏 뻔뻔스럽게 뻗어 갔으며 단 하나 변함없이 공통된 점은 나에게 생각해 낼 수 있는 모든 괴물 같은 특징들을 부여했다는 것이었다.

나는 또한 아로데스를 구하기 위해 서둘러 나선 용감한 사람들에 대한 수많은 거짓 이야기도 들었는데, 이들은 내 앞을 가로막고 불공평한 전투에 뛰어들었다고 했다—과연 산 사람 중에 그렇게 용감한 자가 있을 리가 없다. 아로데스의 흔적을 내가 더 이상 찾을 수 없을 때 이런 이야기들이 나에게 추적에 응용하거나 실마리를 주는 점은 충분히 많았다—또한 악질적인 거짓말도 많았다. 오로지 내가 누구인지, 내가 누구일 수 있는지, 무슨 생각을 가지고 있는지, 내가 지치거나 절망하는 일도 있는지에 대해서만은 아무도 제대로 이야기하지 않았으나 나는 여기에도 그다지 놀라지 않았다.

나는 민중에게 알려진, 법에 준하는 왕의 뜻을 수행하는 단순한 움직이는 기계들의 이야기를 몇 개나 들었다. 때로 나는 낮은 오두막의 거주자들 앞에서 모습을 전혀 숨기지 않았고 해가 뜰 때를 기다려 그 햇빛을 받으면서 은빛의 섬광이 되어 잔디 위로 뛰어올라 반짝이는 이슬방울을 사방으로 튀기며 어제의 여정의 끝에서 오늘의 여정을 이어 시작했다. 빠르게 질주하면서 나는 마주치는 사람들의 얼굴에 나타나는 표정, 얼어붙은 시선, 근심과 위협의 기운이 마치 범접할 수 없는 후광처럼 내 주위를 둘러싸는 것을 느끼며 한껏 즐겼다. 그러나 낮이 찾아왔고 나의 아래쪽 후각이 아무런 성과를 내지 못해서 위쪽의 후각을 이용해 흔적을 찾아서 언덕 주위를 무익하게 원을 그리며 돌았는데, 불행한 감정을 느끼면서 그로 인해 나의 완벽성 전체가 쓸모없게 되었고 그러다가 나는 바람 부는 하늘에 대고 마치 기도하듯이 양팔의 팔짱을 끼고* 언덕 꼭대기에 서 있다가 복부를 채우는 아주 희미한 종소리를 감지하며 아직 모든 것을 다 잃지는 않았음을 깨달았고, 그 생각을 실천하기 위해서 이미 오래전에 버렸던 재능을 다시 꺼냈다—언어다. 나는 언어를 가지고 있었으므로 배우지 않았으나, 처음에는 표현들을 선명하고 낭랑하게 발음하면서 언어를 내 안에서 다시 구축해야만 했고, 그래도 나의 목소리가 금방 인간의 것과 비슷해졌기 때문에 냄새가 나를 실망시켰음에도 단어를 사용하기 위해서 언덕을 달려 내려갔다. 나에게 추적당하는 자가 이토록 능란하고 교묘한 것으로 드러나기는 했으나 나는 그에게 전혀 증오를 느끼지 않았고, 단지 내가 나의 과업을 수행하듯이 그도 이 과업에서 자신에게 주어진 부분을 수행하고 있다는 사실을 이해했다. 나는 길이 갈라지는 곳을 발견했고 그곳에서 흔적은 차츰 사라졌으며 그래서 나는 진동하면서, 그러나 자리에서 움직이지 않고 서 있

* 중세 유럽에서는 기도할 때 손을 모으는 것이 아니라 양팔을 가슴 앞에 모아서 대각선으로 십자를 만들었다. 이 모습을 본떠 수도원에서 만든 빵이 브레첼(프레첼)이라고 한다.

었는데, 왜냐하면 내 다리들 중 한 쌍은 석회석 먼지로 덮인 길 쪽으로 뻗어 나가 더듬고 있었고 다른 한 쌍은 경련하듯 돌덩이를 긁으면서 오래된 나무들로 둘러싸인 크지 않은 수도원의 하얀 담벼락이 있는 반대쪽으로 나를 끌어당겼기 때문이었다. 다리를 모은 뒤에 나는 무겁게, 마치 내키지 않는 듯 수도원의 쪽문을 향해 기어가기 시작했고, 그곳에는 수도사가 얼굴을 위로 향하고 서 있었는데, 아마 지평선의 노을을 바라보고 있는 것 같았다. 나는 불쑥 나타나서 수도사를 놀라게 하지 않기 위해 천천히 다가가서 인사했고, 그가 말없이 나를 쳐다보았을 때 그에게, 나 혼자서 해결하기 어려운 일이 있어서 그러는데 그에게 어떤 사안에 대해 고백해도 될지 물었다. 나는 수도사가 움직이지도 않고 말도 하지 않는 것을 보고 처음에는 그가 불안 때문에 굳어졌다고 여겼으나 수도사는 그저 생각에 잠겼던 것뿐이었고 마침내 동의했다. 그래서 수도사가 앞서고 내가 뒤에서 수도원의 정원까지 함께 갔는데, 우리는 분명 이상한 한 쌍이었겠지만 그 이른 시간 주위에는 은빛 사마귀와 흰옷의 사제를 보고 놀랄 만한 살아 있는 사람이 단 한 명도 없었다. 낙엽송 아래에 수도사가 자리를 잡고 앉자 나는 저도 모르게 습관대로 그의 곁으로 갔으며 수도사는 고해를 들어 주는 사제의 모습으로, 요컨대 나를 쳐다보지 않은 채 내 쪽으로 고개만 숙이고 있었고, 수도사에게 최초로 추적의 길을 떠나기 전에 나는 젊은 여성이었고 왕의 뜻에 따라 아로데스의 약혼녀로 지정되었으며 그를 궁전의 무도회에서 알게 되었고 그에 대해 아무것도 알지 못하는 채로 사랑했으며 나도 그의 마음에 사랑을 불러일으켜 아무것도 모르는 채로 사랑에 빠졌으나 밤에 바늘에 찔린 사건으로 인해 내가 그에게 어떤 존재인지 깨달았고 그를 위해서나 나를 위해서나 다른 해결책을 찾지 못하여 나 자신을 칼로 찔렀으며 그 결과 죽음을 맞이하는 대신 변신을 겪게 되었다고 이야기했다. 그 이후로 이전에는 그저 의심만 하고 있었던 힘이 나를 연인을 추적하는 길로 내몰았고 나는 그의 뒤를 쫓는 광기가 되었다. 그러나 이 추적은 오래 지속되었고 너무 오래 추적한 끝에 나는 사람들이 아로데스에 대해 하는 이야기를 모두 듣게 되었으며 그런데도 왠지 그중에서 어느 정도가 사실인지 알지 못하고 우리의 공동의 운명에 대해 새로이 숙고하기 시작했으며 내 마음에 그 사람에 대한 호의가 생겨났는데, 왜냐하면 내가 그를 더 이상 사랑할 수 없기 때문에 그를 모든 힘을 다해서 죽이려고 한다는 것을 이해했기 때문이었다. 그렇게 나는 나 자신의 사악함을, 즉 그 자신의 불행 외에 나에게 아무 잘못도 저지르지 않은 사람에게 복수를 갈망하는 이 거꾸로 뒤집히고 모욕당한 사랑을 들여다보았다. 그렇기 때문에 나는 더 이상 추적을 계속하는 것도 주위에 치명적인 공포를 불러일으키는 것도 원하지 않으며, 물론 어떻게든 악한 자를 구제하고 싶지만 단지 어떻게 해야 할지를 모른다.

내가 눈치챌 수 있는 한 수도사는 대화가 끝날 때까지 전혀 의심을 드러내지 않았는데, 내가 아직 말을 시작하기 전에, 수도사의 관점에 따르면 나는 자유의지가 박탈된 존재가 되므로 무슨 말을 하든 고해성사에는 포함되지 않음을 그가 즉시 알아챘기 때문일 것이다. 또한 수도사는 아마 그런 뒤에 내가 그에게 의도적으로 보내진 것은 아닌지 스스로 질문해 보았을 수도 있는데, 어쨌든 그런 사자들이 이곳에 도달하기도 하고 고해를 한다는 것은 가장 기만적인 위장일 테지만, 어쨌든 그의 대답은 정직한 의도로 가득한 듯했다. 수도사는 나에게 말했다. "그럼 어떻게 할 텐가, 지금 찾고 있는 그 사람을 찾아낸다면? 그때는 어떻게 할지 결정했나?"

내가 대답했다. "사제님, 저는 제가 하고 싶지 않은 일만 알 뿐입니다만 제 안에 있는 힘이 그런 경우 어떻게 밖으로 표현될지 알지 못하며, 그렇게 되면 제가 그 힘에 사로잡혀 살인을 저지르게 될지도 확실히 말할 수 없습니다."

수도사가 말했다. "내가 대체 무슨 조언을 할 수 있겠는가? 이 과업이 면제되기를 바라는가?"

마치 그의 발치에 누운 개처럼 나는 고개를 들었고 내 껍질의 은에 반사된 햇빛이 그의 눈에 비쳐 수도사가 눈을 깜빡이는 것을 보고 대답했다. "그보다 더 바라는 일은 없으며 그렇게 되면 저는 그 어떤 목적도 갖지 못하게 될 테니 저의 운명이 잔혹해지리라는 것을 어떻게든 받아들일 겁니다. 이런 모습으로 창조되도록 제가 의도적으로 바라지는 않았습니다만 또한 왕의 뜻을 거스른 데 대하여 저는 분명히 비싼 대가를 치러야만 할 것인데, 왜냐하면 그러한 죄를 벌하지 않고 넘어간다는 것은 허용될 수 없는 일이므로 그렇게 되면 총기 장인들이 저에게 사슬을 채워 궁전의 지하 감옥으로 데려갈 것이며 저를 파괴하기 위해 세상에 철의 맹견들을 보내 추적하게 할 것입니다. 설령 제가 내재된 기술들을 이용하여 피해서 세상의 끝에 이른다 하더라도 제가 어디에 몸을 숨기든 모든 것이 저를 피할 것이며 앞으로 존재할 이유가 될 만한 가치 있는 것은 아무것도 찾지 못할 것입니다. 사제님과 같은 운명 또한 제 앞에서는 문이 닫힐 것인데, 왜냐하면 사제님과 같은 결정권을 가진 분이라면 누구나 사제님처럼 저에게 대답할 것입니다, 저는 영적으로 자유의지를 갖지 못했으니 수도원의 울타리 안에서 생활하는 특권을 누릴 수 없다고 말입니다!"

수도사는 생각에 잠겼다가 놀라워하며 말했다. "너와 조금이라도 비슷한 기구는 전혀 알지 못하며 어쨌든 내가 너를 보고 듣고 네가 하는 말로 미루어 아무리 예속 상태에 제한되어 있다 하더라도 이성이 있는 것으로 보이는데, 너 스스로 말했듯이 그 예속 상태와 싸우고 있다고 한다면, 그리고 너에게서 살인의 의지가 벗겨진다면 자유를 느낄 것이라고 하니, 말해 보아라 기계여, 그 의지를 가지고 있다는 게 너에게 어떠한가?"

내가 대답했다. "사제님, 저는 그것이 괴롭습니다만 어떻게 추적하고 뒤를 쫓고 흔적을 찾고 엿보고 엿듣고 잠복하고 몸을 숨기고, 또한 길에 서서 가로막는 것을 부수고, 접근하고 실수하고 맴돌고 그 맴도는 원을 점점 작게 하면서 조여 가고, 이 모든 일을 저는 완벽하게 알고 이 행동들을 능숙하고 실수 없는 방식으로 해내며, 가혹한 운명의 선고를 수행하는 일이 저에게 만족감을 가져다주고, 아마 그것조차도 저의 내면에 의도적으로 불로 새겨져 있을 것이 확실합니다."

"다시 묻겠다." 수도사가 말했다. "아로데스를 만난다면 너는 어떻게 할 것인가?"

"사제님, 다시 대답합니다만 저는 모릅니다, 어떤 식으로든 저는 그에게 안 좋은 일을 원하지 않습니다만 제 안에 새겨진 것이 저의 욕망보다 더 강할지도 모릅니다."

이 말을 듣고 수도사는 손으로 눈을 가린 채 말했다. "너는 나의 자매로구나."

"그 말씀을 어떻게 이해하면 좋겠습니까?" 내가 크게 놀라서 물었다.

"말하는 그대로다." 수도사가 대답했다. "그 뜻은 내가 너보다 높지도 않고 네 앞에서 자신을 낮추지도 않으며 우리가 어떤 식으로 다르든 간에 너 자신의 무지를 네가 인정했고 내가 믿으니 그로 인해 신의 섭리 앞에 우리는 평등하다는 것이다. 일단 그러하니 나와 함께 가자, 너에게 보여 줄 것이 있다."

우리는 앞뒤로 서서 수도원 정원을 가로질러 오래된 장작 헛간에 도착했으며 수도사가 손으로 밀자 문이 삐걱거리며 열렸고 안의 어둠 속에서 나는 짚더미 위에 누워 있는 거무스름한 형체를 알아보았는데, 나의 콧구멍을 통해 폐 속으로 끊임없이 추적했던 냄새를 이곳에서 너무나 강하게 느껴서 나는 독침이 혼자서 나를 움직여 그 침을 싸고 있는 자궁과 같은 소매에서 벗어나려는 것을 감지했으나 그다음 순간 어둠이 눈에 익고 나서 내가 잘못 알았음을 깨달았다. 짚더미 위에 누워 있는 것은 그저 버려진 옷뿐이었다. 수도사는 나의 진동으로 내가 얼마나 동요했는지를 알아보고 말했다. "그렇다. 여기에 아로데스가 있었다. 우리 수도원에 한 달간 몸을 숨기며 너를 피하는데 성공했다. 그가 이전처럼 활동할 수 없다는 것을 아쉬워했으므로 비밀리에 제자들에게 알려서 밤에 때때로 찾아오도록 했으나 그들 사이에 배신자 두 명이 숨어들어서 닷새 전에 그를 끌고 갔다."

"혹시 '왕의 자객들'이라고 말씀하려 하셨습니까?" 내가 계속해서 몸을 떨면서 기도하듯이 포갠 다리를 가슴에 대고 누르며 물었다.

"아니, '배신자들'이라고 했다. 왜냐하면 계략과 힘으로 그를 끌어냈고, 우리가 돌봐 주고 있던 말을 하지 못하는 어린 소년 혼자만이 그가 밧줄에 묶여 목에는 칼이 들이밀어진 채 배신자들과 함께 새벽에 떠나는 모습을 보았다."

"잡아갔다고요?" 내가 아무것도 이해하지 못하는 채로 물었다. "누가요? 어디로? 어째서?"

"그의 지성을 이용하기 위함이라 여기고 있다. 이것은 왕의 법이므로 우리는 법률의 책임으로부터 면제되는 성역임을 호소할 수 없었다. 그러니 그들은 그에게 복무를 강요할 것이며 만약 거부한다면 그를 죽인 후 처벌받지 않고 빠져나갈 것이다."

"사제님." 내가 말했다. "제가 사제님께 접근하여 이야기할 용기를 내었던 시간을 축복해 주십시오. 저는 이제 납치자들을 추적하여 아로데스를 풀어 주겠습니다. 저는 추적하고 쫓아가는 법을 알고 있으며 제가 그보다 잘하는 일은 없으니 말 못 하는 소년의 입이 되어 저에게 올바른 방향만 가르쳐 주십시오!"

수도사가 대답했다. "하지만 너 자신을 멈출 수 있을지 여전히 알지 못한다고 네가 직접 인정하지 않았는가!"

내가 말했다. "그렇습니다만 저는 올바른 방법을 찾아낼 거라고 생각합니다. 아직은 잘 모릅니다—혹시 유능한 기술자를 찾아낸다면 제 안에서 적절한 회로를 발견하여 목표물이 다시 저의 운명의 사람이 될 수 있도록 바꾸어 줄지도 모릅니다."

수도사가 말했다. "길을 떠나기 전에 만약 원한다면 우리 형제 중 한 명에게 조언을 구하도록 하는 게 어떻겠는가, 왜냐하면 그는 우리에게 찾아오기 전에 속세에서 바로 그러한 기술에 능한 사람이었기 때문이다. 지금 그는 우리 수도회에서 의사 역할로 도움을 주고 있다."

우리는 이미 햇살 가득한 정원에 서 있었고 나는 수도사가 곁으로 드러내지는 않았으나 나를 여전히 믿지 못한다는 것을 깨달았다. 그의 흔적은 벌써 닷새나 멀어졌는데, 수도사는 나에게 올바른 길을 가르쳐 줄 수도 있지만 잘못된 방향을 알려 줄 수도 있었다. 나는 동의했다.

수도회의 의사는 내 몸 깊숙한 곳에 있는 회로 사이의 종 모양 틈으로 가느다란 등불을 비추어 적절하게 조심스러운 태도로 나를 살폈으며 그렇게 살피면서 대단히 애쓰고 주의를 기울였다. 그런 뒤에 그는 일어나서 수도복에서 먼지를 떨어내고 말했다.

"보아하니 익히 알려진 목적으로 보내진 이 기계는 죄인의 가족이나 친구 혹은 권력자가 알지 못하는 다른 이유로 이 기계의 목적을 무효화하기 위해 애쓰는 다른 사람들의 기술을 바탕으로 한 것 같다. 그 작용을 되돌리기 위해서 왕의 신중한 총기 장인들이 그 잘 알려진 목적의 내용을 철저하게 밀봉하여 기계의 핵심 부위와 연결했으므로 어떤 조작이라도 가한다면 결과는 파멸적일 것이다. 마지막 봉인을 가한 뒤에는 이제 그들조차도 이 침을 제거하지 못할 것이다. 너의 상태는 그러하다. 또한 쫓기는 자는 다른 옷을 입고 모습과 태도와 냄새를 바꾼 것으로 보이나 지성만은 바꾸지 못하므로 그 때문에 기계가 아래쪽과 위쪽 후각에 따른 추적에 성공하지 못하고 오히려 추적자를 의문에 빠뜨린 것이며, 그 의문들은 정신의 가장 자세한 특성들을 잘 아는 강력한 전문가가 생각해 낸 것들이다. 너의 상태는 그러하다. 게다가 너의 내부에 너의 전신前身들이 아무도 갖지 못했던 구조가 보이는데, 이것은 추적하는 기계에 불필요한 다양한 기억의 문제로서 유혹적인 생각과 말의 표현들로 가득하다는 평판을 얻은 젊은 처녀의 고정된 이력으로 여기에서 치명적인 핵심부까지 전도체가 이어져 있다. 그러므로 너는 내가 이해할 수 없는 방식으로 완성된 기계이며 어쩌면 완벽한 기계일지도 모른다. 파괴적인 결과를 가져오지 않으면서 동시에 너에게서 독침을 제거할 수 있는 사람은 아무도 없다."

"독침은 저에게 꼭 필요합니다." 내가 똑바로 누운 채 말했다. "저는 잡혀간 사람을 돕기 위해 서둘러야 합니다."

"거기에 관해서라면, 네가 온 힘을 다해 원한다면 이미 잘 아는 핵심부 위에 걸린 방출구를 통제할 수도 있겠으나, 나는 그렇다고도 아니라고도 말할 능력이 없다." 의사는 마치 내 말을 듣지 못한 것처럼 말을 이었다. "네가 원한다면 내가 할 수 있는 일은 단 한 가지인데, 그것은 즉 쇳가루를 채운 관으로 해당 부위의 양극兩極에 뿌려서 너의 의지를 조금 더 강화시켜 주는 것이다. 그러나 설령 내가 그렇게 한다 한들 너는 누군가를 돕기 위해 서둘러 가서 그에게 계속해서 유용한 도구로 작용할지 마지막 순간까지 알 수 없을 것이다."

두 수도사가 나를 바라보는 모습을 보면서 나는 이 같은 처치에 동의했고 그것은 나에게 어떠한 불쾌감도 초래하지 않았으며 또한 정신적인 상태에 그 어떤 명백한 변화도 가져오지 않았다. 수도사들의 신뢰를 더욱 크게 얻기 위해서 대화와 숙고와 청진으로 하루를 보냈기 때문에 수도원에서 밤을 지내는 것을 허락해 줄지 그들에게 물었다. 수도사들은 흔쾌히 허락했고 나는 그리하여 그날 밤 내내 장작헛간을 꼼꼼히 조사하며 납치자들의 냄새를 기억했다. 그것은 매우 쉬웠는데, 왜냐하면 이 경우에 왕의 여자 자객이 가는 길을 막은 것이 목표물 본인이 아니라 누군가 다른 무모한 자였기 때문이다. 동트기 전에 나는 납치된 자가 몇 날 몇 밤이나 보냈다고 들었던 그 볏

짚 위에 누워서 수도사들을 기다리며 움직이지 않고 그의 냄새를 들이마셨다. 수도사들이 만약에 일부러 꾸며 낸 이야기로 나를 속였다면 내가 잘못된 길로 나섰다가 보복하러 돌아오는 것을 두려워할 터이므로, 나를 파괴할 의도라면 동트기 전 가장 어두운 그 시간이 그들에게 대단히 적합하게 여겨질 것이라 생각했기 때문이었다. 나는 깊이 잠든 척 누워서 정원에서 들려오는 가장 조그맣게 스치는 소리에까지 귀 기울였는데, 왜냐하면 그들이 바깥에서 문을 막고 장작 헛간을 불태워 내 생명의 핵심이 불꽃 속에 폭발하여 나를 조각내게 할 수도 있기 때문이었다. 수도사들은 나를 인간이 아니라 그저 처형 기계로만 여겼으므로 살인에 대한 거부감을 극복할 필요조차 없을 것이며 내 부품들을 정원에 묻어 버리면 그들에게는 아무 일도 일어나지 않을 것이었다. 그들이 접근하는 소리를 만약에 듣게 된다면 내가 어떻게 해야 할지 나는 잘 알지 못했고 그런 일이 일어나지 않는다면 어떻게 해야 할지도 생각하지 못했다. 그런 채로 나는 나 자신의 생각들을 마주하며 누워 있었고 나이 든 수도사가 나의 눈을 들여다보면서 했던 "너는 나의 자매로구나"라는 그 놀라운 말로 생각이 자꾸만 되돌아왔다. 나는 그 말을 아무래도 이해할 수 없었으나 생각들 위로 몸을 기울이자 뭔가 뜨거운 것이 나의 존재 속으로 흘러들어 왔는데 마치 내가 이제까지 배태하고 있었던 무거운 태아를 잃은 것처럼 나를 변화시켰다. 그리하여 아침에 나는 열린 정문으로 달려 나가서 수도사가 가리키는 대로 수도원 건물을 지나 지평선에 모습을 드러내는 산을 향하여 전속력으로 질주했다—나의 추적이 그곳으로 향했다.

나는 무척 서둘렀고 오후가 되자 수도원에서 100마일 이상 떨어졌다. 나는 줄기가 하얀 자작나무들 사이로 총알처럼 달렸고 산기슭 풀밭의 키 큰 잔디 사이로 뚫고 달려가자 잔디는 풀 베는 사람이 손에 든 낫의 규칙적인 움직임 아래 잘리듯이 양쪽에서 쓰러졌다.

두 납치자들의 흔적을 나는 깊은 계곡 안, 빠른 물살 위에 걸린 다리에서 찾아냈으나 아로데스의 흔적은 손톱만큼도 없었고, 아마 그들은 상당한 노력이 필요함에도 불구하고 납치의 방식을 변경하여 그를 옮긴 것이 분명했으며 그렇게 함으로써 그들은 간교함과 상황에 대한 이해를 동시에 드러냈는데, 왜냐하면 왕의 기계가 임무를 수행하러 가는 길을 막을 권리는 아무도 갖지 못할뿐더러 감히 그런 행동을 함으로써 군주의 뜻을 대단히 거슬렀다는 사실을 그들이 알고 있다는 의미였기 때문이다. 분명 여러분은 이 마지막 추적을 하는 나의 진짜 의도가 무엇인지 알고 싶을 것이므로 나는 이렇게 말하겠다. 내가 수도사들에게 접근한 이유는, 또한 그들에게 접근하지 않은 이유는 진정으로 자유를 되찾고 싶었기 때문이며, 그보다는 자유를 찾고 싶었다고 하는 쪽이 옳을 것인데, 어쨌든 나는 한 번도 자유를 가져 본 적이 없기 때문이다. 그러나 만약에 그 자유를 가지고 내가 무엇을 할 생각인지 묻는다면 나도 무엇이라 말해야 할지 알지 못한다. 그 모른다는 사실은 전혀 새롭지 않은데, 나체에 칼을 찔러 넣을 때도 나는 자살하고 싶은 것인지 그저 알아내고 싶은 것인지 몰랐고, 심지어 전자와 후자가 같은 일이라 해도 마찬가지였다. 나의 그러한 결정도 이후에 일어난 다른 모든 사건들이 증명해 주듯 이미 예견되어 있었고 그러므로 자유에 대한 희망조차 그저 환상일 수 있었으며 심지어 나의 고유한 환상조차 아니고 바로 이렇게 적용된 기만적인 충동에 의해 내가 더욱 활달하게 작동하도록 만들기 위해 내 안에 장착된 것일 수도 있었다. 그러나 자유가 단순히 아로데스를 버리는 것과 같은지 묻는다면 어떻게 대답해야 할지 나는 모른다. 내가 완전히 자유롭다면 나는 또한 그를 살해할 수도 있는 것인데, 내가 더 이상 여자가 아니므로 이제는 상호 간의 호의라는 불가능한 기적을 일으킬 수 있다고 믿을 정도로 그렇게 정신이 나가지 않았고, 만약에 아주 조금이라도 인간 여자인 측면이 남아 있다 하더라도, 나체의 연인의 배가 갈라진 모습을 목격한 아로데스가 어떻게 그 호의를 믿을 수 있단 말인가? 이렇게 보면 내 창조자들의 현명함은 기계 기술의 마지막 경계를 넘어섰는데, 영원히 희망을 잃은 사람을 돕기 위해 서둘러 달려가는 나의 이 상황까지도 의심할 바 없이 계산에 넣은 것이 확실하기 때문이다. 내가 돌아서서 눈 닿는 곳 아무 데로나 떠나 버릴 수 있다 해도 죽음이라는 태아를 배태한 채 누구에게도 출산해 주지 못하는 나는 그에게 별다른 도움이 되지 못할 것이다. 그러므로 나에게 직접 명령된 과업을 수행하지 않고 여성의 신체를 입었던 내가 원하는 것을 하기에 나는 너무 고귀하게 저열하며 자유에 예속되어 있다고 여겨졌다. 그러나 불필요하게 자극하는 정교한 선동은 목표물에 이르지 못하고 중단되어야 했다. 납치자들을 죽이고 연인을 구출한 뒤에 나를 위해 불러일으킨 혐오감과 공포를 무기력한 경외감으로 변하게 하도록 강요하여, 설령 그를 되찾지 못하더라도 최소한 나 자신은 되찾을 수 있을 것이었다.

숲에 우거진 빽빽한 덤불을 뚫고 나와서 잔디로 덮인 첫 언덕 경사면을 내려오자마자 나는 갑자기 흔적을 잃었다. 헛되이 찾아보았으나 흔적은 한 장소에는 있다가 다음 장소에서 마치 도망자들이 하늘로 솟아오른 것처럼 사라졌다. 조심스럽게 생각한 뒤에 내린 결론에 따라 덤불로 돌아와서 가장 굵은 나뭇가지들이 몇 개 잘려 나간 관목 숲을 쉽지는 않게 찾아냈다. 그리하여 나는 나뭇진이 흘러나오는 나무둥치의 냄새를 맡았고 흔적이 사라진 지점으로 돌아와서 나무 냄새로 덮인 그 흔적이 이어진 곳을 발견했는데, 도망자들은 산의 냄새가 남기는 길은 산바람에 흩어지므로 공기 중에 오래 남아 있지 않는다는 사실을 알고 나뭇가지를 잘라 지팡이로 이용했던 것이다. 이 때문에 나의 의지는 더욱 날카로워졌으며, 곧 숲의 냄새가 약해졌으나 여기서도 나는 그들이 쳐 놓은 술수를 간과했다—지팡이 끝을 황마로 만든 자루의 찢어진 조각으로 싸 놓았던 것이다.

바위 절벽 근처에 버려진 지팡이들이 놓여 있었다. 공터에는 이끼로 덮인 거대한 돌덩이들이 여기저기 있었는데 이끼는 북쪽을 뒤덮고 층층이 자라나서 그 돌무더기를 건너려면 커다랗게 뜀을 뛰어 한 라즈베리 덤불에서 다음 덤불로 건너가는 수밖에 다른 방법이 없었다. 도망자들 또한 그렇게 했는데, 그러나 직선 경로를 택하지 않고 지그재그로 누비고 지나가서 그 때문에 나는 끊임없이 돌덩이에서 기어 내려와 그 주위를 돌며 공기 중에 진동하는 조그마한 흔적들을 잡아내야만 했다. 그렇게 해서 절벽에 도착했고, 도망자들은 절벽 위로 밧줄을 매어 올라갔는데, 그러므로 그들은 납치된 자의 손을 풀어주어야 했을 것이지만, 그는 이제 돌아갈 길이 없었으므로 자기 의지로 그들을 따라 움직였다는 데 나는 놀라지 않았다. 명확한 흔적을 따라 올라가면서 나는 햇볕에 따뜻하게 달구어진 바위 고원에서 세 명의 냄새를 맡았으며 암봉과 바윗골과 바위틈으로 끊어진 곳을 수직으로 건너 올라가야 했지만 바위 틈새에 푸른 이끼 덩어리가 돋아나 있을 뿐만 아니라 발을 걸칠 지지대 역할을 하는 조그맣고 편편한 공간도 있었고 도망자들은 가장 어려운 지점에서 가끔씩 멈추어 가면서 이런 곳을 계단으로 이용해 계속 길을 찾아냈을 것이고, 그런 곳에서 그들의 냄새가 가장 강해졌으므로 나는 그 흔적으로 경로를 알아냈으며 바위를 거의 만지지도 않을 정도의 속도로 끊임없이 위로 올라가자, 내 안에서 맥박이 강해지며 이 멋진 추적에 노래하고 춤추는 것을 느꼈는데, 왜냐하면 이 사람들은 내 손아귀에 있었고 나는 이 까마득한 절벽을 세 명이 밧줄에 의지해서 올라가면서, 날카로운 가장자리에 밧줄의 재료인 황마의 냄새를 남기며 그들이 어떤 일을 해냈든지 간에 그와 똑같은 일을 혼자서 쉽게 따라 했고 이 급상승하는 길을 어떤 일이 있어도 잃지 않을 것이었기 때문에 경외감과 기쁨을 동시에 느꼈다. 꼭대기에서 나는 거대한 돌풍을 만났는데, 바람은 벼랑의 가장자리에서 칼처럼 휘몰아쳤으나, 대기 중에서 연하늘색으로 사라지는 지평선 아래쪽에 펼쳐진 녹색 벌판을 살피려 주위를 둘러보기 전에 나는 양쪽 절벽 가장자리를 따라 질주하면서 계속해서 흔적을 탐색했고 눈에 띄지 않는 틈새에서 흔적을 찾아냈다.

갑자기 그 가장자리가 하얗게 떨어진 곳과 액체가 튄 자국을 발견했는데 이는 도망자들 중 한 명의 추락을 의미했으므로 나는 바위 끝으로 몸을 기울이고 아래를 내려다보았고 그곳에서 추락한 자의 조그만 윤곽이 마치 경사면 절반쯤에 누워 쉬고 있는 것 같은 모습을 보았을 뿐만 아니라, 날카로운 시각 덕분에 누워 있는 사람 주변으로 한순간 피의 비가 내린 듯 석회암 위에 거무스름하게 자국이 난 것까지 알아볼 수 있었다. 다른 두 명은 어쨌든 계속해서 바위 가장자리로 나아갔고 나는 아로데스를 붙잡고 있는 나의 적대자가 이미 하나밖에 남지 않았다는 생각에 아쉬움을 느꼈는데, 왜냐하면 이제까지

나의 행동에 이토록 중요성을 느꼈던 적이 없고 지금처럼 강한 전투의 의욕이 샘솟았던 적도 없기 때문이며, 그 전투 의지로 인해 정신이 맑아지면서 동시에 취해 있었다. 그래서 나는 죽은 자를 깊은 틈바구니에 남겨 두고 도망자들이 택한 방향을 따라 경사면으로 내려갔는데, 왜냐하면 나는 실수 없도록 서두르고 있었고 추락한 자가 즉각적인 죽음을 맞이했다는 사실은 명백했기 때문이었다. 나는 마치 거대한 교회의 잔해와 같은 바위 정문에 다가갔는데, 그 교회에 남은 것은 부서진 정문의 엄청나게 큰 기둥들과 옆 보조 벽의 급경사면 그리고 높은 창문 하나뿐이었고 그곳을 통해 하늘이 선명하게 보였으며 그것을 배경으로 바람이 한 줌 흙에 뿌린 씨앗에서 자라난 조그맣고 말라빠진 나무가 자신도 모르는 영웅심을 뽐내면서 가무스름하게 솟아나 있었다. 바위 문 뒤로 또 다른, 더 높은 바위에 둘러싸인 평지가 있었는데, 일부분은 안개에 가려지고 길게 뻗은 구름 사이에 끼어 있었고 그 구름에서 조그맣게 반짝이는 눈이 내리고 있었다. 바위 탑이 드리운 그림자 속에서 나는 조그맣게 삐걱거리는 소리를, 그 뒤에 굉음을 들었고 바위가 경사면을 따라 무너져 내렸다. 내 위로 돌덩어리 세례가 내렸고 불꽃과 흙먼지가 옆을 지나갔으며 나는 몸 아래 다리를 전부 접어 넣고 라즈베리 덤불 밑의 납작한 틈에 뛰어들어 전혀 손상되지 않은 채로 마지막 바위가 지나가기를 기다렸다. 아로데스를 끌고 도망치는 자가 산을 잘 알지 못하는 내가 산사태가 일어나기 직전 흔들리고 있을 때 발을 들여놓을 것이라 계산하고 자신이 잘 아는, 낙석이 자주 일어나는 지역을 선택했을지 모른다는 생각이 머리를 스쳤다—그리고 비록 그것이 아주 낮은 가능성에 불과하다 해도 나는 기뻐했는데, 왜냐하면 나의 상대자가 나를 단지 피하거나 혼란시키려 할 뿐 아니라 공격했으므로 더욱 해 볼 만한 전투가 되었기 때문이다.

눈에 뒤덮여 하얗게 된 두 번째 평지의 밑바닥에 건물이 있었는데, 그것은 집도 아니고 성도 아니었으며 거인이라도 혼자서는 절대로 움직일 수 없을 가장 무거운 바위들로 세워져 있었다—그리고 나는 이것이야말로 적의 은신처일 것이라 생각했다. 이 황무지에 달리 갈 곳이 어디 있겠는가? 그리하여 이제 더 이상 흔적을 찾지 않고 내려가기 시작했는데, 뒷다리는 튀어 오르는 자갈과 함께 굴러 내리고 앞다리는 자잘하게 부서진 돌가루 사이에서 마치 헤엄치는 것 같았으며 중간의 한 쌍으로 그 하강이 추락으로 변하지 않도록 제동을 걸었고 한 걸음마다 혹시 바닥없는 어떤 틈바구니로 떨어지지 않는지 조심스럽게 시험했다. 나는 신중해야만 했고, 왜냐하면 바로 그 통로에서 적은 내가 나타나기를 기다리고 있기 때문이었고, 그래서 나는 성채와 같은 건물에서 내 쪽이 보이지 않도록 지나치게 가까이 접근하지 않았으며, 나중에는 버섯과 같은 돌 아래 몸을 붙이고 다가오는 밤을 참을성 있게 기다렸다.

날은 빠르게 어두워졌으나 가루 같은 눈이 줄곧 내렸고 어둠은 하얗게 변했다. 이 때문에 나는 건물에 가까이 갈 용기를 낼 수 없었고 그저 건물에서 눈을 떼지 않기 위해 십자로 접은 다리 위에 머리를 올려놓고 기다릴 뿐이었다. 자정에 눈이 멈추었으나 나는 몸에 쌓인 눈을 털어 내지 않았는데, 눈이 쌓인 채로 나는 주변과 비슷해졌고 구름 사이로 모습을 드러낸 달빛이 내가 한 번도 입어 보지 못한 웨딩드레스처럼 하얗게 반짝였기 때문이었다. 나는 환상처럼 어른거리는 건물의 2층 창문에서 눈을 떼지 않은 채로 그 윤곽을 향해 천천히 기어갔으며, 그 창문을 통해 노르스름하게 빛이 비치고 있었고 나는 어둠에 눈이 익어서 달빛에 눈이 부셨던 터라 무거운 눈꺼풀을 안구에서 밀어 올렸다. 약하게 불이 밝혀진 이 창문에서 뭔가 거대한 그림자가 벽을 따라 흐르듯이 움직이는 것처럼 보여서, 나는 더 빠르게 기어가서 담벼락 아래 도달했다. 1미터, 1미터씩 나는 흉벽을 따라 올라가기 시작했으며, 돌벽을 이루는 바위들에는 연결 부위가 없고 그저 그 엄청난 무게로만 서로 이어져 있었기에 올라가기는 어렵지 않았다. 그렇게 해서 나는 성채의 입구처럼 까맣게 보이는 가장 낮은 창문들에 도착했는데, 그곳은 총기를 내놓기 위해 만들어진 구멍이었다. 모든 것이 어둠과 공백으로 커다랗게 입을 벌리고 있었다. 안쪽도 마찬가지로 너무나 고요해서 마치 오랜 세월 이곳에서는 죽음만이 유일한 거주자였던 것 같았다. 더 잘 보기 위해서 나는 밤의 시각을 켰고 돌 오두막 안으로 머리를 집어넣어 촉수의 밝은 눈을 열었으며 거기서 나온 인광燐光이 내부 깊은 곳까지 도달했다. 나는 맞은편을 보았는데 그곳은 거칠고 둥근 돌로 만든 검게 그을린 벽난로였고 그 속에는 오래전에 식어 버린 장작 조각의 재 한 줌과 석탄 부스러기가 남아 있었으며, 또한 벽 근처에는 벤치와 녹슨 도구들, 구석에는 구겨진 침구와 돌로 된 어떤 둥근 덩어리 같은 것도 보였다. 이곳에서 입구를 지키는 게 아무것도 없다는 점이 나는 이상하게 느껴졌으며 초대하는 듯한 공허를 믿지 못하여 안쪽 깊은 곳에 문이 열려 있었음에도 바로 그 때문에 그쪽에 잠복해 있는 냄새를 맡고 위층으로 올라가기 위해 들어왔던 곳으로 소리 없이 되돌아 나왔다. 노르스름한 빛이 안개처럼 비쳐 나오는 창문에는 다가갈 생각도 하지 않았다. 마침내 나는 지붕 위로 기어 올라가 그 눈 쌓인 평평한 공간에 도달한 후 웅크린 개처럼 누워서 낮을 기다렸다. 나는 두 명의 목소리를 들었으나 무슨 이야기를 하는지는 알아채지 못했다. 움직이지 않고 누워 있으면서, 아로데스를 풀어 주기 위해 적에게 덤벼드는 순간을 갈망하고 두려워하면서, 그리고 얼어붙은 듯 압축된 채 독침으로 끝나는 결투의 과정을 말없이 상상하면서 동시에 나 자신의 깊은 내면을 들여다보았는데, 이제 나는 그곳에서 자유의지의 원천은 찾지 않았고 단지 어떤 한 사람을 죽이려는 신호가 가장 약하게라도 나타나려 하는지 찾아내기 위해 애쓸 뿐이었다. 그 두려움이 언제 사라졌는지 나는 알지 못한다. 나는 자신을 알지 못했으므로 줄곧 불확실한 채로 누워 있었으나 바로 그 무지, 즉 내가 구원자로서 왔는지 아니면 자객으로서 왔는지가 그때까지도 나에게 뭔가 알 수 없는 것으로 남아 있으며 매 순간 새롭게 이해하지 못할 어떤 것이기 때문에 나의 모든 떨림에 어떤 수수께끼 같은 처녀성으로 의미를 부여했으며 나에게 기쁨을 주었다. 그 기쁨에 나는 적지 않게 놀랐고 그 기쁨 안에 나의 창조자들의 현명함이 나타나는 것이 아닌지 깊이 생각해 보았는데 왜냐하면 내가 그들에게 무한한 힘으로 도움과 파멸을 동시에 가져다줄 수 있으면서도 또한 여기에 대해서조차 나 자신이 확신을 갖지 못하도록 장치했기 때문이다. 갑작스러운 소리가 짧게 들렸고 그런 뒤에 중얼거리는 듯한 목소리가 아래쪽에서 들려왔다—또 한 번의 소리, 무거운 짐이 떨어지는 듯한 낮은 소리가 나고 그런 뒤에 정적이 찾아왔다. 나는 지붕에서 기어 내려가기 시작하여 가슴부터 몸의 절반은 벽에 붙어 있고 마지막 한 쌍의 다리와 독침 덮개는 계속 지붕 끄트머리에 달려 있는 상태로 몸통을 거의 둘로 접은 모양으로 구부린 채 애쓰느라 머리로 흔들리며 거꾸로 매달려서 열린 창문 쪽으로 다가갔다.

촛불이 바닥으로 떨어져 꺼졌으나 그 심지는 여전히 빨갛게 타들어 가고 있었고 야간 시각으로 애써서 나는 탁자 아래 누워 있는 몸통을 보았는데, 꺼진 불빛 속에서 까맣게 보이는 피로 덮여 있었고 내 안의 모든 것이 뛰어오르라고 요구하고 있었으나 나는 우선 피와 스테아린*의 냄새를 풍기는 공기를 빨아들였다. 누워 있는 사람은 나에게 낯설었으며 그러므로 상황이 결투에 이르러서 아로데스가 그를 내 앞에서 쓰러뜨렸고 어떻게, 어째서, 언제, 이런 것은 내 생각 속에 끼어들지 못했는데 왜냐하면 나는 이제 그와 함께, 살아 있는 그와 함께 이 텅 빈 집 안에 얼굴을 맞대고 둘만 남았으며 그 사실이 천둥처럼 나에게 충격을 주었다. 나는 몸을 떨었고, 신부이자 자객으로서, 동시에 그 커다란 몸이 마지막 숨을 내쉬며 규칙적으로 경련하는 것을 깜빡이지 않는 눈으로 지켜보았다. 그러니까 지금 떠나는 것이다, 조용히, 눈 덮인 산의 세계로, 그와 눈을 맞대고 남아 있지 않을 수만 있다면, 여섯 개의 눈을 맞대고, 나는 어쩔 도리 없이 무시무시함과 우스움의 형벌을 짊어진 채 나 자신의 생각을 정정했고, 이 경멸과 모욕의 감정이 모든 것을 이겨서 나를 밀어내어 나는 마치 잠복한 거미처럼 여전히 머리를 아래로 늘어뜨린 채로 미끄러지듯 기어 내려왔고 내 배의 비늘이 창틀을 스치면서 가볍게 바스락거리는 소리를 내는 데 신경 쓰지 않고서 가느다란 반원을 그리며 시신을 넘어서 문을 향해 뛰었다.

문을 내가 언제 어떻게 밀었는지는 알지 못한다. 문턱 너머는 나선

* 천연 고형 지방의 일종으로 양초를 만들 때 쓰인다.

형 계단이었고 그 위에 아로데스가 고개가 꺾인 채로 거친 돌 위에 기대어 누워 있었다. 두 사람은 이 계단 위에서 싸웠던 것이 틀림없고 그 때문에 나에게는 거의 아무런 소리도 들리지 않았으며 그리하여 그는 여기 내 다리 옆에 누워 있고, 갈비뼈가 움직였으며, 나는 쳐다보았고, 내가 알지 못했던, 첫날 밤에 연회장에서 단지 상상만 해 보았던 그의 나체가 바로 여기 있었다.

그는 그르렁거렸고 나는 그가 눈을 뜨려고 애쓰는 모습을 보았으며 눈꺼풀이 열렸고 처음에는 흰자가 보였고 나는 옆으로 기울어진 채 몸통을 기울이고 위에 서서 그를 만질 엄두도 물러설 용기도 내지 못하면서 그의 한쪽으로 비틀린 얼굴을 들여다보았는데, 왜냐하면 그가 살아 있는 동안은 스스로에 대해 확신을 가질 수 없었기 때문이었고 그가 숨을 쉴 때마다 피가 흘러나왔지만 나의 임무는 마지막 목숨을 끊는 것까지이며 왕의 선고는 고뇌 속에서도 수행해야만 한다는 사실을 잘 알고 있었으므로 그가 계속 살아 있었기에 나는 위험을 무릅쓸 수 없었고 그가 다시 깨어나기를 내가 진실로 바라는지 나도 알지 못했다. 만약 그가 의식을 되찾아 눈을 뜨고 고개를 돌린 모습으로 나를 붙잡는다면, 그의 머리 위에 서 있는 이 모습 전체 그대로, 마치 기도하는 듯한 몸짓으로 무기력하게 치명적인, 그가 배태시키지 않은 것을 배태한 나를, 이것이 결혼식인 양, 혹은 무자비하게 예정된 결혼식의 패러디인 양 나를 취한다면?

그러나 그는 정신을 되찾거나 눈을 뜨지 않았고, 산의 눈보라가 집 전체를 휘몰아쳐서 눈송이가 반짝이며 창문 틈으로 조그맣게 비집고 들어오면서 그와 함께 새벽빛이 우리 사이로 비쳐 들었을 때, 그는 한 번 더 신음하고 더 이상 숨을 쉬지 않았으며 그때 나는 이미 평온해져 그의 곁에 조심스럽게 다가앉아 그를 감싸고 껴안았으며 눈사태 속에서 그렇게 그를 안은 채 빛과 어둠 속에 이틀을 지냈고 눈은 녹지 않는 이불이 되어 우리를 덮었다. 그리고 사흘째 되던 날 해가 떴다.

1974년 6월

(정보라 옮김)

테르미누스

Terminus

1

정류장에서는 상당히 거리가 있었다, 특히 여행 가방을 든 피륵스에게는 더욱더 그랬다. 환영처럼 하얗게 밝아 오는 안개 속의 새벽, 아스팔트 위로 쉭쉭 소리를 내면서 트럭들의 바퀴가 지나가고, 그 앞으로는 은빛의 연기를 내뿜으며 구부러진 길에서는 빨갛게 후미등이 켜졌다. 이 손 저 손으로 여행 가방을 옮겨 들며 피륵스는 위쪽을 바라보았다. 별이 보이는 것으로 미루어 안개가 낮게 깔려 있는 것 같았다. 피륵스는 자기도 모르게 화성으로 가는 정기선을 찾았다. 바로 그때 회색 어둠이 떨렸다. 이상하게도 초록빛인 불이 앞쪽의 안개를 밝혔다. 피륵스는 반사적으로 입을 벌렸고, 곧 쿵 소리가 나더니 뜨거운 바람이 불어왔다. 땅이 떨리고 있었다. 순식간에 평원 위로 초록빛 태양이 떠올랐다. 눈[雪]은 수평선까지 아프도록 눈부신 빛을 내면서 달아오르고, 길옆에 세워진 기둥들의 그림자는 순식간에 빠르게 내달리며, 환한 초록빛이 아닌 모든 것은 그은 듯한 검은빛이었다. 피륵스는 초록빛으로 변한 양손을 문지르면서, 건축가의 이상한 변덕으로 만들어진 것만 같은, 유령처럼 불이 밝혀진 첨탑 하나가 둥근 분지에서 둥실 떠올라 장엄한 불기둥으로 하늘을 향해 올라가는 것을 보았다. 쿵쿵거리는 소리가 공간을 채우며 완전히 더 가까워지자 피륵스는 손가락 사이로 먼 탑들과 건물들, 수도 배관 시설들이 다이아몬드와 같은 빛에 싸여 있는 것을 보았다. 감시탑의 유리창은 마치 내부로부터 불타고 있는 듯 빛나고, 윤곽선은 파도처럼 흔들리며 달궈진 공기 속에서 휘어지고, 이러한 풍경을 만들어 낸 이는 승리의 함성과 함께 높이높이 사라지면서 아래에는 거대한, 연기를 뿜고 있는 검은 원만 남았다. 곧 별이 가득한 하늘에서는 따뜻한, 방울이 굵은 비가 떨어지기 시작했다.

피륵스는 짐을 들고 계속해서 걸음을 옮겼다. 로켓의 발사가 밤을 부숴 버린 것처럼, 매 순간 점점 밝아지더니 웅덩이의 눈들이 녹고 뿜어져 올라오는 김들 사이에서 평원의 모습이 드러났다.

물기로 반짝이는 우주선 뒤, 승무원들을 위한 잔디로 뒤덮인 긴 보호 벽이 나타났다. 작년의 습기로 버티고 있는 죽은 잔디는 발을 딛기에는 안정적이지 않았으나 피륵스는 서두르고 있었기 때문에 가장 가까운 계단을 찾지 않고 바로 언덕을 달려 올랐다. 그러면서 멀리서 그것을 보았다.

다른 로켓들보다 훨씬 더 높은 로켓 하나가 따로, 탑처럼 우뚝 서 있었다. 이렇게 큰 로켓은 몇 년 동안이나 만들어진 적이 없었다. 피릭스는 콘크리트 바닥의 얕은 물구덩이를 피해 갔는데, 조금 지나자 더 이상 물구덩이는 나오지 않았다. 온도가 너무 높아 바로 증발한 것이었다. 사각의 블록은 건조하고 날카로웠으며, 여름처럼 발밑에서 또각또각 소리를 냈다. 가까이 다가갈수록, 피륵스는 고개를 쳐들어야만 했다. 로켓의 금속 표면은 마치 풀을 발랐다 진흙이 섞인 걸레로 문질렀다 한 것처럼 보였다. 한때는 탄화칼슘 석면포로 텅스텐 막을 강화하려고 했던 적도 있었다. 한때는 이런 종류의 우주선이 대기권에서 멈추면서 갈기갈기 찢어진 가죽처럼 타 버린 적도 몇 번 있었다. 우주선의 막을 해체하는 것도 소용없었다. 계속해서 그런 일이 생겼던 것이다. 출발 시의 저항은 당연했지만 엄청났다. 안정성과 기동성…… 우주 대재판소에서 이것은 범죄나 다름없었다.

피륵스는 서두르지 않고 계속 발걸음을 옮겼다. 이제 여행 가방의 무게가 진짜로 부담스러워졌지만, 우주선을 바깥에서 제대로 보고 싶었다. 지지탑은 하늘을 배경으로 야곱의 사다리*처럼 보였고, 로켓의 벽면은 돌처럼 회색이었다. 다른 곳들도 아직 회색으로 보였다. 콘크리트 위로 끌고 온 빈 상자들, 병들, 녹슨 철판들, 금속 파이프 덩어리들. 이 모두가 엉망으로 흩어진 모습이 짐을 얼마나 서둘러 실었는지 증명하고 있었다. 피륵스는 지지탑으로부터 스무 걸음 떨어진 곳에 여행 가방을 내려놓고 주위를 살펴보았다. 짐은 이미 다 실린 것 같았다. 짐을 옮기는 경사진 벨트컨베이어가 옆으로 밀려나 있었

* 구약성경 『창세기』 28장에서 야곱은 꿈에 층계(사다리)를 보는데—'꿈을 꾸었다. 그가 보니 땅에 층계가 세워져 있고 그 꼭대기는 하늘에 닿아 있는데, 하느님의 천사들이 그 층계를 오르내리고 있었다'—이것은 지상과 천국을 잇는 유일한 길로 속세의 죄를 씻는 구원으로 읽힌다.

고, 벨트의 갈고리 부분은 몸체에서 2미터 떨어진 공중에 떠 있었다. 피륵스는 새벽녘의 빛에 검게 우뚝 솟은 우주선을 콘크리트에 고정하고 있는 받침대를 지나 덮개를 열고 들어갔다. 받침대 근처의 철근 콘크리트는 엄청난 무게에 휘어 갈라져 터져 나간 자국이 가득했다.

돈을 엄청나게 써서 고작 이렇게…… 피륵스는 덮개를 열어 그림자가 진 어두운 부분으로 들어서며 생각했다. 첫 번째 추력실의 바로 밑에서 머리를 뒤로 젖히고 섰다. 추력실의 열려 있는 테두리는 닿기에는 너무 높았고 두꺼운 재로 뒤덮여 있었다. 피륵스는 조사라도 하듯 공기 냄새를 맡아 보았다. 엔진이 꺼진 지는 한참 되었지만, 이온화된 가스 특유의 독한 냄새의 흔적이 느껴졌다.

"이리로 좀 와!" 누군가 뒤에서 말했다. 피륵스는 고개를 돌렸지만 아무도 보이지 않았다. 그리고 같은 목소리가 다시 들려왔다. 마치 세 발짝쯤 떨어진 가까운 곳에서 말하는 듯했다.

"여기 누구 있나?" 피륵스는 소리쳤다. 목소리는 몇십 번의 비행으로 녹이 슨 돔형 덮개 안에서 울릴 뿐이었다. 대답한 것은 침묵이었다. 피륵스는 반대편으로 걸어 나와서 300미터쯤 되는 곳에 사람들이 몰려 있는 것을 보았다. 줄을 지어 서서 땅에서 무거운 연료 호스를 끌고 있었다. 그것 말고는 아무것도 보이지 않았다. 피륵스는 재차 귀를 기울였다. 그랬더니 이번에는 멀리서 명확치 않게 중얼거리는 소리가 들려왔다. 배기 덕트에서 나는 소리인가 보군. 반사판처럼 주위의 소리를 모으는 거지. 피륵스는 다시 여행 가방을 집어 들고 지지탑으로 향했다.

6층 정도 되어 보이는 지지탑을 피륵스는 뭐라 형언할 수 없는 생각에 잠겨 올랐다. 알루미늄 손잡이로 둘러싸인 플랫폼 꼭대기에서는 이별하려고 주위를 둘러보려 하지도 않았다. 그럴 생각은 들지조차 않았다. 해치를 열기 전에 피륵스는 손가락으로 로켓의 표면을 만져 보았다. 강판처럼 거칠거칠했다. 그 거친 표면은 산으로 부식된 바위를 연상케 했다.

"뭐, 어쩌겠어. 내가 원한 일인데." 피륵스는 중얼거렸다. 해치는 바위처럼 무겁게 열렸다. 여압실은 마치 통 속처럼 보였다. 피륵스가 파이프 위를 손가락으로 만지니 바싹 마른 가루가 묻어 나왔다. 녹이었다.

안쪽의 해치를 당겨 닫으며 피륵스는 패킹 부분이 누덕누덕 수리가 되어 있는 것을 보았다. 위아래로 수직의 굴 같은 복도들에는 옆면에 불이 밝혀져 있었다. 멀리서 그 불빛은 푸른 연기처럼 아른거렸다. 어디선가 환풍기 소리가 들리고, 보이지 않는 펌프가 콧소리를 내며 쿵쿵거렸다. 피륵스는 몸을 쭉 폈다. 몸의 끝부분에서 자신을 둘러싸고 있는 쇳덩어리와 덱이 느껴지는 것만 같았다. 19,000톤이나 되는 쇳덩어리가!

조종실로 가는 길에는 아무도 만나지 않았다. 복도에는 우주선이 이미 진공으로 진입한 것만 같은 침묵이 깔려 있었다. 공압 패드가 붙은 벽에는 얼룩이 져 있었고, 진공일 때 붙잡는 줄은 아래로 축 처져 있었다. 수십 번이나 잘렸다가 다시 용접된 파이프라인은 마치 모닥불에서 꺼낸 그슨 뿌리 같았다. 피륵스는 경사로를 한 개씩 건너 여섯 면의 벽마다 금속으로 된, 모서리가 둥글린 문이 달린 방으로 들어갔다. 공압으로 여닫는 문이 아니라, 구리로 만든 문에 구리 끈이 칭칭 감겨 있었다.

화면의 창은 백내장에라도 걸린 것 같았다. 피륵스는 정보 기계의 키보드를 눌렀다. 전송기는 몸을 떨더니 금속으로 만든 통에서 무언가 스치는 소리가 났지만 화면은 계속해서 까맣게만 보였다.

'이러면 내가 뭘 어떻게 해야 하지?' 피륵스는 생각했다. 'SPT에 가서 항의해?'

피륵스는 문을 열었다. 조종석은 왕좌처럼 보였다. 정지된 화면들의 유리 속에서 피륵스는 자신의 모습을 거울에 비춘 것처럼 보았다. 비를 맞아 엉망이 된 모자에 여행 가방을 들고, 코트를 입은 모습이 길을 잃은 평범한 도시인처럼 보였다. 바닥이 약간 올라간 곳에는 존경심을 불러일으키는 크기의 조종사들의 조종석이 놓여 있었는데, 거대한 조종석에는 사람이 앉았던 몸 자국이 그대로 남아 등받이까지 들어가 있었다. 피륵스는 여행 가방을 바닥에 내려놓고 가장 가까운 조종석으로 향했다. 마지막 조종사의 유령과 같은 그림자가 남아 있는 듯했다. 손바닥으로 등받이를 쳤더니 먼지가 일며 코까지 들어와 피륵스는 재채기를 하면서 화를 내다가 갑자기 웃었다. 거품이 차 있는 패드로 둘러진 손잡이가 낡아서 떨어졌다. 컴퓨터는, 한 번도 본 적이 없는 것이었다. 이걸 만든 사람은 오르간을 참고했음에 틀림없었다. 제어판의 다이얼들은 너무 많아서, 한꺼번에 다 읽으려면 눈이 100개는 있어야 할 것 같았다. 피륵스는 몸을 천천히 돌렸다. 눈으로 이쪽 벽에서 저쪽 벽을 훑으며 납땜한 케이블과 부식된 분리판, 하도 만져서 반들반들한 응급 수동 비상구의 철로 된 둥근 손잡이, 빛바랜 캠축 소화기들, 모두 먼지를 뒤집어쓰고, 엄청나게 낡은 것들……

피륵스는 조종석의 충격 방지기를 걷어찼다. 바로 유압기가 새어 나왔다.

다른 사람들도 날았잖아, 그러니 나도 할 수 있어. 피륵스는 생각했다. 그리고 다시 복도로 돌아와 맞은편의 문을 통해 옆 통로로 나가 제자리로 돌아왔다. 승강기의 통로 뒤쪽으로 벽에 컴컴한, 약간 튀어나온 자리가 보였다. 피륵스는 거기에 손을 올려 보았다. 짐작은 틀리지 않았다. 총에 맞은 자리가 메워진 것이었다. 그러고는 근처에서 다른 파열의 자취를 찾아보려 했지만, 전체를 다 새로 바꾼 듯했다. 천장과 벽은 반질반질했다. 튀어나온 자리를 다시 눈으로 보았다. 시멘트가 울퉁불퉁 뭉쳐 있는 것이, 누군가 엄청나게 서둘러 작업한 손자국이 희미하게 보이는 것만 같았다. 피륵스는 승강기를 타고 가장 아래의 원자로까지 내려갔다. 유리창 너머로 규칙적으로 불 들어온 덱의 번호들이 넘어갔다. 5층…… 6층…… 7층……

아래쪽은 선선했다. 복도는 크게 휘어져 다른 복도와 합쳐지기 전 길고 낮은 현관 같은 곳을 지나도록 되어 있었다. 벌써 원자로로 가는 방의 문이 보였다. 이곳은 더욱더 서늘했다. 먼지 쌓인 램프의 불빛에 입김이 하얗게 보였다. 피륵스는 고개를 저었다. 근처에 냉각기가 있나? 분명 근처에 있을 것이었다. 피륵스는 귀를 기울였다. 칸막이벽이 약하게 규칙적으로 떨리며 흔들리고 있었다. 피륵스는 발자국 소리를 메아리치는, 무게로 휘어진 천장 아래를 지났다. 지하 깊숙한 곳에 있는 것 같은 느낌을 떨쳐 버릴 수가 없었다. 밀폐된 문 손잡이는 전혀 돌아가려고 하지 않았다. 피륵스는 온몸으로 더 세게 돌려 보았지만, 꿈쩍도 하지 않았다. 하는 수 없어서 발로 어떻게 해 보려는 찰나, 문의 작동 원리를 알아차렸다. 안전 빗장을 먼저 당겨야 하는 것이었다.

그 문 뒤에는 또 다른 문들이 있었다. 이번엔 가운데를 중심으로 양쪽으로 열리는, 마치 금고라도 되는 듯 두꺼운 문이었다. 금속에서 칠이 떨어져 나갔는데, 눈높이쯤에서 빨간색 글자를 읽을 수 있었다.

우 험

그곳은 좁은 통로였다. 거의 빛이 들지 않았다. 문턱에 발을 올리자, 삐걱 소리가 나더니 바로 얼굴 앞에서 하얀 빛이 번쩍했다. 동시에 해골과 뼈다귀가 그려진 표시에 환하게 불이 들어왔다.

옛날엔 정말 두려워했었군! 피륵스는 생각했다. 아래쪽의 선실로 내려가자 발밑의 철판이 둥둥 소리를 내며 울렸다. 선실은 다 말라버린 해자의 바닥 같았다. 반대편에는 중세의 성벽처럼 총구멍이 뚫린 흉벽이 두드러졌고, 두 개 층에 걸쳐 만들어진 높은 원자로의 벽은 초록빛과 노란빛이 툭툭 불거진 채 회색으로 바래고 있었다. 새어 나온 방사능을 막은 자국이었다. 피륵스는 그 자국을 세어 보려고 했지만, 연결 부위에 다다라 벽을 위쪽에서 내려다보고는 관두었다. 어떤 자리는 샌 자국이 너무 많아 콘크리트가 보이지 않을 지경이었다.

철로 된 기둥 위에 설치된 연결 부위는 나머지 선실과 거대한 유리벽으로 분리되어 있었다. 방사능을 막는 역할을 하는 납유리로 짐작되었으나, 이러나저러나 핵 건축의 말도 안 되는 유물일 뿐이었다.

그 밑으로는 크지 않은 지붕 같은 뭔가 아래 원자로의 가장 두꺼운 부분을 향해 돌출된, 가이거계수기들이 달려 있었다. 계수기의 계기판은 다른 구획에 있었는데, 한 개만 빼고는 모두 정지해 있었다. 버려진 원자로의 것이었다.

피륵스는 아래쪽으로, 무릎을 굽히고 내려가 관측 우물을 바라보았다. 잠망경의 거울은 오래되어 검은 얼룩이 잔뜩 생겨 있었다. 방사능의 흔적이 너무 많았지만, 그래도 목성이 아니라 화성이니 열흘

이면 돌아올 수 있다. 연료는 몇 번 왔다 갔다 할 정도는 되는 것 같았다. 피륵스는 카드뮴 대를 움직여 보았다. 바늘이 떨리더니 겨우 반대편 끝을 가리켰다. 얼마나 지체되었는지를 살펴보았지만, 넘어갈 수 있을 것 같았다. SPT 관제소가 눈감아 줄 만한 정도의 시간이었다.

무언가가 구석에서 움직였다. 두 개의 초록색 빛이었다. 피륵스는 그것을 바라보다 이 빛이 천천히 뒤로 물러나는 것을 보고 몸을 떨었다. 그리고 가까이 다가갔다. 고양이었다. 검은색의 바싹 마른 고양이었다. 조그맣게 야옹 하고 울더니 피륵스의 발에 등을 비볐다. 피륵스는 미소를 짓고는 주위를 살폈는데 한참 위쪽의 철 선반 위에 우리들이 줄지어 있는 것을 보았다. 뭔가 하얀 것이 그 안에서 바쁘게 움직이고 있었다. 가끔씩 철창 사이에서 검은 눈동자들이 번쩍였다. 흰 쥐들이었다. 옛날 우주선에는 방사능의 정도를 측정하기 위한 살아 있는 계측계로 쥐를 싣고 타기도 했었다. 피륵스는 고양이를 쓰다듬으려고 몸을 굽혔지만, 고양이는 몸을 피하더니 머리를 선실이 좁아지는, 가장 어두운 구석으로 돌리고는 조용히 야옹거리며 등을 굽히고 쭉 뻗은 발을 콘크리트 지지대에 올렸다. 그 뒤로는 사각형으로 된 통로 같은 것이 붉게 빛나고 있었다. 고양이는 꼬리 끝을 꼿꼿이 세우며 떨면서 계속 바닥을 기어 이제 잘 보이지도 않는 어둠 속으로 들어갔다. 피륵스는 호기심이 생겨 고개를 숙이고 그쪽을 바라보았다. 기울어진 벽에 반쯤 열린 사각형의 작은 문이 보였는데, 그 안쪽에서는 무언가, 금속 호스 같은 것이 빛을 반사하고 있었다. 고양이는 몸을 긴장시키고 뚫어지게 그것을 바라보았고 딱딱하게 굳은 꼬리가 조금씩 움직였다.

"왜, 왜 그래, 거긴 아무것도 없다고." 피륵스가 중얼거리고는 거의 쭈그려 앉아 안쪽의 컴컴한 내부로 시선을 돌렸다. 안쪽에 누군가가 앉아 있었다. 뭉쳐진 몸체에 매끈한 광택이 보였다. 고양이는 조그맣게 야옹야옹 하며 문 쪽으로 가까이 다가가기 시작했다. 피륵스의 눈이 어둠에 익숙해져 점점 더 정확하게, 뾰족하게 높이 솟은 무릎과 희미하게 빛나는 정강이 보호대, 그리고 그것을 둘러싸고 있는 분리된 팔을 보았다. 머리는 어둠에 가려 보이지 않았다.

고양이가 야옹 하고 울었다.

그것은 한쪽 팔을 삐걱거리며 움직이더니 바깥으로 펴고는 철로 된 손가락 끝으로 바닥을 만지면서 바닥으로부터 각이 진 다리 모양을 만들었는데, 고양이는 번개처럼 그 위로 뛰어 올라가 앉아 있는 그것의 어깨에 자리를 잡았다.

"어이, 거기." 피륵스는 고양이에게인지 지금 아주 힘겹게 팔을 접고 있는 그것에게 하는 말인지 확실치 않게 말했다. 피륵스의 목소리를 듣자 움직임이 멈추었다. 철로 된 손가락이 바닥에 소리를 내며 부딪쳤다.

"거기 누구." 마치 철로 된 파이프를 통해서 나오는 것 같은 목소리가 대답했다. "나는 테르미누스*다. 누구?"

"여기서 뭘 하는 거야?" 피륵스가 물었다.

"나는 테르-미누스. 여기. 춥다. 안 보여." 쉰 목소리는 말을 더듬고 있었다.

* 로마 신화의, 경계를 다스리는 신. '경계와 끝, 고정불변의 것'을 신격화한 존재로, 영어에서 종점이나 역을 뜻하는 '터미널terminal'과 종결자를 뜻하는 '터미네이터terminator' 등이 여기서 유래했다.

"네가 여기 원자로를 맡고 있나?" 피륙스가 물었다. 이 우주선과 마찬가지로 해골이 되다시피 한 이 기계에게 무슨 대답을 들을 희망은 거의 버렸지만, 초록빛 시선을 맞대하고 말을 그만할 수는 없었다.

"테르-미누스, 원자로." 안쪽의 공간에서 더듬는 말소리가 흘러나왔다. "나. 원자로. 원자로……" 지능이 부족한 것처럼 말을 되풀이하고 있었다.

"일어나!" 피륙스는 소리쳤다. 다른 할 말이 없었기 때문이었다. 안쪽에서 덜컹거리는 소리가 났다. 피륙스는 한 발짝 물러나면서, 어둠 속에서 손가락을 쫙 편 두 개의 철로 된 장갑이 나와 돌아가더니, 문턱을 붙잡고 연신 삐걱거리는 몸통을 받치려고 하는 것을 보았다. 금속으로 된 몸통은 계속해서 움직이며 보이는 곳으로 나왔는데, 그러면서 온갖 관절과 접합부가 삑삑 소리를 내었다. 금속판이 접합된 부분에서는 온통 뒤덮여 있던 먼지가 기름과 섞여 시커멓게 떨어져 내렸다. 로봇이라기보다는 갑옷을 입은 기사와 흡사한 모습이 천천히 옆으로 흔들리고 있었다.

"여기가 네 자리인가?" 피륙스가 물었다. 로봇의 유리 눈알이 옆으로 돌아가며 주위를 천천히 둘러보았다. 사팔눈이 되니 판판한 금속의 얼굴이 더욱더 바보 같아 보였다.

"밀폐제가 준……비되었습니다…… 2, 6, 8파운드…… 안…… 보여…… 추워……"

목소리는 머리에서 나오는 것이 아니라 로봇의 넓은 가슴판에서 나오고 있었다.

몸을 동그랗게 만 고양이는 피륙스를 로봇의 어깨에서 바라보고 있었다.

"밀폐제가…… 준…… 비……" 테르미누스는 계속해서 삐걱거렸다. 그러면서 작게 몸짓을 시작했는데, 이것은 피륵스가 매우 잘 알고 있는 과정의 예비행위였다. 무언가를 공기 중에서 손으로 삽처럼 퍼서 어딘가 자기 앞에 밀어서 놓는 동작을 되풀이하는 것은, 바로 방사능이 유출된 부분을 막는 작업이었다. 산화된 몸체가 점점 더 심하게 흔들리고, 검은 고양이는 발톱으로 금속판을 꼭 잡았으나 결국 버티지 못하고 화가 나 하악 소리를 내며 검은 먼지 연기와 함께 바닥으로, 피륵스의 다리에 부딪치며 떨어졌다. 로봇은 이것을 보지도 못한 것 같았다. 아무 소리 없이, 단지 손만이 부분적인, 점점 더 잦아드는 동작을 이어 가다가 말소리의 울림이 사라지듯 결국은 멈추었다.

피륵스는 오래되어 돌처럼 변한, 시멘트 붕대로 덕지덕지 발린 원자로 벽의 새어 나온 부분을 바라보다가 다시 테르미누스에게 시선을 돌렸다. 이 로봇은 아주 오래되었음에 틀림없었다. 어쩌면, 이 우주선보다 더 오래되었을지도 몰랐다. 오른쪽 어깨 부분은 교체된 것 같았고 허벅지와 다리에는 교합된 흔적이 있었는데, 철판이 겹쳐진 부분에 불꽃이 닿은 자리는 거의 화강암 같은 색깔을 띠었다.

"테르미누스!" 피륵스는 마치 청각 장애인에게라도 말하듯 소리를 질렀다. "자리로 돌아가!"

"알았습니다. 테르-미누스."

로봇은 물러나더니 게처럼, 열린 자기 자리로 삐걱거리며 힘겹게 안쪽에 몸을 맞춰 넣었다. 피륵스는 고양이가 어디 있나 찾아보았지만, 아무 데에도 보이지 않았다. 피륵스는 위로 올라와 진공 문을 닫고 승강기를 타고 네 번째 덱인 조종실로 향했다.

넓고 천장이 낮은, 붉게 변한 참나무로 둘러친 서까래가 있는 조종실은 마치 배 안을 연상케 했다. 대낮의 빛이 들어오고 있는 황동으로 만든 둥근 창 역시 우주선보다는 배와 더 비슷했다. 40년쯤 전에는 이런 것이 유행이었다. 창틀의 플라스틱 덮개 역시 그때는 나무덮개를 따라 만들곤 했다. 피륵스는 둥근 창을 열다가 머리를 막다른 벽에 거의 부딪칠 뻔했다. 대낮의 빛처럼 보였던 것은 숨겨진 조명이었다. 피륵스는 창을 닫고 몸을 돌렸다. 지리 시간에 나오는 바다처럼 흐린 푸른빛의 천체도가 항해 책상에서 바닥까지 늘어져 있었고, 모서리에는 지나간 항로를 기록한 선들로 가득한 이미 다 쓴 먹지들이 올려져 있었으며, 부분조명 아래의 제도판에는 컴퍼스가 찌른 자국이 마구 나 있었고 구석에는 책상이, 그리고 그 앞에는 떡갈나무 프레임의 소파가 바닥에 나사로 고정되어 있었는데, 앉는 자리는 원하는 방향으로 굽힐 수 있도록 경첩이 달려 있었고, 그 옆의 참나무판 벽에는 붙박이 책장이 달려 있었다.

노아의 방주도 이럴 수는 없다.

이래서 에이전트가 계약서를 쓴 후 그에게 "역사적인 우주선을 맡게 될" 것이라고 했나?

오래된 것이 역사적인 것은 아닐 텐데.

피륵스는 책상의 서랍을 하나씩 열어 보다가 마침내 이 우주선의 기록 장부를 발견했다. 커다란, 매끄러운 가죽으로 장정되고 변색된 금속 장식으로 제본이 된 책이었다. 피륵스는 거대한, 닳고 닳은 소파에서 자리를 잡지 못한 채 서 있었다. 표지를 열어 보았다. 첫 장에는 시험 항해 날짜와 우주선 제작소에서 제공하는 명세서가 들어 있었다. 피륵스는 눈을 깜빡였다. 그가 태어나기도 전이었다. 마지막 기록을 찾아보았다. 지금 가장 중요한 것은 그것이었다. 에이전트가 한 말과 일치했다. 이 우주선은 일주일 전부터 화성에 기계와 잡동사니들을 운반하고 있었으며, 28번째라고 표시된 것에서 늦어졌다. 사흘 전부터 서 있었다. 그래서 그렇게 다들 서두른 것이었다. 지구 항구에서의 정박비는 엄청났기 때문이었다……

피륵스는 바랜 글씨를 굳이 읽지 않고 천천히 책장을 넘기면서 단편적으로 나오는 상투적인 어구들을 훑고, 항로를 나타내는 숫자들, 계산 결과 등을 보았는데, 마치 무엇이라도 찾고 있는 듯이 중간에 멈추지는 않았다. 쏟아져 내리는 종이 중 한 페이지 위쪽이 눈에 띄었다.

우주선은 앰퍼스하트 제작소로 제1급 수리를 위해 보내짐.

날짜는 3년 전이었다.

그래서, 뭘 고쳤다는 거지? 그렇게 궁금하지는 않았지만 피륵스는 수리 목록을 훑어보았다. 그러면서 점점 더 의아해졌다. 가장 앞쪽의 판, 열여섯 개의 덱, 원자로의 틀, 밀봉 격벽……

새 밀봉 격벽과 원자로 틀이라고?

에이전트가 무슨 옛날에 고장이 났던 얘기를 했던 것은 사실이었다. 하지만 이 정도면 고장이 아니라, 대형 재난급이었다.

피륵스는 이전에 있었던 수리 기록을 보기 위해 책장을 넘겼다. 맨 처음 본 것은 목적지 항구였다. *화성. 화물 : 잡화. 승무원 : 제1장교이자 기술자, 프랫. 제2장교—웨인. 조종사—포터와 놀런. 기관사—사이먼……*

그럼 선장은 누구지?

피륵스는 한 장을 뒤로 넘겨보고 몸을 떨었다.

우주선 인계 날짜—19년 전이었다. 서명이 되어 있었다.

일등항해사—몸센.

몸센이라고!

건조한 열기가 온몸을 감쌌다.

몸센이라고? 설마 그 몸센은 아니겠지! 아니…… 아니 그건…… 그건 다른 우주선이었잖아!

하지만 날짜가 맞았다. 그때로부터 19년이 지난 것이었다. 잠깐. 천천히. 차분하게.

피륵스는 다시 기록 장부로 돌아갔다. 옆으로 휘어진 힘 있는 글씨체였다. 바랜 잉크. 항해 첫날. 둘째 날. 셋째 날. 경미한 원자로 누출 시간당 0.4뢴트겐. 땜질 완료. 항로 계산. 고정.

더 보자, 더 보자고!

읽지는 않았다. 눈으로 몇 줄씩 쓰인 글을 건너뛰고 있었다.

여기 있다!

어릴 때, 학교에서 배웠던 바로 그 날짜. 그리고 그 아래에는 이렇게 쓰여 있었다.

16:40 데이모스 기상청으로부터의 경고, 사자자리 유성군에 의한 목성의 동요로 구름이 항로로 진입, 초속 40킬로미터로 7충돌. 기상청으로부터의 경고 확정. 승무원에게 P-M 경보. 계속해서 시간당 0.42뢴트겐의 방사능 누출을 유지하며 오리온자리 델타성 근처에서 모든 추진력을 다해 탈출 시도.*

아래에는 새 줄로 쓰여 있었다.

* 화성의 제1위성.

16:51 기

페이지의 나머지 부분은 비어 있었다.

아무런 표시도, 휘갈겨 쓴 자국도, 얼룩조차도, 아무것도 없었다. 이상하게도 아래쪽으로 한참 내려온, 쓰다 만 마지막 글자가 길게 뻗어 있는 것 말고는.

그 몇 밀리미터의, 지금까지 고르게 쓴 글씨 사이에서 하얀 종이 쪽으로 약간 떨리며 늘어진 획이 이미 모든 것을 포함하고 있었다. 부딪쳤을 때의 충격, 소리를 내며 빠져나가는 공기, 눈알과 목이 터진 사람들의 비명……

하지만 그 우주선의 이름은 이게 아니었다고. 달랐어, 뭐였지?

마치 꿈속에서처럼, 콜럼버스의 배처럼 유명했던 우주선의 이름은, 도저히 생각이 나지 않았다.

맙소사…… 그 우주선의 이름이 뭐였더라, 몸센의 마지막 배 이름이?

피륵스는 책장으로 향했다. 두꺼운 로이드 선명록船名錄이 손에 잡혔다. K로 시작하는 이름이었는데. Kosmonauta(우주비행사)? 아니야. Kondor(콘도르)? 아니야. 뭔가 더 긴 거였는데…… 무슨 이야기…… 영웅인지 기사인지가 나오는……

피륵스는 책을 책상 위에 던지고는 눈을 가늘게 뜬 채 벽을 노려보았다. 책장과 지도가 든 장 사이의 나무 패널 앞에 기계가 붙어 있었다. 습도계, 방사능 계측기, 탄소 게이지를 측정하는 기계……

피륵스는 기계들을 하나씩 뒤집어 보았다. 아무것도 쓰여 있지 않았다. 게다가 새것처럼 보였다.

저기 구석이다!

나무 패널에 박혀 있는 크로노미터*가 보였다. 요즘에는 만들지 않는 것이었다. 우습게도, 구리 금형으로 만든 판이 주위를 둘러싸고 있는…… 피륵스가 얼른 나사를 풀고 판을 조심스럽게 손끝으로 잡아서, 계기판을 흔들어 떼어 내자 손안에는 금속으로 된 틀만 남았다. 틀 아래쪽 황금빛의 판에는 단어 한 개가 새겨져 있었다. KORIOLAN(코리올란).**

바로 그 배였다.

피륵스는 선실을 눈으로 훑었다. 그러니까 여기, 저 소파에 그때, 그 마지막 순간에 몸센이 앉아 있었던 건가?

로이드 선명록이 K에서 열렸다. KORONA POŁUDNIOWA(남반구의일식), KORSARZ(해적선), KORIOLAN(코리올란). ……회사 소속의 우주선…… 정지 질량 19,000톤 규모…… 우주선 제작소에서 출고…… 우라늄-수력 원자로, 시스템…… 냉각…… 호스…… 최대 추진력…… 지구-화성 구간에 도입, 사자자리 유성군과의 충돌로 격파, 16년 후 원일점遠日點 궤도의 순시선에 발견…… 앰퍼스하트가 진행한 제1급 수리 이후, 사우스사社가 지구-화성 구간에 도입…… 화물 운반…… 보험계약 조건…… 아니, 아니야…… 여기 있다! ……이름은 푸른별.

피륵스는 눈을 감았다. 얼마나 조용한가. 이름을 바꾼 것이었다. 승무원을 구하는 데 문제가 없도록 그랬던 거겠지. 그래서 그 에이전트가……

* 선박 항해에서 배의 위치를 계산할 때 사용하는 정밀한 시계.
** 코리올라누스는 기원전 5세기경 로마의 전설 속 영웅이다. 윌리엄 셰익스피어의 동명의 희곡이나 루트비히 판 베토벤의 〈코리올란 서곡〉은 이 인물에 기인한다.

피륵스는 기지에서 뭐라고 했었는지 되새겨 보았다. 기지의 순시선이 난파한 우주선을 발견했던 것이었다. 당시에는 유성과의 충돌 경보가 너무 늦게 내려지곤 했었다. 사고대책위원회는 별말을 하지 않았다. '하는 수 없는 일이지. 누구의 잘못도 아니야.' 그럼 승무원은? 모두가 즉사한 것은 아니라는 증거가 나왔다. 살아남은 이들 중에는 선장도 있었는데, 엉망으로 망가진 부분에서 떨어져 있던 승무원들에게 구조의 희망을 계속 가지고 마지막 산소통의 산소가 떨어질 때까지 버티도록 했다. 무슨 개인적인 문제 같은 것도 있었고, 몇 주 동안 언론에서 다른 선정적인 사건이 이를 망각에 묻을 때까지 내내 다루었던 끔찍한 세부 묘사 같은 것도 있었다. 그게 뭐였더라?

문득 피륵스는 칠판에 수식이 마구 쓰여 있던, 그 앞에서 스미가*가 분필 가루투성이가 되어 왔다 갔다 하던 거대한 강의실을 떠올렸다. 그때 자신은 책상 밑에서 서랍을 빼내 그 위에 평평하게 신문을 놓고 몰래 「죽음을 이길 자는 누구? 생명이 없는 자만이 죽음을 이길 수 있다」라는 기사를 보고 있었다. 그렇다! 한 명만 대재난에서 살아남은 것이었다. 산소도 음식도 필요로 하지 않는, 16년 동안 폐허에 덮여 쉬고 있던 로봇.

피륵스는 자리에서 일어섰다. 테르미누스! 틀림없이 테르미누스다. 여기 이 우주선에 타고 있다. 원하기만 한다면, 용기를 내기만 한다면……

말도 안 돼. 그냥 방사능 유출을 땜질하는 기계장치일 뿐, 오래되어 귀도 들리지 않고 눈도 보이지 않는다. 언제나, 어떤 일에서라도

* 「테르미누스」가 수록된 소설집 『우주 비행사 피륵스 이야기*Opowieści o pilocie Pirxie*』의 「시험」에 등장하는 훈련소 동기생.

최고로 선정적인 기사를 뽑아내기를 원하는 언론이 사고대책위원회가 비극의 목격자로 그에게서 비밀스럽게 증언을 들었던 것을 헤드라인에 크게 떠벌렸던 것뿐이다. 피륵스는 테르미누스의 둔한 삐걱거리는 소리를 되새겼다. 말도 안 돼, 당연히 말이 안 되지!

피륵스는 우주선 기록 장부를 쾅 닫은 후, 서랍에 넣고 시계를 보았다.

8시, 서둘러야 했다. 화물 선적 서류를 찾아냈다. 이미 출입구는 닫히고 항구에서의 점검과 위생 검사도 끝났고, 세관 신고도 다 하고, 모든 것이 준비되어 있다. 피륵스는 책상 위에 놓인 화물 증명 서류를 보고 화물에 대한 상세 설명이 없는 것을 이상하게 생각했다. 기계, 하지만 무슨 기계라는 거지? 중량은? 무게에 따른 선적 지시서가 왜 없지? 아무것도, 합산 무게와 화물칸에서의 위치를 대략적으로 그려 놓은 그림 말고는 아무것도 없었다. 왜 이렇지? 선미에는 300톤 정도밖에 화물이 없는데 왜? 우주선이 가져갈 중량이 왜 이렇게 최소화된 거지? 그리고 왜 이걸 내가 우연하게, 거의 막판에 알게 된 거지? 피륵스는 할 수 있는 한 서둘러 서류와 파일을 뒤지며 종이들을 흩어 내었지만, 찾는 것을 발견하지는 못했다. 크로노미터에서 판을 떼어 내어 바라보았을 때, 바로 기억 속에서 그 이야기가 증발해 버렸다는 것이 몸서리쳐질 만큼 황당했다. 하지만 곧 손안에 서류 조각을 하나 쥐었다. 그 안에는 원자로 인접한 곳에 놓인 마지막 화물에 식료품 48상자가 들어 있다고 쓰여 있었다. 그러나 세부 사항에는 또 대충 '쉽게 상하는 식품'이라고만 쓰여 있었다. 그렇다면 왜 통풍이 가장 안 되고 엔진이 돌아갈 때 가장 온도가 높은 곳에? 분명 상하라고 의도한 것이 아니고야, 아니면 왜?

문을 두드리는 소리가 났다.

"네." 피륵스는 책상에 마구 어지럽혀진 서류들을 대충 서류철에 집어넣으려 하면서 대답했다. 남자 두 명이 들어왔다. 문턱에 서서 자기소개를 했다.

"제가 핵 기술자, 보만입니다."

"제가 전기 기술자, 심스입니다."

피륵스는 일어났다. 젊고 마른, 다람쥐 같은 얼굴의 심스는 기침을 하더니 이리저리 둘러보았다. 보만은 보자마자 경험이 많은 전문가임을 알 수 있었다. 얼굴은, 오랫동안 우주 방사능에 노출된 작업을 하면 생기는 특유의 오렌지 색깔로 그을려 있었다. 키는 피륵스의 어깨까지밖에 닿지 않았다. 우주 항해 초기에는 단 1킬로그램이라도 적게 나가는 키 작은 사람들을 뽑았던 것이다. 마르긴 했지만 얼굴은 통통했고, 살면서 무수한 시험을 겪어 온 사람들이 그렇듯 눈 주위에는 다크서클이 완연했다. 아랫입술은 이를 가리지 않고 밑으로 늘어져 있었다.

나도 언젠가는 저런 얼굴이 되겠지, 피륵스는 그와 악수를 나누기 위해 손을 뻗으며 생각했다.

2

지옥이 시작된 것은 9시였다. 항구의 움직임은 정상적이었다. 출발 지점에는 줄이 늘어서 있었고, 6분마다 거대한 메가폰과 경고 로켓이 발사된 후, 쿵 하는 소리와 찢어지는 듯한 소리, 전속력을 내는 엔진의 소리가 울리고, 출발할 때마다 먼지바람이 높이 일었다. 먼지는 다음 우주선이 출발할 때까지도 가시지 않았다. 모두들 서두르고 있었으며, 모두들 이런 화물선들이 바쁜 항구에서 그러듯 단 몇 분이라도 먼저 출발하려고 하였다. 대부분의 우주선은 화성으로 향했는데, 화성에는 기계류와 채소가 매우 필요하기 때문이었다. 그곳에 사는 사람들은 몇 달이나 채소 조각을 구경도 하지 못했는데, 수경재배 온실은 지금에야 세워지고 있었다.

자리를 잡고 있는 로켓들에 크레인과 레미콘, 지지대의 일부, 유리섬유 뭉치, 시멘트 관, 석유, 약품 등이 날라져 왔다. 신호가 울리자 모두 되는대로, 방사능을 막는 참호 안으로, 금속판이 둘러쳐진 트랙터 뒤로 몸을 피했고, 바닥의 콘크리트가 아직 식지도 않았는데 다시 일하러 자리로 돌아왔다. 10시, 연기에 싸인 태양이 부어오른 것처럼 붉게 지평선에서 떠올랐을 때, 발사대 사이에 쳐진 콘크리트 보호막 지지대는 금이 가고, 불에 닿아 재투성이가 되고, 깊숙하게 터진 곳은 분수처럼 뿜어 나오는 호스의 속건성 시멘트로 보강하고, 그 사이 방사능 방지 요원들은 머리가 큰 방진복을 입고 이동 수단에서 내려 방사능 오염 물질을 씻어 내기 위해 압축된 모래를 뿌리고 있었으며, 붉은색과 검은색 격자무늬로 칠한 제어 지프 차량이 사이렌을 울리면서 이곳저곳 돌아다니고, 관제탑에서는 누군가가 마이크를 잡고 목청이 터져라 고함을 지르고, 뾰족하게 솟은 탑 꼭대기에서는 부메랑처럼 생긴 거대한 레이다가 풍차처럼 돌아가고 있는, 한마디로, 너무 당연한 그런 풍경이었다. 피륵스도 여기저기 몸이 두 개 세 개나 되는 것처럼 돌아다녔다. 마지막 순간에 배달된 신선한 고기를 우주선 안에 들여와야 했고, 마실 물도 물탱크에 채워야 했고, 냉각기도 점검하고(가장 낮은 온도가 영하 5도여서 SPT 당국자는 절레절레 고개를 저었지만, 결국은 눈감아 주고는 서명을 해 주었다), 총체적인 수리를 거친 후였지만 압축기가 밸브 아래에서 물을 뚝뚝 흘리는 바람에 피륵스의 목소리는 예리코의 나팔처럼 높아졌는데, 다행히 누군가 바보같이 아래쪽 탱크가 다 차기도 전에 밸브를 연결시켜 물이 잘못 들어온 것으로 밝혀졌다. 피륵스는 다섯 개나 되는 서류에, 뭐가 뭔지도 모른 채 한꺼번에 서명을 했다. 시계는 11시를 가리키고 있었고, 출발까지는 한 시간밖에 남지 않았다. 그리고 출발.

관제탑이 길을 비워 주지 않았는데, 왜냐하면 우주선이 너무 오래되어 방사능 오염이 대단히 심하다는 이유에서였다. 우주선은 6시에 출발한 화물선인 기간트호처럼 수소화붕소 추진 시스템을 예비로 갖추고 있어야 한다는 것이었다. 이미 지나치게 소리를 질러 목이 쉰 피륵스는 갑자기 차분해졌다. 관제사가 도대체 자기가 무슨 말을 하고 있는지나 아나? 지금에야 '푸른별'을 본 건가? 이러다가 굉장히 큰일이 날 수도 있는데. 도대체 뭐라고? 추가 방어막? 뭘로? 모래주머니. 얼마나? 별거 아니오, 3,000개. 그러죠. 이러나저러나 피륵스는 정해진 시간에 출발할 것이다. 계산서는 회사로 보내 드리죠. 그렇게 하시지요.

피륵스는 땀이 났다. 모든 것이, 안 그래도 정신없는 혼란을 가중시키려는 계략이라도 짠 듯이 움직이는 것 같았다. 전기 기술자는 응급 시스템을 점검하지 않았다고 정비 기술자를 탓하고, 제2조종사는 잠깐 어디 5분만 갔다 오겠다고 사라지고는 약혼녀와 작별 인사를 하느라 아직 탑승하지 않았고, 의무관은 완전히 자취를 감추고, 마흔 대의 매머드 장갑차가 우주선 아래로 와 우주선을 에워싸고 검은색

방진복을 입은 사람들이 뛰어다니며 모래가 담긴 비닐봉지를 설치하고, 관제탑의 신호등은 무섭게 깜빡거리며 시간을 재촉하고, 무슨 무선전보가 왔는데 그것을 조종사가 아니라 기계공이 받아서 읽고는 기록 장부에 넣는 일을 잊고, 죄송합니다, 원래 제 일은 아니라서요. 피륵스는 머릿속이 빙빙 도는 것만 같았고, 어떻게 되어 가는지 단지 아는 척할 뿐이었다. 12시 20분 전에 피륵스는 중대 결단을 내렸다. 선미 쪽의 물을 모두 후미 쪽으로 펌프질해서 돌리도록 한 것이었다. 될 대로 되라지, 최악의 경우 찜통이 되겠지만, 그래도 안정성이 더 높아지니까.

11시 40분, 엔진 시험. 이때부터는 이미 돌아갈 길은 없다. 사람들도 모두가 완전히 쓸모없는 것은 아니었다. 특히 보만은 마음에 들었다. 모습이 보이지도, 목소리가 들리지도 않았지만, 모든 것이 착착 진행되어 갔다. 분출기는 불을 뿜고, 낮은 출력, 높은 출력, 출발 6분 전, 관제탑이 출발 신호를 주었을 때는 모든 것이 준비되어 있었다. 의무관이 드디어 나타났을 때 모두들 펼친 의자에 누워 있었고, 제2 조종사인 물라트가 약혼녀와 헤어져 매우 우울한 표정으로 돌아왔을 때 스피커는 그르렁거리며 지직거리며 웅웅거리더니 마침내 계기의 바늘이 0을 가리키고는, 길이 비워지고, 출발.

피륵스는 19,000톤의 함선이라는 게 초계정은 아니라는 것을 당연히 알았고, 입을 크게 벌려 웃을 공간조차 없다는 것도 알고 있었다. 또한 우주선이 자기 스스로 하늘로 날아오르거나 튀어 오르지 않으며 추진 장치를 돌리고 일을 해야 한다는 것도 알고 있었다. 하지만 이럴 줄은 몰랐다. 계기판에 출력이 절반쯤 들어왔을 때, 이미 선체는 후미의 발진 장치부터 꼭대기까지 당장이라도 폭발할 것처럼 흔들리기 시작했으며, 압력계는 아직 콘크리트 바닥에서 출발하지 도 않았다고 가리키는 것이었다. 피륵스는, 100년에 한 번 정도 일어나는 사고이기는 하지만, '푸른별'호가 혹시 어디에 걸린 것은 아닌지 퍼뜩 생각했는데, 바로 그 순간 바늘이 움직이기 시작했다. 불 속에 서서 '푸른별'은 헐떡거리고, 중력계가 마치 미친 것처럼 움직였다. 피륵스는 안도의 한숨을 내쉬고 근육의 긴장을 풀며 쿠션에 기대었다. 이제부터는 원한다고 해도 아무것도 할 수 없다. 로켓은 위로 솟아올랐다. 추진력 전체를 써서 한 출발에 대해서 바로 무전이 왔는데, 너무 많은 방사능을 배출했다는 것이었다. 회사에 추가 벌금이 부과될 것이라고 했다. 회사? 마음대로 해, 돈을 내든지 말든지! 피륵스는 그저 얼굴을 찡그렸을 뿐, 관제탑과 추진력을 반만 썼다고 논쟁을 벌일 시도조차 하지 않았다. 착륙하면 위원회를 소집해 항해일지를 보자고 요구해야 하나?

피륵스의 머릿속을 차지한 건 그 순간 전혀 다른 것이었다. 대기권 탈출. 이렇게 흔들리는 우주선에 탄 것은 난생처음이었다. 중세에 성벽을 두들겨 깨는 무기 앞부분에 있었던 사람이나 이런 충격을 느껴봤을 것이었다. 모든 것이 튀어 올랐고, 사람들은 안전벨트를 맨 채로 날아다니고 있어서 정신이 쏙 빠질 지경이었다. 중력계는 3.8에서 4.9까지, 어디를 가리킬지 마음을 정하지 못한 듯 창피한 줄도 모르고 5로 향하다 갑자기 겁을 먹은 듯 3을 가리켰다. 마치 로켓이 흐물흐물한 면발로 가득 차 있는 것처럼! 이제는 당연히, 동력 전체를 써서 날고 있었고 피륵스는 조종사의 목소리를 듣기 위해 양손으로 비행 헬멧을 머리에 꾹 눌러썼다. '푸른별' 내부가 너무 시끄러워 그러지 않으면 아무것도 들리지 않을 정도였다. 그것은 탄도미사일의 의 기양양한 소리가 아니었다. 지구의 중력과 싸우는 '푸른별'은 절망의 신음을 내고 있었다. 몇 분 정도 '푸른별'의 고통스러운 노력은 지금 지구에서 출발하는 것이 아니라, 아무런 움직임 없이 있는 힘을 다해 지구를 밀어내고 있는 듯이 느껴졌던 것이다. 로켓의 금속판 전체가 진동에 의해 떨어져 나갈 것만 같았고 피륵스는 용접 부분이 떨어져 나가는 소리를 들은 것만 같았지만 그것은 환청이었다. 이런 난리 속에서는 최후의 심판의 나팔 소리도 들리지 않을 듯했다.

로켓 앞머리 외피 부분의 온도는 유일하게 계기판이 망설이지도 않고, 떨어지지도 않고, 왔다 갔다 하지도, 그대로 머물러 있지도 않고 평안하게 계속해서 위로만 올라가는 지점이었다. 계기판은 맨 끝의 숫자인 2,500, 2,800이 아니라 위로 마치 1미터는 자리가 있는 듯 끊임없이 치솟고만 있었는데, 피륵스가 넘겨다보니 그 뒤로는 선이 몇 개 밖에 남아 있지 않았다. 게다가 지금까지 이렇게 노력해서 얻은 속도가 출발하고 14분이나 지났는데도 겨우 1초에 6.6킬로미터! 여전히 궤도 진입 최저 속도에는 오르지도 못했다. 가끔 조종사들이 꾸는 악몽처럼 피륵스는 우주선이 아예 떠오르지도 않은 것은 아닌지, 화면 밖에 구름처럼 보이는 것이 실은 냉각기 파이프가 터져서 나오는 증기가 아닌지 생각했다. 하지만 그렇게까지 나쁜 상황은 아니었다. 우주선은 날고 있었던 것이다. 의무관은 벽처럼 얼굴이 하얗게 질려 멀미를 하고 있었다. 응급 상황이 닥쳐온다 해도, 큰 도움은 못 될 것 같았다. 기술자들은 잘 견디고 있었는데, 보만은 땀 한 방울도 흘리지 않고 있었다. 깡마른 몸에 얼굴은 회색빛이 되어 마치 눈을 감은 소년처럼 편안히 누워 있었다. 의자 아래에서는 유압 파이프가 새어 바닥으로 흘러나왔는데 피스톤이 거의 끝까지 움직이고 있었다. 피륵스는, 피스톤이 완전히 고장이 나면 어떻게 되는 걸까 궁금할 뿐이었다.

피륵스는 완전히 현대적인 계기판 시스템에 익숙했기 때문에, 추진력과 냉각기, 속도, 외피, 그리고 무엇보다 중요한 연료 경제 곡선을 조정하며 머리를 자꾸 엉뚱한 곳으로 돌리곤 했다.

인터콤을 통해 고함을 지르며 의사소통을 한 조종사 역시 어떻게 해야 할지 잘 모르는 것 같았다. 궤도에 올랐다가 나갔다가, 하지만 대기권을 뚫기에는 충분할 만큼 자연스럽게 아주 조금 이탈했는데, 곧 한 면이 다른 면보다 훨씬 더 뜨겁게 달아올라 로켓의 표면에는 엄청난 온도의 압력이 가해졌고, 그 결과는 무서운 것일 수도 있었으나 피륵스는 이 우주선의 표면이 지금까지 수백 번의 출발을 견뎌 왔으니 이번에도 견디겠거니 하고 생각하는 수밖에 없었다.

열전대 계기판은 가장 끝 점까지 다다랐다. 3,500도, 지금 바깥 온도가 그 정도라면, 앞으로 10분 정도 더 버티고 표면은 분해되고 말 것이었다. 탄화물 합금이라는 것도 무적은 아니었다. 표면이 얼마나 두껍지? 거기에 대해서는 아무런 자료도 없었지만 어쨌든, 상당히 달아오른 것만은 확실했다. 피륵스는 더운 느낌이 들었지만, 내부 온도계는 출발할 때와 동일한 27도를 가리키고 있었기 때문에 그냥 기분 탓인 모양이었다. 현재 상태는 60킬로미터, 대기권은 바로 밑에 있었고, 속도는 초속 7.4킬로미터였다. 좀 전보다는 안정적으로 가고 있었지만, 그럼에도 불구하고 보통보다는 세 배나 많은 압력을 견디는 중이었다. '푸른별'은 납덩어리처럼 움직였다. 정석에 따라 가속을 붙일 방법이라곤 없었다. 진공에 진입한다고 하더라도. 왜 이런 거지? 피륵스는 도저히 알 수가 없었다.

그러고 나서 30분 후에는 이미 중재 항로에 올라 있었다. 마지막 항행 위성을 뒤로하고야 지구-화성의 타원형 길 안으로 들어왔다. 모두들 몸을 일으켰고, 보만은 얼굴을 문지르고, 피륵스 역시 아랫입술이 부어 있는 느낌이 들었다. 사람들의 눈에는 핏발이 서 쑥 들어갔고, 마른기침을 하며 캑캑거렸지만 정상적인 반응이었다. 한 시간 정도만 지나면 아무렇지도 않을 것이다.

원자로는 어떻게 작동하고는 있었다. 추진력은 떨어지지는 않았지만 올라가지도 않았는데, 진공에서는 사실 더 커져야 하는 게 정상이었지만 그렇게 되지는 않았다. '푸른별'에서는 물리법칙마저도 대충만 작용하는 것 같았다. 지구에서와 거의 동일한 가속이 붙어 초속 11킬로미터를 달리고 있었다. 정상적인 운행 속도로 가속이 붙지 않으면 화성에는 몇 달이나 지각 도착을 할 것이었다. 어쨌든 지금은 중재 항로를 달리는 중이었다.

피륵스는, 모든 항해자들이 그렇듯 중재 항로에서 최악만을 예상하고 있었다. 우주선이 발사될 때 규정에 맞지 않는 너무 큰 불꽃을 일으킨 것에 대한 경고, 이러다 뭔가 더 중요한 우주선에 길을 양보해야 하는 게 아닌가 하는 걱정, 노즐의 이온화 방전으로 무선전신을 받지 못하는 것은 아닌지 등등, 하지만 아무 일도 일어나지 않았다. 중재소는 '푸른별'호를 그냥 통과시켰고, 이들에게 '고高진공상태'라는 전갈을 보냈는데 피륵스가 대답을 했고, 이렇게 우주 예의를 차리는 선에서 끝났다.

화성으로 가는 직항로로 접어들자 피륵스는 출력을 높이도록 지시했고, 가속이 붙었다. 이제 움직일 수도, 몸을 쭉 펼 수도, 일어나 활동할 수도 있었다. 통신 담당이자 요리사인 승무원은 조리실로 들어

갔다. 모두들 배가 고팠고, 특히나 아무것도 먹지 않은 데다가 출발할 때 땀을 한참 흘렸던 피륵스는 더욱더 배가 고팠다. 달구어진 외부 표면의 열기가 안으로 뚫고 들어와 조종실의 온도는 이제야 올라가고 있었다. 유압관에서 새어 나와 의자 밑에 웅덩이를 만든 기름의 희미한 냄새가 풍겨 왔다.

핵 기술자가 원자로 쪽으로 중성자가 새고 있는지를 확인하러 내려갔고, 피륵스는 그사이 별들을 바라보며 전기 기술자와 이야기를 나누었다. 전기 기술자와는 서로 같이 아는 사람들이 있는 것으로 밝혀졌다. 피륵스는 이 우주선에 오른 후 처음으로 기분이 나아지는 것을 느꼈다. 이 우주선이 그렇고 그렇기는 하지만, 19,000톤급이라는 것은 장난은 아니었다. 이렇게 낡은 우주선을 조종하는 것은 보통 화물선보다 훨씬 어려운 일이었고, 그러므로 더 영예로운 일이 될 수도 있고 경험도 더 쌓일 것이었다.

중재 항로에서 150만 킬로미터를 왔을 때, 첫 번째 충격적인 상황이 발생했다. 식사가 도저히 먹을 수 있는 것이 아니었다. 통신 담당은 모두를 끔찍하게 실망시켰다. 가장 화를 낸 것은 의무관으로, 위가 좋지 않아 출발 전에 닭 몇 마리를 사서 한 마리를 통신 담당에게 주었는데, 닭죽에는 깃털이 가득했던 것이다. 다른 이들에게는 스테이크가 나왔는데, 어찌나 질긴지 평생 동안 씹어도 될 지경이었다.

"소가 운동을 너무 많이 했나?" 제2조종사가 말하며 포크로 고기를 쿡 찔러 고기 토막이 접시에서 튀어 올랐다.

통신 담당은 비판에도 아랑곳하지 않았다. 의무관에게는 닭죽을 체에 걸러서 먹으라고 조언했다. 피륵스는 윗사람으로서 자기가 이 둘을 화해시켜야 할 것 같았지만, 어떻게 해야 할지 몰랐다. 웃음이

나올 뿐이었다.

결국 통조림 식품으로 식사를 해결한 후 피륵스는 조종실로 돌아왔다. 조종사에게 항로를 고정하라고 이르고 우주선의 항해일지에 가속도계 수치를 기록한 후 원자로의 계기판을 바라보았다. 그리고 낮게 휘파람을 불었다. 이건 원자로라고 할 수 없었다. 그냥 화산이었다. 출발한 지 네 시간 만에 원자로는 800도로 달아올랐다. 냉각기는 20기압으로 최대한으로 돌고 있었다. 피륵스는 고민을 해 보았다. 최악의 상황은 지난 것이나 다름없었다. 화성에 착륙하는 것도 큰 문제가 되지 않을 터였다. 기압은 반이 낮고, 대기도 희박하니까. 어떻게든 착륙하겠지. 하지만 원자로는 해결해야 했다. 피륵스는 컴퓨터로 가서 경제속도에 도달하려면 지금 같은 출력으로 얼마나 가야 할지 계산을 해 보았다. 초속 80킬로미터보다 느리다면, 엄청나게 늦게 도착하게 될 것이었다.

"아직 78시간 남았습니다." 컴퓨터가 말했다.

이렇게 78시간을 간다면 원자로는 폭발하고 말 텐데. 달걀처럼 터져 버리겠지. 피륵스는 이 사실에 의심의 여지가 없었다. 그래서 속도를 조금씩 더하는 방법을 취하기로 했다. 하지만 항로를 조금 복잡하게 조정해서, 가끔은 출력 없이, 중력 없이 가기로 결심했다. 그렇게 가는 것이 좋은 것은 아니었지만, 다른 방법이 없었다. 피륵스는 조종사에게 천측 나침반에서 절대 눈을 떼지 말라고 이르고 승강기를 타고 아래로, 원자로가 있는 방으로 향했다. 화물 사이의 컴컴한 복도를 지나는데 무언가 낮게 쿵쿵거리는 소리가 들려왔다. 마치 철로 된 판 위를 금속으로 된 부대가 지나가는 것만 같았다. 피륵스는 발걸음을 서둘렀다. 갑자기 고양이가 검은 연기처럼 다리 아래서 나타나더니 동시에 어디선가 가까운 곳에서 문이 쿵 소리를 내며 열렸다. 먼지 쌓인 전등 빛에 희미하게 밝혀진 주 복도가 눈앞에 펼쳐지고, 조용해졌다. 피륵스 앞에는 빨갛게 녹슨 판을 둘러친 벽들이 펼쳐졌고 멀리 깊숙한 곳에서만 좀 전의 충격으로 불빛 하나가 흔들리고 있었다.

"테르미누스!" 피륵스는 무작정 외쳤다. 메아리만 대답할 뿐이었다. 다시 돌아와 옆 통로로 원자로 앞 방으로 가 보았다. 바로 전에 내려왔던 보만의 모습은 이미 보이지 않았다. 모래처럼 바싹 마른 공기에 눈이 따가웠다. 환기통에서는 뜨거운 바람이 소리를 내어, 소음은 마치 증기기관실 같았다. 원자로는, 다른 원자로들처럼, 아무런 소리도 내지 않았다. 소리를 내는 것은 최대로 돌아가고 있는 냉각기였다. 시멘트에 고정된 몇 킬로미터는 될 법한 호스들 속에 차가운 액체들이 돌면서, 삐걱거리고 꿀럭거리는 이상한 비명 소리를 내고 있었다. 렌즈 같은 유리가 씌워진 펌프의 바늘들은 모두 오른쪽을 가리켰다. 계기판 중에서 가장 중요한 달처럼 밝게 빛나는 계기판은 중성자의 농도를 가리키는 계량기였다. 바늘은 거의 빨간색 끝에 다다르고 있었다. SPT 감독관이라면 보자마자 심장 발작을 일으킬 만한 광경이었다.

콘크리트 벽과 비슷하게 보이는, 시멘트로 누덕누덕 기워진 판은 죽음의 열기를 내뿜었고, 연결 지점을 잇는 판은 가늘게 진동하며 전체 몸체에 떨림을 전달하고 있었다. 깜빡깜빡하는 환풍기의 팬에 전등 빛이 번쩍였다. 신호를 전달하는 전등 하나는 지금까지 하얗게 밝혀져 있다가 갑자기 깜빡거리다가, 꺼졌다가 붉은 등으로 바뀌었다. 피륵스는 캠축 제어기가 들어 있는 이음 부분으로 올라섰는데, 보만이 이미 다녀간 모양이었다. 자동 타이머가 핵 연쇄반응을 네 시간 후에 중단하도록 맞춰져 있었던 것이다. 피륵스는 타이머를 건드리지 않고, 가이거계수기만 확인했다. 계수기는 평안하게 돌아가고 있었다. 방사능 누출 지수는 시간당 0.3뢴트겐으로 높지 않았다. 피륵스는 방의 컴컴한 부분을 다시 바라보았다. 비어 있었다.

"테르미누스!" 피륵스가 외쳤다. "어이, 테르미누스!"

답은 없었다. 흰 점처럼 우리 안에서 쥐들이 불안하게 뛰어다니고 있었다. 치솟은 온도에 기분이 좋지 않은 것이 분명했다. 피륵스는 위로 돌아와 문을 쾅 닫았다. 복도의 서늘한 바람에 소름이 끼쳤다. 셔츠가 땀에 완전히 젖어 있었던 것이다. 피륵스는 괜히 갈수록 좁아지는 통로로, 컴컴한 후미 쪽으로, 길이 완전히 끝나는 데까지 가 보았다. 그리고 끝을 손바닥으로 만져 보았다. 벽은 따뜻했다. 피륵스는 한숨을 쉬고 다시 뒤돌아 승강기를 타고 4층으로 올라와서 조종실로 가 항로를 정하기 시작했다. 항로를 모두 정했을 때 시계는 9시를 가리키고 있었다. 시계를 보지도 않고 일하고 있다가 피륵스는 놀랐다. 그리고 불을 끄고 조종실을 나섰다.

승강기를 타자, 바닥이 발밑에서 꺼지는 것 같은 기분이 들었다. 타이머가 맞춰 놓은 프로그램에 따라 원자로가 꺼진 것이었다.

야간 모드로 흐릿하게 밝혀진 우주선의 중앙부 복도에 규칙적으로 환풍기가 돌아가는 소리가 났다. 멀리 있는 전구들의 불빛이 회전하는 공기와 함께 겹쳐지고 있었다. 피륵스는 승강기를 발로 밀면서 나와 공중에 떠올랐다. 복도의 옆면은 아직도 어두웠다. 푸른색의 어둠 속에 아직 들여다보지 않은 여러 문들이 보였다. 빨간색 전등으로 표시된 비상 탈출구들이 컴컴한 좁아지는 복도로 열려 있었다. 물 흐르는 듯한, 꿈속에서와 같은 동작으로 피륵스는 천장에 머리를 부딪치지 않고 무게 없이 떠서 발이 닿지 않는 바닥의 그림자를 끌고 계속 앞으로 나아갔다. 그러다 열린 문을 통해, 이제는 사용하지 않는 식당으로 들어갔다. 피륵스 밑으로 가느다란 불빛 아래 긴 식탁 앞에 의자가 줄지어 있었다. 피륵스는 가구들 위로 마치 물에 빠진 난파선의 내부를 탐험하는 잠수부처럼 떠 있었다. 흐릿하게 빛나는 벽의 유리 위에 반사된 불빛들이 춤추면서 푸른색 빛을 뿌리다가 꺼졌다. 식당 뒤로는 더 컴컴한 다른 공간이 나왔다. 이제 어둠에 익숙해진 피륵스의 눈으로도 아무것도 보이지 않았다. 벽을 더듬으며 손끝으로 피륵스는 유연하게 휘어지는 표면을 만졌는데 이것이 천장인지 바닥인지도 알 수 없었다. 피륵스는 다시 살짝 밀며 수영 선수처럼 몸을 돌려 소리 없이 다음 공간으로 나아갔다. 벨벳과 같은 어둠이 밝아지더니, 길게 줄지어 늘어선, 빛을 내는 형체가 보였다. 매끈한 표면을 만져 보니 차가웠다. 욕조였다. 가장 가까이 있는 욕조는 검은 얼룩으로 뒤덮여 있었다. 피인가?

피륵스는 조심스럽게 손을 뻗어 보았다. 기름이었다.

또 다른 문. 피륵스는 공중에 삐딱하게 매달려 문을 열었다. 회색의 어둠 속에서 피륵스의 얼굴 앞으로 유령처럼 종이 뭉치와 책이 날아오더니 바스락거리며 사라졌다. 이번에는 발로 밀어서 튀어 올랐더니 복도의 먼지 뭉텅이가 바닥에 떨어지는 대신 피륵스 옆으로 달라붙어 녹슨 쇠 같은 색의 베일처럼 감쌌다.

야간 모드 등은 줄지어 움직임 없이 밝혀져 있었다. 마치 푸른 물이 선체 전체를 채운 것 같았다. 피륵스는 천장에서 내려온 줄을 잡고 버텼다. 손에서 매듭을 놓자 매듭은 만져서 잠에서 깬 뱀처럼 천천히 구부러졌다.

피륵스는 고개를 들었다. 멀지 않은 곳에서 두드리는 소리가 났다. 누군가 망치로 금속판을 치고 있었다. 피륵스는 소리를 따라가 보았다. 소리는 커졌다 작아졌다 했는데 마침내 바닥에서 녹이 슨 철길 같은 것을 발견했다. 언젠가 화물을 옮기는 데 썼던 레일인 듯했다. 피륵스는 얼굴에 바람이 스치는 것이 느껴질 정도로 꽤 빨리 날았다. 소리는 점점 더 크게 울렸다. 돌연 천장 아래 파이프가 보였다. 교차되는 복도에서 나온 파이프였다. 오래된, 1인치짜리 파이프라인이었다. 피륵스는 손으로 만져 보았다. 파이프가 떨렸다. 울림 소리는 이제 두 번, 세 번씩 겹쳐지고 있었다. 피륵스는 문득 알게 되었다. 모스 부호였다.

"주의……"

세 번 부딪치는 소리.

"주의……"

"주의……"

세 번 부딪치는 소리.

"나·는·칸·막·이·벽·뒤·에" 파이프가 울렸다. 피륵스는 반사적으로 한 글자씩 들리는 신호를 조합하고 있었다.

"얼·음·온·천·지……"

얼음? 피륵스는 처음엔 이해가 되지 않았다. 무슨 얼음? 이게 무슨 말이지? 누가……

"원·자·로·누·출" 파이프가 다시 말했다. 피륵스는 파이프에 손을 대어 보았다. 누가 부호를 보내고 있는 거지? 어디서? 피륵스는 파이프라인이 어떻게 뻗어 가는지 머릿속으로 그려 보려고 애썼다. 비상시의 파이프라인으로 분출구에서 시작해서 선체 전체로 뻗어 나오는 것이었다. 누군가 모스부호를 연습하고 있나? 말이 돼? 조종사가?

"프·랫·응·답·하·라·프·랫……"

쉼.

피륵스는 숨을 멈추었다. 그 이름을 듣자 얻어맞은 것만 같았다. 1초 정도 눈을 크게 뜨고 파이프를 바라보다가 갑자기 앞으로 나아가기 시작했다. 다른 조종사다! 피륵스는 생각하고는 복도가 휘어지는 부분까지 가 다시 몸을 밀어 속도를 붙여 제어실로 향했다. 파이프는 계속해서 울리고 있었다.

"웨·인·여·기·사·이·먼……"

소리는 멀어졌다. 이제 파이프가 보이지 않았다. 피륵스는 옆으로 가 교차하는 통로로 들어갔다. 그리고 가속을 붙여 벽에서 튕겨 나가 먼지 무더기에서 녹슨 마개로 막혀 있는 파이프 끝을 보았다. 이게 제어실로 안 통하는 건가? 그러면, 꼬리 부분에서 나온? 하지만, 거긴, 아무도 없는데……

"프·랫·여·섯·번·째·남·아" 파이프가 울렸다. 피륵스는 천장에 매달려 박쥐처럼 손가락을 휘어 파이프를 잡고 있었고, 두드리는 소리에 머리까지 울릴 지경이었다. 잠시 쉰 후 또다시 두드리는 소리가 났다.

"산·소·통·삼·십·영……"

세 번 두드림.

"몸·센·응·답·하·라·몸·센……"

쉼.

피륵스는 주위를 둘러보았다. 완전히 고요했다. 휘어진 통로 뒤 환기통의 배출구만이 공기를 내뿜고 있었고 빨려 들어갔다 회전했다 위아래로 느리게 움직이는 쓰레기들만이 천장 아래 불빛의 그림자 속에서 마치 거대한, 형체가 모호한 나방 떼처럼 보였다.

"프·랫·프·랫·프·랫·몸·센·대·답·이·없·다·산·소·통·칠·층·와·서·가·져·가……"

소리가 멈췄다. 전등의 불빛은 한결같았고 쓰레기와 먼지는 천천히 회전하고 있었다. 피륙스는 파이프를 놓고 싶었지만 그렇게 하지 못했다. 기다렸다. 또다시 소리가 울렸다.

"사·이·먼·몸·센·에·게·프·랫·육·층·칸·막·이·뒤·산·소·통·몸·센·응·답·하·라·몸·센……"

마지막, 무거운 부딪치는 소리. 파이프는 그 뒤 오랫동안 진동했다. 쉼. 열몇 번 정도 알아들을 수 없는 부딪침. 그리고 빠르게 이어지는,

"잘·안·들·린·다·잘·안……"

침묵.

"프·랫·응·답·하·라·프·랫·응·답……"

침묵.

파이프가 떨렸다. 아주 멀리서 끊어지며 부딪치는 소리가 다시 났다. 선 세 번. 점 세 개. 선 세 번. SOS. 점점 더 부딪치는 소리가 약해졌다. 선 두 번. 그리고 한 번. 그리고 길게 끄는…… 누군가 파이프를 긁는 것 같은 소리, 이 완전한 침묵에서나 들릴 만한 소리였다.

피륙스는 몸을 튕겨 머리를 위로 하고 파이프를 따라 날았다. 파이프가 휘어지는 곳에서 몸을 꺾어 얼굴에 바람을 맞으며 위로 올라갔다가 내려갔다 했다. 수직 통로가 열려 있었다. 경사로. 좁아지는 벽. 화물실로 향하는 하나, 둘, 세 개의 문. 더 어두워졌다. 피륙스는 파

이프를 놓치지 않도록 손가락 끝으로 붙잡고 가고 있었는데, 검게 탄 먼지가 손에 묻었다. 선실에서는 진작 나온 상태로 바깥쪽 선체 외피와 화물실 사이의 천장과 바닥이 없는 공간에 다다랐다. 서까래 사이에서는 부풀어 오른 비상용 탱크가 검게 보였고, 멀리서 한 줄기씩, 먼지 사이의 빛줄기도 보였다. 잠시 동안 피륵스는 위쪽을 바라보다 검은 수직 통로를 통해 두 줄로 전등이 늘어선 것을 보았는데, 아까부터 쫓아오고 있는 알 수 없는 화재로부터 발생한 연기 뭉텅이처럼 녹슨 빛의 재를 뒤집어쓰고 있었다. 공기는 답답하고 숨 막혔으며 달궈진 금속판 냄새가 났다. 피륵스는 언뜻언뜻 보이는 철골의 그림자 사이로 지나가고 있었는데, 파이프는 계속해서 울리고 있었다.

"프·랫·프·랫·응·답·하·라·프·랫……"

파이프가 갑자기 갈라졌다. 피륵스는 소리가 어디서 나오는지 느껴 보기 위해 양손에 양쪽 파이프를 들었지만, 방향을 가늠할 수 없었다. 되는대로 그냥 왼쪽으로 갔다. 문. 검게 탄 재처럼 새까만 검은 터널. 끝에는 동그란 빛. 열린 장소가 나왔다. 원자로의 입구 부분이었다.

"여·기·웨·인·프·랫·대·답·이·없·다……" 피륵스가 첫 번째 문을 열었을 때 파이프가 울렸다. 얼굴로 뜨거운 공기가 쏟아져 나왔다. 피륵스는 접합 부분으로 나아갔다. 압축기가 요란한 소리를 내고 있었다. 후끈한 바람이 머리카락을 날렸다. 언뜻 원자로의 콘크리트 벽과 빛나는 계기판, 빨간색 점과 함께 떨리고 있는 경고 등이 보였다.

"사·이·먼·웨·인·에·게·들·려·몸·센·아·래" 피륵스 바로 밑에서 파이프가 울렸다. 파이프는 벽 안에서 나와 휘어져 아래로 향하면서 주 파이프라인과 합쳐지고 있었다. 로봇은 다리를 벌리고 서 있었다. 마치 보이지 않는 적과 싸우듯, 번개처럼 팔을 뻗은 채였다. 손에 가득 시멘트 반죽을 들어 대각선으로 철퍽하며 모양을 만들고 바로 잡아 다음 부분으로 옮겨 가고 있었다. 그리고 잠시 쉬었다. 피륵스는 로봇의 작업 리듬을 들어 보았다. 피스톤처럼 움직이는 팔이 부딪치는 소리를 만들어 내고 있었다.

"몸·센·끊·다·프·랫·산·소……"

테르미누스는 팔을 뻗은 채 정지하고는 반쯤 사람과 같은 자신의 그림자 앞에 멈춰 섰다. 사각형의 머리가 왼쪽 오른쪽으로 움직였다. 그리고 다음 접합 부분을 살폈다. 몸을 굽혔다. 삽처럼 구부린 손에 시멘트를 들었다. 흔들었다. 손은 박자에 맞춰서 움직였다. 파이프는 건드릴 때마다 떨렸다.

"대·답·이·없·다·대·답·이·없·다……"

피륵스는 철책에 다리를 고정하고는 아래로 헤엄쳐 내려갔다.

"테르미누스!" 피륵스는 발이 바닥에 닿기도 전에 외쳤다.

"네!" 로봇이 바로 대답했다. 로봇의 왼쪽 눈이 피륵스를 향했다. 오른쪽 눈은 멀리 시멘트를 파이프에 던지고 있는 손 위로 고정되어 있었다.

"프·랫·응·답·하·라·프·랫·응·답……"

"테르미누스! 뭐 하는 거야!" 피륵스가 외쳤다.

"방사능 누출. 시간당 40뢴트겐. 땜질." 먹먹한 낮은 목소리로 대답하는 동안에도 로봇의 손은 계속해서 움직이고 있었다.

"여·기·웨·인·몸·센·응·답·하·라·몸·센……"

"테르미누스!!!" 피륵스는 또다시 소리를 질렀다. 사팔눈이 된 왼쪽 눈이 잠시 피륵스를 쳐다보았지만, 철로 된 손이 움직이는 한순간에 지나지 않았다.

"네." 아까와 똑같이 단조로운 음성으로 로봇이 되풀이했다.

"모스부호로 뭘 하는 거지?"

"누출을 땜질." 낮은 목소리가 말했다.

"사·이·먼·웨·인·에·게·포·터·에·게·프·랫·제·로·몸·센·대·답·이·없·다……" 울리는 손의 금속이 흔들리고 있었다. 무거운 시멘트 반죽이 납작하게 펼쳐져 흘러내리고, 손은 반죽을 위로 끌어올려 부어오른 원자로의 표면에 고정시켰다. 잠시 동안 손을 올린 채 꼼짝도 하지 않았다가 로봇은 다시 몸을 굽히고 새로 금속성 시멘트를 집어 들어 마구 표면을 치며 뿌리기 시작했다.

"몸·센·몸·센·몸·센·응·답·하·라·몸·센·몸·센·몸·센·몸·센·몸……"

박자는 미친 듯이 속도를 더하고, 파이프 전체가 로봇의 치는 힘에 흔들리면서 마치 끝나지 않을 비명처럼 들렸다.

"테르미누스!!! 그만!!!" 피륵스는 앞으로 튀어 나가 로봇의 손목을 잡았지만, 기름으로 미끌미끌 손에서 빠져나가고 말았다. 테르미누스는 돌연 동작을 멈추고 긴장했다. 콘크리트 벽 뒤쪽의 펌프가 울리는 소리밖에 들리지 않았다. 피륵스 앞에는 범벅이 된 기름을 기둥과 같은 다리에 뚝뚝 흘리고 있는 거대한 몸체가 있었다. 피륵스는 뒤로 물러났다.

"테르미누스……" 피륵스는 작은 소리로 말했다. "너는……"

그러다 말을 그만두었다. 무서운 쿵 소리와 함께 강철로 된 팔이 내려왔다. 로봇은 양손을 비비며 마른 시멘트를 떼어 내고 있었는데,

시멘트는 아래로 떨어지는 것이 아니라 연기처럼 공기 중으로 춤추며 퍼져 나갔다.

"뭘 하고 있는 거지?" 피륵스가 물었다.

"땜질 누출. 시간당 40뢴트겐. 땜질을 더 해도 되겠습니까?"

"모스신호를 보냈잖아. 뭘 보낸 거지?"

"모스." 로봇은 똑같은 어조로 말하고는 덧붙였다. "모릅니다. 땜질을 더 해도 되겠습니까?"

"더 해도 돼." 피륵스가 중얼거렸다. 그리고 거대한, 천천히 펴지는 로봇의 팔을 바라보았다. "더 해도 돼……"

피륵스는 기다렸다. 테르미누스는 이미 피륵스를 보지 않았다. 왼쪽 손에 시멘트를 잡고는 번개 같은 동작으로 찔러 넣었다. 고정시키고, 판판하게 하고, 표면을 고르고. 세 번을 쳤다. 이제 오른쪽 손이 왼쪽으로 서둘러 나오며 파이프가 울렸다.

"프·랫·육·층·살·아·있·다……"

"몸·센……"

"응·답·하·라·몸·센……"

"프랫이 어디 있다고?!" 피륵스가 무서운 목소리로 물었다.

테르미누스의 손은 빛 속에서 번쩍이는 연기처럼 보였다. 테르미누스는 바로 대답했다.

"모릅니다."

동시에 엄청난 속도로 두드리기 시작해서, 피륵스는 겨우 알아들을 수 있었다.

"프·랫·대·답·없·다……"

바로 그 순간 이상한 일이 일어났다. 오른쪽 손으로 두드리는 이

와중에 왼손이 아주 약하게, 왼손 손가락이 무언가를 두드리기 시작한 것이었다. 신호는 섞여 버렸고 십몇 초 동안 파이프라인은 두 가지의 두드림 소리로 함께 울렸다. 그러다 마지막으로 사라지는 한 마디만을 들을 수 있었다.

"춥·다·손·이·제·안·돼……"

"테르미누스……" 피륵스는 입술만을 움직이며 말했다. 그리고 철제 계단 쪽으로 물러났다. 로봇은 피륵스의 목소리를 듣지 못했다. 기름으로 번들거리는 몸체는 작업의 박자와 함께 흔들리고 있었다. 들리지 않는데도 불구하고, 번쩍이는 광채만 보고도 피륵스는 모스 부호를 읽을 수 있었다.

"몸·센·응·답·하·라……"

3

피륵스는 등을 대고 누워 있었다. 캄캄한 가운데 눈앞에서 번쩍하는 빛들이 일었다. 프랫이 우주선 깊은 곳으로 갔다. 그런가? 산소는 다 떨어졌다. 나머지 둘은 프랫을 도울 수 없었다. 몸센은? 왜 대답하지 않았지? 이미 죽었던 건가? 아니다. 사이먼이 몸센의 소리를 들었다. 분명 가까운 곳에 있었을 것이다. 벽. 벽 뒤? 그 말은, 몸센이 있었던 공간에는 공기가 있었다는 걸까? 그렇지 않았더라면 사이먼은 아무것도 듣지 못했을 것이다. 뭘 들었던 거지? 발자국? 왜 불렀던 거지? 왜 대답을 하지 않았을까?

선과 점으로 나뉜 고통의 목소리들. 테르미누스. 어떻게 된 걸까?

테르미누스는 선실 바닥의 망가진 원자로 아래에서 발견되었다. 분명 파이프라인이 바깥으로 나가는 그 자리였을 것이다. 잔해에 파묻혀, 두드리는 소리는 들을 수 있었을 것이다. 얼마나 오랫동안? 산소가 얼마나 있었느냐가 중요하다. 몇 달은 버틸 수 있었을지 모른다. 식량도. 그래서 거기, 잔해 아래에서…… 잠시만! 중력은 없었는데. 그럼 무엇 때문에 움직이지 못했지? 추위였을 것이다. 로봇은 너무 낮은 온도에서는 움직일 수가 없다. 기름이 관절 부분에서 굳어 버리니까. 유압기의 액체 역시 얼어붙어 순환을 방해했을 것이다. 그러면 금속으로 된 두뇌만 남는다. 두뇌만이. 소리를 듣고, 신호를 보낼 수 있다. 점점 더 약하게. 전기신호의 메모리 안에 남아 있던 것이다, 마치 어제 있었던 일처럼. 하지만 스스로는 그 사실을 모르나? 어떻게 그럴 수가 있지? 신호가 자신의 일의 박자가 된 것을 모르고 있나? 어쩌면 거짓말을 하는 걸까? 아니. 로봇들은 거짓말을 하지 않는다.

피로가 검은 물처럼 온몸을 감쌌다. 그걸 듣지 말았어야 했나? 세부 안에 그대로 남아 있는 고통을 들여다보는 것이, 그 과정을 추적해서 신호 하나하나를 분석하는 것이, 산소를 달라는 외침과 비명을. 그것은 해서는 안 되는 일이다, 만약 도울 수 없다면. 피륵스는 이미 피곤으로 정신을 잃고 있었고 자신이 무슨 생각을 하는지도 몰랐지만, 입술로는 소리 없이, 마치 누군가에게 저항하듯이 계속해서 되뇌고 있었다.

"안 돼. 안 돼. 안 돼."

그러고는 정신을 잃었다.

완전히 캄캄한 중에 일어났다. 침대 위에 앉고 싶었지만, 고정된 이불이 움직이지 않아 손으로 더듬더듬 벨트를 잡고 불을 켰다.

엔진이 돌아가고 있었다. 외투를 둘러쓰는 동시에 무릎을 황급히 굽혀 움직여 보았다. 몸무게가 100킬로미터도 넘는 것 같았다. 1.5배 중력으로 맞추었다. 로켓은 옆으로 방향을 틀었고, 피륵스는 진동을 느끼고 벽에 붙은 가구들이 계속해서 주의 신호라도 보내는 것처럼 부딪치는 것을, 문 하나가 화가 난 듯 요란한 소리를 내며 열리는 것을, 고정되지 않은 물건들과 옷, 신발 등이 모두 후미 쪽을 향해 조금씩 움직이는 것을 보았다. 마치 물건들이, 자신들을 살아 있게 하는 비밀스러운 의도에 의견 일치라도 한 것처럼.

피륵스는 인터콤 부스로 가서 문을 열었다. 안쪽에는 옛날 전화기와 비슷한 기계가 있었다.

"제어실!" 피륵스가 수화기에 대고 소리를 질렀다. 자기 목소리에 얼굴이 찌푸려질 지경이었다. 머리가 엄청나게 아팠다.

"일등항해사다. 무슨 일인가?"

"항로에 변경이 생겼습니다, 항해사님." 멀리서 조종사의 목소리가 대답했다. "약간 옆으로 벗어났어요."

"얼마나?"

"6~7초입니다."

"원자로는?" 피륵스는 천천히 물었다.

"응달에서 620도입니다."

"화물실은?"

"옆쪽에 52, 앞쪽이 47, 뒤쪽에 29와 55입니다."

"얼마나 휘어졌다고, 먼로? 아까 뭐라고 했었지?"

"6~7초입니다."

"7초 정도라고." 피륵스가 말하고는 수화기를 집어 던졌다. 조종사는, 당연하지만 거짓말을 한 것이었다. 7초 정도를 바로잡는 데에는 이런 가속이 필요 없었다. 몇 도는 벗어났음에 틀림없다고 생각했다.

화물실이 엄청 달아오르는데. 아래쪽에는 뭐가 있지? 식료품? 피륵스는 책상에 앉았다.

지구-화성 구간 푸른별호에서 콤포 지구로. 일등항해사가 선사에게. 원자로 가열 화물, 멈춤, 아래쪽 화물 상세 표기 누락, 멈춤, 지시 요청, 멈춤, 항해사 피륵스, 이상.

엔진 소리가 조용해지고, 중력이 사라져 연필을 눌러 쓴 힘으로 공중에 떠올랐을 때, 피륵스는 아직 글을 쓰고 있었다. 짜증을 내며 피륵스는 천장에서 튕겨 나와 다시 자리에 앉아 무선 전문을 읽었다.

그리고 잠시 고민하다 양식서를 찢어 서랍에 집어넣었다. 잠은 완전히 달아나고, 두통만이 남아 있었다. 옷을 입고 싶지는 않았다. 중력이 없을 때 옷을 입는 것은 순간적으로 이리 뛰고 저리 뛰고 옷의 부분 부분 안에서 몸부림을 쳐야 하는 복잡한 과정이었기 때문이었다. 그래서, 원래 일어났던 차림 그대로, 잠옷 위에 외투를 걸친 채로 방을 나섰다.

야간 조명의 푸른빛이 형편없이 덧댄 벽의 상태를 가리고 있었다. 가장 가까운 네 개의 매입된 환기구는 텅 빈 검은 눈으로 구석에 쌓인 먼지 조각을 마치 바닷속 진흙이라도 되는 것처럼 빨아들이고 있었다. 완벽한 정적이 우주선 전체를 채우고 있었다. 그 속에서 귀를 기울이며, 피륵스는 대각선으로 벽에 걸쳐져 있는 자신의 거대한 그림자 앞에서 흔들리면서 눈을 감았다. 가끔, 어떤 사람들은 이렇게 둥둥 떠서도 잘 수 있다고 하지만, 그것은 위험한 일이었다. 왜냐하면 방향을 잡기 위해 엔진이 잠시라도 가속을 했다간 선실이나 천장에 전속력으로 부딪칠 수 있기 때문이었다. 환풍기 소리도, 자신의 심장 소리도 들리지 않았다. 피륵스는 우주선에서의 밤의 정적의 소리를, 다른 정적과 구별할 수 있을 것만 같았다. 지구에서의 정적은 생명이 있는 정적, 그 유한성과 찰나성이 있다. 달의 사구에도 인간은 자신의, 작은 정적을 우주복 안에 실어서 가져오는데, 그 정적이 잡고 있는 끈의 삐걱거림, 관절과 혈관에서 나는 덜컹덜컹 소리, 숨소리를 모두 확대하곤 한다. 검은, 얼음장과 같은 침묵 속에 있는 것은 밤의 우주선뿐이다.

피륵스는 시계를 눈앞으로 들어서 보았다. 3시가 되어 가고 있었다.

이런 식으로 계속 간다면, 지쳐서 쓰러지겠군, 피륵스는 생각했다. 피륵스는 칸막이벽의 튀어나온 표면에 몸을 부딪쳤다가 착지하는 새처럼 양팔을 뻗고 재빨리 속도를 줄여 선실의 문턱에 내렸다. 멀리, 무쇠로 만들어진 것 같은 지하에서 희미한 소리가 들렸다.

"쿵…… 쿵…… 쿵……"

세 번 치는 소리였다.

피륵스는 욕설을 내뱉으며 문을 쾅 닫고 외투를 벗고는 아무렇게나 공기 중에 팽개쳤다. 외투는 천천히 유령과 같은 이상한 모양으로 부풀어 오르며 공중으로 날아올랐다. 피륵스는 불을 끄고 자리에 누워 머리를 베개로 덮었다.

"미친놈! 젠장맞을 쇳덩어리 미친놈!!!" 피륵스는 눈을 꼭 감고, 자기도 이해하지 못할 분노에 몸을 부들부들 떨면서 계속해서 말했다. 하지만 곧 피로가 이겼다. 또다시 언제 잠드는지도 모르고 잠에 빠졌다.

눈을 뜬 것은 7시가 되기 전이었다. 아직 반쯤만 깬 채, 손을 올려 보았다. 떨어지지 않았다. 중력은 없었다. 옷을 입고 나섰다. 제어실로 향하는 길에서는 자신도 모르게 귀를 기울이고 있었다. 조용했다. 문 앞에 서 보았다. 무광의 유리 앞에는, 마치 물속과 같은 초록빛의 레이다 화면이 비쳤다. 안은 어두컴컴했다. 자기 자리에 반쯤 누운 조종사는 담배를 피우고 있었다. 평평한 담배 연기가 화면 앞으로 날아가 화면의 빛을 가렸다. 지구의 음악 같은 것이 희미하게 울리다, 우주의 소음에 가끔 끊기는 것도 들을 수 있었다. 피륵스는 조종사 뒤에 앉았다. 중력계를 확인하고 싶지도 않았다.

"언제 다시 출력을 내지?" 피륵스가 물었다. 조종사는 생각을 하는 듯했다.

"8시입니다. 하지만 항해사님이 목욕이라도 하신다면, 지금 해도 돼요, 아무 차이도 없으니까요."

"아니야, 제대로 해야지." 피륵스가 중얼거렸다.

침묵이 흘렀다. 스피커에서만, 되풀이되는 기계적인 멜로디를 지직거리고 있었다. 피륵스는 다시 잠을 청했다. 몇 번 깨어났다가, 또 다시 졸았다. 어둠 속에서 거대한 고양이들의 초록빛 눈이 깜빡거리다, 켜져 있는 계기판으로 바뀌었다. 피륵스는 계속 졸았다 일어났다가 하고 있었는데, 결국 스피커가 울려 깨어났다.

"데이모스입니다. 현재 시간 7시 30분. 매일 권내 운석 예보에 집중해 주십시오. 유성군이 화성 중력장의 영향을 받아 지대를 벗어나서 표층에 이상을 일으키고 있습니다. 오늘 시간을 기준으로 83, 84, 87 분할 구간을 지나갑니다. 화성 운성부는 구름의 반경을 40만 킬로미터로 보고 있습니다. 그러므로 83, 84, 87 분할 구간은 다음 예보가 있을 때까지 폐쇄됩니다. 이제 포보스 탄도학 조사의 구름의 성분 분석이 이어집니다. 최근 자료에 따르면 구름의 성분은 마이크로 운석 X, XY, Z……"

"우리 쪽은 아니라 다행이네요." 조종사가 말했다. "지금 겨우 아침밥을 먹었는데, 엔진 회전속도를 또 올리는 건 별로니까요."

"지금 얼마지?" 피륵스가 물었다. 그리고 자리에서 일어났다.

"50이 넘습니다."

"그래? 나쁘지는 않군." 피륵스가 중얼거렸다. 피륵스는 항로를 확인하고, 우라늄 측정계의 기록과 누출 기록을 보았다. 계속 같은 수준을 유지하고 있었다. 그리고 식당으로 갔다. 이미 장교 두 명이 와 있었다. 피륵스는 혹시 이들이 밤중에 나는 소음에 대해 말하지 않을까 하고 기다렸지만 이야기는 내내 복권 추첨에만 머물러 있었다. 심스가 복권 추첨일을 무척 기다리고 있었고, 자기가 아는 사람 중에 복권에 당첨된 이들 얘기를 끝없이 늘어놓고 있었던 것이다.

아침을 먹고 피륵스는 조종실로 가서 지금까지 온 거리를 기록하였다. 그러다 갑자기 컴퍼스를 제도판에 박아 놓고는, 서랍을 들쑤셔 그 안에서 우주선의 기록 장부를 뒤적여 코리올란호의 마지막 승무원 명부를 찾았다.

장교 : 프랫, 웨인. 조종사 : 놀런, 포터. 기관사 : 사이먼……

피륵스는 선장의 힘 있는 필치를 뚫어져라 쳐다보았다. 그러다 결국에는 장부를 다시 서랍에 집어넣고 기록을 마친 후 종이를 말아 들고 조종실로 향했다. 30분 동안 화성에 정확히 도착하는 시간을 계산했다. 그리고 다시 돌아와, 식당 창문 너머를 내다보았다. 장교들은 체스를 두고 있었고, 의무관은 전기담요를 배에 올려놓고 텔레비전을 보고 있었다. 피륵스는 자기 방에 들어가 문을 닫고 조종사로부터 받은 전보를 들여다보았다. 하지만 자신도 모르게 잠에 빠졌다. 자고 있는 중에도 몇 번이나, 엔진이 속도를 더하는 듯한 느낌이 들어 깨어나 보려고 노력했지만, 결국 일어나서 조종실로 향하는 꿈을 꾸고, 조종실은 텅 비어 있고 승무원 중 누구를 찾으려고만 하면 결국 재처럼 새카만 파이프 같은 복도의 미로에서 길을 잃는 꿈만 거듭 꾸었다. 피륵스는 책상에 앉은 채, 땀으로 범벅되어, 화가 나서 잠에서 깨었다. 이렇게 대낮에 잠을 자게 되면 밤에 어떻게 될지는 뻔했기 때문이었다. 저녁이 되어 조종사가 엔진을 켜자 피륵스는 기회를 이용해 뜨거운 물로 목욕을 했다. 상쾌해진 상태로 식당에 들어가 준비되어 있는 커피를 마시고 전화로 감시원에게 원자로의 온도를 물어보았다. 1,000 아래에서 왔다 갔다 하고 있었지만, 더 위로 위험하게 올라가지는 않는다는 대답이었다. 10시쯤 조종실에서 피륵스를 불렀다. 어떤 우주선이 옆을 지나갔는데, 불러서 여기 의사가 있느냐고 물었다는 것이었다. 피륵스는 그 우주선의 문제라는 것이 급성 맹장임을 알아내고, 자기 우주선의 의무관을 추천하지 않았다. 왜냐하면 고작 300만 킬로미터 떨어진 곳을 지나던 거대한 여객선이 멈추고는 의사를 제공하겠다고 했기 때문이었다.

이렇게 한가하게, 아무런 문제도 없이, 하루가 지났다. 11시에 흰색의 불빛은 조종실과 원자로실만 빼고 모두 야간 조명인 흐릿한 푸른빛으로 바뀌었다. 식당에서는 12시까지 여전히 체스보드 위에 작은 불이 켜져 있었다. 그곳에 앉아 있는 것은 심스였다. 혼자 자신을 상대로 체스를 두고 있었다. 피륵스는 아래쪽 화물칸의 온도를 확인하러 갔다가 원자로에서 돌아오고 있는 보만을 만났다. 보만은 희망적이었다. 누출이 더 생기지도 않았고, 냉각기도 상당히 잘 돌아간다고 했다.

보만은 인사를 하고 피륵스를 빈, 서늘한 복도에 남겨 놓고 떠났다. 약한 바람이 우주선의 위쪽으로 불면서 환풍기 구멍 위에 쳐져 있던 먼지투성이의 거미줄이 소리 없이 흔들거렸다.

피륵스는 교회 회랑처럼 천장이 높은 주 화물실 밑에서 왔다 갔다 했다. 12시가 몇 분 지나자 엔진 소리가 잠잠해졌다.

우주선의 여러 방향에서 점점 더 멀어지고 약해지는, 날카롭고 희미한 소음들이 뒤섞여 들려왔다. 고정되어 있지 않은 물건들이 돌연 서둘러 움직이며 벽과 천장, 바닥에 부딪치는 소리였다. 갑자기 활기가 도는 것 같은 우주선에 그 움직임의 메아리가 가득 차 공기 중에서 흔들리다가 다시 조용해졌다가 환풍기의 규칙적인 웅웅거림만이 들리는 정적으로 바뀌었다.

피륵스는 조종실 책상 서랍이 휘어졌다는 것을 기억하고는 끌을 찾기 위해 왼쪽 화물실과 전선관 사이의 내장 같은 길고 좁은 통로를 지났다. 이곳은 아마도 우주선 전체에서 가장 먼지가 많은 곳인 것 같았다. 게다가 먼지는 아래에 쌓여 있는 것이 아니라 머리 부분에 몰려 떠 있어서 반쯤 질식할 지경에 이르러 손을 더듬으며 겨우 나가는 문을 찾았다.

우주선의 중간 지점에 다다랐을 때, 이미 통로에서 발걸음 소리가 났다. 중력이 없는 상태에서 걸어 다닐 수 있는 것은 로봇뿐이었다. 증명이라도 하듯 쿵쿵거리는 발걸음 소리에, 바닥에 들러붙는 자석 빨판 소리가 뒤따랐다. 피륵스는 먼 빛에 비추어 검은색으로 보이는 윤곽선이 통로에 나타날 때까지 기다렸다. 테르미누스가 불안정하게 몸을 흔들면서, 거대한 팔을 휘두르며 오고 있었다.

"어이, 테르미누스." 피륵스는 그늘진 곳에서 나오며 말을 걸었다.

"네."

무거운 몸체가 정지했다. 상체만이 제멋대로 약간 앞으로 나왔다가 천천히 수직선을 되찾았다.

"여기서 뭘 하는 거지?"

"쥐." 가슴판 안쪽의 목소리가 대답했다. 그러니까 꼭 가슴의 철판 안에 쉰 목소리의 난쟁이가 들어 있다가 말을 하는 듯한 느낌이었다. "쥐들이 잠을 못 잔다. 깨어나고 뛰어다닌다. 목이 마르다. 목이 마르면, 물을 줘야 한다. 온도가 높으면 쥐들은 물을 많이 마신다."

"여기서 뭘 하는 거야?" 피륵스가 다시 물었다.

로봇은 양옆으로 몸을 흔들었다.

"높은 온도. 걸어간다. 걸어간다. 높은 온도면 걷는다. 쥐들에게 물을. 다 마시고 잠들면 좋다. 높은 온도의 영향에 대해서는 다른 결과도 보고된 바 있다. 감시한다. 나간다. 원자로로 돌아간다. 쥐들에게 물……"

"쥐들에게 물을 가져다준다고?" 피륵스가 물었다.

"그렇다, 테르미누스."

"물은 어디 있는데?"

로봇은 또다시 두 번 "높은 온도"라고 되풀이해 말하면서 양손으로 놀란 듯 재빨리 서툴게 양손을 차례로 눈에 가져다 대었는데, 또다시 정말 사람이 안에 숨어 있는 것만 같았다. 눈 자리에 있는 렌즈가 마구 움직이며 손안을 살피더니 로봇이 말했다.

"물 없다. 테르미누스."

"물이 어디 있어?" 피륵스가 재촉했다. 피륵스는 가늘게 뜬 눈꺼풀 사이로 자기보다 머리 하나는 큰 로봇을 관찰했다. 로봇은 알 수 없는 소리를 몇 번 내더니, 갑자기 낮은 목소리로 말했다.

"잊어…… 버렸다."

피륵스는 기가 막혔다. 이게 도대체 무슨 소리인가. 피륵스는 흔들리는 로봇의 몸체를 한참 동안 바라보았다.

"잊어버렸다고? 원자로로 가. 돌아가라고. 알았지?"

"알았습니다."

테르미누스는 삐걱거리더니 그 자리에서 몸을 돌리고는 마치 노인처럼 보이는 심하게 딱딱한 움직임으로 멀어져 갔다. 통로를 걷는 테르미누스의 모습이 점점 작게 보였다. 마지막 문턱에 부딪쳐서는 양쪽 팔을 노처럼 쭉 뻗어 저으며 겨우 균형을 잡고 다시 반대편의 통로로 사라졌다. 잠시 동안 벽은 테르미누스의 발자국 소리를 메아리처럼 울렸다. 피륵스는 정신을 차리며 갑자기 생각에 잠겼고, 소리 없이 바닥을 날아 여섯 번째 환기통에 다다랐다. 엔진이 꺼졌다고 하더라도 수직 통로를 통해 이동하는 것은 금지되어 있었지만, 피륵스는 수직 통로로 들어갔다. 난간에서 세차게 발을 구르니 10초 만에 이미 7층 높이로 올라갈 수 있었다. 7층은 우주선의 분출구와 중간 부분을 나누는 층이었다. 하지만 원자로에는 들어가지 않았다. 벽 높이의 중간 부분에 긴 빗장이 걸려 있었다. 피륵스는 그 앞으로 날아가, 좁은 문을 열어젖혔다. 문 뒤로는 납땜 유리로 된 네모난 창들이 철제 틀에 설치되어 있었는데, 여기가 쥐들이 들어 있는 우리의 뒷벽이었다. 방에 들어가지 않고도 유리 너머로 쥐를 관찰할 수 있게 되어 있는 것이다. 피륵스는 유리 뒤로 더러워진, 빈 우리의 바닥을 보고, 더 멀리 철조망 사이, 높은 조명과 반사등으로 비춘 방 깊숙한 곳에서 물이 뿌려진 로봇의 등을 보았다. 로봇은 공기 중에서 천천히 손을 움직이며 거의 수평으로 떠 있었다. 몸 전체에 흰쥐들이 올라타고 있었다. 팔의 철판 위에서 천천히 콩콩 뛰고, 가슴판 위에, 그리고 접합 부위가 있는 배 위의 굵은 물방울이 맺힌 곳에 몰려서 물을 핥아 먹고 뛰어오르며 공중에서 날고 있었다. 테르미누스가 쥐들을 들어 올렸지만, 쥐들은 테르미누스의 철 손가락 사이로 도망쳤고 쥐 꼬리들은 S 모양을 그렸다. 이 희한하고 웃기는 광경을 보고 피륵스는 웃음이 나올 지경이었다. 테르미누스는 이렇게 잡은 쥐들을 다시 우리에 넣었는데, 철로 된 얼굴이 피륵스의 눈 가까이로 다가왔으나, 피륵스를 인지하지 못한 것 같았다. 아직 두세 마리의 쥐가 공중에서 날고 있었다. 테르미누스는 끈질기게 쥐들을 잡아 우리에 모두 넣고 피륵스의 눈에서 사라졌다. 인간의 모양을 한 거대한 그림자만이 파이프라인이 갈라지는 곳, 원자로의 콘크리트 벽 위에 또렷이 보일 뿐이었다.

피륵스는 조용히 문을 닫고 자기 방으로 돌아와 옷을 벗고 드러누웠지만, 잠이 오지 않았다. 잠시 동안 우주 항해자 어빙의 회고록을 읽었는데 눈이 모래를 뿌린 것처럼 따끔거리고, 머리가 무거워졌다. 하지만 정신은 환장할 정도로 멀쩡했다. 피륵스는 절망적인 심정으로 아침이 되려면 몇 시간이나 남았는지 계산해 보고는 다시 외투를 걸치고 방에서 나왔다.

주 복도가 양옆으로 갈라지는 부분에서 환풍기의 수직 통로를 통해 쿵쿵거리는 소리가 들렸다. 피륵스는 환풍기 입구의 철창에 머리를 가져다 대었다. 철로 된 울림통에서 왜곡된 소리는 아래쪽에서 나고 있었다. 피륵스는 철창을 밀어내고 잠시 다리를 앞쪽으로 한 채 가장 가까운 수직 통로를 통해 분출구 층에 다다랐다. 발자국 소리는 더 커졌다가, 줄어들었다가, 또다시 새롭게 들려오곤 했다. 로봇이 다시 돌아온 것이었다. 피륵스는 통로의 가장 높은 천장 부분에서 로봇을 기다렸다. 우주선 깊은 부분으로부터 돌아다니는 발자국 소리가 삐걱거리다가 사라졌다. 피륵스의 참을성이 한계에 다다랐을 때 다시 발자국 소리가 시작되더니 통로로부터 긴 그림자가 드리워지고는 그 뒤로 테르미누스가 뒤따랐다. 테르미누스는 피륵스 바로 앞으로 아주 가까이 다가와서, 유압기 심장 소리가 들릴 지경이었다. 열댓 걸음 앞에 서서 계속해서 시익 소리를 내었다. 그러고는 마치 쇠 벽에 인사라도 하듯 오른쪽 왼쪽으로 몇 번 흔들리다 다시 걷기 시작했다. 옆 복도의 컴컴한 입구에 다시 서서는 그 안을 들여다보았다. 다시금 씩씩거리는 소리가 되풀이되었다. 피륵스는 손가락으로 천장을 살살 딛고는 거대한 형체의 뒤를 쫓았다.

"쉬익…… 쉬익……" 소리가 점점 더 뚜렷해졌다. 테르미누스는 또다시 다음 환풍기 앞에 서서 머리를 철창 안으로 집어넣으려고 했지만 되지 않았다. 그러더니 천천히 몸을 펴고 다시 흔들리며 걷기 시작했다. 피륵스는 폭발 직전이었다.

"테르미누스!!" 피륵스가 외쳤다. 로봇은 몸을 구부리려고 하다가 도중에 멈췄다.

"네." 테르미누스가 대답했다.

"여기서 뭘 하는 거야?"

피륵스는 얼굴은 아닌, 판판한 금속판을 바라보았다. 그리고 아무런 표정도 읽을 수 없었다.

"찾는……다." 테르미누스가 대답했다. "고양이…… 찾는다……"

"뭐라고?"

테르미누스는 몸을 쭉 폈다. 위로 커지면서 마치 있다는 사실을 잊어버린 듯 힘없이 팔을 흔들었다. 희미한 삐걱거리는 소리와 함께 팔을 하도 천천히 흔들어서, 이상하게 위협적으로 보였다.

"고양이…… 찾는다." 테르미누스는 되풀이했다.

"왜?!"

테르미누스는 잠시 침묵하더니 금속으로 만든 조각상처럼 멈추었다.

"모른다." 테르미누스는 작은 소리로 말했고 피륵스는 혼란해졌다. 죽은 듯한 정적, 흐리게 빛나는 조명, 녹슨 통로와 잠긴 문이 있는 철길 때문에 통로는 버려진 폐광처럼 보였다.

"그만 좀 해." 피륵스는 마침내 말했다. "원자로로 돌아가서 거기서 나오지 마, 알았지?"

"알겠습니다."

테르미누스는 몸을 돌려 떠났다. 피륵스만 혼자 남았다. 공기가 피륵스를 들어 올려 천장과 바닥 사이에서 흔들면서, 1밀리미터씩 열려 있는 환풍기의 입구 쪽으로 밀어 댔다. 피륵스는 발로 벽을 걷어차서 승강기 쪽으로 방향을 돌려 위쪽으로 올라갔다. 가는 길에는 검은 수직 통로를 지났는데, 거대한 시계가 움직이는 소리처럼 점점 더 약해지는 로봇의 발걸음 소리가 울리고 있었다.

4

그 후 며칠 동안 피륵스는 계산에 전념했다. 원자로는 켤 때마다 더 가열되었고, 효율성은 더 안 좋아졌다. 보만은 중성자 반사판이 거의 망가진 것 같다고 짐작했다. 방사능 누출 수치가 천천히, 하지만 계속해서 치솟는 것이 그 증거였다. 피륵스는 복잡한 계산을 통해 가속할 시간과 냉각할 시간, 그리고 엔진이 멈추었을 때에는 옆면 화물실의 순환하는 냉각수를 마치 열대지방 같은 기온을 유지 중인 추진기 아래쪽으로 보낼 계획을 세웠다. 반대되는 조건들 사이에서 적절한 해답을 찾기 위해 머리를 쓰는 것은 굉장한 끈기를 요하는 작업이었다. 컴퓨터 앞에 앉아, 해 볼 수 있는 방법과 가장 좋은 해결책을 찾아내어야 했던 것이다. 결국은 4300만 킬로미터를 거의 지연 없이 달릴 수 있었다. 항해 다섯 번째 날에는 보만의 비관적인 전망에도 불구하고 드디어 원하는 속도에 들어섰다. 이제 착륙할 때까지 식어야 할 원자로를 끄고 나서 피륵스는 몰래 한숨을 쉬었다. 오래된 우주선을 몰게 되면, 별 구경은 지구에서만큼도 하지 못한다는 특징이 있다. 하지만 피륵스가 별을 바라보는 데 관심이 있는 것도 아니었다. 동전처럼 빨간 화성의 띠마저도, 피륵스에게는 항해도의 선으로 충분했다.

항해의 마지막 날 늦은 저녁, 가끔씩 깜빡이는 푸른 야간 조명이 어둠을 더욱더 강조하고 있을 때, 피륵스는 화물칸에 대해 기억해 냈다. 그 전까지는 들여다보지도 않았다.

피륵스는 심스가 다른 날과 같이 보만과 함께 체스를 두고 있는 식당을 나서서 승강기를 타고 분출구 쪽으로 향했다. 마지막 마주친 이후로 테르미누스를 본 적도 그 소리를 들은 적도 없었다. 단지, 마치 배에 처음부터 타고 있지 않은 것처럼 정말로 고양이가 없어졌다는 사실만 인식하고 있었다.

불이 조금만 밝혀진 배의 중간 부분은 계속해서 순환하는 공기와 함께 소리를 내며 숨 쉬고 있는 것 같았다. 문을 열었더니 선실은 먼지가 두껍게 쌓인 전등으로 밝혀져 있었다. 피륵스는 화물칸을 끝에서 끝까지 눈으로 훑었다. 거의 천장까지 쌓인 상자들이 좁은 복도를 나누고 있었다. 피륵스는 바닥에 고정되어 화물 더미를 끌어 올리는 강철 벨트의 압력을 확인했다. 문이 열려서 바람이 일어나자 어두운 구석에서 톱밥과 쓰레기, 실밥 등이 뭉쳐져 수면 위의 물풀처럼 흔들렸다.

피륵스가 복도로 나간 후에야 규칙적이고 느린 소리가 들려왔다.

"주의……"

세 번 치는 소리.

피륵스는 잠시 동안 공기의 흐름에 몸을 맡긴 채 떠다니고 있었는데, 몸은 점점 위쪽으로 올라가고 있었다. 원하든 원하지 않든 소리를 들을 수밖에 없었다. 대화를 나누는 것은 두 명이었다. 신호는 약했다. 두드리는 강도를 조절해서 힘을 아끼려고 하는 것만 같았다. 한 번은 늦게, 한 번은 빨리, 한 명은 모스부호를 까먹기라도 한 것처럼 자주 틀렸다. 가끔은 오랫동안 아무 신호가 없다가, 가끔은 두 명이 동시에 신호를 보냈다. 간간이 등불이 켜져 있는 검은 복도는 끝없이 이어진 듯이 보였고, 그 안에서 이는 바람은 끝없는 사막에서 불어오는 것만 같았다.

"사·이·먼·소·리·들·려" 느릿느릿한, 불규칙적인 파이프의 두드림.

"안·들·린·다·안·들·린·다……"

피륵스는 벽에 발을 세게 굴러서 먼지투성이가 된 다리를 굽혀 몸을 둥글게 말고 마치 돌멩이처럼 점점 더 조명이 희박한 통로의 아래쪽으로 들어갔다. 분출구 근처로 다가갔다는 것은 전등 옆의 고운 붉은 녹 먼지로 알 수 있었다. 무거운 원자로의 문은 완전히 닫혀 있지 않았다. 피륵스는 안을 들여다보았다.

원자로실은 선선했다. 밤에 맞춰진 압축기는 조용했고, 가끔씩만 가스 방울들이 끈끈한 액체가 갈 길을 내주면서 이상한, 흡사 사람 목소리같이 콘크리트 벽 속에 묻힌 파이프들이 꿀렁꿀렁 소리를 냈다.

테르미누스는 시멘트투성이가 되어 일하고 있었다. 시계추처럼 양옆으로 움직이는 머리 위로는 환풍기가 미친 듯이 돌아갔다. 피륵스는 발로 계단을 딛지 않고 난간을 손으로 잡으며 그 위로 내려섰다. 철로 된 테르미누스의 손은 약하게 울리고 있었고, 새로 막 입혀진 시멘트 옷이었기 때문에 두드리는 소리는 잘 들리지 않았다.

"안·들·린·다…… 응·답·하·라……

우연의 일치인지, 아니면 모스부호를 보낸 쪽으로부터 신호를 천천히 보내라는 명령이 전달된 것인지, 파이프의 떨림은 점점 약해졌다. 피륵스는 이미 로봇 바로 앞에 서 있었다. 로봇이 몸을 굽히자, 그 몸체는 주름진 곤충의 겉껍질처럼 보였다. 유리로 된 눈 속에서는 작은 램프의 반사광이 흔들렸다. 그 눈을 뚫어지게 바라보며 피륵스는, 이 높은 벽 속의 빈방에 혼자 있는 것 같은 느낌이 들었다. 테르미누스는 아무것도 모른다, 자기가 무엇을 하는지. 단지 기계일 뿐. 되풀이해 기억된 신호들을 전달할 뿐, 아무것도 아니다. 두드리는 소리는 점점 더 약해져 갔다.

"사·이·먼·응·답·하·라" 피릭스는 겨우 알아들었다. 박자도 잘 맞지 않았다. 피릭스는 작업 중인 테르미누스의 구부린 몸체에서 50센티미터 정도 떨어진 곳에 있는 파이프를 만져 보았다. 잡을 곳을 다시 고르다 손가락 마디가 철판에 닿았는데 그랬더니 오던 신호가 돌연 끊겼다. 갑작스러운 충동에 사로잡혀, 몇 년 전에 일어났던 대화 속에 끼어든다는 것이 얼마나 미친 짓인지 생각을 해 보지도 않고, 피릭스는 돌연 두드리기 시작했다.

"왜·몸·센·대·답·안·하·나…… 응·답·하·라……"

피릭스가 파이프를 두드린 바로 그 순간, 테르미누스가 파이프를 두드렸다. 두 소리가 합쳐지고 로봇의 손은 갑자기 이 신호를 들은 것처럼 멈추더니, 피릭스가 신호를 끝내고 몇 초 후에 시멘트를 접합 부분에 바로 바르기 시작했다. 파이프가 다시 울렸다.

"왜·냐·하·면·프·래……"

쉼. 테르미누스는 다시 시멘트 반죽을 가져오려 몸을 굽혔다. 이게 대답의 시작일까? 피릭스는 숨도 쉬지 않고 기다렸다. 테르미누스는 몸을 펴더니, 세차게 시멘트를 이어 바르기 시작했고 파이프는 더 빨라지는 두드림을 재생했다.

"사·이·먼·사·이·먼……"

"여·기·사·이·먼·나·아·니·다…… 누·가·말·하·나…… 누·가·말·하·나……"

피릭스는 양팔로 고개를 감쌌다. 두드리는 소리가 우박처럼 쏟아졌다.

"누·가·말·하·나·응·답·하·라·누·가·말·하·나……
누·가·말·하·나…… 누·가·말·하·나·누·가·말·하·나·여·기·사·이·먼·여·기·웨·인·응·답·하·라……"

"테르미누스!" 피륵스는 소리를 질렀다. "그만! 그만!"

두드리는 소리가 멈췄다. 테르미누스는 몸을 쭉 폈다. 팔, 목, 손이 모두 떨리고 있었고, 몸 전체가 거대한 고철의 딸꾹질처럼 경련했다. 그 경련 속에서도 피륵스는 읽을 수 있었다.

"누·가·말·하·나…… 누·가…… 누·구……"

"그만!" 피륵스는 다시 소리쳤다. 피륵스는 테르미누스를 옆에서 바라보았다. 무거운 등판이 떨렸고 금속으로 된 외피 위로 반사된 빛이 계속해서 부호를 재생하고 있었다.

"누·구……"

자기 내부에서 폭풍이라도 일어난 것처럼, 그래서 녹초가 된 것처럼 로봇은 힘이 빠졌다. 그러더니 바닥 위로 떠오르면서 수평으로 놓인 파이프라인과 부딪쳐 끼익 소리를 내고 그 옆에, 마치 붙잡힌 것처럼 죽은 듯 정지해, 파이프를 응시하며 떠 있었다. 피륵스는 힘없이 늘어뜨린 팔이 밀리미터 단위로 움직이는 것을 보았다.

"누·구……"

피륵스는 어떻게 복도로 나왔는지 몰랐다. 환풍기가 윙윙거리고 있었다. 피륵스는 위층 쪽의 차갑고 건조한 바람 밑으로 헤엄치며 줄지어 밝혀진 전등의 불빛을 뒤로하고 방으로 돌아왔다.

방문은 완전히 닫혀 있지 않았다. 책상 위에는 불이 켜져 있고, 평평한 불빛이 아래쪽에서 벽을 비추고 있었다. 천장은 캄캄했다.

누구지? 누가 부른 거지? 사이먼? 웨인? 하지만 그들은 없잖아! 이미 19년 전에 죽었다고!

그럼 누굴까…… 테르미누스? 하지만 테르미누스는 단지 구멍을 메우고 있을 뿐인데.

테르미누스에게 물어봐도 무슨 말을 들을지는 뻔했다. 뢴트겐, 누출, 구멍 땜질. 테르미누스의 작업이 유령과 같은 리듬과 겹치고 있다는 것에는 의심의 여지가 없었다.

한 가지는 확실했다. 그 기록, 만약 그것이 기록이라면, 그것은 죽어 있는 것이 아니었다. 그들이 누구든지 간에, 그 목소리와 그 두드림을 통해 그들과 이야기할 수 있는 것이었다. 만약 그럴 용기만 있다면……

피륵스는 천장으로부터 몸을 튕겨 흔들리며 반대편의 벽으로 둥둥 떠갔다. 젠장맞을! 피륵스는 걷고 싶었다. 재빠른 걸음걸이로, 무게를 가지고, 온 힘을 다해 책상을 주먹으로 치고 싶었다! 물건들과 자기 몸이 아무 무게도 없는 그림자로 바뀌는, 보기에는 편한 듯한 이 상태는 마치 악몽과도 같았다. 만지는 것마다 밀려나고, 뒤로 엎어지고, 확실치 않은, 받침이 없는, 공기로 부풀어 비어 있는, 단지 겉보기만 있는, 꿈……

꿈일까?

잠깐. 누군가에 대한 꿈을 꾸는 거라면, 내가 그에게 질문을 하면, 그가 대답하기 전에는 답을 모르겠지, 하지만 이 꿈속의 사람은 내 머릿속 외에는 존재하지 않고, 잠시만 그 부분이 분리된 것이겠지. 누구나 이렇게 잠시 잠깐 분리되고, 특히나 밤에는, 순간의 환상이 가짜의 사람으로 나타날 수도 있겠지. 내가 상상한 존재일까? 아니면 환상에서 분리된? 가끔은 죽은 사람의 꿈을 꾸기도 하잖아? 그리고 그들과 대화를 나누는?

죽은 사람들.

그럼 테르미누스가……

생각에 잠겨 피륵스는 자기도 모르게 이 벽에서 저 벽으로 딱딱한 표면에 튕기며 돌아다니고 있었다. 그러다 문에 다다라 문을 잡았다. 복도의 검은 부분과 그 안을 비추고 있는 긴 빛의 꼬리가 보였다.

다시 돌아가?

돌아가서 물어봐?

이것은 어떤 물리적인 현상일 뿐이다. 보통의 기록과는 다른 아주 복잡한. 로봇은, 일단 소리를 재생하는 기계가 아니다. 그 안에 있는 기록이, 이상하게 들리겠지만 자기 안에서 어떤 자율성과 응용 가능성을 지녀 어쨌든 질문을 해서 모든 것을 알아낼 수 있는 것이다. 사이먼과 놀런, 포터와, 알 수 없는, 무시무시한, 선장의 침묵을 알아낸다?

다른 어떤 설명을 생각해 낼 수 있을까?

그렇지는 않겠지.

피륵스는 확신했다. 하지만 마치 무언가를 기다리는 듯 자리에서 움직이지 않았다.

그러나 다시 생각해 보면, 이 안에는 철로 된 상자 안에서 돌아다니는 전기 말고는 아무것도 없는 것이다. 살아 있는 자는 아무도, 어떤 존재도, 부서진 우주선의 어둠 속에서 죽어 간 이는 아무도 없다. 분명히 없다!

테르미누스의 유리 눈알 앞에서 질문을 두드려 본다고? 하지만 그들은 자신들의 이야기의 논리적인 대답을 하는 대신, 그에게 소리를 지르기 시작할 것이다. 산소를 요구하고, 살려 달라고 하겠지? 뭐라고 대답하나? 그들에게, 그들은 존재하지 않는다고 하나? 그들은 '가상의 인간'일 뿐이라고, 전자두뇌의 고립된 섬들이며, 그 두뇌가 만들어 낸 환상, 딸꾹질이라고 하나? 그들의 공포는 원래 있었던 공포의 모방일 뿐이고, 매일 밤 되풀이되는 그들의 고통은, 금 간 철판과 똑같다고? 피륵스는 자신의 질문으로 야기해 낸 급박한 두드림을, 그 외침을, 놀라움에 가득하고 예상치 못했던 희망에 찬, 그를 부르고, 끝없이 끈질기게, 계속해서 속도를 더해 가며 이어지던 그 애원과 같은 '응답하라! 누구? 응답하라!!!'를 생생하게 기억했다.

아직도 귓속에서, 손가락 끝에서 그 절망과 두드림의 분노가 느껴졌다.

존재하지 않는다고? 그렇다면 누가 그를 부른 것일까? 누가 도움을 청한 것일까? 전문가들이 이 외침 뒤로는 회로의 순환과 판의 울림 말고는 아무것도 없다고 말한다 한들 과연 그럴까? 피륵스는 책상 옆에 앉았다. 서랍을 열었다. 사그락 소리를 내면서 공중으로 일어나는 종이들을 화를 내며 가라앉히다가, 찾고 있던, 바로 그 서류를 발견했다. 피륵스는 그 종이를 잡아당겨 숨에 날려가지 않도록 정성스럽게 반반히 폈다. 그리고 한 줄씩, 인쇄된 칸에 쓰기 시작했다.

모델 : *AST–Pm–105/0044*

타입 : *일반형 수리용*

이름 : *테르미누스*

고장의 종류 : *기능 붕괴*

결론…… 여기서 피륵스는 고민했다. 종이에 펜을 가까이 가져다

대었다 멀리 떨어뜨렸다. 인간이 생각의 능력을 부여하고 자신들의 광기에 참여시킨 기계의 결백함을 생각했다. 골렘의 전설에 대해, 인간에게 반항하고 인간에 맞서는 기계는 거짓말일 뿐, 이 모든 것에 대해 책임을 져야 할 이들이 그 책임을 회피하기 위해서 만들어 낸 핑계일 뿐.

결론 : *고철로 폐기*

그리고 종이의 맨 아래에 표정의 변화 없이 서명을 했다.

일등항해사 피륵스.

(이지원 옮김)

다양한 가면을 가진 세계적 과학소설 작가의 진면목

1. 스타니스와프 렘Stanisław Lem(1921~2006)

스타니스와프 렘은 명실공히 고국 폴란드는 물론이고 세계에서 가장 뛰어난 과학소설 작가 중 한 명이다. 렘의 소설들은 의학과 생물학에 대한 지식, 인간에 대한 철학적 성찰, 그리고 가톨릭 세계관에서 비롯된 신에 대한 질문을 특징으로 한다.

이렇게 말하면 굉장히 어려운 작가일 것 같지만 렘은 정말 재미있는 글을 쓰는 작가이기도 하다. 이 책 『스타니스와프 렘』은 폴란드 독자들이 렘의 중단편소설 전편을 인기투표해서 가장 순위가 높았던 15편을 뽑아 2001년에 출간한 작품집 『환상적인 렘*Fantastyczny Lem*』의 제2판을 번역한 것이다. 그러니까 폴란드 독자들이 공인한, 렘 소설

중에서 가장 재미있는 작품 상위 15편을 모은 것이다. 그리고 실제로 정말 재미있다. 번역하는 내내 대단히 즐거웠다.

렘은 1921년 폴란드 동부의 르부프에서 태어났다. 르부프는 현재 우크라이나 영토이고 우크라이나어로는 리비우라고 한다. 어째서 우크라이나 영토가 되었느냐면 제2차 세계대전 이후에 폴란드 영토가 서쪽으로 옮겨 갔기 때문이다. 전승국인 영국-프랑스-미국 연합군과 소비에트 연방이 전범 국가인 독일을 분단하여 동독과 서독으로 나누고 독일 영토의 일부를 폴란드에 병합시켰고 그러면서 폴란드 동쪽 영토의 일부를 당시 소비에트 연방이던 우크라이나와 벨라루스에 편입시켰다. 이때에 결정된 국경이 현재까지 유지되고 있다.

제2차 세계대전이 일어난 것이 1939년인데 렘이 1921년생이니 정확히 18세, 폴란드 기준으로 성년이 된 해에 나치 독일이 폴란드를 침공했다. 렘은 원래 부유한 의사의 아들이었고 본인도 의대에 가서 의사가 될 생각이었다. 그러나 전쟁이 일어나고 의학을 계속 공부하기 어려워져서 렘은 고철 줍기나 자동차 정비 등 생존을 위해 여러 직업을 전전하면서 한편으로는 당시 많은 젊은이들이 그랬듯이 폴란드 저항군에 참여하였다.

렘처럼 1918년부터 1920년대 초반에 출생하여 1939년 제2차 세계대전이 발발하던 시기에 성년을 맞이한 세대를 폴란드에서는 '콜럼버스 세대'라고 한다. 막 성년을 맞았을 때에 나치에게 침략당해 유럽 전체가 살육과 혼란에 휩쓸리면서 이끌어 줄 선배도 어른도 없이 혼자서 전쟁을 헤쳐 나가야만 했던 세대이기 때문이다. 콜럼버스가 신대륙을 발견했듯이 폴란드의 이 세대는 전쟁이라는 환경에서 새로운 삶을 스스로 발견해야 했다는 데서 이런 이름이 붙었다.

그리고 1944년에 소련군이 르부프에 진입한다. 폴란드인의 입장에서 보았을 때는 점령군이 나치에서 소련군으로 바뀌었을 뿐이었다. 폴란드는 1948년에 최종적으로 공산화되어 1989년 베를린 장벽과 함께 공산주의가 무너질 때까지 소련의 위성국가가 된다.

그리하여 렘의 가족은 1945년에 폴란드 남부의 도시 크라쿠프로 이사한다. 렘은 여기서 명문 야기엘로인스키 대학교 의과대학에 입학하고 등단도 하게 된다. 그러나 의대를 졸업하기 전 1948년에 폴란드가 공산화되었으므로, 렘은 자신이 의대를 졸업하면 군대에 징집되어 소련군 군의관으로 복무할 가능성이 가장 높다는 사실을 알았다. 그래서 의과대학 졸업 시험을 의도적으로 포기한다. 대신에 렘은 병원에서 잡역부로 일하면서 첫 장편소설 『변모 병동』을 쓰기 시작하는데 이 책은 집필한 지 7년 만인 1955년에 출간되었다. 그러므로 렘의 첫 출간작은 첫 집필작이 아닌 1951년에 출간된 장편소설 『우주 비행사들』이다. 이후로 렘은 계속해서 과학소설을 쓰면서 현대 폴란드 과학소설의 대표 작가가 된다. 렘의 대표작으로는 러시아의 안드레이 타르콥스키 감독이 영화로도 만들었던 1961년 작 『솔라리스』, 1965년 작 『사이버리아드』, 1968년 작 『우주 비행사 피륵스 이야기』 『주님 목소리』 등이 있다. 1971년 작 『절대 진공』은 실제로는 존재하지 않는 책들의 서평을 모은 작품인데 마치 진짜로 있는 책에 대해서 얘기하는 것처럼 엄청 뻔뻔스럽게 썼고 의외로 굉장히 재미있다. 본 작품집에서는 「사이먼 메릴의 『섹스플로전』」 「앨리스타 웨인라이트의 『존재주식회사』」 「마르셀 코스카의 『로빈슨 연대기』」 「아서 도브의 『논 세르위암』」이 『절대 진공』에서 뽑힌 작품들이다.

1980년대 폴란드에서는 자유화 운동이 일어난다. 소비에트의 비호를 받는 보수 공산 정권은 여기에 대해서 1981년 계엄령을 선포한다. 계엄령은 1983년까지 이어지는데, 렘은 이 시기에 서독으로 이주하여 공산 폴란드를 탈출하였다. 이후 독일에서도 폴란드어로 작품 활동을 계속하다가 1988년 베를린 장벽이 무너지기 직전에 폴란드로 돌아온다. 1994년 렘은 폴란드지식아카데미 회원이 되었고 1996년에는 흰독수리 훈장을 수훈했다. 흰독수리 훈장은 1705년에 제정되었고 민간인과 군인 통틀어서 가장 빛나는 업적을 이룩한 폴란드인에게 수여하는 폴란드에서 가장 권위 있고 가장 영광스러운 훈장이다.

1957년에 출간된 『이욘 티히의 우주일지』의 주인공은 '이욘 티히'라는 우주 비행사인데, 이 이욘 티히의 여행기와 회고록 중에서 「열세 번째 여행」「스물한 번째 여행」「세탁기의 비극」이 본 작품집에 실렸다. 이욘 티히 여행기는 모두 재미있지만 번역하는 입장에서는 「세탁기의 비극」이 가장 재미있었다. 표제작인 「미래학 학회」 또한 이욘 티히가 주인공인 1971년에 출간된 중편소설인데, 과학소설의 흔한 설정이나 소재를 전부 섞어 놓은 것 같은 이야기로 출발하여 마찬가지로 과학소설에서 중요한 주제인 유토피아에 대해 논의하는 작품이다. 렘은 2000년대 이후에는 주로 에세이를 썼고 2006년 84세를 일기로 타계했다.

2. 신앙과 유머

폴란드는 천 년 전통을 자랑하는 가톨릭 국가이며 가톨릭 신앙은 폴란드의 문화와 역사뿐만 아니라 폴란드적 정체성의 근간으로서 깊이 자리 잡고 있다. 그렇기에 폴란드인인 렘 또한 과학소설에서 신의 존재와 신앙의 의미를 성찰한다. 이것은 렘 혼자만의 작품 경향은 아니고 같은 동유럽권 혹은 영미권 등 다른 문화권에서 보기 힘든 폴란드 과학소설의 특징이기도 하다. 「아서 도브의 『논 세르위암』」에서 렘은 '아서 도브'라는 가상의 저자가 쓴, 가상의 학문 '페르소네티카'에 대한 연구서를 논평하는 형식으로 신의 존재와 신앙의 문제를 정면으로 다루고 있다. 이 가상의 책에서 연구자는 사고할 수 있고 다른 존재와 관계 맺을 수 있는 가상의 존재 '페르소노이드'를 창조하여 가상의 세계에서 살게 하면서 페르소노이드들에게 있어 마치 신과 같은 입장을 가지게 된다. 그러나 신의 입장에서 연구자에게 페르소노이드들은 연구 대상일 뿐 사랑이나 돌봄의 대상은 아니다. 그러므로 이 소설의 결론은 제목이 말해 주듯 '나는 섬기지 않을 것이다'이다. 신이 세계와 인간을 창조한 것이 사실이라 하더라도 그 신이 개개의 인간을 특별히 사랑하지는 않을 것이므로 피조물의 입장에서 자신은 신을 섬기지 않겠다는 것이다.

이렇게 말하면 렘이 대단히 무신론적이며 신의 존재에 대해 회의적인 사람처럼 보인다. 그러나 중편소설 「가면」에서 렘은 기계로서 창조되어 자신이 사랑하는 사람을 죽여야만 하는 목적으로 기능하는 주인공을 통해 운명을 이야기한다. 기계인 주인공은 여성의 모습을 하고 무도회에서 만난 남성과 사랑에 빠지지만 자신이 그 남성을 암살할 목적으로 제작된 기계에 불과하며 그와 사랑에 빠진 것조차도 그를 쉽게 암살할 수 있도록 하기 위한 자신의 기능이었을 뿐임을 깨닫는다. 주인공은 자신의 운명을 거부하기 위해서 수도원을 찾아가는데, 렘의 작품에서는 등장인물이 실존적인 고뇌에 빠졌을 때 수도사나 성직자를 찾아가는 묘사를 자주 볼 수 있다. 하지만 주인공은 결국 자신이 제작된 이유, 자신의 본질이자 용도인 암살 기계의 운명을 피하지 못한다. 그의 제작자의 뜻이 이루어진 것이다.

「스물한 번째 여행」에서는 신앙에 대한 진지한 논의와 함께 렘 특유의 유머 감각을 엿볼 수 있다. 이욘 티히는 디흐토니아라는 행성에 착륙하는데 이 행성의 주민들은 독특한 과정을 거쳐서 가구나 기계와 같은 모습으로 변형되었다. 이곳에서 티히는 기계 수도사들의 수도원에서 지내게 되며, 디흐토니아 행성의 동물들은 모두 지구의 가구와 같은 모습을 하고 있기 때문에 티히는 생존을 위해서 수도사들이 제공해 주는 '음식'인 식탁 다리를 삶아 먹거나 의자를 뜯어 먹어야 한다.

이런 엉뚱하고 익살스러운 묘사들 뒤에 작품의 후반부에는 신앙에 대한 진지한 논의가 이어진다. 기계 수도사들은 탄압받으면서도 신앙을 버리지 않으며, 그렇지만 자신들의 신앙을 전도하려고 하지도 않는다. 누군가 나를 설득했기 때문에, 전도했기 때문에 믿게 되는 것이 아니라 자신의 의지 그 자체로 믿는 것이야말로 진정한 믿음이라는 수도원장의 이야기가 작품 결말부를 채우며 묵직한 울림을 남긴다.

렘은 탁월한 과학소설 작가이고 대단히 다작하여 뛰어난 작품을 아주 많이 남겼는데 인간 존재를 고민하고 신의 존재와 피조물로서 인간이 신에 대해 가질 수 있는 관계를 논의하는 철학적인 작품들이 세상과 인간을 바라보는 그의 관점을 가장 잘 대변해 준다고 생각한다. 또한 과학과 신앙이 대립하지 않고 로봇 수도사가 신앙에 대해 이야기하거나 기계 주인공이 자신이 제작된 운명에서 벗어나기 위해 수도원에 찾아가는 등 기술 문명과 신앙이 오히려 함께 인간 존재에 대해서 성찰하게 해 주는 것도 렘 작품의 독특한 측면이다.

3. 번역

렘은 작품에 따라 다른 문체를 구사한다. 렘의 대표작 중 하나인 『솔라리스』는 인간의 머릿속에 남아 있는 기억과 인상을 재구성하여 현실에 나타내 보여 주는 행성 '솔라리스'의 우주정거장에서 일어나는 사건들을 다룬다. 여기서 렘은 상당히 단순하고 이해하기 쉬운 문체를 사용한다. 반면 본 작품집에 수록된 「A. 돈다 교수」에서 렘은 수다스럽기 그지없는 혼란스럽고 웃기는 문체를 사용한다. 「세탁기의 비극」의 문체는 단순 명료 하면서도 한없이 웃겼는데, 한편으로 「가면」에서 렘은 진지하고도 차분한 문체를 구사한다. 이렇게 다면 다양한 문체 활용과 특히 「스물한 번째 여행」에서 보여 준 유머러스하다가도 진지하게 신앙을 고찰하는 전개들에 감탄하면서 번역했다.

폴란드어의 문법적 특성 때문에 한국어로 번역하기 곤란한 경우도 물론 있었다. 「가면」에서 주인공은 기계로서 제작되던 과정을 어렴풋이 기억하는데, 그 때문에 도입부에서 주인공은 1인칭 중성형 동사 어미를 사용한다. 폴란드어에서 중성명사는 모두 사물이기 때문에 1인칭이 없으므로 이것은 폴란드어에서도 보기 드문 문장이다. 그러다가 주인공은 인간 여성의 형체를 입고 암살 대상인 남성과 만나 사랑에 빠지기 위해 무도회장에 들어서면서 동사와 관련 표현들 또한 여성형으로 바뀌게 된다. 주인공의 속성이 기계에서 인간 여성으로 바뀌는 과정을 문법적으로 표시한 이런 표현들은 대단히 신선하고 섬세했으나 한국어에는 해당하는 문법 요소가 없기 때문에 따로 설명을 덧붙일 수밖에 없어 몹시 아쉬웠다.

『스타니스와프 렘』에 수록된 렘의 작품들은 발표된 지 50년에서 길게는 65년 가까이 지났으나 여전히 무척 재미있다. 소재와 발상의 조합이 신선하다. 그리고 무엇보다도 인간 존재에 관해서 끊임없이 질문을 던지며 독자로 하여금 이에 대해 생각하도록 한다. 우리는 어디에서 왔으며, 어떤 목적으로 누구에 의해 창조되었고, 이 세계에서의 삶을 어떻게 살아야 하는가. 물론 렘은 한 마디로 답해 주지는 않는다. 그러나 렘의 세계를 여행하면서 독자 스스로가 답을 생각해 볼 수는 있다. 혹은 그저 재미있는 작품만 골라 읽으면서 새롭고 흥미로운 폴란드 과학소설의 진수를 음미해 볼 수도 있다. 어느 쪽이든 실망하지 않을 것이다.

2021년 4월

옮긴이를 대표하여

정보라

스타니스와프 렘 연보

1921 폴란드 제2공화국 르부프(현 우크라이나 리비우)에서 유복한 유대계 가정의 외아들로 태어났다. 부친 사무엘 렘은 후두과 전문의. 원래 9월 13일생이나, 13이라는 숫자가 불길하다는 이유로 12일 자로 출생신고를 한다.

1932 르부프 주립 제2카롤샤이노하 김나지움 입학.

1939 바칼로레아 통과.

1940~1941 르부프 대학교(현 리비우 대학교)에서 의학을 공부한다.

1942 독일군의 르부프 점령 후 원료 재생 회사에서 기계공의 조수와 용접공으로 일한다.

1944 소련군 2차 진군 후 의학 공부를 재개한다.

1945 가족 모두가 크라쿠프로 송환된다.
의학 공부를 위해 야기엘로인스키 대학교에 등록.

1946 단편소설 「화성에서 온 인간Człowiek z Marsa」을 잡지 《모험의 신세계Nowy Świat Przygód》에 연재하면서 등단.

1946~1948 잡지 《주간 가톨릭Tygodnik Powszechny》과 합작하여 시와 단편소설을 발표한다.

1947 단편소설 「8시에 세계의 종말Koniec świata o ósmej」을 잡지 《매주 소설Co tydzień powieść》 67호에 발표.

1948 첫 장편소설 『변모 병동*Szpital Przemienienia*』 집필에 착수한다. 야기엘로인스키 대학교 졸업.

1951 장편소설 『우주 비행사들*Astronauci*』 출간. 렘의 첫 단행본으로 이 책이 성공을 거두어 전업 작가가 된다. 폴란드작가협회 가입.
희곡 『요트 '파라다이스'— 4막의 연극*Jacht „Paradise". Sztuka w czterech aktach*』(로만 후사르스키 공저) 출간.

1953 의대생 바르바라 레시니아크와 민간 결혼.

1954 바르바라와 종교 결혼.

부친 작고.

단편집 『참깨 외*Sezam i inne opowiadania*』 출간, 렘의 주인공 중 인기인 이욘 티히가 처음으로 등장한다.

1955 장편소설 『잃지 않은 시대*Czas nieutracony*』 출간, 검열 때문에 『변모 병동』을 1부로 하여 3부작으로 만든 것이다. 사실주의 소설.

장편소설 『마젤란운*Obłok Magellana*』 출간.

폴란드 금십자훈장 수훈.

1957 미래학·철학 에세이집 『대화*Dialogi*』, 우주 비행사 이욘 티히를 주인공으로 한 연작소설 『이욘 티히의 우주일지*Dzienniki gwiazdowe*』 출간.

『잃지 않은 시대』로 크라쿠프시문학상 수상.

1959 장편소설 『에덴*Eden*』 출간.

단편집 『알데바란의 침공*Inwazja z Aldebarana*』 출간, 렘의 주인공 중 드물게 평범한 인물인 피륵스가 처음으로 등장한다.

장편소설 『수사*Śledztwo*』 출간, 탐정소설이다.

폴란드부흥훈장 오피체르 수훈.

1961 연작소설 『로봇의 서*Księga robotów*』, 장편소설 『욕조에서 발견된 회고록*Pamiętnik znaleziony w wannie*』 『별에서의 귀환*Powrót z gwiazd*』 『솔라리스

Solaris』 출간.

1962 문학 에세이·과학 칼럼·인터뷰 모음집 『궤도 진입*Wejście na orbitę*』 출간.

1963 단편소설을 포함한 텔레비전 쇼 대본 모음집 『달의 밤*Noc księżycowa*』 출간.

1964 단편집 『로봇 우화*Bajki robotów*』, 장편소설 『무적호*Niezwyciężony i inne opowiadania*』, 미래학·철학 에세이집 『기술학 대전*Summa technologiae*』 출간.

1965 연작소설 『사이버리아드*Cyberiada*』 출간, 렘의 주인공 중 인기 콤비 트루를과 클라파우치우시가 등장한다.
단편집 『사냥*Polowanie*』 출간.
폴란드 문화예술부장관상 2등급 수상.

1966 자전소설 『높은 성*Wysoki Zamek*』 출간.

1968 문학·철학 에세이집 『우연의 철학—실증주의에 비추어 본 문학*Filozofia przypadku. Literatura w świetle empirii*』, 장편소설 『주님 목소리*Głos Pana*』, 연작소설 『우주 비행사 피륵스 이야기*Opowieści o pilocie Pirxie*』 출간.
아들 토마시 탄생.

1970 미래학·철학·문학 에세이집 『SF와 미래학*Fantastyka i futurologia*』 출간.
폴란드부흥훈장 코만도르 수훈, 폴란드 문화의 해외 대중화로 외무부장관상 수상.

1971 시나리오가 포함된 단편집 『불면증*Bezsenność*』, 서평 소설집 『절대진공*Doskonała próżnia*』 출간.

1972 폴란드과학아카데미 '폴란드2000' 위원회 위원으로 위촉.
소련 영화 〈솔라리스〉(감독 안드레이 타르콥스키)가 칸 영화제에서 공개된다. 그랑프리를 수상했으나, 렘은 타르콥스키의 해석을 좋아하지 않았다.

1973 서평 소설집 『허수의 크기*Wielkość urojona*』 출간.
미국SF판타지작가협회 명예회원으로 위촉.
폴란드 문화예술부장관문학상 1등급 수상.

1974 필립 K. 딕이 SF를 통한 공산당의 미국 침투를 맡은 단체라며 렘을 FBI에 신고한다.

1975 문학 에세이 및 칼럼 모음집 『논설과 습작*Rozprawy i szkice*』 출간.
첫 장편소설 『변모 병동』이 검열 전 원고로 단독 출간된다.
자전소설이 포함된 청년기의 시집 『높은 성·젊은 시*Wysoki Zamek. Wiersze młodzieńcze*』 출간.

1976 탐정소설 『감기*Katar*』, 텔레비전 쇼 대본을 포함한 단편집 『가면 *Maska*』 출간.
폴란드 국가상 문학부문 1등급 수상.
미국SF판타지작가협회에서 렘의 회원 자격을 취소하는 결의안에 회원 70퍼센트 이상이 찬성(어슐러 K. 르 귄 등은 반대).
유로콘에서 유럽SF상 특별상 평생공로 부문에서 수상.

1977 「시험」(『우주 비행사 피륵스 이야기』 수록)으로 일본 세이운상 해외단편 부문에서 수상.

1979 라디오 방송극을 포함한 단편집 『반복*Powtórka*』 출간.
소행성 3836번이 '렘'으로 명명된다.
『감기』로 프랑스 추리문학대상 외국소설 부문에서 수상.
폴란드 노동의깃발 훈장 2등급 수훈.
폴란드 예술 협력에 대한 라디오텔레비전위원회 위원장상 평생공로 부문에서 수상.

1980 유로콘에서 유럽SF상 특별상 작가 부문에서 수상.

1981 단편집 『골렘 XIV*Golem XIV*』 출간.
폴란드의 브로츠와프 과학기술대학교에서 명예박사.
폴란드 계엄령 선포.

1982 장편소설 『현장검증*Wizja lokalna*』 출간.

폴란드 인민공화국 정부에서 여권을 발급해 주지 않아 가족을 폴란드에 남겨 두고 홀로 독일 서베를린행, 베를린지식연구소에서 1년 장학금을 받으며 연구원으로 활동.

1983~1988 계엄령 해제 후 오스트리아작가협회의 초청으로 가족과 함께 빈에 정착.

1984 서평 소설집 『함정수사*Prowokacja*』 출간.

1985 유럽 문학을 위한 오스트리아국가상(유럽문학상) 수상.

1986 서평 소설집 『21세기 도서관*Biblioteka XXI wieku*』 출간.
미국 뉴욕의 알프레트유르지코프스키 재단의 유르지코프스키상 수상.

1987 장편소설 『실패*Fiasko*』 출간, 1986년 독일에서 번역본이 먼저 출간되었다. 렘의 마지막 소설.
장편소설 『지상에 평화*Pokój na Ziemi*』 출간, 1985년 스웨덴에서 번역본이 먼저 출간되었다.

1988 『실패』로 미국 아서C.클라크상 후보에 오른다.
폴란드로 돌아온다.

1991 오스트리아 프란츠카프카상 수상.

유로콘에서 최고의 작가로 명예의 전당 헌액.

1993 단편집 『용의 쓸모*Pożytek ze smoka*』 출간, 표제작 「용의 쓸모」는 1983년 독일에서 번역본이 먼저 출간되었다.

1994 등단작 『화성에서 온 인간』이 단행본으로 출간.
폴란드지식아카데미 회원.

1995 칼럼집 『윤활유 시대*Lube czasy*』(토마시 피아우코프스키 편집) 출간.
폴란드펜클럽상 수상.
우주탐험가협회 메달 수훈.

1996 칼럼집 『섹스 전쟁*Sex Wars*』, 미래학 에세이 『중국어 방의 미스터리*Tajemnica chińskiego pokoju*』, 단편집 『수수께끼—이야기*Zagadka. Opowiadania*』 출간.
폴란드 흰독수리 훈장 수훈.
폴란드의 문화재단대상 수상.

1997 칼럼집 『사소한 데 트집*Dziury w całym*』(토마시 피아우코프스키 편집) 출간.
크라쿠프시 명예시민으로 위촉.
폴란드의 오폴레 대학교 명예박사.

1998 우크라이나의 리비우 국립의과대학교, 폴란드의 야기엘론스키 대

학교 명예박사.

1999 미래학 에세이 『메가비트 폭탄*Bomba megabitowa*』 출간.

2000 미래학 에세이 『눈 깜짝할 새*Okamgnienie*』, 라디오 방송극·대본·시나리오 모음집 『카스테라*Przekładaniec*』 출간.

2001 처조카를 위한 받아쓰기 교본 『받아쓰기 즉……*Dyktanda czyli*…』, 독자가 뽑은 소설 선집 『환상적인 렘*Fantastyczny Lem*』 출간.
'시대를 앞선 사고'에 대해 폴란드문화재단의 황금홀상 수상.

2002 서간집 『편지 혹은 물질의 저항*Listy albo opór materii*』 출간.
미국 영화 〈솔라리스〉(감독 스티븐 소더버그·주연 조지 클루니) 개봉, 렘은 이 영화 역시 좋아하지 않았다.

2003 칼럼집 『딜레마*Dylematy*』, 문학 에세이·과학 칼럼 모음집 『나의 문학관*Mój pogląd na literaturę*』 출간.
독일의 빌레펠트 대학교 명예박사.

2004 칼럼집 『합선*Krótkie zwarcia*』 출간.

2005 1940년대 쓰인 미출간 단편소설·청년기 시·받아쓰기 교본 모음집 『40년대·받아쓰기*Lata czterdzieste. Dyktanda*』 출간.
폴란드 문화공훈장 글로리아 아르티스 금장 수훈.

2006 3월 27일 타계.

2007 크라쿠프에 렘의 이름을 딴 거리가 생긴다.

2009 비엘리치카에 렘의 이름을 딴 거리가 생긴다.

2011 구글에서 『우주 비행사들』 출간 60주년을 기념하여 『사이버리아드』를 모티브로 한 축하 로고를 띄운다.

2013 소행성 343000번이 '이욘티히'로 명명된다.
폴란드 최초의 과학위성 '렘' 발사.
프랑스 외 합작 실사 애니메이션 〈더 콩그레스〉(감독 아리 폴만·주연 로빈 라이트)가 칸 영화제 감독 주간에 공개된다. 「미래학 학회」 원작.

2015 명왕성의 위성 카론에 있는 충돌구가 '피륵스'로 명명된다.

2019 페가수스자리 방향으로 지구로부터 163광년 떨어진 곳에 있는 K형 주계열성이 '솔라리스'로, 솔라리스를 도는 외계 행성이 '피륵스'로 명명된다.

2020 폴란드 하원은 2021년을 '렘의 해'로 선언했다.

세계문학 단편선을 펴내며

세상의 모든 이야기는 단편으로 시작되었다. 성서와 그리스 신화를 비롯해 인류의 많은 신화와 설화는 단편의 형식으로 사물의 기원, 제도와 금기의 탄생, 운명이라는 이름의 삶의 보편적 형식을 설명했다.

〈세계문학 단편선〉은 모든 산문의 형식 중 가장 응축적이고 예술성이 높은 단편소설에 포커스를 맞추어 세계문학을 바라보는 새로운 관점을 제시하고자 한다. 단편소설을 언급할 때 빼놓을 수 없는 작가들의 작품들은 물론이고, 한두 편의 장편소설로만 우리에게 알려진 세계적 작가들이 남긴 주옥같은 단편들을 통해 대가의 진면모를 총체적으로 바라볼 수 있게 할 것이다. 또한 우리에게 문학의 변방으로 여겨져 왔던 나라들의 대표적 단편 작가들도 활발히 소개할 것이며 이미 순문학과의 경계가 불분명해진 장르문학의 형성과 발전에 크게 기여한 작가들의 작품 역시 새롭게 조명해 나갈 것이다.

에드거 앨런 포는 문학작품은 독자가 앉은자리에서 다 읽을 수 있을 정도로 짧아야 한다고 했다. 바쁜 일상의 삶을 사는 현대인들에게 〈세계문학 단편선〉은 삶과 사회, 나아가 세계를 바라볼 수 있게 하는 더할 나위 없이 좋은 친구가 될 것이라 확신한다.

21세기인 현재에 이르기까지 단편소설은 그리스 신화가 그러했듯이 삶의 불변하는 조건들을 응축된 예술적 형식으로 꾸준히 생산해 왔다. 그리고 새로운 문학적 기법과 실험적 시도를 통해 단편소설은 현재도 계속 진화, 확장되고 있다. 작가의 치열한 예술적 열정이 가장 뜨겁게 반영된 다양한 개성으로 빛나는 정교한 단편들을 통해 문학의 진정한 존재 이유를 독자들이 느낄 수 있기를 소망하며 이번 〈세계문학 단편선〉을 펴낸다.

현대문학 편집부

세계문학 단편선

01
단편소설이라는 장르에 새로운 바람을 불어넣은
20세기 문학계 최고의 스타
어니스트 헤밍웨이
킬리만자로의 눈 외 31편
하창수 옮김 | 548면 | 값 15,000원

02
문학의 존재 이유, 그리고 문학의 숭고함을 역설하는
20세기 세계문학의 거인
윌리엄 포크너
에밀리에게 바치는 한 송이 장미 외 11편
하창수 옮김 | 460면 | 값 14,000원

03
독일 문화가 제시할 수 있는 최고의 경지를 보여 준
세계문학의 대표자
토마스 만
베네치아에서의 죽음 외 11편
박종대 옮김 | 432면 | 값 14,000원

04
탐정소설을 문학으로 승화시킨
하드보일드 학파의 창시자
대실 해밋
중국 여인들의 죽음 외 8편
변용란 옮김 | 620면 | 값 16,000원

05
'광란의 20년대'를 배경으로 한
포복절도할 브로드웨이 단편들
데이먼 러니언
세라 브라운 양 이야기 외 24편
권영주 옮김 | 440면 | 값 14,000원

06
SF의 창시자이자 SF 최고의 작가로 첫손에 꼽히는
낙관적 과학 정신의 대변자
허버트 조지 웰스
눈먼 자들의 나라 외 32편
최용준 옮김 | 656면 | 값 16,000원

07
에드거 앨런 포를 계승한
20세기 공포문학의 제왕
하워드 필립스 러브크래프트
크툴루의 부름 외 12편
김지현 옮김 | 380면 | 값 12,000원

08
현대 단편소설의 문법을 완성시킨
단편소설의 대명사
오 헨리
휘멘의 지침서 외 55편
고정아 옮김 | 652면 | 값 16,000원

09
근대 단편소설의 창시자이자
세계 단편소설 역사에 우뚝 솟은 거대한 봉우리
기 드 모파상
비곗덩어리 외 62편
최정수 옮김 | 808면 | 값 17,000원

10
앨프리드 히치콕의 영원한 뮤즈,
20세기 서스펜스의 여제
대프니 듀 모리에
지금 쳐다보지 마 외 8편
이상원 옮김 | 380면 | 값 12,000원

11
터키 현대 단편소설사에 전환점을 찍은
스스로가 새로운 문학의 뿌리가 된 선구자
사이트 파이크 아바스야느크
세상을 사고 싶은 남자 외 38편
이난아 옮김 | 424면 | 값 13,000원

12
영원불멸의 역설가, 그로테스크의 천재
20세기 문학사의 가장 독창적이고 예언적인 목소리
플래너리 오코너
오르는 것은 모두 한데 모인다 외 30편
고정아 옮김 | 756면 | 값 17,000원

13
현대 공포소설의 방법론을 확립한
20세기 최초의 공포소설가
몬터규 로즈 제임스
호각을 불면 내가 찾아가겠네, 그대여 외 32편
조호근 옮김 | 676면 | 값 16,000원

14
영국 단편소설의 전통을 세운
최고의 이야기꾼, 언어의 창조자
로버트 루이스 스티븐슨
지킬 박사와 하이드 씨의 기이한 사례 외 7편
이종인 옮김 | 504면 | 값 14,000원

15
현대 단편소설의 계보를 잇는 이야기의 대가
인간 생활의 가장 기민한 관찰자
윌리엄 트레버
그 시절의 연인들 외 22편
이선혜 옮김 | 616면 | 값 16,000원

16
인간의 무의식을 날카롭게 통찰한
미국 문학사상 가장 대중적인 작가
잭 런던
들길을 가는 사내에게 건배 외 24편
고정아 옮김 | 552면 | 값 15,000원

17
문명의 아이러니를 신화적 상상력으로 풍자한
고독한 상징주의자
허먼 멜빌
선원, 빌리 버드 외 6편
김훈 옮김 | 476면 | 값 14,000원

18
지구의 한 작은 점에서 영원한 우주를 꿈꾼
환상문학계의 음유시인
레이 브래드버리
태양의 황금 사과 외 31편
조호근 옮김 | 556면 | 값 15,000원

19
우울한 대공황 시절 '월터 미티 신드롬'을 일으킨
20세기 미국 최고의 유머 작가
제임스 서버
윈십 부부의 결별 외 35편
오세원 옮김 | 384면 | 값 12,000원

20
차별과 억압에 블루스로 저항하며
흑인 문학의 새로운 전통을 수립한 민중의 작가
랭스턴 휴스
내가 연주하는 블루스 외 40편
오세원 옮김 | 440면 | 값 14,000원

21
개인적인 체험을 바탕으로
인류 구원과 공생을 역설하는 세계적 작가
오에 겐자부로
사육 외 22편
박승애 옮김 | 776면 | 값 18,000원

22
탐정소설을 오락물에서 문학의 자리로 끌어올린
하드보일드 문체의 마스터
레이먼드 챈들러
밀고자 외 8편
승영조 옮김 | 600면 | 값 16,000원

23
부조리와 위선으로 가득 찬 인간에 대한 풍자와 위트로
반전을 선사하는 단편의 거장
사키
스레드니 바슈타르 외 70편
김석희 옮김 | 608면 | 값 16,000원

24
'20세기'라는 장르의 거장,
실존의 역설과 변이에 대한 최고의 기록자
그레이엄 그린
정원 아래서 외 52편
서창렬 옮김 | 964면 | 값 20,000원

25
병리학적인 현대 문명의 예언자,
문체와 형식의 우아한 선지자
제임스 그레이엄 밸러드
시간의 목소리 외 24편
조호근 옮김 | 724면 | 값 17,000원

26
원시적 상상력으로 힘차게 박동 치는 삶을
독창적인 언어로 창조해 낸 천재 이야기꾼
조지프 러디어드 키플링
왕이 되려 한 남자 외 24편
이종인 옮김 | 704면 | 값 17,000원

27
미국 재즈 시대의 유능한 이야기꾼,
영원한 젊음의 표상
프랜시스 스콧 피츠제럴드 1
벤저민 버튼에게 일어난 기이한 현상 외 13편
하창수 옮김 | 640면 | 값 16,000원

28
20세기 초 미국 '잃어버린 세대'의 대변자,
사랑과 상실, 인생의 허무를 노래한 낭만적 이상주의자
프랜시스 스콧 피츠제럴드 2
바빌론에 다시 갔다 외 15편
하창수 옮김 | 576면 | 값 15,000원

29
풍자와 유머, 인간미 넘치는 서정으로
야생적인 자연 풍광과 정감 어린 인물을 그린 인상주의자
알퐁스 도데
아를의 여인 외 24편
임희근 옮김 | 356면 | 값 13,000원

30
아름답게 직조된 이야기에 시대의 어둠과
개인의 불행을 담아낸 미국 단편소설의 여왕
캐서린 앤 포터
오랜 죽음의 운명 외 19편
김지현 옮김 | 864면 | 값 19,000원

31
무한한 의식의 세계를 언어로 형상화한
모더니즘 문학의 선구
헨리 제임스
나사의 회전 외 7편
이종인 옮김 | 660면 | 값 16,000원

32
백인 남성이 지배하는 시대에 펜으로 맞선
탈식민주의와 페미니즘 문학의 선구자
진 리스
한잠 자고 나면 괜찮을 거예요, 부인 외 50편
정소영 옮김 | 600면 | 값 16,000원

33
상류사회의 허식을 우아하게 비트는
영국 유머의 표상
펠럼 그렌빌 우드하우스
편집자는 후회한다 외 38편
김승욱 옮김 | 1,172면 | 값 23,000원

34
미국 남부 사회의 풍경에 유머와 신화적 상상력을 더해
비극적 서사로 승화시킨 탁월한 이야기꾼
유도라 웰티
내가 우체국에서 사는 이유 외 31편
정소영 옮김 | 844면 | 값 19,000원

35
경이로운 상상의 세계를 발명한
라틴아메리카 환상문학의 심장
아돌포 비오이 카사레스
눈의 위증 외 13편
송병선 옮김 | 492면 | 값 15,000원

36
일상의 공포를 엔터테인먼트 영역으로 확장시킨
20세기 호러 문학의 위대한 선구자
리처드 매시슨
2만 피트 상공의 악몽 외 32편
최필원 옮김 | 644면 | 값 17,000원

37
끝나지 않은 불안의 꿈을 극도의 예민함으로 현실에 투영한,
시대를 앞선 실존주의 문학의 선구자

프란츠 카프카
변신 외 77편
박병덕 옮김 | 840면 | 값 19,000원

38
광활한 우주의 끝, 고독과 슬픔의 별에서도
인류의 잠재력과 선한 의지를 믿었던 위대한 낙관주의자

시어도어 스터전
황금 나선 외 12편
박중서 옮김 | 792면 | 값 19,000원

39
독보적인 스토리텔링으로 빅토리아 시대를
사로잡은 영국적 미스터리의 시초

윌키 콜린스
꿈속의 여인 외 9편
박산호 옮김 | 564면 | 값 16,000원

40
현존하는 거의 모든 SF 장르의 도서관
우주의 불가해 속 인간 존재를 탐험했던 미래의 철학자

스타니스와프 렘
미래학 학회 외 14편
이지원·정보라 옮김 | 660면 | 값 17,000원

※ 〈세계문학 단편선〉은 계속 출간됩니다.

옮긴이 이지원

한국외국어대학교 폴란드어과 졸업, 폴란드 크라쿠프의 야기엘로인스키 대학교에서 미술사를 전공하고 포즈난의 아담미츠키에비치 대학교에서 박사 학위를 받았다. 한국외국어대학교 폴란드어과와 서울시립대학교 시각디자인대학원에서 학생들을 가르치며 그림책 연구자, 큐레이터, 폴란드어 번역자로 일한다. 안제이 사프코프스키의 「위쳐」 시리즈와 야누시 코르차크의 『마치우시왕 1세』 외 다수의 폴란드 그림책을 우리말로 옮겼다.

옮긴이 정보라

연세대학교 노어노문학·영어영문학 학사, 예일 대학교 러시아동유럽지역학 석사, 인디애나 대학교 슬라브문학 박사를 취득했다. 중편 「호狐」로 제3회 디지털작가상 모바일 부문 우수상, 단편 「씨앗」으로 제1회 SF어워드 단편 부문 본상을 수상했다. 『죽은 자의 꿈』 『문이 열렸다』 『저주 토끼』 『붉은 칼』 등을 썼고, 『안드로메다 성운』 『거장과 마르가리타』 『브루노 슐츠 작품집』 『창백한 말』 『이보나, 부르군드의 공주/결혼식/오페레타』 등을 우리말로 옮겼다. 대학에서 러시아와 SF에 대해 강의하고 있다.

스타니스와프 렘

초판 1쇄 펴낸날 2021년 4월 30일
초판 3쇄 펴낸날 2023년 7월 18일

지은이 스타니스와프 렘
옮긴이 이지원·정보라
펴낸이 김영정

펴낸곳 (주)현대문학
등록번호 제1-452호
주소 06532 서울시 서초구 신반포로 321(잠원동, 미래엔)
전화 02-2017-0280
팩스 02-516-5433
홈페이지 www.hdmh.co.kr

ISBN 978-89-7275-853-2 04890
세트 978-89-7275-672-9

* 책값은 뒤표지에 있습니다.
* 파본은 구입처에서 교환해 드립니다.